Nevada Barr

Wolfsspuren

Deutsch von Karin Dufner

Weltbild

Originaltitel: *Winter Study*
Copyright © 2008 by Nevada Barr
Published by Arrangement with Nevada Barr

Besuchen Sie uns im Internet:
www.weltbild.de

Die Autorin

Nevada Barr stammt aus der Kleinstadt Yerington im US-Bundesstaat Nevada. Sie war lange als Schauspielerin tätig und verfasste nebenbei Reiseführer und Restaurantkritiken. Aus Interesse an Natur- und Umweltthemen arbeitete sie jahrelang im Sommer in amerikanischen Nationalparks. Inzwischen ist sie ausschließlich als freie Autorin tätig. Dabei fließen ihre Erfahrungen als Park Ranger in ihre Romane mit ein.

Für Mr Paxton, der sein Leben der Aufgabe gewidmet hat, andere Menschen zu retten. Wie zuletzt auch mich.

Danksagung

Die Winterstudie gibt es wirklich, und zwar seit über fünfzig Jahren. Ihre Forschungsergebnisse sind nicht nur wegen der jeden Winter erhobenen Daten von unschätzbarem Wert, sondern auch deshalb, weil man lediglich durch Beobachtungen innerhalb eines Zeitraums bestimmte Muster erkennen kann, der für Entwicklungen in der Natur lang genug ist. In den wenigen Wochen auf der ins Eis eingeschlossenen Isle Royale ist die Zeit stets knapp, und es gibt viel zu tun. Wäre die Parkaufseherin Ms Green nicht so großzügig gewesen, mir Zutritt zum Park zu gewähren und mir mit der Geduld eines Organisationsgenies zur Seite zu stehen, hätte ich dieses Buch niemals schreiben können. Danke, Phyllis.

Ich danke auch den Piloten der Forstverwaltung in Ely, Minnesota, die sich die Zeit genommen haben, mir ihre Erfahrungen zu schildern und mich und meinen Proviant im Januar auf der Insel abzusetzen.

Ganz besonders danke ich dem Team der Winterstudie: Rolf Peterson, John Vuceti, Beth Kolb und Donnie Glaser. Sie haben diesem Buch erst Leben eingehaucht. Außerdem waren sie so nett, mich trotz meines Gejammers über die Kälte nicht im Schnee auszusetzen und meine endlosen E-Mails zu beantworten, in denen ich nachfragte, wie ein Wolf riecht, wie dick eine Zecke werden kann und wer wen und was frisst. Hätte Rolf sich nicht die Zeit genommen, das Manuskript durchzuarbeiten, hätten Fachleute allerorten wegen meiner zahlreichen Fehler die Augen verdreht. Die vier haben ihr Wissen mit mir geteilt und die Inspiration für das Positive in diesem Buch geliefert.

Vorwort

Im Juli 1970, ich war damals ein unerfahrener Student und begann gerade mein Praktikum im Isle-Royale-Nationalpark, wurde ich von einem Fremden zum Mittagessen in den Windigo Inn eingeladen. Offenbar dachte er, dass ich etwas wusste. Vielleicht hielt er mich auch für so arm, dass ich eine kostenlose Mahlzeit nicht ausschlagen würde. Die Cafeteria grenzte an das Haus des ehemaligen Washington Clubs an, eines privaten Vereins, gegründet um die Jahrhundertwende, also noch vor der Ernennung der Isle Royale zum Nationalpark. (Über ein Jahrzehnt später half ich eines Winters, das Haus niederzubrennen und die Reste zu beseitigen, damit der Wald das Gebiet wieder in Besitz nehmen konnte.) Der Fremde, ein kahlköpfiger, sonnengebräunter Mann, der teure Freizeitkleidung trug, erklärte mir, er habe die ganze Welt bereist, hielte die Isle Royale jedoch für das schönste Fleckchen Erde überhaupt. Ich erinnere mich noch, dass ich fand, großes Glück gehabt zu haben, denn dieser Mann hatte mir die Mühe erspart, mich weiter auf unserem Planeten umzusehen.

Vermutlich war es ein ähnlicher Eindruck – nämlich der einer zauberhaften Wildnis –, der Nevada Barr zurück auf die Isle Royale führte, um einen einzigartigen Roman zu schreiben, der in diesem Nationalpark spielt. Ich unterstützte sie gern dabei, denn die für Nevada typische Mischung aus Kriminalroman und Naturschilderung erfreut sich einer großen Anhängerschaft.

Die Isle Royale war schon immer schwierig zu erreichen und wird von verhältnismäßig wenigen Menschen besucht, obwohl sie im Sommer frei zugänglich ist. Dass man überhaupt von ihrer Existenz weiß, ist hauptsächlich den Werken und Schilderungen verschiedener Autoren zu verdanken. Eine erfahrene

Wildhüterin im Mesa Verde Nationalpark sagte zu mir, sie kenne die Isle Royale eigentlich nur aus Nevadas Roman *A Superior Death* aus dem Jahr 1994.

Trotz ihrer illustren und weitgehend unerforschten Vergangenheit ist die Isle Royale uns heutzutage hauptsächlich wegen der dort lebenden Wölfe und Elche ein Begriff. Während dieses Buch in den Druck geht, dauern die Bemühungen, die Entwicklung der dortigen Tierpopulation wissenschaftlich zu erforschen, bereits seit fünfzig Jahren an.

Inzwischen genießt der graue Wolf weltweit einen viel besseren Ruf als in früheren Zeiten und gilt nicht mehr als verhasster Schädling, sondern als faszinierendes Wildtier. Wölfe werden nicht länger in abgelegene Gebiete fernab menschlicher Behausungen verbannt, sondern bevölkern mittlerweile privaten und öffentlichen Grund, wie zum Beispiel den gut besuchten Yellowstone Nationalpark. Allerdings gibt es in den Vereinigten Staaten außerhalb von Alaska nur vier Nationalparks, zum Beispiel den Glacier Nationalpark und den Voyageurs Nationalpark, in denen Wölfe eine Heimat gefunden haben. Genug Freifläche für Wölfe und andere große Raubtiere zur Verfügung zu stellen, ist noch immer eine Herausforderung für Naturschützer.

Ein weiterer Mensch, für den die Isle Royale das schönste Fleckchen Erde weltweit darstellt, ist Bob Linn, ein ortsansässiger Naturfreund, der bereits an den ersten Winterstudien zur Erforschung der Wölfe und Elche auf der Insel beteiligt war. In den 1960er-Jahren wurde Bob wissenschaftlicher Leiter des Projekts und stiftete die konfliktbeladene Ehe zwischen der Wissenschaft und der Nationalen Parkaufsicht, auf die Nevada in diesem Buch anspielt. Obwohl kein Freund von Auseinandersetzungen, musste Bob dreimal einschreiten, um zu verhindern, dass Politik und Bürokratie sich in die Erforschung der Wölfe auf der Isle Royale einmischten. Eigentlich möchte man meinen, dass diese Wölfe, die in Abgeschiedenheit leben und für den Menschen und seine Interessen keine Bedrohung darstellen, keine Gegner auf der Welt haben. Doch Bob war gezwungen, die Guten hinter sich zu scharen, um den aus Habgier, Machtansprüchen, Neid oder einfach nur Engstirnigkeit geborenen Anfeindungen entgegenzutreten. Anschließend verkündete er bescheiden, man habe die Wissenschaftler nun einmal als unsichere Kandidaten betrachtet.

Die größte Herausforderung stellte sich ihm, als James Watt unter Präsident Reagan Innenminister wurde. Die Mittel für die Parkverwaltung wurden gestrichen, die Mitarbeiter während der laufenden Winterstudie des Jahres 1983 entlassen. Allerdings fand ich später in einem Gespräch heraus, dass ihn keine Schuld daran traf. Er wusste nicht einmal von der Existenz der Isle Royale, geschweige denn, dass es sich dabei um einen Nationalpark handelte, für dessen Erhalt er von Amts wegen verantwortlich war. Über manche Dinge kann man sich nur wundern.

Jedenfalls haben die Wölfe auf der Isle Royale bis heute überlebt. Sie gedeihen prächtig an einem Ort, an dem man die Ansiedlung von Wölfen früher für unmöglich gehalten hatte. Das ist ein Beweis für die menschliche Fähigkeit, die wahre und ungebändigte Kraft der Natur zu erfassen und zu verstehen, wie wir unsere Zukunft durch einen nachhaltigen Umgang mit ihr sichern können.

Und nun willkommen in der weißen und kalten Welt der winterlichen Isle Royale und des Lake Superior. Es ist eine Welt, die Nevada Barr durch ihr schriftstellerisches Talent, ihre Liebe zur Natur, ihre langjährige Erfahrung mit Nationalparks und ihre Neugier auf das manchmal seltsame Verhalten von Naturforschern zum Leben erweckt. All das, zusammen mit den Ängsten, Schwächen und Marotten ihrer handelnden Personen, sorgt für einen spannenden Lesestoff. Vielleicht lässt sich ja jemand davon überzeugen, in Zukunft auf das Mobiltelefon zu verzichten. Ach, und noch etwas: Es empfiehlt sich nicht, in der Sauna Bier zu trinken.

Rolf Peterson
im Januar 2008

1

Die Beaver war blitzblank. Noch nie hatte Anna so ein sauberes Flugzeug gesehen. Es stand im beheizten Hangar in Ely, Minnesota, hatte die jährliche Hauptuntersuchung gerade hinter sich gebracht und strahlte förmlich im hellen Glanz. Nur der von tiefen Kratzern durchzogene Boden zeugte davon, dass dem alten Schlachtross nicht viel Ruhe gegönnt wurde. Beavers wurden seit 1962 nicht mehr gebaut, weshalb die Maschine, die der Pilot gerade für die wöchentliche Proviantlieferung und den Personaltransport zur Isle Royale im Lake Superior belud, älter war als Anna.

Aber das Flugzeug hat sich besser gehalten, dachte sie ungnädig.

Sie hatte nagelneue, noch nie getragene und mit Filz gefütterte Stiefel und Thermosocken an den Füßen. Dazu war sie mit einer Skihose und einem Parka bekleidet.

Anna beobachtete eine Frau, die etwa halb so alt war wie sie und Beine so lang und kräftig wie die eines einjährigen Elchs besaß. In ihrer dünnen Hose und der besorgniserregend leichten Winterjacke bewegte sie sich rasch und anmutig. Anna wurde von einem Gefühl ergriffen, das ihr weder vertraut noch willkommen war.

Sie war ratlos, verunsichert und außerdem nicht in ihrem Element. Die Isle Royale in Michigan war zwar einer ihrer ersten Einsatzorte gewesen, allerdings vor vielen Jahren. Außerdem im Sommer. Ein Aufenthalt bei arktischen Januartemperaturen, wenn die Insel für Besucher gesperrt war, entsprach nicht ihren Vorstellungen von einem idealen Winterurlaub. Nach den vielen Jahren im Natchez Trace Nationalpark in Mississipi, wo eine Jeansjacke und Kniestrümpfe als Wintergarderobe genügten, war sie kälteempfindlich geworden. Vielleicht würde ihre neue Position als oberste Parkpolizistin im Rocky-Mountain-Nationalpark sie ja ein wenig abhärten, aber dazu musste sie erst einmal einen Winter dort verbringen.

Unbeholfen trat sie von einem Fuß auf den anderen und spürte, wie ihre Zehen sich in den klobigen Stiefeln bewegten. Die vielen Schichten aus Daunen und Fleece machten ihren Körper steif.

Anna begegnete neuer Kleidung stets mit Argwohn und mochte auch keine Partys, für die man sich schick machen musste. Die Einladung, sich an dem seit vielen Jahren andauernden Forschungsprojekt zum Thema Wölfe und Elche auf der Isle Royale zu beteiligen, war vom Leiter des Rocky Mountain Nationalparks gekommen, und zwar in Worten, denen keine Frau widerstehen konnte: »Haben Sie keine Lust, sich in Schneeschuhen durch unwegsames Gelände zu quälen und mit Blut vollgesogene Zecken und Elchpisse einzusammeln?«

Als wahre Romantikerin hatte Anna begeistert zugestimmt. Schließlich würde sie es auch im Rocky Mountain Nationalpark bald mit Raubtieren zu tun bekommen. Nicht etwa, weil die Politiker plötzlich eine Erleuchtung gehabt hätten, sondern weil sich die prachtvollen und früher so verhassten Fleischfresser überall rasch vermehrten. Inzwischen eroberten sich Wölfe Gebiete zurück, aus denen sie vor mehr als einem Jahrhundert vertrieben worden waren.

Anna hatte Grund zu der Annahme, dass sich die erwarteten Wölfe bereits im Park aufhielten, beabsichtigte allerdings nicht, das in der Öffentlichkeit breitzutreten. Zumindest so lang nicht, bis die Welpen alt genug waren, um sich selbst durchzuschlagen. Der zukünftige Umgang mit Wölfen und Elchen stand also ganz oben auf der Aufgabenliste des Rocky Mountain Nationalparks, und wo konnte man sich besser darüber informieren als auf der Isle Royale?

»Alles fertig«, verkündete der Pilot.

Anna kletterte die zwei schmalen Stufen hinauf auf den

Radkasten der Beaver, um in das hoch gelegene Cockpit zu steigen, keine Kleinigkeit in Stiefeln mit dem Ausmaß von Schneeschuhen.

»Brauchen Sie Hilfe mit dem Sicherheitsgurt?«

Der Pilot verhielt sich förmlich und schien nervös. Seine Uniform, die ihn als Mitarbeiter der amerikanischen Forstbehörde auswies, war steif von Stärke. Anna, die von ihren Einsätzen eher an verschwitzte und zerknitterte Versionen dieses Kleidungsstücks gewöhnt war, hatte sie auf den ersten Blick mit einer Militäruniform verwechselt.

»Nein«, erwiderte sie knapp.

Sie war schon häufiger auf Such- oder Rettungsaktionen sowie bei Waldbränden und Tierzählungen mit dem Flugzeug unterwegs gewesen, als sie sich erinnern konnte, und das lang vor dem Highschoolabschluss des Piloten. Verärgert wegen ihrer eigenen Gereiztheit, fummelte sie am Sicherheitsgurt herum. Weil sie so dick eingepackt war wie ein Schuljunge, der im Januar in Iowa auf einen Bus wartet, konnte sie sich kaum bewegen.

Hochmut kommt vor dem Fall, dachte sie spöttisch, während ihre in Fäustlingen steckenden Hände am Gurt zerrten.

Als sie versuchte, die Handschuhe mit den Zähnen auszuziehen, geriet ihr die schicke neue Sturmhaube in den Weg. Schließlich blieb sie still und geduldig wie der bereits erwähnte Schuljunge aus Iowa sitzen und ließ sich vom Piloten den Schultergurt in den Beckengurt haken und das Ganze einrasten.

Dann bedankte sie sich höflich.

Robin Adair, die langbeinige Forschungsassistentin, schlüpfte anmutig auf den Rücksitz und schnallte sich an wie ein Profi. Dann wurde das Flugzeug aus dem Hangar geschoben.

Der Flugplatz der Forstbehörde befand sich am Ufer des Shagawa Lake, unweit der kleinen Stadt Ely. Im Sommer diente die Wasserfläche als Startbahn, im Winter bot sie eine Piste aus hartgefrorenem, schneebedecktem Eis, die in nordöstlicher Richtung verlief. Sie wurde von in kräftigen Farben gestrichenen Fischerhütten gesäumt, die kreuz und quer herumstanden und an einen bunt zusammengewürfelten Wohnwagenpark aus den 1940er-Jahren erinnerten.

In dem Versuch, die innere Gereiztheit niederzukämpfen, ließ Anna die Schönheit des Waldes auf sich wirken, als die Beaver von der Eisfläche abhob und eine Linkskurve in Richtung Michigan flog. Die Sonne schien grell, und der Tag war so klar, wie es nur im Norden möglich ist, wo der Frost jegliche Feuchtigkeit aus der Luft vertreibt. Die Sonne stand so tief am südlichen Himmel, sodass schon mittags eine Art Abendstimmung herrschte. Ein durchscheinendes bernsteinfarbenes Licht ließ die Konturen weich erscheinen, und die Nadelbäume an den Ufern der mit Schnee bedeckten Seen warfen Schatten, so spitz und schwarz wie Raubtierzähne auf einer Kinderzeichnung. Selbst aus einer Höhe von über siebenhundert Metern schimmerte jeder über die funkelnde weiße Fläche verlaufende Pfad blau.

Es knisterte in Annas Kopfhörer.

»Waren Sie schon einmal auf der Isle Royale?«, fragte die Stimme des Piloten.

»Einmal.« Anna konnte das sogar mit einer Narbe beweisen, einem achtzehn Zentimeter langen glänzenden Streifen, der quer über ihren Unterleib verlief. Sie schmerzte hin und wieder noch immer.

Wenn es kalt war.

»Haben Sie dort gearbeitet?«

Die Höhenluft schien den Mann gesprächig zu machen. Anna war er zwar schweigsam lieber gewesen, doch sie riss sich von dem Anblick der schwarzen Bäume und weißen Seen los, um Konversation zu betreiben.

»Vor zehn oder fünfzehn Jahren. Damals war ich Parkpolizistin in Windigo. Bootspatrouille.«

»Wahnsinn!«, rief der Pilot. »Damals war ich in der siebten Klasse«, fügte er hinzu, bevor Anna Gelegenheit hatte, sich in seiner Ehrfurcht zu sonnen.

So viel zum Thema »Eindruck schinden bei den Eingeborenen«.

»Haben Sie auch die Leute vom Heimatschutz hingeflogen?«, erkundigte sie sich, um das Thema zu wechseln.

Die »Leute vom Heimatschutz« waren aus Washington geschickt worden, um die Winterstudie zu bewerten. Seit fünfzig Jahren war die Isle Royale nun offiziell ein Labor der Technischen Universität von Michigan in Zusammenarbeit mit der Nationalen Parkaufsicht. Die Parkverwaltung stellte Gelder und Material zur Verfügung, während die Biologen die Anziehungskraft der Insel steigerten. Die Touristen verfolgten das Anwachsen und Abnehmen der Wolfspopulation nämlich so gespannt wie Seifenopernfans die Folgen ihrer Lieblingsserie. Der Großteil der weltweit verfügbaren Informationen über Wölfe stammte aus dieser Studie.

Zu ihrer Fortsetzung waren eigentlich nur zwei Voraussetzungen nötig. Fünfzigtausend Dollar im Jahr – ein Klacks für ein Forschungsprojekt dieser Größenordnung – und eine Sperrung der Insel für Touristen von Oktober bis Mai, wenn die Wölfe sich paarten und ihre Jungen zur Welt brachten.

Nun hatte das Ministerium für Heimatschutz beschlossen, die Sicherheitsstufe in allen Nationalparks in Grenznähe zu erhöhen, und wollte deshalb die Möglichkeit prüfen, den Park ganzjährig zu öffnen, um die Grenzen besser vor Terroristen zu schützen. Falls das seit einem halben Jahrhundert andauernde Projekt zur Erforschung der Wölfe und Elche inzwischen genügend relevante Daten ermittelt haben sollte, plante das Ministerium für Heimatschutz, die Untersuchungen einzustellen und die Insel Skiläufern und Wintercampern zugänglich zu machen. Die Ferienanlage Rock Harbor im Ostufer würde dann für eine ganzjährige Nutzung ausgebaut werden. Außerdem sollte in Windigo ein kleines Hotel entstehen.

Die Wolfsforscher – Anna und die Saisonkräfte von der Nationalen Parkaufsicht – würden sechs Wochen lang mit den Mitarbeitern des Heimatschutzes, eigens eingestellten Experten von der American University in Washington, eine Blockhütte teilen.

Anna war verwundert, dass kein aufstrebender junger Fernsehproduzent viel Geld geboten und sich um die Filmrechte für diese Realityshow beworben hatte.

Das Mikrofon knackte.

»Es waren ein Mann und eine Frau«, sagte der Siebtklässler, der die Maschine flog. »Die Leute vom Heimatschutz, meine ich. Der Typ ist von Ridley Murray empfohlen worden. Fast eine Woche saßen sie in Ely fest, hingen den ganzen Tag beim Hangar herum und regten sich auf, weil wir nichts gegen die Wolkendecke tun konnten. Die Wolken reichten praktisch bis zum Boden.«

»Ich fasse es nicht, dass die Parkverwaltung Rolf so etwas antut«, ließ sich Robin vom Rücksitz vernehmen. Ihr stimmaktiviertes Mikrofon knisterte eher vor Wut als wegen der statischen Geräusche.

»Rolf Peterson ist in Rente«, erwiderte der Pilot.

»Aber Rolf und die Studie sind ein und dasselbe«, protestierte Robin.

Aus ihrem Engagement schloss Anna, dass sie sich wie viele der jungen Naturschützerinnen in den charismatischen Forscher verliebt hatte. Es war keine sexuelle Liebe, sondern eine romantische – in dem Sinne, dass sie später einmal so werden oder wenigstens das gleiche Leben führen wollten wie er. Eine Frau in Robins Alter – schätzungsweise zweiundzwanzig oder dreiundzwanzig – hatte es sicher als Verrat empfunden, dass er in den Ruhestand gegangen war. Oder als plötzliches Ableben.

»Ridley wollte diesen Typen«, beharrte der Pilot.

»Ridley Murray war früher Rolfs Student.« Wieder war Robins Stimme, untermalt von Knistern, zu hören. »Das schien das kleinere Übel zu sein. Eigentlich wollte Ridley *niemanden* dort haben.«

Das Mikrofon blieb eingeschaltet, als verhindere ein unausgesprochener Gedanke, dass es ausging. Dann trat, unverkennbar, eine andere, lautlose Art von Ruhe ein. Kurz fragte sich Anna, wodurch sich die stumme, aber offene Leitung von dem absoluten Schweigen unterschied, das darauf folgte. Vielleicht war es wie ein Vergleich zwischen Stille und Taubheit, ein Gefühl, das tiefer ging, als das Hörvermögen und das einem sagte, dass man allein war.

Anna ließ die Einsamkeit auf sich wirken, während sie zusah, wie die gefrorene Landschaft unter den Tragflächen der Beaver dahinglitt.

Sie dachte an Paul. Nicht nur die Hitze von Mississippi hatte sie empfindsamer gemacht. Paul Davidson war die lebendige Wärmequelle ihres Lebens. Nach dem Tod ihres ersten Mannes Zack hatte Anna, ohne es selbst zu wissen, ihr Herz an einen kalten, verlassenen Ort verbannt. In ein Zwischenreich, in dem es weiterschlug wie das Herz eines winterstarren Frosches im Schlamm, bis der Frühling es wieder auftaute. Paul war ihr Frühling gewesen.

Nichts ließ sich mit der Wärme vergleichen, die sie in Pauls Armen empfand, nichts mit dem Schlaf, den sie genoss, wenn sie den Kopf an seine Schulter schmiegte. Er schenkte ihr eine Geborgenheit, die sie vor seiner Zeit nicht gekannt hatte. Die Liebe hatte sie offener gemacht, was gleichzeitig gefährlich und wunderschön war.

Seit vier Monaten waren sie verheiratet. Zehn Tage davon hatten sie zusammen verbracht.

Während Anna vom rechten Sitz der Beaver aus beobachtete, wie die Landschaft vorbeiglitt, sehnte sie sich mit einer Wucht nach ihm, die an Panik grenzte. Parkpolizistin war ein Beruf, kein Lebensstil. Die Einsamkeit eine freie Entscheidung, kein Zwang mehr. Sie musste sich zurückhalten, um den Piloten nicht anzuschreien, dass er umkehren sollte. Einen schrecklichen Moment lang erschien ihr ihre Karriere sinnlos, vergebliche Liebesmüh für wenig Gehalt, ein grausamer Scherz, der sie von ihrem Ehemann weggelockt hatte. Nur das Zusammensein mit Paul zählte. Um Selbstbeherrschung ringend, ballte sie die

Fäuste. Doch in den dicken Daunenfäustlingen wurden nur zwei weiche Kugeln daraus.

Ein Geräusch in ihren Ohren sagte ihr, dass Erlösung in Form einer Ablenkung nahte. Robin ergriff wieder das Wort. Ihr zorniger Tonfall wirkte aufmunternd auf Anna.

»Ridley hat den Typen vom Heimatschutz aus einer Liste ausgewählt, die an die Parkverwaltung geschickt wurde. Allerdings muss der Verfasser dieser Liste eine ziemliche Niete sein.«

Eine Niete. Anna hatte inzwischen genug mit Forschungsprojekten zu tun gehabt, um zu erraten, dass damit jemand von der Nationalen Parkaufsicht gemeint war.

Wissenschaft und Verwaltung verband eine seltsame und gegenseitige Hassliebe. Vor vielen Jahren hatte die Parkaufsicht ihre eigenen Forschungsprojekte in den Parks aufgegeben und Wissenschaftler von außen damit beauftragt. Inzwischen betrachteten die Forscher die Parks als ihre Privatlabors und hielten die Mitarbeiter der Parkverwaltung bestenfalls für ein notwendiges Übel oder gar für lästige Dummköpfe. Eine Tendenz zur Betriebsblindheit gehörte für Wissenschaftler zum Berufsrisiko, sodass sie häufig nur noch für das Objekt ihrer Untersuchungen lebten. Was nicht zum Gelingen ihres Projekts beitrug, wurde mit Verachtung gestraft.

Die Studie zur Erforschung der Wölfe und Elche auf der Isle Royale beschäftigte nun schon seit Jahrzehnten dieselben Wissenschaftler, die Jahr für Jahr wiederkamen, sechs Wochen im Sommer und sechs im Winter.

»Befehl aus Washington. Terroristen.« Robin schnaubte höhnisch. Anna war überrascht, dass so ein zartes Näschen ein derart kräftiges Schnauben hervorbringen konnte. »Wenn sie aus dem Nahen Osten sind und sich mitten im Winter über die kanadische Grenze schleichen, um zur Insel zu rudern, werden sie sich ganz schnell ihre kleinen Terroristenärsche abfrieren.«

Befehl aus Washington.

Nach den Anschlägen vom 11. September 2001 hatte das Ministerium für Heimatschutz die Nationale Parkaufsicht regelrecht mit Geldern überschüttet. Alle hatten Luftsprünge gemacht und sich wie an Weihnachten gefühlt, bis sie feststellten, dass die Mittel ausschließlich für Sicherheitsmaßnahmen bestimmt waren. Während die Polizeikräfte die Muskeln spielen ließen, musste der Naturschutz in die zweite Reihe zurücktreten.

Inzwischen bestimmte Washington das Naturschutzthema des Jahres. Zeltlager von den Everglades bis nach Death Valley oder der Halbinsel Kenai standen unter dem Motto Umweltverschmutzung, gefährdete Tierarten oder Bioterrorismus – abhängig davon, was man in Washington eben für wichtig hielt. Ob die Menschen sich für das jeweilige Thema interessierten oder ob es zum Park passte, war nebensächlich.

Geldgeschenke gab es nämlich nie umsonst.

»Der See ist nicht zugefroren«, verkündete der Pilot.

Anna schaute genauer hin. Was sie für funkelndes Eis auf dem näher kommenden Lake Superior gehalten hatte, war Wasser.

In einem kälteren Winter als diesem waren damals einige Wölfe über das Eis aus Kanada gekommen und hatten sich auf der Insel häuslich eingerichtet. Dass der See von der Isle Royale bis zur kanadischen Seite zufror, kam jedoch selten vor und war seit über dreißig Jahren nicht mehr geschehen.

Anna beobachtete, wie das Land unter den Tragflächen von Wasser abgelöst wurde. Die Isle Royale erschien am Horizont. In ihrer Freude, die Insel aus der Luft zu sehen, vergaß sie Paul, die Kälte und die Feindseligkeit der Erdenmenschen.

Washington Harbor hieß sie willkommen. Die Maschine flog tief und langsam. Das schillernde Blau und Bernsteingelb des Himmels spiegelten sich im Wasser, das zwischen schmalen Inselchen aus immergrünen, im Schatten schwarz wirkenden Pflanzen floss. Blau verwandelte sich in Weiß, wo die Eisschollen, die sich im flachen Wasser gebildet hatten, Beaver Island umgaben wie eine Halskette aus Diamanten. Auf Höhe der Baumwipfel und dicht am Ufer, um den schlimmsten Seitenwinden auszuweichen, steuerte der Pilot eine weiße Fläche zwischen der winzigen Hafeninsel und den Docks von Windigo an.

Die wöchentliche Ankunft von Proviant und Menschen aus der Welt draußen war offenbar ein großes Ereignis. Ein Schneemobil, umringt von vier Personen, die in ihren vielen Schichten warmer Kleidung aussahen wie prall gefüllte Wäschesäcke, parkte auf dem Eis östlich vom Bootssteg. Während sich das Flugzeug anmutig aus dem Himmel herabsenkte, drehte eines der Kleiderbündel sich um, ließ die Thermohose herunter und zeigte ihnen trotz der eisigen Temperaturen den nackten blassen Hintern. Anna lachte. Der Pilot achtete nicht darauf.

Als die Propeller stoppten und bärtige Gesichter, umrahmt von pelzgesäumten Kapuzen, zu ihnen hinaufblickten, musste Anna an die erste Begegnung der Cro-Magnon-Menschen mit dem eisernen Göttervogel denken.

Der Pilot schaltete den Motor ab, öffnete seinen Sicherheitsgurt und rutschte vom linken Sitz. Robin Adair schwebte, leicht wie eine Flocke in einer Schneekugel, vom rechten Sitz auf das Eis des Hafens. Nachdem Anna ihren Sicherheitsgurt trotz der Fäustlinge geöffnet hatte, setzte sie vorsichtig einen klobigen Stiefel vor den anderen, zwängte ihr gepolstertes Hinterteil durch die Tür und kletterte unbeholfen die winzigen Stufen am Radkasten hinunter. Neunzig Minuten Herumsitzen in der Kälte hatte nicht unbedingt zu ihrer Gelenkigkeit beigetragen, weshalb sie auf den Boden plumpste wie ein in die Tonne geworfener Müllsack.

Ein rasiermesserscharfer, gnadenloser Wind peitschte ihre Wangen, als sie sich zu dem aus Höhlenmenschen bestehenden Empfangskomitee umdrehte. Doch vor ihr erhob sich nur eine Wand aus in Parkas gehüllten Rücken.

»Heiliger Strohsack«, durchschnitt Robins Stimme die flirrende Stille. Sie sprach in dem gepressten Flüsterton eines Außerirdischen, der sein Mutterschiff entdeckt hat. Anna watschelte zum Ende der Mauer aus Menschen und Gänsedaunen.

Jenseits der dicht stehenden, dunklen Bäume zappelte eine riesige schwarze Gestalt.

»Ein Windigo«, hauchte Robin.

Die Legende der Ojibwa, niedergeschrieben von Algernon Blackwood, die man sich am Lagerfeuer erzählte, um die Besucher des Parks zu Tode zu ängstigen, fiel Anna wieder ein. Ein Windigo war ein wildes und gefährliches Ungeheuer, das am nördlichen Ufer des Sees lebte, wo niemand die Schreie seiner gemarterten Opfer hören konnte, und sich vom Fleisch und den Seelen der Menschen ernährte.

Obwohl Anna eigentlich nicht abergläubisch war, hatte ihr die Geschichte in dem Sommer, den sie auf der Insel verbracht hatte, einige schlaflose Nächte bereitet. Robins bleiches, vor Angst verzerrtes Gesicht und ihr entsetzter Tonfall erinnerte sie wieder daran.

Die Gestalt zwischen den Bäumen war riesig und bewegte sich ruckartig, als litte sie Schmerzen. Sie schien auf unnatürliche Weise zu wachsen und zu schrumpfen, und Anna brauchte einige angespannte Momente, um zu bemerken, dass sie nicht in übernatürlichen Sphären schwebte, sondern immer wieder auf die Knie sank und sich mühsam aufrappelte. Schließlich kam sie aus dem schützenden Wald auf den zugefrorenen See getaumelt. Die Hufe klapperten laut auf den vereisten Steinen.

»Vorsicht«, sagte einer der bärtigen Männer. »Nicht alle Elche sind harmlos.«

Anna hielt sich wegen des grellen Lichts schützend die Hand vor Augen. Wo eigentlich das Geweih des Elches hätte sein müssen, befanden sich nur seltsam verkrümmte Hörner, bedeckt von kränklich wirkendem Fleisch und hühnereigroßen Eiterbeulen. Sie waren über zwanzig Zentimeter lang und wuchsen aus einer krebsgeschwürartigen, wild wuchernden Knochenmasse.

Das gewaltige Tier schwenkte den Kopf, als ob sich die deformierten Hörner tief in sein Gehirn bohrten und ihm den Verstand raubten, und kam weiter auf sie zugetorkelt. In dem weißen, vom Eis reflektierten Licht sahen die grotesken Auswüchse fleischig und lebendig aus.

Etwa sechzig Meter vor ihnen sank der Elch auf die Knie. Tiefer Schmerz stand in seinen dunklen Augen, als er den massigen Schädel hob und ein klagendes Blöken ausstieß wie ein neugeborenes Lamm. Dann kippte sein Kopf aufs Eis und regte sich nicht mehr.

Wenn in einem Science-Fiction-Film eine unbekannte Krankheit auf die Menschheit losgelassen wird, äußert sie sich unweigerlich in Form von Geschwüren, die durch kein Naturgesetz aufzuhalten sind. Es sind Warzen und Tumore, die jeden Maskenbildner in Verzückung versetzen. Dieser Windigo war genauso entstellt wie ein Hollywoodkomparse, nur dass er keine achtzig Dollar pro Tag dafür bekam.

»Was fehlt ihm?« Anna war selbst erstaunt über ihren zornigen Tonfall.

»Es kommt zwar nur selten vor, passiert aber manchmal, wenn ein alter, unterernährter Bulle nicht mehr genug Kraft hat, um sich für die nächste Brunftzeit ein neues Geweih wachsen zu lassen«, erwiderte der Jüngste der Bartträger. »Zumindest halten wir das für die Erklärung. Die Ojibwa dachten, diese Elche seien dem Windigo zum Opfer gefallen und deshalb vom Bösen besessen.«

»Wir sollten ihn von seinen Leiden erlösen«, meinte der Größte und Kräftigste der Cro-Magnons.

Der freudig erregte Unterton in seiner Stimme machte Anna fast ebenso zu schaffen wie das in sich zusammengesunkene Ungetüm auf dem Eis.

2

Ich bin Ridley Murray«, verkündete der Mann, der die Ursache des verkrüppelten Geweihs erläutert hatte. Anna konnte nur haselnussbraune Augen mit langen dunklen Wimpern erkennen.

Seine Stimme klang eher nach Alt als nach Tenor, hörte sich jedoch nicht schwach oder weibisch, sondern eher sanft an. Anna fand ihn auf Anhieb sympathisch, was für sie stets ein Alarmzeichen war. Menschenkenntnis gehörte nämlich nicht zu ihren Stärken.

»Ich bin der Leiter des Forschungsprojekts«, fuhr er fort. »Das hier«, er wies auf den großen Mann, der den Wunsch geäußert hatte, den Windigo-Elch zu töten, »ist Bob Menechinn vom Ministerium für Heimatschutz.«

Ridleys Stimme war dabei so ausdruckslos, dass man es fast schon als beleidigend werten konnte. Aber nur fast.

»Nett, Sie kennenzulernen«, sagte Bob und hielt Anna die Hand hin. Er erinnerte sie an den Schauspieler John Goodman.

Auch ohne Daunenparka war er kräftig gebaut, gut eins achtzig groß und hatte ein fleischiges, ausdrucksfähiges Gesicht wie Goodman, der seine Züge je nach den Anforderungen der Rolle gütig oder aufgedunsen und bösartig wirken lassen konnte.

»Anna Pigeon vom Rocky Mountain Nationalpark«, erwiderte Anna.

»Er ist tot«, rief Robin.

Während sich alle einander vorstellten, war sie rasch und behände über das Eis zu dem Elch hinübergerutscht. Der vierte Cro-Magnon begleitete sie.

»Adam, könntest du die Kamera und eine Axt holen?«, fragte Ridley einen schlaksigen Burschen, gehüllt in die heruntergekommenste Winterbekleidung, die Anna je gesehen hatte.

Sein Parka, früher vermutlich khakifarben wie eine Militäruniform, war mit so vielen verschiedenen Substanzen beschmiert, dass man die Originalfarbe nur noch unter der Abdeckung des Reißverschlusses erkennen konnte. Selbst das reißfeste Nylon hatte nichts gegen das Eindringen scharfkantiger Gegenstände ausrichten können, sodass überall an Ärmeln und Torso die Daunen herausquollen. Die Manschetten erweckten den Eindruck, als wären sie in einen Aktenvernichter geraten.

»Wird gemacht«, antwortete Adam und trottete – eine Vogelscheuche in einem arktischen Land Oz – mit seltsam schlenkernden Gelenken und vollkommen geradem Rücken auf das Schneemobil zu.

Anna, Bob und Ridley schlurften über das Eis zu Robin und dem toten Windigo hinüber.

Robin war neben dem Kadaver in die Knie gegangen. Ridley fasste den Mann, den Anna noch nicht kennengelernt hatte, an der Schulter.

»Das ist ...«

»Der einzige geistig zurechnungsfähige und der bei weitem am besten aussehende Mann auf dieser Insel.« Der Mann schlug die Kapuze zurück, als wolle er Anna seine Schönheit präsentieren.

Sein Haar war schneeweiß. Dort wo die Kapuze es nicht plattgedrückt hatte, sträubte es sich in alle Richtungen. Sein kurz geschorener, ebenfalls weißer Bart schien zu leuchten. Seine Augen waren hinter der reflektierenden runden Nickelbrille nicht zu erkennen.

»Robin ist schon seit zwei Jahren hinter mir her«, fuhr der geistig zurechnungsfähige und gut aussehende Mann fort. Beim Lächeln zeigte er kleine, gerade Zähne, die zu einem niedlichen Kind oder einem Dachs gepasst hätten. »Aber die arme Kleine musste sich mit – wie war doch gleich sein Name? – zufriedengeben, richtig, Robin?«

»Gavin«, erwiderte Robin.

Anna konnte nicht sagen, ob sie sich von diesem pseudoerotischen Geplänkel geschmeichelt oder gelangweilt fühlte. Jedenfalls schien sie daran gewöhnt zu sein.

»Genau, Gavin, ein oberflächlicher Bursche und groß genug, um mein Vater zu sein. Jonah Schumann, zu Ihren Diensten«, wandte Jonah sich an Anna.

Ridley Murray schien es nicht zu stören, dass Jonah ihm ins Wort fiel und ihn zum bestenfalls zweitschönsten Mann auf der Isle Royale degradierte. Stattdessen betrachtete er ihn mit einem nachsichtigen Lächeln auf den Lippen, als hätte er seinen Lieblingsonkel vor sich.

»Möchtest du ihr erklären, was es mit dem Geweih auf sich hat, Jonah?«, meinte Ridley.

Jonah lehnte das Angebot mit anmutig geneigtem Kopf dankend ab.

»Wir wollen lieber sehen, ob du etwas von mir gelernt hast«, erwiderte er.

»Die Geweihe wachsen während des Sommers, um in der Brunftzeit im Winter die Weibchen zu beeindrucken«, sagte Ridley zu Anna. »Sie kosten das Tier sehr viel Kraft, denn sie verschlingen Unmengen von Nahrung, Mineralien und Energie.«

»Die Größe spielt also doch eine Rolle«, unterbrach Jonah mit feierlicher Miene.

Ridley lachte.

»Ältere Elche oder Männchen, die wegen eines extrem kalten Winters oder aus Nahrungsmangel zu erschöpft sind, stecken ihre letzten Kraftreserven in ihr Geweih. Wenn sie es schaffen, kriegen sie noch einmal eine ab, aber im nächsten Winter sterben sie für gewöhnlich.«

Anna dachte an alte Männer und ihre Sportwagen, war aber so klug, den Mund zu halten.

»Dieses Phänomen nennt man Perückenbildung. Aber so ein extremer Fall ist mir noch nie untergekommen. Wir müssen ihn unbedingt fotografieren. Ich habe das niemals in Natura gesehen, nur auf Abbildungen.«

»Alles, was er weiß, hat er aus meinem Buch über die lichtbedingten Verhaltensänderungen der Köcherfliege bei Huftieren«, verkündete Jonah feierlich.

Den Rücken hochmütig aufgerichtet – ein Hinweis auf Arroganz oder chronische Rückenschmerzen – kauerte sich Bob Menechinn neben den Kopf des Tieres. Als er kurz das Gleichgewicht verlor, hielt er sich an dem verkrümmten Geweih fest. Ridley zuckte zusammen.

»Vorsicht mit dem Geweih, Bob«, meinte er ruhig.

»Mann, da sind wir wirklich auf Gold gestoßen. Schaut nur«, rief die Forschungsassistentin und nahm einen Plastikbeutel aus dem Armeerucksack, den sie aus dem Flugzeug mitgebracht hatte. »Zecken. Der alte Bursche war buchstäblich ausgesaugt. Wie viele sind es deiner Ansicht nach?«, fragte sie Ridley.

Er untersuchte den Kadaver. Der Elch war so unterernährt, dass seine Rippen hervorstachen. Die Flanken waren eingesackt, und die Haut wies kahle Stellen auf, wo er sich an Bäumen gescheuert hatte, um die winterlichen Plagegeister loszuwerden.

»Herrje, mindestens fünfzigtausend, wenn nicht gar sechzig«, schätzte Ridley. »Wäre der alte Junge doch lieber als Blutspender zum Roten Kreuz gegangen.«

Robin zupfte ein dickes Haarbüschel aus. An den Haarwurzeln hing ein halbes Dutzend dicker Zecken, die sie in dem Plastikbeutel verstaute.

Dann steckte sie das Ganze in ihren Rucksack. Anna hoffte, dass es sich bei dem Beutel um einen teuren mit Doppelverschluss handelte.

Keiner sprach ein Wort, und das Schweigen senkte sich wie Schnee auf die kleine Gruppe. Das Geräusch, das gleichzeitig nah und weit entfernt klang, durchbrach die Stille nicht, sondern fügte sich eher in sie ein. Es war der Ruf eines Grauwals viele Meter unter ihnen im Wasser. Anna warf Robin einen Blick zu, um festzustellen, ob sie es auch gehört hatte. Das war eine Angewohnheit von ihr, übrig geblieben aus der schlechten alten Zeit, als sie nach einem üblen LSD-Trip jahrelang darauf achtete, eine seltsame Wahrnehmung niemals zuerst zu erwähnen, nur für den Fall, dass sie außer ihr keiner bemerkt hatte. Eigentlich hatte sie geglaubt, diese Marotte hätte sich inzwischen gelegt. Doch offenbar war sie in dieser eigenartigen schwarzweißen Welt, bevölkert von Windigos und Cro-Magnons, zurückgekehrt.

Die Kälte war so beißend und gnadenlos, als hätte sie es persönlich auf einen abgesehen.

Als Anna die Hände in die Taschen stecken wollte, stellte sie fest, dass sie wegen der dicken Fäustlinge nicht hineinpassten.

»Das Eis singt«, meinte Robin. »Es ist ständig in Bewegung und verschiebt sich. Manchmal knallt es auch wie ein Schuss. Es macht alle möglichen Geräusche.«

Anna versuchte, nicht darauf zu achten, dass Väterchen Frost ihre Knochen benagte, und öffnete sich der Musik – einem Gewirr aus Instrumenten, die erst noch erfunden werden mussten, hallende Lauten, gedämpfte Trommeln, das Trillern von stimmbandlosen Vögeln, kaum hörbar, als würde es auf einer anderen Wellenlänge ans Gehirn übertragen. In Texas sang der Wind ganz ähnlich, wenn man sich inmitten der richtigen Felsformationen befand. Die unverfälschte Musik der Erde. Anna glaubte, sie würde die ganze Wahrheit erfahren, wenn sie nur lange und angestrengt genug hinhörte.

Doch ehe die Erleuchtung sich eingestellt hatte, näherte sich quietschend das Schneemobil vom Blockhaus auf dem Hügel. Es zog einen Anhänger hinter sich her – eine sarggroße Aluminiumkiste mit Deckel und auf Kufen. Das Fahrzeug raste über den See und blieb neben der Leiche des Elchs stehen.

»Adam Peck«, sagte Ridley, als der Fahrer den Motor abschaltete. »Er hat unser Begrüßungskomitee verpasst.«

»Hallo«, meinte Adam freundlich.

Anna schätzte ihn auf Anfang Vierzig. Als er zum Sprechen den Schal herunterzog, stellte sie fest, dass er keinen Vollbart, sondern einen dichten Schnurrbart trug, wie man ihn eigentlich nur noch auf Bildern aus dem Bürgerkrieg sah.

Zackig sprang er vom Schneemobil und öffnete den Anhänger.

»Kamera«, verkündete er in dem Ton, in dem eine OP-Schwester ein Skalpell forderte.

Robin begann, den Elch von allen Seiten zu fotografieren. Währenddessen fachsimpelten die anderen wie das Publikum bei einer Kuriositätenschau und erörterten die merkwürdige Form des Geweihs, die Anzahl der Zecken und die Hinweise auf Unterernährung.

Wegen des Hungers der Elche war die Balsamtanne, ihre Lieblingsspeise im Winter, inzwischen fast von der Insel verschwunden, sodass die einst gewaltige Herde – bei Annas letztem Aufenthalt auf der Isle Royale hatte sie fast fünfzehnhundert Köpfe gezählt – auf etwa dreihundert Tiere geschrumpft war.

»Werden die Wölfe durch den Hunger aggressiver?«, fragte Menechinn.

Er hatte die ganze Prozedur beobachtet, die Arme vor der Brust verschränkt und das Kinn im Schal vergraben.

»Werden sie«, erwiderte Robin.

»Ich habe noch nie einen Zusammenhang zwischen der Aggressivität bei Wölfen mit der Nahrungsversorgung erlebt«, widersprach Ridley. »Es geht meistens um Paarung und Revierkämpfe.«

»Aber es gibt immer ein erstes Mal«, ergriff Adam Partei für die Forschungsassistentin.

Ridley zuckte die Achseln.

»Bist du bereit für die Axt?«, fragte er Robin. »Wir müssen

den Kopf mitnehmen«, erklärte er Anna. »Er ist ein ausgezeichnetes Beispiel für die Perückenbildung, und wenn wir ihn liegen lassen, holen ihn sich die wilden Tiere.«

Offenbar hatte sich die gute Nachricht von dem Todesfall bereits bei den Raben herumgesprochen, die mit pechschwarzen Schwingen am fahlen Himmel schwebten.

»Geben Sie her.« Bob Menechinn streckte die Hand nach der Axt aus. »Ich erledige das. Mann, so etwas wäre doch ein toller Wandschmuck.«

»Alles zurücktreten«, rief Ridley warnend, ohne auf das Angebot einzugehen. »Das wird eine ziemliche Sauerei.«

Ridley war nicht viel größer als Anna, vielleicht eins siebzig und zierlich gebaut. Doch er schwang die Axt wie ein Mann, der es gewohnt ist, Brennholz zu hacken, holte in einem weiten Bogen über die Schulter aus und brachte die Kraft seiner Beine hinter den Schlag.

Die Klinge der Axt grub sich in das Fleisch und die Knochen hinter den Lauschern des Elchs.

Eigentlich hatte Anna es sich so vorgestellt wie eine Hinrichtung mit der Guillotine im Film. Ein einziger Schlag, und schon war der Kopf vom Körper getrennt. Nur, dass er wegen des Geweihs und der langen, knollenförmigen Schnauze nicht wegrollen konnte. Elche waren offenbar weder für ein Leben in Schönheit noch für einen würdevollen Tod geschaffen.

Ridley stützte den Stiefel auf den dicken Hals und zerrte an der Axt. Als diese sich mit einem schmatzenden Geräusch löste, verteilte sich das Blut auf dem Eis wie ein Schwarm von Kardinalen.

Der Kopf sackte zur Seite. Große dunkle Augen starrten nach oben. Der Hingerichtete beobachtete, wie der Henker sein Werk vermasselte.

»Er sieht irgendwie bekifft aus.« Bob lachte. »Oder ist es eine Sie?«

Ridleys Axt traf das Tier zwischen den Augen.

»Verdammt«, stieß er leise hervor, holte tief Luft, schwang

noch einmal die Axt und trennte den Kopf vom Körper. Nur ein zwanzig Zentimeter breiter Hautstreifen hing noch daran, doch Adam durchtrennte ihn rasch mit einem Messer, das er aus den Tiefen seiner zerlumpten Kleidung zutage förderte.

Noch ehe sie den Kopf des Elches in eine Plane gewickelt hatten, landeten schon die ersten Raben und hüpften schimpfend hin und her, da ihr Festmahl kalt wurde. Einige besonders Mutige stürzten sich auf die offene Wunde am Hals, die wegen der fehlenden festen Haut leicht zugänglich war. Bald würde sich das verschiedenste Kleingetier an dem Kadaver gütlich tun, eine reichhaltige Mahlzeit, die ihnen die Kraft geben würde, bis zum Sommer durchzuhalten, wenn auf der Insel wieder Überfluss herrschte.

Nachdem der abgetrennte Kopf in schwarzes Plastik verpackt und im Anhänger des Schneemobils verstaut war, stapften Anna und die anderen zurück zur Beaver und luden Ausrüstungsgegenstände und Proviant aus. Wegen der Größe des Kopfes und der seltsamen Form des Geweihs ließ sich der Deckel des Anhängers nicht mehr richtig schließen. Auf dem Weg zum Blockhaus fuhr Adam, Bob saß hinter ihm, und Ridley stand breitbeinig auf den Kufen wie ein Schlittenlenker, der ein motorisiertes Gespann steuerte.

Das Flugzeug der Forstverwaltung startete, hob erstaunlich schnell vom Boden ab und verschwand auf der anderen Seite von Beaver Island, während der Pilot die Länge von Washington Harbor ausnützte, um für die Rückkehr nach Ely ausreichend Flughöhe zu gewinnen.

Das verklingende Geräusch der Verbrennungsmotoren wirkte gleichzeitig unpassend und war eine beruhigende Erinnerung daran, dass die Mannschaft der Winterstudie nicht zur Zeit der Mastodons auf der vereisten Insel gestrandet war. Anna hätte gern noch einmal dem Singen des Eises gelauscht, doch bis auf das Kreischen der Raben war nichts zu hören.

Eine Weile standen sie, Robin und Jonah schweigend da und blickten dem Flugzeug nach. Dann machten sie gleichzeitig kehrt wie ein Vogelschwarm, der einem gemeinsamen Instinkt gehorcht, und folgten der Spur des Schneemobils. Behindert durch die dicke Kleidung und unsicher auf dem rutschigen Boden, fühlte Anna sich wie ein Kind, das Laufen lernt. Robin glitt anmutig im Zweierschritt dahin, ohne dass ihre weichen Fellstiefel den Boden verließen.

Auf halbem Wege zurück zum Dock stand eine sogenannte Supercub vertäut, ein zweisitziges Flugzeug mit stoffbespannten Tragflächen, wie es vor dem Zweiten Weltkrieg für Erkundungsflüge, Rettungseinsätze, zur Jagd und bei sonstigen Gelegenheiten benutzt worden war, die es nötig machten, tief und langsam zu fliegen und überall landen zu können, wo der Mut des Piloten es zuließ. Es handelte sich um ein klassisches Modell, bis hin zu dem auf das Heck gemalten dicken braunen Teddybären. Im Moment war es mit Kufen ausgestattet, die man im Sommer mit Rädern vertauschen würde. Mit Vierkanteisen verbundene Seile führten durch ins Eis geschlagene Löcher. Da diese wieder zugefroren waren, war das Flugzeug so gut gesichert wie mit in Beton eingelassenen Haken.

»Sie bewundern gerade mein Flugzeug«, verkündete Jonah. »Wenn Sie es zuerst auf die Nase küssen, dürfen Sie es streicheln.«

Jonah war der Pilot des Forscherteams.

Alt, dachte Anna. *Hintern*, war ihr zweiter Gedanke, als ihr klar wurde, dass es Jonahs blasser alter Po gewesen war, der bei der Ankunft der Beaver der eiskalten Luft getrotzt hatte.

Da sich das Licht nicht mehr in seinen Brillengläsern spiegelte, erkannte Anna die hellblausten Augen, die sie je gesehen hatte. Sie hatten die Farbe des Himmels, wenn er von zarten Schleierwolken überzogen war. Vermutlich lag das an dem jahrelangen Starren durch die Frontscheiben von Flugzeugen. Sie schätzte Jonah Schumann auf zwischen siebzig und fünfundsiebzig.

Offenbar merkte er ihr an, dass sie nachrechnete. »Normalerweise verrate ich fremden Leuten nichts über meine Freundin hier«, meinte er. »Denn das könnte sie traumatisieren. Das alte Mädchen dürfte inzwischen um die fünfzig sein und freut sich sicher über die Gesellschaft einer Altersgenossin.« Das Funkeln in seinen Augen strafte seinen ernsten Ton Lügen.

Anna lachte, und ihr fiel ein, dass sie sich noch gar nicht vorgestellt hatte.

»Anna Pigeon vom Rocky Mountain Nationalpark.« Automatisch hielten sie sich die Hand hin, doch wegen der Fäustlinge und der dicken Handschuhe erinnerte es eher an zwei Bären, die mit den Tatzen nacheinander schlagen.

»Hübscher Hintern«, meinte Anna.

»Danke«, erwiderte Jonah feierlich. »Das haben mir schon viele Frauen und auch einige Männer gesagt. Meine Verlobte kennen Sie ja schon.«

Er betrachtete Robin, deren hübsches, ebenmäßiges Gesicht von langem, glattem, braunem Haar eingerahmt wurde. Anna trug eine Sturmhaube und hatte die Kordel so fest zugezogen, dass nur Augen und Nase zu sehen waren. Außerdem hatte sie einen breiten, dicken Schal umgewickelt, damit die Kälte ihr nicht unter den Kragen des Parkas kroch. Robins einziges Zugeständnis an die Temperaturen war eine oben spitz zulaufende Wollmütze mit albernen Ohrklappen.

»Das hättest du wohl gern, Jonah«, entgegnete sie.

»Sie ist nur schüchtern«, gab er zurück. »Es ist ihr peinlich, dass sie mich nur aus sexuellen Gründen heiraten will.«

Robin drehte sich um und blickte landeinwärts.

»Ich nehme den Lehrpfad«, sagte sie. »Ich muss nach der Wetterstation schauen.« Mit diesen Worten hüpfte sie in ihrer viel zu leichten Kleidung gelenkig davon.

Anna erinnerte sich an die Zeit, in der sie zwanzig gewesen war, wie an eine Hitzewelle: Die schmeichelhaften, allerdings durch die ständige Wiederholung irgendwann anstrengenden sexuellen Anspielungen und Witze. Das Erwähnen von Körperteilen, die verstohlenen Blicke und die Zweideutigkeiten. Eigentlich hatte sie gedacht, dass diese Unsitte dem Tsunami aus Gerichtsverfahren und politischer Korrektheit in den 1990-ern zum Opfer gefallen sei. Aber vielleicht hatte sie sich nur in den Untergrund zurückgezogen und würde erst aussterben, wenn jeder Mann ihrer und der vorangegangenen Generation die Radieschen von unten betrachtete.

Sie stapfte mit Jonah auf das Dock und sein kleines Flugzeug zu. Rechts davon auf dem Eis erhob sich ein hüfthoher Schneehaufen, in dem eine Schaufel steckte.

»Eisfischen?«, fragte sie. »Ohne Fischerhütte eine ziemlich unangenehme Beschäftigung. Ich hoffe, die Teilnahme ist freiwillig.«

»Das ist unsere Quelle«, erwiderte Jonah. »Verdammter Mist!« Er rannte zu dem ins Eis geschlagenen Loch. »Der kleine Dreckskerl will uns vergiften. Das hat er schon einmal getan.«

Jonah griff nach der Schaufel. Neben dem Schneehaufen war ein kleiner gelber Fleck zu sehen.

»Ein Fuchs«, erklärte Jonah. »Ein frecher Pinkler von einem Rotfuchs, der von seiner Mutter nicht richtig erzogen worden ist.«

Vorsichtig nahm er den verschmutzten Schnee mit der Schaufel auf und warf ihn weg, so weit er konnte.

»Dieses kleine Fellknäuel hat es in sich. Vor einer Weile ist ein Tropfen seines Urins in die Quelle geraten. Ein einziger Tropfen. Unser Wasser hat zwei Tage lang nach Fuchs gestunken.«

»Er verteidigt sein Revier«, stellte Anna fest.

»Wie tolerant von Ihnen, Wildhüterin Pigeon. Warten Sie nur, bis Sie Ihr erstes Tässchen Kaffee mit Fuchspisse trinken.«

Schimpfend begann er, mit der Schaufel zu hantieren wie mit einem gewaltigen Skalpell und gelbe Flecken auszustechen. Anna blickte zurück zu dem Elchkadaver auf dem Eis. Aus der Blutlache, wo der Kopf gelegen hatte, flossen drei Rinnsale. Sie empfand den Anblick weder als grausig noch abstoßend. Die Raben waren so schwarz, dass sie wie Scherenschnitte auf dem funkelnd weißen Schnee wirkten. Das Blut hatte noch eine lebendige kirschrote Farbe. Im Hintergrund hoben sich die pechschwarzen Umrisse der kahlen Bäume vom blauen Himmel ab. Die in ihrer Schlichtheit beeindruckende Szene erinnerte Anna an ein japanisches Gemälde, das sie einmal gesehen hatte: *Tod eines Samurai.*

»Was werden Sie wegen des Kadavers unternehmen?«, erkundigte sie sich.

Jonah stieß die Schaufel in den Schneehaufen.

»Nichts. Wir könnten auch nichts tun, selbst wenn wir es wollten. Bevor die Tierschützer mobilgemacht haben, haben wir einen Elch pro Winter geschossen. Die Wölfe vom mittleren Rudel haben es immer gemerkt und sind sofort hier erschienen. Dann wurden eines Tages die Vorschriften geändert, aber die Wölfe kamen trotzdem zur selben Zeit, als ob ihre innere Uhr ihnen sagte, wann der Elch serviert wird. Doch da es kein Elchfleisch mehr gab, ließen sie sich nicht wieder blicken. Keine Ahnung, woher sie das wussten.«

»Meinen Sie, sie wissen auch von diesem Kadaver?«

»Sehen Sie diesen Raben da?« Jonah wies auf einen pechschwarzen Vogel, der auf die Westseite des Hafens zuflog. »Er wird der Meute mitteilen, dass es Zeit zum Essenfassen ist.«

Anna glaubte ihm aufs Wort. Nach der jahrelangen Erfahrung mit Tieren war ihr klar, dass der Mensch zwar das Gewicht des Jupiters oder die Herkunft der Sterne kannte, aber keine Ahnung davon hatte, was die Katze auf seinem Schoß dachte oder wem sein Hund seine Geheimnisse anvertraute.

Als sie hörten, dass das Schneemobil zurückkehrte, stapften sie, unbeholfen in ihrer warmen Kleidung, darauf zu.

»Wir füllen die Wasserkanister auf und fahren zum Haus«, sagte Jonah. »Wollen Sie sicher nicht mit?«

»Nein.« Da sie nun nicht mehr von toten Huftieren und Fuchspisse abgelenkt war, fiel ihr wieder auf, wie kalt ihr war. Wenn sie sich nicht bald bewegte, würde sie an Ort und Stelle festfrieren.

»Bleiben Sie weg vom Dock«, rief Jonah ihr nach. »Das Eis ist dort recht brüchig.«

Anna winkte ihm zu, um ihm mitzuteilen, dass sie verstanden hatte. Obwohl sie das Singen des Wassers mochte und fand, dass die Eisfläche einen wundervollen Hintergrund für das Arrangement aus Blut und Vögeln bildete, wollte sie so rasch wie möglich festen Boden unter die Füße bekommen. Der Gedanke, bei diesen Minustemperaturen und im eisigen Wind nass zu werden, war ziemlich beängstigend. Mit den thermodynamischen Gesetzen konnte man nicht verhandeln.

3

Die Uferböschung hinaufstapfend, fühlte Anna sich wie eine Alleinunterhalterin. Der Schnee, den der Wind nicht beiseitegefegt hatte, war so trocken, dass er unter ihren Stiefeln nicht knirschte, sondern quietschte wie Styroporkugeln. Fell und Fleece rauschten in ihren Ohren, und ihre Skihose aus Nylon zirpte bei jedem Schritt wie eine Zikade. Der Radau ließ sie an Robin Adair und ihre Liebe zum Winter denken.

Sie und Robin hatten einige Stunden damit verbracht, zusammen zu frühstücken und die Zeit totzuschlagen, bis der Pilot der Forstverwaltung endlich den Anruf erhielt, die Wolken über der Isle Royale hätten sich verzogen. Obwohl Ely und Washington Harbor auf demselben Breitengrad und nur zweihundert Kilometer voneinander entfernt lagen, schuf der See seine eigenen Wetterverhältnisse, sodass häufig völlig andere Bedingungen herrschten als auf dem Festland.

Bei Eiern mit Speck hatte Anna erfahren, dass Robin am St. Croix River in Minnesota aufgewachsen war. Wäre da nicht eine Knieverletzung gewesen, hätte die Langlauf-Olympiamannschaft sie aufgenommen. Von klein auf hatte Robin den Winter gemocht. Er war ihre Lieblingsjahreszeit. Entweder floss Frostschutzmittel in ihren Adern, oder die Kälte ließ sich von ihrer zarten Schönheit erweichen und erwiderte ihre Zuneigung. Wie sonst ließ sich erklären, dass sie als Einzige ohne überdimensionale Daunenjacke zurechtkam und sich wie eine Elfe – oder eine Indianerin – durch die nördlichen Wälder bewegte.

Bei Anna hingegen war jeder Schritt ein Akt der Ruhestörung.

Wo der Steg am Ufer endete, blieb sie stehen. Der damalige

Stützpunkt der Parkpolizei stand nicht mehr. An seiner Stelle hatte man einen Picknickbereich eingerichtet, der den Charme einer Fertiggarage verbreitete. Anna vermisste die alte, provisorisch zusammengezimmerte Hütte, obwohl sie viel zu eng, schmutzig und von Mäusen bevölkert gewesen war. Nationalparks durften sich nicht verändern, sondern mussten Erinnerungen an schönere Zeiten erhalten und bleiben, wie sie waren. Hier schüttete niemand einen Bach zu, in dem man früher Flusskrebse gefangen hatte, oder fällte eine Schatten spendende Eiche, um einen riesigen Supermarkt zu bauen.

Die ungeteerte Straße verlief in einer Kurve nach Westen, vorbei am Treibstofflager und zu den Unterkünften der Saisonmitarbeiter. So war es wenigstens damals gewesen. Nur dass jemand inzwischen vier riesige orangefarbene Treibstofftanks an der Wegbiegung aufgestellt hatte.

Sie waren gewaltig.

Und orange!

Anna beschloss, den Weg durch den Wald zu nehmen.

Zwanzig Meter weiter sah sie, was aus der alten Nationalparkstation geworden war. Man hatte sie durch ein viel größeres Gebäude ersetzt, das auch ein Besucherzentrum beherbergte.

Trotz ihrer schlechten Laune wegen der Kälte fand Anna nichts daran auszusetzen. Die Architektur war geschmackvoll, und schließlich kamen im Sommer täglich Bootsladungen von Touristen aus Grand Marais herüber. Nun hatten die Armen bei Regen wenigstens eine Möglichkeit, sich unterzustellen, anstatt am Bootssteg zu sitzen und vergeblich zu versuchen, sich mit ausgebreiteten Karten von der Insel vor der Nässe zu schützen.

Der Laden oberhalb des neuen Besucherzentrums, ein hässliches, rechteckiges Gebäude aus Holz, wo man einen Imbiss, Mittel gegen Mücken und Angelhaken erwerben konnte, hatte sich nicht verändert. In dem Herbst, den sie auf der Insel verbracht hatte, kämpften einmal zwei Elche auf dem Picknickbereich neben dem Eingang. Ihre Geweihe waren so riesig gewesen, dass sie nicht mehr hatten tun können, als sie drohend zu schwenken, ohne sich wirklich zu berühren. Falls ein Elch die gleiche Einstellung zu seinem Geweih hatte wie die alten Männer zu ihren Sportwagen, war der Windigo vorhin auf dem Eis sicher aus Scham gestorben.

Einen halben Kilometer weiter befand sich die Lichtung, wo die Saisonkräfte untergebracht waren. Die Hütte, in der sie damals gelebt hatte – wegen der zahlreichen Mäuse und Wiesel, die von den Hinterlassenschaften der Bewohner lebten, liebevoll »Nerzburg« genannt –, war verschwunden. Dahinter hatte man Bäume gefällt und den Boden aufgegraben. War das etwa schon der Anfang der angedrohten Ferienanlage? Anna hätte es einem übereifrigen Betreiber durchaus zugetraut, der Nationalen Parkaufsicht eine Baugenehmigung abzuluchsen.

Aus dem Schornstein der Blockhütte, in der die Mannschaft der Winterstudie sechs Wochen lang wohnen sollte, quoll Rauch. Anna legte die letzten Meter im Laufschritt zurück. Das Haus war für mehrere Bewohner geplant und bestand aus einem Wohnzimmer, an dessen westlichem Ende sich ein Holzofen befand. Ständer, auf denen Socken, Stiefel und Hemden trockneten, fingen die Hitze des Feuers ab. Drei Sofas, die auch in ein ordentliches Vorstadthäuschen gepasst hätten, waren in C-Form um einen Fernseher gruppiert. An der hinteren Wand standen Computer und Funkgeräte. Ein altes Klavier diente als Ablage für zwei Laptops. Von beiden Seiten des Wohnzimmers gingen kleine Gästewohnungen mit jeweils zwei Schlafzimmern, einem Bad und einer Küche ab.

Unauffällig steuerte Anna auf das nächste Badezimmer zu und zog dabei den Parka aus. Da die Tür geschlossen war, klopfte sie leise an, bevor sie sie öffnete. Eiskalte Luft schlug ihr entgegen. Das Fenster über der Toilette stand zwanzig Zentimeter weit offen. Die Toilette selbst, die Dusche und das Waschbecken waren mit Milch, Orangensaft, Kartoffeln, Käse,

Zwiebeln, Butter und weiteren verderblichen Lebensmitteln gefüllt.

Kein elektrischer Strom. Offenbar war das hier der Kühlschrank des Forschungsteams. Anna ging in das Badezimmer der gegenüberliegenden Wohnung, die das genaue Spiegelbild der ersten war. Schon von der Tür aus konnte sie drei große, runde, mit Hähnen versehene Kanister auf dem Waschbecken stehen sehen.

»Unsere Quelle«, hatte Jonah zu dem in den zugefrorenen See geschlagenen Loch gesagt. Es gab also auch kein fließendes Wasser.

Und keine Toilette mit Wasserspülung.

»Er steht neben dem Ofen«, meinte eine leise Stimme.

Anna bemerkte, dass sie nicht allein war. Vor einem der Computer kauerte eine zierliche Frau, die einen grauen Pullover und eine Cargohose trug. An den Füßen hatte sie die Hausschuhversion von Mrs Stegers Fellstiefeln aus Elchleder. Stiefel wie diese gab es nur in Ely, und zwar ausschließlich in dem Laden, der der Ehefrau des Obermuftis Will Steger gehörte. Die Frau besaß ein unscheinbares, aber freundliches Gesicht. Offenbar war sie stark kurzsichtig, denn ihre braunen Augen wirkten hinter den dicken Brillengläsern winzig und hatten einen offenen Blick.

»Da drüben.« Sie wies auf den Ofen.

Anna schaute in die angegebene Richtung. Neben dem Ofen, halb verborgen hinter einem Ständer mit abgenützten Geschirrtüchern und dicken Winterstiefeln, lehnte ein Toilettensitz an der Wand. Jemand hatte, offenbar mit rotem Nagellack, liebevoll einen leuchtenden Kussmund darauf gemalt. Darunter prangte die Aufschrift »Winterstudie«.

»Danke«, sagte Anna und hoffte, sich mit ihrer Suche nach einer Innentoilette nicht lächerlich gemacht zu haben.

»Zum Toilettenhäuschen kommen Sie durch die Küchentür«, fügte die Frau hilfsbereit hinzu.

Bewaffnet mit dem Ring aus Porzellan – oder eher Plastik –,

machte Anna sich auf den Weg zur nördlichen Küche, die von der Gruppe benutzt wurde. Der Toilettensitz war vom Ofen angewärmt. Offenbar brauchten selbst abgehärtete Menschen ein wenig Komfort.

Jonah warf den Generator an und erklärte Anna, es werde jeden Abend Strom geben, bis um zehn die Lichter ausgingen. Anna teilte sich ein Zimmer mit Robin, und zwar in der Wohnung, deren Badezimmer als Kühlschrank diente. Nachdem sie sich ihrer Kleidungsschichten entledigt hatte, schlüpfte sie in Jeans und ein altes Sweatshirt von Paul. An den Füßen trug sie den einzigen Luxus, den sie sich geleistet hatte, obwohl sie nur zwei winzige Reisetaschen hatte mitbringen dürfen: kuschelige Pantoffeln in unauffälligem Schwarz, allerdings bedeckt mit gelben und weißen Katzenhaaren. Sie gesellte sich zu den anderen in die Küche.

Bob Menechinn thronte auf dem der Wand am nächsten stehenden Stuhl an dem Resopaltisch. In der Hand hatte er ein Glas Rotwein aus dem Karton, den Tischwein auf der Isle Royale. Ihm gegenüber saß, lächelnd und schweigend, Robin. Die Frau, die Anna den Weg zur Toilette gezeigt hatte, stand zwischen Bob und der Hintertür, als schmiede sie Fluchtpläne.

Menechinn lächelte Anna freundlich zu.

»Unverpackt sehen Sie viel besser aus, Miss Pigeon.«

Die Frau hinter ihm warf ihm einen erschrockenen Blick zu, der aber nicht lange anhielt. Anna fragte sich, ob sie wohl ihr Revier in Form von Bob Menechinn verteidigen wollte.

»Haben Sie meine Assistentin Doktor Kathy Huff schon kennengelernt?«, fuhr Bob fort.

Sein Tonfall war gedehnt, sodass die Wörter in der Luft zu schweben schienen, nachdem sie längst ausgesprochen waren. Als er leutselig lächelte, warfen seine Hängebacken Falten. Er zwinkerte. Dr. Huff betrachtete ihre Füße.

Vielleicht war Menechinn stolz darauf, dass seine Gehilfin einen Doktortitel hatte. Möglicherweise war sie einfach nur schüchtern. Es konnte auch sein, dass die beiden ein Paar waren. Anna gelang es nicht, die Zeichen zu deuten. Außerdem hatte sie viel zu großen Hunger, um sich Gedanken darüber zu machen.

»Was kann ich helfen?«, fragte sie in die Küche hinein.

Adam schälte und schnipselte. Ridley kochte. Robin durfte Salat machen, aber erst, nachdem sie förmlich darum gefleht hatte. In dieser Küche drängte sich die Tradition von fünf Generationen. Niemand riss einfach eine Arbeit an sich. Die Aufgaben wurden zugewiesen.

Als Anna klar wurde, dass die Essensrituale des Forscherteams für Uneingeweihte etwa so von Fettnäpfchen strotzten wie die Küche eines koscheren Kochs am jüdischen Lichterfest, setzte sie sich und beobachtete die Szene.

Zum ersten Mal sah sie ihre Mitbewohner ohne Parkas, Kapuzen, Handschuhe und Daunenhosen. Ridley entsprach dem Bild, das sie sich von ihm gemacht hatte: ein zierlicher, drahtiger Mann mit erstaunlich breiten Schultern. Seine kleinen Hände und Füße hätten gut zu einem Tänzer gepasst. Er war dreißig Jahre alt, fest angestellter Professor an der technischen Universität von Michigan, verheiratet und nun Leiter eines der angesehensten Forschungsprojekte des Landes. Sein Haar, so fein wie das eines Kleinkindes, lockte sich in einem von einem Gummiband zusammengehaltenen Pferdeschwanz zwischen seinen Schulterblättern. Ohne die schiefen Zähne und einen Mund, der zu breit für sein Gesicht war, wäre Ridley ein schöner Mann gewesen. Eine Behandlung beim Kieferorthopäden hätte ihn erst zum Traum jedes Pädophilen und später zum Objekt der Begierde seiner Studentinnen gemacht.

Mit Ausnahme von Robin war Ridley das jüngste Mitglied des Forscherteams, doch niemand – zumindest niemand aus der Winterstudiengruppe – stellte seine Autorität in Frage. Vorhin auf dem Eis hatten er und Bob einander mit imaginären Geweihen gedroht. Bob mochte das Ministerium für Heimatschutz im Rücken haben, doch Ridley war im Gegensatz zu ihm auf der Insel zu Hause. Wie Anna schien Bob unter der Kälte zu leiden, und sie hatte den Eindruck, dass er sich unter Frauen wohler fühlte als unter Männern.

Obwohl Adam ihrer Einschätzung nach das Alphatier des Rudels war, störte es ihn offenbar nicht, Ridleys Anweisungen zu befolgen. Er war jünger, als sie zunächst gedacht hatte, ungefähr Ende Dreißig. Wie Ridley hatte er langes Haar und trug es zu einem dicken braunen Zopf geflochten, durch den sich die ersten silbernen Fäden zogen.

Anna mochte Männer mit langen Haaren, vermutlich ein Überbleibsel aus ihrer Collegezeit. Für sie hatte es etwas Wildes, das ihr gefiel. Die Frisur stand Adam. Sein magerer Körper war muskulös, und seine Hände von schwerer Arbeit gezeichnet. Der Schnurrbart im Stil des neunzehnten Jahrhunderts verlieh seinem hageren Gesicht etwas Dramatisches und ließ ihn wie einen Westernhelden oder einen Soldaten beim letzten Angriff auf das Tal des Todes wirken.

Adam war für die Wartung der Maschinen und Gerätschaften zuständig. Aus dem Gespräch schloss Anna, dass er der ewige Saisonarbeiter war und zu den Männern und Frauen gehörte, die im Sommer in einem Park im Norden und im Winter in einem im Süden anheuerten. Leute wie er besaßen nur wenig, unterhielten Fernbeziehungen oder waren partnerlos, hatten keine Kinder, keine Ersparnisse und kein eigenes Haus. Es war ein Leben, das einem abenteuerlich erschien, bis man vierzig wurde. Dann begann die Alchemie des Alterns zu wirken und vermittelte einem ein Gefühl des Scheiterns und der Trauer.

Während der Mahlzeit wurde Anna in die Regeln und Vorschriften der Winterstudie eingeweiht, die, obwohl nirgendwo schriftlich niedergelegt, wie in Stein gemeißelt festlagen. Sie erfuhr, dass der rote Lappen für das Geschirr und der graue für das Reinigen von Arbeitsflächen bestimmt war. Mit dem Wischtuch zu spülen oder dem Spültuch zu wischen unterlag einem strengen Verbot. Es hatte sich, wie Jonah ihr erklärte,

»eben so entwickelt«, was hieß, dass es sich um ein unverrückbares Gesetz handelte. Das würde wohl so bleiben, bis einer der Lappen oder ein Mitglied des Teams aus Altersschwäche das Zeitliche segnete.

Niemand außer dem Piloten durfte den Deckel von der Dose mit dem braunen Zucker entfernen, und auch das nur nach einer langwierigen Debatte, welche Folgen das »Entkleiden von Mrs Brown« für die anderen Beteiligten haben könnte.

Anna stellte fest, dass sich das Tischgespräch hauptsächlich um zwei Themen drehte. Entweder zog man die Parkverwaltung, insbesondere die Sicherheitskräfte, durch den Kakao, oder es wurde geblödelt, wobei Jonah der Anführer war, während Ridley und Adam das Publikum abgaben.

Nach der übrigens köstlichen Mahlzeit – entweder war sie das wirklich, oder die Kalorien, die man brauchte, um nicht zu erfrieren, ließen sie einem so wohlschmeckend erscheinen – kam Anna zu dem Schluss, dass diese Art zu kommunizieren, ohne sich wirklich etwas mitzuteilen, ein harmonisches Zusammenleben leichter machte als tiefsinnige Gespräche. Es war die amerikanische Version orientalischer Höflichkeitsrituale, mit denen man sich seine Mitmenschen vom Leib hielt.

Unter anderen Umständen hätte Anna gekränkt auf den Spott reagiert, mit dem die Parkpolizei und die Verwaltung der Isle Royale überhäuft wurden. Schließlich stand sie dank ihrer neuen Stelle im Rocky Mountain Nationalpark nun auf der Seite der Gesetzeshüter, sodass die bösartigen Seitenhiebe sie eigentlich hätten verärgern müssen. Genau genommen war das auch so. Dass Robin ständig mit sexuellen Anspielungen gehänselt wurde, fiel ihr genauso auf die Nerven. Doch es traf sie nicht wirklich, denn die beleidigenden Bemerkungen hatten etwas Gewohnheitsmäßiges an sich, das ihnen die Schärfe nahm. Die Anwesenden lästerten ebenso leidenschaftslos wie Analphabeten, die einen ihnen unverständlichen Text nachplappern.

Anna genoss es einfach, still dazusitzen und das Gespräch über sich hinweg branden zu lassen. Sie konnte sich nicht erinnern, je so hungrig gewesen zu sein. Die Portion, die man ihr auftat – und auch der Nachschlag –, umfasste etwa das Doppelte von dem, was sie sonst aß. Trotzdem hatte sie ebenso großen Appetit auf den Nachtisch wie die Männer und musste sich beherrschen, nicht um mehr Eiscreme zu bitten.

Nach dem Essen bedankten sich Ridley und Adam bei Jonah für das köstliche Mahl. Anna hatte zwar nicht gesehen, dass der alte Pilot etwas dazu beigetragen hatte, wollte aber nicht unhöflich sein und folgte ihrem Beispiel. Jonah holte einen der zwei großen Metallbehälter mit heißem Wasser herbei, die immer auf dem Holzofen standen, und füllte beide Spülbecken. Dann zogen er und Ridley gelbe Gummihandschuhe an. Dabei riss er Witze über sein Lieblingsthema, tat so, als sei Ridley unsterblich in ihn verliebt, und verbot ihm, ihn nachts in seinem Zimmer zu besuchen. Keiner der beiden war schwul, darauf wäre Anna jede Wette eingegangen. Es handelte sich nur um ein Spiel, das schon so lange andauerte, dass sie den Grund dafür vergessen hatten.

Als sie sich erbot, das Spülen zu übernehmen – in ihren Augen eine ausgesprochen großzügige Geste –, erntete sie nur verständnislose, wenn nicht gar unfreundliche Blicke. Anna hatte zwar keine Ahnung, nach welcher Regel der Herr über den Spüllappen bestimmt wurde, wollte sich aber für die Mahlzeit erkenntlich zeigen und dazugehören und bestand deshalb darauf.

Eher verdattert als erfreut, verließen alle den Raum. Nur Dr. Huff blieb, um ihr Gesellschaft zu leisten.

»Möchten Sie abwaschen oder die Seife abspülen, Kathy?«

»Katherine. Abspülen.« Das erhöhte die Summe der Wörter, die die Frau seit der Suche nach der Toilette von sich gegeben hatte, auf ungefähr zwölf. Verglichen mit ihr war Robin eine richtige Plaudertasche.

Während Dampf waberte und der Haufen schmutzigen Geschirrs stetig schrumpfte, erkundigte sich Anna, um Konversation zu betreiben, in welchem Fach Katherine denn promoviert habe. Wieder zuckte die Frau peinlich berührt zusammen und lief feuerrot an. Obwohl Katherine nicht viel älter war als Robin und noch keine Dreißig sein konnte, hatte ihre Haut etwas Durchscheinendes, das man sonst nur bei Frauen nach den Wechseljahren sah. Beim Erröten wurden ihre Wangen nicht reizend rosig, sondern eher ziegelrot.

»Ich bin noch nicht ganz so weit«, gab Katherine zu. Da ihre Brille beschlagen war, konnte Anna ihren Augenausdruck nicht deuten. »Die Doktorarbeit muss noch bewertet werden. Bob – Dr. Menechinn – betreut sie. Dann wird sie dem Promotionsausschuss vorgelegt. Sie behandelt die Wölfe in Wyoming, wo die Alphamännchen angefangen haben, sich mit mehr als einem Weibchen im Rudel zu paaren.«

»Offenbar passen sie sich menschlichen Gepflogenheiten an«, meinte Anna.

Inzwischen waren sie beim Besteck angelangt, das zuletzt gespült und in einen Frittierkorb mit langem Griff gelegt wurde, der eigens zu diesem Zweck im Becken mit dem klaren Wasser stand – wieder eine Vorschrift, gegen die Anna gern verstoßen hätte, wäre nicht Jonah mit besagtem Gegenstand und der dazugehörigen Anweisung hinter ihr und Katherine erschienen.

»Du heiliger Strohsack«, flüsterte Katherine.

Der altmodische Fluch brachte Anna zum Lachen. Doch Katherines Gesichtsausdruck ließ sie innehalten. Die Haut um ihre Augen war vor Ehrfurcht oder Angst angespannt, und ihr Mund stand offen.

»Was ist los?«, fragte Anna.

Katherine deutete auf das kleine Fenster über dem Spülbecken. Ihre Hand zitterte so, dass kleine Seifenbläschen in die warme Luft aufstiegen. Als Anna das Besteck in das klare Wasser warf, war das Fenster vom Dampf beschlagen. Vermutlich verstieß sie gegen ein halbes Dutzend Vorschriften, denn sie polierte das Besteck mit dem roten Geschirrtuch.

Das silbrige Licht des zu drei Vierteln vollen Mondes fing sich in den Eiskristallen im Schnee und dem Raureif auf den Nadeln und Rinden der Bäume. In der staubtrockenen Luft war das Licht so gleißend, dass die Welt jenseits der Fensterscheibe leuchtete und Anna alles übertrieben scharf sah. Doch das, was Katherine vorhin bemerkt hatte, war fort. Oder sie hatte es sich nur eingebildet.

Mit tropfnassen Händen rannte Katherine ins Wohnzimmer.

Anna eilte ihr nach und trocknete sich die Hände an der Hose ab. Katherine zwängte sich hinter den Fernseher, hielt die gewölbten Hände an die Glasscheibe und drückte das Gesicht dagegen. Anna folgte ihrem Beispiel.

Im Mondlicht und auf dem Schnee gut zu erkennen, trotteten sieben Wölfe über das Gelände. Mit gesenkten Köpfen und im Gänsemarsch bewegten sie sich voran. Ihre langen Beine und großen Pfoten trugen sie mühelos über den gefrorenen Schnee. Anna hatte bisher nur Wölfe in Gefangenschaft und außerdem Wolfswelpen gesehen. Aber sieben erwachsene Wölfe im Mondlicht zu beobachten, die mit silbrig glänzendem Fell durch die Nacht streiften, wie es ihrem Naturell entsprach, und dabei schwarze Schatten auf den Schnee warfen, war ein magischer Anblick.

Im nächsten Moment waren sie fort, die letzte Rute verschwand zwischen den vereinzelt stehenden Birken am Rande der Lichtung.

»Oh, mein Gott«, flüsterte Anna.

»Das haben sie noch nie getan. Niemals. Sonst kommen sie nie so nah heran«, sagte Ridley. »Etwas muss sie erschreckt haben.«

Er stand so dicht hinter Anna, dass sie seinen Atem im Haar spürte. Offenbar bemerkte er es im selben Moment, denn er wich verlegen zurück.

Während die anderen zu sprechen begannen, blieb Katherine reglos stehen. Auf ihrem Gesicht stand derselbe verzückte

Ausdruck, der Anna beim Spülen so erschreckt hatte. Bei einem Kind hätte sie es Ehrfurcht genannt. Bei einer erwachsenen Frau konnte man es nur als wahrhafte Liebe beim Anblick des Objekts ihrer Bewunderung bezeichnen.

»Ich dachte, sie hielten sich von Menschen fern«, meinte Bob.

»Richtig«, erwiderte Ridley. »In den letzten fünfzig Jahren wurden nur dreimal Wolfsspuren in der Nähe der Unterkünfte gefunden. Kein Rudel, sondern die Spuren eines einzigen Wolfes. Und jedes Mal lag ein toter Wolf im Schuppen, der entweder gerade seziert worden war oder es noch werden sollte. Sie gehen uns aus dem Weg, und wir halten es ebenso. Und so soll es auch bleiben. Bei Begegnungen zwischen Touristen und Wölfen ziehen die Wölfe nämlich immer den Kürzeren. Diese Insel ist zu klein, um einen Wolf zu töten oder umzusiedeln, ohne den ganzen Bestand und damit die Studie zu gefährden. Irgendetwas hat sie aufgeschreckt«, wiederholte er.

»Der Windigo«, sagte Robin. Bei ihr klang es, als wolle sie lieber an einen Windigo glauben, als sich Elchfleisch vorzustellen. Es gab Menschen, die Geister, Dämonen, Feen und Engel liebten. Anna gehörte nicht dazu. Für sie war die raue Wirklichkeit bereits magisch, geheimnisvoll und bedrohlich genug, weshalb sie es für überflüssig hielt, Hunger und Grausamkeit mit der Fratze eines Ungeheuers auszustatten und der Hoffnung Schwingen zu verleihen.

»Ich dachte, Windigos seien reine Menschenfreunde«, meinte sie deshalb. »Fressen sie nicht ausschließlich Menschenfleisch?«

»Manche stehen eben auf ungesunde Ernährung«, frotzelte Jonah.

»Sie wittern das Blut des Elchs«, stellte Bob fest. »Ihr Geruchssinn ist nämlich ausgezeichnet.«

»Genau.« Ridleys Antwort drückte zwar Zustimmung aus, doch sein Tonfall strafte das Lügen. Offenbar konnte der Leiter des Forschungsprojekts es nicht leiden, wenn ihm ein Mensch vom Ministerium für Heimatschutz Vorträge über die Lebensgewohnheiten von Wölfen hielt. »Ihr Geruchssinn ist tausendmal besser ausgeprägt als beim Menschen. Außerdem riechen sie uns Menschen auch. Vermutlich stinken wir für sie wie eine Papierfabrik. Das Rudel hätte genauso gut einen anderen Weg zu dem Elchkadaver nehmen können. Warum so nah am Haus vorbei?«

»Glaubst du, es kommen noch mehr?«, fragte Robin.

»Hoffentlich nicht.« Ridley ging zum Klavierhocker, zog seine wollene Skihose an und streifte die Hosenträger über die Schultern.

»Ansonsten könnte es nämlich unangenehm werden«, meinte Adam, worauf Ridley ihm einen Blick aus geweiteten Augen und mit heruntergezogenen Mundwinkeln zuwarf. Für Anna hatte er etwas Verschwörerisches. Als hörte man der besten Freundin zu, wie sie sich durch eine Lüge vor dem Nachsitzen drückte.

»Revierkämpfe zwischen Rudeln«, verkündete Robin feierlich. Endlich ging Anna ein Licht auf. Sie versuchten, dem Mann vom Ministerium für Heimatschutz ordentlich Angst zu machen.

Kämpfe zwischen verschiedenen Rudeln waren zwar nichts Ungewöhnliches, doch da das Gebiet groß genug für das östliche, das mittlere und das Rudel vom Chippewa Harbor war, kam es nicht zu häufig zu Zusammenstößen. Falls doch, handelte es sich meist nur um ein kurzes Scharmützel. Völkermorde waren eine menschliche Spezialität.

Ridley nahm seine Stiefel vom Trockengestell neben dem Ofen und setzte sich, um sie anzuziehen. Als die Schockwirkung nach dem Anblick der Wölfe nachließ, wurde den anderen klar, was er vorhatte.

Einer nach dem anderen schlüpfte in Stiefel und Jacke. Da Anna noch nicht richtig mit ihrer neuen Kleidung zurechtkam, war sie die Letzte, während die anderen die Lichtung schon fast überquert hatten. In ihrer Vorfreude darauf, wilden

Wölfen beim Verschlingen ihrer Beute zusehen zu können, nahm sie den schneidenden Nordwestwind kaum zur Kenntnis, als sie sich in ihren klobigen Stiefeln die glatten Stufen hinuntertastete und sich auf den Weg über die Lichtung machte.

Plötzlich hielt sie inne. Der Wind trug einen üblen Hauch heran, in dem sich das Böse, der Tod und verdorbener Fisch zu einem giftigen Parfüm mischten. Als sie den Kopf in den Nacken legte und schnupperte, war der Gestank verschwunden, und sie roch nichts weiter als saubere, klirrend kalte und reine Winterluft.

In der Legende der Ojibwa kündigte sich der Windigo durch den Gestank verwesender Leichen, den üblen Mundgeruch eines Menschenfressers und ein Gefühl der Hoffnungslosigkeit an. Der Kannibalengeist kam stets mit dem Nordwestwind.

Obwohl Anna erst vor zehn Minuten über das Übersinnliche gespottet hatte, lief ihr nun ein merkwürdiger Schauder den Rücken hinunter.

Abwartend beobachtete sie den Wald, aus dem der Wind gekommen war. Doch die schattenhaften Umrisse der Bäume verbargen alles, was dort lauern mochte.

4

Trotz ihres dramatischen Auftritts von vorhin scharten sich die Wölfe friedlich um den Elchkadaver, der ihnen unerwartet in den Schoß gefallen war, und richteten sich häuslich ein. Anna hätte nichts dagegen gehabt, ihre Kalorien einfach zu verbrennen, indem sie die Raubtiere, mollig eingepackt, weiter beobachtete. Aber am zweiten Tag des Besuchs schickte Ridley sein Team wieder an die Arbeit.

Robin marschierte mit ihrem Rucksack und ein paar Plastiktütchen los, um weitere interessante Proben gefrorener Exkremente und Körpersekrete einzusammeln. Adam zimmerte einen Schuppen für das Schneemobil. In Annas Augen hatte er die undankbarste Aufgabe, denn sie hielt Bauarbeiten bei diesen Minusgraden für eine unmenschliche Plackerei. Er hingegen schien sich sogar darauf zu freuen.

Sie selbst hatte einen besseren Job erwischt, denn Jonah wollte sie in seiner Kleinmaschine mitnehmen, um sich auf die Suche nach dem Rudel vom Chippewa Harbor zu machen. Diese Flüge waren ein großes Privileg, und Anna hatte Gerüchte gehört, einige Gäste des Forscherteams seien nie in den Genuss dieser Ehre gekommen. Sie bezweifelte, dass es ihr vergönnt gewesen wäre, hätte Ridley nicht direkt vor seiner Haustür genügend Wölfe gehabt, um sich mit ihnen zu vergnügen.

Allerdings waren vier Stunden regloses Sitzen in einer zweisitzigen Maschine mit Stoffbespannung und einer Heizung, die diesen Namen nicht verdiente, eine todsichere Methode, sich Frostbeulen oder sogar Schlimmeres zuzuziehen. Außerdem hatte Anna sich nicht richtig vorbereitet. Mit geliehenen kniehohen, isolierten Stiefeln, die eher wie Roboterprothesen aussahen – von Ridley in Größe vierzig –, und in unzählige Kleidungsschichten vermummt, stand sie bewegungsunfähig da, während Jonah die Maschine auf Schäden untersuchte. Anfangs hatte sie versucht, ihm zu folgen, um ihm Gesellschaft zu leisten. Doch in den viel zu großen Stiefeln schwankte sie herum wie ein arktischer Clown auf Drogen. Wie sie vermutete, hatte sie auch die dazu passende rote Nase.

Auf der anderen Seite des Hafens hinter dem kleinen Flugzeug hatten sich die Wölfe um den Elchkadaver versammelt wie träge Haushunde am warmen Ofen.

»Werden wir sie nicht verscheuchen?«, fragte Anna.

»Es gibt seit drei Generationen keinen Wolf auf dieser Insel – und das ist in Hundejahren gerechnet, denn ein Wolf wird meistens nicht älter als zehn –, der nicht schon als Welpe Erfahrung mit Flugzeugen gesammelt hat«, erwiderte Jonah.

Er fing an, die orangefarbene, mit Öl beschmierte Daunendecke zu entfernen, mit der er den Bug der Maschine am Boden einhüllte, damit der Motor sich nicht in einen Eisblock verwandelte.

»Das Geräusch stört sie nicht. Die meisten heben nicht einmal mehr die Köpfe. Ich glaube, für sie ist das Leben ganz einfach: Nahrung/keine Nahrung, Bedrohung/keine Bedrohung, Sex/kein Sex. Und was die Themen Nahrung, Bedrohung und Sex angeht, sind das Flugzeug und ich für sie einfach uninteressant. Wären Sie so nett, die Leinen zu lösen?«

Anna stapfte zu der Stelle hinüber, wo die Tragflächen im Eis vertäut waren. Kurz musste sie bei der Vorstellung schmunzeln, wie die Maschine abhob, während der gefrorene Hafen wie in einem Comic an den Leinen unter den Tragflächen baumelte. Da sie die Handschuhe nicht ausziehen wollte, hatte sie ihren Knoten kaum geöffnet, als Jonah mit seiner Seite längst fertig war. Sie rollte das Seil ordentlich zusammen, wie sie es auf der Insel mit Bootsleinen gelernt hatte.

Die Türen des Flugzeugs erinnerten an die Schalen von Venusmuscheln und ließen sich nach oben und nach unten klappen. Jonah ließ den unteren Teil der Tür hinunter und hob den oberen in Richtung Tragfläche.

»Springen Sie rein. Ich steuere den Vogel vom Rücksitz aus.«

Da Springen nicht in Frage kam, wuchtete Anna sich mühsam auf den Vordersitz und rückte ihre gewaltigen Stiefel mit den Händen zurecht, damit sie Jonah nicht beim Bedienen der Pedale störten. Dann lag sie hilflos da und starrte ins Leere. Weil die Maschine ein Heckruder hatte, ragte die Nase des Flugzeugs nach oben, und die Frontscheibe bot nur den Blick auf einen hellgrauen Himmel.

Das Flugzeug erzitterte. Jonah war eingestiegen. Gefangen in ihrer dicken Winterkleidung, war Umdrehen für Anna ebenso aussichtslos wie Springen.

»Hier«, sagte Jonah. Ein Kopfhörer wurde über ihre rechte Schulter geschoben. »Wissen Sie, wie man so ein Ding benutzt?«

»Ja.« Dass die betagte Maschine über eine so moderne Ausrüstung verfügte, erschien ihr ein wenig merkwürdig. Bisher hatte sie gedacht, dass die Hersteller von Kleinflugzeugen nicht mit der Entwicklung der Elektronik mithalten konnten. Allerdings galt das für die meisten Lebensbereiche. Anna setzte den Kopfhörer auf, rückte das Mikrofon zurecht und betrachtete weiter den kahlen Himmel, während Jonah die Startprozedur durchging.

Der Motor sprang problemlos an, und die Maschine begann, auf glatten Kufen über das Eis zu schliddern. Da der Bug ihr die Sicht nach vorn versperrte, betrachtete Anna durch das Seitenfenster das Wolfsrudel. Die Raben auf dem Schnee erinnerten an die pechschwarzen Glasscherben in einem Kaleidoskop. Krächzend ärgerten sie die Wölfe, indem sie immer wieder auf ihre Köpfe zuflogen und nur wenige Zentimeter vor ihren Kiefern mit gespreizten Flügeln stoppten. Plötzlich fuhr eine Wölfin hoch, die einen Peilsender am Halsband trug und sich schlafend gestellt hatte. Wo gerade noch ein Vogel gewesen war, sah man nur noch ein paar Federn und Blutstropfen, die im Schnee funkelten wie Edelsteine. Weder die Wölfe noch die Raben reagierten, als das Flugzeug dröhnend vorbeiglitt.

Das Motorengeräusch steigerte sich zu einem entschlossenen Grollen, und die Maschine wurde schneller. Das Heck hob vom Eis ab, der Horizont senkte sich. Beaver Island näherte sich mit beachtlicher Geschwindigkeit, sodass Anna sich unwillkürlich auf einen Zusammenstoß gefasst machte. Im nächsten Moment waren sie in der Luft, umrundeten Beaver Island und steuerten auf Washington Harbor zu. Anna, die vergessen hatte, dass es sich um ein stimmaktiviertes Mikrofon handelte, lachte. Das Gefühl der Freiheit war berauschend.

»So geht es mir jedesmal«, meinte Jonah.

Die Nationale Parkaufsicht war zwar Annas Lieblingsbehörde, aber dennoch nur eine Behörde, die natürlich eine ellenlange Liste von Sicherheitsbestimmungen hervorgebracht hatte. Flugsicherungsexperten waren nämlich zu der erstaunlichen Erkenntnis gelangt, dass die meisten Flugzeugabstürze auf einen plötzlichen Bodenkontakt der Maschine zurückzuführen waren, und hatten deshalb massenweise Vorschriften zum Thema Mindestflughöhe und Mindestgeschwindigkeit erlassen. Jonah Schumann schienen diese Regelungen jedoch herzlich gleichgültig zu sein. Anna konnte fast spüren, wie die Baumwipfel die Unterseite des mit Leinwand bespannten Rumpfes berührten.

Sie war begeistert. Abgesehen von der Kälte und dem Lärm war dieser Flug ein Traum.

»Das östliche Rudel treibt sich in der Gegend von Mott Island herum, aber das Rudel vom Chippewa Harbor ist verschwunden«, hörte sie Jonahs Stimme im Ohr.

Die Isle Royale war etwa fünfundsechzig Kilometer lang und an der mächtigsten Stelle nur knapp zwanzig Kilometer breit. Deshalb schien es kaum vorstellbar, dass sich eine aus sieben oder acht großen Tieren bestehende Gruppe der Überwachung aus der Luft so einfach entziehen konnte. Aber genau das war geschehen. Wölfe legten große Strecken zurück und schliefen tagsüber viel. Also war es nicht ungewöhnlich, dass man ein Rudel eine Woche oder länger aus den Augen verlor.

»Wir fliegen in Richtung Malone Bay und schauen, ob wir sie aufscheuchen können«, sagte Jonah. Malone Bay befand sich auf halbem Wege zwischen Windigo im Westen und Rock Harbor im Osten der Insel. Da es sich um einen abgelegenen Außenposten handelte, bekam der dortige Wildhüter unweigerlich den Spitznamen »Malone Ranger« verpasst.

Anna genoss den Flug, die frische Luft, die sich so wohltuend von dem Qualm in der Blockhütte unterschied, und die malerische Aussicht auf die schwarzweiße Insel.

Der Lake Superior war von Gletschern in das Land geschnitten worden. Da die Isle Royale offenbar aus einem robusteren Material als ihre Umgebung bestand, ragte sie, wenn auch von tiefen Furchen durchzogen, aus dem Wasser. Aus der Luft war die gewaltige Verheerung gut zu erkennen. Narben verliefen entlang der Insel, und kleinere Landstücke, lang und schmal wie Kratzer, waren durch tiefe Kanäle von der Hauptinsel getrennt. Mit dem Gelände nicht vertraute Wanderer unterschätzten häufig, wie schwierig es war, in einer von scharfkantigen Felsenformationen und sumpfigen Tälern durchzogenen Landschaft voranzukommen.

Auf dem Weg nach Malone Bay konnte Anna einen Blick auf den Greenstone-Pfad erhaschen, ein weißes Band, das sich zwischen den Bäumen hindurchschlängelte.

»Wenn die Wolken weiter sinken oder Wind aufkommt, müssen wir umkehren«, hallte Jonahs Stimme in ihrem Ohr.

Sie hob den Kopf und musterte den Himmel. Die Wolkendecke, die in Windigo noch hoch und unbeweglich gewirkt hatte, hing inzwischen tiefer. Außerdem waren die Wolken dunkler geworden. Wegen ihrer Lage in einem kalten Wasserbecken besaß die Insel ein eigenes, wechselhaftes Mikroklima.

Aber Anna wollte nicht umkehren, sondern wie Peter Pan zum ersten Stern rechts und dann einfach in den Morgen hineinfliegen.

Eine weiße Fläche erstreckte sich, trotz der Wolken vom Flugzeug aus gut zu erkennen, vom Lake Superior ins Landesinnere.

»Siskiwit Lake?«, fragte sie. Siskiwit war der größte See auf der Isle Royale.

»Siskiwit«, bestätigte Jonah.

»Hey!« Er flog eine so scharfe Kehre, dass Anna zur Seite geschleudert wurde und sich den Ellenbogen am Plexiglasfenster anstieß.

Auf der sonst leeren Eisfläche bildeten sieben schwarze Gestalten hinter einem größeren schwarzen Punkt ein fächerförmiges Muster wie die Bugwelle eines Bootes. Ein Wolfsrudel hatte einen Elch aus dem Wald und auf die Eisfläche des Sees gehetzt.

Offenbar handelte es sich um einen alten Bullen. Jonah ging rasch tiefer, damit Anna fotografieren konnte.

»Wahrscheinlich das Chippewa-Rudel, könnte aber auch das östliche sein. Ach, herrje, schauen Sie sich nur das viele Blut an. Man möchte doch meinen, die Zecken hätten so viel abgesaugt, dass der Rest in eine Thermosflasche passen würde«, fügte er mit einer Begeisterung hinzu, die Anna ein wenig befremdlich fand. »Sieht aus wie eine Kreuzung aus Jackson Pollock und verschüttetem Tomatensaft.«

Unbeholfen wie das Michelin-Männchen drehte Anna sich zur Seite, hob die Kamera und drängte sich enger ans Fenster, während die Maschine zu einer weiteren Kehre und einem Überflug ansetzte. Die Wölfe jagten den Elch bereits seit einer Weile, offenbar in der Hoffnung, dass er den vielen Verletzungen erliegen oder an Erschöpfung verenden würde. Anna konnte die Entwicklung des Kampfes nachvollziehen. Eine Reihe von Hufspuren führte vom Nordufer des Sees in die Mitte. Dahinter waren die Pfotenabdrücke der Wölfe zu erkennen, die sich zwischen den Bäumen verteilt und den Elch auf den See hinausgetrieben hatten. Anschließend hatten sie sich an die Fersen ihres Opfers geheftet, immer darauf bedacht, sich von den harten Hufen und dem gefährlichen Geweih fernzuhalten.

»Gleich greifen sie an«, schrie Jonah ihr ins Ohr.

Ein Wolf machte einen Satz und stürzte sich auf den mageren Hinterlauf des Elchs. Der Bulle wirbelte herum, um den Feind abzuschütteln und sich mit den Vorderhufen gegen das restliche Rudel zu verteidigen. Doch die Raubtiere mit dem grauen Fell stürmten auf ihn ein, dass das Blut in einem Umkreis von mindestens zehn Metern spritzte. Im Wald hätte der Elch den Wolf, der sich in sein Hinterteil verbissen hatte, mit voller Wucht gegen einen Felsen oder Baumstamm schleudern können. Hier draußen auf dem Eis war er eindeutig im Nachteil.

Blut und Angreifer formten einen makabren Schneeengel. Im nächsten Moment riss sich der Elch los und galoppierte, den Wolf noch immer an seinem Hinterlauf hängend, aufs Ufer zu. Da rannte ein zweiter Wolf in geduckter Haltung herbei, huschte durch den Schnee, machte einen Satz und verbiss sich in die zweite Hinterkeule des Elches. Diese tödliche Last war anscheinend zu viel für den Elch, denn er ging in die Knie. Die übrigen Wölfe umkreisten ihn. Doch zu Annas Überraschung rappelte sich der Elch, an dem inzwischen drei Wölfe hingen, wieder auf. Zweimal fiel er, und zweimal erhob er sich wieder, um weiterzukämpfen.

»Können wir landen?«, fragte Anna.

»Ich traue dem Eis nicht. Die Dicke ist noch nicht überprüft worden«, erwiderte Jonah. Er flog noch tiefer, damit sie den letzten Akt im Leben des Elches beobachten konnten. Mittlerweile hockten drei Wölfe auf seinem Rücken, während die anderen von der Seite angriffen und nach den Sehnen seiner Beine schnappten. Der Elch hielt sich etwa zehn Meter lang aufrecht und blieb dann stehen.

Es war, als würde er nicht von den Wölfen zerrissen, sondern hätte wie Geronimo beschlossen, den Kampf aufzugeben. Die langen Beine ordentlich untergeschlagen, ließ er sich aufs Eis sinken. Die Wölfe kamen näher, zerrten an seinen Flanken und rissen ihm die Eingeweide heraus, sodass sich der weiße Schnee grellrot verfärbte.

Anna holte Luft. Bis zu diesem Moment hatte sie gar nicht bemerkt, dass sie den Atem angehalten hatte. Als sie die Wölfe beim Fressen beobachtete, empfand sie weder Zorn auf die Raubtiere noch Mitleid mit ihrem Opfer. Es war der wundersame Reigen von Leben und Tod, der sie in seinen Bann schlug. Der Bulle war alt gewesen. Trotz seiner guten Verfassung hätte er den Winter vermutlich nicht überstanden und, falls doch, die nächste Brunftzeit nicht mehr erlebt. Heute war er gestorben, wie es ihm bestimmt gewesen war, im Kampf mit einem ebenbürtigen Gegner. Nun würde sein Körper die nächste Generation mit Nahrung versorgen. Die Wölfe würden bei ihrer Beute bleiben, bis alles bis auf den letzten Bissen verschlungen war. Raben und Füchse würden sich an den Resten gütlich tun. Und im nächsten Frühjahr würden die Fische die Knochen vertilgen.

Als das Flugzeug eine Kehre flog und an Höhe gewann, konnte Anna die Tischrunde nicht mehr sehen.

»Haben Sie ein paar gute Fotos gemacht?«, hörte sie Jonahs Stimme knisternd in ihrem Ohr.

»Verdammt.« Die Antwort war ein leises Kichern.

»Grünschnabel«, neckte er sie freundschaftlich. »Wir müssen umkehren. Schauen Sie sich den Horizont im Osten an.«

Dieser hatte sich in eine dunkle, undurchdringliche Wand verwandelt. Die Wolken berührten die Eisfläche des Sees. Wasser und Luft waren schiefergrau. Etwa anderthalb Kilometer vor der Küste bildeten sich schaumgekrönte Wellen.

Jonah funkte Ridley an, um ihm von der Jagdszene zu erzählen und ihre Rückkehr nach Windigo anzukündigen.

Kurz herrschte Stille.

»Robin hat frische Spuren am Greenstone-Pfad entdeckt«, meldete Ridley sich schließlich. »Es war nicht das mittlere Rudel, denn das hat sich nicht von der Stelle gerührt. Wenn du gerade das Rudel aus Chippewa Harbor gesehen hast, können sie es auch nicht gewesen sein. Also haben wir es entweder mit dem östlichen Rudel oder mit einem Einzelgänger zu tun. Könntest du hinfliegen und nachsehen?«

Das östliche Rudel verdankte seinen Namen der Tatsache, dass es den Ostteil der Insel als Revier beanspruchte. Wölfe waren kriegerisch und verteidigten ihr Gebiet oft bis zum Tode. Wenn sich das östliche Rudel so weit von seinem Revier entfernt hatte, wies das auf massive Probleme unter den Tieren hin und bestätigte Ridleys These, dass »etwas sie aufgeschreckt« hatte. Ein Einzelgänger hingegen bedeutete etwas anderes. Da sich auf der Isle Royale nur die Alphamännchen paarten, sonderten sich geschlechtsreife Tiere oft vom Rudel ab und suchten sich einen anderen Einzelgänger, um ein neues Rudel zu gründen. Hin und wieder schlossen sie sich auch einem rivalisierenden Rudel an. Doch meistens kamen sie nach einem oder zwei Monaten wieder demütig angekrochen. Wölfe konnten wie andere sesshafte Tiere sehr eigensinnig sein. Allerdings war ein Weibchen bekannt, das offenbar ohne Schwierigkeiten zwischen allen drei Rudeln pendelte.

»Roger, wir sind schon fast dort«, sagte Jonah zu Ridley. Zu Anna – oder sich selbst – gewandt, fügte er hinzu: »Nur ein paar Minuten Umweg. Das schaffen wir noch.«

Im nächsten Moment ließ ein Windstoß, Vorbote des Unwetters, die Maschine erzittern, als wolle der Himmel ihm die Antwort auf diese leichtfertige Bemerkung geben.

Jonah ging tiefer, bis sie nur siebzig Meter über dem Greenstone Ridge dahinflogen. Ihre Fluggeschwindigkeit betrug dreiundfünfzig Stundenkilometer, sehr langsam für ein Flugzeug, aber unbeschreiblich schnell für einen Menschen, ein Geschöpf, das von Natur aus eigentlich nicht rascher vorankommen sollte, als ein Pferd galoppieren kann. Bäume und Felsvorsprünge sausten vorbei. Die große Nähe ließ das Tempo noch höher erscheinen. Anna genoss den Geschwindigkeitsrausch.

Obwohl sie dem Pfad viereinhalb Kilometer weit folgten, konnten sie keine Spuren entdecken.

»Der Vogel muss jetzt nach Hause«, verkündete Jonah, als eine Windböe die Maschine beutelte.

Während Anna den Boden betrachtete, beobachtete Jonah den Himmel. Plötzlich bemerkte sie eine dunkle Stelle, wo dürres Gras zertrampelt worden war. Es sah aus wie das Lager eines Elches. Doch in dem provisorischen Nest, halb verborgen von den unteren Ästen einer Krüppelkiefer, lag eine zusammengerollte dunkle Gestalt.

»Warten Sie!«, rief Anna ins Mikrofon. »Ich glaube, da war etwas. Kehren Sie noch einmal um.«

»Heute nicht mehr«, knisterte seine Stimme aus dem Kopfhörer. »Piloten gibt es zwar wie Sand am Meer, aber alte Piloten sind rar gesät.«

Anna musste sich den Widerspruch verkneifen.

»Was haben Sie denn entdeckt?«, erkundigte sich Jonah.

»Ich weiß nicht, was es war«, erwiderte Anna. Als sie versuchte, sich umzudrehen, hielten Winterkleidung und Sicherheitsgurt sie fest wie eine Zwangsjacke. »Es hat mich an einen riesengroßen Hund erinnert.«

Das eng zusammengerollte Tier hatte ausgesehen wie ein Wolf. Ein gewaltiger Wolf, mehr als doppelt so groß wie das größte Alphamännchen, dem sie je begegnet war.

5

An diesem Abend ging in der Blockhütte das Wasser aus. Seit sich das mittlere Rudel am Washington Harbor aufhielt, hatte Ridley den Einsatz des Schneemobils, selbst zum Wasserholen an der Quelle, verboten. Auch wenn Jonahs Flugzeug den Wölfen gleichgültig zu sein schien, wusste man nicht, wie sie auf ein Schneemobil reagieren würden.

Bei Morgengrauen bezog Anna Posten am Hafen, um die Wölfe ein letztes Mal zu beobachten. Robin suchte in Adams Begleitung weiter den Greenstone-Pfad ab. Anna, Katherine, Jonah und Bob standen Schulter an Schulter da wie Rinder im Wind und betrachteten das Rudel, während das zornige Dröhnen des Schneemobils immer lauter wurde. Zuerst hob die Leitwölfin den Kopf.

Die anderen folgten, und zwar nicht nacheinander, sondern absolut gleichzeitig.

Als Ridley mit dem Schneemobil aus dem Wald kam, sprangen die Wölfe auf.

Im nächsten Moment war das Rudel verschwunden.

Anna konnte sich ein Auflachen nicht verkneifen. Anders als Taco, ihr alter Hund, wenn die Eichhörnchen ihn erschreckten, hatten die Wölfe nicht kehrtgemacht und waren losgerannt. Stattdessen hatten sie sich einfach in Luft aufgelöst wie Dunst über einem herbstlichen See.

»Kinder der Nacht«, sagte sie.

»Gehen wir«, bettelte Katherine.

»Also los.« Mit Bobs Erlaubnis trottete Katherine den rutschigen Steg entlang zum See und schlidderte über die Eisfläche auf die Überreste des Elchs zu.

»Mhm.« Jonah schmatzte mit den Lippen. »Frische, dampfende Wolfshaufen, und das in rauen Mengen. Für eine Biologin ein Geschenk des Himmels.«

Jonah, der sich offenbar nicht sehr für die Exkremente von Raubtieren interessierte, half Ridley, an der Quelle im Eis die Wasserfässer zu füllen. Anna und Bob gesellten sich zu Katherine und dem abgenagten Gerippe.

»Bleiben die Wölfe in der Nähe?«, fragte Bob.

»Vielleicht kommen sie heute Nacht zurück, aber ich bezweifle es«, erwiderte Anna. »Sie haben sich den Großteil des Fleisches geholt.«

»Ich schaue mir die Spuren an«, verkündete Bob. »Möchten Sie mitkommen?«

Anna schüttelte den Kopf. Bob schien zwar ein netter Kerl zu sein, doch sie empfand ihn einfach als zu raumgreifend. Mit seiner Körpergröße, dem pausbäckigen Gesicht und dem dicken Bauch löste er in der Blockhütte Beklemmungsgefühle in ihr aus. Hinzu kam, dass er in seiner zwanzig Zentimeter dicken Daunenjacke so gewaltig wirkte wie ein Yeti. Anna bekam in seiner Gegenwart Klaustrophobie.

»Lassen Sie sich nicht auffressen«, versuchte sie es mit einem Scherz. Wenn ein Wolf nach einem harten, entbehrungsreichen Winter jemanden wie Menechinn verschlang, würde er sich vermutlich überfressen.

»Ein Kerl wie ich fürchtet sich doch nicht vor ein paar Wölfen.« Grinsend marschierte Bob los und wurde bald von den Bäumen verschluckt.

Eine Weile beobachtete Anna Katherine, die in ihre Arbeit versunken schien.

Obwohl Anna nichts gegen Wolfskot einzuwenden hatte, solange die behaarten Urheber selbst sich nicht in der Nähe aufhielten, wurde ihr allmählich langweilig. Die Schlechtwetterfront, die das Flugzeug zum Umkehren gezwungen hatte, war schließlich eingetroffen. Es wehte ein gnadenloser und bitterkalter Wind, und die Wetter-Webseite auf Ridleys Computer kündigte weitere Schneefälle an.

Auf dem Hügel hinter der Blockhütte befand sich eine uralte Wetterstation von der Art, wie sie in Nationalparks und auf kleinen Flugplätzen schon seit mehr als achtzig Jahren treue Dienste leistete. Die mit Schiefer verkleidete Holzkiste beherbergte ein Barometer, Thermometer für Minimal- und Maximaltemperatur und ein weiteres Thermometer, das die gefühlte Kälte angab, wenn man es in Wasser tauchte und ein wenig hin und her drehte. Die Nationale Parkaufsicht hatte Robin damit beauftragt, täglich die Daten zu kontrollieren.

Die Wissenschaftler lachten sich halbtot über dieses weitere absurde Beispiel für die Unfähigkeit der Bürokraten. Während sich der technische Stand der Wettervorhersage immer weiterentwickelte, klammerte man sich bei der Parkaufsicht an veraltete Methoden. Allerdings wäre mit der Abschaffung dieser Wetterstationen eine weitere Verbindung zu einer Zeit abgerissen, in der die Welt voller Wunder und weniger gefährdet gewesen war.

»Meinen Sie, es wird schneien?«, fragte Anna, um sich von dem Raureif abzulenken, der sich an ihren Wimpern bildete.

»Hoffentlich«, erwiderte Katherine. »Dann kann man die Bewegungen der Rudel leichter nachvollziehen und ihre Spuren aus der Luft verfolgen.«

Während Anna zusah, wie Katherine gefrorenen, mit Urin durchsetzten Schnee und Wolfskot in Tütchen verpackte, stellte sie zu ihrer Überraschung fest, dass die junge Frau gar nicht mehr so unscheinbar und verdruckst wirkte. Zum ersten Mal fiel ihr auf, das Katherine eine hübsche Nase und ein zart geschwungenes Kinn hatte. Ihre Augenbrauen oberhalb des Brillenrands waren hellbraun und makellos geformt. Ihre Wangen waren frisch und rosig, nicht grell gerötet wie durch heftigen Wind oder dunkelrot wie dann, wenn sie in Verlegenheit geriet.

»Sie lieben die Wölfe«, entfuhr es Anna ein wenig vorwurfsvoll. Sie empfand es selbst als albern, dass sie plötzlich von Eifersucht ergriffen wurde. Schließlich hatte sie das enge Verhältnis zu wilden Tieren nicht gepachtet.

Schüchtern blickte Katherine auf. Eine Haarsträhne war ihr unter der Kapuze hervorgerutscht und klebte an ihrer Wange.

»Als ich noch klein war, etwa drei oder vier Jahre alt, habe ich einen gesehen«, antwortete sie. »Wir hatten eine Hütte an einem See nördlich der Boundary Waters.«

Sie lachte. Es war das erste Mal, dass Anna sie lachen hörte.

»Wissen Sie, wir in Minnesota können direkt am Ufer des Lake Superior wohnen und müssen trotzdem noch eine Hütte irgendwo an einem See haben. Einmal waren wir im Winter dort. Mama hatte mich warm eingepackt und nach draußen zum Spielen geschickt.«

Katherine kauerte auf den Absätzen wie eine Araberin, hatte die Arme um die Knie geschlungen und schien durch Anna hindurchzuschauen.

»Der Schnee war mehrere Meter tief, aber weil ich so leicht war, bin ich nicht darin versunken. Es war ein Gefühl, als würde ich fliegen und über den Boden flitzen. Und plötzlich stand ich vor einem Wolf.«

Wieder lachte sie. Es war kein melodisches Geräusch, sondern eher ein leises Keuchen durch die Nase, als hätte sie das Lachen in einer Bibliothek gelernt, wo die Bibliothekarin Ohren hatte wie ein Luchs.

»Er machte dasselbe wie ich. Er flog. Wenigstens dachte ich das damals. Er war größer als ich und höchstens drei Meter entfernt. Lange starrten wir einander an. Seine Ohren zuckten, und er blinzelte. Ich habe auch geblinzelt und versucht, unter der Kapuze mit den Ohren zu wackeln. Dann machte er kehrt um und trottete in Richtung Wald. Als er sich kurz vor den Bäumen noch einmal zu mir umdrehte, fing ich zu weinen an.«

So viele Jahre später klang sie noch immer so wehmütig, als würde sie gleich in Tränen ausbrechen.

»Ich glaubte, dass er mich aufforderte mitzukommen. Aber ich konnte nicht.«

»Warum nicht?«, fragte Anna neugierig.

Katherine lächelte und wandte sich wieder der Wolfslosung zu. »Mama hatte mir verboten, den Garten zu verlassen.«

Anna trat von einem Fuß auf den anderen. Ihre Zehen wurden allmählich taub.

»In Washington gibt es keine Wölfe. Zumindest keine, die davor zurückschrecken würden, kleine Kinder zu fressen«, sagte sie. Bob war Professor an der American University in Bethesda, wo Katherine promovierte.

Der wehmütige Ausdruck war mit einem Mal wie weggeblasen. Für einen Moment dachte Anna, dass Katherine die Lefzen zurückziehen und sie anknurren würde. Die Frage, was die junge Frau plötzlich so aufgebracht hatte, interessierte sie derart, dass es sie sogar von ihrem unmittelbar bevorstehenden Tod durch Erfrieren ablenkte. Allerdings musste sie auf eine Antwort verzichten, denn im nächsten Moment kündigte das Knirschen von Schritten im gefrorenen Schnee Bobs Rückkehr an. Katherines Miene wurde ausdruckslos, und sie wandte sich wieder ihren Tütchen und Stuhlproben zu.

Menechinn erschien zwischen den Bäumen.

»Wir sollten Ridley holen«, verkündete er ohne Erklärung. »Sieht aus, als ob Stephen King da oben eine Dokumentarversion von *Friedhof der Kuscheltiere* dreht.«

»Was ist passiert?«, erkundigte sich Anna.

»Wir wollen auf Ridley warten«, entgegnete Bob und stemmte die Füße in den Boden, als ob er den Leiter des Forschungsteams durch schiere Willenskraft herbeordern könnte. Entweder litt er an einem Schock, oder er hatte einen melodramatischen Anfall.

»Soll ich Ridley anfunken?«, fragte Anna höflich.

Als Ridley sich meldete, widerholte er zuerst Annas Worte: »Was ist passiert?«

Anna warf Bob einen Blick zu.

»Es ist nicht weit«, erwiderte Menechinn.

»Es ist nicht weit«, sprach Anna ins Mikrofon. Als sie Ridley seufzen hörte, war sie nicht sicher, ob das Geräusch aus dem

Funkgerät kam oder direkt von der Quelle zu ihnen herüberwehte.

»Ich komme, sobald ich hier fertig bin.«

Anna steckte das Funkgerät wieder in die Tasche ihres Parkas, mit Fäustlingen kein leichtes Unterfangen. Eine halbe Stunde lang stand sie neben Bob auf dem Eis, während ihr allmählich die Füße abstarben. Katherine hatte den Kopf gesenkt und sammelte weiter Proben.

Schließlich schickte Anna sich an, Bobs Spuren im Schnee zum Wald zu folgen. Katherine erhob sich von dem mit Kot bedeckten Eis, um sie zu begleiten.

»Stehenbleiben.« Bob klang wie ein Lehrer, der es mit übereifrigen Kindern zu tun hat. »Ich möchte nicht, dass jemand dort oben herumläuft, bevor Ridley da ist.«

Idiot, dachte Anna unfreundlich und tat, als hätte sie ihn nicht gehört.

Menechinns Fund lag nicht mehr als hundert Meter vom Ufer entfernt, dort wo der Feldtmann Pfad mit dem Lehrpfad zusammentraf, der zu den Unterkünften der fest angestellten Mitarbeiter führte. In einem Radius von einem Meter rings um den Kadaver hatten Menechinns Stiefel, Größe siebenundvierzig, Schnee und Erde aufgewühlt. Schlamm und Blut vermischten sich zu dem unschönen Braunton, der Anna stets an die Tapeten in den Badezimmern alter Damen denken ließ.

»Idiot«, wiederholte sie, als sie den völlig zertrampelten Tatort betrachtete.

Ein Wolf.

Das war kein Tatort. Ein totes Tier war kein Mordopfer.

Friedhof der Kuscheltiere.

»Also gut«, sagte sie, näherte sich dem Wolf, ohne darauf zu achten, wo sie hintrat, und ging neben dem Kadaver in die Hocke. Er lag mit geöffneten Augen auf der Seite. Die Zunge – rosa wie bei einem Zeichentricktier – hing ihm aus dem Maul. Anna zog einen Handschuh aus und berührte sie. Steifgefroren. Die Aasfresser hatten nur wenig Schaden angerichtet. Offenbar lag der Kadaver schon lange genug hier, um zu gefrieren, allerdings nicht so lange, um hungrige Tiere anzulocken. Fünf oder sechs Stunden, vielleicht auch weniger. Ridley konnte das sicher genauer feststellen, denn er kannte sich mit der Nahrungskette auf der Insel besser aus als sie.

Der Wolf hatte am Hals eine blutende Wunde. Also war er anscheinend von einem Artgenossen getötet worden, denn auf der Isle Royale gab es sonst kein Tier, das groß genug gewesen wäre, um sich mit einem Wolf anzulegen. Schon seit Jahrzehnten trennte eine riesige Wasserfläche die Wölfe vom Rest der Welt, sodass sich keine andere Raubtierart auf der Insel hatte niederlassen können. Weder Pumas noch Bären oder Kojoten, ja, nicht einmal Dachse.

Der andere Wolf – also der Überlebende des Kampfes – musste entweder sehr groß oder ein Glückspilz sein. Immerhin handelte es sich bei dem Opfer um ein kräftig gebautes Männchen, das sich allerdings nicht sehr stark gewehrt zu haben schien. Die Verletzung wurde zwar von mit gefrorenem Blut verklebtem Fell verdeckt, war allerdings ziemlich schwer. Der Wolf sah aus, als sei er rasch verblutet. Nachdem ihm die Kehle aufgeschlitzt worden war, hatte er sich vermutlich kaum noch bewegt.

Anna berührte das Fell mit der bloßen Hand. Im kollektiven Unbewussten des westlichen Menschen verkörperte der Wolf Hunger, Gefahr, Hinterlist und kaltblütiges Gemetzel. Die andere Seite der Medaille dafür, dass der Wolf für das Wilde an sich stand. Er kam und ging nach Belieben wie der Wind, tat, was ihm gefiel, und verschwand dann wieder im Wald. Einen Wolf, selbst einen toten, zu berühren, vermittelte Anna ein Gefühl von urwüchsiger, nicht an Moralvorstellungen gefesselter Freiheit.

»Wie ist er umgekommen?« Ridley war da. Die anderen auch. Anna stand auf und machte Platz.

»Wunde am Hals«, erklärte sie.

»Rivalität zwischen zwei Rudeln«, stellte Bob fest.

»Könnte sein«, meinte Ridley ausweichend. – »Haben Sie einen anderen Vorschlag?«, fragte Bob.

Anna lehnte sich an den Stamm einer Birke. Sie hatte Spaß an einem ordentlichen Machtkampf, solange sie nicht die Leidtragende war. Ridley kauerte sich wortlos neben den Wolf, so, wie sie es vorhin getan hatte. Menechinn grinste Anna verschwörerisch zu, als wolle er sich mit ihr gegen Ridley verbünden. Dann zwinkerte er.

»Sie wollten einen toten Wolf, jetzt haben Sie einen«, sagte er zu Ridley.

»Jetzt habe ich einen«, wiederholte Ridley geistesabwesend.

Er zog den linken Handschuh aus und schob dann mit seinen schlanken Fingern vorsichtig Augenlider und Lefzen zurück. Wie Anna feststellte, schien der Tod des Wolfes Ridley Murray nicht persönlich nahezugehen. Für ihn waren Wölfe keine Wölfe, sondern Forschungsobjekte.

Katherine verhielt sich zwar nicht so sachlich, blieb aber kühl und professionell. Nach der Schilderung ihrer ersten Begegnung mit einem Wolf, einer Liebe, im Keim erstickt durch ein elterliches Verbot, hätte Anna eigentlich eine emotionalere Reaktion erwartet.

»Wir wollen ihn zum Blockhaus schaffen«, meinte Ridley und erhob sich elegant. »Bevor er nicht aufgetaut ist, sind uns die Hände gebunden.«

»Ich werde die Decke und den Kopf mitnehmen und an die American University schicken«, verkündete Bob. »Sie wissen schon, als Anschauungsobjekt. Unsere Studenten haben, anders als Sie, nur selten Gelegenheit, praktische Erfahrungen zu sammeln.« Er lächelte sie alle nacheinander an.

Katherines Kopf fuhr hoch, eine Bewegung, die merkwürdig an die Reaktion der Leitwölfin auf das herannahende Schneemobil erinnerte. Ein Schatten huschte über ihre Pupillen, und sie wandte sich ab, als habe sie etwas Anstößiges gesehen. Vielleicht war sie doch nicht so abgebrüht, wie Anna gedacht hatte.

Ridley zog den Handschuh wieder an. Während Bob ihn strahlend angrinste, blieb seine Miene unbewegt. Er sah aus wie Robin, wenn sie abends nach Hause kam, die Miene erstarrt, in ihrem Fall allerdings buchstäblich vor Kälte, die die Muskeln unter der Haut lähmte, sodass man so wenig Regung zeigen konnte wie nach einer Botoxspritze.

»Den Kopf und die Decke«, wiederholte Ridley ruhig.

Die Mitglieder des Teams zur Erforschung der Elche und Wölfe betrachteten die Insel schon seit Jahren als ihr Privatrevier. Hin und wieder gelang es zwar Mitarbeitern der Parkaufsicht oder anderen unwissenden Bürokraten, sich Zutritt zu verschaffen, doch an einer Eroberung waren sie stets gescheitert. Anna wartete ab, ob Ridley auf Menechinn losgehen würde.

Ridley musterte Bob mindestens zehn Sekunden lang und wandte sich dann an Robin.

»Hol eine Plane vom Schneemobil«, sagte er zu ihr. »Ich will ihn zur Blockhütte schaffen, bevor die Raben ihn finden.«

Auf dem Boden der unbenützten Küche am Ende des Flurs, wo Anna und Robin ihr Zimmer hatten, wurden Müllsäcke ausgebreitet. Darauf kamen Zeitungen, um die Körperflüssigkeiten aufzusaugen. Schließlich legte man den Wolf zum Auftauen auf das provisorische Totenbett.

»Es wird ein paar Tage dauern, bis wir ihn sezieren können«, meinte Ridley, während er Anna und Katherine feinzinkige Kämme reichte. Dann stellte er einen Karton mit winzigen Plastiktütchen wie die, in denen billiger Modeschmuck verkauft wird, auf die Zeitung hinter den Wolf.

»Ich bleibe hier und passe auf«, sagte Jonah. »Den jungen Ridley muss man im Auge behalten.«

»Du hast mir alles beigebracht, was ich weiß«, erwiderte Ridley schmunzelnd. »Also ist es auch deine Schuld, wenn ich einen Fehler mache.«

Anna hatte eine Weile gebraucht, um zu verstehen, dass die

Legende, Jonah sei der wahre Leiter des Projekts – Chefkoch, Wissenschaftler, Philosoph und hoch dekorierter Professor in einem –, zu den vielen Scherzen gehörte, mit denen man sich hier die Zeit vertrieb. Jonah war zwar ein kluger Mann, doch Anna bezweifelte, dass er mehr als einen Highschoolabschluss in der Tasche hatte.

»Wir führen nun die äußerliche Untersuchung durch«, meinte Ridley zu Anna. »Weil er nämlich noch nicht riecht. Wenn er erst einmal aufgetaut ist, wird er erbärmlich stinken.«

»Wenigstens etwas, worauf wir uns freuen können«, fügte Jonah hinzu.

»Wir wollen die Ektoparasiten entfernen. Da sie Opportunisten sind, suchen sie sich sonst andere Wirte. Und diese Wirte wären dann wir.«

»Es funktioniert so«, ergänzte Katherine, und Anna beobachtete, wie sie das Fell von den Haarwurzeln aufwärts durchkämmte wie eine Mutter, die den Kopf ihres Kindes nach Läusen absucht. Ridley baute ein Gestell mit kleinen Reagenzgläsern, das er aus dem Lagerraum neben dem Wohnzimmer geholt hatte, auf der Anrichte auf. Die aufrecht in dem Gestell steckenden Gläser waren zur Hälfte mit einer klaren Flüssigkeit gefüllt und fest verkorkt.

»Alkohol«, erklärte er. »Zur Konservierung.«

Anna begann zu kämmen. Sie hatte gedacht, dass das Fell sich anfühlen würde wie bei einem Hund, aber das war nicht so. Während Hundefell ziemlich glatt war und gleichmäßig lange Haare hatte, bestand ein Wolfspelz aus unterschiedlichen Haaren in allen möglichen Längen und Farben.

Am Hafen aus der Entfernung hatten die Tiere ziemlich unscheinbar gewirkt. Aus der Nähe betrachtet war die Farbenvielfalt und die flauschige Beschaffenheit des Haarkleids beeindruckend. Trotz der harten Bedingungen mitten im Winter und der Tatsache, dass der Wolf noch nie in seinem Leben einen Hundesalon von innen gesehen hatte, war »majestätisch« das Wort, das Anna zuerst in den Sinn kam. Die Decke erinnerte sie an eine Königsrobe, bis hin zu den besonders langen schützenden Haaren an der Kehle, die eine silbrige Halskrause bildeten.

Allerdings wurde die Schönheit des Fells von den Blutsaugern, die sich darin eingenistet hatten, ein wenig beeinträchtigt. Aber zumindest hatte sich keine Zecke unter die Haut eingegraben. Offenbar besaßen Wölfe eine natürliche Abwehr gegen diese Parasiten, die den Elchen fehlte. Obwohl Anna keine besonderen Ängste vor den zahlreichen vielbeinigen Bewohnern dieser Erde hegte, lösten Zecken stets ein beklemmendes Gefühl in ihr aus, weshalb sie nicht die geringsten Skrupel hatte, die kleinen Biester in Reagenzgläsern voller Alkohol zu ertränken.

Die Kämme förderten Elchzecken, Läuse und Milben aus dem dichten Fell zutage. Durch das Kämmen würden längst nicht alle Parasiten entfernt werden. Schließlich waren sie Wissenschaftler, keine Kammerjäger. Anna ahnte schon, dass sie nicht gut schlafen und ständig glauben würde, dass sich Kriechgetier in ihrem Schlafsack tummelte.

»Das reicht«, verkündete Ridley schließlich.

Anna hatte gerade eine dicke Elchzecke am Bauch des Wolfes erbeutet und versuchte zu verhindern, dass sie ihr vom Kamm hüpfte, bevor sie sie im Alkohol versenken konnte.

»Es sind nicht die Wölfe, die auf der Isle Royale an der Spitze der Nahrungskette stehen«, meinte sie angewidert, »sondern die Zecken.«

Die Reagenzgläser wurden in den Küchenschrank neben einen Karton mit Müsliriegeln gestellt. Dann holte Ridley ein weiteres Gestell mit Gläsern, die kleiner waren als die für die Ektoparasiten. Mit einer Pinzette zupfte Katherine Grannenhaare aus, wobei sie darauf achtete, auch die Haarwurzeln zu erwischen.

»Fünfundneunzigprozentiges Ethanol«, erklärte sie Anna, während sie die Haare in die Fünfzehn-Milliliter-Gläschen gab. »Wir verwenden es anstelle von Alkohol, damit sich die

DNA der Probe nicht auflöst, Nun, zumindest zögert es den Prozess hinaus. Irgendwann zerfällt nämlich alles.«

»Mit den Zähnen und der Kehle müssen wir warten«, sagte Ridley. Er schloss die Hände um die Schnauze des Wolfs und drückte kräftig. »Steifgefroren.«

Der Anblick von Ridleys Händen am Maul des Tiers hatte etwas Befremdliches an sich, das Anna sauer aufstieß. Es war, als würde man Zeuge, wie Leute mit dem Auto losfuhren, ohne sich anzuschnallen, oder wie jemand mit einer ungeladenen Waffe auf Lebewesen zielte.

»Leichenstarre oder Kälte?«, fragte sie.

Ridley kauerte sich auf die Fersen.

»Bei diesen Temperaturen macht das keinen Unterschied. Das Auftauen dauert länger als die Leichenstarre.«

»Wie lange hält die Leichenstarre bei einem Wolf an?«, erkundigte sich Anna.

»Ich weiß nicht«, erwiderte er gleichgültig.

Offenbar interessierten Ridley nur die Eigenschaften seiner Versuchstiere, die im Zusammenhang mit seinem Forschungsprojekt standen. Vielleicht war diese Betriebsblindheit, die Fähigkeit, sich über lange Zeiträume hinweg in ein einziges Detail zu vertiefen, bei einem Forscher ja von Vorteil.

»Keine Handschuhe!«, stieß Anna plötzlich hervor. Das war es also, was sie vorhin gestört hatte: Ridley berührte das Tier ohne Latexhandschuhe.

»Die tragen wir später beim Sezieren«, antwortete er. »Das wird nämlich eine ordentliche Sauerei.«

Anna nickte. Handschuhe waren überflüssig und dienten nur dem Zweck, die eigenen Hände sauber zu halten. Kein AIDS, keine Hepatitis-B oder andere durch das Blut übertragene Krankheiten. Also bestand nicht die geringste Ansteckungsgefahr. Und dass sich hie und da ein wenig menschliche DNA mit der des Wolfes mischte, würde nichts am Ermittlungsergebnis ändern.

Am Forschungsergebnis, verbesserte sie sich.

Da es in der Blockhütte verhältnismäßig warm war, war die Haut des Wolfes weicher geworden. Ridley hob mit dem Daumen die rechte Augenbraue des Tiers an. Die stumpfen Augen waren golden, standen enger zusammen und waren schräger als bei einem Haushund.

»Tolle Augen«, meinte er, während er auch das linke Lid hochzog.

»Ja«, stimmte Anna zu. »Er sieht slawisch aus. So als habe er seit Menschengedenken in der russischen Steppe gejagt.«

Ridley starrte sie verständnislos an.

»Sie sind nicht angefressen«, erklärte er. »Normalerweise holen sich die Raben zuerst die Augen.«

Er betrachtete den Wolf.

»Kein grauer Star. Auch ohne mir die Zähne anschauen zu können, schätze ich den Burschen auf zwei oder höchstens drei Jahre. Offenbar hat er versucht, das Rudel zu übernehmen, ist mit dem Alpharüden aneinandergeraten und hat den Kampf verloren«, fuhr er fort und wippte auf den Fersen. »Mit dem Rest müssen wir warten, bis er aufgetaut ist.«

Ridley erhob sich anmutig und streckte die schlanken Hände aus wie ein Pianist, der gleich ein Konzert geben will. Er würde sie sofort mit heißem Wasser aus einem der Behälter auf dem Ofen in einem Becken waschen. Die Mitglieder der Winterstudie waren in Sachen Hygiene sehr gründlich, denn Magen-Darm-Erkrankungen gewannen eine völlig neue Bedeutung, wenn einem bei zwanzig Grad minus nur ein Plumpsklo zur Verfügung stand.

Anna kauerte sich neben den Kopf des Wolfes. Sie wusste, dass sie den anderen lästig war, weil sie ihnen im Weg herumstand und sie mit dummen Fragen behelligte. Aber das kümmerte sie nicht.

Ein Wolf.
Sie konnte es kaum fassen.

»Zeit für ein Gläschen Wein«, meinte Bob mit einem Blick auf seine Armbanduhr und folgte Ridley ins Wohnzimmer.

»Zeit für den Generator«, sagte Jonah. »Und da der gute Adam, der erste Mensch auf Erden und seit Jahrtausenden das Sinnbild der Unpünktlichkeit, noch nicht zurück ist, obliegt es mir, ihn anzuwerfen.«

Anna hatte gar nicht bemerkt, dass es dunkel geworden war. Ihre Nase war nur knapp zehn Zentimeter von der Wunde am Hals des Wolfes entfernt. Sie lachte.

»Und ich dachte schon, ich würde allmählich blind.«

»Es werde Licht«, entgegnete Jonah und verschwand.

Fünf Minuten später gingen die Lichter an. Da Katherine offenbar noch nicht fertig war und Anna nichts Besseres zu tun hatte, blieb sie, um zuzuschauen.

»Ich habe ein neues Spielzeug«, verkündete Katherine, die ohne die Anwesenheit der Männer lockerer wirkte.

Liebevoll nahm sie eine Schachtel, etwa doppelt so groß wie ein Toaster, aus einer Reisetasche, die mit anderen Taschen und Kisten auf einem unbenutzten Feldbett in einer Ecke der Küche stand.

»Diese Dinger gibt es zwar schon seit einer Weile, doch das ist die neue Generation.« Stolz entfernte sie den Deckel der Styroporverpackung und förderte ein Gerät zutage, das wie eine Mischung aus Computer und Rechenmaschine aussah.

»Was macht man damit?«, fragte Anna, als keine Erklärung erfolgte.

»Das ist ein PCR«, antwortete Katherine. »Ein Polymerase-Kettenreaktion-Analysegerät. Die allerneueste Technologie.« Katherine strich über das Plastikgehäuse. »Die American University hat es eigens für diese Reise angeschafft. Die Wolf-Elch-Studie ist gewissermaßen der Rockstar unter den Forschungsprojekten, die sich mit Tieren befassen.«

Anna wusste das. In einer Welt, deren Bewohner bei der Entdeckung einer neuen Art von Fruchtfliegenlarve in Verzückung gerieten, verkörperten Wölfe Glamour auf vier Pfoten. Außerdem handelte es sich um die am langfristigsten angelegte Studie dieser Art in den Vereinigten Staaten und, trotz der lästerlichen Bemerkungen beim Abendessen, um ein hoch gelobtes Beispiel für die gute Zusammenarbeit zwischen Wissenschaftlern und Parkverwaltung.

»Das Labor an der technischen Universität von Michigan kümmert sich um die genetischen Fingerabdrücke«, fuhr Katherine fort und stellte das PCR auf die Arbeitsfläche. »Die Proben von der Isle Royale werden dorthin geschickt. Man gewinnt die DNA mithilfe eines Quiagen-Extraktions-Sets. Dann wird die Probe mit einem Fragmente-Analysegerät sichtbar gemacht. Das geschieht anhand einiger mikrosatellitartiger Punkte im Genom.«

Als Menechinns Doktorandin war es vermutlich Katherines Aufgabe, die Einführungsseminare zu unterrichten. Anna hatte ein wenig Mitleid mit ihren Studenten. Offenbar schwebte Katherines Verstand in den höheren Sphären der Wissenschaft und hatte der Erde in letzter Zeit nur selten einen Besuch abgestattet.

»Bei ›Quiagen‹ haben Sie mich abgehängt«, meinte Anna.

Katherine wirkte ein wenig verlegen, ein merkwürdiger Gegensatz zu dem Selbstbewusstsein, mit dem sie technische Fachausdrücke verwendete.

»Verzeihung.«

Sie nickte vogelartig, wie es Anna schon am ersten Abend auf der Insel aufgefallen war. Während Bob ihre Doktorarbeit gelobt hatte, hatte es ausgesehen, als wolle sie den Kopf unter dem Flügel verstecken.

Katherine holte tief Luft und fixierte die Ecke hinter Annas Kopf. »Also gut. Das Quiagen ... Okay. Nein. Okay, fangen wir mit dem Gel an. Nein. Moment noch ...«

Anna wartete geduldig ab, während Katherine sich mühsam in die Rolle der Unwissenden einfühlte, um ihr das Thema begreiflich zu machen.

»Man entnimmt winzige Fragmente der DNA«, begann sie schließlich und nahm wieder Blickkontakt zu Anna auf. »Und zwar von vielen verschiedenen Stellen – nicht Stellen der Probe, sondern von unterschiedlichen Bereichen des Genoms besagter Probe. Jedes dieser kleinen Teilchen hat ein anderes Gewicht. Die Fragmente werden – äh – in Röhrchen mit Gel gedrückt ... so ähnlich wie Götterspeise, wissen Sie?«

»Ich weiß, was Götterspeise ist«, erwiderte Anna ernst.

»Sehr gut. Also befindet sich jedes kleine Stückchen DNA in seinem eigenen Röhrchen. Sie stehen alle in einer Reihe wie ...« Offenbar ging sie im Geiste eine Reihe von Vergleichen durch, zu deren Verständnis man mindestens einen Magistertitel brauchte.

»Wie Bowlingbahnen in einem Bowlingcenter?«

»Ja!«, sagte sie erleichtert. »Wie Bowlingbahnen, nur einfach sehr klein. Ganz, ganz klein. Kleiner als klein.«

»Also winzig«, sprang Anna für sie in die Bresche.

»Winzig. Und so liegt jedes winzige Stückchen in seinem winzigen Röhrchen mit Gel wie auf einer winzigen Bowlingbahn. Immer parallel, wie die Bahnen eben.« Anscheinend fand sie Gefallen an diesem Vergleich. Sie wartete ab, bis Anna nickte, und sprach dann weiter. »Dann werden die kleinen Stückchen in den Röhrchen mit Gel – der Bahn – hinuntergeschoben, und zwar mit gleichmäßigem Druck, das heißt, es ist gar kein richtiger Druck, sondern Elektrizität. Man nennt das Gel-Elektrophorese ...«

»Ich glaube, ich habe verstanden«, meinte Anna. »Alle DNA-Bowlingkugeln rollen mit derselben Geschwindigkeit ihre jeweilige Bahn entlang.«

»Ja, gut. So könnte man es ausdrücken. Die leichteren kommen weiter in den Gelröhrchen voran als die schwereren. Wenn alle stehen geblieben sind, schaut man sich die Ergebnisse an. Die sehen ein bisschen aus wie die Lochkarten, die es früher für Computer gab. Eine Reihe von Markierungen. Wie im Fernsehen, wenn sie zwei DNA-Abbildungen übereinanderlegen. Alle Markierungen decken sich, und – bingo! – man hat seinen Täter.

Das Labor der Technischen Universität von Michigan besitzt

genetische Fingerabdrücke aller Wölfe auf der Isle Royale. Wenn eines der Tiere stirbt, nimmt ein Forschungsassistent oder jemand von der Winterstudie Kotproben. Im Laufe der Jahre ist so von jedem Wolf eine Datenbank entstanden. Diese sogenannten genetischen Fingerabdrücke befinden sich in diesem kleinen Computer. Wenn ich die Proben von dem Blut oder den Follikeln, die wir heute genommen haben«, sie wies mit dem Kopf auf den Wolf, der zu ihren Füßen auf Zeitungspapier auftaute, »eingebe, weiß ich, wo überall er schon gewesen ist, also in welchem Revier, zu welchem Rudel er gehört hat und ob er je im Revier eines anderen Rudels war.«

Als Parkpolizistin musste Anna oft wochenlang auf die Ergebnisse von DNA-Untersuchungen warten. Die Verfahren, die Katherine ihr gerade geschildert hatte, waren astronomisch teuer, da sie häufig bis zu fünfzig verschiedene Tests erforderten.

»Wie interessant«, erwiderte sie ausweichend.

Katherine, die den zweifelnden Tonfall bemerkte, ging ihre Worte im Geiste noch einmal durch, um den Fehler in ihrem Vortrag zu finden. Wenn sie sich nicht zurücknahm, was sie tat, sobald sich ein Vertreter des anderen Geschlechts im Raum befand, war sie leicht zu durchschauen. Die Gefühle waren auf ihrem Gesicht zu erkennen wie bei kleinen Kindern und zeigten sich in Blick und Mundstellung.

»Ein PCR ist ein tragbares Gerät zur Analyse des genetischen Fingerabdrucks«, erklärte sie.

Die DNA-Analysegeräte, die Anna kannte, waren gewaltige Computer und Maschinen, die ganze Wände einnahmen.

»Das erste Mal habe ich im Nordwesten mit so einem Gerät gearbeitet. Es ging um Lachse. Die Fischer dürfen nur eine Sorte fischen, alle anderen nicht. Allerdings kann man mit bloßem Auge nicht erkennen, ob man den richtigen Fisch vor sich hat. Wir haben ein älteres PCR-Modell benutzt. Die Methode funktioniert deshalb so gut, weil sie eigentlich ganz einfach ist. Man stellt das Gerät einfach auf zwei Kriterien ein, wie zum Beispiel die DNA der beiden Fischarten. Der jeweilige genetische Fingerabdruck ist eine bekannte Größe und bereits in den Computer des PCR eingespeichert. Wenn man die neue Probe eingibt, muss er sie nur mit den schon vorhandenen Dateien vergleichen und braucht keine eigenen Schlüsse zu ziehen.

Dieses PCR zeigt mir einfach, welche Linie die Kugeln bilden, und das ist dann der genetische Fingerabdruck dieses Wolfes. Der genetische Fingerabdruck aller Wölfe auf der Isle Royale ist in diesem Gerät gespeichert. Nun wird der von mir gewonnene Fingerabdruck mit den bereits existierenden abgeglichen. Jeder Fingerabdruck steht für einen Wolf, und jeder Wolf hat eine Nummer. Ein Blick auf die Anzeige sagt mir, dass Wolf Nummer soundso die fragliche Probe hinterlassen hat, beziehungsweise dass er, wie in diesem Fall, meine Probe ist. Dann schicke ich eine Mail an das Labor der Technischen Universität von Michigan, damit sie ihre Daten mit meinen ergänzen können. Sie wiederum werfen einen Blick in ihre Datei und stellen fest, dass mein Wolf – also dieser Wolf – beispielsweise im Winter 2005 am Rock Harbor einen Elch gefressen hat. Denn jemand hat zu diesem Zeitpunkt dort Kotproben gesammelt, die zu der von mir sichergestellten DNA passen. Verstehen Sie?«

Sie wirkte so verzweifelt, dass Anna nötigenfalls sogar Verständnis vorgetäuscht hätte.

»Schon kapiert«, sagte sie. »Dasselbe machen wir mit gewöhnlichen Fingerabdrücken. Wir gleichen sie mit einer landesweiten Datenbank ab, und wenn wir einen Treffer landen, wissen wir, wo unser Gesuchter war, als er den Fingerabdruck hinterlassen hat.«

Erleichtert widmete Katherine sich wieder ihrem Gerät. Anna beobachtete sie zwar noch eine Weile, kam sich aber bald überflüssig vor. Sie wandte sich wieder dem Wolf zu und kauerte sich neben seinen Kopf. Beim Auftauen sickerte Flüssigkeit aus dem Kadaver. Bis das Tier auch nur annähernd Zimmertemperatur erreicht hatte, würde es in der Blockhütte kräftig nach Verwesung riechen.

Bevor es möglich war, das mit Blut verklebte Fell am Hals zu trennen, konnte man die Wunde – vielleicht waren es ja auch mehrere – nicht sehen. Anna vermutete, dass der Gegner Glück gehabt und schon am Anfang des Kampfes die Hauptschlagader erwischt hatte. Das hätte auch erklärt, warum sie nirgendwo kleinere Wunden oder Abwehrverletzungen entdecken konnte.

Als die Vordertür krachend ins Schloss fiel, stand Anna auf.

»Robin und Adam sind zurück«, sagte sie.

Erst jetzt bemerkte sie, dass sie auf die beiden gewartet hatte. Unbewusst hatte sie die Lichtverhältnisse beobachtet, die Kälte und den auffrischenden Wind gespürt und auf das Funkgerät gehorcht.

»Haben Sie gehört, ob Robin uns angefunkt hat?«, fragte sie Katherine, plötzlich ärgerlich.

»Ich glaube, Robin hat nie ein Funkgerät bei sich«, antwortete Katherine geistesabwesend.

Offenbar interessierte sich die Frau nur noch für ihre Kotproben. Anna ließ sie damit allein.

Beim Abendessen war Wolfslosung das beherrschende Thema. Robin und Adam hatten das mittlere Rudel nach der Flucht von Washington Harbor zwar nicht gesehen, waren aber auf seine Spuren gestoßen. Beim Essen – einem Auflauf, den Ridley aus Nudeln, tiefgekühlten Erbsen und Huhn gezaubert hatte – schilderte Robin ihre Vorgehensweise.

»Wir sind in Richtung Malone Bay marschiert und bis zum letzten Felsvorsprung vor dem Siskiwit Lake gekommen«, berichtete Robin mit ruhiger, fröhlicher Stimme.

Zwölf bis vierzehn Kilometer weit, wenn Anna sich richtig erinnerte.

»Dort haben wir uns aufgeteilt. Ich bin ins Landesinnere gegangen. Jede Menge Sümpfe und Morast. Ich habe Elchspuren gesehen und bin dann den Spuren der Wölfe hierher zurück gefolgt. Was hat sie vom Hafen verscheucht?«

»Wir hatten kein Wasser mehr«, erwiderte Ridley knapp, auf der Insel eine ausreichende Erklärung.

Anna rechnete immer noch.

Der Rückweg durchs Landesinnere. Ein paar zusätzliche Kilometer Fußmarsch also. Vierzehn Kilometer hin, sechzehn bis siebzehn zurück.

»Wir haben tonnenweise Proben mitgebracht. Sie liegen in der Küche bei dem Wolf.«

Über dreißig Kilometer durch unwegsames Gelände, bei eisigen Temperaturen, mit einem Rucksack voller Kot.

Sie tröstete sich mit dem Gedanken, dass Robin fast ein Vierteljahrhundert jünger als sie war und außerdem mit der Aufnahme in die Olympiamannschaft geliebäugelt hatte, und vertrieb ihr schlechtes Gewissen mit Essen. Sie musste an sich halten, um die Nahrung nicht in sich hineinzuschaufeln, und es kostete sie alle Selbstbeherrschung, auf ihre Tischmanieren zu achten. Endlich verstand sie, was sie damals im Chemieunterricht an der Highschool gelernt hatte: Kalorien waren eine Wärmeeinheit.

»Ich wünschte, ich hätte eine Kamera dabeigehabt«, sagte Robin, den Mund voller Toast mit Erdnussbutter und Marmelade, einer Beilage, die es zu jeder Mahlzeit gab. »Einer der Wölfe hatte riesige Pfoten, etwa doppelt so groß wie die anderen. Dann, irgendwo zwischen Siskiwit und Windigo, waren sie plötzlich verschwunden. Er muss auf felsigem Untergrund zum Rudel gestoßen sein. Auf dem Rückweg habe ich immer weiter nach Spuren gesucht, aber ich konnte die Stelle nicht finden, wo er mit den anderen zusammengetroffen ist.«

»Doppelt so groß?«, fragte Bob mit hochgezogener Augenbraue und einem gönnerhaften Lächeln.

Katherine senkte den Kopf und versteckte sich hinter ihrem Haar. Währenddessen erwiderte Robin unverwandt Menechinns Blick.

»Doppelt so groß«, wiederholte sie selbstbewusst. Anna lächelte. Das olympische Training hatte offenbar nicht nur die Muskeln des Mädchens gestärkt.

»Dann kümmere dich morgen noch einmal darum«, sagte Ridley. »Ich gebe dir die Kamera mit.«

»Was ist mit Ihnen, Adam? Haben Sie auch Spuren gesehen, die doppelt so groß waren wie die eines gewöhnlichen Wolfes?«, erkundigte sich Bob und zwinkerte Robin zu, um ihr zu zeigen, dass er ihr nicht böse war.

»Wir hatten uns aufgeteilt, schon vergessen?«, entgegnete Adam ausweichend.

»Warum begleiten Sie Robin morgen nicht?«, schlug Ridley Bob vor. »Dann können Sie sich selbst überzeugen. Bestimmt kann Robin beim Tragen der Kamera Hilfe gebrauchen.«

Robin biss kräftig in ihren Toast, um ihr Grinsen zu verbergen. Wenn man ihr die Gelegenheit gab, konnte – und würde – sie Menechinn durch den Wald hetzen, bis ihm die Puste ausging.

»Nein.«

Katherine hatte das Wort ergriffen. Bob bedankte sich mit einem Lächeln für diese Lebensrettung, das sie allerdings nicht erwiderte. Da nun alle Blicke auf ihr ruhten, wurde sie von Verlegenheit überwältigt.

»Ich brauche Hilfe«, stammelte sie. »Dr. Menechinn muss mir mit dem PCR helfen.«

Die letzten Worte waren nur noch ein Flüstern.

»Entschuldigen Sie mich«, sagte sie und sprang vom Tisch auf.

»Irgendwelche Einwände, wenn ich Robin morgen begleite?«, brach Adam das beklommene Schweigen. »Oder hat jemand etwas kaputtgemacht, das ich reparieren muss?«

»Geh nur«, antwortete Ridley.

Anna spülte allein das Geschirr. Nach ihrem Eifersuchtsanfall war Katherine nicht mehr zurückgekehrt. Falls es sich um Eifersucht handelte. Obwohl Anna leichte Zweifel hatte, fiel ihr keine bessere Erklärung ein. Jedenfalls hatte sich die Forscherin aus irgendeinem Grund hinter ihrem PCR verschanzt. Die am Hafen gesammelten Proben hatte sie bereits ausgewertet, aber schließlich hatte Robin massenweise interessanten neuen Kot mitgebracht.

Als Anna nach dem Abwasch ins Wohnzimmer kam, fand sie es leer vor. Alle sechs Mitglieder der Winterstudie hatten sich in der zur Leichenhalle umfunktionierten Küche versammelt und scharten sich um Katherines PCR. Da der auftauende Wolf, das Feldbett und das Gepäck der Mitarbeiter den Großteil des Raums einnahmen, drängten sich die sechs in Zweierreihen um die Anrichte.

»Ich glaube nicht, dass diese Probe von einem der Wölfe auf der Isle Royale herrührt«, verkündete Katherine gerade, als Anna neugierig in den Raum schlüpfte. »Sie stimmt nicht mit den genetischen Fingerabdrücken überein, die in Michigan in den PCR eingegeben wurden.«

»Vielleicht erst in diesem Jahr geboren und noch nicht registriert«, schlug Bob vor.

Anna drängte sich an ihm vorbei. Ridley und Katherine beugten sich über einen Papierstreifen, sodass sich ihre Köpfe fast berührten.

»Da wären noch ein paar Ungereimtheiten«, fuhr Katherine fort.

»Jeder Wolf auf der Insel stammt von dem ersten Zuchtpaar ab, das über das Eis kam«, erklärte Ridley Menechinn. »Also haben sie unverwechselbare genetische Marker. Der offensichtlichste ist eine Missbildung der Wirbelsäule. Etwa die Hälfte der Wölfe auf der Isle Royale besitzt einen überzähligen Wirbel. Ihre DNA weist sie als Mitglieder derselben Familie aus, die sich von nicht verwandten Wölfen unterscheiden. Dieser Wolf hier ist fremd auf der Insel. Es handelt sich zwar um Wolfs-DNA, aber um ziemlich seltsame.«

Anna liebte es, Wissenschaftlern beim Fachsimpeln zuzuhören.

Ridley breitete den DNA-Ausdruck auf der Anrichte aus und legte einen anderen von einem bekannten Insel-Wolf daneben. Dann verglich er die beiden.

»Es sieht aus wie Wolf mit einem Zusatz.«

»Die Probe wurde verunreinigt«, stellte Bob fest.

»Mag sein.«

Katherine sah nicht den Ausdruck an, sondern blickte aus dem Fenster, durch das sie das Rudel beim Durchqueren der Lichtung beobachtet hatten.

Sie dachte an die riesigen Spuren, auf die Robin gestoßen war. Darauf wäre Anna jede Wette eingegangen.

6

Am nächsten Tag begann der vorhergesagte Schnee zu fallen. Robin schnürte ihre Stiefel zu, schulterte ihren Armeerucksack und machte sich mit Adam auf den Weg, um die Spuren des Riesenwolfes zu fotografieren. Die anderen schliefen aus und ließen sich beim Frühstück Zeit. Durch das Wolfsrudel auf dem Eis hatte sich der Tagesablauf der Forscher geändert. Wenn der Himmel klar und der Wind schwach war, verbrachte Ridley den Tag für gewöhnlich mit Jonah im Flugzeug und beobachtete und fotografierte die Wölfe. War das Wetter zu schlecht zum Fliegen, gab es zwar einiges zu erledigen, allerdings nicht genug, um sich den ganzen Tag damit zu vertreiben.

Während des Frühstücks wurde hauptsächlich die laut Katherine fremdartige DNA erörtert. Der Wolf, der die Losung hinterlassen hatte, stammte nicht von der Insel. Anfangs war Anna die Bedeutung dieser Erkenntnis nicht klar gewesen. Es waren doch auch schon früher Wölfe über das Eis gekommen. Erst als Ridley sie daran erinnerte, dass der See seit fast dreißig Jahren nicht mehr zugefroren gewesen war, verstand sie. Ein in der Wildnis lebender Wolf brauchte sehr viel Glück und eine gute Kondition, um zehn Jahre alt zu werden. Also hätte der Wolf, dessen Losung sie auf dem Greenstone-Pfad in Richtung Siskiwit Lake gefunden hatten, ein Methusalem seiner Art sein müssen, wenn er über die letzte Eisbrücke eingewandert war.

Deshalb war der Wolf offenbar auf andere Weise hierher gelangt. Wölfe konnten zwar schwimmen, aber keine siebenundzwanzig Kilometer weit. Also blieben nur ein Boot, ein Flugzeug mit Kufen, ein Wasserflugzeug, ein Kanu, ein Kajak oder ein Jetski übrig. Vielleicht ein Welpe, ausgesetzt von einem irregeleiteten Gutmenschen? Ein Mischling aus Wolf und Hund, aufgewachsen als Haustier, der seinem Besitzer zu langweilig geworden und deshalb auf der Insel »frei« gelassen worden war? Handelte es sich möglicherweise um eine Kreuzung aus Wolf und Hund, die, zum Kampfhund abgerichtet, jemanden angegriffen hatte? Hatte der Besitzer ihn deshalb an einem Campingplatz oder an der Bucht entsorgt, anstatt ihn zu töten?

Die letzte Erklärung war die wahrscheinlichste. Der Wolf genoss seinen Ruf als kaltblütiger Mörder kleiner Mädchen mit roten Kappen nämlich völlig unverdient. Niemand am Frühstückstisch konnte sich an auch nur einen einzigen Übergriff erinnern, der sich seit seiner Geburt oder zu Lebzeiten seiner Eltern ereignet hatte. Im Jahr 2005 war gemeldet worden, ein Wolf habe einen Menschen getötet, doch der Übeltäter hatte sich anschließend als Bär entpuppt.

Die wirkliche Gefahr für den Menschen ging von Kreuzungen zwischen Wolf und Hund aus, die eigens von ihren Besitzern gezüchtet wurden. Wie jedes Tier, das sich nicht vollständig zähmen ließ, waren diese Mischlinge äußerst unberechenbar, eine Eigenschaft, die sie häufig mit ihren Herrchen teilten. Die meisten von ihnen legten sich einen Mischling aus Wolf und Hund zu, weil sie sich einen Angst einflößenden, bösartigen Kampfhund halten wollten – die waren in allen fünfzig Bundesstaaten zwar verboten, aber dennoch zu bekommen. Blutige Übergriffe solcher Tiere hatten die Öffentlichkeit so in Aufruhr versetzt, dass die Haltung eines Mischlings aus Wolf und Hund in vielen Städten inzwischen ungesetzlich war.

Jonah, dem der Ausdruck »Mischling aus Wolf und Hund« allmählich zu umständlich wurde, schlug die Bezeichnung »Wolfshund« vor.

Ein solcher Wolfshund konnte jederzeit auf der Insel ausgesetzt worden sein. Aller Wahrscheinlichkeit nach war es in den letzten sechs bis sieben Monaten geschehen. Denn wenn das

Tier schon im letzten Winter auf der Insel gelebt hätte, hätte man Ridleys Ansicht nach Anzeichen dafür bemerken müssen – Losung, Spuren, wie Robin sie gemeldet hatte, oder eine Begegnung mit dem Tier selbst.

Die meisten zahmen – oder halb zahmen – Tiere überlebten in der Wildnis nicht lange. Doch wenn der Wolfshund so groß, wie die von Robin gefundenen Spuren vermuten ließen, und außerdem zum Töten abgerichtet war, konnte er sich durchaus einem Rudel angeschlossen haben. Möglicherweise hatte er es sogar übernommen. Das hätte auch erklärt, warum das Rudel die Scheu vor den Menschen verloren hatte und unbekümmert in der Nähe der Blockhütte umherspaziert war. Falls es sich um einen großen und angriffslustigen Wolfshund handelte, hatte er vielleicht den Wolf gerissen, der nun in der Küche verweste, und zwar so überfallartig, dass es keine Spuren eines Kampfes gab.

»Jeder fremde *Mischling aus Wolf und Hund*«, verkündete Bob, der sich absichtlich weigerte, den von Jonah geprägten Ausdruck zu benutzen, »wäre doch von dem Rudel umgebracht worden.«

»Was, wenn es ein wirklich großes Tier ist?«, wandte Kathy ein.

»Wir haben es hier nicht mit einem fairen Kampf Mann gegen Mann zu tun, Kathy«, erwiderte Bob mit einem Lächeln, sodass seine Augen fast in den Pausbacken versanken. Trotz seiner freundlichen Miene war »Kathy« eindeutig als Zurechtweisung gemeint. »Das Rudel hätte ihn zerrissen.«

»Vielleicht auch nicht«, widersprach Ridley. »Es könnte gerade ein Erzeuger gefehlt haben. Dann wäre das fremde Tier aufgenommen worden.«

Bob schnaubte verächtlich.

»Ziemlich weit hergeholt«, meinte er.

»Aber dennoch im Bereich des Möglichen«, beharrte Ridley. Anna war nicht sicher, ob er tatsächlich diese Auffassung vertrat oder Bob nur provozieren wollte. »Dass es hier überhaupt

Wölfe gibt, haben wir nur dem Zufall zu verdanken. Ein Wolfshund, der groß und aggressiv genug ist, hätte es schaffen können, sich durchzusetzen.«

Schließlich zerstreute sich die Frühstücksrunde. Ridley setzte sich an seinen Laptop, um Berichte zu schreiben. Jonah streifte auf der Suche nach jemandem, dem er auf die Nerven fallen konnte, durch die Blockhütte. Bob ließ sich auf einem Stuhl am Ofen nieder und studierte die Berichtsmappe, einen Aktenordner voller Formblätter, in denen sämtliche Erkenntnisse festgehalten wurden.

Die Parkverwaltung war für ihre Datensammelwut berüchtigt. Für gewöhnlich wurde die langweilige Aufgabe, diese Formulare auszufüllen, von dem rangniedrigsten Mitglied eines Teams zwischen Tür und Angel erledigt. Auf der Insel war es die Pflicht der Forschungsassistentin. Die Temperatur bei Sonnenaufgang und Sonnenuntergang, die Schneehöhe sowie allgemeine Anmerkungen. Die Schränke im Büro quollen über von diesen Aktenordnern, in denen all diese Einzelheiten fein säuberlich vermerkt waren. Soweit Anna wusste, war Bob der erste Mensch, der je einen Blick hineingeworfen hatte.

Sie selbst vertrieb sich eine Weile die Zeit im DNA-Labor und sah zu, wie Katherine die merkwürdige Probe immer und immer wieder überprüfte – jedes Mal mit demselben Ergebnis. Als es Anna zu langweilig wurde und sie auch das Interesse an dem immer strenger riechenden Wolf verlor, wollte sie zurück ins Wohnzimmer schlendern.

»Anna?«

Katherine ergriff zum ersten Mal seit einer halben Stunde das Wort, und zwar mit so leiser Stimme, dass Anna sie beinahe nicht gehört hätte. Sie drehte sich um. Die Forscherin war noch immer über ihr PCR gebeugt und kehrte dem Raum den Rücken zu.

»Hier bin ich«, antwortete Anna. Sie flüsterte ebenfalls, obwohl es eigentlich keinen Grund dafür gab.

»Sagen Sie Robin, sie soll die Finger von Bob lassen«, meinte Katherine ruhig, ohne sich umzudrehen. Anna wartete vergeblich auf eine erhellende Erklärung.

»Wird gemacht«, erwiderte sie. »Außerdem hat sie einen Freund«, fügte sie hinzu, in der Hoffnung, Katherine damit zu beruhigen.

Katherine reagierte nicht. Nach einer Weile ging Anna von der Küche ins Wohnzimmer. Zwischen Tür und Ofen stehend, betrachtete sie Bob und fragte sich, warum jemand bloß Ansprüche auf diesen Menschen erhob.

»Sieht aus wie auf einer Weihnachtskarte, finden Sie nicht?«, meinte er im Plauderton.

Anna blickte aus dem Fenster. Die Blockhütte besaß eine große Veranda mit Geländer. Sie erinnerte sich noch an die Grillabende dort, in dem Sommer, als sie hier Bootspatrouillen gefahren war. Nun war die Veranda zu drei Vierteln mit Holzscheiten vollgestapelt, die die Parkverwaltung für die Mitglieder der Winterstudie angeliefert hatte. Der Himmel war wegen der wirbelnden Schneeflocken kaum auszumachen. Die Birken und Kiefern rings um die Lichtung waren in einen Schleier aus Schnee gehüllt. Es war eine stumme Szene in Schwarzweiß.

Anna zog einen Pullover und ihre Clogs an und ging hinaus. In den Rocky Mountains gab es selbst in der Wildnis stets Geräusche: ein Flugzeug hoch im Himmel, singende Vögel, das Plätschern von Wasser, der Wind in den Tannen, Eichhörnchen, die im Laub umhertollten. In Mississippi zirpte und zwitscherte die Natur das ganze Jahr über. Sogar in Texas war es niemals totenstill. Auch wenn sonst nichts zu hören war, heulte zumindest der Wind und raunte zornige Geschichten.

Doch hier, im dichten Schneefall, herrschte absolutes Schweigen, das auf unerklärliche Weise von den dicken weißen Flocken noch zusätzlich gedämpft wurde.

Anna graute bei der Vorstellung, dass ein Winter wie dieser von Menschen gestört werden könnte, die in Ferienhütten wohnten, mit dem Schneemobil und auf Skiern herumfuhren und Bier tranken. Obwohl sie nie wieder im Januar auf die Insel zurückkehren würde, wenn es sich vermeiden ließ, wünschte sie sich einen Ort, an dem die Stille eine Chance hatte.

Den Park im Winter zu öffnen, würde das Aus für die Studie bedeuten. Der Lärm und die Menschenmengen, die eine Ferienanlage unweigerlich mit sich brachten, würden die Wölfe so stören, dass auf die Ergebnisse der Studie kein Verlass mehr war.

Das Ministerium für Heimatschutz hatte nicht den geringsten Grund dafür, einen seiner Mitarbeiter herzuschicken, um den Sinn und Zweck der Studie zu bewerten. Die Parkaufsicht hatte jeden in diesem Zusammenhang bedeutsamen Punkt bereits ausführlich mit David Mech, dann mit Rolf Peterson und nun mit Ridley Murray erörtert. Die Studie war prestigeträchtig, sehr angesehen und außerdem kostengünstig. Die Menschen liebten die Wölfe und freuten sich, dass es sie gab.

»Wie viele Wölfe leben hier?«, lautete die erste Frage an jedem Lagerfeuer, ganz gleich, worum sich das Gespräch sonst drehen mochte.

Um seiner Aufgabe, die Grenzen der Vereinigten Staaten zu sichern, gerecht zu werden, musste das Ministerium für Heimatschutz sämtliche Kanäle schließen, die ein Einsickern unerwünschter Ausländer ermöglichten. Der Big Bend Nationalpark in Texas grenzte ebenso wie der Organ Pipe Nationalpark an Mexiko an. Der Glacier Nationalpark, die Isle Royale und der Nationalpark Voyageurs waren unmittelbare Nachbarn von Kanada. Viele Nationalparks besaßen direkten Zugang zum Meer.

Mit sehr viel Mühe konnte Anna einen Hauch von Logik darin erkennen, die Sicherheitsvorkehrungen in diesen Gebieten zu erhöhen. Allerdings war der Schutz der Parks in den Grenzgebieten nur ein Tropfen auf den heißen Stein, wenn man sich die gewaltigen Ausmaße der Vereinigten Staaten ansah. Die Zynikerin in ihr hatte die Vermutung, dass der Krieg gegen den Terror deshalb auf die Parks übergegriffen hatte, weil sich damit gute Schlagzeilen machen ließen.

»Schützt unsere Nationalparks« klang nun einmal viel besser als »Beschneidet unsere Bürgerrechte!«

Aber warum war jemand hierhergeschickt worden? Und weshalb ausgerechnet Bob Menechinn? Offenbar war er mehr am Trophäensammeln interessiert als am wissenschaftlichen Arbeiten. Womöglich bestand seine Aufgabe nur darin, eine Entscheidungsfindung vorzutäuschen, die das Ministerium für Heimatschutz schon längst für sich getroffen hatte.

Und dennoch hatte Ridley Menechinn empfohlen, als die Behörde sich wegen einer Liste möglicher Gutachter mit der Parkaufsicht und den Mitgliedern der Winterstudie in Verbindung gesetzt hatte.

Lag es daran, dass Menechinn käuflich war? Aber mit welchem Geld? Professoren waren nicht unbedingt Großverdiener. Allerdings hätte die Nationale Parkaufsicht sich nie auf so eine Abmachung eingelassen. Die Technische Universität von Michigan vielleicht? Womöglich hatte irgendein Wohltäter und Freund des Parks das Geld zur Verfügung gestellt.

Robin kehrte ziemlich früh zurück. Allerdings ohne Adam. Der Tag war so langweilig gewesen, dass sie mit großem Hallo begrüßt wurde. Sie hatte Fotos von den Pfotenabdrücken des Riesenwolfes gemacht. Die Kamera wurde mit Ridleys Laptop verbunden, und dann scharten sich alle um den Bildschirm, um festzustellen, ob die Abdrücke wirklich so groß waren wie behauptet.

Obwohl Robin sich sehr beeilt hatte, waren bis zu ihrer Ankunft bereits mindestens anderthalb Zentimeter Schnee gefallen. Die miserablen Lichtverhältnisse erwiesen sich außerdem als absolut ungeeignet zum Fotografieren von Spuren. So etwas erledigte man am besten am frühen Morgen oder bei Sonnenuntergang, wenn die Sonne so tief stand, dass jede Einzelheit des Abdrucks klar hervorstach. Robin hatte zum Größenvergleich einen Stift benutzt. Für gewöhnlich verwendete man ein kleines Lineal, aber ein Stift oder eine Münze waren besser als gar nichts.

Anna schob Jonah beiseite und beugte sich vor, um sich die Sache anzuschauen.

Die Pfotenabdrücke wirkten beträchtlich größer als die der anderen Wölfe. Allerdings war wegen des Dämmerlichts und den vom Schneefall verwischten Rändern nur schwer festzustellen, ob sie wirklich von einem derart riesigen Tier stammten.

»Sie hätten auch entstanden sein können, wenn ein normal großer Wolf gerannt ist. Seht euch die hier an.« Als Robin sich nach vorn lehnte, fiel ihr langes Haar über Ridleys Schulter.

Er schien es gar nicht zu bemerken. Im Gegensatz zu Bob mit seinen Flirtversuchen und Jonah mit seinem Herumgealbere hatte Ridley, das junge Alphamännchen dieses Rudels, sich offenbar für den Rest seines Lebens gebunden. Robin tippte mit der Spitze eines wohlgeformten Fingers mit rissiger Haut und einem abgebrochenen Nagel auf den Bildschirm.

»Vielleicht ist auch ein zweiter Wolf knapp neben den ersten Pfotenabdruck getreten. Gestern schien alles so eindeutig zu sein, aber nun bin ich nicht mehr so sicher.«

»Anna glaubt, etwas gesehen zu haben«, sagte Jonah.

Anna hatte auch daran gedacht, sich aber nicht festlegen wollen.

»Dabei ist *glaubt* das Schlüsselwort«, entgegnete sie nun, da alle Blicke auf ihr ruhten. »Auf dem Rückweg von Siskiwit habe ich ein Tier bemerkt, das wie ein großer Wolf aussah und zusammengerollt unter einem Baum lag. Es hätte alles Mögliche sein können, doch für mich war es ein Wolf.«

»Ein großer?«, fragte Ridley.

»Knapp doppelt so groß wie ein normales Alphamännchen.«

»Die Wölfe hier bringen zwischen fünfunddreißig und fünfundvierzig Kilo auf die Waage. Sprechen Sie also von einem achtzig Kilo schweren Wolf?«, hakte Ridley skeptisch nach.

»Wie ich schon sagte, ist *glauben* das Schlüsselwort.«

»Und du *glaubst,* du hättest riesige Spuren entdeckt«, wandte er sich an Robin.

Anna war nicht sicher, ob Ridley ihren Beobachtungen vertraute. Er hatte die Maske des Wissenschaftlers aufgesetzt, die sie nicht durchschauen konnte.

»Ich bin ganz sicher«, erwiderte Robin mit Nachdruck und hatte offenbar ihre Zweifel von vorhin verloren.

»Gut«, meinte Ridley. »Gut.«

Das zweite »Gut« war eher an sich selbst gerichtet. Anna fragte sich, zu welcher Entscheidung er wohl gelangt war.

7

»Guten Morgen, Leute«, sagte Ridley, als sie sich am nächsten Morgen gerade an ihren Haferbrei machten. Anna bekam ein mulmiges Gefühl, während sie einen Löffel mit dem dicken Brei in den Mund schob.

»Normalerweise stellen wir im Winter keine Wolfsfallen auf, da die Gefahr zu groß ist, dass die Tiere darin an Unterkühlung sterben, bevor wir sie herausholen können«, erklärte Ridley.

»Ganz zu schweigen davon, dass wir Menschen uns die Füße abfrieren«, ergänzte Adam.

»Aber hin und wieder haben wir es doch getan«, fuhr Ridley fort, ohne auf Adams Einwurf einzugehen. »Vor zwei Jahren mussten wir befürchten, dass ein Virus die Population bedroht, und konnten nicht bis zum Sommer warten, um uns zu vergewissern. Es wurde auch ein- oder zweimal nötig, als wir im Sommer nicht mit einem Projekt fertig geworden sind.«

Er nahm eine topographische Karte der Insel, die zusammengefaltet neben seinem Ellenbogen gelegen hatte, schob Marmelade, Erdnussbutter und Milch beiseite und breitete sie aus. Anna musste ihre Schale und ihren Löffel festhalten, damit sie nicht vom Tisch gefegt wurden.

»Ich habe keine Ahnung, womit wir es in diesem Winter zu tun haben, doch ich denke, wir dürfen uns nicht bis zum Sommer gedulden. Falls jemand hier ein Tier ausgesetzt hat, wird es den Winter vermutlich nicht überleben. Allerdings könnte es sich vor seinem Tod fortpflanzen oder die Lebensweise der Wölfe anderweitig durcheinanderbringen. Im schlimmsten Fall steckt es sie mit Parvoviren oder einem anderen Virus an. Die Wölfe auf der Isle Royale sind dadurch geschützt, dass sie auf einer Insel leben. Allerdings heißt das auch, dass sie nie mit auf dem Festland existierenden Krankheiten in Berührung gekommen sind und deshalb keine Abwehrkräfte gegen sie entwickeln konnten.«

Obwohl Ridley Spaß an seinem Vortrag zu haben schien, spürte Anna, dass ihm die Entscheidung nicht leichtfiel. Für gewöhnlich wurde die Winterstudie von vier erfahrenen Wolfsforschern durchgeführt. Doch da Rolf Peterson in Rente gegangen war und die Mitarbeiter des Ministeriums für Heimatschutz und Anna die übrigen Betten belegten, konnte Ridley nur auf Grünschnäbel und Amateure zurückgreifen.

»Du«, sagte er zu Robin, »und Sie«, wandte er sich an Anna, »und außerdem Bob und Katherine machen sich auf den Weg nach Malone Bay. Dort steht eine Hütte, die ihr als Stützpunkt benutzen könnt. Aber richtet euch auf ein paar Nächte Wintercamping ein.« Er fuhr mit dem Finger den Greenstone-Pfad entlang bis nach Malone.

Robin mitzuschicken, ergab Sinn, denn sie kannte sich in den Wäldern aus und wusste, wie man im Winter dort überlebte. Annas Aufgabe war es offenbar, Robin zu unterstützen und ihr etwas über das Verhältnis zwischen Raubtier und Beute beizubringen. Sie hatte den Verdacht, dass Bob und Katherine nur mitkommen sollten, damit sie Ridley nicht im Weg herumstanden.

Bis nach Malone Bay waren es zwanzig oder zweiundzwanzig Kilometer über felsiges Terrain. Die Strecke war von mittlerem Schwierigkeitsgrad und ausgesprochen malerisch. Sie führte durch den Wald, wo Lücken zwischen den Bäumen immer wieder einen wundervollen Blick auf den Lake Superior freigaben. Selbst bei winterlichen Bedingungen war Robin bestimmt fähig, sie an einem Tag zurückzulegen.

Anna war nicht sicher, ob sie da mithalten konnte, insbesondere nicht mit schwerem Gepäck. Katherine würde vermutlich die Langsamste sein, was Anna sehr erleichterte. Es war um einiges angenehmer, Rücksicht auf das schwächste Glied einer Gemeinschaft zu nehmen, als diesen Posten selbst zu bekleiden. Also würden sie eine Nacht auf dem Greenstone-Pfad verbringen müssen.

An langen, hellen Sommerabenden in den Bergen zu zelten. In frischer Herbstluft am Ufer eines Sees entlangzumarschieren.

Einen heißen Nachmittag unter einem Felsvorsprung in einem ausgetrockneten Bachbett zu verschlafen. Das war für Anna das Paradies. Tagelang war sie kräftig ausgeschritten, mit einem schweren Rucksack bepackt, um die Schönheit der Natur zu genießen.

Hingegen war es ein mit dem Tragen eines härenen Hemdes vergleichbarer Zeitvertreib, sich aus einem wie immer viel zu dünnen Daunenschlafsack zu quälen, während von der Decke des Zeltes nadelspitzer Raureif auf einen herunterrieselte. In Sachen Spaßfaktor war da nur noch das Auspeitschen vorzuziehen. Annas einziger Trost bestand darin, dass es sich schließlich um einen Arbeitseinsatz handelte, weshalb niemand von ihr erwartete, dass sie überhaupt Spaß hatte. Bei unter zehn Grad Celsius hörte für sie der Spaß nämlich auf.

Wegen der Schlechtwetterfront, die die Insel im Griff hatte, konnte Jonah nicht fliegen, weshalb die gesamte Ausrüstung zu Fuß transportiert werden musste. Eine Wolfsfalle, die aus einem Sender und einer drei Meter langen, verwindungssicheren Kette bestand, wog fünf Kilo. Anna und Robin schleppten jeweils vier Stück. Weil Katherine so zierlich war und wenig Erfahrung in der Wildnis hatte, bekam sie nur zwei aufgepackt. Dennoch wog ihr Rucksack einundzwanzig Kilo, also fünfeinhalb Kilo mehr als bei einer Frau mit ihrem Körperbau angebracht. Bob trug sechs Fallen. Mit Zelt und Proviant brachte sein Rucksack achtunddreißig Kilo auf die Waage. Anna war beeindruckt, als er ihn mühelos schulterte. Allerdings ließ ihre Ehrfurcht nach, als sie feststellte, wie wenig geübt er im Umgang mit Rucksäcken war. Ridley musste die Gurte und Schließen für ihn einstellen. Die Prozedur schien beiden Männern unangenehm zu sein. Anna hatte das Gefühl, dass Ridley

Menechinn nur ungern so nah kam, während Menechinn seine Unbeholfenheit peinlich zu sein schien.

Wegen Katherine schlugen sie ein langsames Tempo an. Befreit von der Angst, sich dadurch zu blamieren, dass sie sich keuchend und japsend in den Schnee warf und »Ich kann nicht mehr!« rief – durchaus im Bereich des Möglichen, wenn sie mit Robin allein gewesen wäre –, genoss Anna die schlichte Freude, frische Luft zu atmen, die »Zivilisation« hinter sich zu lassen und in die Wildnis aufzubrechen.

Ridley hatte ein etwa siebeneinhalb Quadratkilometer großes Gebiet westlich des Lake Siskiwit für das Aufstellen der Fallen abgesteckt. Das östliche und das Chippewa-Rudel beanspruchten besagtes Gebiet als Teil ihrer jeweiligen Reviere. In der Gegend war es schon öfter zu Begegnungen zwischen den beiden Rudeln gekommen.

Ridley und Jonah hatten das seltene Glück gehabt, Zeugen eines solchen Zusammentreffens zu werden. Die Fotoserie, die Ridley damals geschossen hatte, gehörte zu den beeindruckendsten Ergebnissen der Studie. Aus irgendeinem Grund war ein Weibchen aus dem östlichen Rudel ausgestoßen worden. Ridley und Jonah hatten ein Wolfsdrama beobachtet, das sich mit dem Pathos von *Troilus und Cressida* unter den Tragflächen ihres Flugzeugs abspielte.

Das östliche Rudel hatte das Weibchen bis zu einer Landzunge verfolgt, die in die Siskiwit Bay hineinragte. Angesichts der Übermacht der Gegner hatte sie sich ins Wasser geflüchtet, während das Rudel am Ufer entlanglief und sie zweimal zurücktrieb, als sie versuchte, wieder an Land zu gelangen. Schließlich hatte sie keine Kraft mehr weiterzuschwimmen und schleppte sich trotz der gefletschten Zähne ihrer einstigen Gefährten an Land.

Sie töteten sie nicht sofort, sondern peinigten sie, indem sie sie immer wieder in Rücken, Nacken und Flanken bissen, als sie die Flucht ergreifen wollte. Mehr als einmal hatten Jonah und Ridley sie für tot gehalten, doch sie rappelte sich erneut auf, drängte die Angreifer zurück und rannte los. Schließlich schien das Rudel genug von dem Spiel zu haben. Vielleicht wollte es wie eine Menschenmenge, die eine Frau steinigt, endlich eine Leiche sehen. Jedenfalls umzingelten die Wölfe sie, zerrissen sie und ergriffen dann die Flucht, als sei die Polizei hinter ihnen her.

Nach zwei Überflügen waren Jonah und Ridley sicher, dass die Wölfin nicht mehr lebte. Sie wollten sich auf den Rückflug machen, als sie sahen, dass ein Männchen vom östlichen Rudel zurückkehrte. Nachdem er das am Boden liegende Weibchen eine Weile mit der Schnauze und den Pfoten angestupst hatte, richtete es sich mühsam auf.

Bei ihren Flügen an den folgenden Tagen entdeckten Jonah und Ridley zwei blutige Lager. Die beiden Wölfe überlebten nicht nur, sondern gründeten das dritte Rudel auf der Insel: das Chippewa-Harbor-Rudel.

Fünf Jahre später, im Winter 2005, gelang es dem östlichen Rudel, dasselbe Weibchen von ihren Gefährten vom Chippewa-Rudel abzusondern und zu töten. Offenbar hatten die Wölfe ein gutes Gedächtnis.

Anna konnte sich der Frage nicht erwehren, gegen welches Rudelgesetz das Weibchen wohl verstoßen haben mochte, jedenfalls gegen eines, das auch nach einem halben Leben nicht verjährte.

Als Anna die Fotos auf Ridleys Computerbildschirm betrachtete, konnte sie es kaum fassen, dass es Menschen gab, die diese klugen und so schwer zu verstehenden Tiere jagten und abschlachteten, nur um den Kopf und die Decke als Kaminvorleger zu benutzen. Allerdings legte der Mensch diese Verhaltensweise ja auch gegenüber seinen eigenen Artgenossen an den Tag, und das aus noch viel merkwürdigeren Gründen.

Nach drei Kilometern übertrug Robin Anna die Führung der Gruppe, denn die junge Forschungsassistentin schaffte es einfach nicht, so langsam zu marschieren, dass ihren Begleitern nicht die Puste ausging. Bob Menechinn – vermutlich noch gekränkt, weil Ridley ihm seinen Rucksack hatte umschnallen müssen – protestierte, er könne die Gruppe als Größter und Stärkster wohl am besten schützen. Obwohl man diesen Einwand vermutlich darauf reduzieren konnte, dass er einen Penis hatte, ließ Anna ihm den Vortritt. Sollte er sich doch ruhig austoben.

Nachdem er sie jedoch zum dritten Mal in die Irre geführt hatte, bat sie ihn, doch lieber die Nachhut zu bilden.

»Und achten Sie darauf, dass niemand zurückbleibt«, fügte sie hinzu, um einen Konflikt in der Gruppe zu vermeiden.

Sie schlug ein Tempo an, das für Katherine eine Herausforderung sein würde, das sie aber hoffentlich nicht überlasten würde – schließlich mussten sie vor Sonnenuntergang noch viele Kilometer zurücklegen. Katherine verbrachte den Großteil ihres Lebens im Sitzen und trug außerdem einen Rucksack, der viel zu schwer für sie war. Anna hörte an ihrem keuchenden Atem, wie sehr sie sich abmühte. Doch sie beklagte sich nicht. Anna bewunderte ihre Willenskraft.

Auch Anna hatte nicht vor zu jammern – das würde ihr Körper in ein paar Tagen übernehmen. Ihr Rucksack wog siebenundzwanzig Kilo, sie selbst brachte sechzig Kilo auf die Waage. Ihre Muskeln waren nicht kräftig genug, um die Stöße auf ihre Gelenke abzufedern, die ihr dank der Schwerkraft bei jedem Schritt durch den Körper fuhren. Hüften, Knöchel und Knie würden sicher entsetzlich wehtun. Mit dreißig waren die Schmerzen in solchen Fällen nach einer knappen Woche verschwunden gewesen, mit Anfang Vierzig hatte es zwei Wochen gedauert. Inzwischen konnte Anna sich auf einen knappen Monat freuen, in dem ihr bei jedem Aufstehen ein Stöhnen entfahren würde.

Da die einzige Alternative gewesen wäre, den Rucksack stehen zu lassen, dachte Anna nicht weiter darüber nach. Vielmehr beschäftigte sie ihre Nase, die für sie immer mehr an Wichtigkeit gewann. Wenn sie ein Auge schloss, konnte sie ihre Nasenspitze sehen, allerdings zu sehr aus der Nähe, verschwommen und außerdem mit Augen, deren Wimpern von Raureif überzogen waren, weshalb sich nicht feststellen ließ, ob ihre Nasenspitze wachsweiß wurde oder nicht.

Was, wenn sie sich die Nase abfror, ohne es zu bemerken?

Immer öfter zog sie den Fäustling aus und betastete ihre Nase, um nachzuprüfen, ob sie warm, kalt oder sogar gefühllos war. Doch wegen ihrer kalten Finger war sie nie hundertprozentig sicher, dass sie sich nicht die Nase erfroren hatte. Und so gab sie fünf oder zehn Minuten später dem Drang nach, erneut hinzulangen, was ihr schrecklich auf die Nerven fiel.

Inzwischen hatten sie South Lake Desor hinter sich und die Hälfte des Weges zwischen Windigo und Malone Bay geschafft, sodass Anna vorschlug, hier die Nacht zu verbringen. Der kurze Wintertag war fast vorbei, und Katherine war so erschöpft, dass sie eine Unterkühlung riskierte, wenn sie nicht bald Ruhe und eine warme Mahlzeit bekam.

Anna entschied sich für einen Hügel, bei dem der Greenstone-Pfad sich sanft um eine kleine Wiese schlängelte, die im Sommer von taillenhohen Wildblumen nur so strotzen würde. Jetzt, im Januar, war die Wiese eine weiße Fläche, die an einer Seite von verschneiten Kiefern gesäumt wurde. Wenige, von der Kälte trockene Schneeflocken lagen nur einen knappen Zentimeter tief. Die gelbgrauen Stängel längst abgestorbener Gräser lugten durch die dünne Winterhaut wie die Bartstoppeln eines alten Mannes. Die Weißfichten am Rande der Lichtung erinnerten an einen schwarzen Vorhang, dem das dauernde Dämmerlicht jegliche Farbe entzogen hatte.

Annas Rucksack war so schwer, dass sie nicht einfach aus dem Gurt schlüpfen konnte, ohne sich die Wirbelsäule zu verbiegen. Zum Glück stand am Wegesrand ein Felsen, als hätte ihn jemand eigens zu diesem Zweck dorthin geschafft. Sie setzte sich darauf, öffnete den Hüft- und den Brustgurt und streifte die Schulterriemen ab.

So sehr sie auch versucht war, das Folterinstrument einfach auf den Boden zu werfen, stellte sie es so vorsichtig wie möglich ab und richtete sich dann mit einem Stöhnen auf. Offenbar hatte ihre Kondition, seit sie zuletzt einen so schweren Rucksack getragen hatte, erheblich nachgelassen.

Robin folgte ihrem Beispiel und lehnte ihren Rucksack an den von Anna. Bob und Katherine standen benommen da wie zwei erschöpfte Gäule, die zu müde waren, um sich ohne Anweisung vom Fleck zu rühren. Bei Katherine wunderte das Anna nicht. Schließlich war sie selbst nicht weit von diesem Zustand entfernt. Nur der Stolz und der Gedanke an ein heißes Getränk hatten sie weitergetrieben. Allerdings hätte sie nicht erwartet, dass auch Bob in Starre verfallen würde.

Großwildjäger, erinnerte sie sich. Großwildjäger waren nicht für lange, anstrengende Gepäckmärsche bekannt, denn dafür gab es schließlich einheimische Träger und Jeeps, die Beute und Eroberer zurück zum Gästehaus und zu einem kühlen Bier fuhren. *Wie gemein von mir*, dachte sie ohne Reue.

Sie und Robin nahmen den Lagerplatz in Augenschein. Soweit sie feststellen konnten, drohten auf der kleinen Wiese keine verborgenen Gefahren. Doch selbst wenn es hier ein Schlangennest oder eine Löwengrube gegeben hätte, hätte Anna fürs Bleiben plädiert. Denn so gern sie sich auch überlegen gefühlt hätte, konnte sie Katherine nur allzu gut verstehen und bezweifelte, dass es ihr noch einmal gelungen wäre, den schweren Rucksack zu schultern.

Sie kehrten zu Bob und Katherine zurück, um sie zum Aufschlagen des Lagers zu motivieren.

»Hör auf damit«, sagte Robin, während sie nebeneinander dahinstapften.

»Womit soll ich aufhören?« Anna hatte doch gar nichts getan und wäre auch viel zu erschöpft dazu gewesen.

»Ständig deine Nase anzufassen. Das machst du schon den ganzen Tag. Sie ist nicht erfroren.«

Verlegen zog Anna den Handschuh wieder an.

»Du hast eine Todesangst davor, richtig?«, fragte Robin. Sie verurteilte Anna nicht, sondern verhielt sich eher wie eine Hausärztin, die mit den Symptomen eines Kontakts mit Giftefeu vertraut war. »Es juckt, oder?«

»Ich glaube schon«, gab Anna zu. »Dauernd denke ich, ich könnte sie mir erfroren haben.«

»Bei mir ist es diese Stelle«, erwiderte Robin und tippte sich mit den behandschuhten Fingerspitzen an die hohen Wangenknochen. »Aus dem Augenwinkel sehe ich, dass sie weiß werden, und stelle mir vor, wie ich mit zwei Löchern im Gesicht herumlaufe. Lass deine Nase in Ruhe. Wenn du sie weiter die ganze Zeit berührst, kriegst du nur eine Hautreizung, bis sich die Haut schält. Dann hast du wirklich das Gefühl, als würde dir die Nase abfallen.«

Anna nickte und unterdrückte den Drang, ihre Nase ein letztes Mal zu überprüfen, bevor es zur Sucht wurde.

Um Gepäck zu sparen und sich gegenseitig zu wärmen, hatten sie nur ein Kuppelzelt mitgenommen. Während Bob und Robin es aufbauten – eine Aufgabe, die bei wärmerem Wetter eine Viertelstunde in Anspruch genommen hätte, bei den unfreundlichen winterlichen Bedingungen jedoch doppelt so lange dauerte –, setzte Anna Katherine auf eine Isomatte, damit sie es ein wenig wärmer hatte, und machte sich daran, Wasser zu kochen, ein Vorgang, der sich als unerwartet schwierig entpuppte. Wenn man an einem eiskalten Tag wie diesem Schnee in einen Kochtopf gab und den Kocher einschaltete, brannte einem eher der Topf durch, als dass das Schmelzwasser die Temperatur ausgeglichen hätte. Also musste man kleine Portionen langsam erhitzen, bis Schneematsch entstand, bevor man das Gas höherdrehen konnte.

Schnee zu essen, war ein absolutes Tabu, was sogar Anna mit ihrer Neigung, Kälte unter allen Umständen zu vermeiden, wusste. Den Schnee in Wasser zu verwandeln, kostete den Körper nämlich so viele Kalorien, dass es leicht zu einer Unterkühlung kommen konnte.

Also verwendete Anna das Wasser, das sie unter ihrem Parka am Körper transportiert hatte. Als es heiß genug war, rührte sie doppelt so viel Kakaopulver hinein, wie sie normalerweise benutzte. Beim Tragen eines Rucksacks im Winter verbrannte ein Mensch das Dreifache seines üblichen täglichen Grundumsatzes. Um nicht zu erfrieren, brauchte eine Frau von Annas Größe also fast fünftausend Kalorien am Tag.

»Trinken Sie das«, sagte sie und reichte Katherine die Isoliertasse aus Plastik. Bei diesen Temperaturen war Metallgeschirr nutzlos.

Doch Katherine schüttelte nur müde den Kopf. »Nein danke. Ich möchte mich einfach nur ausruhen.«

»Sie müssen das trinken«, beharrte Anna. »Dann sind Sie auch gleich nicht mehr so müde.«

Als Katherine die Tasse zwischen die behandschuhten Hände nahm, fühlte sich Anna an einen Seehund erinnert, der mit den Schwimmflossen klatscht.

»Halten Sie sie fester, als Sie es sonst tun würde«, riet sie ihr.

Katherine nahm ein paar Schlucke.

Anna zog den Handschuh aus, bewegte die Hand in Richtung Nase, hielt auf halbem Weg inne und zog den Handschuh wieder an.

Inzwischen stand das Zelt. Robin verteilte heiße Getränke, Süßigkeiten und Müsliriegel, während Anna einen weiteren Topf für das Abendessen aufsetzte: gefriergetrocknete Nudeln mit Erbsen und Huhn. Robin wickelte ein Stück Cheddar aus und schnitt es in vier Teile.

»Vorspeise«, verkündete sie.

Während sie schweigend aßen, wurde es dunkel. Der spärliche, eiskalte Schnee machte keine Anstalten, sich zu verändern, was Anna erleichterte.

Auf den Great Lakes kündigte sich ein Wetterwechsel normalerweise durch kräftige Windböen an. Die milden minus zwanzig Grad, die sie tagsüber genossen hatten, sanken mit dem schwindenden Licht. Bei starkem Wind wäre die wenige

Wärme, die die Nahrung ihnen spendete, sofort verflogen gewesen.

Als es zu dunkel wurde, um die Tassen in ihren Händen zu sehen, setzten sie Stirnlampen auf und blinkten einander an.

»Die Lichter von Marfa«, meinte Anna. Vielleicht kannten die anderen ja die texanische Stadt, die wegen geheimnisvoller UFO-Erscheinungen berühmt geworden war. Vielleicht aber auch nicht. Niemand hatte die Kraft nachzufragen, und sie war zu erschöpft, um es ihnen zu erklären.

Die Teller wurden abgekratzt und ausgewischt. Spülen kam nicht in Frage, aber da kein Bakterium, das etwas auf sich hielt, bei dieser Kälte überlebt hätte, bestand keine Gefahr für die Gesundheit.

»Hampelmann!«, rief Robin, nachdem das Geschirr gereinigt war, sodass Anna schon glaubte, die junge Frau habe den Verstand verloren.

Die Hampelmänner waren dazu gedacht, sie aufzuwärmen, bevor sie in ihre Schlafsäcke krochen. Kalorien und dicke Kleidungsschichten allein genügten nicht.

»Pinkeln«, schlug Robin vor, nachdem sie einige Minuten wie die Wilden um das Zelt herumgesprungen waren. »Euer Körper muss mehr arbeiten, um die zusätzliche Flüssigkeit warm zu halten.«

Sie verteilten sich in vier Richtungen, um verschiedene Körperteile Väterchen Frost auszusetzen.

»Wenigstens gibt es keine Moskitos«, versuchte Anna es mit einem Scherz.

Dann war Schlafenszeit. Es war noch nicht einmal sieben Uhr.

Das Zubettgehen entpuppte sich als elende Plackerei. Die Lebensmittel für das nächste Mittagessen und die vollen Wasserflaschen wurden aus den Rucksäcken ins Zelt geholt. Damit diese wertvollen Dinge nicht gefroren beziehungsweise für den Gebrauch am folgenden Tag auftauten, mussten sie die Nacht über ebenfalls in den Schlafsäcken untergebracht werden. Die

Hüllen der Schlafsäcke wurden umgedreht und die Stiefel darin verstaut. Dann steckte man sie sich zwischen die Knie, damit sie über Nacht nicht gefroren. Parkas und andere Kleidungsstücke, die nicht mit in den Schlafsack passten, wurden darübergebreitet. So eingemummelt und zusätzlich mit Schal und Sturmhaube bekleidet, schaltete Anna ihre Stirnlampe aus.

»Gute Nacht«, sagte sie zu den anderen Larven in dem stockfinsteren Nest. Ihre Stimme klang selbst in ihren eigenen Augen so bedrückt, dass sie lachen musste.

»Keine Sorge«, flüsterte Robin. »Du wirst schon schlafen können.«

Anna schwieg, fühlte sich aber getröstet.

»Und Finger weg von deiner Nase«, fügte Robin hinzu.

Die Forschungsassistentin konnte offenbar hellsehen. Anna steckte die Hände wieder in den Schlafsack.

»Atmet nicht in eure Schlafsäcke.« Obwohl Robin leise sprach, hallte ihre Stimme in dem kleinen Zelt wider. »Sonst werden sie feucht, und ihr erfriert.«

Anna hörte auf, warme Luft in ihren Schlafsack zu pusten.

»Geht das wenigstens schnell?«, fragte sie voller Hoffnung.

8

Obwohl es eine Herausforderung war, mit schmutzigen Stiefeln und einem angebissenen Stück Käse zwischen den Beinen in Morpheus' Armen zu versinken, war Anna froh über die körperlichen Anstrengungen des vergangenen Tages. Sie war so todmüde, dass Robin sicher recht behalten würde. Sie würde einschlafen. Irgendwann.

Die pechschwarze Finsternis im Zelt war bedrückend und erinnerte Anna an unterirdische Grotten: an die Höhlen von Carlsbad oder Lechuguilla, an bedrohliche Dunkelheit und eine Luft, die so erfüllt von erdigem Geruch und Schwärze war, dass sie zu ersticken drohte.

Die Enge umhüllte sie und schnürte ihr die Lunge ab. Menschen, Körper drängten sich an sich, atmeten dieselbe Luft ein und aus, schnieften und bewegten sich. Anna fühlte sich wie in einer schmutzigen, überdimensionalen Gebärmutter, in der vier tote Embryonen lagen.

»Schluss damit«, murrte sie.

Ein Ellenbogen bohrte sich in ihre Seite. Robin. Jemand stieß an ihre Füße. Bob. Bob Menechinn verbrauchte den Löwenanteil des Platzes. Das wurde beinahe von Katherine ausgeglichen, die sich in eine Lücke zwischen Zeltwand und Boden zwängte, bis Robin sie aufforderte, sich weiter in die Mitte zu legen, wo es ein wenig wärmer war.

Eine Kälte, so greifbar und erstickend wie die bedrückende Nacht, verhinderte zwar die Gerüche, die eng aneinandergedrängten Körpern für gewöhnlich anhafteten, war jedoch machtlos gegen das Ektoplasma – oder wie man das, was lebendige Menschen abstrahlten, sonst nennen mochte. Die Leben der anderen flatterten in dem zu engen Raum hin und her wie gefangene Vögel, die sich gegen die Käfiggitter werfen.

Selbst in guten Nächten war Anna nicht unbedingt eine Freundin des Zeltens. Mehr als einmal war sie aufgewacht und hatte sich durch Zeltklappe und Regenschutz gekämpft, um den Himmel zu sehen und frische Luft zu atmen. Und das hier war eindeutig keine gute Nacht. Sie schob diese beängstigenden Gedanken beiseite und rückte die Stiefel zwischen ihren Beinen zurecht. Außerhalb des Zelts, ja, sogar außerhalb des Schlafsacks würden sie gefrieren, hatte Robin gesagt. Und es würde am Morgen keine Möglichkeit geben, sie aufzuwärmen.

Wer wäre je auf die Idee gekommen, dass Stiefel gefrieren konnten? Anna hätte vermutlich bis zum Ende ihres irdischen Daseins ohne dieses Wissen gelebt.

Die Zeit verging. Die Körperteile von Anna, die den Boden berührten, wurden allmählich gefühllos. Sie rollte sich zusammen, wie gut es eben ging, ohne von ihrer Ausrüstung im Schlafsack erdrückt zu werden. Die Geistervögel beruhigten sich langsam, und ihre Flügelpaare hörten, eines nach dem anderen, auf, an ihr zu zerren. Die anderen schliefen.

Anna steckte die Hände in die Achselhöhlen und zwang sich, an einen gleißend hellen Lichtpunkt zu denken. Shirley MacLaine hatte das mit irgendeinem Guru ausprobiert und war dabei so ins Schwitzen geraten, dass sie zu verglühen glaubte. Bei Anna klappte das leider nicht. Nach einer Weile fiel sie in ein von quälenden Träumen erfülltes Koma.

Ein grausiger Wind wehte ihr ins Ohr: »Anna, Anna, wach auf!« Das zweite Zischen riss sie aus ihren eisigen Träumen. Als sie die Augen aufschlug, konnte sie nichts sehen. Ihre Arme wurden an den Seiten festgehalten, und sie spürte ihre Beine nicht mehr. Panik ergriff sie.

»Hör hin!«

Robin, es war Robin. Die Panik ließ nach. Die Forschungsassistentin hatte sie an der Schulter gepackt und drängte sich so eng an sie, dass Anna ihren Atem an der Wange spürte. Er war warm. Anna wusste noch gut, was Wärme war.

»Was?«

»Pst. Hör hin«, hauchte der warme Wind ihr ins Ohr.

Anna lauschte.

Auf der anderen Seite der Zeltwand herrschte die übernatürliche Stille einer in Zeitlosigkeit erstarrten Nacht, die ihr in den Ohren knirschte. Mit der behandschuhten Hand schob sie die Mütze hoch, um besser hören zu können. Ein Schweigen, so dick wie eine Eisplatte, drückte auf ihre Trommelfelle.

»Da ist es wieder.«

Nun nahm Anna es auch wahr. In der betonharten Tonlosigkeit erklang das Tappen weicher Pfoten. Das Tier war so schwer, dass der Schnee unter ihm knirschte. Leise umrundete das Geräusch das Zelt und verstummte dann. Die Stille klingelte Anna in den Ohren. Sie wollte sich aufsetzen, aber Robin lag auf ihrem linken Arm, und außerdem wurde sie von ihrer irdischen Habe behindert.

Im nächsten Moment hallte ein Scharren durch die schwarze Luft und erfüllte Annas Ohren. Das Tier kratzte an der Zeltklappe.

»Fuchs«, flüsterte Anna.

»Nein.« Robin klammerte sich an sie, und ihre Stimme zitterte. Die Frau stand Todesängste aus.

In ihrem kurzen Leben war Robin vermutlich beinahe so viele Kilometer marschiert wie Anna in ihrem um einiges längeren Dasein. Robin hatte zu allen Jahreszeiten und unter sämtlichen erdenklichen Wetterbedingungen draußen campiert. Dass sie es ausgerechnet in dieser Nacht mit der Angst zu tun bekam, ließ Anna ebenso schaudern wie die eisigen Temperaturen. Als sie Robin beruhigend tätscheln wollte, schlug sie ihr mit ihrem dicken Fäustling ins Gesicht.

»Entschuldige«, raunte sie.

Robin hielt ihr die Hand fest. Das Scharren hörte auf. Allerdings erklang auch kein Tappen von Schritten eines Tieres, das sich, die Neugier gestillt, wieder davonmachte. Anna spürte seine Gegenwart vor ihrem Zelt, und zwar zum Greifen nah, sodass sie es hätte berühren können, wenn sie die Möglichkeit gehabt hätte, die Zeltklappe zu erreichen.

Sie warteten.

Es wartete auch.

Die riesigen Pfotenabdrücke, die Robin entdeckt, und das große zusammengerollte Tier, das Anna gesehen hatte, verbanden sich in ihren Gedanken zu einem Bild, und sie sah voller Angst vor sich, wie sich das Ungetüm mit gefletschten, rasiermesserscharfen Zähnen auf sie stürzte. Anna schob die Vorstellung beiseite. Sicher lag es nur an der Klaustrophobie und der Kälte.

»Pst. Pst. Hör doch!«, flüsterte Robin.

Dicht über ihnen ertönten die scharfen, abgehackten Atemzüge eines Tiers, das Witterung aufnahm und wie ein Bär und mit offener Schnauze und geblähten Nüstern herauszufinden versuchte, ob es eine Bedrohung oder Beute vor sich hatte. Anna hatte dieses Schnuppern noch nie bei einem mit dem Hund verwandten Lebewesen gehört, weder bei einem Fuchs noch bei einem Kojoten oder bei ihrem alten Hund Taco. Das Schnüffeln verstummte. Es herrschte dröhnendes Schweigen.

Anna zog die Fäustlinge aus und wühlte in den Gegenständen in ihrem Schlafsack herum, bis sie ihre Stirnlampe gefunden hatte. Mit Fingern, die schon wenige Sekunden, nachdem sie sie unter den Achselhöhlen hervorgezogen hatte, steif wurden, schaltete sie sie ein.

Bob und Katherine schliefen wie die Toten. Sie waren so erschöpft, dass weder die Geräusche von draußen noch das Licht sie geweckt hatte. Anna löschte das Licht wieder, denn ihr Instinkt warnte sie davor, das Zelt in eine Zauberlaterne mit vier scherenschnittartigen Figuren darin zu verwandeln.

Plötzlich wurde wieder laut an der Zeltklappe gekratzt. Anna schrie auf, nicht nur wegen des Geräuschs, sondern auch, weil Robin ihr ins Ohr gekreischt hatte.

»Was ist los?«, fragte eine verängstigte Stimme. Katherine war aufgewacht.

»Nichts«, log Anna. »Wahrscheinlich ein Eichhörnchen. Vielleicht haben wir unser Zelt auf sein Futterversteck gestellt.«

»So große Eichhörnchen gibt es nicht«, murmelte Robin und umklammerte Annas Schulter so fest, dass es wehtat.

Angst ist das ansteckendste aller Gefühle. Anna erinnerte sich an die Pyjamapartys in ihrer Highschoolzeit, die Gruselgeschichten, die von entflohenen, mit Haken bewaffneten Wahnsinnigen handelten, und die hysterischen Anfälle.

»Lass das«, schimpfte sie. »Wir sind hier nicht in *Die Todesranch*. Ich werde mich nicht aus meinem Schlafsack quälen und mich in die arktische Kälte stürzen, um eine Riesenratte zu vertreiben.«

Damit wollte sie weder sich selbst noch der Forschungsassistentin etwas vormachen, sondern Katherine beruhigen und Robin aus ihrem Zustand herausholen, bevor sie noch die ganze Gruppe verrückt machte.

Im nächsten Moment drang wieder das Schnüffeln ins dunkle Zeltinnere, als wolle es Annas Bemerkung Lügen strafen. Darauf folgte ein leises Knurren, das Anna die Nackenhaare aufstellte.

»Oh, mein Gott«, flüsterte Katherine. »Ein Wolf.«

Plötzlich traf ein greller Lichtschein Anna mitten zwischen die Augen. Ein bärengroßer Schatten reckte sich zur Zeltkuppel. Anna schrie auf wie ein Schulmädchen. Katherine und Robin auch.

Bob war wieder zu Bewusstsein gekommen.

»Pst«, zischte Robin.

»Licht aus«, sagte Anna. Er gehorchte zwar nicht, legte die Lampe aber mit der Birne nach unten auf seinen Schoß.

»Was?«

»Ruhe«, befahl Katherine, soweit Anna wusste, der erste Akt der Auflehnung gegen ihren Professor. »Sonst verscheuchst du ihn noch.«

Aus Robins Kehle stieg ein leises Geräusch auf, ein Stöhnen oder ein unterdrückter Schrei. Anna versuchte, im gedämpften Licht von Bobs Lampe ihrem Gesicht etwas zu entnehmen. Aber die Schatten von Mütze, Schal und langem Haar verbargen ihre Züge.

Bob war da leichter zu deuten. Sein Kopf war zwar, bildlich gesprochen, nicht größer als der eines Normalmenschen, doch sein Gesicht wirkte gewaltig. Hängebacken und ein wulstiges Kinn ließen Augen, Nase und Mund winzig erscheinen. Nun stand Angst darin geschrieben. Offenbar spielte der Großwildjäger nicht gern die Rolle des Gejagten.

»Was will er?«, fragte er. Eigentlich hatte er flüstern wollen, doch es klang eher wie ein Krächzen.

»Futter«, erwiderte Robin mit Nachdruck.

Anna konnte da nicht widersprechen. Die Schokolade, der Käse und die anderen fett-, zucker- und eiweißreichen Lebensmittel, die sie mit ins Bett genommen hatten, mochten für menschliche Nasen geruchlos sein. Für einen Wolf hingegen dufteten sie vermutlich wie ein Feinkostladen zur Mittagszeit.

Seit Jahrzehnten hatten Menschen und Wölfe auf der kleinen Insel nebeneinander gelebt. Obwohl die Isle Royale nur sechzig Kilometer lang war und auf beiden Seiten Wanderwege verliefen, die die vielen Seen und Höhlen kreuzten, begegnete man nur selten einem Wolf. Wölfe waren zurückhaltende Wesen, die lieber alles lautlos beobachteten. Vermutlich bekamen die Wölfe öfter Touristen zu Gesicht als umgekehrt.

Seit einigen Jahren hatte sich das jedoch geändert. In der Nähe eines Campingplatzes in Rock Harbor war einige Male ein Wolf gesichtet worden. Ein toter Wolf, offenbar ertrunken, wurde am Ufer der Robinson Bay angespült. Die Leute meldeten, sie hätten unweit der Schuppen in Washington Harbor Wölfe beobachtet. Erstaunlich daran war eigentlich nur, dass es nicht schon früher geschehen war. Wilde Tiere gewöhnten sich rasch an den Menschen, wenn Nahrung im Spiel war.

»*Wir* sind Futter«, sagte Robin, als hätte sie Annas Gedanken gelesen.

Am liebsten hätte Anna ihr eine runtergehauen.

»Mach dich nicht lächerlich. Wann hat ein Wolf zuletzt einen Menschen gefressen?«, fragte sie.

Robin wirkte ein wenig ernüchtert.

»Vielleicht ist es ja kein normaler Wolf«, beharrte sie trotzdem.

Das Tier, das sich still verhalten hatte, seit Bob aufgewacht war, begann nun, hektisch zu graben. Seine Krallen kratzten laut an der Zeltwand und auf dem gefrorenen Boden.

Bob stieß einen Schrei aus. Robin, die sich immer noch an Anna drängte, begann zu kreischen. Dann zerrte Bob seine Lampe aus dem Daunenschlafsack und leuchtete so wild im Zelt herum, dass einem von dem Licht ganz schwindelig wurde. Anna hatte das Gefühl, in einen Strudel aus Hysterie geraten zu sein.

»Mein Gott«, rief Katherine aus.

Sie packte Bob am Handgelenk und richtete die Lampe auf die Zeltwand gegenüber des Eingangs. Der Stoff bewegte sich, als das Tier ihn mit den Krallen bearbeitete. Es waren große Pfoten. Größer als eine Männerfaust, die sich ziemlich hoch oben an der Zeltwand zu schaffen machten. Das drängende Winseln eines Fleischfressers, der sich seiner Beute nähert, übertönte die Kratzgeräusche. Im nächsten Moment ertönte ein Knurren, das tief aus der Brust aufsteigt. Es klang wie ein Hund, der nicht bellte, sondern biss.

»Verdammt«, keuchte Anna.

Ihr Herz schlug gegen den Brustkorb, ihre Haut prickelte, und Adrenalin pulste durch ihre Adern, bis sie kaum noch an sich halten konnte. *Die Todesranch* schien gar kein so abwegiger Gedanke mehr zu sein. Das Gleiche galt für *Spuk in Hill House*.

Das Kratzen verstummte so plötzlich, wie es angefangen hatte. Tappende Pfoten entfernten sich.

Dann herrschte Stille.

Das Schweigen war nicht nur deshalb so tief, weil der nächtliche Eindringling von seinem Angriff abgelassen hatte. Wie Anna klar wurde, hatten sie alle vier den Atem angehalten. Ihre Hand war ganz verkrampft, so fest hatten sie und Robin sich aneinandergeklammert.

»Uff, was war denn das?« Sie lachte zittrig auf.

»Seien Sie still«, rief Bob und begann, seine Stirnlampe mit beiden Händen wild hin und her zu schwenken, als sei der Lichtkegel ein Auge, mit dem er durch die Zeltwand schauen konnte. Schatten wirbelten durcheinander, bis das Zelt nicht nur von Menschen, sondern auch von unruhigen Geistern bevölkert zu sein schien.

»Aufhören«, befahl Anna.

»Er ist fort, Bob«, sagte Katherine leise.

»Mund halten«, brüllte Bob.

»Er ist fort«, wiederholte Anna und zwang sich, einen Plauderton anzuschlagen.

Dann nahm sie ihre eigene Lampe, schaltete sie an und leuchtete Bob in die Augen, um seine Aufmerksamkeit zu erregen. Sie konnte das Weiße darin erkennen. Schweiß stand auf seiner Oberlippe. Er fürchtete sich nicht nur, sondern hatte Todesangst, eine Panik, die einen Menschen Amok laufen ließ.

»Alles ist gut«, fügte Anna hinzu, obwohl sie nicht sicher war, ob das auch stimmte.

Auch sie hatte Angst, wusste aber nicht, ob vor dem Tier da draußen oder vor Bob. Er wirkte auf sie, wie ein Elefant, der in einem Porzellanladen wild um sich schlug, nur dass anstelle von Tassen und Tellern ihre Knochen würden herhalten müssen.

»Wir wollen uns wieder hinlegen«, meinte sie beruhigend.

»Legen Sie sich doch hin, Sie dumme Kuh!«, schrie Bob. »Macht nur! Ridley schickt uns los, dass wir uns hier draußen den Arsch abfrieren, nur weil er irgendeine verdammte Kreuzung zwischen Hund und Wolf gezüchtet hat, ein Vieh, das uns beinahe das Zelt zerreißt ...«

»Alles ist gut, Bob. Du brauchst keine Angst ...« Katherines Tonfall war flehend, und sie streckte die Hand nach ihm aus.

Grob stieß er sie weg.

»Finger weg von mir, du blöde Schlampe!«

»Jetzt reicht es aber!« Annas Tonfall war scharf. »Das Tier ist fort. Uns wird nichts geschehen. Und jetzt schlafen wir weiter.«

Ihre Angst hatte sich inzwischen in Wut verwandelt.

Bobs Blick wurde wieder ruhiger. Offenbar kam er wieder zu sich und kehrte von einer Jagd zurück, bei der er selbst die begehrte Trophäe gewesen war. Allerdings saß ihm die Angst noch im Nacken. Anna, die das bemerkte, schnaubte verächtlich ein zischendes Geräusch aus eiskalten Nasenlöchern. Wenn sie nicht so müde und durchgefroren gewesen wäre und nicht so erschrocken wegen des seltsamen Verhaltens des Tieres, hätte sie sich wohl beherrschen können. Aber sie konnte sich nicht verkneifen, ihm zu zeigen, wie sehr sie ihn wegen seiner Angst verachtete. Die anderen sahen es ebenfalls.

Als sie sich hinlegte und ihre Lampe ausschaltete, wusste sie, dass ein Mann wie Bob Menechinn ihnen das niemals verzeihen würde. Sie lag in der eiskalten Dunkelheit, spürte, wie die anderen lauschten, und roch Bobs Angstschweiß.

Das Tier kehrte nicht zurück. Doch keiner von ihnen tat noch ein Auge zu.

9

Erst um siebenundzwanzig Minuten nach acht wurde es hell. Anna sehnte sich verzweifelt danach, sich aus dem Schlafsack zu befreien, den sie mit Lebensmitteln und Wäschestücken teilte. Sie hielt es nicht mehr aus in dem Zelt und wusste, sie würde sich mit Zähnen und Klauen durch die Zeltwand kämpfen, wenn sie nicht sofort ins Freie ging – und zwar noch entschlossener, als der Wolf einzudringen versucht hatte. Sobald es dämmerte, zog sie Socken, Stiefel und viele Schichten warmer Sachen an, ohne sich darum zu kümmern, ob sie dabei jemanden trat oder anrempelte. Durch die Feuchtigkeit der Atemluft war auch die Innenseite des Zeltes mit Eis bedeckt, sodass Annas unbeholfene Bewegungen eine kleine Lawine auf ihre Begleiter niedergehen ließ. Aber das war ihr ebenfalls einerlei.

Anna war zwar recht schnell, doch Robin kam ihr zuvor. Noch ehe sie vollständig bekleidet war, hörte sie schon die Stiefel der Forschungsassistentin im Schnee knirschen, die den Spuren ihres nächtlichen Besuchers folgte. Wie ein gereizter Bär kroch Anna aus dem Zelt und richtete sich auf, um sich ihr anzuschließen.

Die Lichtverhältnisse waren miserabel, weißgrau und dunstig, also ganz genauso wie am Tag zuvor.

Das würde so bleiben, bis es wieder dunkel wurde, ebenso wie am nächsten und am übernächsten Tag und in der nächsten Woche, bis sie wieder ins Hochland der winterlichen Rocky Mountains oder in das zurückkehrte, was man in Pauls Garten in Mississippi so als Winter bezeichnete.

»Immer positiv denken«, spottete sie leise.

Offenbar würde sie die Zuversicht durch Selbstdisziplin ersetzen müssen, bis sie eine Körpertemperatur erreicht hatte, die sich von der einer Durchschnittsleiche unterschied.

»Ach, wie schön!«, hörte sie Robin ausrufen.

Kot.

Die Frau hatte Kot gefunden. Nur eine Probe, die, soweit Anna feststellen konnte, weder in Größe noch Beschaffenheit sonderlich bemerkenswert war. Aber Robin verstaute sie erfreut in einem Tütchen.

»Es gibt kaum Spuren«, stellte Robin fest, während sie das Tütchen einfach in die Jackentasche steckte.

Sie versuchten, das fehlende Sonnenlicht durch ihre Stirnlampen zu ersetzen. Allerdings hatten Robin und Bob beim Aufbauen des Zeltes den Schnee ringsherum zertrampelt. Außerdem waren sie alle vier ums Zelt herumgesprungen, damit ihnen warm wurde, und hatten sich später verteilt, um ihre Blasen zu erleichtern.

Falls Pfotenabdrücke eines Wolfes vorhanden waren, waren sie in dem verkrusteten Mischmasch aus Schnee und verdorrtem Gras nicht zu erkennen. Auf dem unberührten Schnee waren keine Spuren zu sehen, die auf die Lichtung und wieder davon führten. Vermutlich hatte das Tier ebenso wie sie den Pfad benutzt. Wenn man ihnen die Wahl ließ, bevorzugten wilde Tiere – Bären, Pumas, Füchse, Wölfe und Hirsche – gebahnte Wege ebenso, wie Menschen es taten, und zwar aus denselben Gründen.

Dort, wo das Tier gegraben hatte, stießen sie auf einen teilweise erhalten gebliebenen Abdruck, dessen Anblick ihnen eindeutig bewies, dass der nächtliche Besucher kein Fuchs gewesen war. Füchse hätten kleine Pfoten, die ähnlich geformt waren wie die einer Katze. Schnee und Erde waren aufgewühlt, die Zeltwand war mit Kratzspuren bedeckt, wo die Krallen darübergefahren waren.

»Schau dir das an«, sagte Robin.

Inzwischen wirkte sie nicht mehr verängstigt, sondern geschäftsmäßig und voller Neugier. Anna hatte Mühe, in dieser tüchtigen Frau das kreischende junge Mädchen von letzter Nacht wiederzuerkennen.

»Sieh dir diese Spuren an.«

Robin richtete die Lampe darauf. Das Licht warf einen schmutzig-goldenen Schein auf den grauen Schnee.

Anna ging in die Hocke und blickte in die angegebene Richtung. Auf der einen Seite der umgegrabenen Stelle waren zwei deutliche Krallenspuren zu erkennen, die vermutlich von der ersten und zweiten Zehe der linken Vorderpfote stammten. Die Spuren verliefen parallel in einem Abstand von etwa fünf Zentimetern.

»Das Biest muss riesig gewesen sein«, stellte Robin einigermaßen beeindruckt fest.

Anna konnte ihren Tonfall nicht einordnen. Verlegenheit vielleicht, wie bei einer schlechten Schauspielerin, die Mut vortäuschte, oder wie bei einem mutigen Menschen, der versuchte, die Angst anderer nachzuvollziehen. Anna gefiel das gar nicht.

»Entweder haben wir es mit zwei Ansätzen eines normalgroßen Wolfes oder mit einem Pfotenabdruck eines Riesenwolfs zu tun«, erwiderte sie abweisend.

Als sie sich an Menechinns panisch aufgerissene Augen erinnerte, verwischte sie die Spuren mit der Stiefelspitze.

»Haben die anderen kein Recht, es zu wissen, falls uns Gefahr droht?«, fragte Robin.

»Nein.«

Nachdem heiße Getränke und beim letzten Löffel schon wieder eiskalter Haferbrei vertilgt waren, bauten sie das Zelt ab. Anna wollte automatisch die Führung übernehmen, doch noch ehe sie den ersten Schritt machen konnte, rempelte Bob sie beiseite. Sein schwerer Rucksack stieß gegen ihren, sodass sie das Gleichgewicht verlor. Wenn Robin sie nicht gestützt hätte, wäre sie wohl gefallen.

Er muss sich als Mann behaupten, dachte sie ein wenig mitleidig. Den Protest verkniff sie sich. Anna hatte es nicht nötig, sich durchzusetzen.

Obwohl sie nun dazu verdonnert war, die Aussicht auf Menechinns Hintern zu genießen, fühlte sie sich nach etwa anderthalb Kilometern Fußmarsch schon viel besser. Nichts lehrte eine Frau besser, die kleinen Dinge im Leben zu schätzen, als eine gemeinsame Nacht mit ihrem Proviant in einem Gefrierschrank, während ein unbekanntes Ungetüm mit dem Gedanken spielte, sie zu verspeisen.

Es war schön, auf eigenen Füßen zu stehen und sich zu bewegen. Außerdem führte der Weg jetzt nicht mehr bergauf, sondern bergab. Ein weiterer Vorteil war, dass sich drei Mahlzeiten inzwischen in ihrem Magen, nicht mehr in ihrem Rucksack befanden. Hinzu kam die himmlische Gewissheit, dass sie die nächste Nacht in einer Hütte in Malone Bay verbringen würden, mit einem Holzofen und einem Plumpsklo mit angewärmten Sitz anstelle eines verschneiten Baumstumpfes für die weniger glamourösen Augenblicke im Leben.

Und um die Fülle der Wohltaten komplett zu machen, klarte der bewölkte Himmel auf. Obwohl sie mit sinkenden Temperaturen dafür büßen mussten, hob der Anblick der blassen, fröhlich scheinenden Sonne und des blauen Himmels die allgemeine Stimmung.

Selbst Bob Menechinn hatte zu seiner gewohnten Leutseligkeit zurückgefunden. Allerdings hatten seine Bemerkungen etwas Spitzes an sich. Seine Witze waren nicht komisch, und seine Anspielungen so eindeutig, dass man es unmöglich überhören konnte. Katherine bekam das meiste ab. Anna hatte Mitleid mit ihr, denn die junge Frau wurde ihr immer sympathischer. Sie überlegte, ob sie Menechinns Zorn auf sich lenken sollte, damit die Forscherin ein wenig Ruhe hatte, entschied sich allerdings dagegen. Katherine gelang es zwar nicht ganz, die Sticheleien an sich abprallen zu lassen, aber sie schien es gewöhnt zu sein und schlug sich wackerer, als Anna es in ihrem Fall getan hätte. Sie selbst musste auch den einen oder anderen

Seitenhieb einstecken, beschloss jedoch, ihn einfach zu ignorieren. Zum Glück blieb Robin verschont.

Die Forschungsassistentin war eine Frau aus Stahl. Anna hatte den Verdacht, dass sie im Notfall mit einem einzigen Satz auf ein hohes Gebäude gesprungen wäre. Dennoch hatten die Jahre unterwegs und die Wettkämpfe in Ländern, wo sie nur ihre Trainer und Mannschaftskameraden kannte, sie verletzlich und auf seltsame Weise unschuldig werden lassen, so als wäre sie eine Fremde in einer fremden Welt.

Vielleicht war Robin in der Lage, sich gegen Menechinns plumpe Racheversuche dafür zu wehren, dass sie seine Angst miterlebt hatten.

Aber Anna war sicher, dass sie es nicht mehr viel länger ertragen hätte, seine Panik mitanzusehen.

Bob brauchte zwar eine Weile, sich von seiner Entmannung zu erholen, schien aber beim Mittagessen über das Schlimmste hinweg zu sein. Er hörte auf, gegen seine Doktorandin zu sticheln, und schnallte ihren Schlafsack auf seinen bereits übervollen Rucksack. Anna vermutete, dass das seine Art war, sich zu entschuldigen, und überlegte, ob sie ihm auch ihren und Robins aufpacken sollte, um auszuprobieren, wie viel der Mistkerl schleppen konnte. Wenn die Sonne nicht geschienen hätte, hätte sie es vielleicht getan. Aber nun war sie in großzügiger Stimmung.

Die psychische und körperliche Entlastung munterte Katherine ein wenig auf, allerdings nicht sehr lange. Anna bemerkte, dass sie Gelenkschmerzen hatte, und zwar daran, wie sie immer wieder an den Schultergurten zog und vorsichtig einen Fuß vor den anderen setzte. Auch Annas Rucksack drückte auf ihre Knochen, aber wie Lawrence von Arabien – zumindest in der Fassung mit Peter O'Toole – spürte sie zwar die Schmerzen, hatte aber gelernt, nicht darauf zu achten.

* * *

Um drei Uhr nachmittags erreichten sie die Anhöhe oberhalb der Malone Bay. Die Sonne schwebte bereits dicht über dem Horizont und war so weit in den Süden gewandert, dass die Bucht im Schatten lag. Der Schnee, einige Zentimeter tiefer als auf der anderen Seite der Anhöhe, war genauso stahlgrau wie das Wasser des Lake Superior, der kalt und reglos unter der eisigen Zwangsjacke der Bucht lag. Der hellblaue Wintermantel des Himmels war verblasst und wirkte inzwischen wie eine dünne farbige Glasscheibe, die die Erde von der Unendlichkeit trennte.

Nur zwei grellbunte Punkte hoben sich von dieser farblosen Stille ab. Auf dem Eis der Bucht, einige Hundert Meter entfernt vom Steg, stand Jonahs rotweißes Flugzeug mit der orangefarbenen Decke über der Motorhaube. Und auf der winzigen Hüttenveranda lehnte eine hellrote Schneeschippe am Geländer.

Wundervoller lavendelfarbiger Rauch quoll aus dem Schornstein der Hütte, die kaum größer und komfortabler war als ein Wandschrank in einem Reihenhaus aus den Fünfzigern. Doch Anna erschien sie paradiesisch. Als sie den sanft geschwungenen Hügel hinuntergingen, trat Jonah Schumann vor die Tür und kam ihnen entgegen.

Wie ein wahrer Kavalier erbot er sich, Katherines Rucksack die letzten anderthalb Kilometer zu tragen. Anna hoffte, dass Katherine annehmen würde, und war dennoch beeindruckt, als sie es nicht tat. Der alte Pilot wurde ihr noch sympathischer, als er meldete, er habe Konservendosen, einen Karton Wein, Nudeln und andere Köstlichkeiten mitgebracht, um den Speiseplan abzurunden, der, wenn sie sich mit dem Proviant in ihren Rucksäcken hätten begnügen müssen, ziemlich eintönig gewesen wäre.

Adam, der Jonah auf diesem Versorgungsflug begleitet hatte, erwartete sie schon mit heißem Kakao, als sie die Hütte erreichten.

Anna fühlte sich erschöpfter, als sie gedacht hatte.

Die Kälte, sagte sie sich, während Adam sie von dem Rucksack befreite.

»Ach, herrje!«, rief er aus, als er das Gewicht spürte. »Sind Sie übergeschnappt? Ich könnte so einen schweren Rucksack nicht schleppen. Du meine Güte! Eine Frau aus Stahl.«

Anna war stolz, als er sie in den Oberarm kniff.

Siebenundzwanzig Kilo, hätte sie gern erwidert. Doch wer prahlte, machte seine Leistung damit zunichte. Außerdem war sie viel zu müde, um zu reden.

»Helfen Sie Katherine«, stieß sie hervor.

Die Hütte war so winzig, dass sechs Menschen, vier davon mit Rucksäcken, darin wirkten wie riesige Hereford-Rinder in einer Koppel, die eigentlich für Schafe gedacht war. Anna musste sich an Adam und Katherine vorbeidrängen, um einen Sitzplatz zu finden. Schließlich kauerte sie auf einem kleinen Holzstuhl, eingezwängt zwischen einem Puppentisch und einem gasbetriebenen Boiler. Bobs Hintern – den Anna während der letzten siebzehn Kilometer zu gut kennengelernt hatte – streifte ihr Gesicht, als er Robin den Rucksack abnahm. Gern hätte Anna sich mit der zweizinkigen Fleischgabel revanchiert, eine Hinterlassenschaft des Wildhüters, der den Sommer über hier wohnte. Allerdings war der Anstoß erregende Körperteil in so viele Kleidungsschichten verpackt, dass die Gabel sie wohl nicht durchdrungen hätte.

Anna war zu müde zum Nachdenken, sackte auf dem Stuhl zusammen und begann, vor sich hin zu träumen. Nach Jonahs und Adams Abflug würde sie versuchen, ihre Stiefel auszuziehen. Wenn die beiden fort waren, war sicher genug Platz, um sich vorzubeugen.

Über ihr ging das Leben der Herde weiter. Bob stand hinter Robin und hielt ihre Schultergurte fest, während sie sich an den Schließen zu schaffen machte.

»Augenblick, ich helfe Ihnen«, sagte er freundlich und wollte wie ein Bär um sie und den Rucksack herumgreifen.

»Ich erledige das«, meinte Anna kühl und überlegte gerade,

ob sie es schaffen würde aufzustehen, als Adam sich umdrehte. Er hatte Katherines Rucksack an die Wand gelehnt und Katherine, die ebenso erschöpft wirkte, wie Anna sich fühlte, daraufgesetzt.

»Ich bin schon dabei«, rief er.

Bob schnaubte.

»Bob, kannst du mir bitte helfen?« Katherines Stimme klang klagend, hatte aber einen scharfen Unterton – Zorn oder Liebe, vielleicht auch beides. Bob drängte sich zu seiner in sich zusammengesackten Assistentin durch.

Als Anna sich wieder setzen wollte, bemerkte sie, dass sie gar nicht erst aufgestanden war. Die bloße Absicht hatte sie ihrer letzten Kraftreserven beraubt. Sie hoffte nur, dass Robin noch die Energie und Geduld besaß, ihr den Rest der benötigten fünftausend Kalorien mit dem Löffel einzuflößen. Denn sie bezweifelte, dass sie selbst es noch schaffen würde, dieses Esswerkzeug zum Mund zu führen.

Wie ein Kalb auf der Weide sah Anna stumpf zu, während Adam die gefrorenen Schließen von Robins Gurten öffnete. Zwischen den beiden knisterte es eindeutig, verschwörerische Blicke und ein geheimnisvolles Lächeln, sodass Anna sich fragte, ob die Tage von Robins Freund – Gavin oder Galen – gezählt waren. Die Arbeit als Saisonkraft in einem Nationalpark war nicht eben förderlich für Beziehungen. Für eine Dauerstellung in dieser Branche galt in etwa das Gleiche.

Das Leben an sich bedeutete eine Belastung für jede Beziehung, dachte Anna müde.

Sie wünschte, Paul wäre hier oder sie selbst in Natchez gewesen. Das konnte doch nicht so schwierig sein! Warum gab sie die Arbeit als Parkpolizistin nicht auf und wurde Hausfrau in Mississippi? Denn das Einzige, was für sie dabei heraussprang, waren offenbar kaputte Knie und jede Menge Narben. Paul war neben seiner Tätigkeit als Sheriff von Adams County Geistlicher der Episkopalkirche. Also konnte Anna sich doch in der Kirche engagieren. Schließlich hatte sie eine Schwäche für Hüte, allerdings insbesondere für ihren Stetson von der Nationalen Parkaufsicht. Würde sie an Gott glauben, wäre das durchaus vorstellbar.

Verdammt.

Es gab immer einen Haken.

Jonah entschuldigte sich und ging los, um nach den Wetterbedingungen zu sehen. Adam und Robin verschwanden kurz darauf. Bob holte Feuerholz und stapelte es neben der Tür. Endlich hatte Anna genug Platz, um sich zu bewegen. Also rappelte sie sich auf, um sich an die Hausarbeit zu machen, und zwar an die einzige, für die sie ein Händchen hatte: das Lager aufzuschlagen.

Zuerst räumte sie die Berge von Ausrüstungsgegenständen ordentlich weg. Im Sommer konnten überflüssige Dinge draußen aufbewahrt werden. Im Januar hingegen musste alles, was gebrauchsfähig bleiben musste, also auch die Wolfsfallen, in der Hütte bleiben. Die Fallen waren zwar für jedes Wetter geeignet und hätten auch keinen Schaden genommen, wenn man sie einfach in den Schnee warf. Allerdings waren sie schwieriger zu handhaben, wenn das Metall so kalt war, dass man mit der Haut daran kleben blieb.

»Kann ich helfen?«, fragte Katherine.

Anna hatte sie ganz vergessen.

»Schaffen Sie es nach den letzten beiden Tagen überhaupt noch, sich zu bewegen?«, erwiderte sie.

Katherine schüttelte lachend den Kopf.

»Aber irgendwas kann ich doch bestimmt tun.«

»Wir haben zu wenig Platz«, meinte Anna.

»Wie fühlen Sie sich? Halten Sie durch?«, hätte sie beinahe hinzugefügt, verkniff es sich aber. Anteilnahme und Gönnerhaftigkeit waren schwer zu unterscheiden, und Katherines Verstand arbeitete im Moment vermutlich genauso langsam wie ihr eigener. »Wir müssen die Rucksäcke nicht mehr so vollpacken«, erklärte sie stattdessen. »Wir haben uns mit den Fallen abgeschleppt, weil wir uns nicht darauf verlassen konnten, dass sich das Wetter bessert. Wenn es wieder schlechter wird, sodass Jonah uns nicht abholen kann, lassen wir sie einfach hier.«

Sie warf einen hasserfüllten Blick auf den Rucksack mit dem eingebauten Rahmen, der am Fuß der Stockbetten an der Wand hing.

»Ich glaube nicht, dass ich das noch einmal schaffen würde. Dieser Rucksack hat mich beinahe umgebracht.«

Das hatte sie gesagt, um Katherine aufzumuntern, obwohl es durchaus hätte stimmen können. Vermutlich würde eine Weile vergehen, bis es ihr wieder gelingen würde, eine solche Last zu schultern.

In der letzten Saison, als sie an einem einundzwanzigtägigen Löscheinsatz in den Bergen östlich von Boise, Idaho, teilgenommen hatte, war ihr aufgefallen, dass der Unterschied zwischen den alten und den jungen Feuerwehrleuten nicht in Kraft oder Ausdauer lag, sondern in der Zeit, die sie brauchten, um sich wieder von der Anstrengung zu erholen. Die älteren Feuerwehrleute, also die über Vierzig, standen ihren jungen Kollegen in nichts nach und konnten beim Heben, Laufen und Graben mühelos mithalten. Aber sie waren schneller erschöpft. Drei Wochen schwerer körperlicher Arbeit hatten bei den jungen Leuten die Muskeln gestählt. Die Älteren waren einfach nur todmüde.

Kräftig mit den Füßen stampfend, öffnete Jonah die Tür und spähte in den Raum.

»Haben Sie Adam gesehen?«, fragte er. »Das Wetter schlägt um. Wir müssen los.«

»Ich dachte, er wäre bei Ihnen«, antwortete Anna.

»Er ist mit Robin losgegangen«, erwiderte Jonah in unheilverkündendem Ton.

Anna wusste nicht, ob er eifersüchtig war oder ob er unbedingt starten wollte, damit sie nicht hier strandeten.

Sechs Menschen in dieser winzigen Hütte.

»Ich helfe Ihnen beim Suchen«, sagte sie, griff nach ihrem

Parka und schlüpfte in die Stiefel. Die Sturmhaube und die Fäustlinge sparte sie sich. Schließlich plante sie keine ausgedehnte Wanderung.

Das fahle Sonnenlicht war der Dämmerung gewichen. Eine graue Woge rollte aus dem Nordwesten auf sie zu. Der Himmel darüber war noch silbrig blau, doch das würde sich bald ändern. Der Wind trieb Wolken und Schnee heran.

»Adam!«, rief Jonah.

Anna ging in Richtung Toilettenhäuschen. Bob kam ihr, die Arme voller Feuerholz, entgegen.

»Haben Sie Adam und Robin gesehen?«, erkundigte sie sich.

»Er ist alt genug, um ihr Vater zu sein«, stellte Bob fest.

Anna warf ihm einen giftigen Blick zu.

»Das Gleiche gilt auch für Sie. Also, haben Sie sie gesehen?«

Bevor er antworten konnte, traten die beiden Vermissten hinter der Hütte hervor.

Sie verbreiteten das Knistern eines Liebespaars, das sich ein geheimes Stelldichein gegeben hatte. Oder besser gesagt: Der zerlumpte Mechaniker hatte die reizende Farmerstochter zur Sünde verführt. Adams Schwäche für abgetragene und fleckige Parkas und Skihosen, die an verschiedenen Stellen mit Isolierband geflickt waren, gab ihm trotz seiner aufrichtigen Art einen zwielichtigen Anschein.

»Verdammt, Adam«, schimpfte Jonah. »Ich starte, sobald ich den Motor angelassen habe. Entweder steigst du ein, oder du bleibst hier.« Der Pilot marschierte zum See, wo seine Maschine stand. Adam folgte ihm.

»Ihr Rucksack!«, rief Anna ihm nach und holte den Tagesrucksack des Mechanikers aus der Hütte. »Meine Güte!«, entfuhr es ihr, als sie das Gewicht auf ihrer schmerzenden Schulter spürte. »Was haben Sie denn da drin?«

»Geben Sie her«, forderte er sie barsch auf.

Wortlos reichte Anna ihm den Rucksack.

»Bücher«, erklärte er mit einem verlegenen Lächeln. »Wenn

möglich, bringen wir Ihnen wieder Proviant. Immer die Ohren steifhalten.«

Mit diesen aufmunternden Worten ging er die flache Böschung hinunter. Als der Motor des Flugzeugs ansprang, begann er zu rennen und legte mit seinen langen Beinen die Strecke rasch zurück. Anna, die sich in der arktischen Wildnis plötzlich sehr verlassen fühlte, blickte ihm nach, bis er eingestiegen war.

Adam führte etwas im Schilde. Vielleicht war dieses Etwas ja eine vierundzwanzigjährige Forschungsassistentin. Jedenfalls würde Anna die Augen offenhalten.

10

Trotz der beengten Wohnverhältnisse und dem Schnappen und Knurren von Mensch und Tier in den letzten vierundzwanzig Stunden kamen Anna, Katherine, Robin und sogar Bob gut miteinander zurecht, nachdem Adam und Jonah fort waren.

Die gemeinsam durchgestandene nächtliche Bedrohung – auch wenn sie vielleicht nur auf Einbildung beruhte –, der erfolgreich hinter sich gebrachte anstrengende Fußmarsch und die Belohnung in Form von Wärme und einer leckeren Mahlzeit schweißte sie zusammen, wie es die Abende in der Blockhütte nie vermocht hatten.

Zum allgemeinen Wohlbefinden trug außerdem das bei, was Annas Vorgesetzter in Mesa Verde gern als den Idiotenaspekt beim Campieren in der freien Natur bezeichnet hatte: Wenn man sich mit einem Vierkantholz auf den Kopf schlug, war es ein schönes Gefühl, wieder damit aufzuhören.

Bob übernahm das Kochen. Die Schürze, die sich der Bär von einem Mann umband, war offenbar von einer Saisonkraft mit einer Schwäche für Rüschen und Schleifchen zurückgelassen worden. Mit Spitzenträgern über den breiten Schultern fing er an, die von Jonah mitgebrachten Zwiebeln zu hacken. Neben ihm wirkte der zweiflammige Herd winzig, das Messer in seiner Hand sah aus wie ein Spielzeug, und die Schürze reichte kaum um ihn herum. Doch Anna hatte ihn noch nie in so entspannter Stimmung erlebt. Es war, als vermittle ihm eine Küche – selbst eine wie in dieser Hütte in der Wildnis – das Gefühl, alles im Griff zu haben. Er strotzte von dem tiefen Selbstbewusstsein, das einen Menschen großzügig macht, weil er es nicht ständig nötig hat, andere herunterzuputzen oder sich aufzublasen, um seinen Platz in der Rangordnung zu verteidigen.

Auch mit Katherine war eine Verwandlung vor sich gegangen. Sie verhielt sich nicht mehr so zurückhaltend. Während Bob sich hinter Arroganz verschanzte, schützte Katherine sich mit Unterwürfigkeit. Ohne diese Fassade, hinter der sie sich verbarg wie hinter einer unsichtbaren Burka, begann sie zu strahlen. Sie war zwar noch immer keine Ulknudel, legte aber einen Sinn für schwarzen Humor an den Tag, der Anna sehr gefiel. Wenn Anna ganz genau hinschaute, konnte sie beinahe erkennen, warum den Professor und seine Doktorandin eine Beziehung verband, die über das rein Akademische hinausging – und sie war sicher, dass es da eine gab oder zumindest gegeben hatte.

Als sie die Sturmlaternen löschten, um sich schlafen zu legen – Anna ins obere Stockbett, Katherine ins untere und Bob und Robin auf den Boden –, fühlte sich Anna warm und geborgen.

Dank des Kaffees und eines Frühstücks, das einem nicht auf dem Löffel gefror, hielt sich die Kameradschaft auch am folgenden Morgen.

Beladen mit vier Fallen – zwanzig Kilo –, war Anna erfüllt von Kraft und einsatzbereit, als sie nach dem Frühstück ihren Rucksack schulterte.

Bob erbot sich, Katherines Fallen zu tragen.

Doch offenbar hatte Katherine am Vortag die Erfahrung genossen, unabhängig zu sein, und beharrte darauf, das selbst zu übernehmen.

Das Unwetter, dem Jonah am gestrigen Nachmittag davongeflogen war, hatte sich auf Malone Bay gesenkt und tauchte Bodensenken und Hügel in Schiefergrau. In der Nacht waren acht Zentimeter Schnee gefallen. Ein heftiger Wind trug weitere Flocken heran, die die Spuren der Flugzeugkufen auf dem Eis und die Fußabdrücke der Mitglieder der Winterstudie zudeckten. In abgelegenen Gegenden wie diesen besaß die Natur die Macht, das Leben eines Menschen ebenso auszulöschen wie seine Fußspuren. Dieses Wissen gab Anna die Hoffnung, dass die Menschheit noch nicht so bald die Totenglocke für Mutter Natur läuten würde. Und wenn es irgendwann doch so weit war, würde sie nicht klaglos untergehen, sondern so viele Feinde mitnehmen wie möglich.

Das Eis auf dem Siskiwit Lake war etwa zwanzig Zentimeter dick und an vielen Stellen frei von Schnee. Der Nordwestwind fegte schneidend kalt über die Fläche des Sees. Inzwischen hatte es zwar aufgehört zu schneien, aber die schweren Wolken verhießen weitere Niederschläge. Die Windböen wirbelten einige dicke widerspenstige Flocken auf, die es nicht eilig hatten, den Boden zu erreichen. Anders als im Osten der Insel waren es nicht bösartige Flocken, die einem fein wie Sand zwischen den Zähnen knirschten, sondern daunengleiche wie auf einer Weihnachtskarte. Ihre spielerische Schönheit ließ einem die Kälte weniger feindselig und tödlich erscheinen. Eine tröstliche Illusion.

Wo der Wind das Eis blankgefegt hatte, war es rutschig und schwarz.

Anna erkannte Blasen und Risse, die wie weiße Klippen zickzackförmig unter der Eisfläche verliefen.

»Finger weg von deiner Nase«, sagte Robin.

»Was sind das für Risse?«, fragte Anna und zog den Fäustling wieder an. Sie hatte geglaubt, sich das ständige Betasten ihrer Nase mittlerweile abgewöhnt zu haben.

»Risse gibt es immer«, erwiderte Robin. »Normalerweise haben sie nichts zu bedeuten. Das Eis ist in Bewegung, dehnt sich aus und zieht sich wieder zusammen. Bei diesen Rissen handelt es sich um Ermüdungsbrüche.«

Normalerweise haben sie nichts zu bedeuten. Anna war nicht sehr beruhigt.

Auf dem halben Weg nach Ryan Island, bekannt als die größte Insel im größten See auf der größten Insel im weltweit größten See – allerdings nichts weiter als ein Haufen aus immergrünen Gewächsen und Felsen –, stießen sie auf die Überreste des Elches, dessen Tötung Jonah und Anna vor einigen Tagen aus der Luft beobachtet hatten. Das Gerippe war säuberlich abgenagt. Zwei Raben taten sich an den wenigen übergebliebenen Fleischfetzen gütlich. Nachdem sie die menschlichen Störenfriede argwöhnisch gemustert und als ungefährlich eingestuft hatten, wandten sie sich wieder ihrer Mahlzeit zu.

Selbst die Knochen waren zerbissen worden. Ein Oberschenkelknochen und beide Vorderläufe fehlten. Schädel und Geweih waren vom Körper getrennt und vom Fleisch befreit. Anna näherte sich schliddernd, um sich die Sache genauer anzusehen.

Robin folgte ihr anmutig.

»Ein harter Winter für alle. Schau.« Als die Forschungsassistentin mit ihrem Fäustling deutete, erinnerte dieser an eine winzige bunte Wetterfahne. »Sogar das Geweih wurde angeknabbert, obwohl es keinen sonderlichen Nährwert hat. Für ein Tier ist es etwa so sättigend, als würden wir uns Schuhleder zum Abendessen kochen. Oder frittierte Schweineschwarten essen.«

Inzwischen hatten Bob und Katherine sie eingeholt. Da Katherines dicke Brille ständig angelaufen war, machte sie einen blinden und hilflosen Eindruck. Allerdings hatte sie Talent für das Gehen auf Eis und glitt ebenso mühelos dahin wie Robin. Bob tat sich da schwerer. Anna musste an ein Schwein auf Rollschuhen denken. Doch da er sie alle mit einem köstlichen Frühstück versorgt hatte, verkniff sie sich die Bemerkung.

»Wollen wir die Fallen hier aufstellen?«, erkundigte er sich und sah sich um, als ließe sich vielleicht noch eine geeignetere Stelle auf dem Eis finden.

»Nein«, entgegnete Robin schmallippig.

Anna hatte keine Schwierigkeiten, ihre Gedanken zu lesen, weil in ihr das Gleiche vorging. Bob hatte keine Ahnung vom Fallenstellen und von Wölfen. Er wusste nichts über die Isle

Royale. Und dennoch würde er über den Fortbestand der Studie entscheiden. Nur die Nationale Katastrophenschutzbehörde FEMA war noch unfähiger und bestechlicher als das Ministerium für Heimatschutz.

»George W. Bush ist der Antichrist«, sagte Anna ohne ersichtlichen Anlass. Sie ließ ihre Begleiter in dem Glauben, dass sie an einer politischen Form des Tourettesyndroms litt und schlurfte weiter.

Am östlichen Ende des Siskiwit Lake, wo der kurze Pfad zum Intermediate Lake begann, blieb Robin stehen.

»Hier fangen wir an«, verkündete sie.

Die etwa siebeneinhalb Kilometer lange Linie aus Fallen, die Ridley auf der Karte eingezeichnet hatte, sollte vom Westufer des Siskiwit zum Intermediate und von dort aus zum Lake Richie verlaufen und am Moskey Basin enden. Die Seen zwischen Siskiwit und Moskey Basin waren klein und gehörten zu den zahlreichen Tümpeln, die dort die Insel durchzogen, wo der Gletscher sich tiefer in den Fels gegraben hatte. Die Fallen würden auf Seen, festem Boden, Wanderwegen und offenem Gelände aufgestellt werden. Da sich das östliche und das Chippewa-Rudel dieses Revier teilten, standen die Chancen hoch, Wölfe aus beiden Rudeln zu fangen.

Zwei Wölfe aus dem östlichen Rudel und drei aus dem sieben Tiere zählenden Chippewa-Rudel waren mit Peilsendern ausgestattet worden. Falls auf der Insel keine überirdische Macht ihr Unwesen trieb, die in der Lage war, die DNA eines lebenden Wolfes zu verändern, schieden die Fünf demnach als Verdächtige aus.

Wenn sie erneut eingefangen wurden, würde man die Gelegenheit nützen, sie auf das Parvovirus zu untersuchen, ihr Gewicht und ihren Gesundheitszustand zu überprüfen und weitere statistische Informationen zu sammeln.

Zu den besonderen Vorzügen der Wolf-Elch-Studie gehörte, dass über einen langen Zeitraum hinweg unzählige Daten zusammengetragen worden waren. In den Anfangstagen hatte das Augenmerk hauptsächlich der Lebenserwartung gegolten, doch seit es Computer gab, konnte man der Datenmenge auch andere Ergebnisse entlocken.

Anna hatte zwar Erfahrung mit Fußangeln, aber schon seit Jahren keine mehr benutzt. Katherine kannte nur die alten käfigartigen Lebendfallen. Bob war absoluter Neuling auf diesem Gebiet.

Mit ruhiger freundlicher Stimme erläuterte Robin jeden Schritt, während sie die erste Falle installierte. Fußfallen ähnelten den altmodischen Bügelfallen, also den von einer Feder zusammengehaltenen Stahlklammern mit spitzen Zacken, die dafür berüchtigt waren, dass das darin gefangene Tier sich selbst den Fuß abbiss, um sich zu befreien.

Diese Fallen hingegen waren so konstruiert, dass sie den Wölfen keinen Schaden zufügten. Die Bügel waren flacher und anstelle von Zacken mit kleinen Stahlknöpfen versehen. Diese waren so angebracht, dass sie sich oberhalb und zwischen den Zehengelenken schlossen und den Fuß festhielten, ohne die Haut zu verletzen oder einen Knochen zu brechen, wenn ein Tier die Falle auslöste.

Außerdem war jede Falle mit einem schwarzen, etwa fünf Zentimeter langen Gummisauger ausgestattet, der ein Beruhigungsmittel enthielt. Das Medikament sollte verhindern, dass die Tiere sich aufregten, sich selbst verletzten oder die Fallensteller angriffen. Allerdings handelte es sich dabei nicht um exakte Wissenschaft, da man unmöglich feststellen konnte, wie viel von dem Medikament das Tier tatsächlich aufgenommen hatte.

»Welches Medikament verwenden Sie denn?«, fragte Bob.

»Propriopromazin«, erwiderte Robin. »Das hält sie normalerweise ruhig, bis wir sie holen kommen. Anschließend verabreichen wir ihnen eine Mischung aus Ketamin und Xylanzin, um sie zu betäuben.«

»Ketamin ist doch ein Halluzinogen, das zu Gedächtnisverlust führen kann«, meinte Bob.

»Haben Sie schon mit Ketamin gearbeitet?«, erkundigte sich Robin.

»Hatten wir je mit Ketamin zu tun?«, gab dieser die Frage an Katherine weiter.

Sie wandte sich ab, als schäme sie sich wegen eines Fehlers.

»Ich kann mich nicht erinnern«, antwortete sie, worauf Bob lachte.

»Genau dazu ist das Zeug ja da.«

Er zwinkerte seiner Assistentin zu. Doch ihre Miene blieb stumpf und ausdruckslos, als handle es sich um eine Anspielung zwischen zwei Liebenden, die nur noch einer von beiden witzig findet.

Kurz entstand betretenes Schweigen. Anna und Robin hatten den Eindruck, gerade Zeuginnen einer ungehörigen Vertraulichkeit geworden zu sein, auch wenn sie das nicht hätten in Worte fassen können.

»Ketamin lähmt das zentrale Nervensystem nicht«, fuhr Robin fort. »Deshalb ist es für Tiere so gut geeignet. Sie sind nämlich ziemlich empfindlich. Xylazin funktioniert ebenfalls gut. Allerdings lässt die Wirkung schneller nach, weshalb man vorsichtig sein muss, wenn man sie wieder freilässt.«

»Sind die Fallen schon mit dem Beruhigungsmittel befüllt oder müssen wir das noch erledigen?«, sagte Anna.

»Jede Sauger enthält sechshundert Milligramm Propriopromazin. Man braucht sie nur noch auf einer Seite des Bügels zu befestigen. Der Wolf wird nämlich als erstes versuchen, die Falle aufzubeißen. Ich habe noch nie einen Sauger gesehen, der nicht zerrissen gewesen wäre. Also kriegen sie immer etwas von dem Beruhigungsmittel ab. Allerdings haben wir schon welche im bewusstlosen und andere im hellwachen Zustand aufgefunden. Man weiß nie.«

An jeder Falle war eine drei Meter lange verwindungssichere Kette mit einem Haken befestigt, der wie ein winziger Anker aussah. Dieser war dazu gedacht, auch an der kleinsten Pflanze hängen zu bleiben, damit das Tier nicht zu weit fortlaufen konnte, aber gleichzeitig Bewegungsfreiheit hatte, um den Stress zu mindern. Neben dem Haken befand sich an der Kette auch noch ein zwanzig Zentimeter langer silberner Zylinder mit einer gummiüberzogenen Antenne. Dabei handelte es sich um einen durch Bewegung ausgelösten Sender, dessen Metallhülle verhindern sollte, dass er zerbissen wurde. Wenn der Wolf – oder gelegentlich ein umherstreifender Fuchs – an der Kette zog, begann in der Hütte an der Malone Bay ein Empfänger zu piepsen und meldete den Fallenstellern, dass sie etwas gefangen hatten, sowie den Aufenthaltsort des Tiers. Im Sommer hatten die Forscher so die Möglichkeit, den Wolf zu finden, bevor ein Pechvogel von einem Touristen es tat – und ehe die Wirkung des Beruhigungsmittels nachließ. Im Winter erfüllte der Sender sogar noch einen wichtigeren Zweck, denn ein betäubter Wolf konnte sich die Zehen abfrieren oder sogar an der Kälte sterben, wenn er zu lange in der Falle verharren musste.

Robin öffnete die Metallbügel, legte die Druckplatte auf den Boden und bedeckte dann die Falle und deren Ausstattung mit Schnee, sodass sie nicht mehr zu sehen war.

»Mit dieser Falle werden wir vermutlich nichts erwischen«, meinte sie, stand auf und drehte sich zu ihren Zuhörern um. »Wir sind zu viele und stehen schon zu lange hier herum und verbreiten unseren Gestank. Die Wölfe werden unweigerlich Lunte riechen. Wenn ihr ein bisschen zurücktretet, verteile ich frischen Schnee darauf. Das hilft vielleicht. Es kommt darauf an, das Gelände so wenig wie möglich zu verändern. Soll ich die nächste Falle auch auslegen?«, wandte sie sich dann an Anna.

»Nein, allmählich erinnere ich mich. Ich glaube, ich kriege das hin.«

»Gut.«

Robin nahm eine topographische Karte aus dem Rucksack und faltete sie so, dass das Gebiet zu sehen war, in dem sie sich aufhielten.

»Du und Bob übernehmt die Westseite des Intermediate. Katherine und ich gehen nach Osten. Legt die erste Falle dort aus.« Sie wies auf die Stelle, wo sich der Pfad am Ufer des Intermediate teilte und um den See herumführte. »Wenn ihr dorthin kommt, wo dieses kleine Dreieck Land ins Wasser, beziehungsweise ins Eis, ragt, überquert ihr den See.«

Robin zog den Fäustling aus, um besser auf die schmale Bucht deuten zu können, wo ein Wassergraben zurück zum Ufer verlief.

»Hier legt ihr auch eine Falle aus.«

»Warum ausgerechnet da?«, wollte Anna wissen, denn es widersprach Ridleys Anweisung, dass sie sich an die ausgebauten Pfade halten sollten.

»Weil die Wölfe oft auf dieser Landzunge lagern.« Robins Tonfall wurde spitz, als hätte Anna ihre Autorität in Frage gestellt.

»Verstanden«, erwiderte Anna.

»Bob, Sie begleiten Anna. Katherine kommt mit mir.«

Wie Anna vermutete, hätte Bob die Kunst des Fallenstellens wohl lieber von einer hübschen jungen Forschungsassistentin gelernt als von einer mürrischen alten Parkpolizistin. Aber das Leben steckte nun einmal voller Enttäuschungen.

»Helfen Sie mir mit meinem Rucksack«, sagte sie. Offenbar war Bob nicht allzu verärgert darüber, den Kürzeren gezogen zu haben, denn er gehorchte.

Anna marschierte voraus bis zu der Weggabelung, wo sie laut Robin die erste Falle auslegen sollten. Inzwischen schneite es heftiger, doch der Wind hatte nachgelassen, eine Veränderung, gegen die Anna nichts einzuwenden hatte.

Da sie sich auf der Isle Royale gut auskannte und außerdem den Großteil des Tages den Ufern von Seen folgen würde, bestand auch bei schlechten Sichtverhältnissen kaum Gefahr, sich zu verirren. Hinzu kam, dass es bei Schneefall wärmer war als bei Wind.

Die Falle zu stellen erwies sich als schwieriger, als Anna es in

Erinnerung hatte. Die Kälte und die dicke Kleidung, um sich davor zu schützen, verkomplizierte selbst die einfachsten Aufgaben. Sie trug zwar Handschuhe, aber keine Fäustlinge darüber, sodass ihre steifen Finger mit dem eiskalten Metall zu kämpfen hatten. Nachdem sie die Falle auf den Boden gelegt hatte, drückte sie die Bügel mit den Füßen auseinander. Dabei rutschte sie mit dem linken Stiefel ab. Die Bügel schnappten mit einem Knall zu, sodass ein Stück Handschuh und Haut dazwischengeriet. Anna stieß einen Schrei aus, als hätte es ihr den Finger abgezwickt. Sie war sicher, dass es bei freundlicheren Wetterbedingungen viel weniger wehgetan hätte. Dunkel erinnerte sie sich an eine Kurzgeschichte, die davon handelte, wie rasch man sich in der Arktis einen Wundbrand zuzog. Deshalb schlüpfte sie aus dem dünnen Handschuh, um den Schaden in Augenschein zu nehmen. Kein Blut. Also würde sie es überleben.

Bob entpuppte sich als recht geschickt mit den Händen, was angesichts seiner dicken Finger eine angenehme Überraschung war. Er entrollte die Kette und vergrub sie so ordentlich im Schnee, wie Anna es selbst getan hätte. Dann brachte er den Gummisauger mit dem Beruhigungsmittel an und machte anschließend Platz, damit Anna so gut wie möglich ihre Spuren verwischen konnte. Außerdem hatte er darauf bestanden, zuerst eine der Fallen aus ihrem Rucksack zu benutzen, sodass sie nun fünf Kilo weniger schleppen musste. Der Mann wurde ihr immer sympathischer.

Allerdings hatte die Zynikerin in ihr den Verdacht, dass Dr. Menechinn zwei Seiten besaß.

Im Augenblick lebte er seinen Dr. Jekyll aus, doch sie hatte genug Erfahrung mit Mr Hyde gemacht und bezweifelte deshalb, dass Bobs Hilfsbereitschaft und Menschenfreundlichkeit von Dauer sein würden. Am besten war es wohl, die Gunst der Stunde zu nutzen und ihn die schweren Gegenstände tragen zu lassen.

Sie hatten doppelte so lange wie Robin gebraucht, um die

Falle auszulegen. Doch im Sommer hätte auch Anna es in der halben Zeit geschafft. Als sie fertig waren, war es kurz vor zwölf Uhr mittags. Wegen der kurzen Tage und der tief hängenden Wolkendecke bezweifelte Anna, dass Bob und sie alle restlichen Fallen schaffen würden, bevor ihnen das Licht ausging.

»Jetzt müssen wir dorthin«, meinte sie beim Einpacken und wies auf einen Hügel.

Dahinter befand sich die dreieckige Landzunge, wo sie die nächste Falle deponieren sollten. Der Schnee auf dem Intermediate war nicht weggeweht worden, was das Vorwärtskommen erleichterte. Allerdings schien das Eis auch um einiges dünner zu sein als auf dem Siskiwit. Außerdem war es in Ufernähe häufig unzuverlässig, und der Intermediate bestand praktisch nur aus Ufer.

Aus alter Gewohnheit suchte Anna den Boden nach Spuren ab, während sie das westliche Ende des Sees überquerten. Frisch gefallener Schnee bildete normalerweise eine großartige Unterlage für die Nachrichten des Tages. Doch heute war kaum jemand unterwegs, denn Windböen, Schneefälle und das drohende Unwetter hielten die Tiere in ihren warmen Nestern und Bauen. Anna sah die Krallenspuren einiger kleiner Vögel und ein paar Samenschalen, vermutlich aus dem Futterversteck eines Eichhörnchens. An einem Abhang, der zum See führte, bemerkte sie Spuren, die sie an die Rodelschalen kleiner Kinder erinnerten. Sie brauchte eine Weile, um das Bild von Kindern mit Zipfelmützen zu vertreiben. Dann lachte sie.

»Otter«, erklärte sie Bob. »Sie rutschen gern im Schnee. Schauen Sie, da drüben sind sie den Hügel hinaufgelaufen, um einfach nur zum Spaß herunterzurutschen.«

»Im Winter?«, wunderte er sich.

»Im Winter«, bestätigte sie. »Der Park erholt sich im Winter, wenn keine Menschen da sind«, fügte sie hinzu, denn sie hielt die Gelegenheit für günstig, ihn darauf hinzuweisen, dass die Isle Royale von Oktober bis Mai besser gesperrt bleiben sollte.

Bob brummte etwas.

Die Landenge, bestehend aus Vulkangestein und Gletschergeröll, erhob sich aus dem Eis wie ein schartiger, schneebedeckter Felsen. Verzweifelnd nach Erde hungernde Bäume ließen ihre kahlen Äste aus dem Schnee ragen wie schwarze arthritische Finger.

Sie reckten sich zu einem Himmel empor, der dieselbe Farbe hatte wie das Grab, in dem ihre Wurzeln ruhten. Hie und da hatte der Wind die Felsen freigelegt, sodass die Spitzen von Granitbrocken zu sehen waren. Die Landschaft erinnerte an einen Friedhof für formlose Geschöpfe, die sich zum Sterben hierher geschleppt hatten. Am Steilufer türmte sich das Eis in zwanzig Zentimeter dicken Schollen, wo das Wasser des Sees gestiegen und wieder gesunken und jedes Mal erneut gefroren war.

Auf allen Vieren kletterte Anna auf dieses klägliche Beispiel festen Bodens zu. Trotz des leichter gewordenen Rucksacks hatte sie Mühe, die Balance zu halten. Ein Elch hatte das offenbar geschafft, denn sie entdeckte einige halb mit Schnee gefüllte Hufspuren. Nachdem Anna ihr Gleichgewicht und eine ebene Stelle zum Stehen gefunden hatte, sah sie zu, wie Bob sich über das Feld aus Eisschollen auf sie zubewegte.

»Langsam«, warnte sie.

»Hm.«

»Als Nächstes nehmen wir eine von Ihren Fallen«, versprach sie. Plötzlich geriet er ins Taumeln und fiel auf ein Knie.

»Verflixt!«

Er rührte sich nicht von der Stelle. Mit seinem Rucksackhöcker erinnerte er an ein Kamel, das sich hinkauert, damit der Reiter aufsteigen kann.

»Haben Sie sich wehgetan?«

»Mein Knie«, keuchte er, rappelte sich jedoch auf und erreichte ohne weiteren Zwischenfall das Ufer.

»Sie hinken«, meinte Anna vorwurfsvoll. Sich im Winter in der Wildnis zu verletzen, war nicht ratsam.

»Mit diesem Knie habe ich schon länger Probleme«, erwiderte er. »Wie viele Fallen haben wir noch?«

Bob klang wie ein kleiner Junge, der nicht rechnen konnte und deswegen jammerte. So viel zu Dr. Jekyll.

»Noch ein paar.« Anna stieg den Felsen hinauf. Abrupt blieb sie stehen. Zwischen zwei Felsen, halb verdeckt von den tieferen Abdrücken des Elchs, entdeckte sie die Spur einer Wolfspfote.

Vielleicht.

Wegen der Schneeverwehungen war es nur schwer festzustellen. Jedenfalls war die Spur größer als die eines Fuchses und kleiner als die eines Elchs. Im Frühjahr hätte sie auf ein Kalb getippt. Aber nicht im Januar.

»Ich glaube, hier sind wir richtig«, sagte sie. Bob kam herangehinkt und musterte die Spuren.

»Die linke«, meinte sie. »Bestimmt ein Wolf.«

»Groß.« Dieselbe Angst wie in der Nacht, als die wilde Natur sie herausgefordert hatte, schwang in seiner Stimme mit.

Der Pfotenabdruck war nicht nur groß, sondern gewaltig.

»Schwer zu sagen«, erwiderte Anna.

Sie sah Bob vor sich, wie er mit weit aufgerissenen Augen die Zeltwände ableuchtete, und befürchtete schon, er könnte mit rudernden Armen und laut klappernden Fallen durch den Schnee davonlaufen.

»Wenn der Wind den Schnee verweht, kann man die Spur eines Tiers nicht mehr eindeutig bestimmen.«

»Es ist Wahnsinn, ohne Gewehr hier draußen herumzustapfen«, entgegnete Bob und blickte sich um wie eine Jungfrau in einem Spukschloss.

Seine gute Laune war seit dem Sturz aufs Knie verflogen. Anna wünschte, sie hätte eine Schürze, einen Pfannenwender oder sonst ein Haushaltsgerät eingepackt, um ihn zu beruhigen.

»Was wollen Sie heute Abend kochen?«, fragte sie, um ihn abzulenken, hörte aber nicht zu, als er antwortete.

Auf dem See hatten sie keine Wolfsspuren gesehen. Sie betrachtete die mannshohen Felsen zu ihrer Linken. Eine Furche im Schnee wies darauf hin, dass etwas dort hinuntergerutscht oder gefallen war.

Der Wolf war vom Felsen gesprungen, vermutlich, um den Elch zu jagen. Das Vorhandensein nur eines einzigen Abdrucks zeigte, dass er allein umherstreifte. Auch das Tier, das ihr Zelt attackiert hatte, war allein gewesen.

»Also gut«, meinte Anna. »Wir wollen den Burschen hier verfolgen.«

»Sind Sie übergeschnappt?« Bob schluckte seine Angst zwar hinunter, doch sie machte ihn übellaunig. »Bald wird es dunkel. Lassen Sie uns lieber umkehren«, fügte er hinzu.

»Nein, auf gar keinen Fall. Wir haben erst ein Uhr. Mitten am Tag.« Anna hätte diplomatischer vorgehen können, aber sie war in Gedanken bei der Spurensuche.

Die Abdrücke eines Elches, parallel in einem Abstand von etwa fünfundzwanzig Zentimetern verlaufende Einbuchtungen im Schnee, waren leicht zu erkennen. Mit den Pfotenabdrücken war es ein wenig schwieriger, insbesondere bei schlechten Lichtverhältnissen. Anna blickte hinauf in den gnadenlos grauen Himmel, aus dem unablässig Schneeflocken rieselten. Die eng stehenden Felsen schluckten das wenige Licht, das die durch Abwesenheit glänzende Sonne verbreitete.

»Ich fühle mich wie vor einem alten Schwarz-Weiß-Fernseher mit schlechtem Empfang«, meinte sie. »Man sieht überhaupt nichts.«

»Zeit zum Umkehren. Es wird dunkel«, beharrte Bob.

»Kommt nicht in Frage.«

Anna hatte noch einen unvollständigen Abdruck entdeckt. Entweder verfolgte der Wolf den Elch, oder sie hatten im Abstand von wenigen Stunden denselben Weg genommen.

»Mein Knie«, sagte Bob. »Es ist eine alte Verletzung. Ich

glaube, ich habe es mir draußen auf dem Eis wieder aufgeschlagen.«

Anna stieß auf eine weitere Spur, diesmal eine klare. Die Ränder waren zwar wegen der Schneeverwehungen verschwommen, doch man konnte die Zehenballen deutlich sehen.

»Hoppla! Schauen Sie sich das an.« Sie ging mit kerzengeradem Rücken in die Hocke, um nicht das Gleichgewicht zu verlieren.

Bob stand so dicht hinter ihr, dass er gegen ihren Rucksack stieß und sie nach vorn kippte.

»Vorsicht!«, rief sie. »Sehen Sie doch.«

Es gelang ihr, sich abzufangen, ohne die Spur zu verwischen. Sie war riesengroß und wunderschön, der Pfotenabdruck eines prachtvollen Tiers.

»Wir sollten umkehren und Ridley Meldung machen, je schneller, desto besser.«

»Dann funken Sie ihn doch an«, entgegnete Anna.

»Ich muss pinkeln«, meinte Bob unvermittelt.

»Ja, schon gut. Nur zu.«

Ohne aufzustehen, spähte Anna den Abhang hinunter. Bis zum Ende der Landzunge waren es nur wenige Schritte, denn sie war höchstens hundert Meter breit.

Die Spuren des Wolfs und des Elchs, durch Schnee und Wind verzerrt, führten über den schmalen Arm des Sees zurück zum Ufer und überquerten ihn dort, wo sie laut Robin die nächste Falle aufstellen sollten.

»Ausgezeichnet.« Anna gelang es aufzustehen, ohne sich festzuhalten.

Von links aus dem spärlichen Gebüsch hörte sie ein Krachen wie von einem Elch. Bob hatte den Rucksack abgenommen. Offenbar würde er ein Weilchen brauchen. Anna tastete sich den flachen Abhang hinunter und über das gebrochene Eis zu der Stelle, wo See und Land aufeinandertrafen. Wolf und Elch waren gemeinsam oder nacheinander auf dem Weg. Die Spuren des Elches standen dicht beisammen, als schlendere er sorglos dahin.

Die des Wolfes hatten einen größeren Abstand wie bei der Verfolgung einer Beute.

Nach zehn oder elf Metern – die Entfernung war wegen der schlechten Lichtverhältnisse in der farblosen Landschaft schwer abzuschätzen – verschwanden die Spuren plötzlich, als hätte ein gewaltiger Raubvogel den Wolf und den Elch von der Eisfläche des Sees geholt.

»Das gibt es doch nicht«, flüsterte sie und betrachtete das Gelände dicht vor sich.

»Aha!«

Es war kein Wunder geschehen. Der Schnee, der das Eis bedeckte, bildete dort eine flache Mulde, in die die Spuren hineinführten, sodass es aus der Entfernung aussah, als hätten sie sich in Luft aufgelöst.

Bevor Anna zur Winterstudie gestoßen war, hatte sie sich nie viel Gedanken über Eis gemacht. Sie kannte zwar Fotos von Eisschollen, die sich zu Bergen auftürmten, Wellen warfen und sich als weißblaue Eiswüsten ins Unendliche erstreckten. Aber in ihrer Vorstellung war und blieb Eis eine ebene Fläche, als habe Gott persönlich sie glatt gehobelt.

Auf der Isle Royale war ihr klar geworden, dass Eis ein Eigenleben führte, sich wandelte, launisch war, sich aufbäumte, sich ausruhte und sang.

Rings um die kleine Senke war Wasser aus einem runden Riss gequollen und wieder gefroren, sodass ein narbenähnlicher, fünfzehn Zentimeter hoher Wulst entstanden war.

Die Spuren des Wolfes und des Elches querten den Kreis bis zur Mitte, wo es offenbar zu einer Rangelei gekommen war.

»Hey, Bob, Sie verpassen etwas«, rief Anna und machte einen Satz über den Wulst.

Als ihre Füße wieder den Boden berührten, hallte ein Schuss durch die Stille, die sie seit dem Verlassen der Hütte umfangen hatte. Bob war Großwildjäger. Er hatte sein Gewehr vermisst.

Gewehre konnte man zerlegen und in einem Tagesrucksack transportieren. Bob hatte sich davongeschlichen und sie allein und schutzlos auf dem Eis zurückgelassen. Diese Gedanken gingen ihr durch den Kopf, und sie fühlte sich plötzlich bedroht.

Sie wandte sich in die Richtung, wo sie Menechinn vermutete. Wieder ertönte ein Knall, als bräche jemand einen Baseballschläger entzwei.

Dann begann das Eis unter ihren Füßen auf einmal, sich ganz langsam zu bewegen.

11

Das Geräusch, das Anna mit einem Schuss verwechselt hatte, war das Zerspringen des Eises gewesen. Sie spürte ein Schwanken unter ihren Füßen und spannte die Muskeln an, um absolut reglos stehen zu bleiben. Sie war nicht durch eine wegen einer Unterwasserquelle oder eines Felsens dünne Stelle gebrochen. Nein, das Eis in der Mulde hatte sich von der restlichen Eisfläche gelöst. Mit einer schnellen Reaktion hätte sie sich nach dem ersten Knall mit einem Satz in Sicherheit bringen können. Beim zweiten Knall war eine Eisinsel mit einem Durchmesser von höchstens drei Metern entstanden, in deren Mitte sie nun stand. Rings um den Rand hatte sich der alte Riss wieder geöffnet und wurde breiter, als verschöben sich tektonische Platten. Wasser quoll nach oben und verfärbte den Schnee grau.

Wenn Anna sich bewegte, würde die schwimmende Insel kippen, sodass sie in den See rutschte. Unter die Eisfläche. Die Landzunge befand sich zehn Meter hinter ihr. Weitere zehn bis fünfzehn Meter trennten sie vom anderen Ufer. Möglicherweise reichte ihr das Wasser nur bis zur Taille. Andererseits konnten Gletscherseen auch einen Meter vom Ufer entfernt hundertfünfzig Meter tief abfallen.

Die Tiefe spielt vermutlich keine Rolle, dachte sie.

Die Kälte würde sie umbringen, ehe sie Gelegenheit hatte zu ertrinken. Die Geschichten von Kindern, die man nach fünfundvierzig Minuten unter dem Eis hatte wiederbeleben können, waren die Legenden des Nordens. Der Kälteschock löste ein Phänomen namens Tauchreflex aus, bei dem der Körper sämtliche Funktionen einstellte, ohne zu sterben. Ähnlich funktionierte es auch beim Winterschlaf des Bären oder bei der

Winterstarre des Frosches im Schlamm. Allerdings war Anna über das richtige Alter hinaus. Der Tauchreflex funktionierte bei Erwachsenen nicht gut.

»Bob!«, rief sie, doch ihre Stimme klang eher wie ein Flüstern, sodass sie schon befürchtete, nicht mehr laut sprechen zu können.

»Bob!«

Zwar hörbar, aber nur für sie. Es war, als ob die Angst, die Vibration ihrer Stimme könnte die Eisplatte aus dem Gleichgewicht bringen, ihr den Kehlkopf gelähmt hätte.

Einen grauenhaften Moment sah sie das Eis kippen wie eine Münze. Die Füße rutschten ihr weg, ihre Hände versuchten vergeblich, sich festzuhalten, als sie in den schwarzen Tod rutschte, der sie unter dem Eis erwartete. Im nächsten Moment richtete sich die Eisplatte wieder auf und versperrte ihr für immer den Zugang zu Licht und Leben. Sie wurde von Panik ergriffen, und der Mut strömte aus ihr heraus wie Blut aus einer verletzten Arterie.

»Hör auf damit«, zischte sie. »Oder willst du etwa an Hydrophobie sterben?« Sie schob die Gedanken an die Tiefen des Sees beiseite und suchte nach einem Weg, am Leben zu bleiben.

Der Rand ihres Eisbergs war etwa eine Körperlänge entfernt. Das war zwar zu weit, um zu springen, aber wenn sie sich nach vorn warf, würden ihre Arme und Schultern festes Eis berühren. Ihr Rucksack, scheinbar leicht, da er nun eine Falle weniger enthielt, würde unter Wasser ein gefährliches Hindernis sein. Im Geiste spielte sie den Ablauf durch. Die Knie beugen, gerade in die Hocke gehen, damit das Eis nicht kippte, sich abstoßen wie eine Weitspringerin, die Arme ausbreiten wie Superman und mit dem Bauch auf die Eisfläche rutschen. Gerettet.

Aber leider war der Film in ihrem Kopf mit diesem glücklichen Ende à la Hollywood noch nicht vorbei. Hinter ihr tat sich eine Spalte auf. Durch das Abstoßen der Füße geriet das

Eis in Bewegung. Tintenschwarzes Wasser züngelte nach der Eisplatte, die sich um die eigene Achse drehte und sich wie ein Lebewesen aufbäumte.

Es kippte unter ihren Füßen weg und prallte ihr vorn gegen die Oberschenkel. Die Schwerkraft und das Gewicht ihres Rucksacks zogen sie in die Tiefe. Schwarzes Wasser schlug über ihrem Gesicht zusammen. Die Eisinsel klappte zu und schloss sie ein.

»Bob!«, schrie sie.

Er befand sich hinter ihr, während sie mit schwacher Stimme in den Wald am entgegengesetzten Ufer hineinrief. Verzweifelt drehte sie sich um, damit er sie hörte. Als das Eis unter ihren Füßen bedrohlich kippelte, stieß sie einen Schreckensschrei aus.

»Immer mit der Ruhe«, versuchte sie, sich selbst und den See zu beschwichtigen. »Es gibt keinen Grund herumzuspringen. Ausbalancieren. Durchatmen. Beruhigen.«

Während Anna um Ausgleich kämpfte, wünschte sie, sie hätte Yoga gelernt. Dann hätte sie jetzt stundenlang reglos im Gleichgewicht verharren können.

»Bob«, rief sie verzweifelt.

Als das Wort aus ihrer Kehle emporstieg, folgte Anna ihm mit Blicken, bis sie im Himmel hoch über ihrem Kopf schwebte und das erbärmliche Geschöpf betrachtete, das da in seinem Kapuzenparka um Hilfe flehend im Schneesturm stand. Eine Blechdose mit Streichhölzern, um sie zu verkaufen, hätte das Bild des Jammers komplett gemacht.

Diese Erinnerung an eine Szene von Dickens brachte sie zum Lachen, was wiederum eine Erschütterung auslöste, sodass das Eis links von ihr mindestens drei Zentimeter versank. Ihre Seele wurde ruckartig in ihren Körper zurückgesogen, sodass er aufleuchtete wie sechzehn Millionen Kerzen. Sie fühlte sich so lebendig, dass es bis in die Haarspitzen schmerzte.

»Uff!«

Aufatmend breitete sie die Arme aus wie ein Kind, das das

Snowboarden lernt. Dann stellte sie vorsichtig die Beine weiter auseinander und verlagerte ganz leicht ihr Gewicht. Doch die Eisplatte hob sich nicht mehr, da sie an der darunterliegenden Kante hängen geblieben war. Schwarzes Wasser strömte hervor und verfärbte sich grau, während es ihre Welt verschlang.

Bob musste einfach kommen, sagte sie sich. Schließlich folgte er ihr. Sie brauchte einfach nur zu warten, ohne sich zu bewegen. Das Eis war ja nicht zersplittert, sondern in einem Stück abgebrochen. Wenn Bob es an einer Seite festhielt, damit es nicht nach oben klappen konnte, musste es doch möglich sein, dass sie sich von der Mitte zum Rand vortastete, ohne sich nasse Füße zu holen.

Aber vielleicht kam Bob nicht.

Dieser Gedanke wehte durch ihren Kopf wie die Schneeflocken, die sich weich, schweigend und tödlich kalt auf ihren Wimpern und Schultern niederließen.

Schließlich hatte er eine Ausrede auf die andere gestapelt wie Brennholzscheite: Knieverletzung, die herannahende Dunkelheit, Meldung machen. Ohne Teleskopvisier, Treiber und eine großkalibrige Flinte versetzten die Spuren eines großen Tiers ihn in Angst. Jedenfalls hoffte Anna, dass es nur Angst war, denn er verbreitete etwa so viel Fröhlichkeit wie die Werkstatt eines Tierpräparators. Dass sich im Königreich der Tiere ein Serienmörder herumtrieb, hatte sich offenbar herumgesprochen, gefolgt von der Anweisung, ihn sofort zu verschlingen. Aber Anna bezweifelte, dass er die Lebewesen, die zu seiner Unterhaltung starben, genug achtete, um sie als ernsthafte Gefahr zu betrachten.

Vielleicht hatte Bob beschlossen, ihren Spuren zurück in die gemütliche Küche in Malone Bay zu folgen.

Möglicherweise beobachtete er sie auch von den Felsen aus und wartete darauf, dass das Eis sie verschluckte. Vorsichtig drehte sie den Kopf und blickte sich um.

Die dicken Weihnachtskartenschneeflocken, die sie vorhin

noch bewundert hatte, bildeten nun einen Schleier wie aus Spitze, sodass sie das Ufer nur verschwommen sehen konnte. Eine Gestalt zeichnete sich am Ufer ab – was es war, war nicht genau auszumachen, da Felsen in allen Formen und Größen die Landzunge bedeckten.

»Bob!«

Ein Schatten, der groß genug war, um Menechinn zu sein, löste sich aus dem Felsgewirr. Anna wusste nicht, ob er schon länger dort verharrte oder gerade erst erschienen war.

»Helfen Sie mir!«, rief sie, worauf er auf die Eisfläche trat.

Annas Nacken verspannte sich schmerzhaft, als sie sich umdrehte und zum Ufer starrte. Woran mochte es nur liegen, dass sie Menechinn alles Böse der Welt zutraute? Zum Beispiel, dass er tatenlos dastand und einem Mitmenschen beim Sterben zusah? Bevor sie in Washington Harbor aus der Beaver gestiegen war, war er ihr kein Begriff gewesen. Seitdem hatte er sich als anstrengend, ein wenig frauenfeindlich, etwas engstirnig und ein bisschen feige entpuppt. Allerdings hatte Anna Freunde, die sich als noch miesere, ängstlichere Machos gebärdeten und die sie trotzdem mochte. Hin und wieder fielen sie ihr zwar auf die Nerven, aber sie hätte ihnen niemals unterstellt, dass sie zu Grausamkeiten fähig waren.

Sie riskierte noch einen Blick. Bob hatte bereits die Hälfte der Strecke zurückgelegt.

»Bleiben Sie stehen«, sagte sie, erleichtert, nicht mehr rufen und die Luft zwischen sich selbst und einem anderen festen Gegenstand bewegen zu müssen.

Er hielt inne und schwieg. Der Schnee hatte seinen ohnehin nicht gerade bunten Fäustlingen und dem Schal auch noch die letzte Farbe entzogen. Die untere Hälfte seines Gesichts war bedeckt, seine Augen waren wegen des Pelzrandes seiner Kapuze nicht zu sehen.

»Ich stehe auf einer Eisscholle, die sich von der restlichen Fläche getrennt hat.« Anna versuchte, sich so klar und deutlich wie möglich auszudrücken. »Das Ding ist ziemlich wackelig. Wenn ich mich rühre, kippt es, und ich lande in der Brühe.«

Bob sagte immer noch nichts. Kein: »Wie ist denn das passiert? Haben Sie sich verletzt? Wie konnten Sie sich nur so dämlich anstellen?«

Überhaupt nichts.

Anna musste sich umdrehen und wieder nach vorn schauen, wenn sie nicht riskieren wollte, dass sich ihr Schädel von der Wirbelsäule löste. Die Angst unter ihrem Brustbein ballte sich zu einem Eisklumpen, der kälter war als der See.

»Sie müssen sich direkt hinter mich knien.« Sie sprach lauter, damit er sie hören konnte. »Legen Sie beide Hände weit auseinander aufs Eis, also auf das Stück, das ich abgebrochen habe, und sorgen Sie dafür, dass es nicht hochkommt, wenn ich mich bewege. Nicht nach unten drücken, sondern nur in Position halten. Haben Sie verstanden?«

Der Wind pfiff über die Kapuze des Parkas hinweg, der ihre Ohren bedeckte. Hinter ihr rieben die Kanten des Eises knirschend aneinander, ein Geräusch, das man während eines Albtraums mit den Zähnen erzeugte.

»Bob?« Sie wagte nicht, sich umzudrehen, da sie befürchtete, er könnte nicht mehr da sein.

»Antworten Sie, verdammt!«, zischte sie.

»Sie sind eingebrochen?«, fragte er.

Vor lauter Erleichterung, weil er reagierte und sie nicht im Stich gelassen hatte, war ihr Ärger über seine Begriffsstutzigkeit beinahe wie weggeblasen.

»Ja. Sie müssen die Eisscholle stabilisieren, damit ich hier herunterkomme.«

»Warum springen Sie nicht einfach?«

»Ach, mein Gott!« Anna wollte sich umdrehen. Doch ihre Welt geriet ins Kippen, die eine Seite versank noch tiefer, und Wasser strömte über ihre Stiefel. »Mist! Oh, Gott!« Anna hatte plötzlich die Religion entdeckt.

»Deshalb«, schimpfte sie. »Beeilen Sie sich.«

Aber das beruhigende Geräusch herannahender Schritte blieb aus.

»Ich wiege doppelt so viel wie Sie. Wenn Sie durchgebrochen sind, wird es mir genauso ergehen.«

»Nein, wird es nicht. Ich glaube, es ist an einer Verwerfung auseinandergebrochen, oder wie man das bei Eis nennt. Das Eis ist nicht dünner als anderswo. Die Scholle hat sich gelöst, als ich draufgetreten bin.«

Draufgesprungen, hielt sie sich vor Augen. Falls sie sterben sollte, wollte sie auch die volle Verantwortung dafür übernehmen.

»Ich bin gesprungen«, fügte sie hinzu, in der Hoffnung, ihm mit diesem Eingeständnis Mut zu machen. »Wenn Sie sich auf den Bauch legen, verteilt sich Ihr Gewicht über eine größere Fläche. Das Eis wird Sie tragen. Vermutlich ist es gar nicht nötig, wäre aber keine schlechte Idee. Also legen Sie sich hin und ...«

Sie redete zu viel, als ob sie ihn mit einem ständigen Strom von Wörtern anlocken könnte. Als ob es ihr gelingen würde, ihn durch Sprechen zu überzeugen, wie in den alten Katastrophenfilmen, in denen die heldenhafte Stewardess plötzlich die Rolle des Piloten übernehmen muss.

»Ich finde die Idee gar nicht gut«, erwiderte Bob. »Wenn ich näher komme, brechen wir beide ein. Ich funke besser Ridley an.«

Er klang so erwachsen und vernünftig, dass sie ihm beinahe geglaubt hätte.

»Was zum Teufel soll Ridley denn tun?«, entgegnete sie, plötzlich eher wütend als verängstigt. »Er befindet sich auf der anderen Seite der Insel in einem Schneesturm. Meine Beine machen nicht mehr lange mit.«

Bis die Worte heraus waren, hatte sie sie nicht einmal zu denken gewagt. Sie hatte versucht, nicht wahrzunehmen, dass ihre Muskeln, ermüdet von dem zweitägigen Gewaltmarsch, unter der Belastung des Balancierens allmählich zu zucken begannen. Winzige, selten benutzte Muskeln waren nun gefordert, da sie immer wieder fast unmerklich das Gewicht verlagern musste.

»Dann funke ich Robin an«, sagte Bob, und Anna hörte, wie er an seinem Funkgerät herumnestelte.

»Hallo, Robin«, begann er.

Bei der Winterstudie sparte man sich die Funkdisziplin. Erstens war sie aufgrund der wenigen Mitglieder überflüssig, und zweitens war es Ehrensache, gegen so viele Vorschriften der Parkaufsicht wie möglich zu verstoßen.

»Anna ist ins Eis eingebrochen. Mich wird es nicht tragen, weil ich zu schwer bin. Jemand muss näher an sie heran, als ich es kann. Wo sind Sie?«

»Lake Richie.«

Während Anna und Bob nur eine einzige Falle ausgelegt hatten, waren sie und Katherine mit ihrer Seite des Intermediate fertig geworden und weiter zum Lake Richie, dem nächsten See in der kurzen Kette, marschiert.

»Warum kommen Sie nicht und helfen uns?«, fragte Bob in befehlsgewohntem Ton.

»Sie kommen«, fügte er überflüssigerweise hinzu.

»Ich habe es gehört.«

Bob würde ihre Anweisungen nicht befolgen. Er hatte es sich in den Kopf gesetzt, dass das Eis ihn nicht tragen würde. Oder er befürchtete es, was auf dasselbe hinauslief. Anna musste sich beherrschen, um ihn nicht anzuschreien und mit Verwünschungen zu überhäufen. Bittere, heiße Tränen traten ihr in die Augen und gefroren prompt zu Splittern wie bei der Eiskönigin.

Jemandem mit Argumenten die Angst zu nehmen, war meist vergebliche Liebesmüh – insbesondere, wenn derjenige nicht zu dieser Angst stand –, weshalb Anna es gar nicht erst versuchte. An ihrem linken Oberschenkelmuskel oberhalb des Knies hatte ein Tic eingesetzt, ein Zucken der Haut wie bei einem Pferd, das Fliegen verscheuchen will.

»Vielleicht bleibe ich einfach stehen, bis der Riss wieder zufriert«, höhnte sie.

»Wie lange dauert das voraussichtlich?«, fragte er. Offenbar hatte er ihre Bemerkung ernst genommen.

Anna würde sterben. Und ein überdimensionaler Witzbold würde der einzige Zeuge ihres Untergangs sein.

»Kommen Sie hier herüber, damit ich sie sehen kann.«

»Das Eis wird nicht ...«

»Ein großer Bogen, Bob, machen Sie nur einen ganz großen Bogen um mich, damit ...«

Sie verstummte, damit sie nicht anfing, ihn zu beschimpfen. Am liebsten hätte sie: »Jetzt bewegen Sie schon Ihren fetten Arsch«, gesagt und noch einige andere Kraftausdrücke hinzugefügt. Doch wie sie Bob Menechinn kannte, würde er nicht sehr konstruktiv darauf reagieren.

»Halten Sie Abstand zu mir«, fügte sie stattdessen hinzu. »Das Eis ist dort dick genug.«

Eine Weile verharrte er schweigend. Dann hörte sie von links seine knirschenden Schritte im Schnee. Endlich erschien er in ihrem Blickfeld und stand schließlich dort, wo sie ihn sehen konnte, ohne sich den Hals zu verrenken. Trotz ihrer Wut war sie über seinen Anblick erleichtert. Er machte nicht den Eindruck, als würde er davonlaufen und sie ihrem Schicksal überlassen. Zumindest ein Vorteil.

»Ich möchte, dass Sie zum Ufer gehen und den längsten Ast holen, den Sie tragen können.«

Bob schaute in Richtung Ufer. Obwohl der Abstand geringer war als die halbe Länge eines Fußballfeldes, wirkte es im fallenden Schnee düster, dämmrig und verschwommen.

»Die Sicht wird immer schlechter«, erwiderte er. »Wahrscheinlich würde ich nicht mehr zu Ihnen zurückfinden, und ich will Sie nicht allein lassen.«

Anna neigte den Kopf zur Seite wie ein Jack-Russell-Terrier, der versucht, den Worten seines Herrchens zu folgen. Die Sicht war wirklich schlecht. Trotz der Nähe zum Ufer und obwohl sie beide Funkgeräte besaßen, bestand durchaus die Möglichkeit, dass er sich im Wald verirrte und die richtige Stelle am See verpasste.

»Sie sollen nicht in den Wald hineingehen«, antwortete sie. »Sicher liegt am Ufer etwas herum, das besser ist als nichts.«

»Ich will Sie nicht allein lassen«, wiederholte er. »Außerdem würde es zu lange dauern.«

Seine Worte klangen vernünftig, seine Stimme war ruhig und kräftig. Dennoch wurde Anna den Verdacht nicht los, dass er sich vor dem unheimlichen, dunklen Wald fürchtete und deshalb plötzlich so anhänglich war.

Anna blinzelte Schnee und die in ihren Augenwinkeln festgefrorenen Tränen weg und überlegte, was für ein Mensch er wohl war. Wie konnte sie ihn dazu bringen, dass er endlich etwas unternahm? Spott war zwecklos. Dazu hatte er zu wenig Selbstbewusstsein. In gewisser Weise erinnerte er sie an die Psychotiker in der geschlossenen Abteilung, wo sie während ihrer Ausbildung zur Sanitäterin ein kurzes Psychiatriepraktikum abgeleistet hatte. Annas Kenntnisse hatten nicht gereicht, um den Schwestern eine Hilfe zu sein. Und sie war auch zu zierlich gewesen, um die Pfleger zu unterstützen, die eher wie Rausschmeißer oder Footballspieler aus der zweiten Liga ausgesehen hatten als wie Angehörige eines ehrbaren Heilberufs.

Das war vor vielen Jahren gewesen, zu einer Zeit, als »verrückt« gleichzeitig als Beleidigung und als medizinische Diagnose verwendet wurde. Die Station war nicht für Neurotiker gedacht. Die Menschen, die dort landeten, waren schwer krank. Die meisten hatten so viel von ihrer Welt an die Krankheit und die dagegen verordneten Medikamente verloren, dass es sie nicht mehr kümmerte, was man zu ihnen sagte. Es bestand ohnehin kein Zusammenhang zu dem, was sie hörten. Diejenigen, die noch in der Lage waren, ein Gespräch zu führen, reagierten sofort und manchmal auch gewalttätig, wenn man Zweifel an ihren Wahnvorstellungen äußerte. Anna hatte stets gedacht, der Grund liege darin, dass sie in ihrem tiefsten

Inneren den Unterschied zwischen der tatsächlichen und ihrer selbst geschaffenen Wirklichkeit kannten. Wahrscheinlich befürchteten sie, zu sterben, wenn man ihr illusionäres Bild von der eigenen Person tötete.

Geistig gesunde Menschen verhielten sich in diesem Punkt nicht viel anders. Sie sabberten nur weniger.

Bob Menechinn hatte ein gewisses Bild von sich. Der verängstige Mann mit der überschnappenden Stimme in dem belagerten Zelt brachte dieses Bild ins Wanken. Deshalb hatte er sich am nächsten Tag so bemüht, es wieder aufzubauen. Bob, der Feigling, der beim Schnauben eines Wolfs in Panik ausbrach, war kein Mensch, mit dem er zusammenleben wollte.

Im Moment hatte Anna nicht die Spur von Mitleid mit ihm, aber sie wusste, dass sie nichts erreichen würde, wenn sie ihm ein schlechtes Gewissen einredete. Damit würde sie ihm nur die Illusionen rauben.

Der Tic in ihrem Oberschenkel steigerte sich zu einem ausgewachsenen Zucken. Ein Muskelkrampf war nicht weit.

»Nehmen Sie die Fallen aus Ihrem Rucksack«, sagte sie.

Bob stand wie eine formlose Masse im Schnee und erinnerte sie an Bilder vom Yeti, wie Boulevardzeitungen sie druckten. Während er sich an den Schließen zu schaffen machte, sprach Anna weiter.

»Befestigen Sie das Ende der Ketten an den Fallenbügeln, aber so, dass keine Schlaufe, sondern eine Linie entsteht. Wenn Sie alle Fallen aneinanderhängen, haben wir acht Meter.«

»Dasselbe habe ich auch gerade gedacht«, erwiderte er.

Wortlos beobachtete Anna, wie er die Fallen auf dem Eis ausbreitete und sie, Bügel an Kette, miteinander verband. Als sie vorsichtig das Bein bewegte, um ihren Oberschenkel zu entlasten, blieb das bedrohliche Kippeln der Eisscholle aus. Vielleicht fror der Riss ja wirklich wieder zu.

Es lag durchaus im Bereich des Möglichen, dachte sie voller Hoffnung.

Der Drang, einfach zu springen, war übermächtig. Körper

und Geist sehnten sich danach, etwas zu unternehmen. Allerdings waren Herumstehen und Warten durchaus nicht mit Nichtstun zu vergleichen. Das Warten war eines der Fegefeuer, aus dem sich eine Ungläubige nicht freibeten konnte. Auf die Mildtätigkeit von Fremden angewiesen zu sein, war ein weiteres.

»Klappt es?«, fragte sie, um sich von dem Wunsch abzulenken, einfach »Scheiß drauf!« zu brüllen und einen großen Satz auf das sichere Eis zu machen.

Als er aufblickte, waren seine Kapuze und seine Schultern dick mit Schnee bedeckt.

»Ausgezeichnet«, antwortete er. »Nur noch eine Minute. Halten Sie durch.«

Die Arbeit mit den Händen hatte die Gedanken an den riesigen Wolf verscheucht. Das Verbinden der drei Ketten befreite ihn von der Pflicht, sich der Eisscholle zu nähern. Er klang männlich, stark und durchsetzungsfähig. Es war kaum zu glauben, dass er noch vor wenigen Minuten mit dem Gedanken gespielt hatte, sie ihrem Schicksal zu überlassen. Oder noch schlimmer, zuzusehen, während es sie ereilte. Anna wurde klar, dass er jetzt keine Angst mehr hatte, und das machte ihn mutig. Allerdings zählte Mut nicht, wenn man nicht auch wusste, was Angst war. Ohne die Angst, die Eisenerz in Stahl verwandelte, war Tapferkeit nichts weiter als Leichtsinn oder mangelnde Selbstbeherrschung.

»Das müsste halten«, verkündete er und streckte die durch die Fallenbügel verbundenen Ketten hoch.

Sicher würde es klappen, sagte sich Anna. Nun musste Bob nur noch ein Ende der Kette seitlich von ihr ablegen, die Scholle umrunden und die Kette vorsichtig über ihre Insel aus Eis ziehen. Sie würde danach greifen, sie würden bis drei zählen, und er würde an der Kette ziehen, während sie sprang. So würde es funktionieren.

An der zuckenden Stelle oberhalb des Knies breitete sich der dumpfe Druck eines beginnenden Muskelkrampfes aus. Wenn sie noch länger wartete, würde sie nicht mehr gerade in die Knie gehen und sich wieder aufrichten können, ohne zu schwanken, nachdem sie die Kette aufgehoben hatte. Sie bewegte die vom reglosen Herumstehen taub gewordenen Zehen in den Stiefeln.

»Also los«, sagte sie. »Ich bekomme Krämpfe in den Beinen.«

Bob warf ihr eine Falle zu.

»Nein!«, hörte sie sich rufen, als fünf Kilo Metall sie an der Brust trafen.

Sie umklammerte die Kette und kämpfte um ihr Gleichgewicht. Das Eis kippte. Ihre Stiefel gerieten ins Rutschen. Der weiße See und der Himmel sausten vorbei, während sie hintüber fiel. Ihr Kopf prallte aufs Eis, sodass ihr Gehirn im Schädel nach vorn geschleudert wurde. Ihr Kinn schlug gegen die Brust. Sie biss sich auf die Zunge.

Einen kurzen Moment ruhte die Last ihres ganzen Lebens auf der Entscheidung, ob sie die Falle festhalten oder die Arme ausstrecken sollte, um sich so weit wie möglich auf die feste Eisfläche zu ziehen. Allerdings nahm die Wirklichkeit keine Rücksicht darauf, dass sie mehr Zeit brauchte.

Der Rucksack zog sie in die Tiefe.

Die Insel aus Eis kippte.

Wasser, so kalt, dass sie es wie einen Schlag empfand, traf sie seitlich am Gesicht.

12

Anders, als Anna es sich vorgestellt hatte, schleuderte das Eis sie nicht von sich wie in ein Tauchbecken. Offenbar hatte der See beschlossen, sie sich auf der Zunge zergehen zu lassen, anstatt sie in einem Bissen hinunterzuschlingen. Die Eisscholle rutschte mit einer grausigen Gemächlichkeit weg, ein grinsendes Maul, das sich an ihren Fersen auftat.

Anna warf die Wolfsfalle weg und streckte die Arme aus, um das Ungeheuer an der Gurgel zu packen. Doch die Insel war zu breit, sodass nur eine im Fäustling steckende Hand die schartige Kante erreichte. Auf dem Rücken liegend wie ein Käfer, mit einem Rucksack als Panzer, war sie völlig hilflos und glitt immer weiter unter das Eis, gezogen von ihrem eigenen Gewicht und dem Hunger des Sees. Dann wollte der See nicht mehr warten. Die Eisscholle unter ihr gab plötzlich nach.

Lichter blitzten, ein weißer etwa zehn Zentimeter breiter Streifen: die Ränder des Risses. Anna kämpfte gegen das Gewicht ihres Rucksacks an und strampelte mit Armen und Beinen, um sich aufzurichten und sich am Eis festzuhalten. Doch in den durchweichten Fäustlingen waren ihre Hände unbeweglich und nutzlos.

Sich an den letzten Strohhalm klammern.

Ein Energieschub, der sie einen Schrei ausstoßen ließ, gab ihr genug Kraft, um den rechten Arm bis zum Ellenbogen aufs Eis zu schieben. Sie ballte die Hand zur Faust, bohrte sie fest in den Schnee und drückte den nassen Ärmel fest herunter.

Jetzt frier schon fest, verflixt.

Wenn ihr Ärmel, ihr Handschuh oder sonst ein Körperteil am Eis kleben blieb, würde sie sich vielleicht retten können. Sie packte die Spitze ihres anderen Fäustlings mit den Zähnen und zog. Eiskaltes Wasser prallte mit der Wucht eines Schlagrings gegen ihre Zähne. Nachdem sie den Fäustling losgeworden war, presste sie die Hand auf das Eis neben ihrem Ellenbogen. Möglicherweise fror Haut ja schneller an als Stoff.

»Bob«, schrie sie. »Wo zum Teufel sind Sie?«

Eher würde die Hölle gefrieren.

Der Ärmel ihrer Jacke klebte am festen Eis.

Vorsichtig zog sie an dem Arm. Sie bemerkte, dass sie sich ein winziges Stück auf die Kante zubewegt hatte, verlor aber allmählich das Gefühl in den Gliedmaßen. Die Kälte tötete ihren Körper, während ihr Verstand dabei zusah. Ein halber Zentimeter dauerte eine Ewigkeit.

Das Eis ragte in einen weißen Himmel. Schneeflocken, jede von ihnen auf magische Weise anders geformt, waren einen Augenblick lang deutlich zu sehen. Sie erinnerten an die bewegten Bilder in Einkaufszentren, die in einem Sekundenbruchteil von zwei- auf dreidimensional wechselten. Dann wurde der Himmel zu steil. Annas Hand befand sich nicht mehr vor ihr, sondern über ihrem Kopf. Sie hatte nicht das feste Eis erwischt, sondern die treibende Eisscholle, die sich wegen ihres Gewichts drehte. Mit fast zugefrorenen Augen beobachtete sie, wie sich ihr Ärmel Faden um Faden vom Eis löste. Der Rucksack zerrte gierig an ihrem Rücken und war so hungrig wie der See selbst. Eiskalt und grausam.

Panisch riss sie ihre behandschuhte Hand vom Eis los und schlug damit auf die Schließe ihres Brustgurts. Der Druckknopf ging auf, der Gurt löste sich, und der Rucksack wollte davontreiben.

Sie hatte gewonnen. Sie würde es schaffen.

Doch die Gurte, die dem Rucksack zum Grund des Sees folgten, zogen an ihren Armen, drückten ihr die Ellenbogen an die Seiten und lösten die ohnehin nicht sehr feste Verbindung ihres Ärmels mit dem Eis, während ihre Hand hilflos mit der Schließe des Hüftgurtes kämpfte. Das Wasser schlug über ihr zusammen, und der Himmel wurde kleiner, als sie versank. Die Kälte brannte auf ihren Netzhäuten wie Säure.

Anna stieß sich mit mehr Kraft ab, als sie es je für möglich gehalten hätte, und schwamm wieder nach oben. Fünfzehn Zentimeter, dreißig, das Licht wurde heller.

Ihre Stiefel füllten sich mit Wasser, sodass es sich anfühlte, als stapfte sie durch gefrorenen Schlamm. Nach einer Weile konnte sie sie nicht mehr bewegen. Sie wand sich wie ein Aal, um sich von den Schultergurten zu befreien, aber ihre Jacke war im Wasser aufgequollen, und der Stoff klebte daran fest. Verzweifelt bearbeitete sie die Schließe an ihrer Hüfte und kämpfte, bis der Sauerstoff von ihrem letzten Atemzug aufgebraucht war. Ihre Lunge drückte gegen den Brustkorb und presste panischen Lufthunger durch ihre Knochen bis ins Herz.

Der Hüftgurt öffnete sich. Anna sammelte ihre letzten Reserven, um an die Oberfläche zu schwimmen. Aber plötzlich hielt sie inne. Etwas hielt sie immer noch fest. Obwohl ihre Hüfte nun frei war, klammerte sich der Rucksack weiter an ihren Oberkörper und zog sie kopfüber auf den Grund des Sees.

Das Licht wurde wässrig und fahl. Anna sah ihre Füße an ihrem Kopf vorbei nach oben schweben.

Die Kälte, die auf Gesicht und Hals eingeschlagen hatte, sickerte nun durch die Kleidung. Anfangs versengte sie noch ihre Haut, dann spürte sie nichts mehr. Eisige Finger krochen ihre Beine hinauf und in den Kragen ihres Parkas. Mit ihren Füßen war es offenbar vorbei; sie waren völlig gefühllos.

Ein Arm, der mit dem aufgequollenen Fäustling, rutschte aus dem Gurt. Anna beobachtete, wie er von ihrem Körper wegtrieb. Der halbmondförmige Lichtpunkt über ihr war nicht größer als ihre Handfläche.

Seltsam unbeteiligt sah sie zu, wie er auf die Größe einer Vierteldollarmünze schrumpfte. Im nächsten Moment spürte sie einen leichten Aufprall. Sie hatte den Grund des Sees erreicht. Der Mond war schwach im flüssigen Himmel zu erkennen. Stille umgab sie. Sie hörte auf zu atmen. Ihr nach Luft hungerndes Herz pulsierte in ihrem ganzen Körper, ein panischer Trommelwirbel in einer geräuschlosen Welt. Das Wasser war so klar, dass sie den Kies am Boden sehen konnte. Die Algen waren reglos, als wären sie aus Stein gemeißelt.

Pfeilgerade senkte sich aus der Welt über ihr eine Linie herab, die sich schwarz vom grauen Wasser abhob. An ihrem Ende hing ein verbogenes D. Der Fallenbügel an der verwindungssicheren Kette. Sie hatte einen Wolf damit fangen, sein warmes Fell streicheln und seinen Atem spüren wollen.

Ein grausamer Wunsch, dachte sie. Ein so prachtvolles Geschöpf zu ängstigen, nur um ihm nah sein zu können.

Das Wasser war klarer als die Luft. Sie konnte jedes Glied der Kette erkennen, die sie so weit getragen hatte. Anna fragte sich, wie ein gefährliches Ding wie dieser See so absolut reglos sein konnte. Auch nicht die kleinste Welle zeugte von seiner Macht. Und dennoch hatte er Anna verschlungen wie eine Forelle eine Fliege. Der See war wieder in Schweigen verfallen. Und das Wasser war so klar, dass Anna glaubte, es bald atmen zu können.

Die Falle war hässlich, eine Erinnerung an die eiserne Lawine, die der Mensch mit seinen Bergwerken, Schmelzöfen und Fabriken auf die Welt losgelassen hatte. Anna wollte sie nicht vor Augen haben, wenn sie den See in ihre Lunge aufnahm und in dieser neuen Welt ihren ersten Atemzug tat. Als sie die Kraft aufbrachte, sich abzuwenden, machte die Falle einen Satz, wurde rasch nach oben gezogen und wieder hinuntergelassen, wie ein Angler mit seinem Köder eine lebendige Beute vortäuschte, um einen hungrigen Fisch zu fangen.

Anna fragte sich, ob sie vielleicht schon ein Fisch war.

Wieder zuckte die Kette. Träge griff sie danach, damit sie still war und zusammen mit ihr zum Teil des Sees wurde. Ihre Finger waren zu ungeschickt. Die Falle schwebte davon und kehrte langsam zurück. Anna schob Hand und Handgelenk hinein und zog, nur ganz leicht, vielleicht auch überhaupt nicht.

Die Lichtsichel verblasste. Ihr Verstand kündigte den Dienst auf. Das Pochen ihres Herzens verwandelte sich in ein weiches Rauschen. Wellen brachen sich sanft an sandigen Stränden. Das Druckgefühl in ihren Lungen wurde stärker und versuchte, sie zum Atmen zu zwingen.

Wenn sie einschlief, würde sie den See einatmen.
Ophelia.

Haken steckten in ihrem Mund einer Meerjungfrau, verletzten ihre Haut und versuchten, sie aus dem See zu zerren. Anna warf den Kopf hin und her. Fische knabberten an ihrem Gesicht. Sie spürte die Bisse, aber keinen Schmerz. Ein Hammerhai rammte ihre Brust, sodass sie keine Luft mehr bekam.

Und einatmen.

»Ah.«

Und ausatmen. Und sich erbrechen. Ihre Lunge brannte wie Feuer, ihre Kehle war wie versengt.

»Ah.«

Glühendes Blei schoss aus ihrem Mund und verbrühte ihr Zunge und Lippen.

»Ah.«

Das Geräusch trieb sie in den Wahnsinn, und sie wusste, dass sie weinte, während sie durch Feuer und Eis in die Hölle hinabstürzte. Sie konnte die Augen nicht öffnen, als hätte man sie zugenäht wie in den Träumen, in denen man erblindet. Mit einem Aufschrei riss sie sie weit auf.

Sie war an der Oberfläche. Einen Arm über den Kopf gestreckt, lag sie auf der Seite. Ihr rechter Augapfel war so nah am Eis, dass sie zuckende Kristalle sehen konnte. Die ewige Umarmung des Sees war gelöst worden. In ihrem Kopf ratterte ein Maschinengewehr. Ihre Zähne klapperten

»Ah.«

Das Geräusch kam nicht von Anna. Fische hatten keine Stimme. Fische wurden auf glühender Kohle gebraten. Sie freute sich darauf.

»Ich habe einmal einen zweihundert Kilo schweren Merlin gefangen, der leichter an Land zu ziehen war als Sie.« Eine Brummelstimme. Anna war einem Bären in die Tatzen gefallen. Schade. Bären verspeisten ihre Fische roh. »Leben Sie noch?« Der Bär berührte sie und drehte sie auf den Rücken.

»Hallo, Bob«, sagte sie, als sie sein rotes verschwitztes Gesicht erkannte.

»Müssen wir uns jetzt nackt zusammen in einen Schlafsack legen?«, fragte er.

»Werfen Sie mich wieder rein«, krächzte Anna.

13

Bob war ein Held.

Als Anna, gefolgt von Falle und Kette, untergegangen war, hatte er den Fuß auf sein Ende der Kette gestellt, um sie aufzuhalten. Dann hatte er eine Nanosekunde lang gewartet, ob sie wieder auftauchen würde.

»Nanosekunde« entsprach Bobs Zeiteinschätzung. Anna war ziemlich sicher, dass es mindestens fünf Minuten gewesen waren, auch wenn sie nur zwei Minuten die Luft anhalten konnte, und selbst das nur unter optimalen Bedingungen.

So dankbar war Anna, aus dem feuchten Grab gerettet worden zu sein, dass sie anfangs lieber vergaß, wem sie diesen Schlamassel überhaupt zu verdanken hatte: Bob. Dann beschloss sie, ihm lieber keine Vorhaltungen zu machen, denn er hatte nicht nur sie mit roher Gewalt und Entschlossenheit von den Toten zurückgeholt, sondern auch ihren Rucksack, der noch mit einem Schulterriemen an ihr hing.

An die Rückkehr zur Hütte konnte sie sich nicht erinnern, war allerdings sicher, dass sie nicht überlebt hätte, hätte Bob nicht so schnell gehandelt. Er hatte sie von dem Rucksack befreit, ihr die nasse Jacke ausgezogen, sie in seinen Parka gewickelt und sie nach Malone Bay getragen.

In trockenen Sachen und in einen Schlafsack verpackt im unteren Stockbett liegend und die vierte Tasse heißen Kakao in der Hand – die erste, die sie selbst halten konnte –, lauschte Anna Bobs Schilderung, wie er die ganzen drei Kilometer gerannt sei.

»Ohne stehenzubleiben«, sagte er. »Ich wusste, dass sie sonst sterben würde.«

Anna bezweifelte zwar, dass er den Laufschritt den gesamten

Weg durchgehalten hatte, aber er war ziemlich schnell vorangekommen. Außerdem hatte er Recht. Beinahe wäre sie gestorben. Nun war sie in Sicherheit.

»Sie haben mir das Leben gerettet, Bob«, stellte sie fest. »Ich darf nicht vergessen, Sie irgendwann auf ein Bier einzuladen.«

Mit einem breiten Grinsen senkte er das Kinn. Annas Worte hatten so dankbar geklungen, wie sie gemeint gewesen waren. Denn es stimmte wirklich. Er hatte eindeutig einen Kraftakt vollbracht und war ein starker Mann. Dafür konnte sie ihm gar nicht genug danken. Allerdings musste sie sich selbst ständig daran erinnern und kam sich deshalb kleinlich und schäbig vor.

Sie wurde noch immer nicht schlau aus Bob Menechinn. Innerhalb von Minuten hatte er sich von einem bibbernden Feigling, der sich vor seinem eigenen Schatten fürchtete, in einen Helden verwandelt, der eine Frau in Not kilometerweit durch einen Schneesturm trug.

Anna wusste schon seit langem, dass jeder Mensch einen Panikknopf hatte. Wer als mutig galt, hatte einfach nur das Glück gehabt, durchs Leben gehen zu können, ohne dass jemand auf ihren drückte. Sie kannte Männer, die steile Klippen hinaufstiegen, allerdings einen hysterischen Anfall bekamen, wenn eine Wasserschlange ins Zelt kroch. Es gab Frauen, die ganze Pfadfindergruppen oder kirchliche Zeltlager mit eiserner Faust regierten und beim Anblick ihres eigenen Blutes in Ohnmacht fielen.

Soweit sie es beurteilen konnte, hatte Bob zwei Achillesfersen: Erstens hatte er Angst vor wilden Tieren, die wehrhafter waren als er. Und zweitens fürchtete er sich vor Frauen, die diese Angst an ihm bemerkten. Während Anna beobachtete, wie er sich in seinem Triumph sonnte, fragte sie sich, ob er wohl deshalb so gern auf die Jagd ging – um zu töten, bevor er getötet wurde – und ob er Katherine deshalb unterdrückte.

Die Angst machte manche Menschen mutig und ließ andere zur Gefahr werden. Bob gehörte zur zweiten Sorte. Wegen seiner Körperkraft hatte er die Herausforderung nicht gescheut, Anna einige Kilometer weit zu tragen. Er hatte auch gewusst, dass er sich nicht in Gefahr brachte, wenn er sie mit der an einer Kette hängenden Falle aus dem Wasser fischte. Außerdem hatte das Risiko des Scheiterns nicht bestanden, denn wenn seine Bemühungen erfolglos geblieben wären, wäre die einzige Zeugin seiner Demütigung tot gewesen.

Anna trank einen Schluck des viel zu süßen Kakaos. Da es warm in der Hütte war, hatten die anderen sich bis auf Hose und T-Shirt ausgezogen. Nur Anna war in Gänsedaunen verpackt. Um sie herum standen Plastikflaschen mit auf dem Herd erhitztem Wasser. Und dennoch lag ihr Innerstes noch auf dem Grund des Intermediate Lake.

»Ich habe oben in den Felsen nach Spuren gesucht, als ich das Eis brechen hörte«, schmückte Bob seinen Bericht aus. »Natürlich bin ich sofort aufs Eis, als hätte man mich mit einer Kanone abgeschossen. Was für ein Geräusch! Ich dachte, so einen Knall kriegt man nur mit einer Remington hin. Anna saß in der Falle. ›Bob, Bob!‹, rief sie. Aber das Eis war so dünn, dass ich sie nicht erreichen konnte. Mann.« Er schüttelte den Kopf.

»Mein Gott, es tut mir so leid«, wandte Robin sich an Anna.

»Du kannst doch nichts dafür«, erwiderte Anna.

»Eigentlich ist das Eis auf dem Intermediate dick. Du hättest nicht einbrechen dürfen.«

»So etwas passiert eben. Ich bin gesprungen«, fügte Anna hinzu, um Robin das schlechte Gewissen zu nehmen.

»Ich kapiere trotzdem nicht, warum das Eis gebrochen ist. Es hätte nicht passieren sollen. Wart ihr an der Stelle, wo ihr die Falle legen solltet?«

Anna nickte und nahm noch einen Schluck Kakao.

»Es will mir einfach nicht in den Kopf. Eine Katastrophe. Du hättest ertrinken können.«

»Ach was«, entgegnete Anna. »Bob hat das alles nur erfunden. In Wirklichkeit haben wir einen Eistaucherclub gegründet, und er hat sich in letzter Minute gedrückt.«

»Mach keine Witze«, flehte Robin. »Du könntest tot sein.«
Robin steigerte sich in die Angelegenheit hinein, und Anna wusste nicht, wie sie das verhindern sollte. Als Anna in ihrer Jugend die ersten Expeditionen in die Wildnis geleitet hatte, hatte sie sich genauso gefühlt, wenn einer ihrer Schützlinge sich an ihre Anweisungen hielt und trotzdem in Gefahr geriet. Hoffentlich hatte sie sich damals nicht so aufgeführt wie Robin. Die Forschungsassistentin stand kurz davor, sich auf die Brust zu schlagen und *mea culpa* zu rufen.

»Es gibt vieles im Leben, das man nicht versteht«, wandte Anna beschwichtigend ein.

»Es hätte nicht brechen dürfen.«

Als Robin den Kopf schüttelte, schwang ihr Haar in dem silbernen Licht, das durch das Fenster über dem kleinen Esstisch hereinströmte. Die Sonne legte zwischen zwei Schlechtwetterfronten einen Kurzauftritt hin. Seit Tagen hatten sie nicht geduscht und meistens Mützen und Kapuzen auf dem Kopf gehabt. Robins Haar glänzte dennoch seidig.

»Es ist, wie es ist«, sagte Anna.

Sie sparte sich die Erklärung, dass sie über Robins Haar sprach. Es war eine der vielen Floskeln, die der Zuhörer sich selbst deuten konnte.

Während Bob sich in die Brust warf, Robin sich in Schuldgefühlen suhlte und Anna heiße Getränke in sich hineinkippte, war Katherine ungewöhnlich still gewesen. Sie schien zwar von Natur aus ein zurückhaltender Mensch zu sein, hatte jedoch, seit Anna abgetrocknet, gewärmt und offiziell für lebendig erklärt worden war, kein Wort von sich gegeben. Sie hatte Bob weder zu seinem tapferen Einsatz gratuliert, noch seine herkulische Kraft gelobt. Außerdem hatte sie Anna auch nicht gefragt, wie es sich anfühlte, in Lebensgefahr zu schweben.

Wie die Katze aus *Alice im Wunderland* hatte sie sich langsam aufgelöst, bis nur noch das in ihren Brillengläsern reflektierende Licht von ihr übrig geblieben war. Wortlos und ohne Blickkontakt mit jemandem aufzunehmen, hatte sie erst vom

Hocker neben der Tür zu dem Holzstuhl am Boiler und von dort aus zu einem niedrigen Spind gewechselt, der zwischen Stockbett und Wand stand. Die Lücke war so eng, dass man den Spind herausziehen musste, um ihn zu öffnen. Dort hatte Katherine den Rücken an die Wand gepresst, die Beine hochgezogen und sich in die dunkle Ecke gekauert.

»Wovor versteckst du dich, Kathy?«, fragte Bob so laut, dass seine Stimme die Flüssigkeit in Annas Tasse erschütterte und gegen die Porzellanwand schwappen ließ.

Als Katherine den Kopf hob, waren ihre Augen hinter der Brille nicht zu erkennen.

»Ich möchte niemandem im Weg herumstehen«, erwiderte sie.

»Sie stehen niemandem im Weg«, beteuerte Robin.

Wegen der drangvollen Enge war es gar nicht möglich, einander nicht im Weg zu stehen.

»Bob hat mich auch einmal getragen«, platzte Katherine heraus. »Fünf Stockwerke hoch.«

Ihre Stimme klang schrill, als wolle sie etwas hervorheben.

»Vorsicht, sonst werde ich größenwahnsinnig«, antwortete Bob, das erste Mal, dass er so etwas wie Bescheidenheit zeigte.

»Aber ich erinnere mich nicht mehr richtig daran«, fuhr Katherine fort. »Ich war nämlich bewusstlos.«

Bob lachte, während Katherine sich tiefer in ihre provisorische Höhle zurückzog.

Annas Gedanken sanken wieder auf den Grund des Sees. Wie tief das Schweigen gewesen war, wie kristallklar das Wasser. Der Sand schien sich bis in die Unendlichkeit zu erstrecken. Er verschwand nicht in der Ferne, sondern verschmolz mit ihr. Sie beiden wurden eins, so wie sie eins mit dem See geworden wäre, wenn sie ihn eingeatmet hätte. Sie hatte ihn einatmen wollen, nicht aus Todessehnsucht oder weil ihr nichts anderes übrig blieb, sondern aus dem Wissen heraus, dass sie am Rande einer großen Sache stand. Ein Teil von ihr hatte darauf gebrannt, über diesen Rand hinauszutreten und diese Erfahrung zu machen.

Die Rüschenschürze vor dem Bauch, fing Bob an, das Abendessen zu kochen. Obwohl die in Butter bratenden Zwiebeln einen Duft nach Heim und Geborgenheit verbreiteten, war Anna ausnahmsweise nicht hungrig. Ihre Finger, die die Tasse hielten, wurden schlaff, sodass sich die Reste des Getränks wohl auf ihren Schoß ergossen hätten, hätte ihr nicht jemand das Gefäß abgenommen. Robin. Anna hatte nicht die Kraft, die Augen zu öffnen, konnte die Forschungsassistentin aber riechen. Wie die Zwiebeln und die Butter duftete Robin nach Leben, üppiger Erde, wie Pflanzenschösslinge, die sich nach dem Regen aus dem Boden bohrten, und frisches Gras, wenn man darauftrat.

Weiche Hände berührten ihr Gesicht und strichen ihr das strähnige Haar aus der Stirn. Grau, erinnerte sich Anna: rot und grau, Salz und Zimt. Als Robin ihre Wange streichelte, spürte Anna das seidige Fell ihres uralten orangefarbenen Tigerkaters Piedmont, gefolgt vom Lecken seiner rauen Zunge. Einer Zunge, dazu gedacht, Fleisch vom Knochen zu raspeln.

Robin, sagte sie sich. *Schwielige Arbeitshände.*

»Es tut mir so leid«, flüsterte Robin. Ein Kuss oder eine Träne landete auf Annas Wange.

»*De nada.*« Annas Lippen bewegten sich zwar, aber falls ein Geräusch herauskam, war sie eingeschlafen, bevor sie es hörte.

Eigentlich hätte Anna schlafen sollen wie eine Tote beziehungsweise wie jemand, der dem Tod knapp von der Schippe gesprungen war. Aber sie wurde von Träumen geplagt. Außerdem rächten sich ihre misshandelten Muskeln. Ihre Beine zuckten und zitterten und schickten, nicht in der Lage zu entscheiden, ob sie schmerzten oder Langeweile hatten, widersprüchliche Botschaften ans Gehirn. Als das Piepsen begann, war sie hellwach.

Entweder konnte Robin ebenfalls kein Auge zutun, oder sie hatte einen leichten Schlaf. Jedenfalls kroch sie aus ihrem Schlafsack und ging zum Funkempfänger, der auf dem Tisch stand.

»Welche?«, flüsterte Anna.

»Die zwischen dem Intermediate und dem Richie, etwa einen halben Kilometer entfernt von der Stelle, wo du eingebrochen bist.« Sie schaltete ihre Stirnlampe an, um in ihrem Licht die Coleman-Laterne anzuwerfen. Coleman-Laternen funktionierten immer und überall und waren zuverlässiger als elektrische Lampen. Allerdings verbreiteten sie beim Einschalten einen entsetzlichen Lärm und klapperten und zischten wie tausend wütende Schlangen. Katherine und Bob wachten auf.

»Was ist?«, fragte Katherine schlaftrunken.

»Wir haben einen Wolf gefangen«, verkündete Robin und schlüpfte in ihre Skihose.

Anna schwang ihre Beine im Schlafsack über die Bettkante und setzte sich auf.

»Du bleibst«, sagte Robin.

»Nein«, protestierte Anna, stand auf und fiel prompt hin. »Gut, ich bleibe«, gab sie sich, auf dem Boden liegend, geschlagen. »Aber du gehst nicht allein.«

Sie sahen Bob an, der ihren Blick erwiderte. Da das Licht einer Coleman-Laterne nicht sehr schmeichelhaft ist, wirkte er bleich und verängstigt.

»Ich bin doch nicht Superman«, entgegnete er in einem Ton, der ans Mürrische grenzte. »Ich habe heute bereits eine von euch gerettet. Wir wollen den verdammten Wolf bis morgen in der Falle lassen.«

»Er könnte sterben«, widersprach Robin und setzte sich auf den Holzstuhl, um die Stiefel anzuziehen.

»Ich komme mit«, ertönte eine Stimme vom oberen Stockbett. Anna, die auf dem Boden sitzen geblieben war, um nicht die Blamage eines erneuten Sturzes zu riskieren, schaute zu der Wissenschaftlerin hinauf. Es war ein seltsamer Winkel, denn sie blickte durch Annas bestrumpfte Beine und die über den Bettrand hängenden Knie nach oben zum Kopf, der aus der Entfernung winzig wirkte. Katherine war genauso verängstigt wie Bob und vermutlich mindestens so müde. Aber sie wollte mit.

Tapferkeit und Selbstüberschätzung, dachte Anna. Sie holte tief Luft und versuchte aufzustehen.

Doch als sie auf allen Vieren kauerte, drehte sich das Zimmer um sie, und sie begann zu husten, bis ihr von den Krämpfen die Brust schmerzte.

»Leg dich wieder hin«, sagte Robin.

Sie nahm ein Funkgerät vom Tisch und funkte Ridley an. Er antwortete sofort. Robin berichtete, ein Bewegungsmelder sei angesprungen.

»Wenn Anna zu schwach ist, nimm Bob mit«, wies Ridley sie an.

Bob rutschte, die Beine im Schlafsack, an die Wand und verschränkte die Arme vor der Brust.

»Vergebliche Liebesmüh«, stellte er fest.

»Bob ist total erledigt«, sprach Robin ins Mikrofon.

Eine Weile herrschte knisterndes Schweigen.

»Ich glaube, in der Hütte steht ein altes Paar Skier«, meinte Ridley schließlich. »Lauf hin und nimm die Betäubungsstange mit. Wenn wir wirklich einen Wolf gefangen haben, lässt du ihn einfach frei. Sicher wacht er auf und läuft los, bevor er erfriert. Du kannst die Falle morgen wieder neu auslegen. Halt mich auf dem Laufenden.«

Die Betäubungsstange war genau das, was der Name besagte, ein langer Stab mit einer Spritze daran, die mit Ketamin und Xylazin gefüllt war. Damit verabreichte man dem gefangenen Wolf eine Injektion, um ihn zu betäuben, damit das Forscherteam seine Arbeit tun konnte.

Skier und Skistöcke lagen auf den Deckenbalken. Robin hatte sie im Nu heruntergeholt und entfernte die Bindungen mit einem Buttermesser.

»Keine Skistiefel«, erklärte sie auf Annas Frage. Dann kramte sie eine Rolle silberfarbenes Klebeband aus ihrem Rucksack. »Voilá!«

Sie fing an, die Spitzen ihrer Stiefel an die Skier zu kleben.

»Funkgerät und Taschenlampe«, erinnerte Anna, als Robin, die Skier mit den Stiefeln auf der Schulter, die Tür der Hütte öffnete.

»Hab ich dabei.«

Die Tür knallte zu. Das Leben hatte die Hütte verlassen. Anna, Katherine und Bob saßen reglos im Licht der zischenden Coleman-Laterne wie Geister in einem leeren Haus.

»Diese Studie muss eingestellt werden«, verkündete Bob. »Und zwar nicht nur wegen der Sicherung der Grenzen, sondern weil sie das Leben der Wissenschaftler in Gefahr bringt. Was sie in fünfzig Jahren nicht rausgekriegt haben, wird wohl für immer ein Geheimnis bleiben. Wölfe fressen Elche, und Elche fressen Gras. Das kann doch nicht so schwierig sein.«

»Elche fressen kein Gras«, wandte Anna ein, »sondern Bäume.«

»Dazu noch die fremde DNA«, fügte Katherine hinzu. »Vielleicht sind wir an einer großen Sache dran, Bob.« Es war das zweite Mal, dass sie ihm widersprach. Anna war begeistert, Bob weniger.

»Man kann die Studie nicht einstellen«, ergänzte Anna, um einem möglichen Seitenhieb von Menechinn gegen seine Assistentin zuvorzukommen. »Neue Informationen. Vielleicht ein Mischling.«

Bob wechselte das Thema und erging sich in einem Vortrag darüber, dass die persönliche Sicherheit bei professionellen Großwildjägern an erster Stelle stand. Anna hörte nicht hin, denn ihre Aufmerksamkeit galt dem Funkgerät.

Sie musste nicht lange warten, bis Robin Ridley anfunkte. Anna stellte das Gerät lauter.

»Ich bin vor Ort«, meldete die Forschungsassistentin. Obwohl sie die Strecke in beachtlich kurzer Zeit zurückgelegt hatte, klang sie überhaupt nicht kurzatmig. Anna hielt sich vor Augen, dass sie den Großteil ihres Lebens auf Skiern verbracht hatte, immer schnell mit dem Gewehr auf dem Rücken vorwärtsgleitend. Sie wünschte, sie hätte auch heute ein Gewehr bei sich gehabt.

»Was haben wir gefangen?«, fragte Ridley.

»Nichts.« Nun schien ihr der Atem doch zu stocken. »Fußbügel und Kette sind total kaputt. Was uns auch immer in die Falle gegangen sein mag, hat es geschafft, sich loszureißen. Das Metall ist verbogen, und alles ist voller Blut.«

»Verschwinde, aber schnell«, flüsterte Anna im selben Moment, als Robin sagte: »Ich haue ab.«

Dann verstummte das Funkgerät.

14

Während Bob weiterredete, achtete Anna auf das Funkgerät. Katherine saß schweigend da, und Anna konnte nur erraten, was in ihr vorgehen mochte. Inzwischen war fast die doppelte Zeit vergangen, die Robin für den Hinweg gebraucht hatte, und sie war noch immer nicht zurück. Als Anna sie anfunkte, antwortete niemand. Doch beim zweiten Mal meldete sich die Forschungsassistentin. Robin sagte, sie sei schon fast bei der Hütte, verriet aber nicht, was sie aufgehalten hatte.

Anna fragte nicht nach. Es war eine sternklare Nacht und Robin eine ausgezeichnete Langläuferin. An ihrer Stelle hätte Anna die Gelegenheit genützt, Ruhe vor den anderen zu haben und sich ihrer Lieblingsbeschäftigung zu widmen. Vielleicht hatte Robin ja genau das getan.

Ridley beorderte sie nach Windigo zurück. Bei Morgengrauen fuhr Robin mit den Skiern los und entfernte die Fallen.

Die nächste Schlechtwetterfront ließ noch auf sich warten, der Himmel war klar, und es wehte kein Wind. Niemand bedauerte es, Malone Bay den Rücken zu kehren. Das spartanisch ausgestattete Blockhaus war verglichen mit der winzigen Hütte ein wahrer Palast.

Anna hatte keine Fäustlinge mehr. Ihr Rucksack war wegen der durchgeschnittenen Gurte unbrauchbar, und ihre Kleider waren noch nass.

Robin hatte eine Betäubungsstange verloren, und Katherine konnte ihren Schal nicht finden. Ansonsten waren sie alle in guter Verfassung.

Eine Stunde nach Sonnenaufgang war über dem Wellblechdach das heimelige Brummen des Flugzeugs zu hören, und sie machten sich auf den Weg zur Bucht. Anna wurde zuerst ausgeflogen. Sie hustete noch, und jeder Knochen im Leibe tat ihr weh. Doch es gelang ihr, zum Flugzeug zu gehen, ohne zu stürzen. Sie sah das als gutes Omen.

Annas Heimweh nach der Blockhütte legte sich jäh, als sie die Tür öffnete und ihr Verwesungsgeruch entgegenschlug. Der Wolf war aufgetaut.

Um eins hatte sich die ganze Mannschaft versammelt, und Ridley verkündete, das Tier sei nun bereit zum Sezieren.

»Der alte Junge wird mir fehlen«, meinte Jonah, als der Wolf von der Küche in die Werkstatt getragen wurde. »Er fing gerade an, so gut zu riechen, dass er den Gestank von Ridleys Füßen überdeckt hat.«

Der Pilot musste schreien, denn inzwischen war die Schlechtwetterfront mit Wucht über sie hereingebrochen. Es herrschte heftiger Schneefall, und die kahlen Äste der Bäume ächzten und knackten im Wind.

Ridley, Jonah, Katherine und Anna schleppten den Kadaver auf einer Plane, die sie an den vier Ecken festhielten, in die Schreinerwerkstatt, ein fünfunddreißig Quadratmeter großes Gebäude hinter den Unterkünften der Parkmitarbeiter. Da es nur für die Nutzung im Sommer gedacht war, war es nun im Winter kalt wie ein Gefrierschrank und wurde deshalb auch als solcher genutzt.

Knochen, Beutel mit Kot und Urin, der angeknabberte Kopf eines jungen Elchs, der Kopf des älteren Elchs mit seinem Windigo-Geweih und andere Köstlichkeiten lagen, in Plastikfolie verpackt, auf der Werkbank an der Wand.

Mitten im Raum stand ein Klapptisch aus Metall, wie man sie in Gemeindesälen für Feierlichkeiten verwendete. Am einen Ende türmten sich die Funde von Robins letzter Expedition. Nachdem der Wolf auf dem Tisch lag, scharten sich die fünf um den Kadaver. Sie sahen aus wie eine Gruppe Obdachloser, die auf eine lang ersehnte Mahlzeit warteten. Auf Ridleys

Rat hin hatten alle ihre ältesten Sachen anzogen – und auf Befehl einer eisigen Mutter Natur so viele Schichten davon wie möglich.

Ridley öffnete das Maul des Wolfes.

»Offenbar kommt die hiesige Krankenkasse auch für die Zahnbehandlung auf«, stellte Anna fest und betrachtete überrascht die sauberen, weißen, makellosen Zähne.

»Wölfe haben bemerkenswert saubere Mäuler«, erklärte Ridley. »Wenn ein Zahn abbricht, sieht man am Rand eine bräunliche Verfärbung. Ansonsten ist der Zustand stets wie bei diesem Burschen hier.«

Er hielt die Zunge des Tiers zwischen Daumen und Zeigefinger und zog sie heraus, um einen Abstrich von der Kehle zu nehmen. Mit Ausnahme von Giraffen hatte der Wolf die längste Zunge, die Anna je untergekommen war. Sie fühlte sich an einen Comic erinnert. Zähne, Zunge und Kiefer wiesen die optimale Form auf, um ihrem Besitzer das Überleben zu ermöglichen.

»Wir wollen ihn aufschneiden«, sagte Ridley.

Eigentlich hatte Anna mit einem Skalpell gerechnet, doch er zog ein Stahlmesser mit einer zwanzig Zentimeter langen Klinge und einem schweren Griff aus einer seiner zerrissenen Taschen.

»Vollwerth und Company, eine Wurstfabrik drüben in Hancock. Deutsche Wertarbeit«, meinte er grinsend zu Anna.

Jonah und Anna drehten den Wolf auf den Rücken und hielten ihn fest, während Ridley die Haut von der Kehle bis zum Anus aufschlitzte und zurückklappte.

»Auf der Unterseite der Haut kann man Blutergüsse oder andere Verletzungen besser erkennen«, erläuterte er. »Sie treten in Form von dunkelroten Flecken oder Einstichen zutage.« Er trat zurück, damit Robin das gehäutete Tier fotografieren konnte.

Mit der zum Teil zurückgeschlagenen Haut und den freiliegenden Sehnen und Rippen hatte der Kadaver eine unheimliche Ähnlichkeit mit einem Werwolf, der sich gerade vom Menschen in ein Tier verwandelte. Eine Szene aus *American Werewolf* schoss Anna durch den Kopf.

»Schaut.« Ridley deutete mit der Messerklinge. »Hier sieht man, dass eine Rippe gebrochen und wieder geheilt ist. Das kommt häufig vor. Die Elche schleudern sie gegen Felsen oder Baumstämme und sind zu allem bereit, um sie wieder loszuwerden.«

Robin ging um den Tisch herum und schoss einige Fotos von der Rippe. Blutergüsse waren nicht auszumachen.

»Keine Abwehrverletzungen«, stellte Anna fest.

Sie hatte damit gerechnet, unter der Haut auf Wunden zu stoßen, die sich das Opfer vor dem tödlichen Biss zugezogen hatte.

»Vielleicht ist unser Wolfshund der Arnold Schwarzenegger unter den Wölfen«, meinte Adam lachend, aber keiner der anderen stimmte ein.

Bob schnaubte, als wolle er seine Gleichgültigkeit zum Ausdruck bringen. Allerdings stellte Anna fest, dass er aus dem Fenster spähte, eine übernatürliche Macht befürchtend, die den Spott gehört haben könnte und die sich nun an ihnen rächen wollte.

»Gouverneur Wolf«, sagte Jonah.

»Was ist mit Unterhautfettgewebe?«, fragte Anna.

»Nicht genug für eine Probe.« Ridley rückte die Lampe über dem Tisch zurecht. Doch das Licht, das sie verbreitete, hätte sich eher dazu geeignet, den Verdächtigen zu verhören, als ihn zu sezieren. Mit der Messerspitze und den Fingern fuhr er unter die Haut, wo sie über Pfoten und Flanken lag. »Um diese Jahreszeit und wegen der gesunkenen Elchpopulation haben die Burschen nicht mehr viel Fett auf den Knochen.«

Katherine schnitt mit einem Skalpell eine Probe Muskelgewebe heraus. Das funkelnde, schmale Instrument wirkte verglichen mit Ridleys Fleischermesser zart und kultiviert. Sie legte die Gewebeprobe in ein Glasröhrchen mit Alkohol.

Ridley setzte das Messer an der Kehle zu einem diagonalen Schnitt an.

»Hey«, rief Bob, der endlich Interesse an den Vorgängen zeigte. »Machen Sie ihn nicht kaputt. Und häuten Sie seinen Kopf nicht.«

Ridley sah ihn an. Sein Blick wurde so stumpf wie der des Wolfes auf dem Tisch, und seine Hand umfasste das Messer so fest, dass sich sein Gummihandschuh wie eine zweite Haut über den Fingerknöcheln spannte. Anna dachte schon, er könnte mit dem Messer auf Menechinn losgehen, und hatte nicht vor, sich ihm in den Weg zu stellen. Das war nicht persönlich gegen Bob gerichtet. Er war nur einfach nicht der Typ Mann, für den es sich lohnte, sich mit einem Bewaffneten anzulegen.

»Ich werde vorsichtig sein«, sagte Ridley lächelnd.

Anna hatte den Eindruck, dass dieses Lächeln nicht freundlich gemeint war. Er wandte sich wieder dem Wolf zu und schnitt die Haut diagonal ein. Wie versprochen, ging er dabei bedächtig und gründlich vor, um den Pelz so wenig wie möglich zu beschädigen. Als er fertig war, nahm er zwei der vier Ecken des X-förmigen Einschnitts und klappte sie auf wie die Seiten eines Buches.

Die Kehle des Wolfes war nicht von mehreren Angriffen aus unterschiedlichen Richtungen zerrissen, wie es eigentlich nach einem Kampf der Fall hätte sein müssen. Stattdessen wies er vier tiefe Wunden auf, die fast drei Zentimeter Haut und Muskeln durchtrennt hatten. Zwei hatten die Aorta des Wolfes getroffen, zwei, die aussahen wie ihr Spiegelbild, befanden sich neben der Halsschlagader.

»Gibt es auf der Insel Tiger?«, fragte Jonah.

Niemand antwortete.

Die Bissspuren waren fast doppelt so groß wie bei einem gewöhnlichen Wolf.

»Diese Bissspuren können alle möglichen Gründe haben«, erwiderte Ridley. »Lasst uns weitermachen.«

Obwohl sie seiner Aufforderung folgten, hielt sich das gruselige Gefühl, als käme jeden Moment der Windigo aus den nördlichen Wäldern hereingefegt, um sich an Menschenfleisch zu laben.

Ein Mischling, Jonahs Wolfshund, der unter der Wolfspopulation wütete, war nicht auszuschließen. Graue Wölfe paarten sich mit roten. Rote Wölfe paarten sich mit Kojoten. In Kalifornien hatte es einmal einen Mischling aus Robbe und Seelöwe gegeben, der wegen seiner Größe die Seehundsweibchen bei der Paarung erdrückt hatte. Allerdings war ein niedergemetzelter Wolf auf einer einsamen Insel im Winter etwas völlig anderes, als sich an einem sonnigen kalifornischen Strand mit Meeresgetier zu befassen, während man selbst sich an Land befand.

Ein Grund, warum der Mensch zum Wahnsinn neigte, war die Last der Ängste, die er mit sich herumtrug. Die Kunst des Geschichtenerzählens und das Weitergeben von Wissen und Warnungen hatten auch ihre Schattenseiten. Die Menschheit ächzte unter den kollektiven Ängsten ihrer Vergangenheit, den Vorurteilen ihrer Ahnen und dem Grauen längst verflossener Tage.

Anna musste an eine Nacht während ihrer Collegezeit denken. Es hatte heftig geregnet. Sie hatte, mit irgendetwas beschäftigt, in der Küche ihrer Schwester Molly gesessen. Plötzlich ertönte ein ohrenbetäubender Knall, die Lichter gingen aus, und die Großvateruhr im Wohnzimmer schlug Mitternacht. Anna war vom Tisch aufgesprungen und ohne Mantel und Schirm zum Haus einer Freundin gelaufen. Dabei hatte sie weniger Angst als eine unheilvolle Vorahnung empfunden. Alles passte, sämtliche Warnzeichen, die sie so oft im Film gesehen hatte, waren vorhanden. Falls das Leben wirklich die Kunst widerspiegelte, wollte sie nicht allein in einer dunklen Küche sitzen, wenn sie das Schicksal ereilte.

Anna versuchte, das Gefühl zu vertreiben und sich auf die Sektion zu konzentrieren.

Ridley durchtrennte die dünne Muskelwand am Unterleib und legte die inneren Organe frei. Da der Wolf noch frisch war, konnte man die Organe identifizieren und für eine histologische Untersuchung aufbewahren. Bei einem teilweise verwesten Tier verwandelten sie sich in Brei, und die dünnen Gewebeproben, die man benötigte, waren nicht mehr zu gewinnen. Ridley entnahm Darm und Magen. Kleine Stücke von Leber und Milz wurden für eine DNA-Analyse konserviert.

Anna fungierte als OP-Schwester und reichte die Organe an Katherine, die sie identifizierte, konservierte und beschriftete. Robin fotografierte jeden Arbeitsschritt, Jonah riss Witze, und Bob beobachtete das Ganze.

»Und nun der letzte Ruck«, sagte Ridley.

Offenbar hatte das Zerlegen des Kadavers das unheimliche Gefühl vertrieben, das auch ihn bei der Entdeckung der Wunde erfasst hatte. Er griff unter den Brustkorb und holte Lunge und Herz mit einem Ruck heraus.

Offenbar war der Biss in die Kehle die einzige Todesursache gewesen.

Sie beendeten die Sektion, stellten Knochen sicher, hackten Pfoten ab, um die kleinen Fußwurzeln und Mittelfußknochen aufzubewahren, und brachen den Brustkorb aus der Brusthöhle.

Die Knochen würden sie entfleischen, indem sie sie entweder auskochten oder – die bevorzugte Methode, weil sie so nicht austrockneten – in Netzbeuteln im Boden vergraben, damit das Gewebe langsam verweste.

Diese Metzgerarbeit im Dienste der Wissenschaft war kein schöner Anblick, und Anna war so etwas nicht gewöhnt. In Kombination mit der merkwürdigen Wunde an der Kehle, den riesigen Pfotenabdrücken und dem ständigen Zusammensein mit anderen Menschen auf engstem Raum – dem Quälendsten von allem – schlug ihr die Sektion aufs Gemüt. Ein Klumpen bildete sich in ihrer Brust, und sie wäre am liebsten in den

Wald hinausgelaufen. Höhlen und Wandschränke waren nicht die einzigen Herausforderungen für Klaustrophobiker.

Ridley schnitt das Muskelgewebe mit den Bissspuren vorsichtig heraus.

»Normalerweise tun wir das nicht«, meinte er, als er Anna das blutige Stück Fleisch überreichte. »Aber durch den Biss des Wolfshundes – oder was es auch immer war – wird es interessant. Vielleicht kann das Labor in Michigan ja etwas damit anfangen. Meine Frau arbeitet dort.«

Ein stolzer Unterton schwang in seiner Stimme mit, sodass sie nicht mehr so klinisch klang.

»Tierforensik ist ihr Spezialgebiet.«

Von dieser Disziplin hatte Anna noch nie gehört, obwohl sie sicher einen Zweck erfüllte. Schließlich gab es auch Labors, die sich nur mit der DNA von Tieren befassten. Als sie an einem Fall im Glacier Nationalpark ermittelt hatte, hatte sie ein Institut in Oregon zu Rate gezogen.

»Bissspuren, Pfotenabdrücke, Fell – fast wie bei CSI«, meinte Ridley.

Allerdings ohne Verbrechen.

Der Angriff eines Tiers, und mochte er noch so grausam sein, stellte in Annas Augen weder eine Sünde noch eine Straftat dar. Selbst wenn Hinterlist im Spiel war, steckte niemals ein böser Wille dahinter. Zu einem Verbrechen gehörte das Wissen, was es bedeutete, einem anderen das Leben zu nehmen.

»Sie sind verheiratet?«, fragte Bob. »Haben Sie Kinder?«

»Noch nicht«, antwortete Ridley.

»Wenn Sie im Winter in der Höhle bleiben würden, käme vielleicht jedes Frühjahr ein Wurf. Macht sicher mehr Spaß, als Wölfe zu zerlegen«, witzelte Bob und zwinkerte Anna zu.

Seit er ihr das Leben gerettet hatte, erhob er Besitzansprüche darauf. Sie fragte sich, wie er wohl mit einer fest um den Kopf geschnürten Plastiktüte aussehen mochte.

»Mist!«

Ridley zog die Hände aus dem Wolf und umfasste die Linke

mit der Rechten. Das Messer klemmte dazwischen. Die Handfläche seines Gummihandschuhs füllte sich mit frischem hellrotem arteriellem Blut.

»Ich bin Sanitäterin. Kann ich Ihnen helfen?«, fragte Anna und hatte Bob sofort vergessen.

Im Laufe der Jahre hatte sie diesen Satz so oft ausgesprochen, dass er ganz automatisch kam – wie »Gesundheit«, wenn jemand nieste.

Ridley hielt den Kopf gesenkt. Blut quoll aus seinem Handschuh.

Da er das hinter Bart und Schnurrbart verborgene Gesicht abgewandt hatte und die Lichtverhältnisse immer schlechter wurden, konnte Anna nicht feststellen, woran er gerade dachte, an einen Mord oder an eine Wissenssendung für Vorschulkinder.

»Ridley, ist alles in Ordnung?«

Er nickte und streckte ihr, ohne aufzublicken, die Hand hin. Die Geste erinnerte Anna an eine Zeichnung in Bleistift und Tusche, die sie als Kind in einem Buch gesehen hatte: *Androkles und der Löwe*.

Das riesige Raubtier hielt die Tatze hoch, damit ihm der Dorn entfernt werden konnte.

Anna gab Katherine das Stück von der Kehle des Wolfs, tauschte ihre Latexhandschuhe gegen saubere und beugte sich über Ridleys Hand, um den Schaden in Augenschein zu nehmen. Ein Wimmern, ein leises Geräusch wie von einem neugeborenen Kätzchen, das eine Zitze sucht, oder von einer in die Falle geratenen Maus lenkte sie ab.

Von der Hand tropfte Blut wie in einem Zombie-Film. Katherine macht ein Gesicht, als hätte sie ein Gespenst gesehen. Sie war leichenblass geworden, und ihr Mund stand offen. Ihre Augen hinter den dicken Brillengläsern waren so weit aufgerissen, dass man das Weiße unterhalb der Iris erkennen konnte.

Nachdem sie den ganzen Nachmittag bis zu den Ellenbogen

in einem Kadaver verbracht hatten, konnte Anna kaum fassen, dass Katherine beim Anblick von ein paar Tropfen frischen Blutes in Ohnmacht fallen würde. Und das tat sie auch nicht. Sie blickte an Ridley vorbei, aus dessen Wunde menschliche DNA in den Wolf tropfte, und starrte Bob Menechinn an. Dessen wulstiges Gesicht wirkte nun nicht mehr schwammig, sondern wie versteinert.

Gefrierfleisch, dachte Anna, ein Bild, das ihr gar nicht gefiel.

Der Blickwechsel und die damit verbundene Botschaft dauerten nur einen Herzschlag lang. Im nächsten Moment war Bob wieder leutselig. Katherine beugte sich fleißig über ihre Proben. Jonah fing an, einen langen, komplizierten Witz zu erzählen, in dem es um ein Kloster und ein Freudenhaus ging.

Anna betrachtete Ridleys Hand, die in ihrer lag. Sie wurde von dem seltsamen Gefühl ergriffen, neben sich zu stehen, so, wie es oft geschah, wenn sie eine schwere Grippe hatte. Obwohl ihre Ohren ausgezeichnet funktionierten, war sie wie taub. So wie in den Träumen, in denen sie eine belebte Straße überqueren musste und ihre Beine plötzlich bleischwer wurden.

»Darf ich?«, fragte sie und nahm Ridley vorsichtig das deutsche Messer ab, das er trotz der Verletzung nicht fallengelassen hatte. Dann schlitzte sie damit den Handschuh auf. Er hatte sich ziemlich tief in die Handfläche geschnitten. Doch wegen des vielen Blutes konnte sie das Ausmaß der Verletzung nicht einschätzen. Außerdem sah sie alles verschwommen.

So wie damals, als ihr der Augenarzt Belladonna in die Augen geträufelt hatte.

Aber der Raum hatte sich nicht mit Nebel gefüllt. Es war vier Uhr, und die Sonne ging gerade unter. Das weiße Licht vor dem Fenster, das sie bei ihrer Ankunft geblendet hatte, war grau geworden. Die Lampe über dem Tisch sorgte eher für Schatten als für Beleuchtung.

»Wir müssen hineingehen«, sagte sie. »Ich brauche mehr Licht.«

»Wir sind sowieso fast fertig.« – Endlich hob Ridley den Kopf. Sein Gesicht war nicht blass, sondern gerötet. Sein Blick war so aufgekratzt, dass er fiebrig oder halb wahnsinnig wirkte, nicht etwa ängstlich oder besorgt.

»Jonah, hilfst du Katherine mit dem Rest?«

Sein beherrschter Tonfall passte so wenig zu seinen lodernden Augen, dass Anna ihm die Hand auf den Nacken legte. Aber er war weder kalt oder klamm, sondern eher zu warm. Es fühlte sich nicht gut an.

»Was tun Sie da?«, fragte er und machte sich los.

»Ich fühle Ihre Hauttemperatur«, erwiderte sie. »Wollen wir gehen?«

»Täuscht eine Verletzung vor, damit ihm der widerlichste Teil der Arbeit erspart bleibt. Ich dachte, ich hätte den Jungen besser erzogen«, hörten sie Jonah noch sagen, als sie schon an der Tür waren.

Anna füllte eines der Metallbecken zur Hälfte mit Wasser vom Holzofen und reinigte und desinfizierte in der Küche Ridleys Hand.

»Was ist los mit Ihnen und Bob?«, erkundigte sie sich, da er ihr nun nicht entkommen konnte. Sie gab Trinkwasser aus dem zweiten Badezimmer in das Becken, bis die Temperatur angenehm war, und goss es mit der Schöpfkelle über die Wunde.

Er zuckte zusammen.

»Entschuldigung. Habe ich Ihnen wehgetan?«

»Es geht so.«

Die Schnittwunde war tief, aber nicht lang.

»Offenbar können Sie Bob nicht leiden«, hakte Anna noch einmal nach.

»Er ist ja auch nicht unbedingt ein Sympathieträger«, gab Ridley zurück.

»Warum wollten Sie dann, dass er die Studie bewertet?« Sie verschloss die Wunde mit Klammerpflastern und tupfte die Hand mit Papiertüchern trocken.

Ridley entzog ihr die Hand, obwohl sie sie noch nicht verbunden hatte.

»Er hatte gute Empfehlungen«, erwiderte er.

Das Gespräch war vorbei, aber Anna hatte eine Menge erfahren. Wer sich solche Mühe gab, ein Thema zu vermeiden, schrie regelrecht heraus, wie sehr die Situation ihn belastete. Der Grund war ihr zwar noch immer ein Rätsel, doch wenn es weiterschneite, würde sie sich in den nächsten Wochen irgendwie beschäftigen müssen.

Zumindest lenkte sie das Nachdenken über diese Frage von dem Tier mit den großen Zähnen und den großen Pfoten ab, das sich auf der Insel herumtrieb.

Anna schnappte sich Ridleys Hand, umwickelte die Handfläche fest mit Gaze, damit kein Schmutz in die Wunde geriet, und entließ ihn dann wieder in die Freiheit. Dabei überlegte sie, ob sie – wie Androkles – einen Freund gewonnen hatte. Ridley ging in sein Zimmer und schloss die Tür.

Nachdem Anna wieder in den Mantel geschlüpft war, kehrte sie zurück in die Schreinerwerkstatt. Das Stück, das dort gegeben wurde, erinnerte zwar eher an *Kettensägenmassaker III* als an *Hamlet,* war aber das einzige, was einem hier geboten wurde.

Allerdings stand auch noch eine Seifenoper auf dem Programm.

Da das Aufeinanderschlagen der winterkahlen Äste und der heulende Wind alles übertönte und es außerdem rasch dunkel wurde, wäre Anna beinahe mit Bob und seiner Doktorandin zusammengestoßen, ehe sie sie bemerkte. Die beiden sahen sie nicht. Anna versteckte sich nicht, um zu lauschen. Sie machte nur einfach nicht auf sich aufmerksam.

Katherine weinte.

»Es war so ein wunderschöner Wolf.«

Anna hörte, wie der Wind die Worte zu ihr hinübertrug. Der Rest ging im Sturm unter. Stundenlang hatte Katherine den Wolf zerstückelt, seziert, eingelegt und eingetütet, und plötzlich trauerte sie um ihn? Bob erwiderte etwas. Und im nächsten Moment schlug Katherine auf ihn ein. Sie ohrfeigte ihn nicht und verpasste ihm auch keinen Kinnhaken, sondern bearbeitete mit den Fäusten seine von dem Parka gut gepolsterte Brust, wie es hilflose Heldinnen in alten Filmen tun.

Offenbar kannte Bob diese Filme ebenfalls. Er hielt ihre Handgelenke fest. Während er dicke Handschuhe trug, waren Katherines Hände nackt.

Anna hielt sich sprungbereit, für den Fall, dass sie einschreiten musste.

Das Hochkochen von Gewalt unter allen Umständen zu verhindern, war eine Regel, die allen Wildhütern eingebläut wurde.

So heftig Katherine auch auf Bob einschlug, sie würde ihm keinen Schaden zufügen. Doch falls er mit seiner überlegenen Körpergröße und Kraft beschließen sollte, sich zu wehren, musste sie ihn schachmatt setzen. Allerdings hatte Anna keine Ahnung, wie sie mit einem Michelin-Männchen auf Steroiden fertig werden sollte.

Katherine riss sich los und rannte davon. Schon wenige Sekunden später war sie im dichten Schneefall zwischen den Bäumen verschwunden.

Das Drama hatte sich etwa zehn Meter entfernt von der Küchentür vor der glamourösen Kulisse des Toilettenhäuschens abgespielt.

Anstatt hinter Katherine herzulaufen, machte Bob kehrt und stapfte auf die Blockhütte zu. Anna wich hinter die Bäume zurück und drehte sich um. Der Parka, den sie im Internet für diesen Aufenthalt bestellt hatte, war weiß, ihre Skihose schwarz. Wenn Bob nicht ganz genau hinschaute, würde er sie nicht sehen.

Nachdem Bob die Tür hinter sich geschlossen hatte, setzte Anna ihren Weg zur Werkstatt fort.

Jonah wischte Blut und Eingeweide mit Zeitungspapierknäulen auf und sang dabei vor sich hin: »Mit 'nem Löffelchen voll Zucker schmeckt die bitt're Medizin, die bitt're Medizin, die bitt're Medizin.«

Der Wind riss Anna die Tür aus der Hand, sodass sie gegen die Wand knallte.

»Spinnen denn alle auf dieser Insel?«, fragte sie.

»Alle außer mir und Ihnen, und was Sie betrifft, habe ich meine Zweifel«, meinte Jonah.

Er hatte kleine, gerade Zähne. Als er lächelte, sträubte sich sein kurz geschorener weißer Bart wie die Schnurrhaare einer neugierigen Katze.

Es war schwierig, dieses Lächeln nicht zu erwidern, aber Anna gelang es.

»Was ist los?«, hakte sie nach.

»Dinge, die ich nicht aus siebzig Metern Höhe beobachten kann, ergeben für mich keinen Sinn«, antwortete Jonah vergnügt und stopfte den Abfall in einen Müllsack. »Katherine hat ihre Arbeit gemacht, während Bob zum Haus zurückwollte. Offenbar ist es im Norden früher Zeit für ein Gläschen Wein. Dann fing Miss Huff plötzlich an zu schniefen und zu schluchzen, hat ein halbes Dutzend Röhrchen mit Blut in ihre Tasche gestopft und ist ihm nachgerannt.«

»Und Robin?«

»Sie ist zwischen den beiden weg. Wahrscheinlich zum Haus. Nicht einmal unsere reizende, hübsche Biathletin würde sich bei diesem Wetter draußen herumtreiben.«

Anna ging nicht auf das »reizende, hübsche« ein und half ihm beim Saubermachen.

Das Abendessen – das heilige Kochritual unter der Aufsicht des Projektleiters – fiel heute aus. Ridley zog sich mit seinem Laptop in das Zimmer zurück, das er mit Jonah teilte. Robin kroch in ihren Schlafsack und hielt ein Nickerchen. Bob nahm eine Kaffeetasse mit Wein und zwei Erdnussbutterbrote mit in sein und Adams Zimmer und schloss die Tür.

Endlich allein zu sein – soweit das im Land des Hüttenkollers überhaupt möglich war – wirkte auf Anna wie ein paar Beruhigungspillen auf nüchternen Magen. Ihre Schultern lockerten sich, sie konnte plötzlich tief durchatmen, und ihr fiel auf, dass sie den Großteil des Tages die Zähne zusammengebissen hatte. Es gab Menschen, auf die die Gesellschaft anderer belebend wirkte. Anna fühlte sich von ihren Zeitgenossen eher ausgelaugt, wenn sie zu lange mit ihnen zusammengepfercht war.

Auf die Mehrheit aller Straftäter wirkte die Drohung mit Haft nicht abschreckend, selbst wenn sie diese Erfahrung bereits gemacht hatten. Anna hingegen hatte schon als kleines Mädchen allein die Vorstellung so geängstigt, gemeinsam mit anderen Leuten eingesperrt zu werden und ihr Leben von Fremden reglementieren lassen zu müssen, dass sie es nicht gewagt hatte, Süßigkeiten im Lebensmittelladen zu stibitzen.

Nun, ohne die Gegenwart von Menschen, entfaltete sich ihr Geist wie die Flügel eines Vogels, der zu lange in einem kleinen Käfig gehalten worden war. Ihr Körper entspannte sich, und sie spürte die Erschöpfung nach ihrem Bad im Intermediate Lake. Also legte sie sich auf das Sofa, das dem Kaminfeuer am nächsten stand, und schlief ein.

Als sie zwei Stunden später erwachte, war sie immer noch allein und fühlte sich so gut wie schon seit drei Tagen nicht mehr.

Sie setzte sich auf, straffte die Schultern und machte sich daran, einige Antworten auf ihre Fragen zu finden.

Ridley, Katherine und Bob besaßen jeder einen eigenen Laptop. Doch es gab noch einen Computer, eine alte Kiste, den die Forschungsassistenten, die jeden Winter hier arbeiteten, benutzten. Anna klinkte sich ins Internet ein und googelte Bob Menechinn.

Er war in Kanada geboren, hatte seine akademische Laufbahn in Manitoba begonnen und an der dortigen Universität seinen B.A. gemacht. Seinen M.A. hatte er an der Universität von Winnipeg erworben. Wo er promoviert hatte, wurde nicht erwähnt. Es waren alles Abschlüsse in Pädagogik, von Naturwissenschaften oder Zoologie war nirgendwo die Rede. An der Universität von Western Ontario hatte er sich zum ersten Mal mit Wölfen beschäftigt. Als Dozent hatte er ein Seminar mit dem Thema »Naturkunde und Umweltbewusstsein« unterrichtet, und zwar für Studenten, die an einem Projekt zur Erforschung von Wölfen teilnahmen. Mit »Umweltbewusstsein« wollte er vermutlich auf der Ökowelle mitschwimmen und den Jungforschern nachhaltiges Denken vermitteln.

Nach Ontario war er an der Universität von Saskatchewan, dann in New York, in Virginia und schließlich in Bethesda, Maryland, tätig gewesen, wo er »Didaktik der Naturwissenschaft« und einige andere Fächer unterrichtete. Keines davon befähigte ihn, auch nur den Wolfskot von Ridleys Stiefeln zu lecken, wenn es darum ging, die Tiere in freier Wildbahn zu erforschen.

Allerdings wurde Anna klar, wie es ihm gelungen war, seinen Namen auf einer Empfehlungsliste der Regierung unterzubringen. Er war ein Mensch, der sich gut verkaufen konnte. Jeder Preis und jede Auszeichnung seiner gesamten Laufbahn wurden auf sämtlichen Webseiten aufgeführt, die ihn erwähnten. Dabei war er ein viel zu kleiner Fisch, um derart im Mittelpunkt zu stehen.

Also hatte er die Informationen sicher unaufgefordert verbreitet oder, was wahrscheinlicher war, einen seiner Doktoranden damit beauftragt. Und offenbar war irgendein Bürohengst in irgendeiner Behörde derart davon beeindruckt gewesen, dass er Bob auf die Liste derer gesetzt hatte, die man mit der Bewertung der Winterstudie beauftragen konnte. Zu guter Letzt hatte Ridley ihn empfohlen.

Jemand hat ihn empfohlen, verbesserte sich Anna. Und Ridley hatte auf den schlechten Ratgeber gehört.

Sie lehnte sich zurück und starrte auf den Bildschirm, ohne ihn zu sehen.

Menechinn war sechsundvierzig und hatte mit fünfundzwanzig seinen B.A. in der Tasche gehabt. Innerhalb von zwei Jahrzehnten hatte er an acht Colleges und Universitäten gelehrt. Hätte es sich um den Lebenslauf eines Mitarbeiters der Parkaufsicht gehandelt und wäre die Hauptfigur am Ende der Geschichte nicht mindestens stellvertretender Parkdirektor gewesen, Anna hätte daraus geschlossen, dass Bob entweder ein Querulant war oder an einer schweren Form einer erst im Erwachsenenalter ausgebrochenen Aufmerksamkeitsstörung litt. Alles wies auf einen lästigen Mitarbeiter hin, den niemand feuern wollte, weshalb man ihn weglobte, damit sich andere mit ihm herumärgern konnten.

Anna googelte Ridley Murray.

Ridley war ein richtiger Goldjunge, der mit Empfehlungen und Preisen nur so überhäuft worden war und genügend wissenschaftliche Abhandlungen veröffentlicht hatte, um auch die anspruchsvollste Universität zufriedenzustellen.

Jonah Schumann wurde zweimal erwähnt, einmal in einem Zeitungsartikel, als die Winterstudie ihn eingestellt hatte, und einmal auf seiner eigenen Webseite *schumannairalaska.com*, denn im Sommer flog Jonah Jäger zu ihren Camps an entlegenen Seeufern in Alaska.

Robin kam ins Wohnzimmer.

»Was ist aus dem Abendessen geworden?«, erkundigte sie sich schläfrig.

»Ich glaube, wir sind auf uns allein gestellt.«

Anna verließ das Internet. Sie saß jetzt schon so lange zusammengekauert vor dem Computer, dass ihr der Kopf zwischen die Schultern gesackt war wie bei einem Geier. Also richtete sie sich auf.

»Wollen wir den Rest vom Auflauf aufwärmen?«

Robin verzog zweifelnd das Gesicht, als würde sie lieber kalte Reste essen, anstatt sich an den Herd zu stellen.

»Ich erledige das«, fügte Anna hinzu. »Du kannst mir Gesellschaft leisten.«

Robins Gegenwart zerrte nicht an Annas Nerven. Sie hatte

etwas Beruhigendes an sich, das den meisten Menschen fehlte und das man eigentlich frühestens mit vierzig erwarb. Vielleicht lag es an ihrer ungewöhnlichen Kindheit, denn schließlich war sie schon während ihrer Highschoolzeit in der Welt herumgereist, um an Ski- und Schießwettbewerben teilzunehmen. Sie wirkte einerseits wie ein argloses Schulmädchen, andererseits wie jemand, der schon alles gesehen hatte, allerdings nichts verurteilte.

Als der aus Nudeln und Huhn bestehende Auflauf heiß war, gab Anna ihn in Schalen. Dann gingen die beiden mit ihrem improvisierten Abendessen ins Wohnzimmer, setzten sich nebeneinander aufs Sofa wie Fremde, die auf denselben Bus warten, und verspeisten am warmen Feuer den Auflauf. Annas Heißhunger war zurückgekehrt, und sie wunderte sich, wie gut ihr die schlichte Mahlzeit schmeckte. Sie fragte sich, ob es wohl unhöflich war, sich einen Nachschlag zu nehmen. Mit welcher Gier ihr Körper nach Kohlenhydraten verlangte, erstaunte sie selbst. Wenn es Essen gab, wurde alles andere unwichtig.

Sie hatte Hunger wie ein Wolf.

Kurz stand ihr das Bild von dem halb gehäuteten Tier in der Schreinerwerkstatt vor Augen. Die scharf konturierten Muskeln und das derbe dichte Fell, die den Kadaver gleichzeitig menschlich, unmenschlich, wölfisch und abstoßend wirken ließen. Im nächsten Moment sah sie Ridleys Hand, verkrampft und blutleer am Griff des Schlachtermessers. Katherine, die auf Bob einschlug. Jonah und seine makellosen kleinen Zähne, der singend Eingeweide wegputzte.

Sie wurden alle zu Werwölfen.

Vielleicht sollte sie nach dem Essen nach draußen gehen und erst einmal ordentlich den Mond anheulen. Abgesehen von einem Saunabesuch oder Haarewaschen konnte sie sich keine bessere Beschäftigung vorstellen.

»Das ist aber komisch«, sagte Robin.

Anna blickte von ihrem Essen auf. Da sie den Mund voll hatte, konnte sie nicht antworten.

»So etwas habe ich noch nie gesehen.« Anna schluckte. »Was hast du noch nie gesehen?« Robin stellte die Schale weg und ging zum Panoramafenster. Da es weder über einen Vorhang noch über Jalousien verfügte, wirkte es nachts wie ein Spiegel. Anna konnte nur das Spiegelbild des Wohnzimmers und das von Robin erkennen. Alles erschien ihr so merkwürdig, dass es sie nicht gewundert hätte, wenn sich die Forschungsassistentin wie eine klassische Untote überhaupt nicht in der Scheibe gespiegelt hätte.

»Der Raureif«, meinte Robin. »Wenn es warm genug ist, um zu schneien, die Temperaturen aber wegen des Windes oder aus irgendwelchen anderen Gründen trotzdem unterhalb des Gefrierpunkts liegen, bildet sich an den Bäumen Raureif. Manchmal entstehen auch Eisblumen an den Fensterscheiben. Aber das hier ist ... ich weiß nicht, wie ich es beschreiben soll.«

Ihre Schale in der Hand, stand Anna auf und ging zu Robin ans Fenster. Auf Augenhöhe, etwa auf der Hälfte der Scheibe, verwandelte sich der Schnee in Eis, allerdings nicht überall. Während sie zusahen, formten die Eiskristalle erst eine senkrechte, dann eine waagrechte Linie. Dann, als würden sie vom Wind verteilt, erschienen weitere Linien.

»So etwas habe ich auch noch nie erlebt«, stellte Anna fest.

»Ich hole besser Ridley. Wenn er das verpasst, reißt er mir den Kopf ab.«

Robin trat vom Fenster zurück, und Anna hörte ihre leisen Schritte, als sie das Wohnzimmer durchquerte. Weitere Linien erschienen und kreuzten die anderen in den verschiedensten Winkeln. Sie waren wunderschön. Da Anna ganz dicht an der Scheibe stand, konnte sie beobachten, wie die Kristalle sich bildeten. Jedes war ein kleines Universum für sich.

»Oh, mein Gott«, flüsterte Robin ehrfürchtig. Ridleys Stimme klang verärgert und gefährlich ruhig.

»Wenn das ein Scherz ist, verschwindet ihr von der Insel, sobald das Wetter aufklart.«

»Das ist kein Scherz«, protestierte Anna. »Wir waren gerade beim Essen, als das Eis plötzlich anfing, geometrische Muster zu bilden. Vielleicht ist es ja eine Unebenheit in der Fensterscheibe.«

»Zurücktreten.«

Ridleys Tonfall war scharf wie eine Messerklinge.

»Ich glaube nicht, dass sie brechen wird. Schließlich hat sie all die Winter gehalten«, wandte Anna ein.

»Zurücktreten, sagte ich!«

Anna gehorchte.

Die Eislinien hatten sich zu zwei Wörtern verbunden: Helft mir.

15

Helft mir«, flüsterte Robin.

»Jederzeit«, erwiderte Jonah, der Ridley ins Wohnzimmer gefolgt war. »Wer hat das denn an die Scheibe geschrieben?«

»Niemand«, antwortete Robin. »Es ist von selbst entstanden.«

Im nächsten Moment erschien Bob. Jonah wies auf das Fenster.

»Schrift«, verkündete er. »Sie ist von selbst entstanden.«

»Zauberei?«, spöttelte Bob.

Anna fiel keine bessere Erklärung ein.

»Wem sollen wir denn helfen?«, fragte Robin.

»Offenbar mir«, witzelte Bob mit seinem typischen Zwinkern.

Adam saß wohlbehalten – wenn auch nicht sehr bequem – im Feldtmann-Feuerturm. Bob, Ridley, Jonah, Robin und Anna befanden sich in der Blockhütte.

»Katherine«, sagte Anna. »Wo ist Katherine?«

Katherine Huff war seit vier Stunden fort, was niemandem aufgefallen war. Anna hätte es bemerken können, doch wegen der geschlossenen Zimmertür hatte sie angenommen, dass die Wissenschaftlerin schmollte, schlief oder nach der Auseinandersetzung mit Bob ihre Wunden leckte.

Anna nahm eine Taschenlampe und trat hinaus auf die Veranda. Vor dem Fenster mit der geisterhaften Schrift war der Schnee zu Eisbrocken zertrampelt, weil Adam immer wieder Holz für den Ofen geholt hatte.

Falls es neue Spuren gab, waren sie wegen der alten nicht zu erkennen.

Anna leuchtete die Stufen ab. Nichts. Der Verfasser der unheimlichen Nachricht hatte keine Fußabdrücke hinterlassen. Das bedeutete allerdings nicht, dass sie es mit einem Gespenst oder einem Fabelwesen zu tun hatten. Der Betreffende war eben sehr vorsichtig gewesen. Wegen des Unwetters schienen weder Mond noch Sterne. Hier, so weit weg von den Städten mit ihrer verschmutzten Luft, war die Nacht pechschwarz. Der heftige Wind peitschte kleine spitze Schneeflocken vor sich her, die auf der Haut und in den Augen schmerzten. Man brauchte kein Pfadfinder oder ein Fährtenleser der Apachen zu sein, um unbemerkt und unauffindbar zu kommen und wieder zu verschwinden.

Sie, dachte Anna.

Alles roch nach einer zornigen Frau, die Vergeltung oder Aufmerksamkeit suchte.

Wie die Schrift auf dem Glas angebracht worden war, konnte Anna nur vermuten. Doch eine Frau, die sich mit DNA auskannte, war sicher auch ausreichend in Chemie bewandert, um es zu bewerkstelligen. Anna schob ihren Ärger beiseite. Sie hätte sich nie so weit erniedrigt, anderen einen solchen Streich zu spielen, auch wenn sie schon einige Male versucht gewesen war, es zu tun.

Sie kehrte zurück zum Fenster. Die Buchstaben aus Eis waren noch da. Durch die Scheibe sah sie wie in einem Stummfilm, dass die drei Männer redeten, die Köpfe schüttelten, gestikulierten und hin und her liefen. Ohne Worte, die ihrem Verhalten eine vermeintliche Bedeutung verliehen hätten, wirkten sie, als hätten sie den Verstand verloren. Jeder war in seiner eigenen Welt gefangen, in der er König, Hofnarr oder Gott war.

Auf der Insel tat sich etwas, das die Menschen verrückt machte. Dass ein Wolfshund aufgetaucht, ein Windigo zu ihren Füßen gestorben und ein Wolf abgeschlachtet worden war, konnte nicht der alleinige Grund sein. Die hartnäckige Angst von Kindern, aufgewachsen mit Märchen, in denen der Wolf stets das Böse verkörperte, siegte irgendwann über die Vernunft. David Mech, Rolf Peterson, Ridley und Dutzende anderer Wolfsforscher hatten Jahrzehnte damit zugebracht, diesem Mythos den Garaus zu machen, doch die Geister der Kindheit ließen sich einfach nicht vertreiben.

Angst war die Hefe im Teig menschlicher Fehlfunktionen, ein Verstärker, der dafür sorgen konnte, dass alles aus dem Ruder lief. Angst war der Unterschied zwischen Neurose und Wahnsinn. Ridley verabscheute Bob Menechinn, weil dieser sein Einkommen, seine gesellschaftliche Stellung und seine Studie gefährdete. Er hasste ihn, weil er Macht über Menschen hatte, die mehr wussten als er. Trotz seiner Unfähigkeit besaß er die Möglichkeit, anderen das zu nehmen, was ihrem Leben einen Sinn gab. Ridley versuchte zwar, diese Gefühle so gut wie möglich zu unterdrücken, doch selbst sein Bart, sein Schnurrbart und seine überragende Intelligenz konnten die Wahrheit nicht ständig verbergen.

Und dennoch hatte Ridley Menechinn auf die Insel geholt und ihm die Entscheidung über Leben und Tod, über die berufliche Zukunft anderer und über die Wissenschaft in die Hände gelegt.

Katherine wurde von ihrem Gönner unterdrückt. Und dennoch hatte sie, wenn auch wenig wirkungsvoll, auf seine Brust eingeschlagen und war dann davongelaufen. Anna ging von einer Dreiecksgeschichte aus, ein Klischee, das nicht ohne Grund existierte.

Ob man nun bei der NASA tätig, Sozialhilfeempfänger oder ein hoch dekorierter Wissenschaftler war, machte die Liebe – oder das, was die Boulevardpresse dafür hielt – den Menschen gefährlich. Katherines erste Liebe war ein Wolf gewesen. Vielleicht wartete sie nun in einer Freudianischen Version von Rotkäppchen darauf, entweder verschlungen oder von einem attraktiven Holzfäller aus ihrer verlängerten Kindheit gerettet zu werden.

Jonah ließ all diesen Sturm und Drang ungerührt über sich hinwegbranden, denn er hatte den Großteil seines Lebens fernab von der Erde in der Luft verbracht. Seit achtzehn Jahren war er der Pilot der Winterstudie. Anna hatte unter dem Plastikeinband des Logbuchs ein Foto gesehen, das ihn mit Ende Vierzig oder Anfang Fünfzig darstellte. Es war davon auszugehen, dass er die übrigen sechsundvierzig Wochen des Jahres sein eigenes Leben führte – Anna hatte ja seine Webseite gesehen –, aber er sprach nie darüber und erwähnte weder eine Ehefrau noch sein Zuhause, Kinder oder seinen Hauptberuf. Niemals gab er auch nur die kleinste Kleinigkeit über sein Privatleben preis und verteidigte sein Territorium, indem er Witze riss.

In der Pantomime, die auf der anderen Seite der Glasscheibe stattfand, hielt Jonah sich aus dem Getümmel heraus und lehnte, die Arme vor der Brust verschränkt und mit leicht amüsierter Miene, am Rahmen der Küchentür.

Robin hatte sich auf eine niedrige, schmale Holzbank an der hinteren Wand zurückgezogen. Anna wusste nicht, ob sie mehr als den Sprengstoff von Jugend und Schönheit zu diesem Durcheinander beigetragen hatte. Jedenfalls schien sie die angespannte Stimmung nur schlecht ertragen zu können. Anna hatte diese Miene hin und wieder bei ihr bemerkt, wenn sie sich in die eisige Umarmung des Winters flüchtete, so anmutig, als sei sie der Vereinigung eines Schneeleoparden mit einem Eisbären entsprungen.

Anna, ihre Mutter und auch ihre Großmutter – eine kämpferische Quäkerin, Anhängerin der demokratischen Partei und kein Kind von Traurigkeit – waren Feministinnen. Den Großteil ihres Berufslebens hatte Anna in einer Männerwelt verbracht und wäre stets dafür eingetreten, dass jede andere Frau ebenfalls das Recht dazu hatte. Allerdings war sie Realistin genug, um zu erkennen, dass die Anwesenheit einer Frau eine Situation häufig verkomplizierte und zu Auseinandersetzungen führte. Nicht etwa, weil Frauen dumm und unfähig gewesen wären, sondern weil ihre Gegenwart bei Männern oft gerade diese beiden Eigenschaften hervortreten ließ.

Wie zum Beispiel bei Menechinn, auch wenn Anna ihn keinesfalls für dumm hielt. Arroganz war zwar eine Form von Dummheit, weil sie betriebsblind machte, und Bob Menechinn mochte ein Idiot sein, aber mit seinem Verstand war alles in Ordnung. Er gab Anna Rätsel auf. Obwohl er zu viele pädagogische Abschlüsse hatte, um sich auf einem Gebiet wirklich gut auszukennen, hielt er sich in seiner Selbstüberschätzung für allwissend. Wenn er lächelte, was er viel zu häufig tat, zog er das Kinn ein und schob die Wangen hoch, dass sie seine Augen verdeckten, ein Zeichen dafür, dass er etwas verbarg. Die Geste erinnerte Anna an das Grinsen eines zwielichtigen Rechtsverdrehers, der glaubt, einen Trumpf im Ärmel zu haben. Menechinn ging davon aus, dass er ein Frauenschwarm war. Die Frauen – möglicherweise abgesehen von Katherine – ließ das allerdings kalt.

»Helft mir« verschwand genauso, wie es erschienen war, Linie um Linie, nur in umgekehrter Reihenfolge. Bevor die Unterkühlung Anna zurück in die Blockhütte trieb, berührte sie einen der sich rasch auflösenden Buchstaben. Allerdings waren ihre Finger vom Halten der Taschenlampe ohne Handschuhe so kalt, dass sie nichts spüren konnte.

Ektoplasma, dachte sie spöttisch und ging hinein.

Offenbar war Bob der Ansicht, dass seine Auseinandersetzung mit Katherine nicht wichtig genug – oder womöglich zu wichtig – war, um den anderen davon zu erzählen.

Also übernahm Anna die Rolle der Petze.

»Sie hat geweint«, beendete sie ihren Bericht. »Erst hat sie auf Bob eingeschlagen, und dann ist sie weggerannt. Ich glaube nicht, dass sie in der richtigen Stimmung war, um ein Abenteuer zu planen.«

»Katherine ging es gut«, erwiderte Bob ausweichend.

»Und wenn es einem gut geht, läuft man weinend in einen Schneesturm hinein?«, gab Anna zurück.

»Wahrscheinlich haben ihre Kontaktlinsen wegen des Schnees gebrannt, sodass sie so schnell wie möglich zurück zum Blockhaus wollte. Sie sehen zu viele Vorabendserien.« Er zwinkerte.

Eines Tages wird dir dabei das Auge herausfallen, dachte Anna.

Sie suchten die Umgebung des Hauses ab. Anna und Ridley gingen nach links, Robin und Jonah nach rechts. Bob blieb am Funkgerät.

Und am Feuer. Und beim Wein, sagte sich Anna, während sie durch die schwarze und bitterkalte Nacht stapfte.

Der eigentlich nur zehnminütige Fußmarsch nahm die doppelte Zeit in Anspruch.

Die vier trafen sich am Rand der Lichtung, unweit der Straße zum See. Selbst mit Taschenlampen konnten sie kaum etwas sehen.

»Heute Abend finden wir niemanden mehr«, meinte Anna. »Wir werden uns höchstens verirren.«

Sie erzählte von ihrer Theorie, dass Katherine sich versteckte und Spielchen mit ihnen trieb.

»Falls das stimmt, wird es ihr letztes Spielchen sein«, entgegnete Ridley mit finsterer Miene. »Sie wird erfrieren.«

Er musste wie alle anderen aus voller Kehle schreien, um sich trotz des Windes verständlich zu machen. Ihren Stimmen gelang es kaum, das gewaltig Brausen des nächtlichen Sturms zu übertönen.

»Einen Ort gibt es, wo sie überleben könnte«, meinte Robin. »Falls sie in die Mitarbeiterunterkunft eingebrochen ist, hat sie vielleicht Decken gefunden. Möglicherweise hat sie sie ja auch mitgenommen. Dann könnte sie ein paar Stunden in einem Unterstand aushalten.«

»Gut«, sagte Anna. »Ridley, ihr Männer durchsucht die Mitarbeiterunterkunft. Robin und ich sehen uns die Unterstände an. Mehr können wir heute Nacht nicht tun.«

Als Ridley protestieren wollte, fiel Anna ihm ins Wort. Im Gegensatz zu ihr war er nicht in Suchaktionen und Rettungsmaßnahmen geschult.

»Bei dieser Dunkelheit können wir nicht weitersuchen, und damit basta. Es ist zu gefährlich. Wir müssen warten, bis es hell wird.«

»Okay«, antwortete Ridley. »Sie haben Recht. Komm, Jonah. Und ihr beide seid vorsichtig.«

Ridley gehörte zu den rar gesäten Vorgesetzten, die außerhalb ihres Fachgebietes nicht auf ihre Leitungsfunktion beharrten. Vielleicht war Annas erster Eindruck von ihm ausnahmsweise richtig gewesen, und er war wirklich ein netter Kerl.

»Geh voraus«, meinte Anna zu Robin.

Als sie neben der anmutig dahinschreitenden Robin die Straße entlangstapfte, kam sie sich plump und unbeholfen vor. An den orangefarbenen Treibstofftanks bogen sie in einen kleineren Pfad ein, der zum Campingplatz Washington Creek führte. Im Moment waren die unschönen Denkmäler fossiler Brennstoffe wegen der Dunkelheit und des dichten Schneetreibens nicht zu sehen. Doch Anna spürte ihre Hässlichkeit trotzdem.

Die Unterstände – mit Maschendraht versehene Schuppen für Camper – standen verteilt am Ufer des Washington Creek oberhalb des Hafens, etwa zehn Minuten Fußweg vom Blockhaus entfernt.

»Ich kann mir nicht vorstellen, dass eine Frau, die noch alle sieben Sinne beisammen hat, die Nacht frierend in einem offenen Unterstand verbringt, wenn ihr warmes Bett so nah ist«, rief Anna.

»Was Kälte angeht, bist du ein Mimöschen«, zog Robin sie grinsend auf.

Sie leuchteten jeden Unterstand ab. Mit jedem kalten, staubigen Schuppen, den sie leer vorfanden und der Geschichten von verflossenen Sommern und ewigen Wintern raunte, schwand ihre Hoffnung. Wäre Robin die Vermisste gewesen, hätte Anna mehr Zuversicht gehabt. Robin war die Wetterbedingungen gewöhnt, der Winter war ihr Freund, und außerdem besaß sie eine eherne Kondition. Robin würde nie in Panik geraten.

Keine dieser Eigenschaften traf auf Katherine zu.

Auch in der Mitarbeiterunterkunft hatten sie sie nicht finden können.

Anna verbrachte eine unruhige Nacht und wälzte sich wie eine Larve in ihrem Daunenkokon hin und her. Bis jetzt war ihr das Einzelbett breit genug gewesen, doch nun wachte sie immer wieder auf und stellte fest, dass sie entweder an die Wand gedrängt lag oder herunterzufallen drohte.

Robin schlief offenbar auch nicht besser, denn Anna hörte, wie sie sich bewegte. Einmal sprang sie aus dem Bett, wühlte in ihrem Rucksack, zumindest war das Annas Vermutung, da es zu dunkel war, um die Hand vor Augen zu sehen, warf einen Gegenstand auf den Schreibtisch am Fußende des Bettes und schlüpfte wieder in ihren Schlafsack. Vielleicht aber hatte Anna das nur geträumt.

Ihre Träume waren wirr und anstrengend. Unzusammenhängende Bilder wurden aus verschiedenen Schubladen gezogen und zu Geschichten zusammengeschustert, die selbst der Science-Fiction-Autor Harlan Ellison nicht hätte entwirren können. Anna wachte auf und glaubte, die Kojoten auf der Ranch ihrer Mutter heulen zu hören. Dann wurde sie vom Ruf eines Eistauchers aus dem Schlaf gerissen. Als sie wieder erwachte, stellte sie zu ihrer großen Enttäuschung fest, dass sie nicht in Pauls Armen lang, sondern zusammengerollt wie eine Assel in einem fremden Bett.

Eigentlich konnte man es nicht als Sonnenaufgang bezeichnen. Man erkannte den Tagesanbruch nur daran, dass der inzwischen nicht mehr so dicht fallende Schnee sich grau verfärbte. Deshalb kam eine Suche aus der Luft nicht in Frage. Rasch wurde das Frühstück hinuntergeschlungen. Dann würde jeder, ausgestattet mit einem Funkgerät, in eine andere Richtung gehen. Ridley versuchte, die Zentrale in Houghton,

Michigan, zu kontaktieren, um die Lage zu schildern. Doch der ohnehin stets schwächelnde Funkkontakt war wegen der Wetterverhältnisse vollends zusammengebrochen, und am Telefon übertönte ein Knistern die menschlichen Stimmen. Also schrieb er eine E-Mail.

Als sie gerade die Strecken aufteilten, auf denen sie suchen wollten, erschien ein erschöpfter Adam. Sein Körperbau erinnerte Anna stets an die Cowboys, mit denen sie aufgewachsen war, und an die unerschütterlichen Feuerwehrleute, die Waldbrände bekämpften: lange Muskeln und Knochen, dicke Gelenke, breite Schultern und magere Beine. Er gehörte zu der Sorte von Männern, die unermüdlich arbeiten, Feuergräben ausheben, Zäune bauen oder neben der Herde herreiten konnten, als bestünden ihre schlaksigen Körper nicht aus Fleisch und Blut und verbrauchten nicht so viel Energie wie bei gewöhnlichen Menschen.

Nun jedoch schien Adam am Ende seiner Kräfte angelangt. Seines gewohnten Tatendrangs beraubt, forderte das Alter seinen Tribut und ließ seine Wangen schlaff und seine Augen verschwollen wirken.

»Du siehst zum Fürchten aus«, stellte Ridley mitleidlos fest.

»Tja, das passiert eben, wenn man sich die ganze Nacht den Arsch abfriert und vor dem Frühstück fünfzehn Kilometer durch den Tiefschnee stapfen muss«, gab Adam patzig zurück und zog den Mantel aus.

»Mach es dir nicht zu gemütlich«, warnte Ridley.

»Katherine wird vermisst«, erklärte Anna.

Adam zog den Mantel wieder an.

»Iss etwas«, sagte Ridley. »Dann suchst du den Hugginin Pfad ab. So muss Jonah nicht mit und kann beim Flugzeug bleiben, nur für den Fall, dass es aufhört zu schneien.«

Bob verkündete, er werde im Blockhaus das Funkgerät hüten. Schließlich müsse jemand alles koordinieren, wenn Jonah tatsächlich fliegen könne. Angesichts dessen, dass die Vermisste seine Doktorandin war und in ihm offenbar mehr als ihren

Professor sah, schien ihn ihr Verschwinden erstaunlich wenig zu kümmern.

»In diesem Fall sehen Sie wenigstens noch einmal in den Mitarbeiterunterkünften und den Nebengebäuden nach«, erwiderte Ridley, ohne den Hohn in seiner Stimme zu verhehlen. »Vielleicht war sie ja so aufgebracht, dass sie in einen Lagerschuppen eingebrochen ist.«

Bob wandte sich ab. Möglicherweise ging ihm Katherines Verschwinden näher, als Anna gedacht hatte. Bisher hatte er sich aus Angst vor wilden Tieren oder einfach nur aus Faulheit vor jeder Aufgabe gedrückt – allerdings ohne dabei auch nur die Spur von schlechtem Gewissen zu zeigen.

»Worüber haben Sie und Katherine gestern Abend gestritten?«, erkundigte sie sich unverblümt.

Seine Schuldgefühle, oder was es auch immer gewesen sein mochte, waren sofort wie weggeblasen und wurden von dem gekünstelt leutseligen Lächeln abgelöst.

»Wir haben nicht gestritten. Ich streite mich grundsätzlich nicht mit Frauen.«

Wenigstens zwinkerte er nicht. Anna machte allmählich Fortschritte.

Der Schnee war tief genug für die Skier, und da Robin die beste Langläuferin war, wurde ihr der Minong Pfad zugeteilt. Dabei handelte es sich um den unwegsamsten Pfad der Insel, der an einer vom Gletscher herausgebrochenen schroffen Klippe entlangführte. Anna besaß selbst ein wenig Skierfahrung und hatte auch anderen – Leuten, die wirklich etwas davon verstanden – beim Langlaufen zugesehen. Doch jemand wie Robin war ihr noch nie untergekommen. Es war, als hätten sich Schnee und Skier miteinander verbündet, um sie wie den geflügelten Sieg schwerelos in die Schlacht zu tragen.

Ridley übernahm den Greenstone-Pfad. Weil es vom Haus eine Abkürzung dorthin gab, konnte Katherine darauf gestoßen sein, anstatt sich im Wald zu verirren; dann war sie vermutlich dort. Er glitt davon. Sein Stil war zwar nicht so elegant wie Robins, doch man merkte ihm an, dass er kräftige Beine hatte und mit Wintersport vertraut war.

Anna schlug den Feldtmann Lake Pfad ein. Adam war zwar auf diesem Weg nach Windigo gekommen, aber schnell und bei schlechten Lichtverhältnissen gegangen, ohne sich umzusehen.

Sie überlegte, ob sie das letzte Paar Skier nehmen sollte, entschied sich dann aber doch für ihre Winterstiefel. Sie war keine gute Langläuferin und würde nur rascher ermüden.

Als Anna in dicker Winterkleidung durch die verschneite Landschaft stapfte, ragte nur ein Teil ihres Gesichts aus der Kapuze des voluminösen Parkas, sodass das Geräusch ihres Atems und das Knirschen ihrer Schritte gedämpft an ihr Ohr drangen. Sie fühlte sich wie abgeschnitten von der wirklichen Welt.

Einsamkeit, verstärkt durch drangvolle Enge.

Ein Neurotiker hätte nicht gewusst, in welche Richtung er zusammenzucken sollte.

Während ihrer Zeit als Parkpolizistin auf der Isle Royale war sie den Feldtmann Pfad viele Male abgegangen. Er war nicht sehr anspruchsvoll und führte über kleine Hügel und hin und wieder über einen Felsvorsprung aus Basalt, der hoch genug war, um Aussicht auf den See zu bieten.

Nicht sehr anspruchsvoll.

Das Problem war nur, dass die Kälte wie eine Wand wirkte. Während ihr unter dem Parka der Schweiß hinunterlief, brannten Zehen, Finger und Gesicht, als würden sie vom Frost angefressen. Anna öffnete den Parka und zog einen Handschuh aus, so als strecke man einen Fuß unter der Bettdecke hervor, um sich abzukühlen. Sie versuchte, sich Robin zum Beispiel zu nehmen und sich mit dem Winter anzufreunden, ertappte sich jedoch dabei, dass sie gedankenleer dahintrottete, ohne ihre Umgebung wirklich wahrzunehmen. Für eine Suchaktion – und hoffentlich Rettungsmission – keine sehr erfolgversprechende Einstellung.

Entnervt nahm sie Mütze und Sturmhaube ab. Die Kälte tat

weh, und sie fragte sich, ob Paul sie auch mit schwarzer Nasenspitze und abgefrorenen Ohren lieben würde. Aber zumindest hatte sie jetzt nicht mehr das Gefühl, sich vor lauter Kleidung nicht mehr rühren zu können. Außerdem waren nun das Klopfen der Spechte und das Schnattern der Eichhörnchen zu hören.

Während sie nicht aufgepasst hatte, war das Leben zurückgekehrt. Anna legte den Kopf in den Nacken und betrachtete den Himmel.

Es hatte aufgehört zu schneien. Die Wolkendecke hing noch zu tief, um zu fliegen, doch es sah ganz danach aus, als ob Jonah in einer guten Stunde würde starten können. Der Gedanke an Verstärkung – und einen Zeugen für ihr mangelndes Durchhaltevermögen – verlieh ihr neuen Tatendrang, und sie marschierte weiter, ein wenig beschwingter.

Zwei Stunden später erreichte sie den Feldtmann Lake. Viel zu weit. Eine Frau, die nach einem Streit mit ihrem Gönner, Quälgeist – oder welche Rolle Bob sonst in Katherines Leben spielen mochte –, davonlief, rannte nicht fünfzehn Kilometer in die dunkle, stürmische Nacht hinein. Entweder wollte sie nicht gefunden werden, oder sie hatte sich verirrt. Dennoch machte Anna wie eine Briefträgerin ihre vorgeschriebene Runde. Als sie müde wurde, fiel ihr ein, dass sie ganz vergessen hatte, etwas zu trinken. In Michigans Winter gab der Körper andere Signale als in den Südstaaten im Sommer.

Ans Essen musste sie sich nicht erinnern. Das klägliche kleine Brot mit Erdnussbutter und Honig war schon vor der Mittagszeit verschlungen, und Anna hatte solchen Hunger, dass sie überlegte, ein Eichhörnchen zu fangen und es zur Preisgabe seines Futterverstecks zu zwingen.

Sie begegnete einem Rotfuchs, Spechten, roten Eichhörnchen und Murmeltieren und entdeckte Spuren, die von einem Wolf, einem Elch und vermutlich einer Mauerschwalbe stammten. Nichts wies darauf hin, dass Katherine hier gewesen war.

Ridley meldete sich per Funk. Er war mit den Skiern sechzehn Kilometer weit den Greenstone-Pfad hinaufgelaufen und hatte nichts gesehen bis auf zwei halb verhungerte Elche und weitere Wolfsspuren.

Robin funkte sie kurz darauf an. Auch sie wollte umkehren. Sie war bis zum Lake Desor gelaufen, eine sehr weite Strecke für jemanden, der nicht so gut in Form war wie sie. Dennoch konnte sie sprechen, ohne zu keuchen. Sie hatte ebenfalls nichts gesehen, nicht einmal einen Fuchs.

Adam war nicht zu erreichen.

»Offenbar ist sein Akku leer«, meinte Ridley spöttisch.

»Ja.«

Obwohl er eigentlich fürs Technische zuständig war, neigte er seit einiger Zeit zur Vergesslichkeit und tauchte einfach ab.

Die Sonne zeigte sich zwar nicht, aber der Wind legte sich, und der Himmel klarte auf. Anna war auf halbem Wege zurück nach Washington Harbor, als sie das Dröhnen des Flugzeugs hörte.

Dreißig Minuten später machte Jonah eine Entdeckung. Etwas Farbiges, sagte er, wie ein weggeworfenes Kleidungsstück, und außerdem eine aufgewühlte Stelle in einem von Zedern bewachsenen Sumpfgebiet zwischen dem Greenstone und dem Feldtmann Pfad. Viel könne er nicht erkennen, nur, dass im Schnee etwas Buntes liege, das da nicht hingehöre. Es habe dasselbe goldrote Muster wie der alte Parka, den Katherine beim Sezieren des Wolfs getragen habe.

Da Washington Harbor die nächste Landemöglichkeit war, kreiste Jonah tief über der Stelle, um zu sehen, ob sich etwas zwischen den Bäumen in der Nähe des goldroten Stoffstücks befand.

Anna funkte Ridley an.

»Holen Sie den Schlitten, einen Leichensack und Taschenlampen aus dem Blockhaus. Wo ist Robin?«

»Drei Kilometer von euch entfernt«, lautete Robins Antwort.

»Dann komm zum Feldtmann«, wies Anna sie an. »Ich markiere die Stelle, an der ich den Pfad verlasse.«

Jonah kreiste, bis er Anna entdeckte, wackelte mit den Tragflächen und lotste sie vom Pfad zu dem Stoffstück. Anna folgte ihm wie ein kleiner Schwan einer Lichtquelle.

Der Fund war ein Stofffetzen.

Anna vermutete, dass sie keine Vermisste mehr retten, sondern eine Leiche bergen würden.

Allerdings hätte sie das nie laut ausgesprochen, weil es Unglück brachte.

16

Mit Jonahs Hilfe erreichte Anna das Sumpfgebiet mit den Zedern in vierzig Minuten. Obwohl sie jeden Moment damit rechnete, von den Langläufern eingeholt zu werden, war sie noch immer allein, als Jonah den letzten Funkspruch absetzte.

»Sehen Sie die Anhöhe vor sich? Eine große Felsennase ragt heraus, und die Bäume erinnern an Nasenhaare.«

»Ja, ich bin dort«, antwortete Anna.

»Die Leiche liegt gleich dahinter. Wenn Sie die Bäume im Rücken haben, stehen Sie vor einem Felsen, der etwa so groß ist wie ein Kühlschrank. Dort gehen Sie nach links. Sie können es nicht verfehlen. Ein Wind kommt auf. Ich muss umkehren.«

Jonah hatte »Leiche« gesagt. Laut und noch dazu über Funk. Dieser Verstoß gegen die Tradition ließ Anna schaudern wie einen Schauspieler, wenn man ein gewisses schottisches Theaterstück namentlich erwähnte oder auf der Bühne Pfauenfedern trug. Bis sie sicher sein konnten, dass Katherine tot war und dass es sich wirklich um Katherine handelte, durften sie nur an den Augenblick denken.

Es war viertel vor vier, der Wind frischte auf, und Annas Schritte wurden vor Müdigkeit immer schwerer. Doch sie hatte keine andere Wahl, als weiterzugehen. Allerdings hätte sie gegen ein wenig Gesellschaft nichts einzuwenden gehabt.

»Wo sind denn die anderen?« Ihre Stimme klang zwar nicht kläglich, aber sie fühlte sich so.

»Sie sind gleich da«, versprach Jonah. »Sie wurden beim Aufbruch aus dem Blockhaus aufgehalten.«

Anna fragte sich, was zum Teufel wohl der Grund sein mochte. Mobiltelefone funktionierten auf der Insel nicht. Die Funkverbindung zum Festland war unterbrochen, und weil die

Insel von Eis umgeben war, konnten Wasserflugzeuge nicht landen.

Vielleicht ist Besuch gekommen.

Angesichts der jüngsten Ereignisse war dieser Gedanke besorgniserregend.

Sie kletterte auf die Anhöhe mit der Felsennase, entdeckte den Kühlschrankfelsen, rutschte den Abhang hinunter und wandte sich wie angewiesen nach links.

»Sie können es nicht verfehlen«, hatte Jonah gesagt, und er war alt und erfahren genug, um keine unwahren Behauptungen in den Raum zu stellen.

In Sumpfgebieten kippten die Zedern gegeneinander wie die Strohhalme, sodass die abgestorbenen Bäume sich mit den lebendigen verhedderten. In der Jahreszeit, in der die Bäume wuchsen, waren die Sümpfe mit Wasser und Unterholz gefüllt, doch im Winter konnte man sie, wenn auch mühsam, durchqueren. Frischer Schnee lag auf den Ästen der aufrecht stehenden Bäume und füllte die kleinen Ritzen in der Rinde. Ihre wild durcheinanderliegenden, umgekippten Artgenossen bildeten eine holperige Steppdecke und schützten die Wurzeln der Lebenden. Da die Stellen, wo sich zwei oder mehr Baumstämme kreuzten, mit Schnee bedeckt waren, fühlte man sich, als ginge man durch einen eisigen, von winzigen Tigerfallen durchzogenen Dschungel.

Wer in einem verschneiten Zedernsumpf herumlief, bettelte geradezu darum, sich den Knöchel zu brechen oder das Knie zu verdrehen. Anna zwang sich, langsamer zu gehen. Es wäre einfach zu demütigend gewesen, das zweite Opfer zu werden.

Ein Windstoß wehte den Schnee von den Ästen in ihren Kragen. Und da war noch etwas, das sie schlagartig innehalten ließ. Sie hob den Kopf und nahm Witterung auf wie ein Tier. Ein Hauch des Geruchs aus der Nacht, in der sie dem Wolfsrudel zum Hafen gefolgt waren, stieg ihr in die Nase. Es war ein grausiger Todeshauch, den sie mit dem Gestank von Algernon Blackwoods Windigo in Verbindung brachte, der üble Odem, der sein

Kommen ankündigte. Wie schon beim letzten Mal war er plötzlich verschwunden, sodass sie nicht sicher war, ob es sich nur um ein Produkt ihrer blühenden Phantasie handelte.

Dann lag der Fund vor ihr. Eine Leiche.

Teile einer Leiche.

Jonah hatte deshalb etwas aus der Luft erkennen können, weil kleinere Tiere, vermutlich Füchse, so lange gescharrt und gegraben hatten, bis der Arm frei lag. Nicht Katherines Leiche, sondern nur ihr Arm, der immer noch im Ärmel des Parkas steckte. Die Finger ihrer nackten Hand waren abgekaut. Zumindest nahm Anna an, dass es sich um Katherines Arm handelte, denn schließlich trug er ihren Parka.

Der Parkaärmel war nicht der einzige Farbklecks in der ansonsten schwarzweißen Landschaft. Auf dem Boden befand sich kein Blut, wenn doch, hatte der Schnee es zugedeckt. Jemand hatte auf die Baumstämme, die von dem abgetrennten Arm wegführten, mit einem Pinsel orange Leuchtfarbe aufgetragen. Das Neonorange passte überhaupt nicht hierher, sodass Anna im ersten Moment völlig verwirrt war. Verzweifelt versuchte ihr Gehirn, eine Erklärung zu finden, und arbeitete die Begriffe Verkehrskegel, Sägeböcke, Vandalismus, Absperrband, Konfetti, Graffiti und Wegmarkierungen ab.

Der makabre Gedanke, der abgetrennte Arm könnte ihr den Weg zu dem Körper, zu dem er gehörte, gewiesen haben, schoss ihr durch den Kopf. Sie schüttelte ihn ab wie ein Hund Wassertropfen und umrundete die Stelle, wo der Arm lag, die Handfläche nach oben und mit bis zu den Knöcheln abgebissenen Fingern. Am ersten orange markierten Baum blieb sie stehen. Die Neonpunkte waren kristallisiert. Anna zog den Handschuh aus, nahm ein wenig von der Farbe und rieb sie zwischen Daumen und Zeigefinger. Sie schmolz in ihrer Körperwärme und hinterließ einen roten Schmierer auf ihrer Haut.

Sie schnupperte nicht daran und kostete die Substanz auch nicht. Angeblich roch Blut metallisch, aber Anna nahm diesen

Geruch nie wahr, wenn es sich nicht um große Mengen handelte, die bereits verwesten. Dennoch war sie sicher, dass sie es mit Blut zu tun hatte. Die Spritzer hatten sich verteilt, als Katherine sich gegen denjenigen gewehrt hatte, der ihr den Arm abreißen wollte. Aus irgendeinem Grund hatte sich das Blut in der Eiseskälte orangerot verfärbt.

Weiße Zedernstämme, leuchtende Bilder à la Pollock in leuchtendem Blutorange, schwarze Zweige, die sich von einem weißen Himmel abhoben. Die Szene war atemberaubend schön.

Bis sie Katherine entdeckte.

Ihre Leiche lag auf dem Bauch. Der Kopf war unter einen Baumstamm geschoben, als hätte sie versucht, sich vor ihren Angreifern darunter zu flüchten. Ihr Parka war zerrissen. Daunen quollen aus Rissen, die von den Schultern bis zur Hüfte verliefen, wo Krallen sich bemüht hatten, zu ihrem Körper durchzudringen. Der Pelzbesatz ihrer Kapuze fehlte ebenso wie die Hälfte der Kapuze selbst. Blut, nicht orange, sondern schwarz wie Teer, klebte das Ganze zusammen. Von der Taille abwärts trug sie nur noch ihre Jeans. Die Skihose war abgeschält worden wie die Hülse eines Maiskolbens, und zwar aus denselben Gründen. Jemand hatte die leichte Daunenhose zerfetzt und damit gespielt, bis sie, abgesehen von den Schließen der Hosenträger, nicht mehr als Kleidungsstück zu erkennen war. Die Jeans schienen einigermaßen intakt zu sein. Mit Ausnahme des linken Beins, das zu einer blutigen Masse zerkaut worden war. Der Fuß war verschwunden.

Anna musste gegen den Drang ankämpfen, die Flucht zu ergreifen. Eigentlich hatte sie nichts gegen Tote einzuwenden. Sie waren still, stellten keine Forderungen und beschwerten sich nicht, wenn man sie beim Abtransport fallen ließ. Auch dass die Zähne hungriger kleiner Geschöpfe die sterbliche Hülle zerlegt hatten, löste keinen Ekel in ihr aus. Die Überreste eines Menschen waren nichts anderes als trockenes Laub, Eichelbecher und Schlangenhäute, ein zurückgelassener Gegenstand, der keine Bedeutung mehr hatte.

Doch es machte ihr zu schaffen, dass es sich um Katherine handelte.

Sie konzentrierte sich aufs Ein- und Ausatmen und suchte nach Gründen für ihre Reaktion.

Das unheimliche gelblich-graue Dämmerlicht, die bis ins Mark dringende Kälte, die Körper und Seele auslaugte, die eigenartigen Vorkommnisse in der Natur, die beengten Wohnverhältnisse, die Spannungen in der Gruppe.

Aber all die Begründungen konnten nicht verhindern, dass ihr die Angst wie eine Flüssigkeit durch die Adern strömte, denn es ging nicht um Vernunft. Geister, Yetis, Untote, Vampire, Zombies, Trolle, Wolfshunde und Windigos, sechs Millionen Jahre an Lagerfeuern erzählte Geschichten unterminierten den Verstand von allen auf dieser Insel.

»Reiß dich zusammen«, schalt sie sich und sah sich auf der Lichtung um.

Jenseits des abgerissenen Arms war der Schnee aufgewühlt. Es war ein Bereich von etwa einem Meter fünfzig Durchmesser, in dem Tiere gegraben hatten. Auch dort befanden sich grell orangefarbene Flecken. Sie bemerkte den Fuß ohne Stiefel. Wo das Fleisch abgenagt worden war, ragte der Knochen heraus. In einer anderen Bodensenke lag ein schwarz verschmierter Haarklumpen. Die meisten Körperteile, die Flecken im Schnee hinterlassen hatten – Finger, Fleisch, eine Zehe –, waren weggeschleppt und anderswo verzehrt worden.

Kleinere Tiere wie Füchse, Raben und Ratten hatten ein Festmahl abgehalten. Allerdings waren es sicher nicht sie gewesen, die eine ausgewachsene Frau in Stücke gerissen hatten.

»Anna!«

Sie fuhr so ruckartig herum, dass sie sich fast den Hals verrenkte. Es ärgerte sie, dass sie sich so hatte erschrecken lassen. Allerdings war ärgerlich sein um einiges besser als Müdigkeit oder Angst.

»Wird langsam Zeit, dass ihr kommt«, rief sie. »Wo zum Teufel wart ihr? Was zum Teufel hat euch auf dieser verflixten Insel aufgehalten?«

Ridley folgte ihrer Schimpftirade und tauchte, anmutiger als sie zuvor, zwischen den Bäumen auf. Hinter ihm erschien Robin. Und Bob. Das also war der Grund für ihre Verspätung. Anna wurde klar, dass sie übertrieb, und sie zügelte ihren Zorn.

Eigentlich hätte sie sie warnen müssen: »Es ist ziemlich schlimm.« Oder: »Kein schöner Anblick.« Oder: »Bringt die Frauen und Kinder zurück ins Haus.«

Stattdessen wartete sie ab, bis Robin und Ridley den aufgewühlten Schnee und den Arm bemerkt hatten. Dann wies sie sie wie eine Reiseführerin des Grauens auf die anderen Körperteile hin.

Bob kam herangestapft und wischte den Schnee vom Arm ab.

»Nicht anfassen«, zischte Anna. »Ich möchte nicht, dass am Tatort etwas verändert wird.«

»Sie wurde von Wölfen getötet«, sagte Bob und wischte weiter. Anna wollte nicht, dass er den Schnee vom Arm entfernte.

Es war nur der Arm, verflixt.

Er wurde abgerissen und war völlig verstümmelt. Jemand anderer als Bob hätte den Schnee von Katherines Gesicht weggewischt.

»Es mag sein, dass die Wölfe sie getötet haben«, entgegnete Anna so ruhig wie möglich. »Aber wir wissen noch nicht, wie sie gestorben ist. Also will ich, dass Sie damit aufhören.«

Als er sie anblickte, wirkte er verzweifelt, bedrohlich oder verängstigt. Anna glaubte nicht, dass er trauerte.

Er grub ihren *Arm* aus, ihren *verflixten Arm*. Anna konnte es nicht fassen.

»Es zieht ein neues Unwetter auf«, verkündete Ridley. »In etwa einer Stunde wird es dunkel.«

Wieder eine dunkle und stürmische Nacht. Anna wurde erneut von dem Gefühl ergriffen, dass die Uhr Mitternacht schlug, während der Strom ausfiel.

»Alles, was wir übersehen, wird morgen nicht mehr da sein«, stellte sie fest. »Jemand wird es sich zum Abendessen holen.«

Robin übernahm das Fotografieren. Das Zucken des Blitzlichts verlieh den Fundstücken eine seltsame Betonung – den Körperteilen, die einmal eine junge Frau gewesen waren.

Eine junge Frau, die von ihrer ersten Liebe, einem Wolf, ermordet worden war. An ihrer vom Schnee befreiten Leiche war deutlich zu erkennen, dass ein Wolf oder mehrere dahintersteckten. Ihre Kehle war aufgerissen. Der Kopf war nur noch durch die Wirbelsäule mit dem Körper verbunden. Die Leiche war zwar schwer verstümmelt, aber noch erkennbar. Die Bauchhöhle war nicht geöffnet, das Gesicht nicht entstellt. Der schwer beschädigte Mantel bedeckte den Körper.

»Seltsam«, sagte Anna. »Wolf.«

»Wolfshund«, meinte Ridley.

»Sicher war es ein Wolfsrudel«, verkündete Bob. Sein Tonfall war so selbstgerecht und voller Gewissheit, als verläse er die Sechs-Uhr-Nachrichten.

»Falls es Wölfe waren – das heißt, echte, reinrassige Wölfe –, wäre es das erste Mal in der amerikanischen Geschichte«, widersprach Ridley. »Was schließen Sie daraus, Menechinn? Wenn es wirklich Wölfe waren, werden Sie dann die Insel das ganze Jahr über öffnen, alle Wildhüter vom Ministerium für Heimatschutz bewaffnen lassen und Sicherheitszonen einrichten, damit Ranger Rick uns vor den Kanadiern beschützt?«

Ridley drückte sich aus, als sei es eine ehrlich gemeinte Frage und als interessiere er sich für Bobs Antwort.

»Das Ministerium für Heimatschutz kann Ihr dämliches kleines Projekt jederzeit dichtmachen«, entgegnete Bob mit demselben verkniffenen Lächeln, das er bei jeder Gelegenheit an den Tag legte. Anna fragte sich, ob es ihm Spaß machte, Ridley zu quälen, oder ob er einfach nicht in der Lage war, Anteilnahme zu empfinden.

»Nicht, wenn sie wirklich von Wölfen umgebracht wurde«, wandte sie ein. »Ganz gleich, ob nun ein Wolfshund der Rädelsführer war, wird jeder Biologe auf der ganzen Welt sich für den Fortbestand der Studie einsetzen. Wissenschaftler können Abweichungen von der Norm nämlich nicht ausstehen.«

»Verflixt, wo steckt denn Adam?«, wollte Ridley wissen. Aus heiterem Himmel und ohne dass Anna es verstand, verlagerte er seinen Zorn von Menechinn auf Adam Johansen. »Funk ihn an«, befahl er Robin, kehrte Anna und Bob den Rücken zu, nahm der Forschungsassistentin die Kamera ab und begann, die Szene zu fotografieren.

Er hielt fest, wie die sterblichen Überreste von Katherine Huff Stück für Stück zusammengetragen wurden.

Wie beim Sezieren des Wolfes arbeiteten sie als Team. Diesmal kümmerten sich Robin und Anna um die Leiche und entfernten vorsichtig den Schnee, während Ridley ihre genaue Lage fotografierte. Soweit Anna feststellen konnte, schlenderte Menechinn nur ziellos hin und her, starrte auf den Boden und fing hier und da zu graben an.

»Wölfe tun so etwas nicht«, sagte Ridley, nachdem alle Körperteile entdeckt und eingesammelt waren. »Das passt nicht zu ihrem Verhalten. Wir haben doch erst letztens darüber geredet. In Minnesota gibt es mindestens zweitausend Wölfe. Sie fressen Elche, Hirsche und Schafe, wenn sie sie erwischen. Aber sie jagen und reißen keine Menschen.«

Anna sah sich gründlich um und versuchte, den Vorfall zu rekonstruieren. »Schaut.«

Sie griff nach einer der von Ridley mitgebrachten Taschenlampen. Es war kurz vor Sonnenuntergang. Es wurde duster. Luft, Himmel und Erde nahmen einen gleichmäßigen Grauton an. Anna hielt die Taschenlampe dicht an den Boden und leuchtete den Schnee ab. Ridley kauerte sich auf die Fersen und folgte dem Lichtstrahl mit Blicken.

»Hier sieht man, dass sie versucht hat, davonzukriechen.« Anna ließ den Lichtkegel über eine schwache, aber erkennbare Rinne gleiten, die in den alten Schnee gegraben und inzwischen mit neuem gefüllt war.

»Und hier wollte sie auf einen Baum klettern, um sich zu retten, ist aber wieder heruntergefallen.«

»Wölfe verhalten sich nicht so«, beharrte Ridley.

»An diesem umgestürzten Baumstamm ist die Rinde abgerissen. Offenbar wollte sie darunterkriechen, und die Wölfe haben daran gescharrt, bis sie sie wieder herausgezerrt hatten. Nichts sonst könnte so große Kratzer hinterlassen.«

»Wölfe tun so etwas nicht«, beteuerte Ridley, klang inzwischen jedoch eher verunsichert als überzeugt. »Es passt nicht.«

Anna konnte ihm da nicht widersprechen. Sie kannte die Statistiken, was Wölfe anging. Schließlich war in den Nationalparks im Westen eine Ewigkeit über die Daten debattiert worden, als das Thema »Wiederansiedlung von Wölfen« aktuell wurde.

»Es wird dunkel sein, ehe wir zurück sind«, sagte Ridley und stand auf. »Bob! Machen Sie sich nützlich.« Dann wandte er sich an Anna. »Wir verpacken die Körperteile für den Abtransport. Sie und Robin sehen sich noch ein wenig um. In zehn Minuten müssen wir los.«

Dreißig Zentimeter Neuschnee konnten eine Menge Sünden verbergen. Es war sinnlos, Stellen abzusuchen, die nicht von Aasfressern aufgewühlt worden waren. Die Lichtung, auf der die Leiche gefunden worden war, war eigentlich nichts weiter als ein Gebiet, auf das aus irgendeinem Grund keine Bäume gestürzt waren, und maß kaum kaum mehr als einen Meter achtzig im Quadrat. Dahinter erstreckte sich ein Gewirr aus riesigen Mikadostäben.

Anna folgte Katherines Fußspuren. Fünf oder sechs Meter weiter im Gestrüpp entdeckte sie eine Stelle, wo der Schnee beinahe bis hinunter zum Boden aufgegraben war. Rings um das Loch lagen Stofffetzen.

»Robin«, rief Anna. »Bring deine Taschenlampe mit.«

Als Robin leichtfüßig herbeihuschte, war Anna neidisch darauf, wie mühelos sie sich in diesem unwegsamen Gelände bewegen konnte.

»Was hältst du davon?«, fragte sie und wies auf den Stoff.
»Ihr Rucksack? Dann muss sie zum Blockhaus zurückgekehrt sein, bevor sie davongelaufen ist. Das ändert alles, auch wenn ich nicht weiß, was es zu bedeuten hat.«

Der Rucksack, beziehungsweise das, was von ihm übrig war, bestand aus dunkelblauem Segeltuch, ein Überbleibsel aus der Zeit, bevor die Technologie Einzug in die Wildnis gehalten hatte. Es war ein auffälliger Widerspruch, denn schließlich war Katherine eine überzeugte Anhängerin der Moderne gewesen. Die Wölfe waren mit einer Wut über den Rucksack hergefallen, als hätten sie einen persönlichen Groll gegen seine Besitzerin gehegt. Anna erinnerte es an das Verhalten eines Geisteskranken, der das Eigentum einer verhassten Person vernichtet.

Die Funkgeräte sprangen an. Adam meldete sich von der Funkstation im Blockhaus.

»Mein Akku war leer«, war trotz des lauten Knisterns zu verstehen. »Wo seid ihr alle?«

Ridley antwortete und erzählte ihm in knappen Worten vom Fund der Leiche.

»Du kannst bleiben, wo du bist. Hier gibt es sowieso nicht mehr viel zu tun.« Ridleys Tonfall vermittelte deutlich die Botschaft, dass Adam eine Menge hätte tun können, wenn er vorhin erreichbar gewesen wäre.

»Zehn-vier«, erwiderte Adam. Die Parkmitarbeiter waren zwar schon vor Jahren dazu übergegangen, am Funk Alltagssprache zu verwenden. Aber es gab eben Leute, die den Code nicht lassen konnten.

Anna reichte Robin ihre Taschenlampe und begann vorsichtig, das Loch zu erweitern. Schwarze Plastikteile lagen im Schnee.

»Eine Filmdose?«, fragte sich Anna laut, während sie die Scherben eintütete und der Forschungsassistentin gab. Daneben entdeckte sie zerbrochenes Glas. Der Schnee darum herum war voller Blut.

»Jonah hat erzählt, Katherine hätte Röhrchen mit Wolfsblut

eingesteckt, bevor sie die Werkstatt verließ«, meinte sie. »Vielleicht hat das bei dem Angriff auf sie eine Rolle gespielt.«

Wegen des Lichtkegels der Taschenlampe hielt sie schützend die Hand vor Augen, als sie Robin anblickte.

Das Gesicht der Forschungsassistentin war verzerrt wie das eines kleinen Kindes, das gleich zu weinen anfängt. Ihre Pupillen waren so stark erweitert, dass es nicht nur an der Dämmerung liegen konnte.

»Besorg mir etwas, damit ich es eintüten kann«, sagte Anna, um sie von ihren bedrückenden Gedanken abzulenken.

Robin gehorchte zwar, antwortete aber nicht, und ihre Bewegungen waren weniger fließend als zuvor. Zweimal stolperte sie über einen umgestürzten Baumstamm und fiel beim zweiten Mal sogar hin. Nachdem sie sich wieder aufgerappelt hatte, blieb sie einfach stehen, als kenne sie den Weg nicht mehr.

Der Schock beim Anblick der grausigen Szene in Verbindung mit Unterkühlung waren eine mögliche Erklärung für ihr Verhalten. Vielleicht wurde selbst Robin der Winter allmählich zu viel. Anna hörte auf, das Loch zu untersuchen. Es war überflüssig, weitere »Beweise« zu sammeln, denn wer wollte schon einen Wolf vor Gericht stellen. Anna hatte es aus reiner Gewohnheit getan. Sie ließ die Stofffetzen und Schließen liegen und nahm Robin am Arm.

»Komm«, meinte sie leise. »Hilf mir, den Schlitten fertigzumachen.«

Robin an der Hand, kletterte Anna durch den Hindernisparcours zu dem Schlitten, den Ridley aus Windigo mitgebracht hatte. Robins Knie gaben nach, sodass sie auf alle Viere fiel. Ihr Kopf hing herab, ihr Haar malte ein Muster in den Schnee.

»Was ist los?«, fragte Anna, während sie sie auf die Füße zog.

Als Robin nicht antwortete, bedrängte Anna sie nicht weiter. Wer in Wunden herumstochern wollte, brauchte dazu eine beschützende Umgebung.

»Haben Sie ein Mobiltelefon gefunden?«, rief Bob. »Es gehört nämlich der Universität, und wenn es weg ist, muss ich es ersetzen.«

Deshalb hatte er also gegraben. Er hatte versucht, sich ein paar Dollar zu sparen. Seine Kaltschnäuzigkeit traf Anna wie ein Schneeball ins Gesicht, aber sie war zu erschöpft, um sich zu ihm umzudrehen.

»Kein Telefon«, erwiderte sie nur.

Als sie Katherines in Müllsäcke verpackte, sterbliche Überreste erreichten – falls es im Park einen Leichensack gab, wusste Ridley nicht, wo er sich befand – und sie auf dem Rettungsschlitten festschnallten, war es bereits stockfinster. Ein auffrischender Nordwestwind trug die vorhergesagte Schlechtwetterfront heran, und die Temperaturen sanken.

Anna musste Robin die Skier umschnallen. Am Morgen hatte es ausgesehen, als seien sie Teil ihres Körpers. Doch nun fummelte sie an der Bindung herum, als habe sie vergessen, wie sie funktionierte.

»Kopf hoch«, sagte Anna und tätschelte verlegen ihr Bein. »Wir sind gleich zu Hause. Versuch, nicht zu viel zu grübeln.«

Robin schwieg.

Anna hielt die Taschenlampe, damit alle ihre Skier anlegen konnten. Dann half sie Ridley in das Geschirr des Schlittens. Da sie die Einzige ohne Skier war, würde sie die Nachhut bilden und den Schlitten befreien, falls er irgendwo hängen bleiben sollte.

Nun, da sie nicht mehr vom Anblick der Leichenteile abgelenkt war, spürte Anna jeden an diesem Tag zurückgelegten Kilometer ebenso wie die vorgestrige Anstrengung, die es bedeutet hatte, sich aus dem eisigen Wasser des Intermediate zu befreien. Vor lauter Erschöpfung konnte sie kaum noch den Kopf gerade halten.

Robin fuhr voraus, eine Taschenlampe in der Hand. Anna gefiel es gar nicht, dass sie die Führung übernahm, wollte sie aber auch nicht am Ende der Kolonne wissen. So würden sie sie wenigstens sehen können, falls sie noch einmal stürzte.

Bob folgte in Robins Spuren. Anna war erstaunt, wie wacker er sich auf Skiern hielt, bis ihr einfiel, dass er in Kanada aufgewachsen war. Ridley mit der zweiten Taschenlampe und dem Schlitten kam als dritter. Anna war die letzte der Karawane.

Sie waren noch keine Viertelstunde unterwegs, als der Schlitten zwischen zwei Felsen am Fuße der Anhöhe mit der steinernen Nase ins Kippen geriet. Anna, die am Ende ihrer Kräfte angelangt war, war dankbar für die kurze Pause.

»Bleibt stehen«, rief Ridley den anderen zu und verharrte dann schweigend wie ein altes Pferd. Auch Anna sagte kein Wort. Alles, was ihr einfiel, wäre zu bedrückend gewesen.

Der schmale Metallschlitten war mit der rechten Seite auf einen unter dem Schnee verborgenen Stein geraten und befand sich nun in gefährlicher Schieflage. Anna machte die wenigen Meter wett, die sie zurückgefallen war, und ging in die Hocke, um ihn wieder aufzurichten. Dabei knarzten ihre Knie, sodass sie sich schon fragte, ob sie sich beim Aufstehen würde am Boden abstützen müssen wie eine alte Frau. Sie nahm all ihre Kraft zusammen, hob die linke Kante des Aluminiumschlittens an und schob das Gefährt auf ebenen Grund.

»Es kann weitergehen«, meinte sie.

»Los, Robin«, rief Ridley.

Zu erschöpft zum Aufstehen, verharrte Anna auf dem Boden. Sie hatte zwar von Menschen gehört, die sich nur noch in den Schnee legen und schlafen wollten, bis jetzt aber kein Verständnis dafür aufgebracht. Gerade versuchte sie, sich aufzurappeln, als sie zwischen Bäumen links vom Pfad etwas hörte. Ein leises Rascheln mischte sich mit dem Seufzen des Windes, ein zielstrebiges und heimliches Huschen über den Schnee, das mit Ridley und den anderen Schritt hielt.

Sie wurden verfolgt.

17

Vor ihr flackerten die Taschenlampen. Doch außer diesen an Theaterscheinwerfer erinnernde Lichtstrahlen, die einzelne Gegenstände aus der Dunkelheit hervortreten ließen, konnte Anna nichts sehen. Wenn einen Meter vor ihr die Höllenhunde mit erwartungsvollem Schwanzwedeln auf sie gelauert hätten, sie hätte sie nicht wahrgenommen.

Anna schloss die Augen, um sich zu konzentrieren, und spürte, wie sich das Spektrum an Schallwellen erweiterte. Der vorhin noch heulende Wind säuselte nun leise. Die Äste der Bäume erörterten das unwichtige Treiben der Lebewesen, die unter ihnen dahinglitten. Schnee fiel raunend von überladenen Zweigen, und Rindenstücke rieben sich kichernd aneinander. Sonst war nichts zu hören. Das Schleichen des Raubtiers war verstummt. Oder es war nie da gewesen. Wenn man eine Fleecemütze über den Ohren hatte, vor Erschöpfung völlig benommen war und sich außerdem in der Finsternis dahinschleppte, lag es durchaus im Bereich des Möglichen, dass man sich verstohlene Geräusche nur einbildete.

Mit einem Stöhnen, das zum Glück keiner der sportlichen jungen Leute gehört hatte, hievte Anna sich auf die Füße und trottete weiter. Ridley hatte den Gipfel des kleinen Hügels bereits erreicht. Er war nicht viel größer als Anna, etwa eins siebzig, und zierlich gebaut. Obwohl er dreißig Kilometer auf Skiern zurückgelegt hatte, bevor er zum Fundort der Leiche gerufen worden war, sahen seine Bewegungen weiterhin fließend aus. Anna beneidete ihn ein paar Schritte lang.

»Ablösung!«, rief Ridley.

Anna schreckte hoch. Sie stand zwar auf ihren Füßen und

befand sich hinter dem Schlitten, wo sie hingehörte, war aber wie in Trance vor sich hin getrottet. Inzwischen war eine halbe Stunde vorbei. Robin würde Ridley ablösen. Nachdem sie den Schlitten eine halbe Stunde lang gezogen hatte, war Bob an der Reihe, damit sich niemand überanstrengte.

Während Robin zum hinteren Teil der Kolonne kam, kniete Anna sich in den Schnee. Zum Glück verbarg die Dunkelheit, dass sie eher zusammengebrochen war, als sich freiwillig zu setzen. Als Licht sie im Gesicht blendete, hob sie schützend den Arm.

»Entschuldigung«, sagte Ridley. »Wie fühlen Sie sich?«
»Gut«, erwiderte Anna. »Alles bestens.«
»Essen Sie etwas«, meinte er.
»Eine prima Idee.«
Diese Antwort sorgte dafür, dass sie Taschenlampe und Aufmerksamkeit los wurde, und sie sackte in ihren Kleidern zusammen. Sie hatte nichts Essbares mehr bei sich. Außerdem hatte sie zum ersten Mal seit einer Ewigkeit keinen Hunger. Sie wäre ohnehin zu müde gewesen, um zu kauen und zu schlucken.

Ridley schlüpfte aus dem Geschirr und legte es Robin an. Robin hatte zwar noch nie einen Schlitten gezogen, aber mit einem Gewehr und einem Rucksack bepackt Tausende von Kilometern auf Skiern zurückgelegt, weshalb er ihr nicht viel zu erklären brauchte.

Nachdem er fertig war, leuchtete er Geschirr und Schlitten ab, um die Gurte zu überprüfen.

»Wo ist deine Taschenlampe?«, fragte er plötzlich.
»Bob hat sie genommen. Er wollte als Erster fahren.«
»Bob hat sie genommen«, wiederholte Ridley. »Zum Teufel mit ihm. Hier, ich gebe dir meine. Zum Teufel mit ihm, und zum Teufel mit Adam«, schimpfte er und machte sich in der Dunkelheit an die Verfolgung des schwankenden Lichtpunkts der stibitzten Taschenlampe.

»Was hat Ridley denn gegen Adam?«, erkundigte sich Anna.
»Das weiß nur der Himmel«, sagte Robin.

Ihre Stimme klang hohl, als ob nur ein Teil von ihr die erwartete Antwort gab, obwohl sie gedanklich eigentlich anderswo war – an einem Ort, wo Albträume als Spezialität des Tages serviert wurden.

»Wie geht es dir?«, fragte Anna. »Meine Kraft von zehn Männern ist auf acht Komma fünf gesunken«, fügte sie hinzu. »Ist bei dir alles in Ordnung?«

»Bob hat mir die Taschenlampe weggenommen.«

Die Forschungsassistentin weinte. Anna konnte es zwar nicht sehen, aber sie hörte, dass Robins Stimme wegen der Tränen zitterte.

»Soll ich den Schlitten eine Weile ziehen?«, schlug Anna vor, obwohl sie nicht sicher war, ob sie ihr Angebot auch umsetzen konnte.

»Nein.«

Vielleicht war es das Beste, wenn Robin beschäftigt und in Bewegung blieb, weshalb Anna ihr nicht widersprach. Sie stand nicht auf.

Nur noch einen Moment, sagte sie sich.

Der Wind hatte aufgehört, die Bäume raunten nicht mehr, und eine Stille, so kalt und tief wie in einer Eishöhle, senkte sich über die Welt. Und in diese Stille mischte sich das Geräusch, das Anna schon vorhin vernommen hatte, verstohlene Bewegungen zwischen den Bäumen links von ihnen. Robin hörte es auch. Im Licht der Taschenlampe sah Anna, dass ihr Kopf herumfuhr, wie von einer Schnur gezogen. Sie stieß einen Angstschrei aus und leuchtete hektisch die Landschaft ab. Baumstämme, Schnee und Felsen traten plötzlich hervor, verschwanden wieder in der Dunkelheit und schienen vorbeizurasen, sodass Anna zu fallen glaubte.

Ganz gleich, ob sich nun ein neugieriger Elch, eine Horde Eichhörnchen oder ein sabbernder Wolfshund im Wald herumdrückte, sie konnten nicht hierbleiben. Ridley und Bob waren schon weit voraus. Ohne Taschenlampe konnte Ridley nicht umkehren und ihnen zur Hilfe eilen. Ihm blieb nichts anderes übrig, als Bobs Taschenlampe zu folgen wie ein Schiff im Nebel, das sich an einer blinkenden Boje orientiert. Anna schüttelte den Kopf, um wieder klar denken zu können, und blinzelte.

»Wir sollten besser aufbrechen.«

Wortlos lehnte Robin sich ins Geschirr und begann zu ziehen. Kniend schob Anna den Schlitten an, der während ihrer Rast festgefroren war. Ein Knacken, ein Ruck, und der Schlitten setzte sich in Bewegung. Noch ein Knacken und ein Ruck, und auch Anna stand wieder auf den Füßen und ging los. Robin kam schneller voran als Ridley. Entweder hatte sie keine Lust, Rücksicht auf Anna zu nehmen, die hinterhertrottete. Oder sie wollte unbedingt so rasch wie möglich den Hauptweg und das Blockhaus erreichen.

Anna setzte zwar einen Fuß vor den anderen, ohne umzufallen, doch der Schlitten entfernte sich Stück um Stück. Als der Schlitten, Robin und die Lichtquelle einige Meter voraus waren und noch mehr beschleunigten, schluckte Anna ihren Stolz hinunter und rief ihr nach.

»Warte, ich komme nicht mehr mit.«

Die Taschenlampe blieb stehen. Anna pfiff ihr eigener Atem in den Ohren, während sie weiter durch den Schnee stapfte. Als sie den Schlitten erreicht hatte, fiel sie auf die Knie. Seit ihren Jahren an einer katholischen Schule hatte sie nicht mehr so viel Zeit auf den Knien verbracht. Ihr schoss durch den Kopf, dass ein kleines Gebet vielleicht angebracht war. Wegen des Wolfshundes, der verstümmelten Doktorandin, der verstohlenen Geräusche und der riesigen Pfotenabdrücke konnte sie nur noch an den Witz über die Legasthenikerin denken, die die ganze Nacht wachgelegen und sich gefragt hatte, ob sich da draußen ein Hund herumtrieb.

Als sie kurz auflachte, wirkte das Schweigen, das darauf folgte, noch undurchdringlicher. Und in der tiefen schwarzen Stille waren deutlich das Knacken eines Zweiges und das Streifen einer Rute über den Schnee zu hören. Kein Eichhörnchen.

Ein zweihundert Gramm leichtes Tierchen zerbrach keine Zweige. Kein Elch. Denn Elche waren nicht gerade leise Geschöpfe.

»Aufhören!«, kreischte Robin.

Anna schrie auf, erschrocken über diesen unerwarteten Ausbruch. Im ersten Moment glaubte sie, dass Robin sie anbrüllte – Erschöpfung und blank liegende Nerven konnten auch die sympathischste Frau in eine Megäre verwandeln. Doch offenbar waren die Dunkelheit, die Bäume, der Wolfshund, der Windigo, das Eis und die Nacht gemeint.

Die scheinbar so starke und unermüdliche Forschungsassistentin stand kurz vor einem Zusammenbruch.

Verzögerte Schockreaktion, dachte Anna.

Das musste es sein. Beim Fotografieren des abgeschlachteten Wolfes und beim Verpacken der niedergemetzelten Wissenschaftlerin war sie die Gelassenheit und Tüchtigkeit in Person gewesen. Fast bis zum Ende hatte sie durchgehalten. Doch nun war es offenbar vorbei mit ihrer Selbstbeherrschung.

»Alles wird gut«, sagte Anna. »Wir schaffen das schon.« Mühsam, aber ohne zu stöhnen oder sich mit den Händen abzustützen, stand sie auf. »Lass uns weitergehen. Da ist nichts. Es ist nur der Wind.«

»Da ist nicht Nichts«, zischte Robin. »Da ist kein gottverdammtes Nichts!«, schrie sie in die Dunkelheit hinein.

Sie fing an, mit dem Lichtstrahl der Taschenlampe auf die Bäume einzustoßen wie böse Nazis, die in alten Filmen ihre Bajonette in Strohballen bohren.

Anna stapfte zum vorderen Ende des Schlittens. Das Knirschen ihrer Schritte im Schnee übertönte die Geräusche, die die Verfolger im Wald möglicherweise gerade in diesem Moment von sich gaben. Dann riss sie Robin die Taschenlampe aus der Hand.

»Wir gehen nebeneinander«, schlug sie vor. »Falls der Schlitten hängen bleibt, kümmere ich mich darum. Also los.«

Robins Tränen hatten offenbar Metastasen entwickelt. Sie

schluchzte, ihre Nase lief, und die Flüssigkeit gefror auf ihren Wangen zu durchscheinenden Tropfen.

»Zieh«, befahl Anna.

Trotz der dicken Daunenhandschuhe spürte Anna, dass Robin nach ihrer Hand griff. Zwei aufgeblasene überdimensionale Hände, die kaum den Druck der anderen wahrnehmen konnten, klammerten sich in der Dunkelheit aneinander.

»Ridley«, rief Anna. »Wir brauchen hier Hilfe!«

Keine Antwort. Wie der Rattenfänger von Hameln hatte Bobs gestohlene Taschenlampe Ridley entführt. Vor ihnen lagen nur Dunkelheit und Stille.

»Zum Teufel mit ihnen«, sagte Anna fröhlich. »Wir kommen auch ohne sie klar.«

Sie drückte Robins Hand, um sie aufzumuntern, und hakte den anderen Arm in das Geschirr, wo es in den Gurt mündete, an dem der Schlitten hing. So konnte sie der jungen Frau einen Teil der Last abnehmen, wenn schon nicht bildlich gesprochen, dann wenigstens tatsächlich.

Zwanzig Minuten kämpften sie sich wortlos voran. Zweimal blieb der Schlitten an einem heruntergefallenen Ast hängen, sodass Anna zurückstapfen musste, um ihn wieder flottzumachen. Kraft und Mut vorzutäuschen, die sie gar nicht besaß, erleichterte es ein wenig. Allerdings wusste sie nicht, wie lange sie durchhalten würde. Robin hatte aufgehört zu weinen und bewegte sich vorwärts wie ein Skiroboter.

Im Schein der Taschenlampe erkannte Anna, dass sich eine bedrückende Hoffnungslosigkeit auf ihrem Gesicht ausbreitete, die ihr Angst machte. Anna holte Luft und wollte gerade wieder nach Ridley rufen – sie glaubte zwar nicht, dass er sie hören würde, hielt aber ein lautes Geräusch für einen guten Weg, gegen die Dunkelheit anzukämpfen. Doch etwas kam ihr zuvor.

Das Heulen eines Wolfes hallte glasklar durch die eiskalte Nacht. Es war ein volltönendes Geräusch, das in vielen Geschichten und Filmen absolute Todesangst auslöste. Anna spürte, wie sich ihr die Haare aufstellten und ihre Haut sich anspannte. Plötzlich hatte sie einen trockenen Mund. Am liebsten wäre sie davongelaufen und hätte Robin und Katherines Überreste zurückgelassen, um dieses Wesen, was immer es auch sein mochte – Wolf, Wolfshund oder der Menschenfresser aus den Legenden der Ojibwa – zufriedenzustellen.

Allerdings war Robin in Sachen Zusammenbruch schneller als sie. Sie fiel wie ein Stein zu Boden, presste die behandschuhten Hände auf die Ohren, zog die Knie hoch und blieb zusammengerollt liegen. Die Taschenlampe purzelte in den Schnee und verschwand. Nur ein Lichtschein wies darauf hin, wo sie versunken war.

Anna rettete die Taschenlampe, ging in die Hocke und legte den Arm um Robin.

»Schsch«, murmelte sie. »Das war nur ein Heulen. Er wollte uns bloß begrüßen, mehr nicht.«

Ohne es zu bemerken, sprach Anna mit der kleinen Robin, dem Mädchen, das sich die Ohren zugehalten und sich unter der Bettdecke versteckt hatte, wenn ein Ungeheuer im Zimmer herumspukte. Die erwachsene Robin kannte sich nämlich besser mit Wölfen aus als Anna.

Wieder ertönte ein Heulen. Diesmal klang es traurig und beinahe fragend. Anna hätte Schwierigkeiten gehabt, es zu beschreiben, doch wie bei einem Glissando, wenn die Stimme des Sängers sich zum Himmel erhebt, schwang Sehnsucht darin mit.

»Wölfe tun einem nichts«, sagte Anna und tätschelte Robin. »Wölfe fressen keine Menschen.« Dann fiel ihr wieder ein, was sie da auf dem Metallschlitten hinter sich herzogen. »Jedenfalls nicht, wenn sie satt sind«, fügte sie leise hinzu.

»Und jetzt komm«, änderte sie ihre Taktik. »Los, aufstehen. Wir gehen weiter.« Sie zwang Robin, sich gerade hinzusetzen, und nahm ihr die Hände von den Ohren. »Steh auf, damit ich die Gurte entwirren kann.«

Nachdem Geschirr und Zugseil wieder an ihrem Platz waren, zupfte Anna vorn an Robins Parka, wie sie es früher in Texas mit dem Zügel ihres Pferdes Gideon getan hatte, damit es sich in Bewegung setzte.

Aber Robin rührte sich nicht von der Stelle. Sie wandte den Kopf, als hätte sie außer dem Heulen noch etwas gehört, einen Ruf aus dem Wald, der sich außerhalb der vom Menschen wahrnehmbaren Frequenz befand. Lange stand sie da und starrte ins Leere. Eine Kälte, die noch größer war als die des Winters, kroch Anna in die Knochen und ins Gehirn.

»Wir müssen weiter.«

Eigentlich hätte der Satz alltäglich und tröstend klingen sollen. So wie der Vorschlag, das Einkaufszentrum zu verlassen, bevor der Berufsverkehr begann. Was herauskam, war ein Quietschen, so schrill, dass man jemanden damit hätte entmannen können. Also wiederholte sie den Satz, diesmal mit besserem Ergebnis.

Falls Robin sie verstanden hatte, ließ sie sich das jedenfalls nicht anmerken. Sie schien gar nicht zu merken, dass Anna dicht neben ihr stand und die Vorderseite ihres Parkas umklammerte.

»Sie haben beschlossen zu töten«, sagte Robin.

Ihr Tonfall war genauso traurig wie das Heulen.

18

Anna hatte gedacht, dass jeder Werwolf oder Wolfshund, der etwas auf sich hielt, Robins Schwäche als Einladung zum Abendessen verstehen würde. Doch nach ihrem Schrei verstummten die scharrenden verstohlenen Geräusche ihres ungebetenen Begleiters. Allerdings schien Robin sich nicht von dem Schock zu erholen. Ihre jugendliche Kraft und sportliche Geschicklichkeit waren wie weggeblasen, und sie stolperte über ihre eigenen Skier wie eine blutige Anfängerin. Bei jedem Sturz fiel es Anna schwerer, sie wieder auf die Beine zu hieven. Schließlich nahm sie ihr die Skier ab, verstaute sie auf dem Schlitten und legte sich selbst das Geschirr an. Damit die Forschungsassistentin nicht verloren ging, bestand sie darauf, dass Robin immer eine Hand am Gurt hatte und ihr half.

Helfen war das Wort, mit dem Anna versuchte, die Mauer zu durchbrechen, die sich um den Verstand der jungen Frau hochgezogen hatte und ihren Körper erdrückte. Robin hatte nicht einmal mehr die Energie, die Finger fest genug um den Gurt zu schließen, sodass ihr ständig die Hand abrutschte. Ihre Schritte wurden immer langsamer, bis sie beinahe stehen blieb.

Inzwischen wurde das Licht der Taschenlampe immer schwächer. Die Skispuren zurück zum Hauptweg füllten sich mit verwehtem Schnee und waren zunehmend schwerer zu erkennen. Der Wind steigerte sich zum Sturm und trieb ihnen von allen Seiten eisigen Schnee entgegen. Als Anna Tränen in die Augen traten, froren ihr die Wimpern zusammen. Der Schlitten schien von Minute zu Minute schwerer zu werden, und ihre Füße fühlten sich an wie Betonbrocken in Bleischuhen, die die Größe von Kanus hatten.

Ridley kehrte nicht zurück, und bald vergaß Anna, dass sie je darauf gehofft hatte.

Unmittelbar hinter ihrem Brustbein gab es eine etwa baseballgroße Stelle. Auch wenn ein Chirurg, eine Tomografie oder ein Röntgengerät sie nie gefunden hätten, war das der Ort, aus dem ihre Kraft kam. Diese kleine Maschine musste vor jeder Wanderung angeworfen werden. Man musste sie einschalten, wenn der innere Schweinehund am liebsten wieder in die Hängematte gekrochen wäre. Mochten die Muskeln noch so geschwächt sein oder krampfen, Anna konnte weitermarschieren, solange dieser Motor lief.

Und plötzlich blieb er – sonst angetrieben von Willenskraft, Starrsinn oder Stolz – ruckartig stehen.

Der Schlitten stieß gegen ihre Kniekehlen, sodass sie auf allen Vieren landete. Robin verharrte reglos wie ein alter Hund, der auf die nächste Anweisung seines Herrchens wartet.

»Zum Teufel mit Ridley«, keuchte Anna. »Zum Teufel mit Bob.«

Auf einmal erschien es ihr sehr verlockend, sich einfach zusammenzurollen wie Robin vorhin. Auch die Alternative, von wilden Tieren gefressen zu werden, war durchaus in Erwägung zu ziehen.

Als sie sich hochstemmen wollte, gaben ihr die Arme nach, als hätten ihre Knochen sich in zu lange gekochte Nudeln verwandelt, und sie landete bäuchlings im Schnee. Sie konnte ihre Füße nicht mehr spüren. Ihre Finger wollten sich nicht mehr um die Taschenlampe schließen.

»Robin«, rief sie. »Hilf mir.«

Robin blickte in den bräunlichen Lichtkegel hinunter, wo Anna sich aufzurappeln versuchte. Sie schwieg und stierte Anna stumpf an, als hätte sie eine Fremde vor sich.

»Hilf mir hoch, verflixt«, zischte Anna. »Wenn nicht, sterben wir beide.«

»Stirb nicht«, flüsterte Robin so leise, dass Anna sie im brausenden Wind kaum verstehen konnte.

»Ich werde aber sterben, wenn du mir nicht endlich deine Scheißhand gibst.« Annas Ausdrucksweise war ziemlich rüde. Kurz fragte sie sich, ob sie Robin damit aus ihrer Trance reißen wollte oder ob sie diese ganze Scheiße einfach nur scheißsatt hatte.

Offenbar war etwas durchgedrungen. Robin bückte sich und streckte die Hand aus. Anna zog sich an der durchtrainierten Frau hoch und machte sich am Geschirr zu schaffen.

»Sollen die Toten die Toten begraben«, sagte sie. »Oder sie auffressen. Mir ist es«, beinahe hätte sie wieder Scheiße gesagt, »schnurzegal«, beendete sie den Satz.

Ohne die Last des Schlittens fühlte sich Anna während der ersten Meter fast wieder gekräftigt. Doch dann schlug die Erschöpfung wieder so heftig zu, dass sie kaum noch klar denken konnte. Verzweifelt klammerte sie sich an drei Dinge: die kaum sichtbaren Spuren im immer schwächer werdenden Lichtkegel der Taschenlampe, die Vorstellung, wie Paul leiden würde, wenn sie hier draußen erfror, und an Robins Ärmel. Anna konnte Tote im Stich lassen. Ein oder zwei Mal hatte sie es auch bei Lebenden getan. Aber sie hätte es sich nie verziehen, wenn sie Robin aufgegeben hätte.

Ihre Welt schnurrte zusammen, bis nicht einmal mehr Platz für Paul darin war. Es gab nur noch den Lichtkegel der Taschenlampe und ihre in Robins Parka verkrampfte Hand. Anna wusste, dass bald auch einer dieser beiden Haltepunkte verschwinden würde. Sie würde Robin verlieren oder ihre Lichtquelle. Anna ließ die Hand nach oben gleiten und umfasste Robins Handgelenk. Mit ein wenig Glück würde sie dort festfrieren.

»Immer weitergehen«, flüsterte sie der Forschungsassistentin zu. »Hilf mir hier heraus.«

Helft mir.

Die Worte, die auf der Fensterscheibe des Blockhauses erschienen waren. Sie hatten Katherine nicht gerettet. War ihr Geist zurückgekehrt, um sie mit einer kalten Fingerspitze des

Todes an die Scheibe zu schreiben, nachdem die Wölfe sie zerrissen hatten? *Helft mir.* Hilf mir, hilf mir. Anna bewegte im Rhythmus dieser Worte ihre Füße. Bei *hilf* hoch, bei *mir* runter, bei *hilf* wieder hoch.

»Die gehenden Toten.«

Anna hatte diese Worte nicht ausgesprochen. Nicht in Gedanken und auf gar keinen Fall laut. Sie zupfte Robin am Arm, blieb stehen und betrachtete im schwachen Schein der Taschenlampe das Gesicht der jungen Frau.

Auch Robin hatte es nicht gesagt. Robin war eine gehende Tote.

Ein Stöhnen durchdrang Dunkelheit und Wind. Der Lichtkegel der Taschenlampe reichte nur wenige Meter, beleuchtete aber sie und Robin. Anna schaltete sie aus.

»Erst konnte ich sehen, doch nun bin ich blind«, ertönte eine Stimme. »Sagen Sie bloß nicht, dass die Batterie den Geist aufgegeben hat. Uff, ich klinge wie ein alter Mann.«

»Ridley?«, fragte Anna.

»Hat Ihre Batterie den Geist aufgegeben?«

Anna schaltete die Lampe wieder an und beleuchtete den Pfad. Erst erschienen die Spitzen von Skiern, dann war der ganze Mann im Lichtkegel zu sehen.

»Was machen Sie hier?«, erkundigte sie sich.

Am liebsten hätte sie ihn angebrüllt, doch ihre Kraft reichte nur noch für einen Anflug von Neugier.

»Bob hatte zu viel Vorsprung. Es war zu dunkel, um ihn einzuholen. Wahrscheinlich hätte ich mir bei dem Versuch, den Hauptpfad zu erreichen, den Hals gebrochen. Also habe ich auf Sie gewartet.«

Die Taschenlampe fiel Anna aus den plötzlich tauben Fingern. Da das untere Ende im Schnee stecken blieb, wurden Anna und Robin von unten beleuchtet.

»Ach, du meine Güte!«, rief Ridley. »Ist alles in Ordnung?«

»Sind wir auf dem Feldtmann Pfad?«, fragte Anna.

»Ja. Was ist aus dem Schlitten geworden?«

Anna musste jeden Gedanken einzeln aus dem Eisblock herausmeißeln, in den ihr Gehirn sich verwandelt hatte. Ihn in Worte zu fassen, dauerte noch länger. Vor tausend Jahren hatte Jonah sie vom Feldtmann Pfad weggelotst. Sie war auf dem Rückweg gewesen, und zwar etwa viereinhalb Kilometer vom Blockhaus entfernt.

Viereinhalb Kilometer. Ridley hatte Skier.

»Hier.« Anna hob die Taschenlampe auf und reichte sie ihm. »Laufen Sie zurück. Schnell. Holen Sie das Schneemobil.«

»Die Parkaufsicht«, begann er, hielt jedoch inne. Offenbar war ihm klar geworden, dass die Benutzung eines motorisierten Fahrzeugs im Naturschutzgebiet leichter zu erklären sein würde als der Tod einer Parkpolizistin wegen unterlassener Hilfeleistung.

»Rühren Sie sich nicht von der Stelle«, sagte er.

»Und nehmen Sie sich nicht die Zeit, Bob den Schädel einzuschlagen«, stieß Anna hervor.

Sie legte die Arme um Robin und ließ sich mit ihr zu Boden sinken. Anna hätte sich auch an einen Baum lehnen und die schmerzenden Beine ausstrecken können, aber sie beschloss, mitten auf dem Weg sitzen zu bleiben. Hier war nicht der richtige Ort, um sich gemütlich einzurichten.

Raue Pfoten kratzten an Anna, schüttelten sie und versuchten, sie von dem ersten warmen, hellen und angenehmen Ort wegzuzerren, den sie seit einer schieren Ewigkeit zu Gesicht bekommen hatte. Sie lag vor dem Kamin in Pauls Haus in Natchez. Das Feuer loderte kräftig, ihr Mann hielt sie in den Armen, und sie wollte sich endlich ausruhen. Und dann kamen die Pfoten.

»Los, meine beiden Schneewittchens. Oder wollt ihr tot sein, wenn ihr wieder aufwacht? Aufstehen. Ich habe zwar keine Eier mit Speck mitgebracht, aber Kaffee. Heißen Kaffee.«

Anna schob die Hände weg. Vor Angst war sie schlagartig hellwach und fing an, Robin zu schütteln.

»Mein Gott, wie aus dem Lehrbuch«, meinte sie, als sie sah, dass Robin die Augen aufschlug.

Sie konnte es sehen.

Es gab also Licht. Adam beugte sich, unbeholfen wegen seiner Skier, über sie. Er hatte eine helle Stirnlampe auf dem Kopf und eine an jedem Arm.

»Wo ist Ridley?«

Die Frage klang so kläglich, dass es Anna peinlich war. Aber sie verstand die Welt nicht mehr. Wie lange hatten sie geschlafen? War es heute Nacht oder morgen Nacht? Wer, wenn überhaupt, war von den Wölfen, den Wolfshunden oder Väterchen Frost gefressen worden?

»Ich bin ihm unterwegs begegnet«, antwortete Adam. »Sobald Bob allein im Blockhaus auftauchte und mir das Märchen auftischte, er wolle alles für eure Ankunft vorbereiten, war mir klar, dass da etwas faul sein musste.«

Geschickt öffnete er die Bindungen seiner Skier, stieg hinaus, nahm den Rucksack ab und begann, darin herumzuwühlen.

»Ho, ho, ho«, witzelte Anna.

»Wie der Weihnachtsmann mit seinem Sack voller Spielsachen«, meinte Adam schmunzelnd.

Allerdings hinkte der Vergleich. Mit seiner Größe und den vielen Lampen erinnerte er Anna eher an einen Weihnachtsbaum. Oder an ein Raumschiff aus *Unheimliche Begegnung der dritten Art*. Sie konnte nicht klar denken und hatte die Konzentrationsfähigkeit eines Moskitos. In ihrem Kopf ergaben die Dinge noch einen gewissen Sinn, aber wenn sie versuchte, diesen in Worte zu fassen, verflüchtigte er sich wieder.

Als Adam eine Thermosflasche zutage förderte, fiel Anna ein, dass er Kaffee erwähnt hatte. Ein heißer Kaffee kam der Vorstellung vom Paradies am nächsten, die einer Frau mit ihrer Vergangenheit je vergönnt sein würde. Heißer Kaffee. Anna konnte beinahe spüren, wie sich die Wärme von ihrem Mund aus im ganzen Körper ausbreitete.

»Gleich geht es dir besser«, sagte Adam, als er Robin einen dampfenden Becher reichte.

Anna wünschte, er hätte ihn ihr zuerst gegeben, und wäre gern gemein genug gewesen, um ihn Robin aus der Hand zu reißen. Ein Jahresgehalt hätte sie dafür geopfert, ihn wenigstens zu riechen, aber der Wind trug Dampf und Duft davon. Robin hob die Hand, um den Becher zu nehmen. Aber ihre Finger waren zu steif, sodass er in den Schnee fiel. Am liebsten hätte Anna losgeheult.

Den nächsten Becher hielt er ihnen an die Lippen. Ein Schluck für Robin, ein Schluck für Anna, wie in der guten alten Zeit, als sich noch niemand vor ansteckenden Krankheiten gefürchtet und es nicht als unappetitlich gegolten hatte, jemandem einen Schluck aus der eigenen Wasserflasche anzubieten.

Der Kaffee war so köstlich wie erwartet. Körperlich war sie zu erschöpft, als dass das bisschen Wärme und Koffein noch eine große Wirkung gehabt hätten. Doch das Denken fiel ihr wieder leichter. Selbst Robin machte wieder einen lebendigeren Eindruck. Als sie die Becher allein halten konnten, ohne sich selbst zu gefährden, kramte Adam eine Schachtel mit sechs Schokoriegeln aus seinem Rucksack.

Annas Hunger erwachte zum Leben, sodass sie einen halben Riegel mit einem Bissen verschlang. Er schmeckte unbeschreiblich gut. Die Götter labten sich gewiss nicht an Nektar, sondern aßen Milchschokolade mit Mandeln.

»Man sollte alle Schokoladenhersteller heiligsprechen«, verkündete sie nach dem dritten Bissen.

Als Ridley angebraust kam, geführt vom Scheinwerfer seines Schneemobils, waren Anna und Robin so weit gestärkt, dass sie hinter ihm aufsteigen konnten. Da der Sitz nur für zwei Personen gedacht war, erbot sich Anna, durch die Schokolade aufgemuntert, sich bei der zweiten Runde abholen zu lassen. Aber Ridley und Adam musterten sie und Robin und lehnten den Vorschlag ab. Robin wurde zwischen Anna und Ridley in die

Mitte gezwängt. Dann nahm Adam Gepäckbänder aus seinem Rucksack und band sie an Ridley fest.

An die Rückfahrt konnte sich Anna kaum erinnern, denn die durch Schokolade und Kaffee geweckte Lebenskraft währte nicht lang. Da der Pfad nicht für Fahrzeuge vorgesehen war, wurden sie ordentlich durchgerüttelt. Außerdem schien Ridley sich nicht zwischen Geschwindigkeit und sicherer Fahrweise entscheiden zu können, sodass jeder Sinneswandel einen erneuten Satz zur Folge hatte. Anna klammerte sich aus Leibeskräften fest und versteckte das Gesicht hinter Robins Schulter, um es sich nicht zu erfrieren.

Endlich hatten sie den Wald hinter sich und erreichten die planierte Straße. Inzwischen war Anna zu müde, um Erleichterung zu empfinden. Als sie am Blockhaus ankamen, war sie so schwach, dass sie nicht vom Schneemobil steigen konnte. Jonah erschien, sobald er hörte, wie das Fahrzeug den Hügel hinaufraste. Er hatte keine Handschuhe an, trug nur sein altes zerschlissenes Flanellhemd und Schuhe mit offenen Schnürsenkeln und hatte sich nicht einmal die Zeit genommen, Stiefel überzuziehen.

»Der Kakao ist schon heiß«, rief er. »Wenn ihr euch aufgewärmt habt, schalte ich die Sauna ein. Essen, Wärme, heiße Getränke. Wir werden völlig neue Frauen aus euch machen. Nicht, dass ich gegen die alten etwas einzuwenden gehabt hätte, und ich will damit auch nicht andeuten, dass Sie alt sind, Ranger Pigeon. Wahrscheinlich sind Sie nicht viel älter als ich.«

Beim Reden befreite er die drei von den Gepäckbändern. Ridley ließ ihn gewähren. Er war zwar nicht so erschöpft wie Anna oder so verstört wie Robin, hatte aber unter anderem fünfundvierzig Kilometer auf Skiern zurückgelegt und schien seine Kräfte nun schonen zu wollen.

Als Anna abzusteigen versuchte, damit Robin mehr Platz hatte, konnte sie nur schwach mit den Armen rudern. Jonah legte die Arme um sie und zog sie hoch, bis sie, wenn auch ein wenig wackelig, auf eigenen Füßen stand.

»Gehen Sie Ridley zur Hand«, meinte Jonah, als ob Anna dazu in der Lage gewesen wäre.

Da er sie nicht wie eine Invalidin behandelte, fühlte sie sich gleich viel stärker. Als sie zum vorderen Teil des Fahrzeugs torkelte, kam Bob Menechinn aus dem Blockhaus. Er trug Mütze und Handschuhe. Seine Jacke war ordentlich geschlossen.

»Ich habe das Schneemobil warmlaufen lassen und wollte Sie gerade suchen fahren«, verkündete er, während er die schneebedeckten Terrassenstufen hinunterpolterte. »Aber Ridley ist mir zuvorgekommen. Ich habe das Abendessen schon fertig. Es gibt Rindereintopf, damit Sie wieder Fleisch auf die Rippen bekommen.«

Er eilte heran und stieß Jonah beiseite, um sich um Robin zu kümmern.

»Honey hat den Eintopf gekocht«, sagte Ridley.

»Egal«, erwiderte Bob. »Jedenfalls ist er heiß und steht bereit.«

»Sie haben ihn nur aufgewärmt. Meine Frau Honey hat den Eintopf gekocht.« Ridley kletterte ohne Annas Hilfe aus dem Schneemobil und baute sich vor Menechinn auf. Bob hatte beide Arme unter Robins Achselhöhlen und die Hände auf der Vorderseite ihrer Jacke.

Er begrapscht sie. Anna schob diesen Gedanken beiseite. Dank der vielen Kleidungsschichten würde er nur Fleece und Gänsedaunen zu fassen kriegen.

»Na, dann wollen wir mal hineingehen, bevor das Essen wieder kalt wird«, schlug Jonah vor.

Als Ridley sich vor Menechinn aufbaute, war der Größenunterschied nicht zu übersehen. Bob war mindestens fünfzig Kilo schwerer als der Wissenschaftler. Allerdings hätte Anna ihr Geld auf Ridley gesetzt, wenn es zum Kampf gekommen wäre. Ridley zog den dicken Handschuh aus, und Anna dachte schon, er würde seinem Gegenüber eine klassische Ohrfeige verpassen. Doch stattdessen bohrte er Menechinn nur einen schlanken Zeigefinger in die Brust.

»Honey hat den Eintopf gekocht«, beharrte er.

Obwohl Ridley weder schrie, schimpfte noch drohte, war zumindest Anna überzeugt davon, dass er gefährlich werden konnte.

Bob war offenbar zu demselben Schluss gelangt, denn er machte einen Rückzieher, und Anna bezweifelte, dass er es tat, um Ridleys Gefühle zu schonen.

»Ich habe ihn nur aufgewärmt.«

Anna hörte Angst aus seinen Worten heraus und erkannte sie auch in seinem Gesicht. Ridley ebenfalls. Als Bob zu seinem typischen Lächeln ansetzte, wollte sein Gesicht nicht gehorchen. Im nächsten Moment bemerkte er die spöttischen Mienen der Umstehenden, eine Wiederholung der Situation nachts im Zelt, als er die Beherrschung verloren hatte. Anna fragte sich, an wem er sich nun austoben würde, um seinem Selbstbewusstsein wieder auf die Sprünge zu helfen, denn Katherine war tot.

»Robin, Sie sind ja ganz erfroren«, meinte er, schlang die Arme um die Forschungsassistentin und führte sie ins Haus.

»Sagen Sie Robin, sie soll die Finger von Bob lassen«, hatte Katherine am Tag vor ihrem Tod gesagt.

Anna überlegte, ob Geister eifersüchtig sein konnten.

Vielleicht aber hatte die Warnung ja gar nichts mit Herzensangelegenheiten zu tun gehabt.

19

Anna brachte die Kraft auf, zwei große Schalen von Honeys Eintopf zu verspeisen. Robin futterte normalerweise wie ein Scheunendrescher, um die Kalorien wieder aufzufüllen, die sie bei der Arbeit zu Tausenden verbrannte. Heute Abend jedoch starrte sie auf ihre Schale, als sei diese eine trübe Kristallkugel, in der sie die Zukunft nicht erkennen konnte. Als Anna sie zum Zugreifen aufforderte, schob sie sich einen Bissen in den Mund.

Bob begann, sie zu bemuttern, und schien kurz davor, sie mit dem Löffel zu füttern. Da stand sie unvermittelt auf und ging hinaus.

Er wollte ihr folgen.

»Bleiben Sie sitzen«, befahl Anna. »Sie hatten noch keinen Nachtisch.«

Menechinn fuhr herum, schob die Brust vor, senkte das Kinn und sah die anderen hilfesuchend an. Die Botschaft in Jonahs Blick und in der Art, wie Ridley starr sein Buttermesser hielt, war unmissverständlich:

Iss deinen Kuchen oder stirb.

Anna verspeiste noch einen Löffel Eintopf. Schließlich musste eine Frau bei Kräften bleiben.

Adam kehrte zurück, als der Kuchen mit Eiscreme und Schokoladensauce serviert wurde.

»Wo hast du so lange gesteckt?«, erkundigte sich Ridley, sobald er die Küche betrat.

Die Frage klang nicht freundlich. Adam hatte sie zwar gerettet, was allerdings dadurch zunichte gemacht wurde, dass sich eine Rettung ohne seine Abwesenheit erübrigt hätte.

»Ich habe den Schlitten geholt«, entgegnete Adam beschwichtigend. »Er stand nicht weit weg, vielleicht dreihundert Meter vom Pfad entfernt.«

Er tat sich den restlichen Eintopf auf, holte sich einen Löffel aus dem Abtropfsieb mit dem sauberen Besteck und nahm auf dem Stuhl Platz, wo eben noch Robin gesessen hatte.

Dreihundert Meter.

Jede Faser in Annas Körper hätte geschworen, dass es neun oder zehn Kilometer gewesen waren. So stark war ihre Überzeugung, dass sie sogar widersprochen hätte, wäre sie nicht von wichtigeren Dingen abgelenkt gewesen, nämlich der Frage, ob Jonah auch genügend Schokoladensirup auf ihre Eiscreme goss.

»Ich habe sie in die Schreinerwerkstatt zum Wolf gebracht«, sagte Adam, während er eine Scheibe Brot mit Erdnussbutter bestrich.

»Das hätte ihr gefallen«, erwiderte Bob, worauf ihn alle entgeistert anstarrten.

»Ganz bestimmt, Bob. Ich weiß, wie viel sie Ihnen bedeutet hat.« Adams Tonfall war ebenso nachsichtig wie vorhin, als Ridley ihn angefahren hatte. Es war unmöglich festzustellen, ob er Bob verspotten wollte oder Mitleid mit ihm hatte.

»Gewiss, Adam. Danke. Hier herrscht offenbar allgemeine Gleichgültigkeit. Robin ist die Einzige, die das Ganze anscheinend mitgenommen hat, und man lässt es zu, dass sie sich absondert.«

Jonah knallte einen Teller mit Kuchen und Eiscreme vor ihn hin.

»Meine Herren, gnädige Frau, es ist Zeit zum Ausziehen«, verkündete Jonah.

Er stand vom Tisch auf und kehrte kurz darauf mit einem Plastikeimer wieder, den er Anna feierlich überreichte.

»Ich frage die arme kleine Robin, ob sie in die Sauna möchte«, meinte Bob und schob seinen Stuhl zurück. »Es würde ihr sicher guttun.«

»Sie gestatten«, entgegnete Anna spitz. »Ich muss zufällig selbst in diese Richtung. Schließlich ist es auch mein Zimmer.«
Bob setzte sein typisches Lächeln auf.
Saunen hatte im Norden Tradition. Während der Winterstudie auf der Isle Royale war die Sauna besonders wichtig, weil sie die beste Möglichkeit darstellte, sich in diesem kalten Klima ohne das Vorhandensein von fließendem Wasser zu reinigen. Obwohl Anna vor lauter Müdigkeit am liebsten sofort ins Bett gefallen wäre, munterte die Aussicht auf Wärme und gewaschene Haare sie so auf, dass sie in ihr Zimmer ging, um Handtuch und Seife zu holen.

Robin saß auf dem Bett und starrte auf ihre Hände.

Anna setzte sich auf das andere Bett. Der Abstand zwischen ihnen betrug höchstens einen Meter fünfzig.

»Was ist los?«, fragte sie unverblümt.

Unter gewöhnlichen Umständen wäre der Anblick einer verstümmelten Leiche eine Erklärung für den Zusammenbruch der jungen Frau gewesen. Doch Robin war erst viel später in Starre verfallen, nämlich als die Leiche verpackt wurde oder kurz darauf.

»Wir«, begann Robin, brach dann aber ab. Es stand ihr ins Gesicht geschrieben, dass sie beschlossen hatte, ein trauriges Geheimnis für sich zu behalten. Sie war keine gute Lügnerin.

Anna wartete ab, um ihr Zeit zu geben, ihre Meinung zu ändern. Dass sie überhaupt etwas gesagt hatte, war schon ein gewaltiger Fortschritt.

»Also gut«, meinte sie nach einer Weile. »Komm mit in die Sauna.«

»Nein.« Robin ließ den Kopf noch weiter hängen, dass ihr das Haar ins Gesicht fiel.

»Du riechst wie Ridleys Füße«, schwindelte Anna. »Zieh dich aus. Ich warte auf dich.«

Gehorsam stand Robin auf, und Anna und sie entkleideten sich. In ihre Handtücher gewickelt, Robin in Stiefeln, Anna in Clogs und beide mit einem Plastikeimer bewaffnet, verließen sie das Zimmer. Jonah, im Adamskostüm, erwartete sie im Wohnzimmer.

»Reiner Sex«, verkündete er und schlug sich auf den drahtigen, weiß behaarten Schenkel. »Also beherrscht euch, Mädels.«

Robin schmunzelte sogar.

»Wir sind zwar völlig erledigt, aber es wird uns trotzdem schwerfallen«, erwiderte Anna.

Jonah lief voraus.

Sie traten aus der Küchentür. Schnee rieselte in Annas Clogs, als sie durch das kleine Wäldchen zwischen der Außentoilette und dem Gebäude neben der Schreinerwerkstatt hasteten, das die Sauna beherbergte. Der Wind zerrte an ihren Handtüchern und peitschte so heftig Robins Haar, dass Strähnen davon an Annas Gesicht kleben blieben. Sie ließ die junge Frau vorausgehen. Die letzten zehn Meter rannten sie.

Der kleine Vorraum enthielt eine Bank und eine Reihe von Kleiderhaken, an denen bereits drei Handtücher hingen. Anna und Robin hängten ihre dazu, stellten ihre Schuhe auf die Bank und gingen mit ihren Plastikeimern in die Sauna wie zwei Kinder zum Strand.

Die Sauna bestand aus duftendem Zedernholz und wurde von einem gusseisernen Bollerofen beheizt. An zwei Wänden befanden sich übereinander mehrere Bänke, an der anderen standen der Ofen und ein Holzstoß. Auf dem Ofen dampfte ein Behälter mit Wasser vor sich hin. Links neben der Tür stand ein weiterer Behälter mit kaltem Wasser. Eine einzige Kerze auf der untersten Bank neben dem Kaltwassertank erleuchtete den Raum.

Im Kerzenschein schimmerten die Wände goldbraun, während die Ecken im Schatten verschwanden. Jonah und Adam saßen nebeneinander auf der obersten Bank und debattierten in aller Freundschaft darüber, ob nun Matt Damon oder Leonardo DiCaprio der größte Schauspieler des einundzwanzigsten Jahrhunderts sei. Ridley stand am Kaltwassertank und füllte seinen Eimer.

Seltsamerweise bekam Anna in der Saune nie klaustrophobische Anfälle, obwohl es dort eng, heiß und dunkel war. Ein kleiner düsterer Raum voller nackter fremder Männer. Und dennoch empfand sie das nicht als bedrohlich.

Eine Sauna war das, was einer Gebärmutter am nächsten kam. Im Norden, wo die bei Amerikanern weit verbreitete Angst vor der Nacktheit der Tradition keinen Abbruch getan hatte, besuchten Männer und Frauen die Sauna gemeinsam. Während des Aufenthalts dort waren sie zweieiige Zwillinge, oder in diesem Fall Fünflinge. Jonah verkniff sich die sexuellen Anspielungen. Niemand wechselte bedeutungsvolle Blicke.

Anna kletterte zu ihrem Lieblingsplatz hinauf, in die Ecke am Ofen dicht unter der Decke. In der dunklen Geborgenheit zog sie ein Bein an, schlang die Arme darum und stützte das Kinn aufs Knie. Ridley stand im Kerzenlicht und massierte Shampoo in sein Haar ein. Offen reichte es ihm über die Schultern. Keine Spur von Grau war in dem Dunkelbraun zu sehen. Er hatte einen schönen Körper mit breiten Schultern und kräftigen Beinen. Seine Muskeln waren von der Arbeit durchtrainiert, nicht künstlich im Fitnessstudio aufgeblasen. Seine Hände waren zart und anmutig, ebenso wie seine kleinen Füße.

Anna beobachtete ihn ohne Hintergedanken, so wie man einer Katze zusieht, die sich in der Sonne räkelt, einfach weil man den Anblick genoss. Als Adam von der Bank stieg, füllte Ridley den Eimer für ihn. Da er zwischen Anna und der Lichtquelle stand, war er in einen goldenen Schein getaucht, in dem sich die Muskeln von Armen und Bauch abzeichneten. Er war hager und sehnig und zog sich zusammen wie eine Sprungfeder, als er sich bückte, um sich die Fußsohlen zu waschen. Ridley kehrte zur Bank zurück, setzte sich neben Anna und lehnte den Kopf ans Zedernholz. Währenddessen gesellte Jonah sich zu Adam, mischte in seinem Eimer kaltes und heißes Wasser, bis ihm die Temperatur zusagte, und schüttete es sich dann über den Kopf. Der alte Pilot bestand nur aus Haut und Knochen. Sein weißer Bart und die Körperbehaarung schimmerten im Kerzenschein, bis ein zarter Nebel ihn einzuhüllen schien. Anna dämmerte kurz weg und träumte von kecken silbernen Libellen, die randlose Brillen vor ihren Facettenaugen trugen.

»Nur etwas fehlt«, sagte die Libelle.

Anna blinzelte und merkte auf. Jonah, inzwischen sauber geschrubbt und rosig, wandte sich an die anderen.

»Bob?«, erkundigte sich Ridley.

»Warum war das gerade Ridleys dümmste Bemerkung, seit ich ihn unter meine Fittiche genommen habe?«, fragte Jonah sein Publikum.

»Weil niemand Bob vermisst?«, gab Adam zurück.

»Der goldene Stern geht an den Mann in der obersten Etage«, verkündete Jonah. »Ich werde den fehlenden Gegenstand holen. Das ist stets die Aufgabe des Piloten.«

Er öffnete die Tür zum Vorraum weit genug, um den Arm herausstrecken zu können, und zog etwas herein.

»Voilà!«, rief er aus und hielt einen Sechserpack Bier hoch.

Anna schaffte es, den Kopf zu heben.

»Sie sind der tollste Typ auf der ganzen Insel«, lobte sie ihn und wurde mit der ersten Flasche belohnt.

Das Paradies setzt sich aus Kleinigkeiten zusammen, und Anna war froh, an diesem Abend daran teilhaben zu können.

Niemand vermisste Bob, und Anna beschloss, nicht darüber nachzudenken, warum er sich die Gelegenheit entgehen ließ, sich zu waschen.

Oder die Chance, Robin nackt anzugaffen.

Robin wusch Haar und Körper. Das Mädchen hatte die wundervollste Figur, die Anna sich vorstellen konnte. Es gefiel ihr, dass ihr das braune Haar, schwer vom Wasser, über die breiten Schultern kroch wie die Schlangen der Medusa. Falls die Männer in der Sauna sich nicht in gehobeneren Kreisen bewegten, als Anna es ihnen zutraute, hatten sie vermutlich ebenfalls noch nie einen so makellosen Frauenkörper gesehen. Vielleicht lag es daran, möglicherweise aber auch an Robins Jugend, der aufrichtigen Zuneigung zu ihr sowie an den Saunaregeln, dass sie stets ihre Privatsphäre respektierten, indem sie einfach nicht auf sie achteten.

Jonah seifte sein Haar noch einmal ein und trank dabei immer wieder einen Schluck Bier. Ridley goss langsam Wasser darüber, damit der Pilot es ordentlich ausspülen konnte. Sie plauderten über das Wetter, wann sie das nächste Mal würden fliegen können, und dass sie dringend Treibstoff für den Generator holen mussten.

Bob Menechinn hätte die Luft und das Wasser vergiftet.

Ganz zu schweigen davon, dass Anna ihn auf keinen Fall nackt sehen wollte. Auf dem Eis hatte sie ihm zugetraut, ihr beim Sterben zuzuschauen, ohne einen Finger krummzumachen. Und dennoch hatte er ihr das Leben gerettet. Außerdem hatte sie das Gefühl, dass ihn Katherine Huffs Tod nicht rührte oder ihn sogar erleichterte. Trotzdem hatte er Trauer geäußert. Auch konnte sie sich des Eindrucks nicht erwehren, dass er Robin nachstellte. Allerdings hatte er nie etwas Ungehöriges getan oder gesagt – zumindest nichts, was nur halb so ungehörig war wie Jonahs Anspielungen. Sie leerte ihre Bierflasche. Dann stützte sie wieder das Kinn auf die Knie. Ihre Augen waren halb geschlossen.

»Soll ich dir die Haare waschen?«

Robin blickte zu ihr hinauf. Im sanften Kerzenschein wirkte sie fünfzehn Jahre jünger. Ihre Wangen waren in einen bernsteinfarbenen Schein getaucht. Molly, Annas ältere Schwester und Psychiaterin in New York, hatte einmal gemeint, es gebe nur zwei Mittel gegen Depressionen, auf die sich Fachkreise hätten einigen können: körperliche Bewegung und anderen zu helfen.

»Danke«, sagte Anna.

Sie war nicht sicher, ob sie das Angebot Robin zuliebe annahm oder deshalb, weil sie glaubte, nicht mehr lang genug die Arme heben zu können, um sich das Haar einzuschäumen. Wo das Geschirr des Schlittens auf sie gedrückt hatte, fühlten sich ihre Schultern an wie geschmolzenes Wachs. Morgen würden sie sicherlich teuflisch schmerzen.

Sie setzte sich auf die unterste Bank und hielt still, während ihr Kopf mit Wasser übergossen, massiert, eingeseift und abgespült wurde. Wenn sie eine Katze gewesen wäre – eine Katze, die das Wasser liebte –, sie hätte vermutlich geschnurrt.

»Hey!« Eine Hand hielt sie am Arm fest. Sie war unter Robins fürsorglicher Pflege eingeschlafen und wäre wahrscheinlich umgekippt, wenn Adam sie nicht aufgefangen hätte.

»Ich glaube, ich bin total erledigt«, meinte sie. »Ich lege mich aufs Ohr.«

»Soll jemand Sie zum Haus begleiten?«, fragte Adam.

Das wollte Anna auf keinen Fall. Schließlich war sie ja nicht gebrechlich, sondern nur schläfrig nach dem Eintopf, dem Bier, der Sauna und dem vierzehnstündigen Herumstapfen im Schnee. Sie ließ die anderen auf den Holzbänken weiterschwitzen und schlüpfte in den Vorraum hinaus. Dampf stieg in trägen Wölkchen von ihrem Körper auf. Im Licht der Vierzig-Watt-Birne schimmerte ihre Haut rosig. Anna zog ihre Clogs an, wickelte sich das Handtuch um und öffnete die Tür nach draußen.

Der Wind war weder stärker noch schwächer geworden und peitschte weiter in Böen Schnee über die Insel. Schneeflocken wirbelten im Licht durcheinander. Allerdings konnte Anna nicht feststellen, ob sie vom Himmel oder vom nächstgelegenen Dach kamen. Trotz des eisigen Windes und der Temperaturen unterhalb des Gefrierpunkts war Anna nicht kalt, eine Nachwirkung der Sauna, die sie bis jetzt noch nie so intensiv erlebt hatte. Sie fühlte sich so unbesiegbar, dass sie Lust bekam, es richtig auszukosten. Also trat sie aus dem Lichtkegel, ließ in der Dunkelheit vor der Schreinerwerkstatt das Handtuch fallen und drehte sich mit dem Gesicht zum Wind. Für einen Moment war es, als würde sie fliegen.

Dann kam die Kälte.

Gerade wollte sie zur Blockhütte zurücklaufen, als sie ein

metallisches Scheppern hörte. Die Natur erzeugte zwar eine Unzahl von Geräuschen und ahmte auch die meisten vom Menschen hervorgebrachten nach – doch Metall auf Metall gehörte nicht dazu. Anna wickelte sich wieder in das jämmerlich dünne Frotteehandtuch und hielt sich die Hand vor Augen, um sie vor dem Schnee zu schützen. Die Werkstatt war das einzige Gebäude in diesem Teil des Geländes.

Ohne daran zu denken, dass sie weder in Uniform noch bewaffnet war, und außerdem nicht die Pflicht hatte, nächtlichem Geschepper auf den Grund zu gehen, marschierte sie die drei Meter zur Schreinerwerkstatt, öffnete die Tür und machte Licht.

Der übelriechende Hauch des Windigo schlug ihr entgegen. Bob Menechinn hatte sich über den Schlitten gebeugt. Die Müllsäcke, die Katherine als Leichentuch gedient hatten, waren entfernt worden. Nicht zerrissen oder durchgeschnitten, sondern ordentlich abgenommen und beiseitegelegt. Obenauf befanden sich Bobs Handschuhe. Der Parka, in dem Katherine gestorben war, war geöffnet und ausgebreitet.

Das Bild eines Werwolfs, der sich an Menschenfleisch labt, mischte sich mit dem Anblick des Mannes und der Leiche, sodass in Annas erschöpftem Verstand alles durcheinanderwirbelte. Ein Windstoß riss ihr das Handtuch weg. Die eisige Zunge des Windigo glitt über ihr Hinterteil und die Wirbelsäule hinauf.

20

Ach, verbringen wir unsere Freizeit mit ein bisschen Leichenschändung?«, fragte sie.

»Ich wollte mich verabschieden.«

»Und das ging nicht mit geschlossenem Parka?«

»Ich habe das Mobiltelefon gesucht.« Bob kauerte auf den Fersen, und Anna stellte fest, dass das erste Erschrecken über ihr plötzliches Erscheinen sich gelegt hatte.

»Sie wollen also im Dunkeln ein Mobiltelefon gesucht haben«, stellte Anna fest.

Menechinn ließ den Blick über ihren Körper gleiten, offenbar in der Absicht, ihre Nacktheit gegen sie zu verwenden. Anna beschloss, nicht darauf zu achten. Allerdings konnte sie nicht ignorieren, was Mutter Natur mit ihrem Rücken anrichtete. Der Wind peitschte ihre nackte Haut wie eine neunschwänzige Katze.

»Warum brennt denn hier Licht?«, übertönte da eine Stimme den Wind. Adam. Er war aus der Sauna gekommen und hatte das Licht in der Werkstatt bemerkt. Wenige Sekunden später stand er hinter Anna, schützte sie vor dem Wind, hob ihr Handtuch auf und reichte es ihr. Als Anna es sich umwickelte, war sie überrascht, wie viel mehr Mut ihr diese klägliche Hülle verlieh.

»Hallo, Bob«, sagte Adam.

Bob erhob sich und klopfte sich imaginären Schnee von der Jacke. Mit einer bedächtigen Geste griff er nach seinen Handschuhen, betrachtete andächtig die sterblichen Überreste seiner Doktorandin und bewegte die Lippen wie im Gebet.

Adam trat so nah an sie heran, dass Anna seine nackte Brust an ihrem Rücken spürte. Da es nicht sexuell gemeint war, nahm sie keinen Anstoß daran, sondern empfand seine Körperwärme als angenehm.

Nachdem Bob fertig war, zog er die Handschuhe an.

»Katherine und ich waren mehr füreinander als nur Professor und Studentin«, meinte er.

Anna spürte einen Schauder im Rücken und stellte fest, dass es nichts mit ihrem eigenen Nervensystem zu tun hatte. Die Muskeln in Adams Brust und Unterleib zuckten wie nach einem Schlag.

»Unser tief empfundenes Beileid«, sagte er.

Seine Worte klangen in Annas Ohren wie das Splittern von Holz. Die abgedroschene Phrase, berühmt gemacht von unzähligen Fernsehserien, deutete sie als kaum verhohlenen Spott. Bob hingegen schien sie ernst zu nehmen.

»Noch einmal vielen Dank, Adam. Miss Pigeon schien zu glauben, dass ich Kannibalismus oder schwarze Magie betreibe.« Ein kurzes Lächeln. »Schon gut, Anna, Sie haben in den letzten Tagen viel aushalten müssen. Mehr als wir anderen. Also sehe ich Ihnen die Überreaktion nach. Ich bin froh, dass Katherine Ihnen genug bedeutet hat, um sich Sorgen zu machen.«

»Ich erfriere«, verkündete Anna, schlüpfte ohne viel Federlesen an Adam vorbei und eilte zurück in die Sauna.

Die Wärme nach dem Aufenthalt in der trockenen Hitze war wie weggeblasen. Das Geborgenheitsgefühl, das sie in ihrer Ecke der Gebärmutter genossen hatte, war fort. Es blieb nur eine Erschöpfung, so tief, kalt und schneidend, dass sie es kaum schaffte, einen Fuß vor den anderen zu setzen. Am liebsten wäre sie in ihren Schlafsack gekrochen und in köstlicher Bewusstlosigkeit versunken. Aber da sie ihre letzten Kraftreserven aufgebraucht hatte, wusste sie, dass es ihr nicht mehr gelingen würde, sich aufzuwärmen, wenn sie die Hitze der Sauna nicht mit ins Bett nahm. Dann würde sie die ganze Nacht frieren.

In der Sauna traf sie nur noch Ridley an. Die Sauna kühlte ab, weil niemand mehr den Ofen nachschürte. Doch unter der

Decke war es noch warm genug, sodass Anna die Hitze in sich aufsaugen konnte.

Ridley schlug die Augen auf. An seinen langen dunklen Wimpern hingen winzige Wassertropfen, die glitzerten wie künstliche Diamanten bei einem Tanzmädchen in Las Vegas. Doch als er sich vorbeugte, hörten sie auf zu funkeln.

»Was ist?«, fragte er mit dem Gespür eines Mannes, der Ärger gewöhnt ist.

Anna erzählte ihm alles.

»Ach, herrje.« Er lehnte sich wieder zurück, allerdings in einem anderen Winkel, sodass seine Augen nicht mehr magisch funkelten. »Sie wissen sicher, dass er hier ist, um der Studie den Garaus zu machen.«

»Kann er das denn, solange die Wölfe sich so seltsam verhalten?« Merkwürdigerweise fing sie jetzt, da ihr wieder warm wurde, zu zittern an.

»Der Kerl ist zwar ein Idiot, kann aber tun und lassen, was ihm gefällt. Oder was ihm befohlen wird«, erwiderte Ridley. »Und dabei könnte er bei einem Wolf vorn und hinten nicht unterscheiden, und wenn ihn das Vieh in den Allerwertesten beißt.«

Allerwertesten.

Annas Gedanken blieben bei dem Wort hängen, einem netten, freundlichen Wort. Paul benützte solche Wörter. Niemals hätte er geflucht oder Kraftausdrücke verwendet. Anna nahm sich vor, Ordnung in ihrem eigenen Wortschatz zu schaffen.

»Adam muss verrückt gewesen sein.«

»Verrückt«, wiederholte Anna.

Sie hatte keine Ahnung, wovon Ridley redete, und nicht die Kraft, der Sache auf den Grund zu gehen.

»Offenbar hielt er Bob für ein Geschenk Gottes an die Wissenschaft. Einige Leute auf der Liste waren echte Wissenschaftler. Nicht die erste Garnitur zwar, sondern Bürokraten. Aber wenigstens hatten sie schon einmal ein Mikroskop gesehen.«

Ridley redete eigentlich nicht mit ihr. Er brauchte ihre Gegenwart nur, damit er nicht wie ein Spinner Selbstgespräche führte. Anna legte sich ausgestreckt auf die oberste Bank. Vorhin hatte der Platz dazu nicht gereicht.

»Bob ist käuflich. Man braucht nur mit einem Scheck zu wedeln, und schon erfüllt er einem jeden Wunsch. Das Ministerium für Heimatschutz will die Parks im Grenzgebiet ganzjährig öffnen. Bingo! Dann kommt Bob eben zu dem Schluss, dass die langfristigste, angesehendste und nicht zu vergessen beliebteste Studie im ganzen Land nichts als ein Haufen Müll ist.«

Das war der letzte Satz, den Anna hörte. Sie erinnerte sich noch dunkel, dass Ridley sie wachrüttelte und sie, den Arm um ihre Schulter gelegt, durch den Schnee zum Haus führte, wo sie in ihren Schlafsack kroch. Außerdem – allerdings war sie nicht sicher, ob sie sich das nur eingebildet hatte – hatte Jonah sich mit den Worten verabschiedet: »Gute Nacht, süße Träume, und lassen Sie sich nicht von den Wanzen beißen.«

Am liebsten hätte sie den ganzen Tag durchgeschlafen, und wenn auch nur aus dem Grund, dass sie in ihren Träumen keine Mitbewohner, sondern einen Ehemann hatte. Doch zwölf Stunden genügten, um wieder zu Kräften zu kommen. Um vierzehn Minuten nach zehn wachte sie auf, schlich aus dem Zimmer, um Robin nicht zu wecken, und ging ins Wohnzimmer. Wo das Schlittengeschirr sie gedrückt hatte, schmerzten ihr die Schultern, und ihre steifen Waden taten weh. Ansonsten war sie erstaunlich gut in Form.

Wie jeden Morgen brannte ein Feuer im Ofen. Anfangs hatte Anna Elfen in winzigen Stiefelchen in Verdacht gehabt, bis sie herausfand, dass Jonah jeden Morgen um fünf aufstand, um nach dem Wetter zu sehen, Feuer anzündete und dann, falls er nicht fliegen musste, wieder in seinen Schlafsack kroch, um noch ein paar Stunden zu schlafen.

Das Wohnzimmer war leer. Anna hörte Männerstimmen aus der Küche. Ihr Parka hing zusammen mit dem Filzfutter ihrer

Stiefel an einem Trockengestell vor dem Ofen. Sie sammelte ihre Sachen ein, zog sich an und schlüpfte hinaus ins Freie. Die Baumwipfel waren noch in Wolken gehüllt, und es wehte ein bitterkalter Nordwestwind, allerdings nicht so heftig wie in der vergangenen Nacht. Da es zu kalt für richtigen Schnee war, sausten winzige, fast unsichtbare Schneekristalle, spitz wie Glasscherben, durch die Luft.

Graues Licht, eine Welt, in der drei der Primärfarben fehlten, draußen hinderliche, schwere Kleidung, drinnen drangvolle Enge und Gerüche – der Winter schnürte Anna ein. Ohne Sonnenaufgang und das Funkeln der Sterne war sie zur Gefangenen der Zeit geworden. Alles wirkte endlos, als ob sie es schon tausendmal zuvor getan hätte und es wie Sisyphos bis in alle Ewigkeit wiederholen müsste.

Als sie durch die neuen Schneeverwehungen zwischen Toilettenhäuschen und Sauna watete, fragte sie sich, wie die Kriegsgefangenen in Sibirien bloß überlebt hatten. Immerhin hatte sie es warm, besaß hochwertige Kleidung, bekam genug zu essen und hatte einen Schlafplatz – die Mitglieder der Winterstudie mussten nichts Lebenswichtiges entbehren, sich allerdings bescheiden. Und dennoch brachte die erdrückende Zeitlosigkeit Anna aus dem Gleichgewicht. Sie nahm sich fest vor, niemals den Zorn des Kreml auf sich zu ziehen.

Die Tür zur Schreinerwerkstatt war geschlossen. Der Schnee wies frische Spuren auf. Große Spuren: Bob.

Als sie die Tür öffnete, schlugen ihr die Reste des Geruchs entgegen, den sie für Einbildung gehalten hatte. Katherines Leiche war nicht mehr in die Müllsäcke verpackt, sondern lag, ordentlich damit abgedeckt, im Schlitten. Der abgetrennte Fuß befand sich noch in der Plastikfolie, in die sie ihn am Fundort gehüllt hatten. Offenbar hatte Bob es nicht für nötig gehalten, ihn für die Abschiedszeremonie auszuwickeln. Der ausgeweidete Wolfskadaver und die eingetüteten Organe befanden sich auf dem Tisch in der Mitte des Raumes.

Anna fiel die Geschichte von dem Wolf ein, der Katherine

aufgefordert hatte, sie in den verschneiten Wald zu begleiten. Katherines sehnsüchtiger Blick, als sie ihr davon erzählt hatte. Die Schlussszene von *Sturmhöhe* in der Version mit Laurence Olivier stand Anna vor Augen: Heathcliff und Cathy, die gemeinsam in der verschneiten Ferne verschwanden. In Annas Version hatte ein Wolf Heathcliffs Rolle übernommen.

Sie schob das Bild beiseite und entfernte die Säcke von der Leiche. Aus nur den Wölfen bekannten Gründen – vielleicht, weil Katherine sich vor ihrem Tod unter die umgestürzte Zeder gezwängt hatte – war ihr Gesicht bis auf eine Risswunde an der Stirn unverletzt, aber dennoch kein schöner Anblick. Die eisigen Temperaturen und die Totenstarre hatten es zu einer schmerzerfüllten Fratze, einem Fleisch gewordenen Schrei, verzerrt. Der Parka war wieder geschlossen.

Offenbar war Bob heute Morgen zurückgekehrt, um Ordnung zu schaffen. Oder um das zu vollenden, wobei sie ihn gestern Abend gestört hatte, und dann seine Spuren zu verwischen.

Anna öffnete den Reißverschluss des Parkas und kauerte sich auf die Fersen.

Das Mobiltelefon suchen. Was für ein Schwachsinn.

Auf dieser Insel hatte man mit dem Mobiltelefon keinen Empfang, da sich kein Sendemast in Reichweite befand. Als Anna Parkpolizistin auf der Isle Royale gewesen war, hatte es noch keine Mobiltelefone gegeben. Nun hielt sie es für einen großen Vorteil, dass sie hier nicht funktionierten. So hatten die Wanderer und Ruderer nämlich keine Möglichkeit, mit ihren Freunden im Büro zu plaudern, während die Schönheit der Insel unbemerkt an ihnen vorbeiglitt.

Allerdings hatte Bob eindeutig etwas gesucht. Und zwar am Fundort, während die anderen die Leiche verpackten. Dann war er einfach mit der Taschenlampe davongefahren, weil er entdeckt hatte, was er suchte, und es vor ihrer Rückkehr verstecken wollte. Möglicherweise hatte er es auch nicht gefunden und wollte Katherines Zimmer danach durchwühlen. Die dritte Alternative war, dass er sich einfach als faules Schwein entpuppte und Lust auf ein Glas Wein verspürte.

Vielleicht hatte er auch wirklich, wie behauptet, die Leiche durchsucht. Falls er eine Taschenlampe bei sich gehabt hatte, brannte sie nicht, als Anna im Evaskostüm erschienen war. Doch das hieß nicht, dass er sie nicht zuvor benutzt hatte.

Anna starrte auf das Gesicht der toten Frau, ohne es wirklich zu sehen, und ließ den Abend in der Sauna und den Weg zur Schreinerwerkstatt noch einmal Revue passieren. Ihre Erinnerungen an die vergangene Nacht waren undeutlich. Zu viele Dinge hatten ihr den Verstand vernebelt.

Sie hatte die Sauna verlassen. Sie war mit dem Wind geflogen. Sie hatte ein Scheppern gehört – vermutlich der Schlitten, der an die Metallbeine der Werkbank am Fenster stieß. Dann hatte sie die Tür geöffnet und Licht gemacht.

Ohne den eisigen Wind im Rücken und ohne Bob, der ihre Nacktheit begaffte, konnte Anna die Dinge in ihrer Erinnerung deutlicher sehen als vorher in der Wirklichkeit. Bob Menechinn hatte auf den Knien gelegen. Sein Hintern ragte in die Luft, und er hielt den Kopf gesenkt, sodass er die Leiche verdeckte. Deshalb hatte Anna auch den Eindruck gehabt, dass er davon aß.

Für eine Mund-zu-Mund-Beatmung war es längst zu spät gewesen. Hatte er Katherine geküsst? Eine verlorene Liebe, Lebewohl und ruhe in Frieden, wie Bob behauptet hatte?

Oder stand er auf Sex mit toten Frauen?

Eine abstoßende Vorstellung. Obwohl Anna, falls sie je gezwungen sein sollte, mit Menechinn zu schlafen, dabei lieber tot gewesen wäre.

Anna schauderte und wandte ihre Aufmerksamkeit der Todesursache zu. Gewiss war es ein Wolf gewesen. Doch sicher hatten die Wölfe Katherine nicht in diesen Zedernsumpf geschleppt oder die Wissenschaftlerin dorthin gehetzt. Die Spuren im Schnee wiesen auf eine Mahlzeit, nicht auf eine Jagdszene hin.

Anna nahm ein paar Latexhandschuhe aus der Schachtel, die Ridley nach dem Sezieren des Wolfs stehen gelassen hatte, und betastete den steifen Saum des zerrissenen Hosenbeins. Ein zersplitterter Oberschenkelknochen ragte aus der verletzten Haut. Er war gebrochen, nicht durchgebissen. Irgendein ordnungsliebendes Tier hatte den Knochen sauber abgeleckt.

Vermutlich war Katherine in eine der natürlichen Fallen im Sumpf getreten und hatte sich den Knöchel gebrochen. Es konnte sein, dass das Rudel sie verfolgt hatte, aber wahrscheinlich hatte es sich erst nach dem Unfall auf sie gestürzt. Möglicherweise hatten die Wölfe das Blut gerochen, das aus dem offenen Bruch quoll. Außerdem hatte sie Röhrchen mit dem Blut des toten Wolfs in der Tasche gehabt, die beim Zusammenprall mit einem Stein oder dem Stamm eines umgestürzten Baums zerbrochen sein konnten.

Wenn Wölfe in der Nähe gewesen waren, hatten sie das bestimmt gewittert. Allerdings witterten Wölfe ständig Blut – ein verletzter Elch, ein verwundetes Rudelmitglied. Jede Mahlzeit war von Blutgeruch begleitet. Im Sommer rochen sie das Blut von Touristen, die sich kratzten, sich Blasen liefen oder sich an Kochutensilien schnitten. Anders als bei Haien löste Blutgeruch bei Wölfen jedoch keine Fressgier aus. Außerdem schlug der Geruch eines Menschen sie eher in die Flucht.

Die einzig logische Erklärung war ein Zusammentreffen einer Reihe von Ereignissen: Katherine bricht sich das Bein, die Wölfe stürzen sich auf sie, sie stinkt nach frischem Blut – ihrem eigenen und dem der Tiere. Sie töten sie.

Stinkt.

Der Hauch des Windigo.

Das Riechen, der primitivste unserer Sinne, brach über Anna herein, weckte aber keine Erinnerung. Sie wusste nur, dass hier etwas mächtig zum Himmel stank.

21

Anna kehrte zurück zum Blockhaus, betrat es durch die Tür der unbenutzten Küche, griff nach Katherines Gerätschaften zum Entnehmen von Proben, ging wieder in die Schreinerwerkstatt und machte sich an die mühevolle Arbeit, Beweismittel sicherzustellen.

Sie war nicht sicher, wonach sie eigentlich suchte. Die Mordwaffen waren eindeutig Zähne und Krallen gewesen. Langweilte sie sich, litt sie an Verfolgungswahn, oder verlor sie hier oben im hohen Norden allmählich den Verstand? Jedenfalls wurde sie das Gefühl nicht los, dass Katherines Tod kein Unfall gewesen sein konnte. Außerdem konnte sie sich des starken Verdachts nicht erwehren, dass Bob etwas damit zu tun hatte. Andererseits ließ sie ihre Bereitschaft, dem Mann vom Ministerium für Heimatschutz etwas anzuhängen, an ihrer eigenen Objektivität zweifeln.

Sie nahm Abstriche, konservierte sie und machte sich Notizen. Am auffälligsten erschien ihr, dass die Leiche verhältnismäßig wenige Verletzungen aufwies. Einer wissenschaftlichen Theorie zufolge wurde die Größe eines Rudels dadurch bestimmt, wie viele Tiere in die Runde um eine Beute passten. Wenn Wölfe Beute machten, scharten sie sich darum und fraßen sie warm und – zumindest am Anfang – häufig noch lebend. *Canis lupus* war es in die Wiege gelegt, im Familienkreis zu speisen und keine Reste übrig zu lassen. Die Kiefer eines Wolfes konnten einen Druck von siebenhundertfünfzig Kilo pro zweieinhalb Quadratzentimeter ausüben, etwa doppelt so viel wie bei einem Deutschen Schäferhund und fünfmal so viel wie bei einem Menschen. Ein ausgewachsener Wolf musste nur sechs- oder siebenmal zubeißen, um einen Oberschenkelknochen zu durchtrennen. Auch Geschwindigkeit lag ihnen im Blut. Obwohl Wölfe die wildesten unter den Raubtieren waren, waren sie lange nicht so gründlich wie Raben, wenn es um Aas ging. Ein einziger Rabe konnte bis zu zwei Kilo Fleisch am Tag wegschaffen und es für den späteren Verzehr in den Ästen eines Baumes verstecken.

Die zarte, zierlich gebaute Katherine wäre innerhalb weniger Minuten in Stücke gerissen worden. Und dennoch war ihre Leiche relativ unversehrt: Ein Fuß und ein Arm fehlten, die Kehle war aufgeschlitzt, die Finger waren angeknabbert. Ansonsten handelte es sich nur um oberflächliche Verletzungen. In einem Hungerwinter, in dem die Elche rar waren, hätten die Wölfe niemals freiwillig frisches Fleisch zurückgelassen. Offenbar hatte sie etwas verscheucht.

Allerdings hatte derjenige die Leiche auch nicht gefressen. Außerdem war das anscheinend nicht hungrige Schreckgespenst verschwunden, bevor es zu schneien aufgehört hatte. Eine andere Möglichkeit war, dass es sich auf eine Weise fortbewegte, die keine Spuren erzeugte.

Anna stand auf und stampfte mit den Füßen, um die Durchblutung anzuregen. Die Stiefel mit den steifen Sohlen eigneten sich nicht zum Knien. Oder zum Gehen. Oder um der Ästhetik Genüge zu tun. Sie waren schlicht und einfach dazu da, die Füße trocken zu halten und zu verhindern, dass man sich schwarze Zehen holte. Den toten Wolf auf der einen, die tote Frau auf der anderen Seite klatschte Anna in die Hände und stampfte wie ein Zombie. Dabei erinnerte sie sich an die Nacht, in der Katherine ums Leben gekommen war.

Sie konnte nicht einmal sicher sein, dass Katherine die Werkstatt verlassen hatte, um Bob zur Rede zu stellen. Vielleicht hatte sie nur ein menschliches Rühren verspürt. Anna hatte die beiden in der Nähe der Toilette beobachtet. Bob hätte ihr aus irgendeinem Grund auflauern können, und dann war es zu einem Streit gekommen. Möglicherweise war sie Bob zufällig begegnet und hatte die seltene Gelegenheit mit ihm allein genutzt, um etwas loszuwerden, das sie schon länger belastete.

Wieder ging Anna in die Knie und begann, Katherines Kleidung zu durchsuchen. In der rechten vorderen Hosentasche entdeckte sie einen Stift Lippenpomade. In der Tasche des Parkas steckte ein Taschentuch, kein großes aus Baumwolle, wie man es heutzutage benutzte, sondern ein kleines aus Leinen mit einem bestickten Seidensaum. Genau so eines hatte Anna bei sich gehabt, als sie mit Paul zum Altar geschritten war.

»Etwas Geborgtes.«

Ihre Schwester Molly hatte nach dem Tod ihrer Schwiegermutter eine ganze Schachtel davon geerbt. Allerdings nahm man so etwas nicht mit in die Wildnis, um sich gefrorenen Schleim aus Nase und Augen zu wischen.

Anna hoffte, dass das zarte Taschentuch Katherine Trost gespendet hatte, und verstaute es in einem Asservatenbeutel aus Papier. Falls sich organische Substanzen daran befanden, würden sie sich in Papier besser halten als in Plastik. Anschließend tastete sie die Leiche gründlich ab. Ein Klumpen im Futter des Parkas löste die Aufregung in ihr aus, die jeden Gesetzeshüter – ganz gleich, ob in blauer oder grüner Uniform – ergreift, wenn er glaubt, auf einer heißen Spur zu sein.

Die Aufregung legte sich wieder, als sie feststellte, dass der Gegenstand nicht wie geschmuggelte Juwelen ins Futter eingenäht worden, sondern durch einen Riss in der Tasche hineingerutscht war. Sie schob ihn nach oben, bis sie ihn in der Hand hatte. Blut. Das Röhrchen mit Wolfsblut war nicht zerbrochen.

Hatte Bob wirklich ein Mobiltelefon gesucht, wie behauptet, oder hatte er es darauf abgesehen gehabt? Das ergab wenig Sinn, denn auf der Werkbank türmten sich genug Beutel mit Wolfsfleisch, um beliebig viele Proben zu nehmen. Anna steckte das Röhrchen in einen Umschlag, versiegelte ihn und versah ihn mit dem Datum und ihren Initialen. In jedem Fall musste die Beweiskette erhalten bleiben, weshalb man festhielt, wer den betreffenden Gegenstand sichergestellt und mit ihm hantiert hatte. Eine Unterbrechung dieser Kette, ein klitzekleiner Irrtum, und schon würde der gegnerische Anwalt darauf beharren, das Beweisstück sei manipuliert und deshalb nicht zulässig.

Anna war nicht sicher, ob überhaupt ein Verbrechen vorlag. Sie vertrat nicht einmal das Gesetz. Ihr Zuständigkeitsbereich war der Rocky Mountain Nationalpark in Colorado und erstreckte sich nicht auf einen Park in Michigan. Dennoch arbeitete sie gründlich und streng nach Vorschrift.

Als sie fertig war, fragte sie sich, was zum Teufel sie nun mit ihren ordentlich beschrifteten Proben anfangen sollte. Sie konnte sie nirgendwo einschließen. Im Stützpunkt der Parkpolizei im Besucherzentrum gab es bestimmt einen Asservatenschrank, doch die Parkaufsicht hatte Ridley gewiss keinen Schlüssel dafür gegeben. Außerdem war Anna nicht sicher, ob sie Ridley vertrauen konnte. Im Moment vertraute sie sich kaum selbst.

Neben dem Wohnzimmer, zwischen ihrem Zimmer und dem von Bob und Adam, gab es einen Lagerraum, eine kleine fensterlose Kammer voller Spinnweben und altmodischer Ausrüstungsgegenstände. Doch der kam nicht in Frage, denn er wurde zwar kaum genutzt, war aber für jeden frei zugänglich. Unter gewöhnlichen Umständen wurden organische Proben durch Einfrieren unbrauchbar. Doch da diese hier bereits gefroren waren, würde ein Auftauen sie noch mehr beschädigen und vielleicht ein erneutes Einfrieren nötig machen.

Nachdem sie sich eine Weile in der Werkstatt umgesehen hatte, entdeckte sie im hinteren Teil unter einer Werkbank eine verrottete Bodendiele, unter der sich ein niedriger Kriechkeller befand. Eine alte Werkzeugkiste, verrostet, aber mäusesicher, musste als Asservatenschrank herhalten. Anna schob die Werkzeugkiste in das Loch und verdeckte die Öffnung dann mit Farbdosen.

Sie fühlte sich ein wenig wie eine Hobbydetektivin. Wie

ernst zu nehmen war ein Verbrechen, wenn die Ermittlerin Metallkisten unter den Bodendielen eines alten Schuppens versteckte?

Als sie zum Blockhaus zurückkehrte, gab es gerade Mittagessen. Während das Abendessen die einzige geplante Mahlzeit des Tages war, bestand das Mittagessen aus Toast mit Erdnussbutter und Marmelade, Keksen oder den Resten des Vorabends. Adam glänzte durch Abwesenheit. Ridley war zwar da, aber nicht sehr gesprächig. Wegen des Wetters – oder der Gefahr, durch eine Laune von Bob Menechinn seine Lebensaufgabe und den Arbeitsplatz zu verlieren – hatte er dunkle Ringe unter den Augen.

Anna rückte sich einen Stuhl zurecht und setzte sich, worauf Ridley ihr höflich zunickte und ihr Brot und Erdnussbutter reichte. Anna hatte zwar Appetit, aber der verzweifelte, fast unstillbare Heißhunger der ersten Tage hatte sich gelegt.

Katherine wurde abgeschlachtet, und du isst dich satt.

Es war ein Gedanke, der ihr sauer aufstieß. Die ganze Insel hatte etwas Wildes an sich, das ihr zu schaffen machte.

Bob saß an seinem Stammplatz und wirkte noch aufgedunsener als am Vortag.

Eine Zecke, die sich vollsaugt.

Anna, die zu schwarzem Humor und makabren Gedanken neigte, wusste, dass man manche Dinge in der Öffentlichkeit besser nicht aussprach. Doch die ständige Konfrontation mit fressen und gefressen werden – die Nahrungskette, symbolisiert durch Fleischfetzen und Erdbeermarmelade –, sorgte dafür, dass ständig ungebetene makabre Wörter in ihr hochstiegen, als verlöre sie allmählich den Verstand. Vielleicht wurde die ganze Welt verrückt.

Eigentlich war sie nicht abergläubisch, überlegte aber, ob sie es werden sollte, während sie kauend auf die Tischplatte starrte. Es konnte nicht schaden, sich gegen Dinge zu schützen, die es gar nicht gab. Wem – außer dem Hasen natürlich – tat es weh, wenn man eine Hasenpfote bei sich trug?

»Ich werde ein bisschen Langlauf trainieren«, verkündete sie, während sie die Krümel vom Tisch wischte.

»Nehmen Sie ein Funkgerät mit«, sagte Ridley.

Bob lächelte schief, was wohl bedeuten sollte: *Ich habe dich nackt gesehen.*

Ich weiß, was du letzten Sommer getan hast schwebte aus einer Schublade in Annas Verstand, sodass sie ebenfalls lächeln musste. Nicht wegen Bob, sondern weil es so ein alberner, schlechter Film für Teenager gewesen war. Offenbar merkte man ihr an, dass sie an ein blutiges Messer und ein triefendes Beil dachte, denn Bob hörte auf zu lächeln und beugte sich über seine Mahlzeit.

Seit Anna zuletzt auf Langlaufskiern gestanden hatte, waren zehn Jahre vergangen, und sie war damals schon nicht sehr geschickt gewesen. An unwegsamen Stellen, die Robin überflogen und Ridley durch Krafteinsatz überwunden hätte, würde sie die Skier abnehmen und sie tragen müssen. Dennoch käme sie schneller voran als zu Fuß. Allerdings waren die dicken Stiefel die einzigen, die sie dabeihatte, und die hätten niemals in eine Bindung gepasst. Also erinnerte sie sich an Robins Einfall in Malone, entfernte die Bindungen mit einem Buttermesser und befestigte die Stiefelkuppen mit Klebeband fest an die Skier, sodass die Fersen Spielraum hatten. Das war zwar nicht die optimale Lösung, musste aber genügen. Die restliche Rolle Band verstaute sie in ihrem Rucksack.

Der sanft geschwungene Abhang hinunter zum Wasser gab ihr Zeit, Füße, Skier, Hände und Stöcke miteinander zu koordinieren. Als sie den Bootssteg erreichte, bewegte sie sich schon einigermaßen selbstbewusst.

Dem Feldtmann Pfad bis zu der Stelle zu folgen, an der sie ihn verlassen hatten, war einfach. Das Schneemobil hatte tiefe Spuren hinterlassen. Der Weg zu der Stelle, wo Katherine gestürzt war, bereitete ihr zwar mehr Schwierigkeiten, doch die Schleifspur des Schlittens und die Abdrücke von Annas Stiefeln waren noch nicht vom Wind verweht oder unter Neuschnee verschwunden. Die Skispuren hingegen waren kaum noch zu sehen. Hin und wieder entdeckte sie einen Streifen im Schnee oder ein Loch, wo ein Skistock hineingebohrt worden war. Aber falls sie keine andere Möglichkeit gehabt hätte, sich zu orientieren, wäre es sicher kompliziert geworden, den Kurs zu halten.

Adam hatte gesagt, bis zu der Stelle, wo sie den Schlitten zurückgelassen hatten, sei es nicht weit gewesen. Und er hatte Recht. Ohne Last, ausgeruht, auf Skiern und bei Tageslicht brauchte sie nur eine knappe Stunde. Die Unzuverlässigkeit ihres Zeitgefühls ärgerte sie und brachte sie aus dem Konzept. Das Déjà-vu-Erlebnis dehnte sich aus und zerfiel in zwei Dimensionen, so als wäre sie vom Wohnzimmer ihres Hauses in Rocky ins Bad gegangen, nur um festzustellen, dass der Flur dazwischen plötzlich verschwunden war.

Der Nasenhügel, die Nasenhaarbäume, der Kühlschrankfelsen. Anna nahm die Skier ab und stapfte in den Zedernsumpf hinein.

Die neonorangen Flecken auf dem Boden, hinterlassen von Tieren, die sich an der Wissenschaftlerin gütlich getan hatten, waren unter Neuschnee verschwunden. Nur die Bäume wiesen noch grelle Flecken auf. Anna nahm die Sturmhaube ab, blieb reglos stehen und ließ den Wald auf all ihre Sinne wirken. Ein leichter Wind strich durch die Baumwipfel, rüttelte sanft an den kahlen Ästen und brachte die Blätter, die im Herbst nicht hatten fallen wollen, zum Rascheln. Die Luft roch sauber und frisch. Vom Hauch des Windigo oder anderen unaussprechlichen Dingen war nichts zu bemerken. Nur die roten Eichhörnchen musterten sie neugierig und freundlich.

Anna folgte dem praktischerweise mit Blut markierten Weg weg von der Lichtung.

Das Spurenlesen hatte sie in der Wüste gelernt. Eine verschneite Landschaft unterschied sich nicht sehr davon, und sie stellte fest, dass es verhältnismäßig gut klappte. Langsam arbeitete sie sich an den Blutspritzern und der inzwischen fast nicht mehr zu sehenden Spur entlang, wo Katherine aus dem Sumpf gekrochen – oder geschleift worden – war. Sie erreichte das Loch, das sie und Robin gegraben und wo sie den Rucksack gefunden hatten. Inzwischen war es wieder mit Schnee gefüllt, sodass nur noch eine große Einbuchtung zu sehen war. Anna holte den aus der Küche stibitzten Spaghettilöffel aus ihrem Rucksack und stocherte damit im Schnee herum. Mit Handschuhen drückte man den Schnee nämlich eher fest, anstatt ihn aufzugraben, und um mit nackten Händen zu suchen, war es viel zu kalt.

Sie förderte blaue Segeltuchfetzen zutage, einer davon, wie sie annahm, entweder mit Blut aus den zerbrochenen Röhrchen oder dem der Wissenschaftlerin durchweicht. Auf dem Stoff war das Blut nicht mehr fröhlich orangerot wie ein Verkehrskegel, sondern dunkel und verkrustet. Anna hatte zwar keine Ahnung von Chemie, war aber sicher, dass ein unternehmungslustiger Forscher eines Tages tausend Dollar Fördermittel bekommen würde, um dieses Phänomen zu untersuchen.

Ganz unten in der Grube stieß sie auf einen blauen Gurt aus Segeltuch. Das Ende, an dem sich die Schließe befand, war noch intakt. Dort, wo der Gurt am Rucksack gehangen hatte, war er gerissen. Entweder hatte jemand Katherine den Rucksack vom Rücken gezerrt, oder er war einem Tauziehen zwischen der Frau und einem Wolf oder zwischen zwei Wölfen zum Opfer gefallen.

Oder zwischen der Frau und dem nicht hungrigen Schreckgespenst.

Anna stand auf und hielt Ausschau nach dem nächsten orangen Spritzer. Der Schnee, der sich auf den umgestürzten Baumstämmen türmte, erinnerte an das zerwühlte Bett eines Riesen. Die Hälfte der Bäume lebte und ragte aus dem Schnee, die andere Hälfte lag darunter, tot und wild durcheinander. Erhebungen und Einbuchtungen konnten auf menschliche Einwirkung hinweisen, aber auch die Folge von Schnee, Schwerkraft, Temperaturschwankungen und der unterschiedlichen Höhe der Baumstapel sein.

Anna hatte gehofft, mehr Blut zu finden. Als die Wölfe den Elch gerissen hatten, war alles voller Blut gewesen. Wegen des schnellen Herzschlags der Tiere, des gnadenlosen Angriffs der Wölfe und der heftigen Gegenwehr des Elchs mit Hufen und Geweih war das Blut in alle Richtungen gespritzt.

Hier hingegen war die Ausbeute für eine Spurensucherin gering. Vielleicht war Katherine zu schwach gewesen, um sich gegen einen Angreifer zu wehren, der fast so viel wog wie sie. Möglicherweise hatte ihre Kleidung das Blut aufgesaugt.

Wenn die grelle Farbe nicht gewesen wäre, hätte Anna den nächsten Blutspritzer wahrscheinlich übersehen. Sieben orange Tropfen bildeten einen ordentlichen Bogen auf der hellen Rinde einer umgestürzten Zeder, dicht oberhalb der Schneelinie.

Vorsichtig legte Anna mit dem Spaghettilöffel Katherines Spuren frei. Fünfzig Meter weiter, zwischen dem Gewirr aus umgestürzten Bäumen, befand sich eine etwa achtzehn mal vierundzwanzig Zentimeter große Stelle, die so aufgewühlt war, dass die Schneeverwehungen sie nicht hatten bedecken können. Die tiefste Einbuchtung befand sich dort, wo zwei tote Äste sich kreuzten. Ringsherum waren schwach die Pfotenabdrücke von Wölfen zu erkennen.

Falls es Pfotenabdrücke waren.

Der Windigo schleppte seine Opfer in so hoher Geschwindigkeit davon, dass ihre Füße wegbrannten und zu Stümpfen wurden. Ihre Spuren im Schnee erinnerten dann eher an Hufspuren als an menschliche Fußabdrücke.

»Schluss damit«, sagte Anna laut. Eine innere Stimme zu haben war ja gut und schön, aber der kleinen Racker konnte eine richtige Landplage sein, wenn Gruselgeschichten ins Spiel kamen.

Anna fing an, am äußeren Rand des Kreises den Schnee wegzuräumen. Wo sich die Zweige ineinander verschlangen, stieß sie auf gefrorenen Urin. Er stammte von einem Menschen, denn daneben lag ein zusammengeknülltes Papiertaschentuch. Katherine hatte so lange in der Falle gesessen, dass sie ihre Blase hatte erleichtern müssen. Außerdem konnte sie sich zu diesem Zeitpunkt unmöglich schon das Bein gebrochen haben, da sie wegen der Verletzung zu unbeweglich gewesen wäre und zu große Schmerzen gehabt hätte, um sich hinzukauern.

In demselben imaginären Kreis rings um den Unglücksort – die Fußfalle aus gekreuzten Ästen – entdeckte Anna eine Taschenlampe, eine unbenützte Signalfackel, eine halb volle und durchgefrorene Wasserflasche und ein Päckchen Kaugummi. Katherine mochte panisch in den Wald gelaufen sein. Aber falls sie den Rucksack nicht anderswo deponiert gehabt hatte, musste sie in ihr Zimmer zurückgekehrt sein, denn sie war nicht unvorbereitet losgezogen.

Auf den Fersen kauernd überlegte Anna, was eine zierliche, emotional aufgewühlte Wissenschaftlerin aus Washington D.C., ausgerüstet mit einer Signalfackel und einem Päckchen Kaugummi, wohl hier draußen in der Dunkelheit gesucht haben mochte. Hatte sie geplant, sich zu verstecken, damit Bob sich Sorgen machte, wollte aber auf Nummer sicher gehen? Hatte sie den Streit mit Bob inszeniert, um einen glaubhaften Grund zum Davonlaufen zu haben?

Aber wohin? Und warum hatte sie die Signalfackel nicht benutzt? Jeder, der Spätfilme im Fernsehen sah, wusste, wie man Wölfe mit einer Signalfackel verscheuchte. Ganz gleich, welche Gründe Katherine auch gehabt haben mochte, jedenfalls war ihr hier der Rucksack entrissen worden.

Da Anna keine Asservatenbeutel hatte, die groß genug für Taschenlampe und Signalfackel waren, verstaute sie sie in ihrem Rucksack. Beim Weitergraben förderte sie das Mobiltelefon zutage, an dem Bob offenbar so viel lag. Anna kannte sich kaum mit Mobiltelefonen aus. Den Großteil ihres Berufslebens hatte – bis auf die Besatzung von *Raumschiff Enterprise* – kein Mensch so ein Ding besessen. Und seit man sie überall kaufen konnte, hatte sie stets in abgelegenen Gebieten gearbeitet, wo man ohnehin keinen Empfang bekam. Paul schenkte ihr eines, weil sie versprochen hatte, es auf ihren Autofahrten zwischen Colorado und Mississippi mitzuführen. Ein paarmal hatte sie es sogar eingeschaltet. Und als sie es wirklich einmal gebraucht hatte, war natürlich der Akku leer gewesen. Also war es vom Handschuhfach in den Kofferraum gewandert.

Dieses Telefon war offenbar ein Hochleistungsgerät mit unzähligen Knöpfen und Symbolen im Miniaturformat. Das Display war schwarz. Weil ihr eigenes Telefon so funktionierte, zog Anna den Handschuh aus und drückte auf das rote Symbol für »Verbindung beenden«, um es einzuschalten.

Nichts.

Sie drückte auf das grüne Symbol für »Verbindung aufbauen«.

Nichts.

Als ihre Finger vor Kälte schmerzten, gab sie es auf und steckte das Telefon in die Tasche. Vielleicht war der Akku leer oder eingefroren. Vermutlich beides. Menechinn wollte das Telefon zurück, um sich das Geld für eine Wiederbeschaffung zu sparen. Aber Anna hätte es lieber ins Plumpsklo geworfen, als ihm diese Freude zu machen. Seit er ihr das Leben gerettet hatte, löste Bob solche Gefühle in ihr aus.

Anna setzte sich auf einen der Äste, die Katherine gefangen und festgehalten hatten, bis der Tod auf nächtlichen Pfoten kam, und dachte über ihre Funde nach. Bisher war die Suche nicht sehr ergiebig gewesen, und sie hatte nicht mehr viel Zeit. Schließlich war sie ziemlich spät aufgebrochen und hatte nicht vor, ihre lange Nachtwanderung in Begleitung einer Leiche und eines Zombies zu wiederholen. Nicht einmal mit zwei Taschenlampen und einer Signalfackel.

Also versuchte sie, aus ihren mageren Ergebnissen einen Hergang zu konstruieren. Katherine war aus unbekannten Gründen davongelaufen. Entweder, um etwas zu tun, das sie geheim halten wollte, oder um Bob ein schlechtes Gewissen einzuimpfen. Die Signalfackel wies darauf hin, dass sie jemandem ein Zeichen geben wollte. Das Ministerium für Heimatschutz hatte Bob auf die Isle Royale geschickt, weil sie angeblich eine undichte Stelle in Grenznähe war, insbesondere im Winter, wenn sich fast niemand dort aufhielt.

Wollte sie sich mit Schmugglern in Verbindung setzen? Mit Terroristen?

Als Anna auflachte, war sie selbst erstaunt über das Geräusch. Übeltäter, die den Leichtsinn besaßen, im Januar auf dem Lake Superior ihr Unwesen zu treiben, waren eine sich selbst ausrottende Spezies. Allerdings musste eine beim Ministerium für Heimatschutz arbeitende Städterin das nicht unbedingt wissen. Provinzielles Denken kam nicht nur in der Provinz vor.

Tatsache war, dass Katherine Windigo verlassen und sich dann – absichtlich oder unabsichtlich – verirrt hatte. Sie war in den Zedernsumpf geraten und dort von Wölfen aufgespürt worden. Obwohl es ihrem natürlichen Verhalten eigentlich widersprach, hatten die Tiere beschlossen, sie aufzufressen. Ihr war ihr Mobiltelefon eingefallen, und sie hatte versucht, Hilfe herbeizurufen. Als sie ihren Fuß befreien wollte, hatte sie sich den Knöcheln gebrochen. Dabei waren vielleicht auch die Röhrchen zu Bruch gegangen. Blut aus der offenen Wunde, Blut eines toten Wolfes, laute Schreie und ein zappelndes Opfer. Wie sollte ein Wolf, der etwas auf sich hielt, da widerstehen? Dann rutschte der Fuß aus der Astgabel, und Katherine schleppte sich – oder wurde von den Wölfen geschleppt – zu der Stelle, wo sie getötet worden war.

Und dann war ihr Geist nach Windigo geschwebt und hatte *Helft mir* an die Fensterscheibe geschrieben.

»Ich glaube, diesen Fall haben wir aufgeklärt«, meinte Anna zu einem Eichhörnchen, das sie offenbar für einen Teil des Baumes hielt und sich ganz in ihrer Nähe niedergelassen hatte, um eine Portion seiner herbstlichen Ernte zu verspeisen. Das kleine Nagetier keckerte, sauste den nächsten Baum hinauf und verschwand. Im nächsten Moment tauchte es auf der anderen Seite wieder auf und beschimpfte Anna wegen der Störung.

»Entschuldige, dass ich dich erschreckt habe. Ich dachte, du wüsstest, dass ich es bin. Danke.«

Als sie das Eichhörnchen beobachtete, entdeckte sie Spuren, die sich in schrägem Winkel der anderen Seite des Baums näherten. Sie sahen aus wie die Abdrücke von Stiefeln. Wenn Anna nicht mehr oder weniger damit gerechnet hätte, hätte sie sie für eine Täuschung gehalten oder mit den Wetterverhältnissen erklärt. Einander überlappende Elchspuren ähneln häufig den menschlichen Fußabdrücken. Auch vom Wind verwehte Wolfsspuren konnten so wirken.

Da die Spuren zum Großteil verwischt waren, konnte sie nur sagen, dass sie von Westen kamen, wo das Blockhaus lag. Allerdings hatte das nichts zu bedeuten, denn in unwegsamem Gelände konnten sich nur Vögel in Luftlinie fortbewegen. Kriechend, kletternd und auf dem Hintern rutschend umrundete Anna die Spuren in konzentrischen Kreisen.

Sie endeten in der Nähe des Fundorts der Leiche unter einem immergrünen Nadelbaum, der den Boden ein wenig vor dem Schnee schützte. Hier war der Besitzer der Stiefel mit dem Rücken zum Baum stehen geblieben und hatte das Blutbad, die Leiche oder beides betrachtet.

Dieser Zeuge war es, der die Wölfe von ihrer Beute verscheucht hatte.

22

Im letzten Licht des Nachmittags lief Anna auf Skiern zurück zum Haus. Bis sie ihre Fundstücke unter den Bodenbrettern der Werkstatt versteckt hatte, war es schon dunkel. Das Mobiltelefon behielt sie bei sich. Wenn der Akku warm wurde, hatte er vielleicht genug Energie, damit sie feststellen konnte, mit wem Katherine zuletzt telefoniert hatte.

Obwohl sie erst nach Einbruch der Dunkelheit nach Hause gekommen war, hatte niemand sie angefunkt, um sich zu vergewissern, dass sie noch lebte. Offenbar hatte niemand mehr die Kraft, Interesse dafür aufzubringen. Der Hüttenkoller schien ansteckend zu sein.

Ridley arbeitete an dem Schreibtisch in seinem und Jonahs Zimmer. Adam lag auf dem Sofa und schlief oder tat zumindest so. Bobs Tür war geschlossen. Jonah, der ausnahmsweise keine Lust auf Gesellschaft zu haben schien, saß im dämmrigen Wohnzimmer. Abwechselnd beobachtete er Adam, als wolle er sein Gewicht schätzen, und starrte in eine abgegriffene Ausgabe von *Newsweek*. Auf dem Tisch neben der Zeitschrift stand ein Marmeladenglas, das einen etwa zweieinhalb Zentimeter hohen Rotweinpegel zeigte.

Nummer 2787, das wusste Anna. Ridley, Jonah und auch Rolf Peterson, bevor er in den Ruhestand gegangen war, nahmen ihren Schlummertrunk – serviert von Jonah – aus Marmeladengläsern zu sich. Jeder erkannte sein Glas an der eingestanzten Nummer. Wölfe waren nicht die einzigen Lebewesen, deren Entwicklung in der Abgeschiedenheit litt.

Nachdem Anna die dicken Wintersachen aus- und trockene, wenn auch nicht unbedingt saubere, Kleidung angezogen hatte, stellte sie sich vor den Holzofen zwischen die Ständer mit trocknenden Unterhosen und Socken. Auch sie hatte einen Hüttenkoller und wusste nicht, was sie mit sich anfangen sollte. Sie wünschte, sie hätte Paul anrufen können, was mit dem öffentlichen Telefon im Wohnzimmer theoretisch möglich gewesen wäre. Doch seit dem Unwetter war die Verbindung so schlecht, dass jede Unterhaltung zur Qual wurde. Eine E-Mail wäre eine Alternative gewesen, aber auch die Internetverbindung war gestört.

»Hat Ridley jemanden erreicht, um Katherines Tod zu melden?«, fragte sie in den Raum hinein.

»Er hat eine E-Mail geschrieben«, erwiderte Jonah. »Und eine Antwort erhalten. Sobald es aufklart, schickt die Forstverwaltung eine Beaver. Dann brechen wir unsere Zelte ab.«

Offenbar hatte Bob seinen Willen bis zu einem gewissen Grad durchgesetzt. Deshalb also die gedrückte Stimmung in der Mannschaft der Winterstudie. Für diese Saison war die Arbeit vorbei, falls es Ridley nicht gelang, die Parkleitung vom Gegenteil zu überzeugen.

Angesichts der Art und Weise, wie Katherine ums Leben gekommen war, würde es für die Parkaufsicht ein Leichtes sein, die Studie einzustellen. Der Bekanntheitsgrad des Projekts hatte auch seine Schattenseiten, denn dass eine Forscherin auf der Isle Royale von Wölfen getötet worden war, würde sicher in sämtlichen Nachrichtensendungen kommen.

»Wann, glauben Sie, wird sich das Wetter ändern?« Anna versuchte, sich ihre Sehnsucht nicht anmerken zu lassen. Aber der Insel endlich den Rücken kehren zu können, löste Gefühle in ihr aus, als würde sie nach einer Verurteilung zu lebenslanger Haft in einem eisgekühlten Irrenhaus plötzlich begnadigt.

»Aus Kanada zieht schon die nächste Front heran. In drei Tagen, vielleicht in einer Woche. Es ist schon zwei Wochen her, dass die Beaver uns zuletzt Proviant gebracht hat«, meinte Jonah. »Bei diesem Wetter zu fliegen, ist viel zu gefährlich.«

Adam schlug die Augen auf.

»Drei Tage?«, sagte er. Er klang erschrocken, als seien drei Tage entweder viel zu kurz oder unerträglich lang.

Anna erschienen die zweiundsiebzig Stunden wie eine Ewigkeit. Eine Woche kam einem Todesurteil gleich.

Adam schloss die Augen wieder.

Schweigen senkte sich über den Raum, nur durchbrochen von dem verstohlenen Knacken und Zischen, mit dem die Flammen das Holz verzehrten. Jonah wandte sich erneut seiner Zeitschrift zu und beobachtete dabei Adam. Offenbar war die kameradschaftliche Stimmung in Auflösung begriffen. Ridley lachte nicht mehr über Jonahs Kapriolen. Jonah selbst war ungewöhnlich still. Ridley ging auf Abstand zu Adam. Jonah starrte ihn an. Und Adam nützte jede Gelegenheit, um sich zu verdrücken.

Noch eine Woche in dieser Atmosphäre würde Anna ernsthaft die Laune verderben. Die meisten Menschen nahmen an, dass heutzutage, im einundzwanzigsten Jahrhundert, eine Rettungsmannschaft durch nichts aufgehalten werden konnte. Doch auch die modernste Technik war machtlos gegen das Wetter. Anna dachte an die Bergsteiger, die 2006 auf dem Mount Hood ums Leben gekommen waren. Damals hatte es so stark gestürmt, dass das Rettungsteam hatte aufgeben müssen.

Mutter Natur hatte sie verraten und verkauft, und Väterchen Frost hielt sie in Geiselhaft. Niemand würde ein Risiko eingehen, um die Leiche eines Unfallopfers abzuholen.

Anna wünschte sich nach Natchez in Mississippi. Wie gern hätte sie jetzt in Pauls Garten die Rosen zurückgeschnitten.

Pauls Garten.

Anna war so lange allein gewesen, dass sie sich fragte, ob sie es sich je abgewöhnen würde, an »Pauls« und »mein« anstatt an »unser« zu denken. Wenn sie von »seinem« Haus sprach, nahm er sie stets in die Arme und sagte »unser Haus«. Bei der Hochzeit hatte Paul ihr »alles, was er besaß und war« geschenkt. So gern Anna das auch getan hätte, war sie in dieser Hinsicht anders gestrickt. Ihr Innerstes konnte sie mit niemandem teilen. Es blieb ihre Festung, in die sie sich zurückzog, um ihre Kräfte zu sammeln.

Ihr Parka fühlte sich von außen trocken an. Also drehte sie ihn um, damit auch das Futter trocknen konnte. Dabei ertastete sie einen Gegenstand in der Tasche. Es war das Röhrchen mit dem Wolfsblut. Sie hatte vergessen, es in dem Werkzeugkasten zu legen, der ihr als Asservatenschrank diente. Inzwischen war es sicher aufgetaut. Wenn sie es nun unter den Bodendielen der Schreinerwerkstatt versteckte, würde es wieder gefrieren und endgültig unbrauchbar werden. Also ließ sie es, wo es war.

Es beschäftigte Anna, dass Katherine die Blutproben mit in den Zedernsumpf genommen hatte. Es war wie eine Klette unter dem Sattel oder ein Stein im Schuh. Verbrechen – und Unfälle – erzählten eine Geschichte. Der Hauptdarsteller hatte aus einem bestimmten Grund etwas getan. Das Ereignis war die Folge davon. Und wenn ein Vorfall nicht in den logischen Ablauf der Geschichte passte, ließ das Anna keine Ruhe. Lügner wurden unweigerlich irgendwann ertappt, weil sich die Lüge nie hundertprozentig mit dem Rest der Geschichte deckte.

Möglicherweise gab es deswegen keine plausible Erklärung für die Blutproben, weil sie keine Bedeutung hatten. Katherine konnte sie eingesteckt haben, um sie später in ihrem Küchenlabor zu untersuchen.

Zwei Tage lang hatte Katherine sich mit den Einzelteilen des Wolfes befasst. Die Küche stand voll mit Röhrchen, die Proben von Gewebe, Blut, Knochen, Mageninhalt, Fell, Zecken, Milben und anderen wunderbaren Dingen enthielten. Was hatte sie denn noch testen wollen? Warum hatte sie nicht das Blut benutzt, das sie dem Wolf vor dem Abtransport in die Schreinerwerkstatt abgenommen hatte?

Anna verließ den warmen Ofen und die trotz der Anwesenheit von Menschen bedrückende Leere im Raum und ging in

Katherines improvisiertes DNA-Labor. Mit dem Einzelbett in der Ecke und dem Durcheinander eines Lagerraums, der von vielen benutzt, aber von niemandem in Ordnung gehalten wurde, machte die Küche einen desolaten Eindruck.

Das PCR stand in seinem Transportkoffer auf der Anrichte neben dem Buch, in dem die Ergebnisse festgehalten worden waren. Anna schlug das Buch auf und las das, was sie von Katherines Aufzeichnungen verstehen konnte. Die Forscherin hatte nichts aufgeschrieben, was sie nicht auch mit den anderen erörtert hatte. Keine Geheimnisse also, die Licht in die Sache gebracht hätten.

Während Anna das Buch zuklappte, lief vor ihrem geistigen Auge *Shining* ab, und zwar die Szenen, in denen Jack Nicholson sein wahnsinniges Grinsen zeigt. War sie im Begriff, in einem eingeschneiten Gebäude den Verstand zu verlieren? Keine Verschwörungen, keine finsteren Pläne, keine Hintergedanken oder bösen Absichten? Nur eine Ansammlung seltsamer Bettgefährten in einem nicht sehr alltäglichen Bett, unter ihnen eine klaustrophobische und übertrieben wachsame Gesetzeshüterin?

Anna legte das Buch exakt an seinen alten Platz. Die Besitzerin würde zwar nie zurückkehren und es bemerken, aber es war eben eine Gewohnheit. Methodisch überprüfte sie die zahlreichen Proben in ihren Röhrchen und Päckchen. Kein Siegel war gebrochen, kein Umschlag aufgeschlitzt, kein Papier verschoben.

Die DNA des Wolfshunds trug nicht die Schuld an Katherines Verzweiflung. Für eine Wissenschaftlerin war eine derart merkwürdige Entdeckung so spannend, wie eine lebendige, mit Katzenminze gefüllte Maus es für eine Katze gewesen wäre. Also hatte etwas, das beim Sezieren des Wolfs geschehen war, zu ihrer panischen Flucht in den Wald geführt. Anna ging zum Fenster und starrte an ihrem Spiegelbild in der dunklen Scheibe vorbei.

Ridley hatte sich in die Hand geschnitten und blutete. Anna

reichte Katherine ein Stück Fleisch von der Kehle des Wolfes. Katherine wimmerte wie ein neugeborenes Kätzchen, das sich im Fell seiner Mutter verirrt hat. Kurz darauf hatte die Wissenschaftlerin laut Jonah die Blutproben eingesteckt und war hinausgelaufen.

Jonah hatte gesagt, sie hätte die Blutproben genommen und sei hinausgelaufen.

Zunächst wusste Anna nicht, woher die Angst kam, bis ihr klar wurde, dass sie beinahe wieder mit einer geisterhaften Schrift auf der Scheibe gerechnet hatte. Sie fragte sich, was es für Jonah durch eine Lüge zu gewinnen gab. Er hätte Katherine die Röhrchen in die Tasche schieben können. Er hätte behaupten können, sie sei gerannt, obwohl sie einfach nur gegangen war. Allerdings fiel Anna kein halbwegs vernünftiger Grund ein, warum er das hätte tun sollen.

Der alte Pilot hing an Ridley wie ein Vater an einem Lieblingssohn. In letzter Zeit beobachtete er Adam, als wäre der ein von einem tollwütigen Stinktier gebissener Hund. Jonah hatte zwar nicht viel für Bob übrig, hasste ihn aber anscheinend nicht so leidenschaftlich, wie Ridley es tat, und legte ihm gegenüber auch nicht Adams widersprüchliches, zwischen Wut und Unterwürfigkeit schwankendes Verhalten an den Tag.

Anna warf das Handtuch. Sie nahm das Röhrchen mit dem Blut aus der Tasche und betrachtete es. Es war nur eine Probe von einem toten Wolf. Es gab jede Menge davon.

Vielleicht.

Vielleicht war das Röhrchen so wichtig, weil es eben nicht mehrere davon gab. Hatte Jonah einen Grund gehabt, Blutproben zu manipulieren und die gefälschten mit den echten zu vertauschen, als Katherine gerade nicht hinsah?

»Das ist an den Haaren herbeigezogen«, schalt sich Anna.

Selbst der diabolischste, hartgesottenste Berufsbösewicht, wie er im Buche stand, musste die Möglichkeit und die Gelegenheit zu einer Tat und außerdem ein Motiv haben. Und falls Jonah nicht wirklich der große Wissenschaftler war, den er zum Scherz spielte, passte eine so umständliche Vorgehensweise nicht zu ihm.

Anna beschloss, nicht mehr so lange in ihrem Verstand und Katherines Labor herumzustochern, bis sie anfing, aus lauter Langeweile Verbrechen zu erfinden. Was sie brauchte, war ein gutes Buch.

»Hallo, Ridley.« Anna stand in der Tür seines Zimmers. Er hatte ihr den Rücken zugekehrt. Seine langen schlanken Finger lagen auf der Tastatur seines Laptops. Das offene Haar fiel ihm schimmernd über die Schultern. Er erinnerte Anna an Jesus, allerdings ohne Heiligenschein und weißes Hemd.

Als er sich umdrehte, wirkte er jedoch ganz und gar nicht mehr so, wie sich ein Künstler der Renaissance den Gottessohn vorgestellt haben mochte. Seine Augenringe waren seit dem Frühstück dunkler geworden. Die winterblasse Haut wirkte trocken und schlaff.

»Hallo«, antwortete er müde und tonlos.

Anna spähte an seiner Schulter vorbei, um zu sehen, woran er gerade arbeitete. Er folgte ihrem Blick, ohne Anstoß daran zu nehmen.

»Ja«, sagte er. »Wieder einmal ein Versuch, die Studie zu verteidigen. Seit fünfzig Jahren arbeiten wir daran. Fünfzig Jahre, in denen wir die Wölfe beobachtet haben. Und dennoch haben wir noch nicht den Hauch einer Ahnung davon, was wir über die Beziehung des Wolfs zu seiner Beute nicht wissen. Trotzdem glaubt jeder Idiot, der einen Hund und einen Highschoolabschluss hat, er hätte die Weisheit mit Löffeln gefressen. David Mech vertritt eine bestimmte Auffassung. Rolf Peterson stimmt zu. Ich unterstütze sie ebenfalls. Und dann kommt irgendein hohes Tier von der Parkaufsicht und sagt: ›Aber das Mädchen, das im Klassenzimmer neben mir sitzt, denkt …‹«

»Sie haben Visionen, während der Rest der Welt eine Gleitsichtbrille trägt«, zitierte Anna Butch Cassidy.

Als Ridleys Blick hart wurde, fiel ihr ein, dass er bei der Premiere des Films höchstens fünf oder sechs Jahre alt gewesen sein konnte. Und im Gegensatz zu ihrer eigenen Generation hatte er sich sicher nicht die interessanten Stellen gemerkt. Offenbar glaubte er, sie wolle ihn auf den Arm nehmen, nachdem er sich ihr anvertraut hatte. Anna bedauerte das zwar, wusste aber, dass sie es mit einem Erklärungsversuch nur schlimmer gemacht hätte. Das geschah nämlich immer.

»Ich brauche den Schlüssel zum Stützpunkt der Parkpolizei«, sagte sie stattdessen.

»Klar. Aber das Licht funktioniert nicht. Der Generator versorgt nur die Unterkünfte. Was suchen Sie denn?«

»Ein Buch«, antwortete Anna. »Im Besucherzentrum gibt es doch sicher eine Bibliothek.«

Der Stützpunkt und das Besucherzentrum waren in demselben schönen neuen Gebäude mit Blick auf Washington Harbor untergebracht.

»Keine sehr umfangreiche«, meinte Ridley, während er in der obersten Schreibtischschublade wühlte. Sie war voller Stifte, Büroklammern und anderem Krimskrams. Anna hätte nie gedacht, dass sich in zwei Wochen so viel ansammeln ließ. »Eigentlich besteht sie nur aus Nachschlagewerken.«

»Ich bin mit der *Newsweek* durch«, entgegnete sie spöttisch.

Ridley lachte, und Anna war froh, dass er beschlossen hatte, ihr nicht mehr böse zu sein.

»Der Schlüssel ist irgendwo in diesem Chaos, aber ich weiß nicht, wo. Adam!«, rief er.

Wie ein Mann, der auf einen Auftrag gewartet hatte, und ganz und gar nicht schlaftrunken, erschien Adam lautlos in der Tür. So lautlos, dass Anna erschrak, als er das Wort ergriff.

»Ja?«

»Gib Anna den Schlüssel zum Besucherzentrum. Sie sagt, sie sei mit der *Newsweek* durch.«

»Schon?« Adam zog die Augenbraue hoch, was Anna an die Rektorin ihrer Highschool, Schwester Mary Corinne, erinnerte. »Sie sind doch erst seit einer Woche hier.«

»Ich bin eben eine Schnellleserin«, erwiderte Anna.

Adam holte einen kleinen Schlüsselring aus der Hosentasche. Die Schlüssel daran sahen nach Behörde aus. Nun war es an Ridley, die Augenbraue hochzuziehen. Da das offenbar nicht zu seinen Talenten gehörte, gelang ihm nur ein Stirnrunzeln. Wie Anna nach vielen in der Wildnis verbrachten Jahren wusste, fand Ridley es merkwürdig, dass Adam Schlüssel mit sich herumtrug.

Nichts auf der Insel – zumindest nichts, was sich im täglichen Gebrauch befand – wurde abgeschlossen. Bei ihrer Ankunft hatte Ridley die Gebäude, die sie benutzen würden, aufgeschlossen und offen gelassen. Weshalb hätte er sie wieder abschließen sollen? Das Besucherzentrum war nur zu, weil es für die Studie nicht benötigt wurde.

Ohne auf Ridleys zweifelnden Blick zu achten, nahm Adam einen Schlüssel vom Ring.

»Die Tür klemmt. Lassen Sie sich davon nicht abschrecken. Wenn Sie den Schlüssel umdrehen, ist sie offen. Dann hilft nur noch rohe Gewalt.«

Auf dem Weg durch das Wohnzimmer in ihr eigenes Zimmer malte Anna sich aus, wie schön es gewesen wäre, einfach rasch zum Besucherzentrum und wieder zurückzulaufen, ohne dicke Socken, Skihose, Fleecehemd, Sturmhaube, Handschuhe und Stiefel anziehen zu müssen. Wie am Hofe des Sonnenkönigs in Versailles verbrachte man im eiskalten Norden den Großteil des Tages damit, sich umzukleiden.

Die Außentemperatur betrug minus dreißig Grad. Wegen des Windes war die gefühlte Kälte eher minus vierzig, sodass schon ein Gang zur Toilette eine Herausforderung darstellte. Ohne Winterkleidung konnte der halbe Kilometer Fußmarsch zum Besucherzentrum zur Todesfalle werden.

Allerdings blieb die gefühlte Kälte aus. Der Wind hatte sich gelegt, und es war, als hielte der Wald den Atem an. Die gesamte Insel schien in banger Erwartung erstarrt zu sein. Obwohl Anna den ganzen Abend über den schwarzen Mann und andere Ungeheuer nachgegrübelt hatte, empfand sie die Stimmung nicht als bedrohlich, sondern bewegte sich durch die Stille, einen zeitlosen Moment, in dem auch der eigene Atem verstummte. Eine schöne Version des Todes also, bei dem einem das ärgerliche Sterben erspart blieb.

Die eisige Idylle fand ein jähes Ende, als sie außerhalb des Lichtkegels ihrer Taschenlampe ein Scharren hörte. Bis sie den Übeltäter, ein Eichhörnchen, entdeckt hatte, hatte sie sich bereits einen sabbernden, rotäugigen Wolfshund mit riesigen Zähnen ausgemalt, der durch die Nacht schlich.

»Mist«, flüsterte sie.

Es ärgerte sie, dass sie sich allein im Wald fürchtete. Schließlich waren es die Wälder und die Wildnis, in denen sie sich vor den Ungeheuern der von Menschen bewohnten Welt versteckte. Deshalb war ihr der Gedanke unerträglich, sich in eine Opferrolle drängen zu lassen. Und so zwang sie sich, trotz der gesträubten Nackenhaare und der Schauder, die ihr den Rücken hinunterliefen, langsam und festen Schrittes weiterzugehen.

Als sie auf der hölzernen Veranda des Besucherzentrums stand und sich den Schnee von den Stiefeln stampfte, war sie durchgefroren bis aufs Mark. Mit behandschuhten Händen steckte sie unbeholfen den Schlüssel ins Schloss und setzte die empfohlene rohe Gewalt ein. Die Tür öffnete sich so mühelos, dass sie nach hinten taumelte, über ihre klobigen Stiefel stolperte und mit einem Grunzen, das einem Wildschwein alle Ehre gemacht hätte, auf dem Hinterteil landete. Einen Moment blieb sie liegen und starrte in den sternenlosen Himmel hinauf.

Kurz schoss ihr der Gedanke durch den Kopf, dass es sich um eine ausgezeichnete Gelegenheit handelte, hilflos mit Armen und Beinen zu rudern, um einmal in die Gefühlswelt eines auf den Rücken gefallenen Käfers einzutauchen. Womöglich würde der Einblick in das Erleben eines Insekts ihre lehrreichste Erfahrung auf der Isle Royale sein. Allerdings entschied sie sich aus Faulheit, nicht etwa aus Gründen der Menschenwürde, dagegen. Sie rollte sich herum, stützte sich auf alle Viere, stand auf und trat durch die offene Tür.

Auf der Schwelle ließ ein Schrei sie innehalten. Es war weder das Brausen des Windes noch irgendein anderes unerklärliches Geräusch, sondern eine Stimme, die so heftig wie eine Ohrfeige auf ihre Trommelfelle eindrang.

»Ist da jemand? Ist da jemand? Hilfe! Bitte helfen Sie mir, wenn da jemand ist!«

Bob.

Ausgerechnet der bescheuerte Bob.

23

Weil Bob die Tür offen gelassen hatte, war Anna auf ihren verlängerten Rücken gefallen. Und jetzt wollte er, dass sie ihm half. Nur der Himmel wusste, wobei, und es war Anna auch ziemlich gleichgültig. Wenn sie ein weniger prinzipientreuer Mensch gewesen wäre, hätte sie wohl kehrtgemacht und sich wieder in die Nacht hinausgestohlen, aus der sie gekommen war. Zwei Herzschläge später kam sie zu dem Schluss, dass es vielleicht wirklich ratsam war, von ihrem hohen Ross herunterzusteigen und ausnahmsweise von ihren Prinzipien abzuweichen.

Sie schaltete die Taschenlampe ab und pirschte sich ins Besucherzentrum. Die abgestandene, vom Winter durchdrungene Luft brachte sie stärker zum Frösteln als die vierzig mit Leben erfüllten Grad minus draußen. Hier drinnen waren Kälte und Dunkelheit strenger und beängstigender als alles unter dem Mond.

Der Instinkt – und ihre Abneigung – rieten ihr, Bob zunächst über ihren Aufenthaltsort im Unklaren zu lassen. Reglos und leise wartete sie ab, ob er wieder rufen würde. Undurchdringliches, gefrorenes Schweigen umfloss sie, bis sie befürchtete, wie die seit Millionen von Jahren im Eis ruhenden Mastodons zu enden, wenn sie sich nicht bewegte. Also schlich sie, so gut es in den riesigen Stiefeln ging, von der Tür nach rechts, wo eine offene Wendeltreppe zu einem Aussichtsbereich führte.

Der Hauptraum des Besucherzentrums war mindestens hundertfünfzig Quadratmeter groß. Hohe Panoramafenster boten einen Blick auf Washington Harbor. Neben der Westseite der Fenster stand ein vollständiges Skelett eines ausgewachsenen Elchs in einer Glasvitrine. Daneben, erstarrt in einem ewigen Heulen nach einem längst verstorbenen Gefährten, befand sich ein Wolf, konserviert durch die Künste eines Tierpräparators.

Anna hatte die beiden Ausstellungsstücke am ersten Tag gesehen, als sie durch die Fenster geschaut hatte. Es überraschte sie, dass sie sie jetzt ausmachen konnte. Doch jenseits der Baumwipfel verbreiteten das weiße Eis des Hafens und der ebenfalls weiße Himmel ein schwaches silbernes Licht.

»Ist da jemand?« Bobs Stimme kam aus den Büros auf der anderen Seite des Gebäudes. Für einen Mann, der gerade noch um Hilfe gerufen hatte, klang er nicht sonderlich verängstigt. Anna antwortete nicht. Die kalte, abgestandene Luft hielt sie fest im Griff.

Eine Minute verging. Dann noch eine. Er rief nicht mehr und ließ sich auch nicht blicken. Anna machte ein paar Schritte auf dem Parkettboden. Die Beine ihrer Skihose rieben sich raschelnd aneinander, die klobigen Stiefel knarzten und scharrten.

»Wer ist da?«, fragte Bob.

Ein Yeti kann nicht schleichen, dachte Anna ärgerlich, als ein gelber Lichtstrahl durch den Flur an ihr vorbeischoss.

Anna schaltete ihre Taschenlampe ein.

»Anna Pigeon«, sagte sie. Bobs Taschenlampe blendete sie. »Nehmen Sie das verdammte Licht aus meinen Augen. Was ist los? Warum haben Sie um Hilfe gerufen?«

Sobald sich der Lichtstrahl von ihrem Gesicht entfernte, zielte sie mit der Taschenlampe auf ihn. Seine Augen waren hell und funkelten buchstäblich, und seine Haut schimmerte rosig.

Er hatte die Sturmhaube bis zum Hals heruntergezogen, allerdings die Kapuze seines Parkas aufgesetzt, als hätte er sich in aller Eile für die Kälte angezogen. Mit seinen Hängebacken war das sicher unbequem.

»Sie machen einen recht gesunden Eindruck auf mich«,

stellte Anna fest. Am anderen Ende des Flurs ertönte ein Stöhnen und Gepolter.

»Es geht nicht um mich, sondern um Robin«, erwiderte Bob.

Anna wurde so flau, dass Brechreiz in ihr aufstieg.

»Bringen Sie mich zu ihr«, wies sie ihn an. Als Bob zu einer Antwort ansetzte, fiel sie ihm ins Wort. »Sofort.«

Den Strahl der Taschenlampe auf seinen Rücken gerichtet, folgte sie ihm den kurzen Flur entlang. Ihre jahrelange Erfahrung und Ausbildung sagten ihr, dass sie ihn hätte ausreden lassen müssen. Doch Bob hatte etwas an sich, das bei ihr eine gereizte Stimmung auslöste.

»Was ist passiert?« Eigentlich hätte es eine Frage sein sollen, klang aber eher wie eine Forderung.

»Katherines Tod hat Robin ziemlich mitgenommen«, erklärte Bob in besorgtem Ton.

»Und?«

Am Ende des Flurs wandte er sich nach rechts. Anna ging schneller, um ihn nicht aus den Augen zu verlieren. An der letzten Tür blieb er stehen; es war das Eckbüro mit Blick auf den See.

Rechts von der Tür steckte ein Namensschild aus Plastik mit der Aufschrift *Parkdirektor* in einem Rahmen aus nachgeahmtem Messing.

Bob versperrte ihr den Weg mit seinem massigen Körper, der wegen des dick wattierten Mantels noch riesiger wirkte.

»Nicht jeder Mensch steckt Gewalt so gut weg wie Sie, Anna.«

Trotz seines leutseligen Tonfalls war die Absicht, sie zu beleidigen, nicht zu überhören. Doch Anna war nicht beleidigt. Solange Kerle wie Menechinn die Welt bevölkerten, erschien ihr Gewaltanwendung immer verlockender.

»Robin«, rief sie. Ein würgendes Geräusch und ein Stöhnen drangen aus dem dunklen Zimmer.

»Machen Sie die Tür frei«, befahl Anna.

»Sie hat ziemlich viel getrunken«, meinte Bob. »Ich glaube, sie hat, kurz nachdem Sie zu Ihrem Skiausflug aufgebrochen sind, heimlich damit angefangen.«

»Weg von der Tür.«

»Ach, das selbstgerechte kleine Frauchen«, höhnte er, trat aber beiseite.

Im Büro stank es nach Wein.

Robin lag auf dem Boden. Die langen Beine hatte sie bis zum Kinn angezogen. Da sie keine Mütze trug, breitete sich ihr Haar rings um ihren Kopf aus. Feuchte Strähnen klebten an ihrer Stirn.

Mit einem Auge auf Robin, mit dem anderen auf Bob, ging Anna in die Knie. Die ganze Szene wurde von den sich bewegenden Lichtstrahlen ihrer Taschenlampen in Streifen geschnitten.

»Robin, ich bin es, Anna. Kannst du mich verstehen?«, fragte sie.

Sie zog nacheinander beide Augenlider hoch und leuchtete Robin in die Augen. Die Pupillen reagierten kaum. Dass sie so geweitet waren, konnte an Drogen oder an der Dunkelheit liegen. Robins Haut fühlte sich kalt und klamm an. Dafür konnte es eine ganze Reihe von Gründen geben.

»Ich war spazieren«, erklärte Bob. »Als ich am Besucherzentrum vorbeikam, habe ich Geräusche gehört und wollte nach dem Rechten sehen. Ich habe sie hier mit einem Karton Wein gefunden, den sie aus dem Kühlschrank-Badezimmer mitgenommen hat.«

Er wies mit der Taschenlampe auf den Karton mit Merlot, der wenige Meter entfernt von Robin stand. Daneben lag ein umgekipptes Marmeladenglas, ein Fleck breitete sich auf dem Teppich aus.

»Ich wollte sie zum Aufstehen bewegen und zurück zum Blockhaus bringen, damit sie nicht erfriert, als ich Sie gehört habe.«

Anna richtete die Taschenlampe auf sein Gesicht, worauf er

einen Arm hochriss, als rechne er mit einem Schlag. Wegen der Schatten konnte sie seiner Miene nichts entnehmen.

»Tja, nun haben Sie Ihre Gelegenheit.«

Gemeinsam richteten sie Robin auf und führten sie aus dem Besucherzentrum. Weil der Weg zwischen Blockhaus und Besucherzentrum im Sommer schlammig war, hatte man einen zwei Bohlen breiten Steg gebaut, damit die Fußgänger den weichen Boden nicht aufwühlten. Nun waren die Planken unter dem Schnee verborgen, weshalb der Weg ähnliche Stolperfallen bot wie die umgestürzten Bäume im Zedernsumpf.

»Am besten trage ich sie«, schlug Bob vor. »Sie gehen mit den Taschenlampen voraus.«

Anna gefiel die Vorstellung gar nicht, dass Bob eine gute Tat tun und Robin berühren würde. Außerdem ärgerte sie sich, weil sie sich helfen lassen musste, war aber zu schwach, um das Mädchen selbst zu tragen.

»Danke«, sagte sie, wobei sie sich fragte, was ihr an Bob – oder daran, dass er ihr das Leben gerettet hatte – so auf die Nerven fiel. »Passen Sie auf, wo Sie hintreten.«

Bob nahm Robin mühelos in die Arme. Die Forschungsassistentin war zwar hochgewachsen, aber schlank wie eine Tanne.

»Gehen Sie voraus. Ich kann den Weg von hinten besser ausleuchten«, fuhr Anna fort. Das stimmte nicht ganz, denn es war ziemlich mühsam, die Lichtstrahlen an ihm vorbeizulenken.

Während sie dem Hünen mit der bewusstlosen Frau in den Armen folgte, erinnerte sie das flackernde Licht der beiden Taschenlampen an King Kong und Frankenstein: Das Ungeheuer stapfte im Lichtkegel dahin, das hilflose Mädchen an die Brust gedrückt.

Nachdem Anna die Tür zum Blockhaus geöffnet hatte, drängte Bob sich mit seiner Last hinein. Adam, der an der Rückwand des Wohnzimmers am Computer saß, drehte sich um. Im nächsten Moment stand er auf den Füßen. Anna hatte gar nicht mitbekommen, wie er sich erhoben hatte, so plötzlich hatte er von der Sitz- in die Stehposition gewechselt.

Auch Jonah stand auf.

»Ridley!«, rief er, ohne den Blick von ihnen abzuwenden. »Komm her.«

Anstatt Robin aufs Sofa zu legen oder in ihr Zimmer zu bringen, blieb Bob mitten im Raum stehen und genoss das Scheinwerferlicht.

»Betrunken wie ein Verbindungsstudent am Freitagabend«, verkündete er.

»Robin betrunken. Bewusstlos. Voll«, sagte Adam tonlos. Sein Gesicht war aschfahl geworden, und die hageren Fäuste hatte er so fest geballt, dass die Knochen hervortraten.

»Ja«, bestätigte Bob. »Wahrscheinlich hat sie sich die Sache mit dem Wolfshund zu sehr zu Herzen genommen. Ich für meinen Teil kann es kaum erwarten, dass die Forstverwaltung uns von dieser Insel holt. Je früher, desto besser.«

Zu Annas Erstaunen taute Adams gefrorene Miene auf, und seine Fäuste lockerten sich.

»Danke, dass Sie sich um sie gekümmert haben, Bob. Sie ist ein liebes Mädchen.« Adam streckte die Arme nach der besinnungslosen Robin aus. Seine Arme waren so steif wie die einer Mumie in einem Hollywoodfilm.

Doch Bob war nicht bereit, sich seine Beute abjagen zu lassen. Anna mischte sich ein, bevor die beiden anfingen, um Robin zu kämpfen wie zwei Hunde um einen Knochen.

»Jonah«, sagte sie, während sie Robin Bobs Umarmung entriss und einen Arm des Mädchens um ihre Schulter legte. »Wären Sie so gut, eine Kanne Kaffee zu kochen?«

»Wird gemacht«, erwiderte er.

Anna hakte die junge Frau unter und schleppte sie in ihr Zimmer. Bob und Adam folgten. Sie blieb stehen, stützte Robin mit der Hüfte und betrachtete die zwei Männer.

»Bitten Sie Jonah, mir den Kaffee zu bringen, wenn er fertig ist.«

Die beiden verstanden nicht, dass sie soeben weggeschickt worden waren. Also musste Anna sich klarer ausdrücken.

»Verschwinden Sie.«

Da Anna nicht wusste, wie viel Robin intus hatte, welche Mengen sie vertrug oder ob sie noch andere Drogen oder Medikamente einnahm, hatte sie nicht vor, sie ihren Rausch ausschlafen zu lassen. Sie vermutete, dass neben dem Wein irgendein Barbiturat, ein Beruhigungsmittel oder Schlaftabletten im Spiel waren, für den Notfall heimlich stibitzt aus dem Medizinschrank ihrer Mutter. Falls ihre lebenswichtigen Körperfunktionen davon zu stark unterdrückt wurden, konnte sie in ihrer Bewusstlosigkeit sterben, wenn sie einfach weiterschlief. Kaffee, Rütteln, Schütteln und ein aufmunterndes Gespräch waren alles, was Anna als Gegenmittel zu bieten hatte.

Sie setzte Robin, den Rücken an die Wand gelehnt und mit ausgestreckten Beinen auf ihr Bett. Wie bei einer Lumpenpuppe sackte Robins Kopf zur Seite. Ihre Arme waren schlaff. Die Handflächen waren nach oben gerichtet. Nachdem sie zweimal geblinzelt hatte, riss sie unnatürlich weit die Augen auf. Kurz wurde die niedliche Lumpenpuppe von einer Horrorfratze abgelöst, ein Bild, das Annas Besorgnis steigerte.

»Du bist in deinem Zimmer. Hier kann dir nichts passieren«, meinte Anna. »Welche Dämonen dich auch immer verfolgen mögen, müssen sie sich zuerst mit mir anlegen. Kannst du mir sagen, wie viel du getrunken hast?«

Robin antwortete nicht, sondern schloss wieder die Augen.

»Dämonen«, murmelte sie.

»Keine Dämonen«, widersprach Anna mit aufgesetzter Fröhlichkeit. Sie sprach laut genug, um zu der benebelten Robin durchzudringen, allerdings nicht so laut, dass man es durch die geschlossene Tür gehört hätte. »Wie viel hast du getrunken?«

»Getrunken«, wiederholte Robin. »Igitt.«

Ihre Finger, unbeholfen wegen der Drogen, die sie vermutlich eingenommen hatte, fummelten am Saum ihres Pullovers herum, konnten aber nicht fest genug zupacken, um ihn über den Kopf zu ziehen.

»Ich bin nass.«

»Du hast Wein auf deinen Pullover verschüttet. Er ist total damit durchweicht. Du riechst wie ein nasser Hund«, entgegnete Anna. »Ein nasser, betrunkener Hund.«

Als sie Robin mit dem Pullover helfen wollte, schlug diese nach ihr.

»Nein. Nein. Nein.«

Jedes Wort klang wie ein kläglicher Aufschrei, als wehre sie sich gegen ein unvermeidliches und vertrautes Unheil, das sie nicht aufhalten konnte. Anna wich zurück. Frauen, die als Kinder oder Erwachsene vergewaltigt oder sexuell missbraucht worden waren, gerieten häufig in Panik, wenn ihnen jemand die Kleider ausziehen wollte, selbst wenn es sich bei dieser Person um einen Sanitäter oder Arzt handelte. Die meisten konnten ihre Angst im nüchternen Zustand überwinden oder wenigstens unterdrücken. Doch unter dem Einfluss von Drogen, Alkohol oder emotionalem Druck trat sie oft wieder auf.

»Alles wird gut«, sagte Anna. »Wenn du möchtest, dass ich dir mit deinen Kleidern helfe, gib mir Bescheid. Bis dahin bleibe ich einfach hier sitzen und sorge dafür, dass niemand dich stört.«

»Wie geht es unserer Kleinen?«

Zum Teufel mit Bob. »Verschwinden Sie.«

Schlagartig fiel Anna Katherines Warnung ein, Robin müsse von Bob ferngehalten werden. Damals hatte sie es als die Gehässigkeit einer eifersüchtigen Frau abgetan. Doch inzwischen nahm sie es ernst. Bob verfolgte Robin seit seiner Ankunft auf der Insel mit Blicken. War ihm zuzutrauen, dass er eine junge Frau vergewaltigte, die gerade einen Schock erlitten hatte und außerdem betrunken war?

Nicht vergewaltigt, verbesserte sich Anna. Im Falle einer Vergewaltigung hätte es nämlich Anzeichen geben müssen. Die Erleichterung war so groß, dass sie ihr neuen Tatendrang verlieh. Robin verkörperte für sie die Unschuld, und zwar auf eine Weise, die sie sich nicht erklären konnte. Nicht die kokette, schüchterne Unschuld der viktorianischen Ära, sondern die unerschrockene Ahnungslosigkeit der Jugend.

Robins Hände, die neben ihren Oberschenkeln auf der Matratze lagen, die Handflächen nach oben, zuckten wie die Pfoten einer träumenden Katze. Dann wurden sie still, und Anna sah nicht mehr Robins Hände vor sich, sondern die von Katherine, die abgebissenen Fingerstümpfe und die zerrissenen Handflächen.

Anna hatte Bob dabei ertappt, wie er sich in der Dunkelheit auf allen Vieren über die Leiche beugte. Katherines Parka war offen gewesen. Der grausige Gedanke, Bob könnte sexuelle Handlungen an der Leiche vorgenommen haben, war Anna als erstes durch den Kopf geschossen.

Katherine war tot. Robin betrunken und bewusstlos. Manche Männer mochten es, wenn eine Frau auf diese Weise zum ultimativen Objekt wurde.

Anna schüttelte den Kopf wie ein Hund mit Ohrenschmerzen, der die Quelle des Unbehagens, die er weder beseitigen noch berühren kann, loswerden will. Seit Annas Jugend hatte sich Amerika radikal gewandelt. Frauen und Mädchen waren in der Gesellschaft nicht mehr zahlenmäßig unterrepräsentiert und wurden auch nicht länger schlechter bewertet. Sie stellten sogar häufig die Mehrheit und schnitten in den meisten Bereichen besser ab als Männer, zum Beispiel auf dem College, bei der Promotion, im Gesundheitswesen oder in der Juristerei. Eine Frau war Außenministerin, eine Frau Sprecherin des Repräsentantenhauses, eine Frau hatte für das Präsidentenamt kandidiert. Frauen bekleideten Posten wie den der Bürgermeisterin, der Gouverneurin oder der Universitätsrektorin. Niemand behauptete mehr, dass Mädchen dümmer seien als Jungen. Inzwischen debattierte man sogar darüber, dass das Bildungssystem die Söhne der Nation abgehängt hatte.

Das waren die Veränderungen.

In Sachen Vergewaltigung war alles beim Alten geblieben.

Frauen dienten beim Militär und wurden von ihren Kameraden vergewaltigt. Collegestudenten vergewaltigten ihre Kommilitoninnen. Mittlerweile schossen die Beratungsstellen für Vergewaltigungsopfer und die einschlägigen Therapiepraxen wie die Pilze aus dem Boden. Und trotzdem fand das Thema noch immer nicht die nötige gesellschaftliche Beachtung, weil die Leute, die an der Macht waren, sich nicht die Hände damit schmutzig machen wollten.

Das galt für die Streitkräfte ebenso wie für die Welt der Großkonzerne und die Universitäten. Und auch für die Nationale Parkaufsicht. Eine Freundin von Anna war während eines Saisoneinsatzes als Brandbekämpferin vergewaltigt worden. Der Täter, der sie niedergeschlagen und missbraucht hatte, war ein fester Mitarbeiter der Parkaufsicht, der gute Beziehungen zum stellvertretenden Leiter der Behörde hatte. Anna und die Eltern der Frau hatten sie überredet, den Übergriff zu melden.

Der Fall kam nie zur Anzeige. Stattdessen führten die Vorgesetzten Gespräche mit dem Opfer und erboten sich, eine »Mediation« zwischen ihr und dem Täter durchzuführen, damit sie wieder produktiv zusammenarbeiten konnten. Dem Vergewaltiger wurde nicht gekündigt. Man behandelte die Tat wie eine Kabbelei unter Mitgliedern einer Wohngemeinschaft, nicht wie ein Kapitalverbrechen. Schließlich würde es sich nicht gut in der Presse machen, wenn Mitarbeiter der Parkaufsicht über Saisonkräfte herfielen.

Und vielleicht log sie ja. Es konnte schließlich sein, dass sie übertrieb. Möglicherweise hatte sie es auch selbst herausgefordert.

Das waren die unausgesprochenen Gedanken, die ansonsten anständige Männer und Frauen vorschoben, um nicht helfen zu müssen und ihr Gewissen zu schonen.

»Arthritis.«

Immer noch schlaff wie eine Lumpenpuppe, starrte Robin Anna an.

»Arthritis«, wiederholte sie in einem unheimlichen Tonfall, kaum lauter als ein Flüstern.

Anna hatte mit den Knöcheln geknackt. Ihr Kiefer war verspannt.

»Danke.« Sie schüttelte die Hände aus und ließ sie locker zwischen den Knien baumeln. Knochen und Muskeln schmerzten. »Trink einen Schluck Kaffee.«

Anna hielt Robin die Tasse an die Lippen.

»Nicht schlecht«, meinte sie, als nur ein oder zwei Teelöffel Flüssigkeit auf den ruinierten Pullover tropften.

»Meine Mom hat ihn gestrickt«, sagte Robin.

Der Pullover hatte ein klassisches Muster und war tief schokoladenbraun. Eine Reihe von Rentieren stolzierte im Gänsemarsch über Brust und Rücken.

»Er ist wunderschön«, erwiderte Anna.

Das war er auch gewesen, bevor der Wein die Rentiere in einen schauerlichen Farbton getaucht hatte, der an billiges Theaterblut erinnerte.

Als Robin sich vorbeugte, um die kniehohen Stiefel auszuziehen, kippte sie seitlich aufs Bett. Anna unternahm keine Anstalten, ihr zu helfen, bis die junge Frau sie darum bat. Nachdem sie sie wieder in die Lumpenpuppen-Position aufgerichtet hatte, schnürte Anna die weichen Stiefel auf und streifte sie ab.

»Hier.« Robin zeigte auf ihre Füße, die in Socken steckten.

»Was ist?« Anna konnte keinen Schaden entdecken. Die Socken waren nicht nass, die Haut darunter schien warm zu sein.

»Meine Mom hat auch die Socken gestrickt. Sie passen besser als alle anderen Socken.«

»Toll«, antwortete Anna ehrfürchtig. »Das schlägt Plätzchenbacken um Längen.«

»Um Längen.«

Anna flößte ihr noch einen Schluck Kaffee ein und trank dann selbst etwas davon. Allmählich spürte sie, dass sie einen langen Tag hinter sich hatte.

Es klopfte an der Tür. Der Pilot streckte sein bärtiges Gesicht herein.
»Mehr Kaffee?«
»Essen?«, fragte Anna.
»Wird gemacht.« Die Tür fiel wieder zu.
Kurz darauf wurde wieder geklopft. »Robin?«
Bob.
»Verschwinden Sie.«
Jonah brachte ihnen zwei Schalen mit Rindfleisch-Nudel-Auflauf und mehr Kaffee. Das Essen stärkte Anna, und auch Robin schien nach den wenigen Bissen aufzuleben, zu denen sie sie überreden konnte. Schließlich bat sie Anna, ihr beim Ausziehen des durchweichten Pullovers zu helfen.

Nachdem das Feuer noch einmal angeschürt worden war und die anderen zu Bett gingen, wurde es ruhig und kühl im Blockhaus. Um zehn wurde das Licht ausgemacht. Jonah hatte für die Nacht den Generator abgeschaltet. Wenn Anna sicher gewesen wäre, dass Robin nichts weiter als Alkohol intus hatte, hätte sie sie ihren Rausch ausschlafen lassen, und zwar mit Vergnügen. Doch sie zündete eine Kerze an und setzte sich neben die Forschungsassistentin, um sie noch mindestens eine Stunde lang wach zu halten, bis sich ihre Lebensgeister wieder regten.

Damit sie nicht alle beide einschliefen, fing Anna an, ihr Fragen zu stellen. In den nächsten neunzig Minuten erfuhr sie, dass Jonah dreiundsiebzig Jahre alt war. Ridleys Frau war offenbar ein wahres Genie. Gavin, Robins Freund, liebte Proust, seine klassische Gitarre und das Frühwerk von Andrew Wyeth. Außerdem hatte er wunderschöne Hände und hielt die Isle Royale für Amerikas letzte Chance, das Paradies zu retten. Adam war verheiratet gewesen, doch seine Frau hatte Selbstmord begangen. Sie hatte sich im Bad die Pulsadern aufgeschnitten und war verblutet, während er keine drei Meter entfernt im Ankleidezimmer das Waschbecken repariert hatte. Rolf Peterson hatte tolle Beine.

Um halb elf war die Kerze zu einem Stummel heruntergеbrannt, und Robin konnte wieder einigermaßen zusammenhängend erzählen. Anna sah zu, wie sie sich auszog und in ihren Schlafsack schlüpfte. Ihre Kleidung schien unbeschädigt zu sein, und sie hatte auch keine Blutergüsse an Armen, Rücken oder Oberschenkeln. Beruhigt pustete Anna die Kerze aus.

Bevor sie selbst in ihren Schlafsack kroch, schloss sie die Zimmertür ab. Da so keine Wärme vom Ofen hereinkam, würde es zwar kalt im Zimmer werden. Aber zumindest konnte sie sicher sein, dass niemand sie im Schlaf beobachten würde.

24

Eigentlich hatte Anna erwartet, genauso schnell wie ihre Zimmergenossin in Morpheus' Arme zu sinken, denn während des Gesprächs bei Kerzenschein hatte sie die ganze Zeit mit dem Schlaf gekämpft. Nun aber zuckten ihre Beine, ihre Gedanken überschlugen sich, und sie konnte keine bequeme Liegeposition finden.

Um sich aus ihren Grübeleien zu reißen, konzentrierte sie sich auf die Nacht, in der Hoffnung, die tiefe Ruhe würde Eingang in ihre Seele finden.

Das Blockhaus ächzte und knarzte zufrieden, als es allmählich kühler wurde. Robin schnarchte leise, was sie im nüchternen Zustand nie tat.

Da Katherine nun in ihrem Leichentuch aus Plastik auf dem Boden der Schreinerwerkstatt lag, stand das Zimmer auf der anderen Seite des Flurs leer. Anna hätte jederzeit umziehen können. Sie bräuchte nur ihren Schlafsack und ihr Kissen fünf Meter weit zu einem anderen Bett und einer anderen kahlen Matratze zu tragen. Doch ihr Hang zur Eigenbrötelei hatte sich gelegt, sodass sie sich in Gegenwart anderer Menschen sicherer und geborgener fühlte. Selbst wenn es sich nur um eine Person handelte, die darüber hinaus noch halb im Koma lag.

Also konnten Jonah oder Adam das Zimmer haben. Vermutlich würde Adam es nehmen. Wenn er nicht gerade auf dem Sofa lag, musste er nämlich das Zimmer mit Bob teilen. Das Verhältnis zwischen Adam und Bob Menechinn gab Anna Rätsel auf. Einen Moment benahm er sich, als wäre er sein bester Freund, im nächsten behandelte er ihn mit Verachtung.

Bob, der Handlanger des Ministeriums für Heimatschutz,

hatte es nicht leicht, hier Freundschaften zu schließen. Allerdings bezweifelte Anna, dass es ihm anderswo besser ergangen wäre. Sie fragte sich, was genau ihr an ihm so auf die Nerven ging. Inzwischen hatte sie gelernt, darauf zu achten, wenn ein Mensch – oder eine Situation – in ihr eine derartige Beklemmung auslöste. Jede Minute wurden unzählige Signale übertragen: ein Zucken, ein Blinzeln, ein Geruch, ein Schatten, ein Luftzug, eine Handbewegung, eine halb offen stehende Tür. Die menschlichen Sinne nahmen sie alle wahr, und das Gehirn speicherte sie ab.

Allerdings war der unterentwickelte menschliche Verstand mit der Masse der vielfältigen Kleinigkeiten so überfordert, dass er von Glück reden konnte, wenn ein oder zwei Botschaften hängen blieben. Im Endeffekt lief alles auf die Intuition hinaus. Bauchgefühle. Gänsehaut. Déjà-vu. Sicher gab es einen Grund oder Gründe, warum sie Bob nicht über den Weg traute. Aber leider war sie noch nicht dahintergekommen, welche das waren.

Ein eisiger Hauch durchzog ihre Gedanken und erinnerte sie daran, dass sie die Flammen eigentlich hatte löschen, nicht anfachen wollen. Das Heulen eines Wolfes hatte etwas seltsam Magisches an sich, ein Geräusch, das die ursprünglichen Gefühle übermittelte, die zwischen den Zeilen von Sprache wohnten. Dasselbe galt für das Pfeifen eines Zuges. Es schlug eine Saite in der menschlichen Brust an, die von einer Sehnsucht nach dem Unbekannten zeugte. Für Anna besaßen das Schnurren einer Katze und das leise Getrappel ihrer Pfoten auf dem Holzboden die Macht, auf der Stelle ein gedankenfreies Glücksgefühl in ihr auszulösen. Allerdings war das nicht bei allen Menschen so.

Pfeifende Züge und heulende Wölfe hatten offenbar als Einzige die Fähigkeit, die klägliche Fassade der Zivilisation zu durchbrechen und zum Grundsätzlichen, zum Naturgegebenen im Herzen des Menschen vorzudringen. Anna liebte diese Geräusche und das wohlige Schaudern, das sie ihr den Rücken hinunterjagten. Zumindest bis ihr der Wolfshund einfiel. Das Rudel, das am Haus vorbeigezogen war. Der Angriff auf Katherine.

Anna gab es auf, einschlafen zu wollen, schlüpfte aus ihrem Schlafsack und zog Jeans und ein Sweatshirt an. Während dieser unvollständigen Morgentoilette dachte sie daran, dass man sie im Falle eines Unglücks ohne Unterwäsche – ganz gleich ob sauber oder nicht – auffinden würde. Also musste sie aufpassen, nicht von einem Lastwagen überfahren zu werden.

Mithilfe einer batteriebetriebenen Stirnleuchte, die mit einem Elastikband an ihrem Kopf befestigt war – zwischen zehn Uhr nachts und Sonnenaufgang benutzte sie am liebsten die Stirnleuchten –, fand Anna das Spritzbesteck, mit dem Katherine dem Wolf Blut abgenommen hatte. Es waren noch zwei der acht Vakuumröhrchen übrig. Sie nahm sie, kehrte in ihr Zimmer zurück und legte die Lampe so auf den Tisch, dass sie Robin nicht anleuchtete.

Die Forschungsassistentin schlief tief und fest. Ihr Atem ging regelmäßig – zwölf Atemzüge pro Minute –, sodass Anna sich keine allzu großen Sorgen um sie machte. Eigentlich hoffte sie sogar, das Mädchen möge so fest schlafen, dass sie nicht aufwachte, wenn sich eine Nadel in die Vene ihrer Armbeuge bohrte. Robin zuckte zwar zusammen, erwachte aber nicht. Anna sah zu, wie sich die beiden Röhrchen nacheinander mit dunkelrotem Blut füllten. Da sie das Pflaster vergessen hatte, schob sie den ruinierten Pullover in Robins Armbeuge.

Die Blutabnahme hätte schon vor Stunden erfolgen müssen, doch Anna hatte Wichtigeres im Kopf gehabt. Morgen Früh, wenn sie Robin um Erlaubnis fragen könnte, würde es zu spät sein. Sie hoffte, dass sie es noch rechtzeitig geschafft hatte.

Anna steckte das stibitzte Hämoglobin ein und schlich sich hinaus. Die Tür ließ sich nur von innen verriegeln. Anna tat es, obwohl sie sich selbst damit aussperrte. Nötigenfalls würde sie so lange an die Tür hämmern, bis Robin aufwachte und sie hereinließ.

Im schwachen Schein des Feuers schlüpfte Anna in die erforderlichen Kleiderschichten und zog die Stiefel an. Sie achtete nicht darauf, dass sich ihr Körper schwer und müde anfühlte. Er würde eben durchhalten müssen, bis es ihr gelang, ihre Gedanken zu beruhigen. Wieder drang Wolfsgeheul unter der Tür herein und durch die Fensterscheibe, sodass sie stehen blieb, um zu lauschen. Diesmal schien das Geräusch näher zu sein, und sie fragte sich, ob es nicht leichtsinnig von ihr war, sich allein im Wald herumzutreiben.

Doch obwohl sie Katherines Leiche gesehen hatte, glaubte Anna fest daran, dass die Wölfe sie nicht angreifen würden. Die gleiche Einstellung hatte sie zu Berglöwen und Bären wie eigentlich zu den meisten Tieren in den Nationalparks, in denen sie gearbeitet hatte. Nur die Alligatoren in Mississippi bildeten da eine Ausnahme, denn die hätten sicher nichts gegen einen Bissen Menschenfleisch einzuwenden gehabt.

Ihre mangelnde Scheu vor Raubtieren hatte nichts mit Fakten zu tun. Es war eher das übermächtige, wenn auch absolut unlogische Gefühl, dass die Tiere wussten, wie sehr sie sie liebte, weshalb sie ihr kein Haar krümmen würden. Anna war sich sehr wohl dessen bewusst, wie unvernünftig diese Haltung war. Vermutlich hatte sie als Kind zu viele Disneyfilme gesehen. Deshalb mied sie stets die Probe aufs Exempel, und sie hatte auch heute Nacht nicht vor, ihre Theorie auf den Prüfstand zu stellen. Wenn sie die Wahl gehabt hätte, würde sie bis zum Tagesanbruch warten. Aber sie wusste nicht, wie lange die Blutprobe brauchbar sein würde.

Sie folgte den Spuren – ihren eigenen und einem halben Dutzend anderen, einige stammten von Elchen – bis zu dem Pfad, der zum Besucherzentrum führte. Vor ihr zwischen den Bäumen bewegte sich etwas. Es war weniger eine Gestalt als ein Geräusch, ein Knirschen im Schnee, das auf merkwürdige Weise an das von trockenem Styropor erinnerte.

Elch, sagte sie sich. Elche waren neugierig wie Hirsche und wollten sehen, was sich tat. Da die Wölfe ihre einzigen Feinde auf der Isle Royale waren, hatten sie kaum Scheu vor Menschen und spazierten oft zwischen den Unterkünften, auf den Campingplätzen und am Souvenirladen umher.

Als Anna in den Wald marschierte, schlossen sich die winterkahlen Bäume um sie wie ein Stacheldrahtzaun. Die Taschenlampe schnitt Schneisen in die Dunkelheit, weiße Tunnels, durchbrochen von knorrigen Ästen und grauschuppigen Baumstämmen. Die Angst, die sie bei ihrem ersten verhängnisvollen Weg diesen Hügel hinunter begleitet hatte, kehrte zurück.

»Verflixt«, flüsterte sie.

Bei jedem Schritt glaubte sie, im Schnee neben dem Pfad ein leises Echo zu hören. Sie blieb stehen. Das Echo verstummte. So sehr sie auch die Ohren spitzte und sich bemühte, die Dunkelheit mit ihren Sinnen und der Taschenlampe zu durchdringen, sie konnte einfach nicht feststellen, ob sie tatsächlich verfolgt wurde oder ob sie sich das nur einbildete. Panik regte sich in ihrer Brust. Es war nicht die Art von Angst, die einen dazu trieb, aktiv zu werden oder vorsichtig zu sein, sondern das nicht vernünftig zu erklärende Surren wie von Kreissägen in kindlichen Albträumen.

Anna schaltete die Taschenlampe aus und gab sich der Furcht hin. Sie ließ zu, dass die Panik auf falsch gestimmten Geigensaiten zupfte, dass Sirenen heulten und dass Reifen auf Beton quietschten. Als die erste Welle vorbei war, fühlte sie sich schwindelig und atemlos, und sie sprach in die Dunkelheit hinein, die um sie herum und in ihrem Inneren herrschte.

»Mir wird das Angsthaben allmählich zu langweilig. Also tu, was du tun musst. Ich mache es genauso.«

Es war merkwürdig kühn, in der eiskalten Dunkelheit laut zu reden, ein ungezügelter Akt geistiger Gesundheit, den man für gewöhnlich nur den Geisteskranken zuschrieb. Es erinnerte sie daran, dass die meisten Dinge eine Frage der freien Wahl waren. Angst war zum Großteil etwas, für das man sich entschied.

»Ich gehe zum Besucherzentrum«, wandte sie sich an ihren bedrohlichen, böswilligen oder eingebildeten Freund. »Falls du mich auffressen oder sonst etwas mit mir anstellen willst, findest du mich hinten in den Büros.«

Sie glaubte, ein Schnauben oder ein unterdrücktes Lachen im dichten Gestrüpp zu hören. Es war so leise und verklang so rasch, dass es genauso gut auch nur das Scharren eines Rabens auf einem Ast gewesen sein konnte.

Das Gebäude, in dem sich das Besucherzentrum und die Station der Parkpolizei befanden, war nicht abgeschlossen. Der Schlüssel lag auf der Kommode, die Robin und sie als Nachttisch benutzten. Vor der doppelverglasten Tür blieb Anna stehen und stampfte sich den Schnee von den Füßen, damit für die ersten Saisonkräfte im Sommer nicht erst einmal Großreinemachen angesagt war. Dann trat sie ein und zog die Tür hinter sich zu. Die blinde Angst war verflogen. Doch falls sich tatsächlich ein Wolfshund auf der Jagd nach Menschenfleisch auf der Insel herumtrieb, wäre es unklug gewesen, das bepelzte Schicksal herauszufordern.

Anna ging zum Büro des Parkdirektors, verharrte in der offenen Tür und betätigte automatisch den Lichtschalter. Nichts geschah. Erst als sie die Hand ausgestreckt hatte, war ihr eingefallen, dass das Licht gar nicht funktionierte. Da es keinen Strom gab, hätte sie sich die zweite Bewegung eigentlich sparen können, aber sie drückte den Lichtschalter trotzdem wieder hinunter.

Es hatte auch seine Vorteile, etwas im Schein einer Taschenlampe zu suchen. Wenn man nur innerhalb eines einen Quadratmeter großen Lichtkegels sehen konnte, wurde das Auge nicht abgelenkt. Manchmal schaltete Anna das Licht auch aus, obwohl es Strom gab, und benutzte eine Taschenlampe, um sich besser auf Einzelheiten konzentrieren zu können.

Der Karton Merlot stand noch an seinem Platz auf dem Boden. Daneben lag das umgekippte Marmeladenglas. Anna beleuchtete die Unterseite: Nummer 4427. Adams.

Robin war so erfolgreich in der hauptsächlich von Männern dominierten Welt der Wolfsforschung, weil sie sich als attraktive junge Frau nie zu weit aus dem Fenster lehnte. Seit Anna sie kannte, achtete sie stets darauf, keine Aufmerksamkeit auf sich zu lenken, und hielt sich zurück, wenn die anderen auf die Pauke hauten. Dass sie nun mit der Tradition der Marmeladengläser gebrochen hatte, passte gar nicht zu ihr. Vielleicht hatte sie in ihrem betrunkenen Zustand nicht bemerkt, dass sie Adams Glas genommen hatte – oder sie hatte es gewusst, sich aber nicht mehr um die Folgen geschert. Robin konnte Adams Glas auch aus Trotz benutzt haben. Wenn sie eine leichtfertige junge Frau gewesen wäre, hätte Anna die Erklärung in Erwägung gezogen, dass sie es aus Liebe getan hatte – die Inselversion eines Mädchens, das die Jacke seines Freundes trägt. Doch Robin war nicht leichtfertig.

Es war möglich, von dem Glas Fingerabdrücke zu nehmen. Einige waren selbst im Licht der Taschenlampe gut zu erkennen. Sicher waren Robins dabei. Wahrscheinlich die von Bob. Vielleicht die von Adam. Allerdings würde die einzig verräterische Spur von der menschlichen Version des Wolfshundes stammen, einer Person, die sich auf der Isle Royale aufhielt, obwohl sie dort nicht hingehörte.

Anna tütete das Glas ein. Angesichts des Tempos, mit dem sie Beweise für ein möglicherweise niemals stattgefundenes Verbrechen sammelte, würde in dem Versteck unter der Schreinerwerkstatt bald kein Platz mehr sein.

Gemächlich ließ sie den kleinen gelben Lichtkegel durch das Büro wandern. Bei der Sperrung der Insel für die Öffentlichkeit im Oktober und der Rückkehr des Parkdirektors nach Houghton waren einige Gegenstände auf dem Schreibtisch liegen geblieben: ein Hefter, ein Plastikbehälter mit magnetischem Deckel, halb gefüllt mit Büroklammern, eine leere Aktenschale und ein grellrosafarbener Block Haftnotizzettel. Die Sachen waren ordentlich neben einem Telefon mit vielen Knöpfen aufgereiht.

Robin hatte den Großteil des Alkohols nicht in diesem Zimmer getrunken. Nicht einmal einer leichtfüßigen Biathletin wie ihr wäre es gelungen, sich bis zur Halskrause abzufüllen, ohne etwas umzuwerfen oder ein paar Tropfen zu verschütten.

Der Bürostuhl war umgekippt. Die seesternförmigen Füße mit ihren Rollen versuchten, Anna zu Fall zu bringen, als sie den Schreibtisch umrundete. Stühle dieser Bauart ließen sich nur schwer kippen. Offenbar hatte Robin sich daraufsinken lassen und ihn bei ihrem Sturz zu Boden mitgerissen.

Nun hatte Anna drei Dinge entdeckt, die ihr Interesse weckten, und sie ließ den Lichtstrahl von dem Weinkarton zum Marmeladenglas und schließlich zu dem umgefallenen Stuhl gleiten.

Robin hatte den Merlot nicht in der Hand gehabt, als sie gestürzt war. Halb mit Flüssigkeit gefüllte Quader rollten nämlich nicht eine Entfernung, wie sie zwischen dem Stuhl und dem Karton bestand.

Vielleicht hatte Robin Karton und Glas fallen gelassen und war dann auf den Stuhl gesunken. Womöglich hatte Bob die Gegenstände bewegt.

Anna ging in die Hocke und leuchtete den kurzen Flor des Teppichs ab. Unter dem Schreibtisch lag ein flaches, quadratisches, etwa zweieinhalb Zentimeter langes Päckchen. Auf dem Bauch liegend, angelte sie es hervor. Ein Kondom, die Verpackung ungeöffnet. Falls die Direktoren in anderen Parks nicht ein aufregenderes Leben führten als in den Rocky Mountains oder abenteuerlustige Saisonkräfte sich nicht den Schlüssel besorgt hatten, um kurz vor der Abfahrt das Büro mit Aussicht zu nutzen, musste das Kondom entweder Robin oder Bob gehören. Jedenfalls wies es auf ein geplantes Rendezvous hin. Und wenn es sich um Robins Kondom handelte, war Bob ganz sicher nicht als Träger vorgesehen.

Außerdem bestand auch die Möglichkeit, dass das Kondom, das Bob wie ein optimistischer Schuljunge schon jahrelang mit sich spazieren trug, bei seinem Versuch, Robin zu helfen, aus seiner Tasche gefallen und unter den Schreibtisch geraten war. Allerdings hätte Anna nicht darauf gewettet. Bob hatte das Kondom mitgebracht, weil er wusste, dass Robin betrunken war, und sich vielleicht die Gelegenheit ergeben könnte, das auszunutzen. Robin konnte auch mit einem Liebhaber verabredet gewesen und von Bob gestört worden sein. Oder Adams Glas befand sich vor Ort, weil Adam selbst da gewesen war.

Anna schüttelte den Kopf, als würde sie vom Flur aus von unsichtbaren Geschworenen beobachtet. Adam hatte den ganzen Abend mitten im Wohnzimmer auf dem Sofa gelegen, damit auch jeder mitbekam, dass er das Haus nicht verlassen hatte.

Anna verstaute das Päckchen mit dem ordentlichen Ring darin zwischen zwei Haftnotizzetteln und steckte es ein. Im Film bekämpften Gesetzeshüter dramatische und ausgeklügelte Verbrechen. Im wirklichen Leben war das nur selten der Fall. Ermittlungen bedeuteten meist ein langwieriges Waten durch den Morast und Schleim alltäglicher Bosheiten, die so durchschnittlich und mit den Lebensläufen von Menschen verschränkt waren, dass man mit dem Versuch, sie auszumerzen, häufig das Opfer vernichtete und die Gemeinschaft auseinanderriss.

Die wahren Ungeheuer hatten hingegen nur ein Achselzucken für ihre Tat übrig. Sexuelle Belästigung, Misshandlung der Ehefrau, Inzest, Vergewaltigung nach einer Verabredung, Sex mit Minderjährigen, eine Massenvergewaltigung bei der Party einer Studentenverbindung, all diese widerwärtigen und schmutzigen Verbrechen zogen bei der Strafverfolgung das Opfer ein zweites Mal in den Dreck.

Anna hatte im Laufe ihres Berufslebens schon einige Male vor Gericht ausgesagt oder eidesstattliche Erklärungen abgegeben. Verteidiger sahen es als ihre Aufgabe, ihren Mandanten, ganz gleich ob schuldig oder unschuldig, vor dem Gefängnis zu bewahren. Koste es, was es wolle.

Staatsanwälte waren dazu da, den Angeklagten – ob schuldig

oder nicht – hinter schwedische Gardinen zu bringen. Ebenfalls koste es, was es wolle. Verteidiger brüsteten sich beim Cocktail damit, wie viele Vergewaltiger, Mörder oder Konsumenten von Kinderpornographie sie bereits herausgepaukt hatten. Es war ein Beweis für ihre beruflichen Fähigkeiten. Dabei brachten sie immer dieselbe Ausrede dafür vor, warum sie ihre moralischen Grundsätze über Bord warfen, das alte Lied, das sie schon seit dem Jurastudium sangen: Sie beschnitten die Macht des Staates und schützten damit die Rechte seiner Bürger.

Aber die meisten wollten einfach nur gewinnen.

Das Knirschen von Metall auf Metall riss sie so unsanft aus ihren Grübeleien, als hätte jemand ein Gewehr entsichert. Anna schaltete die Taschenlampe aus, tastete sich mit den Fingern an der Wand entlang und eilte zu der Stelle, wo sich der Flur teilte und in den Hauptraum des Besucherzentrums führte.

Da es in voller Winterausrüstung unmöglich war, sich lautlos zu bewegen, machte Anna die Taschenlampe wieder an und leuchtete den Raum ab, bevor sie zur Tür ging. Leer. Kein Licht schien von draußen herein. Niemand stand auf der Veranda vor der Tür. Anna drückte auf den Türriegel, aber die Tür gab nicht nach. Sie griff nach den Klinken und rüttelte daran.

Der Riegel war eingerastet und konnte nur von außen mit einem Schlüssel geöffnet werden.

Anna löschte das Licht, um nicht zur Zielscheibe zu werden. Die einzige andere Tür nach draußen befand sich am anderen Ende des Flurs, gegenüber vom Büro des Parkdirektors. Ihrer Erinnerung folgend und hin und wieder unterstützt von der Taschenlampe, hatte sie sie rasch gefunden. Auch diese Tür war verriegelt, vermutlich schon seit die Insel im Oktober gesperrt worden war.

Den Rücken an die Tür gelehnt, blickte Anna den dunklen Flur entlang. Da es sich beim Besucherzentrum um ein modernes Gebäude handelte, ließen sich die Fenster nicht öffnen. Selbst in der Wildnis lief die Klimaanlage. Glas und Technologie sperrten die Unwägbarkeiten des Wetters und das menschliche Bedürfnis nach frischer Luft aus. Noch vor wenigen Minuten hatte sie unbedingt in dieses Gebäude gewollt. Nun, seit jemand – ganz sicher kein Wolfshund oder Gespenst, sondern ein Mensch mit einem Schlüssel und beweglichen Daumen – sie hier eingesperrt hatte, wollte sie nur noch raus.

Bob Menechinn, war ihr erster Gedanke. Ridleys Schlüssel war verschwunden gewesen. Bob oder Robin hätten ihn aus seinem Schreibtisch stibitzen können, um das Besucherzentrum aufzuschließen. Allerdings war Robin in ihrem Zustand sicher nicht in der Lage, sich zurückzuschleichen und Anna einzusperren. Außerdem hätte sie es auch nicht geschafft, sich gegen ungebetene Besucher zu verteidigen. Anna tröstete sich mit dem Gedanken, dass Ridley und Adam gewiss aufgewacht wären, falls jemand versucht haben sollte, die Tür aufzubrechen.

Allerdings war das beruhigende Gefühl nur von kurzer Dauer, denn es bestand durchaus die Möglichkeit, dass Robin auf ein Klopfen selbst aufgemacht hatte.

Mit eingeschalteter Taschenlampe und ohne sich darum zu kümmern, ob sie vielleicht beobachtet wurde, hastete Anna den Flur entlang und blickte in jedes Büro, in der Hoffnung, dass sich eines der Fenster öffnen ließ. Es konnte ja sein, dass der Architekt vergesslich geworden war und eine Öffnung zur Außenwelt übersehen hatte. Ansonsten würde sie wohl eine Scheibe einschlagen müssen.

In der Damentoilette entdeckte sie ein Fenster über den Waschbecken, von dem man die untere Hälfte kippen konnte, sodass eine fünfundzwanzig Zentimeter breite und neunzig Zentimeter lange Öffnung entstand. Als Anna Parka und Stiefel auszog, schlug ihr beißende Kälte entgegen. Sie kletterte auf ein Waschbecken, warf Kleider und Taschenlampe hinaus und zwängte sich dann mit dem Kopf voraus aus dem Fenster. Es ging zwar etwa einen Meter achtzig nach unten, doch rings um das Gebäude hatten sich Schneeverwehungen angehäuft.

Anna landete mit dem Rücken auf einem Schneehaufen. Schmerzen wären ihr lieber gewesen als der eiskalte Schnee, der ihr in den Kragen rutschte. Eine Minute vergeudete sie damit, im Schnee ihre Taschenlampe zu suchen, eine weitere mit dem Anziehen von Stiefeln und Parka.

Es war ein angenehmes Gefühl zu rennen. Die müden Muskeln und die erschöpfte Seele protestierten zwar, doch ihr Körper brauchte Wärme und ihr Verstand Geschwindigkeit, sodass die Beschwerden rasch verstummten. Wie ein Güterzug pflügte sie unter lautem Schnaufen durch den winterlich stillen Wald.

Im Wohnbereich war es ruhig. Das Blockhaus lag in Dunkelheit. Anna wurde langsamer, schaltete die Taschenlampe aus und versuchte, einigermaßen regelmäßig zu atmen. Sie betrat das Haus durch die Seitentür zu Katherines Küchenlabor und verharrte einen Moment lauschend. Es blieb still.

Beim Anziehen im Schnee hatte Anna sich nicht mit den Schnürsenkeln aufgehalten. Nun schlüpfte sie aus den Stiefeln und schlich den Flur entlang zu Robins und ihrem Zimmer. Die Tür war noch immer abgeschlossen.

»Robin?«, rief Anna leise und legte das Ohr ans Holz.

Die Tür war ungewöhnlich kalt. Eigentlich genügte die Wärme des nachgeschürten Feuers im Holzofen, dass auch nachts im Haus mehr oder weniger angenehme Temperaturen herrschten. Anna klopfte erneut.

»Robin?« rief sie, diesmal ein wenig lauter, und klopfte kräftiger an.

In ihrer Angst, dass sie Robin zu früh hatte einschlafen lassen, begann Anna zu schreien und an die Tür zu hämmern, um sie zu wecken.

»Was zum Teufel ist da los?«

Adam. Wenigstens einer, der reagierte.

»Robin«, erwiderte Anna knapp und trat kräftig gegen die

Tür neben dem Türknauf. Da sie keine Stiefel trug, schoss ihr ein Schmerz bis hinauf zur Hüfte. Aber die Tür rührte sich nicht.

»Moment, lassen Sie mich mal.«

Adam, der neben ihr stand, war nur mit Boxershorts und Wollsocken bekleidet. Als er die Schulter gegen die Tür rammte, gab diese nach. Kalte Luft schlug ihnen entgegen. Anna leuchtete mit der Taschenlampe ins Zimmer.

Das Fenster über Robins Bett stand weit offen.

Robin war verschwunden.

25

Anna richtete die Taschenlampe auf den Boden. Robins Parka, die Skihose – überhaupt alle Winterkleidung – lagen noch dort, wo sie sie vor dem Schlafengehen hingeworfen hatte. Anna wirbelte herum und ließ den Blick durch den Raum schweifen. Die Schranktür war offen, alles hing an seinem Platz. Robins Rucksack befand sich auf dem Tisch am Fußende ihres Bettes, ihre Hausmokassins lugten unter dem Bett hervor. Ihr Kopfkissen klemmte zwischen Bett und Kommode.

»Robin«, rief Anna. Mit zwei Schritten durchquerte sie das Zimmer und sprang aufs Bett.

Ridley und Jonah kamen herein. Jonah blinzelte hinter seiner Nickelbrille. Ridley hatte offenes Haar und trug nur eine lange Unterhose. Beide hatten ihre Stirnlampen aufgesetzt. Sie waren so an die nächtliche Stromsperre gewöhnt, dass sie ganz automatisch danach griffen. Anna hatte das beklemmende Gefühl, mit zweien der sieben Zwerge in einem Kohlebergwerk gefangen zu sein.

»Wo ist Bob?«, fragte sie. Jonah und Ridley wechselten einen fast komischen verständnislosen Blick.

»Adam, lag Bob in seinem Bett, als Sie aufgestanden sind?«, beharrte Anna.

»Ich bin auf dem Sofa eingeschlafen«, erwiderte er. »Aber er müsste dort sein. Nachdem Sie ihn zum dritten Mal weggeschickt hatten, ist er zu Bett gegangen.«

»Schauen Sie nach, ob er in seinem Zimmer ist.«

»Ich schalte den Generator ein«, verkündete Jonah und verschwand im dunklen Flur.

»Gut, danke«, erwiderte Ridley geistesabwesend.

Anna fand diesen Vorschlag großartig, auch wenn sie es

nicht aussprach. Angst vor der Dunkelheit hatte zwar nie zu ihren Neurosen gehört, aber sie überlegte, ob sie sie auf die Liste aufnehmen sollte. Allmählich hatte sie es satt, schmale Lichtstrahlen entlangzuspähen wie ein hilfloses Frauchen in einem billigen Horrorstreifen.

»Wo ist Robin? Was ist passiert?«, erkundigte sich Ridley. Der Ärger machte seinen Tonfall scharf. Anna hoffte, dass das auch für seinen Verstand galt.

Sie schilderte ihm rasch, was sie im Besucherzentrum vorgefunden hatte, und erwähnte auch das Kondom. Dass sie dort eingesperrt worden war, verschwieg sie, denn ihr Instinkt riet ihr, diese Information für einen späteren Zeitpunkt aufzusparen.

»Und Sie glauben, das Kondom gehört Bob«, stellte Ridley fest.

»Meins ist es jedenfalls nicht.«

Das Licht ging so plötzlich an, dass sie vor Schreck die Taschenlampe fallen ließ. Adam stand in der Tür. Seine Stirnlampe war ausgeschaltet. Anna wusste nicht, wie lange er sich schon dort aufhielt, aber das spielte keine Rolle. Schließlich hatte sie gerade kein Geheimnis preisgegeben. Da sie niemandem über den Weg traute, hatte sie nur zwei Möglichkeiten: alles für sich zu behalten oder es herumzuposaunen. Sie entschied sich für den zweiten Weg, denn sollte sich jemand auf dieser Insel – abgesehen von ihr selbst – als einigermaßen bei Verstand und gewaltfrei entpuppen, konnte er oder sie ihr helfen, den Rest der Bande in Schach zu halten.

»Bob liegt im Bett«, meldete Adam.

»Hast du das mit dem Kondom mitgekriegt?«, fragte Ridley.

»Habe ich. Aber ich bezweifle, dass es von Bob ist. Er ist gar kein so schlechter Kerl, wenn man ihn erst mal besser kennen lernt.« Dieser Satz wurde in einem derart emotionslosen Tonfall geäußert, dass Anna sich an eine Gruppe Kriegsgefangener im Irak erinnert fühlte. Man hatte die Soldaten erst gefoltert, sie dann gezwungen, vor laufender Kamera antiamerikanische Phrasen zu dreschen und sie schließlich geköpft.

»Zieh dich an«, meinte Ridley zu Adam. »Und sag Bob, er soll aufstehen und das gleiche tun. Wir müssen sofort handeln, ganz gleich, was passiert ist. Robin war voll wie ein Eimer. Vielleicht hat sie plötzlich Lust auf einen Spaziergang gekriegt.«

Anna hoffte, dass das der Fall war, bezweifelte es aber. Nachdem die Männer hinausgegangen waren, hob sie ihre Taschenlampe auf. Das Fenster wies keine Einbruchsspuren auf. Draußen vor dem Haus war der Boden von einem Elch zertrampelt worden, der die Angewohnheit hatte, sich am Fallrohr der Regenrinne zu reiben. Spuren von Zweibeinern waren nicht zu sehen. Keine Fußabdrücke, die auf einen Menschen hindeuteten.

Sie schloss das Fenster und blieb auf Robins Bett stehen. Kein Zeichen, keine Spur widersprach der Theorie, dass ein betrunkenes Mädchen sich, nackt und seinen Schlafsack in der Hand, davongemacht hatte. Aber Robin war nicht gegangen. Sie war entführt worden, verschleppt, verschwunden in der Nacht. Es hätte etwas Poetisches an sich gehabt, wenn Anna sich weiter wegen Algernon Blackwoods Geschichte hätte gruseln können – schließlich war der Windigo dafür bekannt, dass er vom Himmel herabgestürzt kam und seine Opfer in ihren Zelten packte. Allerdings konnte sie sich nicht vorstellen, dass das ausgehungerte Ungeheuer in seiner Gier nach Menschenfleisch einen Schlüssel stahl und sie ins Besucherzentrum einschloss, um ungestört seinen Mitternachtsimbiss zu genießen.

Ridley versuchte, sich per Telefon, Funk und E-Mail mit dem Festland in Verbindung zu setzen, und flehte um baldmögliche Hilfe. Das Funkgerät streikte. Eine Verständigung am Telefon war unmöglich. Die E-Mail wurde empfangen. Der Leiter des Nationalparks Isle Royale versprach, die Küstenwache, die Forstverwaltung, eine Suchmannschaft der Nationalen Parkaufsicht und ein Rettungsteam zu schicken, sobald das Wetter eine Invasion vom Festland gestattete.

Danach teilten Ridley und Anna das Gebiet in drei Sektoren

ein. Ridley wollte allein losgehen. Anna würde Jonah begleiten. Und Adam erbot sich freiwillig, Bob Menechinn mitzunehmen. Wie Anna vermutete, um Bob die Demütigung zu ersparen, dass niemand ihn dabeihaben wollte.

Wie schon bei Katherines Verschwinden konnten sie keinen Hinweis darauf entdecken, welche Richtung Robin eingeschlagen haben mochte. Wieder suchten sie den Rand der Lichtung und die Mitarbeiterunterkünfte ab und sahen sich auf dem Campingplatz am Washington Creek um. Und wieder fanden sie nichts.

Ridley beorderte alle per Funk zum Blockhaus zurück. Nachdem sie die dicke Winterkleidung ausgezogen und achtlos auf den Boden geworfen hatten, setzten sie sich auf die drei Sofas im Wohnzimmer wie eine Familie bei der Totenwache.

Niemand hatte Lust, zu Bett zu gehen.

Die Ellenbogen auf die Knie gestützt, betrachtete Anna die Männer, mit denen sie hier festsaß.

Sie wusste nicht, wie oft sie das langweilige Gespräch über das Thema geführt hatte, welches Buch, welchen Mann, welches Lied oder welches Werkzeug sie auf eine einsame Insel mitnehmen würde: eine Gesamtausgabe der Werke von William Shakespeare, Paul Davidson, »Amazing Grace« und ein sehr scharfes Messer.

Und nun saß sie tatsächlich fest, und zwar ohne auch nur eines der genannten Dinge zur Hand zu haben.

Wieder eine Gelegenheit nicht genutzt.

Ridley und Jonah sahen in etwa so aus wie während der letzten Tage, nur vielleicht noch bedrückter. Das faltige Gesicht des Piloten hatte den spitzbübischen Ausdruck verloren. Seine Wangen wirkten schlaff vom Alter, und sein Blick war stumpf. Ridley machte inzwischen den Eindruck einer verlorenen Seele. Er hatte zwar bisher jeden Schicksalsschlag gemeistert, doch Anna befürchtete, er könnte am Ende seiner Kräfte angelangt sein. Nur Adam zeigte noch Anzeichen von Hoffnung und Tatendrang. Obwohl sein Gesicht nicht lebendiger schien als das der anderen, sah man dort, wo zuvor nur rohe Kraft gewesen war, Konzentration und Entschlossenheit. Wie ein alt gedienter Soldat war er offenbar erleichtert, dass das Warten ein Ende hatte und er in die Schlacht ziehen konnte.

Bob Menechinn war es, der sich am meisten verändert hatte. Robins Verschwinden schien ihm so nahezugehen wie sonst keines der vorangegangenen Ereignisse – Ridleys ablehnende Haltung, Katherines Tod, der Wolfshund, der Windigo oder dass Anna ihn zweimal in einer kompromittierenden Situation ertappt hatte, einmal mit einer toten Frau und einmal mit einer bewusstlosen.

Sie vermutete, dass Menechinn etwas von einem Soziopathen hatte. Für Bob gab es niemanden außer Bob. Andere Menschen waren nur Statisten, dazu da, ihn zu beweihräuchern oder von ihm benutzt oder betrogen zu werden.

Als Anna diesen Gedanken weiterführte, wurde ihr klar, dass es nicht Robins Verschwinden an sich war, das Bobs Haut fahl werden und seinen Atem flacher gehen ließ. In den letzten Stunden war offenbar etwas geschehen, von dem er sich bedroht fühlte. Vielleicht hatte Adam ihm erzählt, dass Anna ein Kondom gefunden hatte. Doch sie tat diese Theorie sofort ab. Bob würde einfach abstreiten, dass das Kondom ihm gehörte. Nicht einmal Fingerabdrücke bewiesen das Gegenteil, denn er hätte das Päckchen aus einer ganzen Reihe von Gründen berühren können.

Während die Nacht verging, hörte Anna auf, sich Sorgen um Ridleys Durchhaltevermögen zu machen. Sie fürchtete eher um ihr eigenes. Die Nacht hatte das Blockhaus fest im Griff, und die Beleuchtung im Wohnzimmer war zu schlecht, um sie jenseits der spiegelnden Scheiben zurückzudrängen. Beengung sickerte aus dem Beton und in ihr Gehirn, bis sie am liebsten schreiend in die Dunkelheit hinausgerannt wäre.

»Jemand hat mich im Besucherzentrum eingesperrt«, verkündete sie unvermittelt mit lauter Stimme. »Und zwar, bevor er Robin entführt hat.«

Doch der Sprengsatz detonierte nicht. Die Männer sahen sie nur ausdruckslos an. Wenn einer von ihnen den Riegel vorgeschoben hatte, Anna hätte es weder seinem Gesichtsausdruck noch der mangelnden Reaktion entnehmen können.

»Vielleicht war es ja kein Jemand, sondern ein Etwas«, schlug Adam vor.

Anna warf ihm einen entnervten Blick zu.

»Schwachsinn«, entgegnete sie barsch.

Er zuckte die Achseln.

Anna stand auf und zog Parka und Skihose an. Wenn sie nicht irgendetwas unternahm, würde das Gefühl von Beklemmung sie für immer in eine kalte sauerstofffreie Gruft einschließen.

»Wo wollen Sie denn hin?«, fragte Bob und riss sich aus seiner Teilnahmslosigkeit. Sein Tonfall war zornig.

»Raus. Möchten Sie mitkommen?«

»Das hätten Sie wohl gern«, zischte er und wechselte einen kurzen Blick mit Adam. Anna verstand nicht, was er ihm damit mitteilen wollte.

Sie musterte Bob prüfend. Der Mann hatte Angst, und das machte ihn wütend.

Angst vor ihr? Wenn ja, umso besser.

»Ich begleite Sie«, erbot sich Jonah.

Eigentlich hatte Anna keine Lust auf Gesellschaft. Auf der Isle Royale vermittelten die Menschen einander eindeutig keine Sicherheit. Allerdings war der Pilot derjenige, dem sie am wenigsten misstraute.

»Bringen Sie eine Taschenlampe mit«, sagte sie.

»Besser zwei.«

Sie gingen zur Vordertür hinaus und die Stufen der Veranda hinunter. Unten angekommen, blieb Anna stehen.

»Was ist?« Jonah hob den Kopf wie ein Hund, der Witterung aufnahm.

»Nichts.« Anna war stehen geblieben, weil sie nicht wusste, wohin sie wollte und was sie tun sollte, wenn sie erst einmal dort war.

»Lassen Sie uns einfach atmen«, erwiderte sie. Jonah lachte.

Eine Weile standen sie wortlos und mit ausgeschalteten Taschenlampen da und sogen die saubere Luft in ihre Lungen. Holzöfen waren zwar reizend altmodisch und sehr praktisch, verpesteten aber die Luft in den Innenräumen wie jemand, der zwei Päckchen Zigaretten am Tag rauchte.

»Haben wir irgendwelche Hinweise?«, fragte Jonah. Sie wusste seinen Versuch zu schätzen, sie aufzumuntern.

»Ich bin absolut ratlos«, entgegnete sie. »Am besten fangen wir noch einmal von vorn an.«

Sie ging voran um das Haus herum zu dem Fenster von ihrem und Robins Zimmer. Da sie nun nicht mehr von Männern mit großen Füßen abgelenkt wurden, die um sie herumwimmelten, konnte sie klarer denken. Jonah ließ ihr Platz, als sie sich einige Meter neben dem Fenster hinkauerte und den Lichtstrahl ihrer Taschenlampe im gleichen Winkel wie die untergehende Sonne über den Schnee gleiten ließ.

»Was läuft zwischen Adam und Bob?«, erkundigte sie sich, als ihr der bedeutungsschwangere Blick einfiel.

»Keinen Schimmer«, antwortete er. »Adam ist ein netter Kerl und war schon öfter bei der Winterstudie dabei. Kanadier sehen nun mal immer das Gute im Menschen. Aber Menechinn? Herrje!«

Der Elch, der sich so gern am Fallrohr scheuerte, hatte Schnee und Erde in eine Masse von Eisklumpen verwandelt. Als Anna die winzige Fläche ableuchtete, glaubte sie, neue Abdrücke zu sehen. Vielleicht. Von einem Elch. Sie beschrieb mit der Taschenlampe einen Kreis um sich.

»Adam ist Kanadier?«

»Ich glaube, er hat die amerikanische Staatsbürgerschaft. Er ist in Kanada aufgewachsen, hat dort geheiratet und ist nach dem Tod seiner Frau in die Staaten gekommen.«

»Seine Frau hat sich umgebracht, richtig?«

»Woher wissen Sie das?«

»Robin.«

Sie entdeckten nichts als ihre eigenen Fußabdrücke und einige Elchspuren, die in den Wald führten.

»Adam redet nicht gern darüber. Seine Frau hatte eine Fehlgeburt und ist anschließend an Depression erkrankt.«

»Wurde nach ihrem Tod gegen ihn ermittelt?«

»Wegen Mordes an seiner Frau? Was bringt Sie denn auf die Idee?«

»Nichts. Alles. Ich dachte nur, dass man ihn vielleicht unter die Lupe genommen hat.«

»Wahrscheinlich. Bei so einer Sache fällt der Verdacht doch immer zuerst auf den Ehemann. Zumindest im Fernsehen. Also haben sie bestimmt gegen ihn ermittelt, aber es ist nicht viel dabei rausgekommen. Sie hat einen Abschiedsbrief hinterlassen. Außerdem eine Nachricht auf dem Anrufbeantworter ihrer Therapeutin, um sich zu entschuldigen. Sie hat sogar ein Video gedreht, in dem sie Adam anfleht, ihr zu verzeihen.«

»›Gehe nicht sanft in die gute Nacht hinaus‹«, sagte Anna.

»›Zorn, Zorn‹«, erwiderte Jonah und beschämte sie wegen ihrer intellektuellen Gönnerhaftigkeit.

»Hier sind wir fertig«, verkündete sie. Ihre Knie knackten beim Aufstehen wie Gewehrschüsse.

»Hah!«, rief Jonah. »Altwerden ist zum Kotzen, finden sie nicht?«

Ihre Verlegenheit ließ nach.

Langsam stieg sie den Hügel hinauf und folgte den Spuren des Elches. Die, die bergab führten, waren flacher als die, die in die umgekehrte Richtung verliefen. Offenbar hatte der Elch während seines Aufenthalts unter ihrem Schlafzimmerfenster beträchtlich zugenommen.

»Haben Sie das gesehen?«, fragte Anna und wies ihn auf den Unterschied hin. »Was könnte der Grund dafür sein?«

»Ob der Elch Robin gefressen hat?«

Anna schnaubte, keine gute Idee bei Temperaturen unter dem Gefrierpunkt, bei denen einem ständig die Nase lief.

»Oder sie ist darauf geritten«, schlug Jonah vor. Er schien nicht sehr besorgt zu sein.

»Was wissen Sie?«, erkundigte sich Anna und leuchtete ihm ins Gesicht.

»Lassen Sie das, Dick Tracy«, beschwerte er sich.

»Was?«, hakte Anna nach, ohne die Taschenlampe wegzunehmen. Jonahs Brillengläser blitzten, sein weißer Bart funkelte.

»Ich weiß gar nichts«, erwiderte er nach einer Weile. »Aber man muss davon ausgehen, dass Robin nicht einfach in ihrem Schlafsack davongesprungen ist wie ein Kind beim Sackhüpfen. Außerdem muss man kein Elch sein, um Elchspuren zu erzeugen.«

»Genau das denke ich auch. Ist Ihnen vielleicht aufgefallen, ob die Spuren des Wolfshundes immer von Elchspuren begleitet wurden?«

»Nein.«

»Mir auch nicht. Worauf wollen wir wetten?«

»Ich wette nie.«

»Ich auch nicht.«

Es war schon nach Mitternacht, als Anna zu Bett ging. Am liebsten hätte sie ihren Schlafsack in Katherines Zimmer geschleppt und die Tür abgeschlossen. Aber sie blieb in dem Zimmer, das sie mit Robin geteilt hatte. Wie Mrs Darling wollte sie da sein, wenn Peter Pan die Kinder zurückbrachte, die er entführt hatte. Allerdings bezweifelte sie, dass Robin einem ewigen Jungen gefolgt war. Sie glaubte auch nicht, dass sie sich an einem magischen Ort wie dem Niemandsland befand.

26

Adam schlief auf dem Sofa oder erweckte wenigstens diesen Eindruck. Bob hatte sich längst in sein Zimmer zurückgezogen, und auch Ridley und Jonah waren zu Bett gegangen. Normalerweise hatte Anna auch in Stresssituationen keine Schwierigkeiten, zu schlafen und zu essen. Das jahrelange Leben in der Wildnis hatte sie gelehrt, diese Bedürfnisse zu befriedigen, sobald sich die Gelegenheit dazu ergab, wie es auch die Tiere taten. Wenn der Körper das Einzige war, das die Seele daran hinderte, in luftige Höhen zu entschwinden, musste die Besitzerin dafür sorgen, dass die Tanks immer gut gefüllt waren.

Die heutige Nacht war die rühmliche Ausnahme.

Erleichtert ließen Muskeln und Knochen sich in die Umarmung der harten Matratze sinken. Warme, einschläfernde Erschöpfung umhüllte ihren Verstand. Doch dann verwandelte sich das wundervolle Gefühl, ins Nichts hineinzutreiben, in das Abtauchen unter das Eis des Intermediate Lake, sodass Anna verzweifelt darum rang, wach zu bleiben. Der Albtraum war noch grausiger als das Ertrinken selbst. Im See hatten all ihre Gedanken nur dem Überleben gegolten. Im Traum war genug Zeit, sich die schrecklichsten Dinge auszumalen.

Aus Gründen, die vermutlich eher mit ihren Schlafgewohnheiten als mit ihrer Nahtoderfahrung zu tun hatten, lag sie nackt im Wasser. Die lähmende Kälte spielte keine Rolle. Unter ihr erstreckte sich nicht die grenzenlose neue Welt, auf die sie an jenem Tag einen Blick erhascht hatte, sondern die Todesangst, wie Kinder sie im Albtraum empfinden. Es war das Gefühl, hilflos einer Macht ausgeliefert zu sein, die so von Grund auf böse war, dass nicht einmal Ungeheuer wagten, ihr ins Antlitz zu sehen. Diese Macht besaß nicht die Gnade, ihrem Opfer

Erlösung durch den Tod zu gönnen. Ein ums andere Mal zog Anna ihre nackten Brüste und ihren Bauch über die Eiskante, die scharf war wie ein Messer, und trat mit schwachen, beinahe unbeweglichen Beinen aus, um sich gegen das schwarze Loch zu stemmen, das sie aufsaugen wollte.

Es waren nicht viele Wiederholungen dieses nächtlichen Zeitvertreibs nötig, um sie davon zu überzeugen, dass Wachbleiben die bessere Alternative war.

Anna lag auf dem Rücken in der Finsternis und starrte dorthin, wo sich vermutlich die Decke befand. In der absoluten Dunkelheit hätte das Nichts vor ihren Augen fünf Zentimeter tief oder unendlich sein können. Mit der Nachttischlampe hätte sie die Decke wieder an ihren gewohnten Platz rücken können, denn Jonah hatte den Generator angelassen. Er hatte gemeint, für den Notfall. Doch sie wusste, dass es zur Beruhigung war. Es war angenehm zu wissen, dass sie Licht machen konnten, falls sie den schwarzen Mann herumschleichen hörten. Oder den schwarzen Wolf.

Den falschen Wolf, dachte Anna. *Den Werwolf.*

Nicht die Sorte aus dem Märchen, die sich vom Mann im Anzug in ein Tier mit Schnauze verwandelte, sondern ein Mensch, der sich als Wolf tarnte und seine vermeintlichen Eigenschaften übernahm: Verstohlenheit, Kraft, Grausamkeit, Gnadenlosigkeit, Gewaltbereitschaft und Mordlust. Man brauchte kein studierter Psychiater zu sein, um die Projektion zu erkennen. Der Mensch übertrug all seine dunklen Seiten auf den Wolf, um ihn anschließend zu verdammen.

Vielleicht gab es den Wolfshund auf der Isle Royale gar nicht. Angeblich konnte DNA nicht lügen. Aber das hatte man auch von Fotos behauptet, bis Computer den Menschen eines besseren belehrt hatten.

Menschen waren es, die logen, und zwar ständig und aus allen vorstellbaren Gründen unter der Sonne. Menschen logen in Worten und in Bildern, und wenn es möglich gewesen wäre, hätten sie auch mit DNA gelogen. Vielleicht hatte Katherine die Ergebnisse gefälscht und ihre Motive mit ins Grab genommen.

Anna wurde die Gewissheit nicht los, dass Katherines Tod im Zentrum all dieser merkwürdigen Ereignisse stand. Allerdings war die Wissenschaftlerin weder erschossen, erstochen oder erstickt, sondern von einem Wolfsrudel zerrissen worden. Um so einen Hergang vorzutäuschen, brauchte man mehr Zeit und Fachwissen, als jemand auf der Insel besaß: Pfotenabdrücke, Losung, Urin, Wunden, Fell, Bissspuren.

Die Todesursache stand eindeutig fest, und für einen Unfalltod gab es keine Gründe, nur Ursachen: falscher Ort, falscher Zeitpunkt, falsche Entscheidung, defekte Gerätschaften. Die Frage nach dem Warum führte zu einem Motiv. Ausschließlich Menschen hatten Motive.

Anna kehrte der beklemmenden Unendlichkeit der Nacht über sich den Rücken zu und starrte in das ewige Nichts hinein, wo vorhin, als sie das Licht ausgemacht hatte, Robins Bett gewesen war.

Der Grund für Katherines Tod war der springende Punkt.
Katherine war bei einem Unglück gestorben und von Wölfen zerrissen worden.

Anna fand einfach keine Lösung für diese Gleichung, die nicht im Übersinnlichen geendet hätte.

Als sie bemerkte, dass sie sich immer weiter in diese Richtung bewegte, tastete sie auf dem Tisch zwischen den Betten nach der Lampe, schaltete sie ein und setzte sich auf, den Schlafsack unter die Achseln geklemmt. Da sie sich nun wieder orientieren konnte, kehrte auch ihr klares Denken zurück, und sie ging im Geist durch, was sie über Katherine wusste.

Katherine war im Alter von drei Jahren einem Wolf begegnet und hatte sich in ihn verliebt. Bob Menechinn war ihr Doktorvater. Er hatte sie in bewusstlosem Zustand fünf Stockwerke hinaufgetragen. Katherine war es wichtig gewesen, Robin von Bob fernzuhalten. Sie war sogar so weit gegangen, Anna zu sagen, Robin solle die Finger von ihm lassen. Katherine wurde von ihrem Professor eingeschüchtert, war in ihn verliebt oder fürchtete sich vor ihm. Sie widersprach Bob nur selten. Das erste Mal hatte sie es in dem Zelt auf dem Weg zwischen Windigo und Malone getan. Das zweite Mal in der Hütte in Malone Bay, nachdem Robin aufgebrochen war, um den gefangenen Wolf zu befreien.

Im Zelt war Bob außer sich geraten, hatte herumgeschrien und seine Lampe geschwenkt, als der Wolfshund oder Wolf draußen herumscharrte.

»Sei still. Du wirst ihn verscheuchen«, hatte Katherine gesagt.

Anna erinnerte sich schmunzelnd an Robins Gesichtsausdruck, als Katherine nicht vor Angst gezittert hatte. Katherine war wegen des Ungeheuers in Sorge gewesen.

Hatte Katherine geglaubt, ihr geliebter Wolf sei nach über dreiundzwanzig Jahren zu ihr zurückgekehrt? In Hundejahren gerechnet wäre er ein ziemlich betagter Liebhaber gewesen. Nein, Katherine hatte nicht an Wahnvorstellungen gelitten. Anna hielt sie nicht einmal für sonderlich phantasiebegabt. Sie kannte sich mit Wölfen aus und fürchtete sich nicht vor ihnen. Damals zumindest nicht. Sie hatte Bob befohlen, still zu sein, weil sie den Wolf mehr geliebt hatte als ihn.

Anfangs hatte Anna kaum einen Gedanken daran verschwendet, dass Bob und Katherine ein Paar sein könnten. Paarbildungen, Seitensprünge, Trennungen und verschmähte Liebe waren allgegenwärtig und kamen in jeder Berufsgruppe vor. Anders als Wölfe war der Mensch nicht zur Monogamie geschaffen. Rückblickend betrachtet, glaubte Anna nicht, dass Katherine in Bob verliebt gewesen war. Ihr selbst war es unmöglich, ihn auch nur sympathisch zu finden, obwohl er ihr das Leben gerettet hatte. Allerdings verliebten sich viele Frauen in die falschen Männer. Und viele Männer liebten bösartige Frauen. Um in den berüchtigten Worten von Woody Allen zu sprechen: »Das Herz will, was es will.«

Während ihres Abenteuers in Malone Bay war Anna allmählich der Verdacht gekommen, dass das, was sie bei Katherine zunächst für Eifersucht gehalten hatte, mühsam unterdrückte Wut war. Das zersetzende Gefühl, unter dem die Machtlosen litten und das sie von innen heraus zerfraß.

Katherine hatte angedeutet, dass Bob ihre Promotion hinauszögerte. War das ein ausreichendes Motiv, um jemanden zu hassen? Vermutlich. Menschen hatten schon aus viel geringeren Gründen gehasst.

Das zweite Mal hatte sie Bob widersprochen, als er das Ende der Studie gefordert hatte. Sie hatte darauf beharrt, die fremde DNA genüge, um die Isle Royale weiterhin im Winter zu sperren und die Studie fortzusetzen.

Hatte sie wieder die Wölfe schützen wollen? Oder die Wissenschaft? Anna fragte sich, ob Katherine engere Verbindungen zur Winterstudie gehabt hatte, als sie den anderen verriet. Verfolgte sie eigene Interessen, die es ihr hatten nötig erscheinen lassen, die Ergebnisse der DNA-Analyse zu fälschen?

Katherine war ein stilles Mäuschen gewesen, Bob erinnerte eher an einen Elefanten im Porzellanladen. Und dennoch waren beide schwer zur durchschauen und hüteten offenbar ein Geheimnis.

Da der Holzofen später als sonst eingeschürt worden war, war es trotz der geschlossenen Tür warm im Zimmer, sodass Anna den Schlafsack bis zur Taille hinunterrutschen ließ. Als sie ihn wieder hochzog, um ihre Nacktheit zu bedecken, stellte sie fest, dass das Fenster ohne Vorhänge und Jalousien – etwas, das sie bis jetzt gar nicht wahrgenommen hatte – in ihr das Gefühl auslöste, dass jemand sie beobachten könnte. Sie empfand die unbewohnte Wildnis jenseits der Scheibe nicht mehr als beschützend.

Also löschte sie das Licht, bevor sie den Schlafsack wieder sinken ließ.

Während sie haltlos in der Dunkelheit trieb, ging sie Katherines Verhalten noch einmal in Gedanken durch. Wie Bob sie am ersten Abend vorgestellt hatte. Wie Katherine sich duckte und hinter ihrem Haar versteckte. Bobs Frage, ob sie sich mit Ketamin auskenne. Katherine, die sich errötend abwandte. Katherine, die den anderen in Malone Bay unbedingt hatte erzählen müssen, Bob sei so stark, dass er sie fünf Stockwerke hinaufgetragen hatte.

Bewusstlos. Anna machte das Licht noch einmal an.

Bob hatte Robin vom Besucherzentrum zum Haus getragen.

Bewusstlos.

»Haben wir je Ketamin benutzt?«, hatte Bob wissen wollen. Robin hatte eine der mit Ketamin und Xylazin gefüllten Betäubungsstangen verloren. Katherine hatte mit Bob gestritten, nachdem sie dem toten Wolf Blut abgenommen hatte. Das wollte Anna nicht aus dem Kopf. Aus Katherines Umgang mit ihnen hatte Anna geschlossen, dass die Blutproben wichtig gewesen waren. Aber sie verstand den Grund nicht, insbesondere in Anbetracht der Untersuchungen, die die Wissenschaftlerin bereits in der Laborküche durchgeführt hatte, bevor der Wolf aufgetaut war.

Anna hatte vermutet, dass es noch weitere Proben von dem Wolf gab. Inzwischen war ihr klar, dass das nicht zutraf. Bei der ersten Untersuchung war dem Wolf gar kein Blut abgenommen worden, denn das Tier und sein Blut waren ja gefroren gewesen! Also existierten nur die Blutproben in Katherines Manteltasche. Der sezierte Wolf war mittlerweile blutleer und wieder gefroren. Anna schob die Erkenntnis beiseite, dass die Blutproben einmalig waren, um sich später damit zu befassen, und kehrte zum Thema Katherine zurück.

Bob war vor Annas Erscheinen mit Robin im Besucherzentrum gewesen. Bob hatte sich bei Katherines Leiche in der Schreinerwerkstatt aufgehalten und die Tote durchsucht oder liebkost.

Anna schlüpfte aus ihrem Schlafsack, kehrte dem kahlen Fenster den Rücken zu und zog eine Jogginghose und einen Rollkragenpullover an. Dann knipste sie das Licht wieder aus und tastete sich vom Schreibtisch zur Tür, die sie leise öffnete.

Sie schlich hinaus und in Katherines Zimmer, wo sie lautlos die Tür schloss und etwas Weiches – vermutlich ein Handtuch – unter den Türspalt schob, bevor sie Licht machte. Das schwarze Starren des Fensters erschreckte sie. Bis jetzt waren die Nacht und die Wildnis immer ihre Freunde gewesen. Nun machten sie ihr Angst.

Katherines Laptop stand auf dem Schreibtisch und war an die Steckdose angeschlossen, damit der Akku sich nicht leerte. Wenn Anna früher im Leben von Toten oder unkooperativen Zeitgenossen herumgestochert hatte, hatte sie nach Papieren, Tagebüchern, Briefen und Notizen gesucht und Anrufbeantworter abgehört. Nun stürzte sie sich sofort auf den Laptop. Falls Katherine kein BlackBerry oder ein iPhone besaß, befand sich ihr Leben sicher auf diesem Laptop.

Anna zog das Kabel des Laptops aus der Steckdose, löschte das Licht, entfernte den Bademantel, den sie für ein Handtuch gehalten hatte, kehrte in ihr Zimmer zurück und wiederholte die Prozedur in umgekehrter Reihenfolge. Dann hängte sie Robins Parka vor das Fenster, indem sie die Ärmel in den Fensterrahmen hakte, damit sie niemand vom Wald aus beobachten konnte. Vermutlich war diese Heimlichtuerei überflüssig. Gewiss trieb sich niemand in den frühen Morgenstunden da draußen herum und spähte durch vereiste Scheiben. Doch da die Taktik, offen zu den anderen zu sein, nicht gefruchtet hatte, hatte Anna beschlossen, in Zukunft Verschwiegenheit walten zu lassen.

Der Laptop war nicht mit einem Passwort geschützt. Der Bildschirmschoner zeigte ein Foto von Katherine und einer älteren Frau, die ihr so ähnlich sah, dass es ihre Mutter oder eine Tante sein musste. Die beiden Frauen lachten. Offenbar hielt Katherine die Kamera in der Hand, während sie »Marmelade« riefen.

Anna klickte auf den Startknopf und begann methodisch, die Dateien zu durchsuchen. Anders als papierene Akten waren Computerdateien spionagefreundlich. Man musste sich nicht durch Papierberge zu den Maulwurfshügeln durcharbeiten, die die Informationen enthielten. Katherines Leben lag so ordentlich seziert vor ihr wie der Wolf auf dem Tisch in der Schreinerwerkstatt.

Katherine war ein Zahlenmensch gewesen und hatte ordentlich Buch über ihre Finanzen geführt. Ihr Gehalt reichte kaum zum Überleben, wurde aber durch eine monatliche Unterstützung aufgebessert. Von ihrer Mutter, wie Anna vermutete. Aus den Anmerkungen, die Katherine neben zwei der Eintragungen eingetippt hatte, schloss Anna, dass sie ihre Rechnungen per Computer bezahlte. Es waren die üblichen Fixkosten: Gas, Wasser, Strom, Lebensmittel, Versicherungen. Es wunderte Anna nicht weiter, dass Katherine dreimal so viel Geld für Bücher als für Kleidung ausgegeben hatte. Die Haare ließ sie sich bei einem Friseur in einem Einkaufszentrum schneiden, wo man keinen Termin brauchte und zehn Dollar pro Besuch bezahlte.

Achtzehn Monate lang hatte sie ein Antidepressivum namens Effexor genommen. Halb Amerika schluckte Antidepressiva, doch Katherine war eine ziemlich hohe Dosis verordnet worden: zweihundertfünfzig Milligramm täglich und dazu noch null Komma fünfundsiebzig Milligramm Trazodon, ein Antidepressivum und Schlafmittel. Wöchentlich waren Zahlungen an einen gewissen Dr. Lewis erfolgt, ein Psychologe, wie Anna annahm. Dr. Lewis' Name tauchte stets zeitnah zu den Zahlungen für die verschriebenen Antidepressiva auf. In dem Monat vor Beginn der Kosten für die psychologische Behandlung wurde ein anderer Arzt mit dem Vermerk »D&C« erwähnt. Neben den sonstigen Gesundheitskosten stand stets das Wort »Zuzahlung«. Diesmal nicht.

Vielleicht eine Abtreibung.

Und dann die Depression.

In einer Datei namens »Schwarze Löcher« hatte Katherine sechzehn Artikel aus Zeitungen und Zeitschriften gesichert, manche aus Schmierblättern wie *The Star*, andere aus hochkarätigen Publikationen wie *The Journal of the American Medical Association*. Die Texte behandelten Themen wie Gedächtnisschwund, durch traumatische Erlebnisse ausgelöste Gedächtnislücken, geistige Abwesenheit, unterdrückte Erinnerung und multiple Persönlichkeitsstörung.

Der Ordner »Möglichkeiten« enthielt Zusammenfassungen von Texten, die Anna für Persönlichkeitsprofile aus einer Partnervermittlungs-Webseite hielt. Hinter jedem stand eine Zahl und ein Buchstabe, vermutlich eine Abkürzung für die Anzahl der Kontakte und die Bewertung des Kandidaten durch Katherine. Die Fs und Ds – also die schlechten Noten – übertrafen die As und Bs bei weitem. Die letzte Eintragung war zwei Monate vor der Arztrechnung mit dem Vermerk »D&C« erfolgt. Vielleicht war ja einer der As und Bs der Vater von D&C. Oder Katherine hatte aufgehört, sich zu verabreden oder sich umzusehen, als sie schwanger wurde. Ob diese Fakten etwas damit zu tun hatten, dass sie anderthalb Jahre später von wilden Tieren zerrissen worden war, konnte Anna nicht sagen.

In dem Ordner »Die große Flucht« entdeckte Anna Satzbruchstücke, so als hätte Katherine Ideen stichpunktartig festgehalten oder eine Liste geführt:

Es gibt keine Negative.
Wen würde das interessieren, wenn Mutter tot wäre?
Mord oder Selbstmord?
Wen würde das interessieren, wenn ich tot wäre?
Mutter.
Der Mord ist eine beschlossene Sache.
Alle sind im Netz.
Wer würde mich einstellen?
Ich würde sterben.

»Uff, das wird ja immer geheimnisvoller«, murmelte Anna.

Die Liste vermittelte ihr den Eindruck, als hätte Katherine geplant, ihre Mutter oder sich selbst oder zuerst ihre Mutter und dann sich selbst umzubringen. Die Mutter, die ihr jeden

Monat Geld überwies. Die Mutter, die sie auf ihrem Bildschirmschoner lachend umarmte.

Es gibt keine Negative.

Doch die Liste enthielt nur negative Aussagen. »Alle sind im Netz«, las Anna laut. »Wer würde mich einstellen? Ich würde sterben.«

Sie verkleinerte die Liste auf dem Bildschirm und klickte im Hauptmenü den Ordner »Fotos« an. In Anbetracht dessen, dass man bei einem in Gigabytes gemessenen Speicherplatz praktisch alles sichern konnte, hatte Katherine nicht viele Fotos aufbewahrt. Die meisten stellten wilde Tiere und Haustiere dar und zeugten eher von der Liebe zum Sujet als von fachlichem Können. Ein halbes Dutzend zeigten Katherine und die Frau vom Bildschirmschoner, im Winter aufgenommen, in dicken Mänteln und auf Skiern. Beide Frauen lächelten oder lachten.

Es gibt keine Negative.
Weil kaum jemand mehr Rollfilme benutzte.

Katherine hatte Digitalfotos gemeint. Anna kehrte zu der Liste im Ordner »Die große Flucht« zurück. Fotografisch betrachtet ergab sie Sinn.

Es gibt keine Negative – bei einer klassischen Erpressung wurde das Opfer für gewöhnlich unter Druck gesetzt, bis es für die Negative von belastenden Fotos bezahlte.

Wen würde das interessieren, wenn Mutter tot wäre?

Falls Katherine von belastenden Fotos sprach, hieß das nicht, dass niemand Mutter vermissen würde, sondern dass Mutter besagte Fotos auf keinen Fall zu Gesicht bekommen durfte.

Und Dinge, die Mütter nichts angingen, waren für gewöhnlich sexueller Natur. Obwohl die Mutter einen geboren hatte und eine sexuelle Beziehung zum Vater unterhielt, wollten Mädchen – Frauen – nicht, dass Mutter sie mit einem Typen im Bett sah. Oder mit einem Mädchen, hielt Anna sich vor Augen.

Mord oder Selbstmord?

Anna bezweifelte, dass der Mord sich auf Katherines Mutter bezog. Vermutlich war eher der Mann gemeint, der sie geschwängert hatte. Angesichts der benoteten Bewerber aus dem Internet hatte Katherine offenbar keine feste Beziehung gehabt. Vielleicht war überhaupt kein Liebhaber aus Fleisch und Blut im Spiel gewesen. Die in »Möglichkeiten« aufgeführten Männer konnten auch nur Phantasiegebilde gewesen sein. Ein virtuelles Liebesleben.

Wenn würde das interessieren, wenn ich tot wäre?
Mutter.

Selbstmord kam wegen der verheerenden Folgen für ihre Mutter nicht in Frage. Katherine war klar genug im Kopf, um zu wissen, dass die digitalen Fotos ihre Mutter nicht so schockieren würden wie der Tod ihrer Tochter.

Der Mord ist eine beschlossene Sache.

Die starken Gefühle, ausgelöst durch die Mordgedanken oder die Alternative einer Selbsttötung, weckten in Anna den Verdacht, dass sich diese Zeile auf D&C bezog, den Tod eines ungeborenen Kindes. Anna hätte das Wort Abtreibung benutzt. Wenn Katherine es als Mord bezeichnete und sich dennoch an D&C gewandt hatte, um die Schwangerschaft zu beenden, musste sie wichtige Gründe gehabt haben. Die offensichtlichsten lauteten, dass das Kind entweder schwer behindert oder Ergebnis einer Vergewaltigung gewesen war.

Alle sind im Netz.
Wer würde mich einstellen?
Ich würde sterben.

Offenbar besaß der Vergewaltiger eindeutig sexuelle Fotos oder Videos von Katherine und drohte, sie ins Netz zu stellen, wenn sie ...

Was?, fragte sich Anna.

Katherine besaß kein Geld. Als Doktorandin verfügte sie sicher auch nicht über Macht.

Wenn sie Anzeige erstattete? Wenn sie Klage erhob? Wenn sie sich nicht weiter vergewaltigen ließ?

»Herrje, das Leben anderer Menschen«, seufzte Anna kopfschüttelnd und war mit einem Mal sehr traurig.

Obwohl sie neugierige Beobachter – falls sich wirklich welche in der Nacht herumdrückten – ausgesperrt hatte, klappte sie den Deckel des Laptops ein Stück herunter und lehnte sich an die Wand.

Die Schlüsse, die sie aus der Liste gezogen hatte, schienen nicht in Zusammenhang mit Katherines Tod zu stehen. Erpresser brachten ihre Opfer normalerweise nicht um. Meistens verhielt es sich umgekehrt. Außerdem war da die ärgerliche, aber unumgängliche Tatsache, dass Katherine nicht auf den Kopf geschlagen und in einen Müllcontainer geworfen worden war. Sie war vom mittleren Rudel oder vom Chippewa-Harbor-Rudel in Stücke gerissen worden. Es gab keine Möglichkeit, mit Sicherheit herauszufinden, welches Rudel die Schuld traf, denn die einzige Person auf der Insel, die die Losung auf DNA hätte untersuchen können, war tot.

Die Todesursache war ein Unfall, sagte Anna laut vor sich hin.

Doch das Gefühl, dass Katherines Tod der Schlüssel zu der Krankheit auf der Insel war, wollte sich nicht legen. Anna streckte die Beine aus, wackelte in den dicken Wollsocken mit den Zehen und dehnte die Knöchel. Bis jetzt hatte sie die Isle Royale nicht für krank gehalten, doch das Wort passte.

Wölfe, Elche und Forscher litten alle an einer Krankheit, nicht unähnlich der, die in Salem vor der Hexenverbrennung geherrscht hatte. Hass und Wahnsinn waren gefährlich und zudem höchst ansteckend. Die Infizierten richteten ihre Mitmenschen hin, vergewaltigten Frauen, brannten Häuser nieder, erblickten die Jungfrau Maria im zerlaufenen Käse von überbackenen Sandwiches und wurden in die Raumschiffe von Außerirdischen hinaufgebeamt, um sich in den Eingeweiden herumstochern zu lassen.

Allerdings konnte das Virus nur unter bestimmten Bedingungen gedeihen. Die Opfer mussten glauben wollen. Sie mussten auf irgendeiner Ebene – wenn auch nur unbewusst – bereit sein zu tun, was das Virus ihnen befahl. Und sie mussten gierig sein – nach Profit, nach Anerkennung, nach Rache, nach Unterhaltung oder nach Abenteuer. Nur wer gierig war, ließ sich täuschen. Oder hatte jemand schon einmal von einem Zen-Meister gehört, der Opfer eines Betrügers geworden war? Zen-Meister waren wunschlos glücklich und boten Betrügern deshalb keine Angriffsfläche.

Ridley wollte die Sperrung des Nationalparks beibehalten, um die Winterstudie fortzusetzen.

Bob wollte die Isle Royale der Öffentlichkeit auch im Winter zugänglich machen, weil er dafür entlohnt worden war, dieses Ziel durchzusetzen. Wenn nicht mit Geld, dann mit der Aussicht auf weitere Aufträge.

Freie Journalisten und Gutachter mussten zu dem vom Kunden bestellten Ergebnis kommen. Ehrlichkeit war zwar eine Tugend, zahlte sich aber meistens nicht aus, sondern sorgte eher dafür, dass man nicht wieder eingeladen wurde.

Katherine hatte eine Öffnung der Insel scheinbar befürwortet. Allerdings war es ihr wichtiger gewesen, dass Bob ihre Doktorarbeit annahm und an den Promotionsausschuss weiterleitete. Zumindest bis zu der Auseinandersetzung im Anschluss an die Sektion des Wolfes, nach der Katherine davongelaufen war.

Robin wollte, dass die Isle Royale im Winter gesperrt blieb und die Studie fortgeführt wurde. Außerdem schien sie Freude daran zu haben, sich zu gruseln, so wie Schulmädchen sich gern selbst Angst mit Schauergeschichten über aus dem Irrenhaus entsprungene Massenmörder vom Schlag eines Jason, eines Hannibal Lecter oder zahlreicher anderer Spukgestalten machten.

Was Adam wollte, wusste Anna nicht. Sein ständiges spurloses Verschwinden schien ein Hinweis darauf zu sein, dass er Zeit zum Alleinsein brauchte. Seinen Worten nach kam es ihm darauf an, das Team zu unterstützen. Manchmal verhielt er sich, als verabscheute er Bob, dann wieder, als wäre er sein bester Freund. Er schien einerseits für Robin zu schwärmen, strafte sie aber andererseits mit Nichtachtung. Vielleicht wusste Adam selbst nicht, was er wollte. Das konnte am Tod seiner Frau liegen.

Die Wölfe, das Eis, der Windigo, das Wetter, ja, das Blut und die Knochen der Insel an sich hatten sich offenbar verschworen, sie alle in den Tod, in den Wahnsinn oder zur Abreise zu treiben. Die Wölfe kamen so nah, als hätten sie das Bedürfnis, den Menschen Gesellschaft zu leisten und gesehen zu werden. Sie hatten Katherine umgebracht. Zehn Zentimeter dickes Eis, über das man eigentlich auf einem Pferd hätte reiten können, bekam unter dem Gewicht einer zierlichen Frau plötzlich ein Loch in der Form eines Mauls. Der Schnee behinderte die Sicht, der Wind zerrte an den Nerven, und die Kälte fraß sich bis ins Herz.

Falls die Wölfe, angeführt von einem Wolfshund oder aus anderen Gründen, im Winter auf der Insel unter sich bleiben wollten, würde ihr Wunsch vermutlich in Erfüllung gehen: Ihr ungewöhnliches Verhalten, die fremdartige DNA und die überdimensionalen Spuren waren so einzigartig und interessant, dass die Nationale Parkaufsicht und die Technische Universität von Michigan alle Hebel in Bewegung setzen würden, um die Isle Royale von Oktober bis Mai weiterhin für die Öffentlichkeit zu sperren und die Studie fortzusetzen.

Aus diesen Gründen würde Ridley bekommen, was er wollte.

Ganz im Gegensatz zu Bob. Aber da er nicht aufgrund seiner übertriebenen Wahrheitsliebe gescheitert war und deshalb seine Auftraggeber nicht verärgert hatte, hatte er nichts zu befürchten. Anna bezweifelte, dass er sich für die Studie, die Insel, die Wölfe oder sonst etwas außer seiner eigenen Person interessierte.

Robin stand im Moment sicher mehr Angst aus, als sie es sich je erträumt hätte.

Katherine würde ihre Doktorarbeit nicht mehr veröffentlichen können.

Also blieb nur noch Adam – Witwer, Mörder oder beides. Ein Mann, der nicht in der Lage war, sich den Stimmungen seiner Mitmenschen anzupassen.

Anna schlich sich ins Wohnzimmer. Der alte Computer, der dort für die Saisonkräfte stand, blickte ihr mit einem grünen Knopfauge entgegen. Das Feuer im Ofen war angeschürt. Die Glut zwischen den Scheitern verbreitete genug Licht, sodass sie sich weiterpirschen konnte, ohne gegen die Möbel zu stoßen. Adam, dessen Gestalt schattenhaft auszumachen war, lag leise schnarchend auf dem Sofa.

Anna blieb stehen und betrachtete den Schlafenden eine Weile.

Adam stellte sich oft schlafend, das hatte sie inzwischen herausgefunden. Ob das im Moment der Fall war, war unmöglich festzustellen. Wenn es sich so verhielt, war es ihr eine Genugtuung, dass das Erscheinen eines zerzausten Gespenst mittleren Alters in der dunklen Nacht ihm sicher einen Schrecken eingejagt hatte.

Sie stellte einen Stuhl vor den Computer, und zwar in einem Winkel, aus dem sie den Bildschirm und Adam im Auge behalten konnte, und klickte das Symbol des Internetbrowsers an. Die Internetverbindung wurde hergestellt. Obwohl sie in einem mit einem Holzofen beheizten Blockhaus lebten, ihren Strom mit einem benzinbetriebenen Generator herstellten, ihr Wasser aus dem See holen mussten und ein Plumpsklo benutzten, hatten sie Internetzugang.

Als Anna die Suchmaschine anklickte, fiel ihr die merkwürdige Tatsache auf, dass sie das inzwischen gar nicht mehr wunderte. In ihrer Kindheit hatten sie keinen Fernseher besessen. Damals wurde noch von Fernsehtürmen gesendet, und da sie in einem winzigen Städtchen in einem Gebirgstal lebten, war der Empfang miserabel gewesen. Mittlerweile war es selbstverständlich für sie, dass sie von einer einsamen Insel aus sofort mit der ganzen Welt in Verbindung treten konnte.

Sie tippte »Katherine Huff« ein.

Katherine hatte in sieben wissenschaftlichen Fachzeitschriften Artikel über die Erforschung der DNA von Säugetieren veröffentlicht. Außerdem hatte sie für sechzehn weitere Zeitschriften und Magazine Texte zu naturkundlichen Themen geschrieben. Bei der zweiten Kategorie war Bob Menechinn als Hauptautor aufgeführt, sie als seine Doktorandin.

Die Artikel in Sachen DNA waren in einem Fachchinesisch gehalten, das nur für andere Wissenschaftler verständlich war und Laien von der Lektüre ausschloss.

Anna lehnte sich zurück, schob die Füße weit unter den Tisch und ließ das Kinn auf die Brust sinken. Sie wusste nicht, warum sie aus dem Bett gesprungen war, um sich im Cyberspace herumzutreiben. Das Geheimnis, wer Katherine Huff gewesen und warum sie von Wölfen zerrissen worden war, konnte sie den Artikeln nicht entnehmen. Ansonsten gab es keine Eintragungen. Keine Zeitungsartikel über einen Mord oder eine andere Straftat, die mit ihr zusammenhing. Keine Enthüllungen in MySpace, keine private Homepage mit Fotos von ihrem Hund oder einem Reisetagebuch, das ihren Sommerurlaub in Europa schilderte.

Laut Hollywood konnte ein geschickter Internetnutzer alles über eine Person bis hin zu ihrer Körbchengröße und Lieblingsspeise herausfinden. Vielleicht war das im wirklichen Leben möglich. Aber Anna verfügte nicht über die nötigen Kenntnisse. Ihr Kenntnisse über das Internet beschränkten sich auf den Gebrauch von *Google* und *Wikipedia*.

Adam schnaubte und schnarchte und schien wirklich fest zu schlafen. Anna spürte seinen Atem eher als Vibration im Gehirn als an ihren Trommelfellen. Das Licht der Glut im Ofen tauchte sein kantiges Gesicht in einen orangefarbenen Schein, von dem sich sein üppiger Schnurrbart schwarz wie eine Tuschezeichnung abhob. Der warme Schimmer ließ sein Gesicht um Jahre jünger wirken, und da die Dunkelheit im Raum die grauen Strähnen tarnte, sah er kaum älter als zwanzig aus.

Angeblich war er ein erfahrener Mitarbeiter der Winterstudie und ein Freund von Ridley, ein Überläufer von der Parkverwaltung, der mit den Wissenschaftlern ebenso gut zurechtkam wie mit den Leuten von der Nationalen Parkaufsicht. Das hatte zumindest Jonah behauptet. Allerdings hatte Anna noch nicht viel davon bemerkt. Adam hatte Ridley und die anderen mehr als einmal im Stich gelassen. Wenn er gebraucht wurde, war er meist spurlos verschwunden, und die Akkus seines Funkgeräts gaben so oft den Geist auf und erwachten wieder zum Leben, dass sie in *Buffy – im Bann der Dämonen* hätten mitspielen können.

Erst hatte er sich vor der Arbeit gedrückt, und dann war er bei Dunkelheit mit den Skiern losgefahren, als die Bergung der Leiche beinahe gescheitert war. Hinter Bobs Rücken lobte, entschuldigte und verspottete er ihn. In seiner Gegenwart verhielt er sich abwechselnd unterwürfig und herablassend wie ein Kind, das gezwungen ist, sich bei jemandem beliebt zu machen, den es nicht leiden kann.

Welchen Grund hatte Adam, sich bei Bob Menechinn einzuschmeicheln?

Anna tippte »Adam Johansen« in das Kästchen auf der Google-Webseite ein. Siebzehn Treffer. Die Titelseite der *Lassen County Times* zeigte ein Foto von ihm, auf dem er neben drei weiteren Männern stand. Die vier trugen feuerabweisende Schutzkleidung und lehnten auf Schaufeln. Sie gehörten zu den Feuerwehrleuten, die das kalifornische Städtchen Janesville vor den Flammen gerettet hatten. Die übrigen Artikel stammten aus Archiven der Lokalzeitungen in Saskatoon und behandelten den Selbstmord von Cynthia Jean Johansen.

Der erste meldete nur die nackten Tatsachen. Cynthia Johansen, geborene Batiste, eine zweiundzwanzigjährige Studentin im Abschlussjahr an der Universität von Saskatchewan habe sich im Badezimmer der Wohnung aufgehalten, die sie mit ihrem Mann teilte. Sie und Adam Johansen seien seit elf Monaten verheiratet gewesen. Die Waschbecken hätten sich in einem Nebenraum befunden, und Cynthia habe die Tür geschlossen. Ihr Mann, ein einunddreißigjähriger selbstständiger Schreiner, habe das Rohr unter einem der Waschbecken gereinigt. Als ihm aufgefallen sei, dass sie nicht mehr antwortete, habe er versucht, sie zum Öffnen der Tür zu bewegen. Bis es ihm gelungen sei, die Tür aufzubrechen, sei Cynthia nach drei tiefen Schnitten mit einer Rasierklinge, zwei am linken Handgelenk, einer am rechten, verblutet gewesen.

In der Schulzeitung berichtete Cynthias beste Freundin, Lena Gibbs, Cynthia habe zwei Monate vor dem Zwischenfall eine Fehlgeburt erlitten und sei daraufhin an schweren Depressionen erkrankt. Laut Gibbs habe Cynthia nie über Selbstmord gesprochen, sich aber als schlechten Menschen bezeichnet und wegen des Verlusts des Babys starke Schuldgefühle gehabt.

Zweiundzwanzig.

Anna rutschte weiter in ihrem Stuhl hinunter, bis sie dasaß wie eine Rennfahrerin, allerdings ohne schickes Auto. Bei der Geburt ihrer älteren Schwester Molly war ihre Mutter dreiundzwanzig gewesen. Das war nicht unnormal. Der Körper wollte sich in jungen Jahren fortpflanzen, wenn die Fruchtbarkeit am höchsten war und die besten Chancen bestanden, dass die Mutter die Geburt überlebte und ihren Nachwuchs würde versorgen können.

Aus Annas Perspektive war man mit zweiundzwanzig viel zu jung, um ein Studium, eine Ehe, eine Schwangerschaft und eine Fehlgeburt zu schultern. Dennoch gab es Frauen, die das schafften, ohne sich selbst – oder sonst jemanden – umzubringen. Junge Frauen verkrafteten Fehlgeburten oft besser als ihre älteren Schwestern, denn die Jugend war körperlich und geistig widerstandsfähiger. Außerdem hatten junge Frauen viele Jahre Zeit, lebende Kinder zur Welt zu bringen.

Deshalb fragte sich Anna, ob Cynthia Jeans Schuldgefühle durch andere Faktoren hervorgerufen oder verstärkt worden waren. Drogen vielleicht oder ein absichtlich unvorsichtiges Verhalten, um die ungewollte Schwangerschaft zu beenden. Auch prügelnde Ehemänner hatten schon mehr als eine Fehlgeburt ausgelöst. Nur weil der Tod von Adams Frau als Selbstmord eingestuft worden war, hieß das noch lange nicht, dass er sie nicht umgebracht hatte – sondern nur, dass man ihm nichts hatte nachweisen können.

Der nächste Artikel war am folgenden Tag erschienen, und zwar auf Seite zwei der Zeitung, nicht mehr auf Seite sechs. In dem Bericht hieß es, Adam habe das Abflussrohr aufgeschraubt, da seiner Frau angeblich der Verlobungsring hineingefallen sei. Bei der Polizei hatte er ausgesagt, Cynthia habe sich durch die Tür mit ihm unterhalten und erzählt, wie sehr sie ihn liebe, wie froh sie sei, dass er ihr ein Zuhause gegeben habe, und dass die elf Monate ihrer Ehe die glücklichsten in ihrem Leben gewesen seien.

Als das Telefon geläutet habe, sei er an den Apparat gegangen. Seine Frau habe ihn gebeten, zu bleiben und mit ihr zu reden, doch er habe versprochen, sofort zurück zu sein. Da der Anrufer einer von Cynthias Dozenten gewesen sei, habe er das schnurlose Telefon aus der Küche mitgebracht.

Cynthia antwortete nicht, als er ihr das mitteilte, und die Tür zum Badezimmer war abgeschlossen. Er berichtete der Polizei und später dem Reporter, er habe gedacht, sie schmolle, weil er gegen ihren Willen ans Telefon gegangen sei. Also achtete er nicht auf sie, schraubte weiter am Waschbecken herum und ließ hin und wieder eine Bemerkung fallen. Nach einer Weile sei er wütend geworden. Doch schließlich habe er sich Sorgen gemacht, die Tür aufgebrochen und sie gefunden.

Anna sah ihren Mann Paul vor sich und spürte ihn in ihrem Herzen. Sie konnte sich kaum vorstellen, wie Adam gelitten haben musste. Das hieß, wenn er die Wahrheit sagte.

Sie kannte nur eine Geschichte, die noch tragischer war und vom Unfalltod eines Dreijährigen handelte. Der kleine Junge hatte sich hinausgeschlichen und sich hinter dem Auto seiner

Mutter versteckt, um sie zu überraschen, als sie zum Einkaufen fahren wollte.

Paul Davidson war Christ und Geistlicher der Episkopalkirche. Er glaubte an einen liebenden Gott. Außerdem war Paul Sheriff in einem von Armut geprägten Landkreis in Mississippi, wo er ständig mit unbeschreiblichem Leid, Grausamkeit, Unwissenheit sowie menschlichen Raubtieren und ihren Opfern konfrontiert wurde. Menschen konnten viel bösartiger sein als Wölfe, die Elche rissen.

Annas Mann war kein Anhänger des esoterischen Gedankengutes, dass Gott menschliche Wünsche erfüllte, hielt es jedoch für wichtig zu beten. Er glaubte nicht ans Himmelstor oder daran, dass Petrus den Jordan überquert hatte. Er glaubte auch nicht an eine andere Hölle als die, die er auf Erden vorfand. Er glaubte nicht an Engel und Dämonen oder daran, dass Gebete auf wundersame Weise erhört wurden. Und dennoch war er überzeugt, mit seinem Gott vereint zu werden, wenn er einmal starb.

Er war sicher, dass das auch für Anna galt, doch sie konnte ihm da nicht ganz folgen. Es wollte ihr nicht in den Kopf, dass Gott angeblich das gesamte Ausmaß des menschlichen Leids bekannt war – und dass es ihn interessierte. Falls es wirklich jemanden – einen Mann – gab, der tatenlos zusah, wie die Spatzen vom Himmel fielen, war er offenbar ein blutrünstiger Mistkerl. Oder ein hilfloser.

Die Ewigkeit mit jemandem seines Schlages zu verbringen, erschien ihr deshalb nicht sonderlich verlockend.

Der nächste Artikel, den sie anklickte, ließ sie hochfahren. »Kein Ring im Abfluss gefunden«, lautete die Schlagzeile. Darunter nahm das Foto eines jungen Adam Johansen, der mit einer nackten, blutüberströmten Frau in den Armen auf der Vortreppe eines vierstöckigen Hauses stand, ein Viertel der Seite ein. Die Arme der Frau hingen herunter. Ihre Hände waren rot, und Blut rann am Bein von Adams Khakishorts hinunter bis zu seinen Waden und der Oberseite seines Turnschuhs.

Cynthia hatte den Kopf in der klassischen Ohnmachtspose aus einem alten Film mit Fay Wray in den Nacken gelegt. Doch die Frau auf dem Foto war tot oder würde es bald sein. Langes Haar, braun oder dunkelblond, reichte Adam bis zu den Knöcheln. Die Haarspitzen waren dunkel von Wasser und Blut. Anna konnte hinter Adam einen weiß lackierten Türrahmen erkennen. Offenbar war Cynthias Haar darübergestreift, als er sie nach draußen trug.

»Es ist eine Standaufnahme aus einem Video.«

Die Stimme befand sich keine zwanzig Zentimeter von ihrem Ohr entfernt. Nach all den Jahren, die sie den Reaktionen von Menschen ausgesetzt gewesen war, denen sie aus dem einen oder anderen Grund den Tag verdorben hatte, schreckte Anna nicht mit einem Aufschrei hoch.

»Habe ich Sie geweckt?«, fragte sie nur.

Adam beugte sich vor und betrachtete das Foto auf dem Bildschirm. Er trug kein Hemd, und seine Haut strahlte Hitze ab. Sein langes Haar streifte Annas Nacken und kitzelte, als wäre sie bei Dunkelheit in ein Spinnennetz gelaufen. An seinem Kiefer zuckten Muskeln, da er immer wieder die Zähne zusammenbiss.

Männer, die Angst hatten, rochen säuerlich. Adam hingegen roch nach geschmolzenem Eisen, Eiswürfelbereitern aus Metall, glühenden Kohlen und vor Kälte brüchigen Steinen.

Adam stank nach unterdrückter Wut.

27

Anna blieb reglos sitzen, starrte auf den Bildschirm und wartete ab, bis Adams rasende Wut verraucht war. Die Lehne ihres Stuhls bewegte sich leicht, und Eichenholz knarzte, als Adam sich fest daraufstützte wie ein Lahmer auf eine Krücke, um sich aufzurichten. Die Hitze, die er verbreitete, entfernte sich von Annas Wange, und ihr Gefühl, sich auf dünnem Eis über dem Krater eines Vulkans kurz vor dem Ausbruch zu befinden, ließ nach. Sie klickte auf *Zurück,* und das blutige Foto verschwand.

»Ich kann mir nichts Schlimmeres vorstellen als das, was Sie durchgemacht haben«, sagte sie.

Das war nicht gelogen. Falls der junge Mann auf dem Foto seine Frau tatsächlich umgebracht hatte, war es, nach seiner Miene zu urteilen, nicht annähernd so ein Spaß gewesen wie erhofft.

»Ich habe sie nicht getötet, wenn Sie das glauben«, erwiderte Adam.

»Der Leichenbeschauer hat auf Selbstmord erkannt«, entgegnete Anna ruhig. Adam atmete ihr zwar nicht mehr ins Ohr, und sein Haar streifte nicht länger ihre Schulter, aber er war auch nicht zurückgewichen.

»Warum sehen Sie sich das an?« Adam klang eher besorgt als verärgert über ihr Eindringen in seine Privatsphäre – falls es so etwas im Informationszeitalter überhaupt noch gab.

»Um Sie besser kennenzulernen«, antwortete Anna. »Da wir Nachbarn sind, können wir genauso gut Freunde werden.«

Sie betrachtete den Bildschirm, ohne etwas zu sehen. Alle ihre Sinne waren damit beschäftigt, Adam wahrzunehmen: Wo er stand, seine Körperhaltung, ob Gefahr von ihm ausging.

Er hüstelte trocken. Offenbar war das eine Art Lachen gewesen.

»Sie haben es faustdick hinter den Ohren«, stellte er fest. Anstatt zu gehen, zog er sich einen Stuhl heran, setzte sich neben sie und rutschte so nah heran, dass nur noch knapp dreißig Zentimeter ihre Knie trennten. Dann stützte er die langen Unterarme auf die Oberschenkel, beugte sich vor und näherte sein Gesicht dem ihren.

Anna konnte winzige rote geplatzte Äderchen in seinen Augen erkennen.

»Denken Sie, ich hätte Robin entführt? Ist das der Grund?«

Sein Atem war heiß – der Rest seiner lodernden Wut – und roch süßlich, als hätte er ein Pfefferminzblatt gekaut. Anna konnte nicht zurückweichen, ohne mit ihrem Stuhl umzukippen.

»Adam«, seufzte sie. »Sie rücken mir zu sehr auf die Pelle. Das tun Leute normalerweise, um ihre Mitmenschen einzuschüchtern. Könnten Sie entweder Platz machen oder sich etwas Wirkungsvolleres einfallen lassen?«

Wieder dieses hüstelnde Auflachen. Anna überlegte, ob sie vielleicht eine berufliche Zukunft als Animateurin in einer Ferienanlage hatte.

»Tut mir leid«, meinte er, richtete sich auf und lächelte.

Es war ein hübsches Lächeln mit gesunden Zähnen, das auch seine Augen erreichte. Anna nahm ihm die Entschuldigung ab und glaubte ihm, dass er sie nicht hatte bedrängen wollen. Das hieß jedoch noch lange nicht, dass er ein netter Kerl war.

»Haben Sie Robin weggeschafft?«, fragte sie.

»Robin hätte diesen Winter nicht herkommen müssen. Sie hätte zu Hause bleiben oder in St. Paul als Bedienung jobben können.« Er rieb sich das Gesicht. Beide Hände fuhren immer weiter nach oben, bis sie die dichten Haarsträhnen hochschoben. »Machen wir uns bei Morgengrauen auf die Suche?«

Die Frage überraschte Anna.

»Ja, wahrscheinlich schon. Aber werden wir sie auch finden?«, fügte sie spitz hinzu.

Er lächelte wieder. Diesmal lächelten die Augen nicht mit.

»Wer weiß?«

Er stand auf und verließ das Wohnzimmer. Kurz darauf hörte Anna, wie sich die Tür zu seinem und Bobs Zimmer öffnete und wieder schloss.

Anna konnte noch immer nicht sagen, ob sie gerade ein vertrauliches Gespräch mit einer Hinterwäldlerversion der Massenmörder John Wayne Gacy oder Ted Bundy geführt hatte.

In den Minuten, die Adam halb nackt und glühend hinter ihr gestanden hatte, sodass sie seinen Geruch hatte aufsaugen können, war ihr nicht der säuerliche Gestank eines Psychopathen in die Nase gestiegen. Aber das konnte passieren. Deshalb kamen diese Kerle ja so oft ungeschoren davon.

Anna schaltete den Computer ab. Sie brauchte Ruhe und Schlaf, doch die Fähigkeit zu beidem war ihr offenbar abhanden gekommen. Am liebsten wäre sie nach draußen gegangen, aber dann würde sie in der Dunkelheit erfrieren. Die jämmerlichen acht Stunden Tageslicht, die einem im Januar vergönnt waren, schlugen ihr aufs Gemüt. Die Zeit reichte gerade, um einen Menschen daran zu erinnern, dass er nicht blind war, bevor die nächste Winternacht anbrach.

Weil sie nichts Besseres mit sich anzufangen wusste, kehrte sie zurück in Katherine Huffs Zimmer, stand da und musterte das schlichte Mobiliar. Zwei mittelgroße Reisetaschen, mehr persönliche Habe hatten sie nicht mitbringen dürfen. Also gab es auch nicht viel zu durchsuchen. Anna tat es trotzdem und wurde mit schmutzigen Socken und Unterhosen belohnt. Da sie den Laptop mitgenommen hatte, befand sich auf dem Schreibtisch nur noch das Ladegerät des Mobiltelefons, eingestöpselt in dieselbe Doppelsteckdose wie der Computer vorhin.

Alles war so alltäglich, so normal, dass ihr zuerst gar nicht klar war, was sie da vor Augen hatte. Inzwischen verhielt es sich mit technischen Geräten wie mit der Atemluft: Man nahm sie nur wahr, wenn sie fehlten.

Warum hatte Katherine das Ladegerät eines Mobiltelefons

ausgepackt und in die Steckdose gesteckt, obwohl es auf der Insel keinen Empfang gab? Anna zog den Stecker aus der Dose, nahm das Gerät mit in ihr Zimmer und schloss die Tür ab. Katherines Mobiltelefon war noch in ihrem Rucksack. Anna hatte es behalten, nicht als Beweisstück, sondern um Bob zu ärgern. Rachsucht war zwar keine sehr schmeichelhafte Eigenschaft, erwies sich aber in diesem Fall als nützlich.

Nachdem sie den Stecker wieder eingestöpselt hatte, setzte sie das Telefon auf das Ladegerät. Hinter einem dunkelblauen Plastikoval leuchtete ein rotes Lämpchen auf. Auf dem Oval befand sich ein Stern mit einer silbernen Ellipse darum.

Ein Satellitentelefon. Katherine hatte also Empfang gehabt. Und wenn das so war, galt es auch für Bob. Bob hatte das Telefon unbedingt finden wollen. Er hatte behauptet, es anderenfalls aus eigener Tasche ersetzen zu müssen. Am fraglichen Tag war Anna nur beeindruckt von seiner Kaltschnäuzigkeit gewesen. Inzwischen fragte sie sich, ob er den anderen nur hatte verheimlichen wollen, dass er und Katherine Satellitentelefone besaßen und mit der Außenwelt und miteinander kommunizieren konnten.

Warum durfte das niemand wissen? Hatte er befürchtet, ständig von Leuten belästigt zu werden, die es sich ausleihen wollten? Denn der Grund seines Aufenthalts auf der Insel war ja allgemein bekannt. Anna drückte auf *Telefonbuch* und blätterte die Namensliste durch. Sie sah Ridleys Büronummer an der Technischen Universität von Michigan, die Nummer der Parkverwaltung in Houghton und die von Bob Menechinn.

Ohne zu wissen warum, wählte Anna Menechinns Nummer aus und drückte auf *Anrufen*. Das Trillern eines Eistauchers hallte durchs Haus. Rasch drückte sie auf *Beenden*. Wenn Bob aufwachte, einen Blick auf sein Telefon warf und die Anrufe in Abwesenheit überprüfte, würde er daraus schließen, dass jemand das Telefon gefunden hatte. Einige Minuten saß sie stockstéif da und lauschte. Sie hörte weder das Öffnen einer Tür noch Schritte. Offenbar hatte er das Läuten verschlafen.

Ein Eistaucher. Der Ruf eines Eistauchers im Januar. In der Nacht von Katherines Verschwinden war Anna vom Ruf eines Eistauchers aufgewacht. Da es erst in einigen Monaten wieder Eistaucher auf der Insel geben würde, hatte sie gedacht, sie hätte es nur geträumt – wie von den Kojoten auf der Ranch ihrer Mutter. Die Kojoten waren wirklich nur in ihren Träumen umhergetollt, aber der Eistaucher war echt gewesen. Bob hatte in Katherines Todesnacht einen Anruf erhalten. Katherine war mit dem Satellitentelefon in der Hand gestorben.

Anna wählte *Letzte Anrufe* und öffnete das Menü. Der letzte Anruf hatte Bob Menechinn gegolten.

Vielleicht hatte er ihn verschlafen. Anna konnte nicht feststellen, ob sie Bob erreicht und wie lange sie mit ihm gesprochen hatte. Falls Bob nicht rangegangen war, hatte Katherine ihm sicher eine Nachricht hinterlassen. Ihre letzten Worte. Bob hatte nie eine Nachricht erwähnt.

Kurz fragte sich Anna, ob Bob der Urheber der geheimnisvollen Inschrift *Helft mir* gewesen war, die sie auf dem Fenster gesehen hatten. Das Telefon läutete zwar erst viele Stunden später, doch vielleicht hatte Katherine davor schon einmal angerufen oder er sie.

Warum hatte er weder etwas gesagt, noch eine Rettungsaktion in die Wege geleitet, wenn er gewusst hatte, dass sie in Schwierigkeiten steckte? Bob spielte doch sonst gern den weißen Ritter, solange er dabei nicht seinen Hals riskierte. Und falls er nicht im Bilde gewesen war, hätte er doch zumindest nach dem Auffinden der Leiche mit der Wahrheit herausrücken müssen. Hatte er befürchtet, die anderen könnten ihm die Schuld geben? Oder war Katherines letzte Nachricht so schrecklich oder schädlich für seinen Ruf, dass niemand davon erfahren sollte?

Automatisch blickte Anna hoch, um sich zu vergewissern, ob der Parka noch das Fenster verdeckte. Er tat es.

Da Anna keine große Freundin von Mobiltelefonen war, hatte sie sich nie eingehend mit ihnen beschäftigt. Aber man konnte damit Fotos machen, SMS verschicken und noch so einige Dinge damit anstellen – mehr jedenfalls, als es sich für einen Gegenstand gehörte, der so winzig war. Ein Mobiltelefon verriet fast genauso viel über seinen Besitzer wie sein Computer. Anna drückte auf die Menüwahltaste und fing an, methodisch die verschiedenen Symbole abzuarbeiten, winzige Buchstaben zu entziffern und Tasten zu betätigen.

Katherine hatte die Wölfe nicht fotografiert. Sich erst das Bein zu brechen und dann aufgefressen zu werden, war vermutlich Unterhaltung genug gewesen, sodass es sich nicht lohnte, es auch noch zu dokumentieren. Anna konnte nicht feststellen, ob sie eine SMS verschickt hatte. Also drückte sie weiter auf Knöpfe, bis sie auf *Wählen* stieß.

»Ach, herrje.«

Mit dem Telefon konnte man auch Fotos empfangen. Die von Katherine geknipsten Aufnahmen stammten aus demselben Skiurlaub wie die auf dem Laptop und zeigten nur verschiedene Situationen und Posen. Die Fotos, die jemand an sie geschickt hatte, waren noch nicht geöffnet worden, bis Anna sich durch beharrliches Tastendrücken zu ihnen durchgekämpft hatte. Nun lauerten sie wie böse Gestalten am Ende einer Sackgasse.

Es waren fünf Stück. Allerdings vermutete Anna, dass es noch weitere gab. Wahrscheinlich hatte sich Katherine die ersten angesehen und den Rest ungeöffnet gelöscht. Doch sie war gestorben, bevor sie auch diese hier hatte löschen können.

Katherine lag nackt und offensichtlich besinnungslos auf einem Bett. Ihre gespreizten Beine zeigten zur Kamera. Die Fotos zeigten sie in Posen mit verschiedenen Gegenständen.

»Oh, mein Gott!«, stöhnte Anna und schloss die Augen.

Sie musste den Brechreiz unterdrücken, bevor sie sie wieder öffnen konnte. Eine weitere halbe Minute dauerte es, bis sie in der Lage war, weiter den winzigen Bildschirm zu betrachten.

Es gab eine verwackelte Nahaufnahme ihres Gesichts während der Vergewaltigung. Das Gesicht des Mannes war auf keinem Foto zu sehen.

Das von Katherine konnte man auf jedem Bild gut erkennen.

»Verflixt!« Anna schaltete das Telefon ab. Dann saß sie da und starrte auf das Gerät. »Verflixt!«, wiederholte sie kopfschüttelnd.

Den Großteil ihres Erwachsenenlebens hatte sie damit verbracht, der Grausamkeit des Menschen gegen alles, was er in die Finger bekam, Einhalt zu gebieten. In den Nachrichten sah man verbrannte Babys, Mütter, die schreiend im Kugelhagel flohen, Hunde, die gestürzte Männer zerfetzten, Bomben, die Häuser und Autos zerstörten. Und zwar in Echtzeit. Jeden Abend lieferten sie Mord und Totschlag lebensecht in amerikanische Wohnzimmer.

Dennoch konnte Anna sich nicht daran gewöhnen. Paul hatte gesagt, der Tag, an dem es sie nicht mehr anrührte, würde der Tag sein, an dem sie ihre Seele verlor.

Sie klappte das Telefon auf und tippte rasch zehn Zahlen ein. Es klingelte einmal, dann zweimal und dreimal. Es war sehr spät oder sehr früh. Gesunde Menschen in der Wirklichkeit schliefen um diese Zeit.

»Bitte«, flüsterte sie. »Bitte.«

»Ja?«

»Paul!«, rief Anna. »Paul, ich bin es.«

Dann brach sie in Tränen aus.

28

Durch Tests ließ sich Ketamin verhältnismäßig lange im Blut nachweisen. In Robins Blut würde sich die Droge auch noch nach sieben bis vierzehn Tagen feststellen lassen. Einer dieser Tage war bereits vorbei, und Anna wusste nicht, wie lange sie noch auf der Insel festsitzen würden.

Sie ließ das Frühstück ausfallen und ging erneut zum Besucherzentrum. Die Tür stand noch immer offen. Anna wünschte, es hätte einen Weg gegeben, dafür zu sorgen, dass es auch so blieb, doch leider Fehlanzeige. Drinnen war es so kalt, dass sie ihren Atem nicht sehen konnte. In eiskalter, trockener Luft bildete sich nämlich kein Dampf.

Die Röhrchen mit dem Blut – Robins und das des Wolfes – steckten in ihrer Manteltasche. Obwohl der Mann, der Katherine erpresst hatte, vorsichtig gewesen war, sodass man sein Gesicht auf den Fotos nicht sehen konnte, tippte Anna auf Bob Menechinn.

Nun ergaben Katherines Warnungen, ihre Bemerkungen über das Ketamin und die Schilderung, sie sei bewusstlos mehrere Stockwerke hinaufgetragen worden, endlich einen Sinn. Ketamin war nicht nur ein Beruhigungsmittel und eine in der Szene beliebte Droge, sondern kam auch zum Einsatz, wenn man eine Frau, mit der man verabredet war, vergewaltigen wollte. Zu den Nebenwirkungen gehörten Gedächtnisverlust, Orientierungslosigkeit und Verfolgungswahn, drei Symptome, die es den Opfern stark erschwerten, erfolgreich Anzeige gegen die Täter zu erstatten.

Bob – Anna war sicher, dass Bob der Schuldige war – hatte Katherine unter Drogen gesetzt und sie dann in obszönen und entwürdigenden Posen fotografiert. Dann hatte er gedroht, die

Bilder ins Internet zu stellen. Die Bilder, die ihre Mutter auf keinen Fall sehen durfte. Die Bilder, die in ihr Todessehnsucht ausgelöst hatten.

Und nun hatte er das Gleiche mit Robin vor. Robin war nicht betrunken gewesen, sondern hatte unter Drogen gestanden. Als Anna Bob in der Schreinerwerkstatt bei der Leiche seiner Doktorandin ertappt hatte, hatte er vermutlich das Mobiltelefon gesucht. Vielleicht hatte er sich auch an einer Frau befriedigt, die sich in dem Zustand befand, wie er sie am liebsten hatte: hilflos und gedemütigt.

Vor Zorn ging Annas Atem schneller, und sie ballte die Fäuste in ihren Fäustlingen. Im Hauptraum des Besucherzentrums machte sie auf halbem Wege kehrt und marschierte zu den Panoramafenstern mit Blick auf Washington Harbor. Die Sonne über den Hügeln war noch nicht aufgegangen. Wenn es so weit war, würde sie nicht von einem blauen Himmel begrüßt werden. Die Wolken berührten die Wipfel der Bäume auf Beaver Island, die sich schwarz und geheimnisvoll jenseits der breiten Eisfläche erhob.

Als Anna die Szene – frei von Bewegung, Geräuschen und Schatten – betrachtete, wurden ihr Atem und ihr Herzschlag wieder langsamer. Sie schob die blinde Wut beiseite, die ihr die Sicht raubte, und begann auf einmal, Farben zu sehen. Das schiefergraue und perlweiße Eis wies blaue und lavendelfarbige Schattierungen auf, so zart, dass sie Phantasiegebilde zu sein schienen. Die tintenschwarzen spitzen Bäume am Ufer waren in Wirklichkeit so tief dunkelgrün, dass sie vor den Augen verschwammen wie die Haut eines Wals tief im Ozean. Weit draußen, wo das Eis hinter Beaver Island endete und das offene Wasser begann, waren hauchfeine, changierende Rosatöne zu erkennen.

Nachts weitete sich die Pupille, um alles verfügbare Licht einzufangen, damit sich die Überlebenschancen des krallenlosen Menschen mit seinen stumpfen Zähnen erhöhten, bis es wieder Morgen wurde. Vielleicht spielte sich im Winter ja derselbe Prozess ab, und das menschliche Auge passte sich an, um jede Farbnuance zu erkennen, sodass die zerbrechlichen und neurotischen Geschöpfe bis zum nächsten Frühjahr bei geistiger Gesundheit blieben.

Als Anna die Wut losließ, wurde ihr klar, dass sie Todesangst hatte. Sie befürchtete, Robin könnte irgendwo gefangen gehalten werden, unter Drogen gesetzt und für Fotos vorbereitet, wie sie sich auf dem Mobiltelefon in Annas Tasche befanden. Es gab nur wenige mögliche Verstecke, sofern Tod durch Unterkühlung nicht Teil des Plans war. Ein totes Opfer konnte keine Vorwürfe gegen den Vergewaltiger erheben. Katherine würde ganz sicher keine Aussage mehr machen. War das der Grund, warum Bob ihren Anruf nicht erwähnt hatte? War sie ihm lästig geworden? Hatte er sich deshalb in der Nacht, in der sie davongelaufen war und ihn dann am Telefon um Hilfe gebeten hatte, einfach umgedreht und weitergeschlafen?

Feigling, dachte Anna angewidert.

Allerdings deckte sich diese Theorie mit dem, was sie über Menechinn wusste. Auch das Vergewaltigungsszenario passte. Bob hatte die Möglichkeit und die Gelegenheit gehabt, Robin unter Drogen zu setzen und sie zu vergewaltigen. Robins Betäubungsstange mit dem Ketamin war aus der Hütte in Malone Bay verschwunden. Er wäre in der Lage gewesen, Robin aus dem Blockhaus zu verschleppen. Schließlich hatte er Anna drei Kilometer weit und Katherine fünf Stockwerke hochgetragen. Jedoch hielt Anna es für unwahrscheinlich, dass es ihm gelingen würde, sie irgendwo auf der Insel zu verstecken und sie am Leben zu erhalten. Deshalb hatte er sie nicht entführt. Außer, er wollte gar nicht, dass sie überlebte.

Wenn Bob vorgehabt hatte, Robin umzubringen, war sie jetzt tot. Dazu hatte er sie nicht weit transportieren müssen. Ein paar Meter vom Blockhaus entfernt reichten völlig. Dann brauchte er sie nur noch nackt in den Schnee zu werfen und ihre Leiche mit Pulverschnee und Ästen zu bedecken. Sie wäre erfroren, bevor jemand ihr Verschwinden bemerkte. Robin

Adair hatte mit ihrer schüchternen Art einen Platz in Annas Herzen erobert, und der Gedanke, dass sie vielleicht ermordet worden war, weckte wieder den Zorn, den sie so mühsam loszuwerden versucht hatte.

Sie schob ihn beiseite.

Anna musste das Blut untersuchen. Sie brauchte Beweise, bevor sie Bob festnahm.

»Beweise«, sagte sie laut. »Erst die Frau, dann der Wolf.«

Sie prägte sich die friedliche Winterszene ein, wandte sich vom Fenster ab und polterte rasch über den Parkettboden. Die klobigen Stiefel und die dicke Daunenjacke verhinderten schwungvolle Bewegungen.

Auf dem Flur neben dem Büro des Parkdirektors befand sich der Lagerraum der Parkpolizei, eine kleine fensterlose Kammer, zu beiden Seiten mit verstellbaren Metallregalen versehen. Anders als viele Lagerräume der Nationalen Parkaufsicht, war er ordentlich aufgeräumt. Offenbar verfügte die Isle Royale über ausgezeichnete Saisonkräfte. Auf dem obersten Regal standen zwei aktenkoffergroße Taschen. Sie enthielten die Standardausrüstung für Drogentests, bestehend aus verschiedenen Röhrchen mit Chemikalien, wie sie schon seit Jahren bei der Polizei verwendet wurden. Man mischte die Droge gemäß einer Anweisung auf der Unterseite des Deckels mit diesen Chemikalien. Die Reaktion lieferte einen Hinweis darauf, womit man es zu tun hatte. Allerdings dienten sie dazu, die Art der Droge zu ermitteln, nicht einen Konsumenten zu identifizieren, weshalb sie Anna nicht weiterhalfen.

Im Büro des Parkdirektors, wo das Licht am besten war, entdeckte sie, was sie brauchte, nämlich einen Gaschronomatographen mit der Bezeichnung GC/MS. Er war quadratisch und weiß und erinnerte an ein Blutdruckmessgerät, wie man es in Drogeriemärkten neben der Medikamentenabteilung fand. Vor dem 11. September hatte es in keinem einzigen Nationalpark ein solches Gerät gegeben. Inzwischen standen sie überall, wurden jedoch nicht für die Verbrecherjagd verwendet, sondern dazu, anhand von Haar-, Urin-, Speichel- und Blutproben die Mitarbeiter, insbesondere die Parkpolizisten, auf Drogen zu untersuchen.

Ketamin, auch »Vitamin K« genannt, war ein Beruhigungsmittel für Katzen. Es stand zwar nicht auf der Standardliste, doch das würde sich bald ändern. Das früher ausschließlich von Tierärzten verwendete Medikament wurde allmählich wegen seiner euphorisierenden und halluzinogenen Wirkung zur Partydroge. Vor einigen Jahren hatte Anna gegen ihren Willen und ohne ihr Wissen Bekanntschaft mit »Lady K« gemacht und weder den Rausch noch die Begleiterscheinungen genossen.

Nun stand sie unschlüssig vor dem Gaschronomatographen. Sie hatte genau zweimal einen in Aktion gesehen.

»Mist!«, flüsterte sie. »Mist, Mist, Mist!« Diesmal ein wenig lauter.

Aber es spielte ohnehin keine Rolle, weil es keinen elektrischen Strom gab. Sie konnte das Gerät also gar nicht einschalten, eine Kleinigkeit, die sie in ihrer Eile vergessen hatte.

Moderne Technik war wie Atemluft – man nahm sie für selbstverständlich.

»Verflixt!«

Sie drehte sich um und eilte aus dem Büro, den Flur entlang und dann durch den Schnee den Hügel hinauf. Als sie die Schreinerwerkstatt erreichte, war sie atemlos und durchgeschwitzt. Ohne sich die Zeit zum Luft holen zu lassen, begann sie, die in Plastik verpackten Körperteile des Wolfs auf dem Tisch zu durchsuchen.

»Okay, Katherine«, meinte sie zu der toten Frau zu ihren Füßen. »Du musst mir helfen. Warum bist du davongelaufen? Ich kann das Blut nicht testen. Vielleicht könntest du es mit deinem tollen PCR, aber ich weiß nicht, wie er funktioniert. Ich habe mich gerade im Besucherzentrum mächtig zum Narren gemacht. Falls ein Baum, der im Wald umfällt, ein Narr sein kann. Also, was war es? Was habe ich dir gegeben? Du hast gequietscht wie eine Ratte. Den Schädel? Nein. Pfoten? Nein. Etwas Größeres.

»Das da.« Anna berührte das viereckige Päckchen, welches das Stück aus der Kehle des Wolfes enthielt. Ridley hatte es wegen der Größe der Bissspuren herausgeschnitten, die den Wolf getötet hatten. »Ja, jetzt fällt es mir wieder ein. Ich gebe dir dieses Stück. Dann untersuche ich Ridleys Schnittwunde. Du schreist auf. Ich drehe mich um. Du siehst zum Fürchten aus. So war es doch, oder?«

Ohne eine Antwort abzuwarten, legte sie das Päckchen auf die Arbeitsfläche am Fenster und entfernte die steife Plastikfolie, wo sie an der Gewebeprobe festgefroren war.

»Okay«, sagte sie, nachdem sie den Würfel aus Wolfsfleisch ausgewickelt und dort auf die Arbeitsfläche gelegt hatte, wo das Licht am besten war. Es sah aus wie jedes andere gefrorene Fleischstück, war blass und wies Einbuchtungen und Falten auf, die sich gesetzt hatten, als es noch warm gewesen war.

»Wenn die Toten zu den Lebenden sprechen, bist du jetzt dran«, meinte Anna zu der Leiche. »Denn ich glaube, der Bursche hier wird mir nichts verraten.«

Weder Katherine noch das Stück von dem toten Wolf erwiderten etwas.

Die Bissspuren würden Anna nicht die gewünschte Antwort liefern. Schließlich waren sie von Ridley gründlich untersucht und von Robin fotografiert worden. Aber offenbar hatten sie etwas übersehen, das der Grund für Katherines Aufschrei und ihr Erbleichen gewesen war. Anna beugte sie über den steinhart gefrorenen Halsmuskel, drehte ihn langsam zwischen behandschuhten Händen und musterte ihn Zentimeter für Zentimeter. Auf der Rückseite, an der linken Körperseite des Wolfes auf halbem Wege zwischen Ohr und Schulter befand sich ein winziger silbriger Metallpunkt, das abgebrochene Ende einer Nadel.

»Gefunden«, sagte Anna zu Katherine. Sie nahm eine spitze Pinzette aus der Schublade unter der Arbeitsfläche und zog das Metallstück heraus. Es war keine Nadel, sondern ein Pfeil, wie man ihn benutzte, wenn man mit einer Betäubungspistole auf ein Tier schoss. Katherine hatte Bob nach dem Sezieren des Wolfs zur Rede gestellt, und zwar aus denselben Gründen, aus denen sie schon zweimal den Mut dazu aufgebracht hatte. Er gefährdete ihre geliebten Wölfe.

»Er hat den Pfeil auf den Wolf abgeschossen und ihm dann die Kehle durchgeschnitten, damit er verblutete. Die Wunden hat er so angesetzt, dass sie wie große Bissspuren aussahen«, stellte Anna fest. »Der Wolf wurde ermordet.«

Gedankenverloren drehte sie den Metallsplitter im fahlen Licht hin und her.

»Wir haben schon früher Ketamin benutzt«, hatte Bob zu Katherine gemeint.

Bob hatte das Tier gefunden und war so lange darum herumgetrampelt, bis sämtliche Spuren verwischt waren. Dann hatte er den Kadaver für die »Forschung« beansprucht.

»Du dachtest, dass Bob es war, richtig? Dass der tolle Großwildjäger den Wolf getötet hat, damit er sich den Kopf und die Decke an die Wand hängen kann. Du wusstest nämlich, dass Bob sich mit Ketamin auskennt, und zwar, weil er es dir verabreicht hat.«

29

Nachdem sie den abgebrochenen Betäubungspfeil bei ihrer restlichen Indiziensammlung in dem rostigen Werkzeugkasten unter den Dielenbrettern versteckt hatte, kehrte sie zum Blockhaus zurück. Es herrschte Totenstille. Luft und Kälte bildeten ein Gemenge von Molekülen, durch die man sich bewegen konnte, ohne ein einziges Atom zu verschieben. Ein Vakuum, das Materie enthielt. Annas Schritte wurden immer kürzer, bis schließlich auch sie reglos verharrte: ein Fels, ein Baum, ein Eiskristall.

»Das ist unlogisch«, sagte sie. Ihre Worte fielen in das reglose Universum, ohne dessen Kreise zu stören. »Katherine, falls Bob den Wolf wirklich getötet hat, hatte er keinen Grund, die Wunde am Hals so interessant zu machen. Durch ein auffälliges Phänomen erreicht man nämlich nicht, dass die Studie eingestellt wird. Es wäre also nicht zu seinem Vorteil gewesen, und Bob denkt nur an seinen Vorteil.«

Kurz wurde Anna von Trauer ergriffen, und sie wünschte, sie hätte ihre Zweifel nicht laut ausgesprochen und angedeutet, Katherine sei für nichts und wieder nichts dem Tod in die Arme gelaufen. Allerdings hatte Bob ihr das Leben zur Hölle gemacht.

»Mit den Toten sprechen«, wandte sie sich an die grauen ineinanderverschlungenen Äste über ihrem Kopf. »Wenigstens sehe ich keine Gespenster.«

Sie rührte sich trotzdem nicht von der Stelle.

Wer den Wolf getötet hatte, hatte ihm die Bissspuren beigebracht, damit es den Eindruck machte, als sei er Opfer eines riesigen Tiers geworden. Es bestand auch die Möglichkeit, dass eine Person den Wolf betäubt hatte. Später war dann zufällig ein anderer mit einem spitzen Gegenstand vorbeigekommen und hatte sich gedacht, dass es doch ein Spaß wäre ... Anna hielt das für unwahrscheinlich.

Auf dem Rückflug vom Intermediate Lake an dem Tag, als sie und Jonah beobachtet hatten, wie das Chippewa-Harbor-Rudel den alten Elch riss, hatte sie eine wolfsähnliche Gestalt gesehen, schwarz und ordentlich zusammengerollt, als ob ein gewaltiger Hund im Schnee unter den Ästen des immergrünen Baumes schlief. Ihr fielen die Täuschungsmanöver im Zweiten Weltkrieg ein. Damals hatten die Briten England mit Spitfire-Attrappen und Kasernen ohne Wände möbiliert, damit es für die Deutschen aus der Luft so aussah, als bereite eine Armee die Stürmung von Calais vor. Währenddessen hatten die Alliierten ihren Plan wahrgemacht, an den Stränden der Normandie zu landen.

Riesige Pfotenabdrücke, immer am richtigen Ort, aber stets verwischt und von Elchspuren begleitet, als hätten Romulus und Remus den Trickfilmelch Bullwinkle adoptiert. Mit einem harten Gegenstand in der Form eines Elchhufs, befestigt an der Sohle eines Schneeschuhs, konnte man solche Spuren erzeugen, ohne dass jemand einen Menschen dahinter vermutete. Auch die überdimensionalen Pfotenabdrücke stellten keine große Herausforderung dar. Man brauchte einfach nur pfotenförmige Schablonen an die Enden von Skistöcken zu stecken. Wegen des Windes und der Schneeverwehungen würde auch ein erfahrener Spurenleser nicht mit Sicherheit feststellen können, ob sie wirklich von einem Wolf stammten.

Anna war das jedenfalls nicht gelungen.

Das wilde Tier, das sie in ihrem Zelt am Lake Desor so in Angst und Schrecken versetzt, wie ein Bär geschnüffelt und wie ein Hund an den Wänden gekratzt hatte, hatte keine Pfotenabdrücke hinterlassen. Als Katherine keine Angst gezeigt hatte, hatte Robin geschnaubt, ja, beinahe gelacht. Weil sie gewusst hatte, dass der Wolf gar kein Wolf war? Robin hatte Anna und Bob an den Intermediate Lake geschickt. Dort hatten die riesigen Pfotenabdrücke, ordentlich eingedrückt, die ahnungslosen Fallensteller in die Mitte des seltsamen Rings auf dem Eis gelockt, wo Anna ins Wasser gefallen war. Anschließend hatte Robin sich mehrfach entschuldigt.

»Es tut mir so leid«, hatte sie gesagt. »Das hätte nicht passieren dürfen.«

Anna erinnerte sich an den Traum aus der letzten Nacht. Ihre nackte Brust, die über die schartige Eiskante rutschte. Sie wusste noch, dass sie weiße vertikale Streifen im grauen Eis gesehen hatte, als sie im Wasser versank. Dann fiel ihr Adams Rucksack ein, den sie ihm nachgetragen hatte, als er zu Jonahs Flugzeug rannte. Er war sehr schwer gewesen.

»Was ist denn da drin?«, hatte sie gefragt.

»Bücher«, hatte Adam geantwortet.

Keine Bücher. Ein Bohrer, ein Ersatzakku und andere Werkzeuge. Der Ring im Eis war mit einem Bohrer gemacht worden. Die Löcher hatten die Eisschicht zermürbt, bis Wasser herausquoll und sich ein Rand bildete.

Die Kette der Falle, zerrissen von einem Tier, das so stark war, dass es den Fallenbügel verbiegen konnte. Robin hatte das gemeldet. Sie war allein losgezogen, um die Falle zu überprüfen, und hatte sie nicht mit zurückgebracht.

Der Wolfshund war ein Trugbild. Ein Trugbild mit tödlichen Folgen. Erst war Anna im Eis eingebrochen. Dann war Katherine gestorben.

Wie immer stieß Anna an dieser Stelle an dieselbe Wand: Katherine war nicht durch Menschenhand umgekommen, sondern einem Wolfsrudel zum Opfer gefallen.

»Verflixt«, sagte Anna und verschob das Nachgrübeln über den Tod der Wissenschaftlerin auf später.

Robin mit ihrer Liebe zu dieser Insel. Wie hatte ihr Freund es ausgedrückt? Die letzte Hoffnung für die Seele der Zivilisation? Ridley, der am meisten zu verlieren hatte: seine Berufung, seinen Lebensunterhalt und sein Sommerhäuschen auf einen Schlag. Jonah, der Ridley treu ergeben war. Adam, aus irgendwelchen Gründen, vielleicht nur zum Spaß. Steckten sie alle unter einer Decke?

Würde einer von ihnen einen Wolf, eine Parkpolizistin und eine Forscherin töten, damit die Insel so interessant wurde, dass sich die Parkverwaltung und die Technische Universität von Michigan wegen der Absicht, die Isle Royale im Winter für Besucher zu öffnen, mit dem Ministerium für Heimatschutz anlegten?

Jedes Mitglied der Winterstudie wäre in der Lage gewesen, den Wolf zu betäuben. Schließlich hatte sich das Rudel einige Tage lang auf dem Eis aufgehalten, und alle wussten, wie man mit einer Betäubungspistole umging.

Robin hatte sich in der Nacht des Wolfsangriffs mit ihnen im Zelt befunden. Doch Adam, Ridley oder vielleicht auch Jonah hätte ihnen folgen können. Da sie sich anders als die Abenteurer von Malone Bay nicht mit schweren Rucksäcken abschleppen mussten, wären sie noch vor Mitternacht wieder zuhause gewesen.

Aber warum hatten sie Bob nicht einfach getötet und die Sache hinter sich gebracht, wenn sie ohnehin bereit waren, einen Mord zu begehen? Das hätte Anna zumindest getan.

Und zwar mit Vergnügen, fügte sie in Gedanken hinzu, als ihr die Fotos in den Sinn kamen.

Möglicherweise war die Eisfalle für Bob gedacht gewesen. Doch der hatte ein menschliches Rühren verspürt, weshalb Anna allein aufs Eis hinausgegangen war. Sofern diese Theorie zutraf, waren die Verschwörer – wer immer sie auch sein mochten – in Sachen Kollateralschaden ziemlich kaltschnäuzig.

Allerdings wäre es keine gute Idee gewesen, Bob umzubringen, falls der Mummenschanz die Absicht verfolgte, die Studie aufzuwerten. Denn nichts ließ sich so leicht ersetzen als ein Handlanger des Staates. Wenn man einen von ihnen umlegte, standen im nächsten Moment zehn weitere auf der Matte. Außerdem hätte ein Unfalltod durch Ertrinken das Ministerium für Heimatschutz erst recht auf die Isle Royale aufmerksam gemacht.

Katherine hatte zwar persönliche Gründe, Bob den Tod zu wünschen, aber Anna konnte sich nicht vorstellen, dass es ihr während ihrer kurzen Zeit bei der Winterstudie gelungen war, Adam oder sonst jemanden zu überreden, die Löcher ins Eis zu bohren.

»Beweg dich«, befahl sich Anna und trottete auf das Blockhaus zu.

Die Männer – die Anzahl der Frauen schrumpfte in besorgniserregendem Tempo – saßen am Küchentisch.

Im Laufe der Jahre hatte Anna eine ganze Reihe von Leuten aus den verschiedensten Gründen festgenommen – wegen der Belästigung von gestreiften Eichhörnchen bis hin zu Entführung und Mord. Sie hatte Männer, Frauen und einmal sogar ein Kind verhaftet.

Eigentlich hatte sie Bob Menechinn festnehmen wollen, doch als sie die Mitglieder des Frühstücksclubs nun betrachtete, wusste sie nicht, wie sie vorgehen sollte. Es gab keine Möglichkeit, ihn einzusperren. Und falls er beschließen sollte, sich nicht festnehmen zu lassen, war sie ohne Verstärkung machtlos dagegen. Adam, Jonah und Ridley konnte sie nicht trauen. Schließlich versuchte einer von ihnen oder alle drei zusammen, die Staatsregierung an der Nase herumzuführen, wogegen sie eigentlich nichts einzuwenden hatte. Aber dass sie zu diesem Zweck Parkpolizistinnen und unschuldige Frauen umbrachten, ging dann doch ein wenig zu weit.

»Hallo«, sagte sie freundlich, während sie sich an der Türschwelle den Schnee von den Stiefeln klopfte. »Ist noch Kaffee da?«

»Hallo«, erwiderte Adam. »Auf der Anrichte. Heiß und lecker.«

Die anderen nahmen ihre Worte und ihr Erscheinen nicht zur Kenntnis.

Ridley beugte sich über den Herd und rührte den unvermeidlichen Haferbrei um. Seine Schultern waren gebückt wie die einer alten Frau, und seine Finger wirkten magerer als noch vor vierundzwanzig Stunden. Seine Knöchel waren dick, als sei er über Nacht an Arthritis erkrankt.

Jonah witzelte, er mache sich über »Mrs Brown« her, während er den Deckel von der Zuckerdose nahm und braunen Zucker in eine leere Schale löffelte. Allerdings fehlte seinen Scherzen über Mrs Brown heute Morgen der Saft, und die Stimme des alten Piloten klang monoton wie die eines Schauspielers, der seine Rolle und das Publikum vergessen hat.

Bob saß auf seinem Lieblingsplatz in der Ecke an der Wand. Als Anna ihn das erste Mal dort gesehen hatte, war ihr das Wort »Thron« eingefallen. Heute hätte »in die Ecke gedrängt« besser gepasst.

Adams Verhalten unterschied sich völlig von dem der anderen. Er glühte wieder, diesmal jedoch von einem anderen Fieber. Es war keine Wut, befand Anna, als sie sich einen Kaffee einschenkte. Sondern Aufregung. Adam konnte nicht stillsitzen, sondern rutschte auf seinem Stuhl herum wie ein kleiner Junge, der es kaum erwarten konnte, ein Abenteuer zu erleben. Ein wundervolles Abenteuer, und Adam war kaum in der Lage, seine Begeisterung zu zügeln.

»Warum sind Sie denn so guter Laune?«, fragte Anna, während sie sich auf ihren Stuhl am Ende des Tisches setzte – der Platz, der für gewöhnlich der Mutter des Hauses vorbehalten war. »Werden wir Robin finden?«

Ridley drehte sich am Herd um.

»Weiß er etwa, wo Robin ist?«, erkundigte er sich in scharfem Ton. »Adam, weißt du, wo sie ist?«

»Ich habe einfach nur ein gutes Gefühl«, erwiderte Adam. »Wir alle können ein bisschen Optimismus gebrauchen. Ich persönlich stelle mir lieber vor, dass sie noch lebt, als dass sie tot in einer Schneewehe liegt.«

Anna neigte den Kopf zur Seite und versuchte, in die Anspannung im Raum hineinzuhorchen.

»Fröhlich«, stellte sie fest. »Adam, Sie hören sich richtiggehend fröhlich an.«

Ridley durchquerte den kleinen Raum zwischen dem vierflammigen Herd und dem Resopaltisch, an dem die anderen vor ihren leeren Schalen saßen wie Goldilocks bärenartige Opfer. Er packte Adam mit seinen mageren, knochigen Händen vorn am Hemd, hob ihn vom Stuhl und hielt ihn mit Schraubstockgriff umklammert.

»Weißt du, wo Robin ist?«, zischte er, dass es klang wie ein Dampfstoß aus einem überhitzten Rohr.

Anna nahm ihre Kaffeetasse vom Tisch, um die kostbare Flüssigkeit vor der nun gewiss folgenden Rangelei zu schützen. Doch sie hätte sich die Mühe sparen können, denn Adam ließ sich nicht von Ridley provozieren.

»Rid, ich würde Robin nie schaden. Das ist dir doch sicher klar. Wenn ich sie zurückholen könnte, würde ich es sofort tun. Lass mich los, Rid.« Der letzte Satz hörte sich beinahe traurig an, und Anna fiel ein, dass die beiden Männer seit Jahren befreundet waren – allerdings hätte man das angesichts des Verhaltens, das sie auf dieser Insel beobachtet hatte, leicht vergessen können.

Ridley setzte Adam vorsichtig wieder auf den Stuhl.

»Entschuldige«, sagte er und rührte weiter im Haferbrei herum.

Wenn er nicht aufpasste, würde der Brei bald die Beschaffenheit von Buchbinderleim haben. Aber Anna war zu klug, ihm anzubieten, das Rühren zu übernehmen. Jahrelange Gewohnheiten legte man nicht einfach ab, nur weil eine Notsituation eingetreten war. Ganz im Gegenteil klammerten sich die Menschen noch fester an Rituale, weil sie ihnen Sicherheit vermittelten.

Das Frühstück war rasch verzehrt. Obwohl niemand außer Adam darauf zu brennen schien, mit der Suche nach Robin anzufangen, herrschte die stillschweigende Übereinkunft, sich das nicht anmerken zu lassen. Anna graute davor, weil sie nicht glaubte, die Frau lebend zu finden. Seit sie die Fotos auf Katherines Mobiltelefon kannte, stand ihr der Sinn mehr nach Rache als nach Leichenbergung. Ridleys früher so frisch wirkende Haut war um die Augen schlaff geworden und spannte sich so fest um seinen Mund, dass seine Nasenflügel weiße Stellen aufwiesen. Anna vermutete, dass er sich mit letzter Kraft beherrschte. Da er ein ordnungsliebender Mensch war, brachte dieses Chaos ihn um den Verstand.

Ridley wird sich auf die Suche machen, sagte sich Anna. Er würde seine Pflicht tun, bis er vor lauter Erschöpfung keinen Fuß mehr vor den anderen setzen konnte.

Allerdings bezweifelte sie, dass er noch fähig war, klar zu denken. Und ohne einen Plan würden sie nur ihre Kraft durch zielloses Herumirren vergeuden, sofern sie nicht einfach Glück hatten, was nicht wahrscheinlich war. Jonah flirtete zwar ständig mit Robin, doch seine wahre Liebe galt Ridley, den er behandelte wie eine alte Frau ihren einzigen Sohn. Seinetwegen konnten die Wölfe die anderen fressen, solange nur seinem Jungen nichts zustieß.

Bob hatte Angst.

Adam sammelte die Schalen ein und stellte sie ins Spülbecken.

»Was sollen wir tun?«, fragte Ridley Anna.

»Wir müssen sie suchen«, erwiderte sie und gab sich Mühe, zu verbergen, dass sie es für sinnlos hielt. Adam hatte Recht, sie musste optimistischer sein. »Da sie in ihrem Schlafsack entführt wurde – einem Winterschlafsack, der für Temperaturen bis dreißig Grad minus geeignet ist –, könnte sie überlebt haben.«

Nachdenklich klopfte sie mit den Fingern auf den Tisch.

»Einer von uns hat sie entführt, das ist Ihnen doch hoffentlich klar. Oder es drückt sich noch jemand auf der Insel herum und versucht, uns in den Wahnsinn zu treiben.«

Die Bemerkung hing eine Weile in der Luft. Ridley starrte erst Adam und dann Bob an. Bobs Blick huschte durch den Raum, als folge er dem Flug eines torkelnden Schmetterlings.

»Wer von Ihnen hat Katherines Mobiltelefon gefunden?«, stieß er plötzlich hervor.

Er hatte Annas Anruf in Abwesenheit entdeckt.

»Zicken Sie immer noch wegen des dämlichen Telefons herum?«, zischte sie. »Berappen Sie doch einfach die zwei Dollar.«

»Was?« Er blickte verwirrt. »Es ist mehr als zwei Dollar wert. Jemand hat es gefunden.«

»Hören Sie endlich auf«, seufzte Ridley erschöpft.

»Vielleicht hat Katherine es mit ins Jenseits genommen«, fügte Adam hinzu. Wenn er dabei einen feierlichen Ton angeschlagen hätte, wäre es bestenfalls ein geschmackloser Scherz gewesen. Doch bei ihm klang es eher, als ob ein Lebensmittelhändler »vier Dollar das Pfund« sagte. Bobs Gesicht wabbelte wie ein Pudding, nachdem jemand die Tür zugeknallt hat.

Anna nahm sich vor, Bob bald wieder anzurufen.

»Wie fangen wir an?«, wechselte Ridley das Thema.

Es gab da eine Rätselaufgabe, die Anna in der vierten Klasse großes Kopfzerbrechen bereitet hatte: Ein Farmer will mit seinem Ruderboot einen Fuchs, eine Gans und einen Getreidesack über den Fluss fahren, kann aber in dem kleinen Boot immer nur einen mitnehmen. Wenn er die Gans mit dem Getreide allein lässt, wird sie es fressen. Bleibt der Fuchs bei der Gans zurück, verschlingt er sie ebenfalls. Wer würde versuchen, Robin zu finden, falls sie wirklich noch lebte, und wer würde die Suche sabotieren? Wer war der Fuchs und wer die Gans?

Die Entscheidung wurde ihr abgenommen.

»Bob und ich gehen zum Greenstone«, verkündete Adam. »Holen Sie Ihre Sachen, Bob. Die beiden werden noch den halben Vormittag hier herumtrödeln.«

Da Anna keine bessere Lösung einfiel, widersprach sie nicht. Zu fünft konnten sie kein Gebiet absuchen, das groß genug war, um eine versteckte Frau zu finden. Oder eine versteckte Leiche. Sie würden Robin nur aufspüren, wenn der Entführer es so wollte oder wenn Robin noch lebte und auf sich aufmerksam machte. So sehr Anna sich Letzteres auch wünschte, versuchte sie, sich nicht auf diese Vorstellung zu versteifen.

Als Adam und Bob hinausgingen, um ihre Ausrüstung einzusammeln, fühlte sich die Küche schlagartig größer an. Die Atemluft wurde mehr, und die Wände wichen zurück.

»Können Sie Langlaufen, Jonah?«

»Ich habe bei der Olympiade 1908 die Silbermedaille gewonnen«, erwiderte er.

»Ich wusste es doch«, erwiderte sie und lächelte, um sich zu vergewissern, dass sie es nicht verlernt hatte.

»Warum suchen Sie und Jonah nicht den Feldtmann ab?«, wandte sie sich an Ridley. »Wir haben keinerlei Anhaltspunkte. Nur, dass sie in ihrem Schlafsack verschleppt worden ist. Das heißt, dass der Mensch, der sie getragen hat, ausgebaute Wege benutzt haben muss. Sonst wäre er nämlich nicht weit gekommen. Es gibt nur einige Stellen auf der Insel, wohin er sie gebracht haben kann, wenn er wollte, dass sie am Leben bleibt: den Feldtmann-Feuerturm, die Hütte in Malone Bay oder die in Daisy Farm. Allerdings sind die beiden letzten Möglichkeiten wegen der großen Entfernung ziemlich unwahrscheinlich.«

»Warum hätte jemand Robin zum Feldtmann-Turm bringen sollen?«, wollte Ridley wissen. Allerdings richtete sich die Frage nicht an Anna, sondern in den Raum hinein. Niemand antwortete.

»Was werden Sie unternehmen?«, erkundigte sich Jonah.

Anna betrachtete die hellblauen Augen hinter den runden Brillengläsern. »Warum? Machen Sie sich Sorgen um mich?«

»Offenbar ist Tieren, die sich von der Herde absondern, in diesem Winter kein sehr hohes Alter vergönnt. Höheres Alter«, ergänzte er, ein blasser Schatten seiner üblichen Hänseleien.

»Ich werde noch einmal in den Unterkünften und Unterständen nachsehen«, erwiderte Anna. »An jedem anderen Ort würden wir nur noch ihre Leiche finden.«

»Schalten Sie Ihr Funkgerät ein, und behalten Sie es immer bei sich«, sagte Ridley.

»Und achten Sie darauf, dass der Akku aufgeladen ist«, fügte Jonah hinzu. »Adam hat nämlich ständig Schwierigkeiten mit seinem.«

Dann war Anna im Blockhaus allein. Alle Langlaufskier waren unterwegs. Die Schneewehen waren einen halben Meter tief. Ansonsten betrug die Schneetiefe etwa dreißig Zentimeter. An der Wand hingen zwar Schneeschuhe, doch im Tiefschnee war es Glückssache, ob sie das Vorwärtskommen eher erleichterten oder erschwerten. Hätte Anna wirklich vorgehabt, sich auf den Weg zu machen, wäre eine Antwort auf diese Frage wichtig gewesen.

Allerdings hatte sie in Wahrheit die Absicht, das Blockhaus gründlich auseinanderzunehmen, bis sie herausfand, was gespielt wurde. Dabei hoffte sie auch zu erfahren, wer Robin entführt hatte. Und das wiederum würde ihr vielleicht verraten, wo die junge Frau versteckt worden war.

Und zwar rechtzeitig, damit sie noch am Leben ist, war ein Gedanke, den Anna sich nicht gestattete.

30

Annas Bemühungen blieben ergebnislos. Bobs Laptop war mit einem Passwort geschützt. Ridleys ebenfalls. Jonah und Adam besaßen keine Computer. Schubladen und Reisetaschen hatten nur die erwarteten langen Unterhosen und schmutzigen Socken zu bieten. Als Anna, Bobs Reisetasche zwischen den Knien, in seinem Zimmer auf dem Boden saß, wurde sie von ohnmächtiger Wut ergriffen. Sie schleuderte die leere Tasche durchs Zimmer, wo sie vom Bett zurückprallte und sie im Gesicht traf, sodass das Gepäckschild eine schmerzhafte Wunde an ihrer linken Wange hinterließ.

Die Tasche war alt und abgewetzt, das Leder rings um das Schild steif und rissig. Anna betrachtete die Zielscheibe ihres Wutanfalls: Professor Menechinn, Universität von Saskatchewan. Bob war so faul, dass er sich nach zehn Jahren noch immer nicht die Mühe gemacht hatte, die Adresse zu ändern.

»Universität von Saskatchewan«, wiederholte Anna laut.

Bei diesem Namen klingelte etwas, und sie wartete, bis sich der Rest der Erinnerung meldete.

»Sie sind beide Kanadier«, hatte Jonah über Bob und Adam gesagt.

»*Cynthia Johansen, Studentin im Abschlusssemester an der Universität von Saskatchewan, lebte mit ihrem Ehemann Adam Johansen, einem selbstständigen Schreiner, zusammen.*«

Adam und Bob waren nicht nur beide Kanadier, sondern hatten zur gleichen Zeit in Saskatchewan gewohnt. Bob lehrte an der Universität, an der Adams Frau Cynthia studierte. Also war es sicher nicht unwahrscheinlich, dass sie eines von Professor Menechinns Seminaren besucht hatte. Und noch wahrscheinlicher war es, dass er über sie hergefallen war.

Dann beging Cynthia Selbstmord. Adam war nie über ihren Tod hinweggekommen.

Adam hatte Ridley gebeten, Bob für die Untersuchung des Ministeriums für Heimatschutz vorzuschlagen.

Adam war beim Frühstück sehr vergnügt gewesen.

»Mist, Mist, Mist!«, rief Anna. Adam plante, Bob zu töten. Und zwar noch heute.

Da sie sie ohne Skier niemals eingeholt hätte, nahm sie das Schneemobil. Als sie den Greenstone-Pfad entlangraste, schlug ihr eisiger Wind ins Gesicht und schmerzte auf ihrer Haut. Mehr als einmal spielte Anna mit dem Gedanken umzukehren, damit Adam der Menschheit einen Dienst erweisen konnte. Eine Welt ohne Bob war wirklich eine verlockende Vorstellung. Bei Männern wie Menechinn waren sämtliche Resozialisierungsversuche zwecklos. Was er getan hatte, war nicht nur ein Verbrechen, sondern ein Charakterfehler. Er war bis ins Mark verdorben.

Dennoch musste sie Adam einen Strich durch die Rechnung machen. Erstens hielt sie sich für einen halbwegs anständigen Menschen. Und zweitens würde sie nie erfahren, was aus Robin geworden war, falls die beiden sich gegenseitig umbrachten.

Anfangs stieg der Greenstone-Pfad sanft an, doch nach einer Weile wurde er gefährlich steil und war außerdem von Bodenwellen durchsetzt, die das Schneemobil immer wieder zwischen die Bäume oder gegen eine Felswand zu schleudern drohten. Der Abhang auf der westlichen Seite der Insel war bewaldet. Im Osten fiel die Felswand plötzlich in eine zweihundert Meter tiefe Schlucht ab, wo sich ein schmales ebenes Geröllfeld am Rand einer Wiese entlangzog.

Anna trat das Gaspedal durch bis zum Anschlag und wurde so schnell, dass das Fahrzeug kurz vor der Felswand einen knappen halben Meter in die Luft sprang, gefolgt von einer Schneewolke wieder landete und auf den Abgrund zuraste. Mit einem Aufschrei riss Anna das Steuer nach links. Das Fahrzeug kippte wie in Zeitlupe auf eine Kufe, fiel um und erbebte kurz, als der Motor ausging.

Vor ihr im Schneetreiben standen zwei vermummte Gestalten. Ihre Skier und Stöcke hatten sie wie Grabsteine auf einem Schlachtfeld in den Schnee gerammt. Hier also sollte Menechinn Opfer des tödlichen Unfalls werden, der ihn seit seiner Ankunft auf der Insel erwartete.

»Adam«, rief Anna. »Adam, warten Sie!«

»Kehren Sie um«, erwiderte Adam.

Anna arbeitete sich unter dem Fahrzeug hervor, stand auf und legte die ersten Schritte taumelnd zurück, da ihre gefühllos gewordenen Beine sie nicht tragen wollten. Als der Blutkreislauf wieder einsetzte, stampfte sie mit den Füßen. Doch sie hielt Abstand zu den beiden Männern am Rande des Abgrunds.

»Kehren Sie um«, wiederholte Adam.

Da das Dröhnen des Motors verstummt war, klingelten seine Worte in ihren Ohren wie eine Glocke.

»Das würde ich liebend gern«, gab Anna zurück. »Aber ich kann nicht. Sie kommen mit mir, Adam. Bob findet allein nach Hause. Wir müssen reden. Sie müssen mir helfen, Robin zu suchen.«

»Robin geht es besser, dort, wo sie jetzt ist«, entgegnete Adam. »Dafür hat Bob gesorgt.«

In seiner unvergleichlich scheußlichen, nur noch von Isolierband zusammengehaltenen Winterjacke, aus der die Daunenfedern quollen, sah Adam aus wie die Winterversion von Robinson Crusoe. Außerdem schien er kurz vor dem Durchdrehen.

Anna trat einen Schritt auf die beiden zu. Menechinn stand einen oder zwei Meter von Adam entfernt. Er schwieg und erinnerte sie an einen Berg aus Fleisch und Kleidern, als wären seine Knochen plötzlich weich geworden, sodass er sich kaum noch aufrecht halten konnte. Kapuze und Sturmhaube verbargen sein Gesicht.

»Bob!«, sagte Anna streng.

Er hob den Kopf, so langsam und schwankend wie ein alter

blinder Bulle, der nicht weiß, aus welcher Richtung Gefahr droht.

»Bob«, wiederholte sie.

Sein typisches Grinsen schob das Gesicht über dem Schal nach oben. Mit einer gewaltigen Pranke nahm er die Kapuze ab, sodass sein Kopf den Elementen ausgesetzt war. Sein Gesicht war ziegelrot.

»Was hat er denn?«, fragte Anna.

»Er hat eine Dosis von seiner eigenen Medizin abgekriegt«, antwortete Adam. »Kehren Sie um. Ich möchte Ihnen nicht wehtun.«

»Ketamin?«

»Seine Lieblingsdroge«, sagte Adam.

»Machen Sie das für Cynthia?«

»Cynthia ist tot«, erwiderte Adam. »Hier geht es nur um mich.«

»Um Rache?«, hakte Anna nach. »Darum, es ihm mit gleicher Münze heimzuzahlen? Sich etwas zurückzuholen? Wie Sie selbst gesagt haben, ist Cynthia tot, Adam. Und daran wird sich auch nichts ändern. Nennen Sie mir einen guten Grund, die Sache durchzuziehen.«

»Spaß.« Seine Miene war völlig ausdruckslos, so als hätte er die Kapuze des Henkers bereits übergestreift.

»Okay«, räumte Anna ein. »Das ist ein Motiv.«

»Was zu tun? Was tun wir denn?«, fragte Bob.

Allmählich schlich sich Angst in das Glücksgefühl ein, das Lady K in ihm geweckt hatte.

»Ich bin zwar auch eine Freundin von Spaß, aber meistens ist er nicht von Dauer«, entgegnete Anna. »Eine Gefängnisstrafe wegen vorsätzlichen Mordes kann sich hingegen ziemlich hinziehen.«

»Kehren Sie um«, meinte Adam.

»Lassen Sie mich ihn festnehmen«, schlug Anna vor.

»Und dann? Cynthia kann nicht aussagen. Robin und Katherine auch nicht.«

Adams Worte fielen wie schwere flache Steine durch die verschneite Luft. Anna wollte protestieren und eine Lanze für Recht und Gesetz brechen, aber sie konnte Adam nicht widersprechen. Bob würde ungeschoren davonkommen. In Robins Blut würden zwar Spuren von Ketamin gefunden werden, wenn Anna es rechtzeitig in ein Labor brachte und sich die chemische Zusammensetzung durch das Gefrieren nicht verändert hatte. Aber wie wollte sie beweisen, dass Robin es nicht selbst eingenommen hatte? Die Fotos auf Katherines Mobiltelefon würden nur ihren guten Ruf ruinieren. Selbst wenn man sie zu Bob zurückverfolgte, konnte er einfach behaupten, sie habe freiwillig mitgemacht. Selbst in eindeutigeren Fällen als diesen war eine Vergewaltigung nur schwer zu beweisen.

Außerdem hegten Behörden eine tiefe Abneigung gegen Vergewaltigungsvorwürfe. Drei mächtige Institutionen würden diesen Fall unter den Teppich kehren wollen: das Ministerium für Heimatschutz, die Nationale Parkaufsicht und die American University. Wohlmeinende Leute würden alles tun, um ihre Einrichtung sauber zu halten und ihre Pöstchen zu retten.

»Ihn festzunehmen, wäre auch ein Spaß«, meinte Anna schließlich. Ein Lächeln huschte über Adams Gesicht.

»Sie haben die Löcher ins Eis gebohrt«, fügte sie hinzu, um seine Aufmerksamkeit auf sich zu lenken.

»Ich habe die Löcher ins Eis gebohrt«, wiederholte Adam.

»Ich wäre beinahe umgekommen.«

»Ich weiß. Normalerweise ist es immer Bob, der vornweg marschiert. Also dachte ich, er würde als Erster aufs Eis gehen. Kaum zu fassen, was dieser Kerl für ein Feigling ist.«

Adam wandte sich von Anna ab und fixierte Bob Menechinn mit einem durchdringenden Blick.

»Fahren Sie zurück, Anna.« Er nahm Bob am Arm. Menechinn wollte sich losreißen, doch seine Bewegungen waren zu langsam und unbeholfen. Wegen der Droge hatte er vergessen, wie man Arme und Beine benutzte. Im nächsten Moment verlor er das Gleichgewicht und stürzte. Als er zappelnd auf dem Boden lag, entstand ein überdimensionaler Schneeengel.

Anna holte tief Luft, was sie sofort bereute, weil die Kälte ihr in der Lunge brannte.

»Sie werden die nächsten vierzig Jahre Ihres Lebens in einer Strafanstalt sitzen. Dort müssen Sie aufstehen, wenn man es Ihnen sagt, zu Bett gehen, wenn man es Ihnen sagt, und essen, wenn man es Ihnen sagt. Die Sonne kriegen Sie nur zu sehen, wenn man es Ihnen erlaubt«, erwiderte sie. »Sie haben Ihr ganzes Leben in der freien Natur verbracht, Adam. Lassen Sie mich Bob festnehmen.«

Adams Miene änderte sich nicht.

»Ich war die letzten zehn Jahre im Gefängnis«, antwortete er und betrachtete Bob, der im Schnee zappelte. »Aufstehen«, befahl er Menechinn.

Anna musste zu ihm durchdringen, damit er über seinen Schmerz hinausdachte. »Sie meinten vorhin, Katherine könne nicht mehr aussagen. Wussten Sie, was ihr passiert ist?«

»Ich kenne diesen Blick. Meine Frau hatte ihn auch, bevor sie starb. Die Wölfe haben Katherine die Mühe erspart, sich umzubringen.«

»Oder Sie waren es.«

»Ich habe mit ihrem Tod nichts zu tun. Rein gar nichts. Ich ermorde keine Frauen.«

»Was ist mit Wölfen?«

»Die riesigen Bissspuren?« Er schmunzelte. »Die Leute glauben das, was sie glauben wollen. Ich habe nur den Anstoß geliefert.«

»Also haben Sie den Wolf mit einem Pfeil betäubt und dann erstochen«, stellte Anna mit kalter Stimme fest.

»Ein Tier. In den Tierheimen werden jedes Jahr Tausende eingeschläfert. Fluffy, Bootsie und Socks. Also regen Sie sich nicht über ein Tier auf.«

Adam setzte sich rittlings auf Bob, packte ihn an den Handgelenken und zog ihn in eine Sitzposition hoch.

»Sie haben mir Drogen verabreicht«, meinte Bob, eher erstaunt als verärgert.

»Wie gefällt es Ihnen?«, fragte Adam. Er stand über dem großen Mann und hielt ihn noch immer an den Handgelenken.

»Ich weiß nicht.« Bob wandte den Kopf und blinzelte, um Anna besser sehen zu können.

»Unsere gefährliche Parkpolizistin«, sagte er lächelnd. »Sie wollten mich umbringen, und jetzt bringen wir Sie um.«

»Ich werde Sie nicht umbringen«, erwiderte Anna. »Ich habe nämlich keine Lust, mit den anderen Interessenten Schlange zu stehen. Da Sie mich ohnehin töten werden, können Sie mir vorher noch eine Frage beantworten. Haben Sie Robin Drogen gegeben?«

Bob grinste anzüglich. Schnee verfing sich in seinem borstigen Haar und seinen Pausbacken, wo sie sich unter den Augen hochschoben.

»Adam hat gesagt, Sie wollten mir was anhängen, Miss Ranger. Schade, dass Sie so dämlich sind.« Er drehte den Kopf, bis er Adam im Blickfeld hatte. Dazu musste er ihn in den Nacken legen, um zu ihm aufzuschauen.

»Ich bin verwanzt«, raunte er verschwörerisch.

»Wie viel haben Sie ihm verabreicht?«, erkundigte sich Anna.

»Genug«, antwortete Adam.

»Haben Sie ihm wirklich weisgemacht, ich würde ihn umbringen oder ihm etwas anhängen?«

»Teile und herrsche«, entgegnete Adam. »Los, aufstehen, Bob.«

Er lehnte sich mit seinem ganzen Gewicht zurück und zog Bob auf die Füße. Sie standen keine zwei Meter vom Rand der Basaltklippe entfernt. Dennoch war der Abgrund nahezu unsichtbar, weil der weiße Schnee nahtlos in den weißen Himmel und das weiße Eis überging. Anna wusste nur aus ihrer Zeit auf der Isle Royale und wegen ihres Fußmarsches nach Malone Bay von seiner Existenz. Bob ahnte vermutlich gar nicht, dass er sich an einer Felskante befand. Adam drehte Menechinn herum, sodass er nach Osten in Richtung Klippe blickte.

»Nicht«, sagte Anna, kam aber nicht näher.

Falls es zu einem Handgemenge kam, würde nicht sie es sein, die in den Tod gestoßen wurde.

»Schauen Sie, Bob.« Adam wies in den Abgrund, wo das blendende Weiß eine Leinwand für das Ketamin bildete. »Robin möchte Sie dort treffen.«

»Nicht«, wiederholte Anna. »Bob, da ist nichts. Adam will Sie töten. Sie stehen am Rande eines Abgrunds. Treten Sie zurück.«

Adam wirbelte herum. Seine ausdruckslose Miene wurde von der Wut abgelöst, die sie in jener Nacht gespürt hatte, als sie auf das Foto von ihm und seiner toten Frau gestoßen war. »Verpissen Sie sich«, zischte er so drohend, dass es klang wie ein Schrei.

»Bob, tun Sie es. Anna wird Sie ermorden. Rennen Sie!«, schrie Adam Menechinn ins Ohr, worauf Bob in die Richtung torkelte, wo er Sex und Sicherheit vermutete.

In einer Gedankensekunde, die eine Ewigkeit zu dauern schien, sah Anna vor ihrem geistigen Auge Frankenstein von Mary Shelley, wie er in die arktische Wildnis hineinlief, überdeckt von Peter Boyle, der »Puttin' on the Ritz« sang. Ungeheuer, zusammengeflickt aus Toten, denen ein Wahnsinniger Leben eingehaucht hatte. Bob war ein Ungeheuer, daran zweifelte sie keine Minute. Sie würde nie erfahren, wie er so geworden war, oder ob es auf der Welt wirklich das Böse gab, für das er sich in seiner Grausamkeit freiwillig entschieden hatte.

Anna hatte eigentlich keine Lust, ihn zu retten. Sie hätte nie behauptet, dass ihr etwas an seiner Rettung lag. Seine bloße Existenz löste einen Widerwillen in ihr aus, mit dem sie sich lieber nicht eingehender befassen wollte.

Doch ihr Körper reagierte nach der jahrelangen Ausbildung ganz automatisch. Sie warf sich nach vorn und zielte auf Bob Menechinns Kniekehlen. Dicke Männer hatten meistens Knieprobleme, da ihre Gelenke mit dem Gewicht überfordert waren. Außerdem hatte der Großteil von ihnen irgendwann einmal Football gespielt. Knieverletzungen waren der Freund einer zierlich gebauten Parkpolizistin. Als ihre rechte Schulter und die Seite ihres Kopfes gegen seine Beine prallten, gaben seine Knie nach. Er kippte rückwärts und zur Seite und begrub dabei ihren rechten Arm unter sich, sodass der Schmerz ihr bis in den Ellenbogen schoss.

»Es ist eine Klippe, eine gottverdammte Klippe. Beinahe wäre ich über den Rand einer Klippe gestürzt!«, brüllte Bob.

Da er sich endlich der Gefahr bewusst geworden war, kroch er davon. Als sein Knie sich in Annas Handgelenk bohrte, schrie sie auf. Eine rudernde Hand traf sie so fest an der Schläfe, dass es ihr im Ohr klingelte.

»Keine Ursache, verflixt«, rief sie, während sie versuchte, seinen wild um sich schlagenden Gliedmaßen zu entkommen.

Auf Händen und Knien kroch Bob durch den tiefen Schnee und stöhnte und grunzte dabei wie ein Wildschwein. Erst an den Bäumen blieb er stehen und zog sich an einem Baumstamm hoch.

»Er wollte mich umbringen. Er wollte mich umbringen!«, kreischte er.

Obwohl die Litanei damit nicht zu Ende war, blendete Anna sie aus und rappelte sich auf. Der Schnee und die wattierte Kleidung hatten sie vor ernsthaften Verletzungen bewahrt. Das Handgelenk pochte zwar, aber ansonsten hatte er bis auf den unangenehm kalten Schnee in ihrem Kragen offenbar keine größeren Schäden angerichtet.

Adam stand noch immer an der Felskante. Nur wenige Zentimeter trennten seine Füße vom Abgrund.

»Warum haben Sie das getan?«, fragte er leise.

»Ich weiß nicht«, erwiderte Anna.

Eine Weile standen sie da und lauschten dem Rauschen des Windes in den Bäumen und Bobs Gejammer. Der Wind wehte ihnen immer wieder einen Schwall Schnee entgegen, und spielerische Luftwirbel entstanden dort, wo die Erde in Wasser überging.

»Wissen Sie, was für ein Mensch er ist?«

»Zum Teil. Ich glaube, er hat Robin unter Drogen gesetzt. Mit Katherine hat er, wie ich denke, dasselbe gemacht und sie dann fotografiert, um sie durch Erpressung zum Schweigen zu zwingen. Wahrscheinlich hat er Ihrer Frau etwas Ähnliches angetan.«

»Cynthia«, sagte Adam.

»Cynthia.« Anna ehrte Adams Andenken an seine Frau, indem sie sie beim Namen nannte.

»Sie war wie Robin. Zwar ganz anders aufgewachsen und auch nicht so sportlich, aber sie besaß dieselbe Unschuld, die man, anders als die meisten von uns, nicht mit dreizehn verliert.«

Adams Blick wanderte von Annas Gesicht zu Bob, der sich an einen Baum klammerte. Sein Wehklagen war inzwischen zu einem leisen Singsang geworden, dessen Inhalt sie nur noch erraten konnten, weil die Wörter nicht mehr zu verstehen waren.

»Cynthia hatte ihr ganzes Leben in Bildungseinrichtungen verbracht – vom Kindergarten ohne Unterbrechung bis zur Promotion. Ihr Dad hat sie allein großgezogen. Sie war Einzelkind. Ihre Mutter war an einer Blinddarmentzündung gestorben, als Cynthia kaum laufen konnte.«

Da Anna nicht wusste, was sie sagen sollte, hielt sie Schweigen für die beste Lösung. Zumindest konnte Adam nichts unternehmen, während er redete.

Er wandte den Blick von den Bäumen ab, zwischen die Bob sich geflüchtet hatte.

»Cynthia hatte Vertrauen zu Männern«, fuhr er fort. »Sie dachte, dass sie sich um Frauen und Kinder kümmerten, Kätzchen aus Bäumen retteten und alten Damen halfen, ihre Einkäufe zum Auto zu tragen.«

Ein warmer Unterton mischte sich in seine Stimme, sodass sie nicht mehr klang wie die gefrorenen Saiten einer Harfe.

»Ich habe lange nicht mehr daran gedacht«, meinte er kopfschüttelnd zu Anna. »Wie habe ich das vergessen können?«

»Weil Sie zu sehr mit Ihrem Hass beschäftigt waren?«, mutmaßte Anna.

»So hatte ich wenigstens etwas zu tun«, entgegnete er. Die Saiten klangen wieder vereist.

»War Bob ihr Professor?«, fragte Anna.

»Naturkunde. Zwei Semester.«

Anna wartete darauf, dass er weitersprach, doch er schwieg geistesabwesend und blickte über ihren Kopf hinweg, als lese er im grauen Himmel über dem Basalt eine komplizierte Geschichte. Dann kehrte er wieder zur Erde zurück und zu Bob, der inzwischen, an den Baum gelehnt, auf dem Boden saß. Er hatte den Kopf in den Nacken gelegt. Sein Mund stand offen.

»Bob hat ihr mehr als einmal Drogen verabreicht. Sie hat es mir erst erzählt, als sie schwanger wurde, denn sie hat sich geschämt und hatte Angst, mich zu verlieren. Sie befürchtete, meine Gefühle für sie könnten sich ändern, oder ich könnte ausrasten, ihm den Kopf abreißen und den Rest unseres Lebens im Gefängnis verbringen. Auch sonst hat sie sich niemandem anvertraut. Es gab nämlich Fotos, und sie wusste, wie ihr Dad und ich darauf reagieren würden. Dann erfuhr sie, dass sie ein Baby bekommen würde. Ich war sechs Wochen lang beruflich in Manitoba gewesen, als das Kind gezeugt wurde. Also hat sie mir die Wahrheit gesagt. Drei Tage später hat sie sich im Bad die Pulsadern aufgeschnitten. Ich war nicht bei ihr, als sie starb«, fuhr Adam fort, und zum ersten Mal hörte Anna, dass seine Stimme tränenerstickt klang. »Ich musste nämlich ans Telefon. Dreimal dürfen Sie raten, wer dran war.«

»Oh, nein«, sagte Anna. Plötzlich schien kein Sauerstoff mehr in der Luft zu sein.

»Doch.«

»Ich muss ihn mitnehmen«, meinte Anna. »Tut mir leid.«

»Ich könnte Sie umlegen«, erwiderte Adam.

»Könnten Sie.«

»Aber sich für jemanden wie Menechinn umbringen zu lassen, wäre Wahnsinn.« Adam lachte auf und fand die Bemerkung offenbar wirklich komisch. »Sich seinetwegen auch nur einen Fingernagel abzubrechen, wäre Verschwendung.«

Anna erwiderte nichts.

»Vermutlich ist es auch Wahnsinn und Zeitverschwendung, ihn töten zu wollen«, sagte Adam.

Der Gedanke oder das Lachen hatten seine Stimme sanfter gemacht, und er schüttelte beim Sprechen den Kopf.

»Vielleicht«, meinte Anna.

»Da gibt es kein Vielleicht.«

Langsam breitete er die Arme aus, bis er aussah, wie ein an ein weißes Kreuz geschlagener Mann. Er neigte den Kopf zur Seite, lächelte noch einmal und machte einen Schritt rückwärts ins Leere.

31

Anna ließ sich an der Felskante auf den Bauch fallen und streckte die Arme aus. Die Finger ihrer rechten Hand bekamen Adams Ärmel oberhalb des Ellenbogens zu fassen und schlossen sich fest darum. Im nächsten Moment hing sein ganzes Gewicht an ihrem Arm. Ihre Schulter und ihr Schlüsselbein prallten auf den Fels unter dem Schnee. In ihrem Kopf hallte der Schmerz wie widerwärtiger Lärm. Ein lautes Knacken ertönte, als ihre Schulter auskugelte. Ein Krachen wie von einem trockenen Zweig: Das Schlüsselbein war gebrochen. Am liebsten hätte sie geschrien, doch zähflüssiger Schmerz schnürte ihr die Kehle zu.

»Nicht loslassen«, stieß sie leise hervor.

Ein Ratsch sorgte dafür, dass sie die Augen aufriss. Ihr Gesicht hing über die Felskante. Ihr Körper lag breitbeinig auf dem Rand. Ihr rechter Arm wirkte seltsam verlängert. Zwischen Handschuh und Ärmel war das Handgelenk zu sehen. Der Arm bildete eine gerade Linie zu dem von Adam, der starr über den Kopf gestreckt war. Anna hatte ihn nicht festgehalten. Niemand hätte den Fall eines achtzig Kilo schweren Mannes mit vier behandschuhten Fingern und einem Daumen stoppen können. Nicht einmal Anna. Dank eines merkwürdigen Zufalls, war ihre Hand in einem Riss seiner Nylonjacke hängen geblieben. Ihr Handgelenk steckte in einer Schlinge aus Isolierband, mit dem er seinen Ärmel geflickt hatte.

Sie hätte gar nicht loslassen können, selbst wenn sie das gewollt hätte.

»Ich ziehe Sie hoch«, keuchte sie. Wegen des gebrochenen Schlüsselbeins tat das Atmen weh. Allerdings war das nichts verglichen mit den Schmerzen, die von der ausgekugelten Schulter ausgingen. Als sie schnaubte, mischte sich Rotz mit dem verkrusteten Schnee auf ihrem Gesicht.

»Ach, Anna«, sagte Adam. Sie konnte sein Gesicht nicht sehen, da es hinter seinem zerfetzten Ärmel und ihrem Arm verborgen war. Einen Moment lang, der ihr wegen des Trommelfeuers der Nerven an ihrer rechten Körperseite wie eine Ewigkeit erschien, gab Adam kein Wort von sich.

Endlich wehten Worte ihre miteinander verbundenen Arme hinauf. »Lassen Sie mich los.«

»Ich ziehe Sie hoch«, erwiderte Anna. Sie bezweifelte zwar, dass sie in der Lage war, auch nur ein Kätzchen hochzuziehen, sah aber keine andere Möglichkeit.

»Dazu haben Sie kein Recht. Lassen Sie mich los.« Er klang nicht verängstigt, nur müde, so müde, dass er kaum die Kraft zum Sprechen hatte.

Anna hätte auf ihn hören können. Menschen hatten ein Recht darauf, zu sterben, wann und wie sie wollten.

»Es geht nicht«, gab sie zu. »Mein Handschuh hat sich im Isolierband verfangen.«

»Sie sind wirklich eine Landplage«, meinte Adam.

»Bob!«, rief Anna wie damals auf dem brechenden Eis.

Das Ergebnis war dasselbe. Für einen zweiten Versuch reichte ihr Puste nicht mehr. Anna legte die Wange auf den Ärmel ihres Parkas. Adams Sturz hatte nur wenige Zentimeter von ihren Augen entfernt den Schnee von der Klippe gefegt.

Der Fels bewegte sich. Winzige Stückchen, kaum größer als Sandkörner, glitten vorbei. Adams Gewicht zog sie in die Tiefe. Mit festen Tritten versuchte Anna, ihre Stiefel im Schnee zu verankern. Doch die runden Kuppen trafen nur auf Basalt und fanden keinen Halt. Durch die Bewegung rutschte sie nur noch schneller.

»Äh, Adam?«, sagte sie.

Das Ratschen, das ihr vorhin nach dem Auskugeln der Schulter die Augen geöffnet hatte, ertönte erneut.

»Adam, wären Sie vielleicht so gut, sich irgendwo festzuhalten? Ich gerate nämlich ins Rutschen.«

Wieder ein Ratschen. Sie rutschte noch zwei Zentimeter. Ihre Nase schubberte über den Basalt. Tränen, Rotz und Schnee raubten ihr die Sicht.

»An irgendetwas? Einem Ast oder so?«, unternahm sie einen zweiten Anlauf. »Nachdem wir uns gegenseitig gerettet haben, können Sie ja noch einmal springen.

»Bob!« Der Kerl mochte ein Perverser, ein Vergewaltiger und außerdem absolut zugedröhnt sein, aber er war stark wie ein Ochse. »Bob!«

Als sie weiterrutschte, schürfte sie sich am rauen Fels das Kinn auf. Ihr Blick wurde klar genug, um ihren Arm hinunter bis zu der Stelle zu schauen, wo sich das Isolierband wie eine Handschelle um ihr gebeugtes Handgelenk wickelte.

Anna stemmte den Ballen ihrer freien Hand in den Schnee unter ihrem Kinn und schob, bis die Knochen in ihrer unversehrten Schulter knackten. Die Muskeln am Schlüsselbein bewegten sich und drückten die Bruchstellen weiter auseinander. Sie schrie auf. Aber sie rutschte nicht mehr.

»Adam, lassen Sie uns später sterben. Helfen Sie mir, okay?«

Ein Kratzen. Es klang metallisch. Anna hoffte, dass er etwas Sinnvolles tat, und zum Beispiel eine Nagelfeile als Kletterhaken in den Basalt bohrte oder mit seiner Gürtelschließe eine Stufe in den Stein schlug.

»Anna?«

»Hier bin ich«, erwiderte sie. »Wo zum Teufel sollte ich sonst sein?«

»Bei drei ziehen Sie, verstanden?«

Anna nickte. Eis und Stein schnitten ihr ins Gesicht.

»Verstanden«, stieß sie hervor.

»Anna?«

»Ich habe verstanden, verflixt. Jetzt fangen Sie schon an zu zählen.«

Adam lachte.

»Schön, dass Sie sich so gut amüsieren«, zischte sie.

»Eins ... zwei ... drei.«

Etwas riss, als Anna zog, die Knie in den Schnee stemmte und sich mit dem Handballen abstützte. Adam kam über die Felskante geflogen und segelte durch die Luft, während Anna auf den Hintern fiel.

Nicht Adam. Sein zerfledderter alter Parka. Er hatte den Reißverschluss geöffnet und sich in die Arme seiner Frau geworfen. Oder in die des Teufels.

Anna legte sich wieder auf den Bauch an die Felskante.

»Wo ist Robin?«, rief sie in den weißen Abgrund hinab.

Doch es antwortete nicht einmal ein Echo. Adam lag zerschmettert unten auf den Felsen, ohne Mantel, sein rotes Flanellhemd, ein Farbklecks in der Landschaft.

Nicht jeder ist für das Leben geschaffen, hatte Robin Williams einmal gesagt. Adam auf jeden Fall nicht. Nach dem Tod seiner Frau hatte ihn nur noch der Hass aufrecht gehalten. Anna wusste, dass er auch von der Klippe gesprungen wäre, wenn sie zugelassen hätte, dass er Bob Menechinn tötete. Ohne Bob war Adam verloren.

»Fahr zur Hölle«, flüsterte sie traurig.

Bob.

Vermutlich saß er immer noch unter dem Baum. Anna rollte sich, den unversehrten Arm unter sich, zur Seite und zog die Beine an. Die Schmerzen hatten nachgelassen, weil die Kälte ihren Körper gefühllos machte. Sie hatte sich zu lange nicht bewegt, und eine Verletzung verbrauchte Körperwärme.

Mit dem Ellenbogen stützte sie sich ab und stemmte sich hoch, bis es aussah, als verneige sie sich nach Osten, weil ihre Stirn den Boden berührte. Der verletzte Arm pochte. Nach der Beweglichkeit zu urteilen, hätte ihr rechter Ärmel auch leer sein können. Als sie sich auf die Fersen kauerte, fuhren die Knochen in ihrer Schulter und Brust wie Messer durch das weiche Gewebe in ihrem Körper. Etwa eine halbe Minute lang war sie unfähig, sich zu bewegen. Sie hatte nicht einmal die

Kraft zu atmen. Als sie endlich wieder Luft holen konnte, brachte der eisige Schwall sie zum Husten, was wiederum ihr Schlüsselbein aus der Verankerung zu reißen drohte.

Schließlich verstummte das Husten, sodass sie vorsichtig kleine Portionen Sauerstoff aufnehmen konnte. Als sie sich wieder bewegen konnte, zog sie den Schal von ihrem Hals und breitete ihn über ihre Knie. Dann packte sie mit der linken Hand die Manschette ihres rechten Ärmels, wie eine Katzenmutter ihr Junges am Genick festhält, und legte ihn auf den Schal. Mit der linken Hand und den Zähnen schaffte sie es, eine improvisierte Schlinge zu binden. Die Schmerzen besserten sich ein wenig.

»Was zum Teufel hast du dir dabei gedacht?«, murmelte sie. »Lass die Leute doch sterben. Die Welt ist ohnehin überbevölkert. Verflixt.«

Die letzte Bemerkung galt dem Schneemobil. In dem Durcheinander aus Lebensgeschichten, Knochenbrüchen und einem viel zu frühen Tod hatte Anna ganz vergessen, dass es umgekippt war. Im unverletzten Zustand hätte sie es wieder auf die Kufen stellen können. Doch nun erwies sich selbst die Aufgabe, etwas zu finden, das sich als Hebel benutzen ließ, bereits als Überforderung.

Bob.

Er saß immer noch mit zurückgelegtem Kopf und offenem Mund im Schnee und erinnnerte an einen stummen alten Hund, der den Mond anbellen wollte.

Anna versuchte, ihren Hintern vom Boden anzuheben und einen der klobigen Stiefel vor sich zu stellen, um sich aufzurappeln. Doch es gelang ihr nur ein Schaukeln, das die Nerven in ihrer Schulter aufjaulen ließ. Schmerz war ein guter Motivator. Der Tod ein noch besserer. Wenn sie sitzenblieb, würde sie an Unterkühlung sterben.

Bob auch, doch das fiel als Antriebsfaktor aus. Ihr angestrengtes Stöhnen ging in einen Schrei über, als sie sich mühsam auf ein Knie stützte.

Das Geräusch schreckte Bob auf. Er stemmte sich auf alle Viere und schwankte hin und her, wobei er sie nicht aus den Augen ließ.

Einen Moment lang befürchtete sie, er werde sie angreifen wie ein Grizzly, und die Angst, von Zähnen, die eigentlich dazu gedacht waren, Getreide zu zermahlen, zerrissen zu werden, sorgte dafür, dass sie zusammenfuhr und ihr die Galle in der Kehle hochstieg. Dann wurde sein Blick klarer, und er zog sich an dem Baum hoch, an dem er sich festhielt, seit er vom Rand der Klippe geflüchtet war.

In aufrechter Haltung ähnelte er auch weiterhin mehr einem Grizzly als einem Menschen.

Anna versuchte, das Bild beiseitezuschieben und aufzustehen. Vergeblich.

Bob Menechinn kam auf sie zu. Obwohl er noch unsicher auf den Beinen war, schien er wieder zu sich zu kommen. Falls Adam ihm das Ketamin eine geraume Weile vor Annas Ankunft verabreicht hatte, ließ die Wirkung vielleicht – zumindest teilweise – nach.

»Könnten Sie mir bitte beim Aufstehen helfen, Bob?«, fragte Anna, in der Hoffnung, dass eine alltägliche Aufforderung zu einer alltäglichen Reaktion führen würde. Sie hielt ihm die gesunde Hand hin. Bob bückte sich, umfasste sie fest und zog sie mühelos hoch.

Anna wollte sich bei ihm bedanken, aber er zerrte immer weiter, bis sie an seine Brust und seinen Bauch gepresst dastand.

»Immer mit der Ruhe, Bob«, sagte Anna. »Genug. Es reicht. Lassen Sie mich los.«

Ihr Gesicht wurde gegen seinen Parka gedrückt, sein Arm presste ihre verletzte Schulter an sich. Er hielt sie wie ein Liebhaber und betatschte mit der anderen Hand ihre Seite unter ihrem Arm.

Anna kämpfte gegen einen Ekel an, der ihr die Schmerzen bedeutungslos erscheinen ließ, zielte mit dem Knie zwischen seine Beine, trat ihm auf den Rist und fuhr mit der Seite ihres Stiefels sein Schienbein entlang. Es war, als kämpfte sie in einem Traum. Die dicke Kleidung bildete eine watteartige Schutzschicht, und Anna zappelte wie eine Motte zwischen den weichen und tödlichen Fäden eines Spinnennetzes.

Bobs große Hände krochen über ihren Körper und zupften an ihrer Kleidung. Im nächsten Moment trat er zurück und versetzte ihr einen Stoß vor die Brust. Anna landete so hart auf dem Hinterteil, dass sie sich ohne die dicke Jacke, die sie gerade noch verflucht hatte, vermutlich das Steißbein gebrochen hätte.

Bob hielt ein schwarzes Kästchen hoch und schwenkte es in der Luft. Offenbar hatte er sie abgetastet, um ihr Funkgerät zu finden.

Während sie ihn noch beobachtete, trat er damit an den Rand der Klippe und warf es hinunter.

Anna fragte ihn nicht, was er vorhatte, denn sie hatte das unangenehme Gefühl, es bereits zu wissen. Dann zog er einen Ski nach dem anderen sowie die Stöcke aus dem Schnee. Sie folgten dem Funkgerät in den Abgrund.

Genauso mühelos, wie er ihr beim Aufstehen geholfen hatte, richtete Bob das Schneemobil auf. Der Schlüssel steckte noch.

»Haben Sie Angst?«, erkundigte er sich.

»Verzeihung?«, entgegnete Anna höflich, in der Hoffnung, ihn näher an sich heranzulocken. Sie hatte zwar keine Ahnung, was sie tun sollte, falls es ihr gelang, aber aus zehn Metern Entfernung war sie völlig machtlos, und sie wusste, dass sie eine Weile brauchen würde, um sich wieder aufzurappeln.

»Sie haben mich sehr wohl verstanden«, sagte er. Er schwang ein Bein über den Sitz des Schneemobils und streckte die Hand nach dem Zündschlüssel aus.

»Klar«, meinte Anna, um zu verhindern, dass er abfuhr. »Natürlich habe ich Angst. Ansonsten müsste ich ja völlig verblödet sein.«

Lächelnd lehnte er sich zurück. Anna hatte noch nie ein Lächeln gesehen, das sich so langsam ausbreitete wie das von

Bob. Es begann an der unteren Gesichtshälfte und wanderte dann zu den Augen, in denen der grausige Sonnenaufgang des Tags des Jüngsten Gerichts zu erkennen war.

»Sie und Robin fanden es offenbar zum Totlachen, als Ridleys Lieblingsungeheuer an unserem Zelt gekratzt hat, richtig? Sie haben gegrinst wie kleine Schlampen bei einer Pyjamaparty. Jetzt möchte ich Sie grinsen sehen. Kommen Sie, nur ein kleines Lächeln. Was haben Sie? Ist Ihnen die Zunge eingefroren?«

Anna starrte ihn entgeistert an. Adam war tot. Katherine lebte nicht mehr. Robin wurde vermisst. Und Bob interessierte es nur, dass zwei Frauen ihn in Panik gesehen hatten.

»Grins«, sagte Anna.

»Sie halten sich wohl für sehr komisch«, meinte Bob, immer noch lächelnd.

Anna taten die Beine weh. Bald würde sie sie nicht mehr spüren, denn sie würden völlig gefühllos sein. Aufstehen konnte dann ziemlich schwierig werden.

»Okay«, erwiderte sie. »Ich kann grinsen. Was ist es Ihnen wert?«

»Vielleicht eine Mitfahrgelegenheit zurück zum Blockhaus. Vielleicht auch nichts.«

»Abgemacht«, antwortete sie. »Aber ich mache es nur einmal. Also bewegen Sie ihren fetten Arsch hierher, damit Sie es auch sehen können«, fügte sie gehässig hinzu.

Die Beleidigung führte dazu, dass er vom Fahrzeug stieg. Annas linke Hand steckte in ihrer Tasche. Sie hatte den Handschuh ausgezogen.

»Ihr Weiber heutzutage wollt dasselbe wie die Kerle, oder? Durch Quotenprogramme kommt ihr an Jobs, mit denen ihr überfordert seid. Ihr vögelt herum und wollt trotzdem nicht Mutter werden. Ihr wollt aber nicht nur die Hosen anhaben. Nein, das reicht euch nicht. Ihr braucht auch einen Schwanz. Und ihr glaubt, ihr könnt ihn euch bei einem Mann holen, richtig?«

Bob steigerte sich in seine Wut hinein. Die von dem Katzenbetäubungsmittel ausgelöste Euphorie hatte zwei Seiten, und nun trat die dunkle zutage. Etwa drei Meter vor ihr blieb er stehen.

Zu weit.

»Tja, auf Ihren lege ich jedenfalls keinen Wert«, höhnte Anna. »Die Größe spielt *doch* eine Rolle.«

Bob trat so dicht heran, dass er fast breitbeinig über ihr stand.

Dann packte er sie an der Kapuze, zerrte ihr den Kopf hoch und holte mit der Faust aus.

Auf diese Gelegenheit hatte Anna gewartet. Mit der nackten, harten Faust schlug sie ihm zwischen die Beine und traf Stoff und weiches Fleisch. Mit einem Aufschrei kippte Bob zur Seite und hielt sich mit der behandschuhten Hand den Schritt. Anna kratzte Schnee zusammen, warf ihn ihm ins Gesicht, krümmte die Finger zu Klauen und zielte auf seine Augen. Wieder knackte ihre Schulter, als sie gegen seine Brust prallte, und sie wusste, dass sie sich das frei schwebende Ende des Schlüsselbeins noch einmal gebrochen hatte. Ihr wurde schwarz vor Augen.

Bob verpasste ihr eine Ohrfeige und stieß sie weg, als wäre sie ein Kätzchen. Eine Hand noch in den Schritt gepresst, kroch er davon. Verwirrt vom Ketamin und dem plötzlichen Übergriff, brauchte er eine Weile, um sich wieder zu orientieren.

Dann stand er auf und ging zum Schneemobil. Unter dem Sitz holte er den Schraubenschlüssel hervor, der zum Spannen der Ketten benutzt wurde, und kehrte zu Anna zurück. Sie lag, den Arm vor der Brust, auf dem Rücken.

»Bob, bis jetzt haben Sie sich keinen Mord zuschulden kommen lassen, aber wenn Sie mich umbringen, wird sich das ändern«, wandte Anna so vernünftig ein, wie es in ihrer liegenden Körperhaltung möglich war.

Vielleicht hätte ich vernünftig mit ihm reden sollen, bevor er den Schraubenschlüssel geholt hat, dachte sie. Doch das war nun der blutige Schnee von gestern.

»Ich werde Sie nicht umbringen. Sie werden einen Unfall haben.« Er packte ihren rechten Stiefel, zog ihn aus, schob ihr die Socke hinunter, legte ihren Fuß auf einen mit Schnee bedeckten Felsen und zerschmetterte ihr mit dem Schraubenschlüssel den Knöchel.

Durch einen Nebel von Schmerzen hörte Anna, wie das Schneemobil den Greenstone-Pfad entlangfuhr.

Der Winter würde Bob die Drecksarbeit abnehmen.

32

Eine Weile empfand sie nichts als rasende Schmerzen. Dann überkam sie die Gewissheit, dass sie sich nicht in Sicherheit bringen konnte. Es gab kein Entrinnen. Wenn die Vorstellung, gegen einen Schwachkopf wie Bob zu verlieren, nicht unerträglich gewesen wäre, Anna hätte wohl aufgegeben. Doch stattdessen öffnete sie die Augen und setzte sich auf.

Mit ihrer unverletzten Hand griff sie nach dem Stiefel, den Bob ihr weggerissen hatte, und zog ihn wieder an. Wenn man schon sterben musste, dann wenigstens in den Stiefeln. Bald würde der Knöchel anschwellen, dass er selbst in den klobigen Stiefel nicht mehr hineingepasst hätte.

Mit Eis kühlen, dachte Anna und hätte beinahe gelächelt.

Der Handschuh, den sie ausgezogen hatte, um Bob besser die Eier zerquetschen zu können, befand sich noch in ihrer Jackentasche. Ihre Finger zappelten wie Aale, als sie sich wieder hineinquälte. Dann saß sie einfach da, erschöpft von den Schmerzen, und wünschte sich an Gott zu glauben. Er hätte Bob zur Salzsäule erstarren lassen können. Ohne Funkgerät konnte sie sonst niemanden zur Hilfe rufen.

Eine Ewigkeit saß sie mit ihren gebrochenen Knochen da, kühlte immer mehr aus und dachte an Paul. Es war so schön gewesen, mit ihm zu sprechen.

Mit Katherines Satellitentelefon.

»Danke, Paul«, sagte sie.

Das Telefon steckte in ihrer Tasche. Sie schleppte das Ding mit sich herum, seit sie es gefunden hatte. Unbeholfen holte sie es hervor, wobei sie es zweimal fallen ließ, und setzte ihre Finger noch einmal der Kälte aus. Im Telefonbuch hatte Katherine die Nummer der Parkverwaltung in Houghton eingespeichert. Anna drückte auf *Anrufen* und hielt sich das Telefon ans Ohr.

»Unser Büro ist montags bis freitags von acht Uhr dreißig bis siebzehn Uhr geöffnet.«

Es war Samstag. Anna wählte 411. Während sie verletzt im Schnee saß, erreichte sie über den Umweg Äther, Weltraum und Satellit die Zentrale der Nationalen Parkaufsicht und erklärte dem Telefonisten so verständlich wie möglich ihre Situation.

»Funken Sie Ridley Murray an«, sagte sie. »Richten Sie ihm aus, was ich Ihnen gerade gesagt habe. Sagen Sie ihm, er soll den Schlitten mitbringen. Ich warte.«

Ein Knarzen und Murmeln erschreckte sie, bis ihr klar wurde, dass ihr Funkgerät und das von Adam unten in der Schlucht angesprungen waren. Das ganze wiederholte sich dreimal.

»Er meldet sich nicht«, verkündete der Telefonist. »Ich versuche es weiter.«

Anna schaltete das Telefon ab und steckte es wieder ein. In einer Weile, wenn sie sicher war, dass ihr nicht mehr viel Zeit blieb, würde sie Paul anrufen, um sich von ihm zu verabschieden.

Wie merkwürdig wird das sein, dachte sie und hörte schon, wie ihre letzten Worte an ihren Ehemann in den Sechs-Uhr-Nachrichten überall im Land erklangen.

Sie konnte auch Bob anrufen und ihm mitteilen, alles sei vergeben und vergessen. Sie sei in Grinslaune, und ob er bitte so gut sein würde, sie abzuholen.

Der Gedanke gärte eine Weile.

»Bob, du Mistkerl, du holst mich hier raus«, murmelte sie.

Etwas unternehmen zu können, verlieh ihr Hoffnung, und die Hoffnung gab ihr Mut. Der Mut wiederum verhalf ihr zu der Kraft, den verletzten Knöchel anzuheben und auf den gesunden zu legen. Sie benutzte ihren eigenen Körper als Schlitten und schob sich mit dem gesunden Arm langsam rückwärts, bis sie die Seite des Felsvorsprungs erreichte, wo der Greenstone-Pfad bergab durch den Wald verlief. Ein toter Ast lieferte ihr die Zweige, die sie mit einer Hand abbrechen und auf passende Länge verkleinern konnte. Dann schob sie sie zwischen Socke und das dicke Filzfutter in ihren Stiefel.

Nachdem sie ihren Knöchel auf diese Weise geschient hatte, konnte sie aufstehen. Der Ast, der so freundlich gewesen war, seine Zweige zu opfern, war etwa so dick wie ihr Arm und ungefähr drei Meter lang. Ein weiterer Zweig ragte am Ende waagerecht heraus. Das Ganze wog nicht mehr als fünfzehn oder höchstens zwanzig Kilo. Allerdings war es ein Zirkuskunststück, gedacht für ein Publikum aus Sadisten, den Ast mit einer Hand zu bewegen, während ihr Gewicht nur auf einem Bein ruhte.

Wimmernd und zähneknirschend, schleppte sie den längsten und stabilsten Teil des Asts über den Greenstone-Pfad – dahin, wo er am Basaltfelsen endete. Der Wind, der über die Klippe wehte, hatte den Großteil des Felsens freigelegt. Der Pulverschnee an der Stelle, wo Anna ihren Ast ablegte, war kaum zwanzig Zentimeter tief. Mit dem gefiederten Ende eines Tannenzweigs verteilte sie Pulverschnee auf dem Holz.

Es war eine elende Plackerei. Sie kam nur langsam voran und besaß lediglich improvisierte Werkzeuge, die sie mit einem immer schwächer werdenden Arm bedienen musste. Jeder Pfadfinder, sogar der jüngste Wölfling, hätte den Ast und die Versuche, ihn zu verstecken, bemerkt, wenn er richtig aufgepasst hätte. Aber Anna machte weiter. Es war immer noch besser, als tatenlos zu erfrieren. Und wenn ihr alberner, unausgegorener Plan scheiterte, würde sie wenigstens so durchgeschwitzt sein, dass sich ihr Kältetod dadurch beschleunigte.

Eigentlich war ihr Plan ganz einfach, und die Vorbereitungen waren nach fünf Minuten abgeschlossen. Der Ast lag, die Spitzen im Schnee vergraben, quer über der Straße. Das Ende mit dem kleineren, im rechten Winkel herausragenden Zweig ruhte auf einem flachen, etwa fünfundvierzig Zentimeter hohen Stein. Der Tannenzweig, den sie als Besen benutzt hatte, lehnte an dem Holz, wo es aus dem Schnee ragte.

»Es ist immer gut, einen Plan zu haben«, sagte sie und fragte sich, ob sie bereits an Unterkühlung litt.

Das erste Symptom dafür war nämlich geistige Verwirrung. Daran erinnerte sie sich aus ihrem Wildwasser-Rettungslehrgang am Russian River in Kalifornien. Es war Winter gewesen, und das Wasser, das von der Sierra herabströmte, war eiskalt. Der Lehrgangsleiter hatte erklärt, dass eine unterkühlte Person nicht die Arme über den Kopf heben konnte.

Anna hob den Arm.

»Hoffentlich hast du uns damals keinen Mist erzählt«, meinte sie zu dem Lehrgangsleiter aus grauer Vorzeit.

Anna ließ sich auf dem Felsen nieder, nahm den Ast, der quer über dem Weg lag, zwischen die Beine, und drehte den L-förmigen Auswuchs so, dass er wie eine schmale Stuhllehne parallel zu ihrem Rücken verlief.

Nachdem sie es so bequem hatte, wie es mit gebrochenen Knochen und einem armdicken Ast unter dem Hintern möglich war, kramte sie das Telefon aus der Tasche, zog mit den Zähnen den Handschuh aus, suchte im Telefonbuch Bob Menechinns Nummer und drückte auf *Anrufen*. Nach viermaligem Läuten antwortete die Mailbox. Anna hinterließ keine Nachricht.

Dann blieb sie einfach reglos sitzen. Sie rührte sich weder, noch zog sie ihren Handschuh an, schaltete das Telefon ab, betete, fluchte oder plante. Sie verspürte kaum Schmerzen. Ihr Plan hatte bestenfalls auf tönernen Füßen gestanden und war eigentlich absurd. Das hatte sie schon gewusst, als sie ihre letzten Kraftreserven dafür vergeudet hatte. Wie Adams Hass war es zumindest eine Beschäftigung gewesen, wenn die Alternative undenkbar war.

Es gab keinen anderen Plan.

Versuche, am Leben zu bleiben, bis Ridley ans Funkgerät geht.

Das konnte als Plan durchgehen. Allerdings musste man, um bis zum Eintreffen der Rettungsmannschaft am Leben zu bleiben, eine Körpertemperatur von mindestens dreißig Grad halten, damit einem die Organe nicht den Dienst versagten. Und dazu musste man sich wiederum bewegen, was Anna nicht konnte, zumindest nicht genug. Mit Gymnastik hätte sie sich ein wenig Zeit erkaufen können, weil sich die Körpertemperatur dadurch erhöhen ließ. Aber der Schmerz in den Muskeln rund um die gebrochenen Knochen würde die positive Wirkung der sportlichen Übungen ohnehin zunichte machen.

Feigling.

Anna versuchte sich aufzuraffen, um etwas zu unternehmen. Aber was? Sie hätte den Frieden, den sie am Grunde des Sees empfunden hatte, vorgezogen, doch der war offenbar Folge des Sauerstoffmangels gewesen. Nun verspürte sie eiskalte Niedergeschlagenheit, vermengt mit säuerlichem Selbstmitleid und einem schrecklichen Schuldgefühl, weil sie durch ihren Tod ihrem Mann und ihrer Schwester großes Leid zufügen würde. Zu sterben, weil ein Perverser einem mit einem Schraubenschlüssel den Knöchel zerschmettert und dann mit dem Schneemobil die Flucht ergriffen hatte, war keine Todesart, die für die Hinterbliebenen Trost bedeutete.

Eine Atombombe zu entschärfen, die in einer Schule voller behinderter Kinder zu explodieren drohte – das wäre ein ehrenhafter Tod gewesen. Eine Busladung Nonnen vor der Ermordung durch Ninja-Krieger zu retten war das Opfer wert. Auf eine Landmine zu treten, während man den letzten Kameraden im Bataillon aus dem feindlichem Gebiet trug, machte einen zum Helden.

Aber das hier war für alle Beteiligten nichts als Mist.

Es war Zeit, Paul anzurufen.

Anna betrachtete das winzige Wunderwerk namens Telefon.

Ein Wolf heulte.

Vielleicht werde ich ja gefressen, dachte sie.

Der Gedanke, nicht allein sterben zu müssen, munterte sie ein wenig auf.

Wieder heulte der Wolf, und ihr wurde klar, dass das Geräusch vom Telefon in ihrer Hand stammte. Bobs Klingelton war der Ruf eines Eistauchers, Katherines das Heulen eines Wolfes. Was nun? Anna spähte durch mit Raureif bedeckte Augenlider auf den Bildschirm.

Bob.

Offenbar hatte er das Telefon läuten gehört, angehalten und Katherines Nummer erkannt.

Die Umsetzung des Plans, wenn er auch wenig aussichtsreich und absurd erscheinen mochte, lag also wieder im Bereich des Machbaren.

»Hallelujah«, flüsterte Anna und drückte auf den grünen Knopf. »Bob.«

Sie säuselte den Namen leise und langgezogen, wie man sich einen Anruf aus dem Jenseits vorstellte. Paranoia, Schuldgefühle und Ketamin waren auf ihrer Seite. Sie hörte, wie am anderen Ende der Leitung nach Luft geschnappt wurde.

»Katherine?«, stieß er mit erstickter Stimme hervor.

Annas Lippen verzogen sich zu einem breiten Grinsen.

»Cynthia«, hauchte sie in demselben hohlen Tonfall. »Cynthia.«

»Schwachsinn«, erwiderte Bob, doch seine Stimme zitterte unsicher.

Anna sagte nichts, sondern atmete nur leise in die Sprechmuschel. Als ein Aufheulen ertönte, wurde ihr klar, dass er das Schneemobil wieder anließ. Offenbar würde es ihr nicht gelingen, ihn mit Geistererscheinungen zur Felskante zu locken.

»Idiot«, zischte sie. »Ich bin nicht tot. Aber ich habe Katherines Telefon, die Fotos und Aufzeichnungen über die Erpressung. Und überall steht Ihr Name darauf. Jetzt rufe ich alle an, die mir einfallen, um die gute Botschaft zu verbreiten. Grüßen Sie die Jungs in San Quentin von mir, wenn Sie dort hinter Gittern sitzen.«

Sie legte auf. Das Telefon heulte wieder. *Bob.* Anna achtete nicht darauf. Nachdem sie den Handschuh wieder angezogen hatte, bedeckte sie ihre Stiefel und ihren Schoß mit Schnee, so gut das mit nur einer Hand und einer Schulter möglich war, die ihre Besitzerin bei jeder Bewegung vor Schmerz zusammenzucken ließen.

Zach, ihr erster Mann, war Schauspieler gewesen. Er liebte es, in der Theaterkulisse auf seinen Auftritt zu warten. Während er leise hinter der Bühne in der knisternden Dunkelheit stand, hatte er die Überzeugung gehabt, dass er sich genau am richtigen Platz befand, einem Ort, der nur ganz allein ihm gehörte. Er hatte gewusst, wer er war und wer er sein konnte. So brillant wie Laurence Olivier oder so anmutig wie Nurejew. Vielleicht würde das Publikum seinem Monolog stehend applaudieren. In der Kulisse schien alles möglich.

Das Dröhnen des Schneemobils näherte sich. Offenbar war Bob nicht weit gekommen. Vollgepumpt mit Drogen, hatte er vermutlich Schwierigkeiten, mit dem Fahrzeug auf dem Weg zu bleiben. Anna schob ihre gesunde Hand unter den Ast zwischen ihren Knien, beugte den Kopf in Richtung Weg und wartete.

33

Zu ihrer Erleichterung wurde das Geräusch des Schneemobils immer lauter. Anna konzentrierte ihren Geist darauf, nicht abzuschweifen. Sie hatte nur eine einzige Chance, und die war sehr groß. Wenn sie scheiterte, würde sie Adam auf dem Grund der Schlucht Gesellschaft leisten. Sie schob die körperlichen Ablenkungen beiseite und benützte den Radau, um ihre letzten Kräfte zu mobilisieren. Das Dröhnen erfüllte ihren Kopf, und sie ließ es die Wirbelsäule hinunter in ihr unverletztes Bein, den heilen Arm und die einsatzfähige Hand fließen, bis sie vor Tatendrang vibrierte.

Das Motorengeräusch änderte sich. Bob umrundete die letzten Haarnadelkurven und fuhr die steile Anhöhe hinauf. Anna schob die Finger unter dem Ast zurück und stemmte ihr Hinterteil gegen den Auswuchs hinter ihrem Rücken.

Mit einem letzten Aufheulen des Motors kam das Schneemobil in Sicht. Bob hatte sich über den Lenker gebeugt. Seine breiten Schultern hingen herab. Sein Gesicht war von Kälte und Wind gerötet. Er war immer noch barhäuptig.

Bestimmt friert er sich die Ohren ab, dachte Anna schadenfroh.

Ganz gleich, ob sie siegte oder unterlag, er würde sich bei jedem Blick in den Spiegel an sie erinnern.

Inzwischen hatte er die kurze steile Anhöhe vor der Basaltklippe erreicht.

Das Schneemobil legte die letzten drei Meter in beängstigender Geschwindigkeit zurück. Jede Zelle ihres Körpers stieß ein Protestgeheul aus, als Anna sich rückwärts gegen den aufrechten Zweig warf und dabei den Ast zwischen ihren Knien hochzog. Ihr Rücken prallte gegen Holz. Sie spürte, wie der

Ast nachgab und von ihrem Gewicht nach hinten gedrückt wurde. Beim Umkippen sah sie, dass die graue, weiß überkrustete Rinde sich aus ihrem Versteck im Schnee erhob und sich wie eine zitternde Schranke quer über den Weg legte.

Ihr Rücken traf auf den Stein. Der Ast über dem Weg wurde heftig nach links gerissen. Der Zweig glitt ihr aus der Hand und zerfetzte ihren Handschuh. Anna wurde von ihrem Felsen geschleudert und landete auf dem Boden. Als ein heftiger Schmerz sie durchzuckte, wünschte sie, sie hätte Staatsgeheimnisse gekannt, um sie von allen feindlichen Dächern zu rufen, nur damit die Foltermesser unter ihrer Haut endlich innehielten. Alles verschwamm ihr vor den Augen, und sie kämpfte darum, nicht die Besinnung zu verlieren. Wenn sie ohnmächtig wurde, waren Schweiß und Tränen und ihr Ausflug in die Welt der Physik vergeblich gewesen.

Wie eine Schildkröte, die aus ihrem Panzer hervorspäht, reckte sie den Hals und hob den Kopf.

Mit laufendem Motor steckte das führerlose Schneemobil in einem Hain aus von hungrigen Elchen auf Bonsaigröße abgekaute Balsamtannen fest. Anna konnte Bob zwar nicht sehen, aber er musste ganz in der Nähe sein. Sie hoffte, dass er tot war oder im Sterben lag. Allerdings hatte sie ihre drei Wünsche schon aufgebraucht, indem sie ihn dazu gebracht hatte, ans Telefon zu gehen, das Schneemobil zurückzubringen und sich von einem Ast aus dem Sattel stoßen zu lassen. Also wäre es zu viel des Guten gewesen, sich auch noch seinen Tod zu wünschen. Der Ast war zwar lang genug gewesen, um ihn zu köpfen, aber sie bezweifelte, dass das gelungen war. Vermutlich hatte er ihn an der Schulter oder an der Brust erwischt. Vielleicht hatte er ja auch nur die Kufen des Schneemobils erwischt, sodass er heruntergekippt war und sich nichts weiter getan hatte.

In diesem Fall konnte Anna ihr Testament machen.

»Ich bin noch nicht tot. Ich stehe auf. Ich stehe jetzt auf«, flüsterte sie und drückte sich mit einem Arm hoch, bis sie auf Hand und Knien kauerte.

Das Echo ihrer Worte schwebte mit der Stimme und dem Gesicht des blauen Fisches aus *Findet Nemo* durch ihren Verstand. Getröstet von dieser abstrusen Vorstellung, mühte sich Anna weiter. Da ihr aufrechtes Stehen im Moment unmöglich erschien, lehnte sie sich zurück und legte den Fuß mit dem gebrochenen Knöchel, die Zehen nach unten, auf den anderen.

»Autsch, autsch, autsch!«, flüsterte sie, während sie den Stiefel mit den Schienen darin auf den anderen stützte. In einem Gewirr aus Knochen und Sehnen überkreuzt, schleppte sie den verletzten Fuß hinter sich her, als sie sich auf den Knien und mit einer Hand Zentimeter um Zentimeter vorwärtsschob. »Ich krieche, krieche, krieche, krieche.«

Das sich ständig ändernde Mantra, nach dem Beispiel des fröhlichen blauen Fisches, trieb sie weiter. Das Schneemobil stand knapp vier Meter von der Stelle entfernt, wo der Ast sie vom Felsen gefegt hatte. Vier Meter waren keine große Distanz. Vierhundert Zentimeter schon. Als sie bei »Jammer, jammer, jammer« angelangt und nur noch eine knappe Körperlänge von dem Heiligen Gral aus Vinyl, Plastik und Pferdestärken entfernt war, sah sie Bob Menechinn.

Er lag seitlich über einem umgestürzten, dicken Baumstamm. Beine und Hintern befanden sich auf der von Anna abgewandten Seite – ein kleiner Segen, aber dennoch erwähnenswert. Einen Arm hatte er ausgestreckt und stützte den Kopf darauf, als habe er über den Stamm steigen wollen und sei dabei eingeschlafen. Seine Jacke war aufgerissen, und Anna hielt die herausquellenden weißen Daunen im ersten Moment für Schnee. Der Ast hatte ihn an der Schulter erwischt. Die Daunen waren rot verfärbt, zwar nicht so sehr, wie ihr lieb gewesen wäre, doch genug, um auf eine Verwundung hinzuweisen. Bob war vom Schneemobil geworfen worden wie sie von ihrem Felsen. Er war durch die Luft geflogen und mit dem Kopf in Richtung Schneemobil gelandet.

Anna hoffte von ganzem Herzen, dass er sich schwer verletzt hatte. Eigentlich verlangten der gesunde Menschenverstand sowie ihre persönliche Neigung, dass sie zu ihm hinüberkroch und ihm mit einem harten Gegenstand den Schädel einschlug, solange er bewusstlos und ungefährlich war. Leider jedoch gestatteten ihr ihre eigenen Verletzungen nicht, die zusätzlichen anderthalb Meter zurückzulegen, was sie für dieses Vorhaben hätte tun müssen.

Menechinn stöhnte. Oder vielleicht war es auch Anna selbst. Sie ließ sich nicht die Zeit, der Sache auf den Grund zu gehen.

»Weiter, weiter, weiter«, flüsterte sie und schleppte sich den letzten Meter zu dem im Leerlauf dastehenden Schneemobil.

Als sie sich aufrecht hinkniete, befand sich der Sitz auf Höhe ihres Brustbeins. Doch der Abstand erschien ihr unüberwindlich, sodass sie eine Weile wie im Gebet und ratlos davor kniete. Da sie ihre nutzlosen Gliedmaßen zu einer Art Brezel verknotet hatte, fühlte sie sich der Aufgabe des Aufsteigens kaum gewachsen. Sie fing unten an, indem sie den gebrochenen Fuß von dem gesunden Knöchel nahm und das Knie hochzog. Mit dem Sitz als Stütze gelang es ihr dann aufzustehen. Sie drehte sich um und setzte sich auf das Schneemobil. Weitere kostbare Sekunden vergingen damit, ein Bein über den Sitz zu schwingen, die Füße auf die Fußstützen zu stellen und die Hand auf den Gashebel zu legen. Sie konnte nur vorwärts fahren. Wenden war ausschließlich auf der freien Fläche des Felsvorsprungs möglich.

Vorsichtig gab sie Gas. Der Motor heulte zwar auf, aber das Gefährt rührte sich nicht. Als sie den Gashebel weiter zurückzog, befreiten sich die Kufen, und das Schneemobil machte einen Satz, sodass sie beinahe heruntergefallen wäre. Dann hatte sie die ebene Stelle erreicht und fuhr langsam weiter. Bob lag noch immer quer über dem Baumstamm mit dem unbedeckten Kopf im Schnee.

Vielleicht war er tot. Dieser Gedanke munterte sie auf, während sie das schwere Schneemobil unbeholfen auf der Klippe wendete. Was bei einem gesunden Menschen nur ein paar Sekunden gedauert hätte, war für Anna eine langwierige Quälerei.

Als das Fahrzeug endlich in die richtige Richtung zeigte, stand Bob Menechinn dort, wo der Greenstone-Pfad anfing.

Die eine Hälfte seines Gesichts war mit Blut und Schnee verkrustet. Die Arme mit den keulenartigen Pranken hingen schlaff herab. Obwohl seine Augen fast zwischen Fettwülsten verschwanden, durchdrang ein lodernder Hass das feiste Fleisch, bis die ganze Luft davon erfüllt war. Mit taumelnden Schritten wankte er in die Mitte des Pfades.

Anna hatte weder die Zeit noch die Lust, mit ihm zu verhandeln. Sie gab Gas und beugte sich über den Lenker. Motor und Fahrerin heulten auf, als das Schneemobil mit einem Ruck voranschoss. Wie ein Zwitter aus Mensch und Maschine raste es auf Menechinn zu. Er wurde vom Bug des Gefährts getroffen und stürzte mit einem Knacken zu Boden, das, wie Anna hoffte, von einem gebrochenen Knochen herrührte. Als die Kufen des Schneemobils über seine Beine fuhren, erzitterte das ganze Fahrzeug.

Ein fast unerträglicher Schmerz schoss Anna durch den Kopf, und sie musste sich am Gashebel festklammern, um nicht abgeworfen zu werden. Das Schneemobil holperte über das Hindernis hinweg und starb ab.

»Scheiße, Scheiße, Scheiße«, murmelte Anna, eine Ausdrucksweise, wie kein anständiger Zeichentrick-Fisch sie je benutzt hätte, während sie mit behandschuhten und steifgefrorenen Fingern am Zündschlüssel drehte.

Menechinn stieß ein Gebrüll aus wie ein waidwundes Tier. In dem winzigen Rückspiegel sah Anna, dass sich der Hüne wieder aufrappelte. Sie riss sich mit den Zähnen den Handschuh von der Hand und drehte den Zündschlüssel um. Als der Motor ansprang, wäre sie dem Schneemobil beinahe um den Hals gefallen.

Im nächsten Moment fuhr sie los. Sie befand sich auf dem Greenstone-Pfad. Sie würde es schaffen.

Ohne Vorwarnung schleuderte das Schneemobil plötzlich nach links. Der Motor schrie auf wie ein sterbendes Kalb, als Bob das Heck festhielt und das Fahrzeug nach links in die Bäume drückte. Wild zerrte Anna am Lenker und raste im Zickzackkurs den steilen Hang entlang. Sie war ein Elch, ein waidwunder Elch, der versuchte, den Wolf von seinen Flanken abzuschütteln.

Das Schneemobil streifte einen Baum. Anna presste die Schenkel zusammen, als säße sie auf einem Wildpferd, und riss den Lenker herum. Das Schneemobil raste über den Weg, wurde an der steilen Stelle immer schneller und prallte mit der anderen Seite gegen einen Felsen. Bob stieß einen lauten Schrei aus, während das Schneemobil beschleunigte und befreit in wildem Tempo den schmalen Pfad hinuntersauste.

Annas Sicht war verschwommen. Schwarze Bäume und grellweiße Flecken huschten an ihr vorbei, bis sie nicht mehr wusste, wo die Bewegung aufhörte und die Hysterie begann. Der verletzte Arm rutschte ihr aus der improvisierten Schlinge vorn in den Parka, sodass die ausgekugelte Schulter an den Muskeln zerrte. Anna schrie, sodass sich das Geräusch ihrer Stimme mit dem Dröhnen des geschundenen Motors mischte.

Als eine Haarnadelkurve in Sicht kam, drehte Anna den Lenker, so weit sie nur konnte. Das Schneemobil erhob sich auf zwei Kufen und kämpfte um Balance, als das Fahrzeug nach rechts gerissen wurde. Ein Knall ertönte, der das Schwarz der Bäume und das grelle Weiß des Schnees zu einem winzigen Punkt werden ließen, wie er früher beim Abschalten eines Fernsehgeräts auf dem Bildschirm erschienen war. Dann fuhr das Schneemobil wieder geradeaus. Anna zwang ihre eingefrorenen Finger, Gas wegzunehmen.

Das Schneemobil wurde langsamer.

Im nächsten Moment blieb es stehen. Lange saß Anna auf dem abkühlenden Gefährt und versuchte, die Kraft aufzubringen, die nackte Hand vom Gashebel zu nehmen und den Zündschlüssel umzudrehen. Ohne das Schreien von Menschen und das donnernde Krachen des Motors war die Stille so unheimlich, dass sie in den Ohren klingelte.

Anna lauschte in das Echo des Schweigens hinein, das sich mit dem undurchdringlich weichen Geräusch fallenden Schnees mischte. Das Schweigen raunte und vertrieb das Klingeln. Anna nahm es mit dem Verstand und den Lungen in sich auf und ließ es über ihre verletzten Körperteile gleiten. Der Kuss der Lautlosigkeit konnte zwar den Schmerz nicht lindern, aber er wurde ihr gleichgültiger.

Sie wollte sich nicht bewegen. Nie wieder. Wenn sie Paul nicht so geliebt hätte, hätte sie sich nicht die Mühe gemacht, den Zündschlüssel umzudrehen.

Allerdings hätte ihre Entscheidung außer für den Gott der Katholiken für niemanden eine Rolle gespielt.

Der Tank des Schneemobils war leer.

34

Anna blieb auf dem Schneemobil sitzen. Mitten auf dem Weg zu liegen, wäre weder wärmer noch bequemer gewesen, und sie wusste, dass sie nicht weiterkommen würde. Als sie das Mobiltelefon herauskramen wollte, war es fort. Offenbar war es ihr beim Sturz von dem Felsen oder als sie Bob an einem anderen Felsen abgescheuert hatte, aus der Tasche gefallen.

Jetzt würde es auch keine letzten Worte für die Sechs-Uhr-Nachrichten mehr geben. Und auch keinen Anruf bei der Zentrale mit der Botschaft, dass Ridley standesrechtlich erschossen werden sollte, wenn er nicht endlich an sein verdammtes Funkgerät ging.

Vielleicht war Bob tot oder zu schwer verletzt, um ihr zu schaden. Oder er verfolgte sie bereits. Kriegsszenarien schossen ihr durch den Kopf.

Warum stellte sie nicht aus ihrer Wasserflasche und dem Benzin aus dem Tank einen Molotowcocktail her? Sie konnte das Schneemobil auch umkippen, sich dahinter verschanzen und Bob mit Steinen oder Schneebällen bewerfen. Oder sie entfernte die Zierleisten aus Chrom vom Chassis und versteckte die scharfkantigen Metallteile als Fallen im Schnee.

Während der Motor abkühlte und sie dem Knacken und Knirschen des sich zusammenziehenden Metalls lauschte, beruhigte sich auch ihr Verstand. Die Angriffspläne wurden zu Fluchtgedanken. Ein Ausweg war, sich hinter einer Schneewehe zu verkriechen, ihre Spuren mit einem Ast zu verwischen und sich tief in ihr Iglu zu kauern. Die andere Alternative wäre gewesen, die Kufen des Schneemobils abzubauen und sich daraus einen Schlitten zu basteln, der sie bergab tragen würde.

Anna spitzte die Ohren und horchte, an dem Knacken des

Motors vorbei, in den Schneefall hinein. Bob rührte sich nicht. Denn sonst hätte sie ihn hören müssen. Bob konnte sich nicht lautlos bewegen. Er hatte nur seine Muskelkraft.

Die Kälte war ein Lebewesen, körperlos wie Gas, alles durchdringend wie Luft und so schlau wie Wasser, wenn es galt, auch noch die kleinste Ritze zu finden. Sie kroch unter den Pelzbesatz von Annas Kapuze, nistete sich in ihrem verschwitzten Haar ein und sickerte dann in ihren Fleecekragen, um ihr eine eiskalte Hand um den Hals zu legen. Zappelnd wie Ratten zwängte sie sich in ihre Taschen, in die Manschetten ihrer Parkaärmel, in die Beine ihrer Skihose und in ihre Stiefel. Die Zähne des Winters nagten ihr das Fleisch von den Füßen und knabberten an Kinn und Nase.

Um sich von ihrer misslichen Lage abzulenken, stellte sie sich vor, wie die Ratten Bob Menechinn verschlangen. Dann malte sie sich aus, wie die Ratten starben, vergiftet von seiner widerwärtigen Seele.

Nach einer Weile waren die Zähne keine Zähne mehr und die Ratten keine Ratten. Der Winter war weich geworden und streichelte sie mit weichen Katzenpfötchen. In ihrem Magen begann ein Kaminfeuer zu brennen, und Wärme breitete sich aus, während der zarte Winter in sie hineinkroch. Angeblich war Erfrieren eine angenehme Todesart. Aber das hieß es auch über das Ertrinken, und das hatte sich als ein ziemlicher Reinfall erwiesen.

Nicht das Ertrinken selbst, sagte sie sich, etwas überrascht davon, dass sie, auf einem Schneemobil sitzend, philosophieren konnte. Das Überleben war das eigentliche Trauerspiel, begleitet von Würgen, Kotzen, Röcheln und Husten. Dennoch war es gewiss schwierig, den ersten Atemzug Wasser zu nehmen. Die letzten Sekunden vor diesem ersten Atemzug waren sicher nicht leicht. Bestimmt gab es da einen Instinkt, der versuchte, einen daran zu hindern.

Also war Erfrieren dem Ertrinken eindeutig vorzuziehen. Der Winter verlangte keine Gegenwehr, sondern wünschte sich, dass man sich wohlig an ihn kuschelte und starb.

Mist, dachte Anna. *Ich würde trotzdem lieber ertrinken.* So langsam, dass eine Schnecke sie bei einem Bergrennen geschlagen hätte, hob sie das Bein mit dem von Menechinn zerschmetterten Knöchel über die dem Abhang zugewandte Seite des Schneemobils. Der Schlüssel steckte noch. Dass das Schneemobil gestohlen werden könnte, war ihre geringste Sorge. Als sie ihn herauszuziehen versuchte, konnten ihre gefrorenen Finger den Befehl nicht ausführen. Mit den Zähnen zerrte sie sich den Handschuh herunter und stülpte ihn dann, mühsam umgedreht, über die fünf Eisstangen, die sie bis zu der Flucht den Berg hinunter als ihre Finger bezeichnet hatte.

Mit den noch beweglichen Fingern der rechten Hand zog sie den Schlüssel ab und schaffte es, ihn in das Schloss zwischen ihren Knien unter dem Sitz zu stecken. Dann rutschte sie hoch, bis sie den Po anheben konnte, und drehte den Schlüssel herum, sodass der Sitz aufsprang. In dem kleinen Fach darunter befanden sich eine Plastikplane, zwei Signalfackeln, ein alter Verbandskasten, wie sie ihn früher im Rucksack herumgetragen hatte, und eine Armeedecke.

Winterausstatter boten heute extraleichte Hightech-Decken an, die die Körperwärme speicherten und die Wärme der Sonne aufnahmen wie ein Schutzanzug. Die Parkverwaltung aber benutzte weiterhin Wolldecken.

Nachdem Anna sich die Decke um die Schultern gelegt hatte, holte sie die restlichen Ausrüstungsgegenstände heraus. Die Signalfackeln und den Verbandskasten steckte sie über der improvisierten Schlinge in ihren halb offenen Mantel. Mit einer Hand und möglichst wenigen Bewegungen ihrer Füße schob sie die Plane unter ihre Stiefel und schüttelte sie dann wie ein Bettlaken. Das Plastik bauschte sich einen knappen Meter fünfzig über ihren Knien.

In der kurzen Zeit seit Bobs Angriff war der zerschmetterte Knöchel angeschwollen. Das war gut, da die Schwellung den Stiefel ausfüllte, sodass die Schienen strammer saßen. Anna stellte fest, dass sie aufstehen und sogar ein wenig gehen konnte, zumindest so gut wie vor den letzten Stürzen und Misshandlungen.

Das letzte Drittel der Plastikplane breitete sie über das Schneemobil, sodass eine Art Zelt entstand. Die Plane bildete Boden und Decke, das Schneemobil die Wand. Nun würde sie wenigstens trocken bleiben und vor dem Wind geschützt sein. Mit ein wenig Glück und dank der Armeedecke würde sie vielleicht noch leben, wenn Ridley endlich erfuhr, wo sie war.

Vorsichtig ging Anna auf Hand und Knie, um in ihre Höhle zu kriechen.

Da durchschnitt ein leises schweineartiges »Urgs!« die verschneite Stille. Bären grunzten so. Und Wildschweine. Auf der Isle Royale gab es nur ein Lebewesen, das solche Geräusche von sich gab, und zwar Bob Menechinn.

Das Grunzen wurde zu einem Stakkato: »Urgs! Urgs! Urgs!«

Bob rannte. Vielleicht hinkte er auch und grunzte vor Schmerzen, nicht vor Anstrengung. Jedenfalls hatte er sich aufgerappelt und konnte sich bewegen. Er verfolgte sie. Bob ging es nur um seine eigenen Interessen. Sicher hatte er Angst. Vielleicht würde er ihr ja nichts antun und sie eines »natürlichen Todes« sterben lassen, so wie vorhin auf der Klippe. Allerdings nur, wenn er Katherines Telefon mit den belastenden Fotos und Nachrichten gefunden hatte, das Anna nicht länger besaß. Anderenfalls würde er sie nämlich in Stücke reißen, um es in die Hände zu bekommen.

Anna krabbelte rückwärts zwischen die Bäume. Sie hatte weder die Kraft noch die Zeit, eine weitere Strecke zurückzulegen. Einige Meter vom Schlitten entfernt, blieb sie stehen und verwischte ihre Spuren im Schnee mit der Armeedecke. Dann versteckte sie sich unter den herabhängenden Zweigen einer Tanne, legte sich die Decke über den Kopf und schüttelte den Baum, sodass sich eine Lawine auf sie ergoss. So würde sie unter der dunkelbraunen Wolle und dem Schnee wie ein Felsen aussehen. Armeedecken schlugen hochmoderne Thermoplanen nämlich um Längen, wenn es darum ging, Frauen als Felsen zu tarnen.

Bob würde sie töten, weil er schlicht und ergreifend ein Mistkerl war. Sie hoffte nur, dass seine Faulheit und Feigheit verhindern würden, dass er sich dafür allzu sehr ins Zeug legte. Mit ein wenig Glück würde er versuchen, das Schneemobil anzulassen, und dann verschwinden, ohne sich die Mühe zu machen, anderswo als unter der Plastikplane nachzusehen.

Hoffen, hoffen, hoffen.

Anna hielt in ihrem Singsang inne, bevor der fröhliche blaue Fisch sich weiter in ihrem Verstand breitmachen konnte. Hoffnung war eine gute Sache. Aber es war besser, sich einen Plan B zurechtzulegen, nur für den Fall, dass sich besagte Hoffnung nicht erfüllte.

Das Grunzen hatte aufgehört.

Anna spähte durch eine kleine Lücke in der groben Wolle. Menechinn war noch nicht zu sehen.

Vom Pfad her ertönte erst ein Keuchen, dann regelmäßiges Atmen und das Knirschen von Stiefeln im Schnee.

Anna ließ Schmerz und Angst mit einem leisen Seufzer entweichen. Dann versuchte sie, innerlich ganz ruhig zu werden und zu denken wie ein Fels. Wegen der Äste des Baums, ihrer Burka aus Wolle und des dichten Schneefalls war sie beinahe blind. Kurz wurde sie von Panik ergriffen, als ob die Situation durch die Sicht beeinflussbar gewesen wäre.

Schlechte Sicht ist dein geringstes Problem, spottete sie.

Sie verhielt sich inzwischen wie die kleinsten Tiere in der Wildnis. Gute Verstecke, Schlauheit, Tarnung und das Bunkern von Eicheln für den Winter waren die besten Überlebensstrategien. Kaninchen, Küken, gestreifte Eichhörnchen und Spatzen gehörten nicht zu den Heldenwesen der Natur. Anna übte sich in Zurückhaltung und zog ihre schützende Hülle fest um sich.

An der Wegbiegung erschien ein schwarzer Quader zwischen den Bäumen. Bob stand unsicher auf den Beinen, als würde er von einem Sturm aus Norden vor sich hergetrieben. Entweder hatte er sich an dem Ast oder beim Zusammenprall mit dem Felsen das Bein verletzt. Der imaginäre Sturm ließ nach, und er taumelte ein paar Schritte in die andere Richtung. Dann jedoch kehrte er um und schonte sein linkes Bein. Offenbar beeinträchtigten die Kopfverletzung, das Ketamin oder beides seinen Gleichgewichtssinn. Die Gänsedaunen, die aus seiner zerrissenen Jacke quollen, waren kräftig rot.

Eine hübsche Farbe, dachte Anna.

Seine Nase sah weiß und wachsartig aus. Dasselbe galt für seine Wangenknochen und die Spitzen seiner Ohren. Erfroren. In vierundzwanzig Stunden würden sie schwarz sein.

Schwarz war auch eine hübsche Farbe. Wie gern wäre Anna dabei gewesen und hätte zugesehen, wie ihm – hässlich und schmerzhaft – ein Körperteil nach dem anderen abfiel.

»Urgs!« Bob hatte das blau verhüllte Schneemobil entdeckt und rannte mit rudernden Armen den Hügel hinunter, um nicht zu stürzen. Der Speichel, der ihm aus dem Mund sprühte, hinterließ rote Flecken im Schnee.

Ein abgebrochener Zahn, eine aufgeplatzte Lippe, sagte sich Anna, die sich nicht darauf verlassen wollte, dass er jeden Moment einer schweren inneren Verletzung erliegen würde.

Bob bremste seinen schwungvollen Lauf bergab, indem er gegen die Seite des Schneemobils prallte. Das Gefährt bäumte sich auf, sodass man die Panzerketten sah, die es antrieben. Mit Schnee verkrustet, erinnerten sie an das Maul eines Ungeheuers mit vielen faulen Zähnen. Im nächsten Moment kippten sie zurück auf den Boden, und das schwere Fahrzeug ächzte unter seinem eigenen Gewicht. Bob lehnte sich noch immer an den Sitz und stützte Arme und Hände am Sattel ab.

Anna hatte ganz vergessen, was für ein Riese er war. Seine gespreizten Finger bedeckten den gesamten Kunstledersitz. Seine runden, wattierten Schultern hoben und senkten sich wie der Rücken eines brüllenden Walrosses. Sein Keuchen klang schmatzend. Seine gurgelnden Lungen mussten sich in der Luft, die zu kalt zum Atmen war, übermäßig abmühen.

Das Blut auf seinem Gesicht war dunkelrot geworden. Die Klumpen brachen immer wieder auf, und hellrotes Blut quoll hervor, wenn er die Kiefer bewegte, um der Luft mehr Sauerstoff abzuringen.

Als Speichel auf den Sitz tropfte, wischte er ihn mit der Hand auf, offenbar überrascht, wie rot er war. Eigentlich hätte Anna erwartet, dass er die Plane abreißen, aufs Schneemobil springen und einen Wutanfall bekommen würde, weil der Schlüssel nicht steckte. Doch wenn er nicht blind vor Verzweiflung war, würde er ihn im Schloss des Gepäckfachs finden, wieder aufs Schneemobil steigen und erneut zu toben anfangen, wenn er feststellte, dass der Tank leer war.

Allerdings tat Bob nichts von alldem. Er richtete sich auf und blickte sich um, als rechne er mit Beobachtern in der oberen Etage der Tanne nebenan. Mit einem Gesichtsausdruck, den Anna nur als tückisch beschreiben konnte, der übertrieben verschlagenen Miene eines Schmierenschauspielers, der den Fagin in *Oliver Twist* verkörpern soll, schlich er um das Schneemobil herum. Wie seine Züge hatten auch seine Schritte etwas Theatralisches, als er die Knie hochzog und seine riesigen Füße, die Zehenspitzen zuerst, auf den Boden setzte.

Ein fatales Bedürfnis, laut zu lachen, stieg in Anna auf, und sie hätte sich am liebsten losgebrüllt. Teils waren die Anspannung und das lange Warten schuld, doch hauptsächlich lag es daran, dass Menechinn so komisch aussah. Ausgesprochen komisch. Auch die Angst, dass sie sich damit verraten würde, konnte das Lachen nicht unterdrücken.

Anna ballte die Faust und schlug damit auf die Stelle, die Bob so ausgiebig mit dem Schraubenschlüssel bearbeitet hatte. Der rasende Schmerz vertrieb das Lachen schlagartig. Stattdessen stellten sich Übelkeit und Erleichterung ein, und sie fing an zu zittern. Ihre Zähne begannen zu klappern, sodass sie sich den Hemdkragen dazwischenschieben musste, damit das Geräusch sie nicht verriet. Sie bebte derart, dass sie spürte, wie ihre Haut immer wieder in schneller Abfolge den Stoff ihrer

Kleidung berührte. Bauch und Eingeweide, Herz, Milz und Leber wurden richtiggehend durchgerüttelt.

Sich mühsam beherrschend und den Fleecestoff fest zwischen den Zähnen, beobachtete sie, wie Bob seine halbe Umrundung des Schneemobils beendete. Vor der Lücke, in die sie gerade hatte hineinkriechen wollten, als sein Grunzen sein Eintreffen angekündigt hatte, blieb er stehen, bückte sich, um hineinzuspähen. Doch noch ehe seine Augen die richtige Höhe erreicht hatten, hatte er eine bessere Idee. Er richtete sich wieder auf, schlurfte drei Schritte zurück, nahm Anlauf und sprang auf die Plane, sodass sie in sich zusammensackte. Wie von wilden Furien getrieben, trampelte, trat und tobte er, bis die Plane vom Schneemobil abgerissen war und zerstört im Schnee lag. Und zwar absolut flach.

Er hatte gedacht, dass Anna darin saß.

Er hatte sie zu Tode trampeln wollen.

Das war das Hinterletzte!

Bisher hatte Anna geglaubt, sie würde eines Tages wegen des Unheils, das sie ihm an den Hals gewünscht hatte, ein schlechtes Gewissen bekommen. Nun würde sie sich schadenfroh daran weiden, falls sich je die Gelegenheit dazu ergab. Das Zittern ließ nach. Vielleicht war sie im Begriff, sich zu erholen. Möglicherweise aber war das Zittern auch der letzte Versuch ihres Körpers gewesen, sich zu wärmen, bevor ihre Organe endgültig versagten.

Nach dem Tobsuchtsanfall verharrte Bob vor der zerfetzten Plane und sah sich um. Seine Augen waren wegen des grellweißen Schnees zusammengekniffen. Sein Atem gurgelte und ging stoßweise. Er war so nah, dass Anna seinen Schweiß riechen konnte. Sie beneidete ihn um seine Körperwärme und seine Beweglichkeit. Sie selbst wusste nicht, ob es ihr gelingen würde, sich zu rühren. Ob sie es schaffen würde, aufzustehen, wenn die Gefahr vorüber war.

Bob legte den riesigen Schädel in den Nacken und nahm Witterung auf. Da sie nur knapp drei Meter trennten, konnte

Anna erkennen, dass sich seine Nüstern blähten wie bei einem schnüffelnden Hund. Kurz hoffte sie, dass es nicht Katherines Telefon gewesen war, das mit seinem Heulen das Wolfsrudel angelockt hatte. Allerdings stellte sie es sich angenehmer vor, von Wölfen verschlungen zu werden, als Bob Menechinn in die Hände zu fallen. Das Morden und Blutvergießen und die Tatsache, dass er nur knapp mit dem Leben davongekommen und selbst verletzt worden war, hatten ihm – in Kombination mit der halluzinogenen Wirkung des Ketamins – die Maske des Weltmanns vom Gesicht gerissen, die ihm so viel bedeutete. Selbst seinen Schutzmantel aus Arroganz hatte er verloren.

In seinem tiefsten Inneren war Bob ein Zerstörer, ein schnüffelndes, wildes Tier, ein Ungeheuer, das Frauen zu Opfern machte und für das eine Vergewaltigung nur die Vorspeise darstellte. Das Ausüben von Macht durch Angst und Erniedrigung war der Hauptgang. Mit dem Schweißgeruch ging Hass von ihm aus – Hass und ein noch üblerer Gestank. Anna tippte auf Scham. Nicht etwa wegen seiner Taten, denn auf die war er ja stolz. Nein, er schämte sich, weil er sich nicht geschickt genug angestellt hatte. Weil Anna und andere Frauen Zeuginnen seiner Angst geworden waren. Ganz gleich, was ihn so gemacht hatte, er würde sich schämen, solange es auf der Welt noch eine lebende Mitwisserin gab.

Plötzlich erkannte Anna, warum sie vorhin so heftig gezittert hatte. Sie hatte eine Todesangst vor Menechinn. Es war nicht das erste Mal, dass jemand ihr nach dem Leben trachtete. Dafür hatte sie Verständnis. Schließlich hatte auch sie schon hin und wieder Mordgelüste empfunden. Der Unterschied zwischen ihr und den Leuten, die sie festnahm, bestand darin, dass sie ihren Empfindungen nicht nachgab. Gewalt war für sie nichts weiter als eine Momentaufnahme, keine Lebensart. Gewalttätige Menschen machten ihr Angst, allerdings keine Todesangst so wie Bob.

Bob wollte ihr nicht nur ans Leben, sondern plante, sie wie Katherine, Cynthia und Robin zu erniedrigen, zu vernichten und zu schänden. Seine Absicht war, sie mit Schmutz zu bewerfen, das Andenken an sie zu schädigen und dafür zu sorgen, dass sich kein Lebender mehr an sie erinnern wollte. Die Seelen ihrer Hinterbliebenen sollten zu Salzwüsten werden, in denen niemals wieder etwas Grünes wachsen würde.

Bob wollte Frauen ausrotten.

Seine Augen brannten Löcher in sein feistes Gesicht wie glühende Kohlen, als er den Blick über den Baum schweifen ließ, unter dem sie saß. Ihr Ausdruck änderte sich nicht. Er hatte sie also nicht entdeckt. Bob drehte sich um die eigene Achse und fing an, leise *Pop Goes The Weasel* zu pfeifen.

Anna hatte dieses Lied noch nie gemocht. Ebenso wenig wie Schachtelteufel. Wenn die Figur aus der Schachtel sprang, hatte sie keinen kindlichen Freudenschrei ausgestoßen, sondern mit der Faust daraufgeschlagen.

Bob drehte sich weiter und suchte die Landschaft ab. Die blaue Plane verhedderte sich unter seinen Fersen und warf Falten um seine Stiefel. Die behandschuhten Hände hingen seitlich herab und öffneten und schlossen sich. Wieder fiel sein Blick auf Annas Baum, diesmal tiefer. Anna fing an zu zittern. Sie unterdrückte es, indem sie den Kiefer anspannte, die Zähne zusammenbiss und ihre ganze Willenskraft zusammennahm. Noch eine volle Umdrehung. Der Vulkankegel aus blauem Plastik reichte ihm inzwischen bis an die Knie, weil er die Plane immer weiter verdrehte.

Bei der dritten Runde richtete er die Augen auf den Boden. Als er Annas Baum erreicht hatte, folgte sein Blick der Spur, die sie aus Zeitmangel nicht vollständig hatte verwischen können, kletterte zwischen die Zweige und bohrte sich in die Lücke der Armeedecke, die sie tarnte.

Er zog das Kinn ein. Langsam breitete sich das verkniffene Lächeln aus und bildete Metastasen.

»Erwischt«, sagte er.

35

Hallo, Bob«, erwiderte Anna.

Eigentlich hätte ihre Stimme schrill und zittrig klingen müssen wie die einer Maus, die von einem Falken aus einer Wiese geholt wird. Doch durch das laute Geschrei während ihres Versuchs, Menechinn mit dem Schneemobil zu überfahren und sich den kurvigen Pfad entlang zu retten, hatte sie einen heiseren tapferen Ton bekommen.

»Sie sollten Ihre Mütze aufsetzen. Ihre Ohren und die Nase sind schon erfroren. Sie werden Ihnen abfaulen und schwarze Löcher hinterlassen. Ohne Ohren und Nase sinken die Chancen auf dem Markt beträchtlich.«

Sie senkte die Armeedecke nicht und verbreitete nicht einmal die Lücke, durch die sie ihn mit einem Auge musterte.

Bobs Lächeln wich einen Zentimeter in Richtung Wirbelsäule zurück. Kurz waren seine Augen hinter den Fettwülsten seiner Wangen nicht zu sehen. Offenbar erstarrten seine Züge, denn als die Augen wieder erschienen, blieb sein Lächeln unverändert. Anna hatte das merkwürdige Gefühl, dass sie keinen Menschen beobachtete, sondern ein Ding. Ein Ding, das Bob Menechinn hieß und unter seinem Stirnwulst hervorspähte.

»Hat Ihre Mutter Ihnen denn nie gesagt, dass Ihnen irgendwann das Gesicht stehen bleibt, wenn Sie solche Grimassen schneiden?«, murrte Anna, die wollte, dass sich das Ding wieder in Bobs Schädel zurückzog.

»Hat Ihre Mutter Ihnen denn nie gesagt, dass Sie eine blöde Gans sind?«, entgegnete er in demselben scharfen und höhnischen Ton, den er auch gegenüber Katherine angeschlagen hatte.

Gewiss hatte er Schmerzen. Und in seinem Kopf ging wegen

des Katzenbetäubungsmittels sicher alles wild durcheinander. Die Körperteile, die die Kälte noch wahrnehmen konnten, brannten bestimmt wie Feuer. Und dennoch schien er sich zu amüsieren.

Anna drückte das Kinn an die Brust, damit die Decke nicht herunterrutschte, lockerte ihren Griff um die grobe Wolle und ließ die Hand langsam die Brust hinunterrutschen, bis sie auf dem Arm mit der ausgekugelten Schulter ruhte.

»Nein«, erwiderte sie. »›Blöde Gans‹, da klingelt bei mir nichts. Hin und wieder nennt sie mich einen Dickkopf, aber ich glaube, das ist nett gemeint.«

Offenbar sog Bob ihre Worte durch die Wand aus Tannennadeln in seine Nase. Sein Schädel hob sich riesenhaft von dem grauen Schneefall und den Wolken ab. Anna hatte fast den Eindruck, dass er weiter anschwoll, während er sie in sich aufsaugte. Sein Kopf pendelte wie ein Luftballon, und Anna hielt sich vor, dass sie vernünftig und aufmerksam bleiben musste, obwohl sie am liebsten die Augen geschlossen und so getan hätte, als wäre das alles nur ein Traum.

»Was hat Katherine gesagt?«, erkundigte sich Anna im Plauderton. »In ihrer Todesnacht, als sie Sie angerufen hat. Was hat sie da gesagt?«

»Sie glauben wohl, jemand wird kommen und Sie retten, wenn Sie mich lange genug in ein Gespräch verwickeln.« Bob stützte die Hände auf die Knie und beugte sich vor, um in ihr Versteck zu schauen. »Es wird aber niemand kommen. Das Mädchen wird nie gerettet. Keine Sau interessiert sich für euch Weiber.«

»Diesen Verdacht hatte ich auch hin und wieder«, gab Anna zu. Als ihr die Decke vom Kopf zu rutschen drohte, drückte sie das Kinn fester herunter.

»Ach«, säuselte Bob. »Jetzt spielen Sie plötzlich die schüchterne Jungfrau und verbergen Ihr Gesicht? Sie wollen sich wohl unter der Decke verstecken.«

»Ja«, sagte Anna. »Das ist eine Methode, die immer klappt.

Unter der Decke können Ungeheuer einen nämlich nicht finden. Was hat Katherine bei ihrem Anruf gesagt?«

»Dass Anna Pigeon eine dumme Kuh ist. Niemand mag Sie, Miss Ranger.«

»Da haben wir offenbar etwas gemeinsam«, entgegnete Anna. »Und was hat sie gesagt, nachdem sie mich als dumme Kuh bezeichnet hatte?«

Ein rasender Schmerz schoss ihr durch die Schulter, als sie den verletzten Arm bewegte. Doch ihr Stolz war größer als der Schmerz, sodass sich weder im Tonfall noch durch eine Bewegung der Decke, die sie von Kopf bis Fuß verhüllte, etwas anmerken ließ. Ihr fiel die Geschichte von dem Jungen aus Sparta und dem gestohlenen Fuchs ein.

Der Junge hatte den Fuchs so fest vor den Bauch gepresst und sich bei der Befragung durch den Wachmann so gelassen gegeben, dass der Fuchs sich in seine Eingeweide gefressen hatte. Der Junge war zu den Füßen des Wachmanns gestorben. Anna wünschte, die Geschichte hätte ein glücklicheres Ende gehabt. Warum hatte der Wachmann den Jungen nicht adoptiert? Der Fuchs und der Junge hätten Freunde werden und gemeinsam in den griechischen Hügeln Ziegen jagen können. Vielleicht hätte der Fuchs den kleinen Timmy Tchopotoulis ja auch aus einer griechischen Version eines Brunnens gerettet.

»Bobby«, meinte sie in ihrem strengsten Lehrerinnentonfall. »Wenn Sie mir nicht verraten, was Katherine gesagt hat, kriegen Sie mächtig Ärger.«

Bob blinzelte zweimal, und sein Gesicht wurde schlaff, als hätte sie ihn geschlagen.

»Sie hat geglaubt, sie hätte sich den Knöchel gebrochen«, erwiderte er rasch.

»Und dann?«

Bob stand unter Drogen und war traumatisiert und außerdem ein Unsympath. Doch er war nicht auf den Kopf gefallen. Noch zweimal blinzeln, und er hatte sich wieder aus der autoritären Ecke befreit, in die Anna ihn gedrängt hatte.

»Warum stellen Frauen bloß so viele Fragen?«, meinte er mit seiner gewohnt grässlichen Leutseligkeit.

»Weil wir Männern so gern beim Reden zuhören«, entgegnete Anna. Während sie noch mit ihrem metaphorischen Fuchs rang, verrutschte ihr versehentlich die Decke, sodass sie ihr Gesicht freizugeben drohte. »Was hat Katherine sonst noch gesagt?«, stieß sie hervor, ehe sie sie mit den Zähnen festhielt.

Nun lag die Hälfte ihres Gesichts frei, und sie empfand eine überwältigende Erleichterung, die sie selbst überraschte. Vielleicht musste eine Frau in einer Burka aufwachsen, um sie als Schutz, nicht als Gefängnis betrachten zu können. Die Decke roch nach Motoröl und fusselte, sodass sie davon einen trockenen Mund bekam.

Bob schüttelte den Kopf, als wolle er einen Gedanken vertreiben. Seine Hände rutschten von den Knien die Oberschenkel hinauf, während er sich aufrichtete. Allmählich hatte er das Spiel satt. Anna fragte sich, wie Scheherazade es bloß geschafft hatte, tausendundeine Nacht weiterzuerzählen, wenn ein Fehler den sicheren Tod bedeutete.

Als sie die Decke losließ, rutschte diese ein paar Zentimeter ihre Brust hinunter, fiel ihr jedoch nicht von den Schultern. Die Kälte an ihrem Hals fühlte sich angenehm sauber an.

»Katherine hat geglaubt, Sie hätten den Wolf getötet, indem Sie zuerst einen Betäubungspfeil auf ihn abgeschossen und ihm dann die Kehle durchgeschnitten haben«, verkündete sie in dem verzweifelten Versuch, das Unvermeidliche noch eine Minute hinauszuschieben.

»Sie hielt sie für einen Kerl, dem bewusstlose Lebewesen lieber sind, weil ihm der Mut fehlt, sich mit ihnen auseinanderzusetzen, solange sie alle sieben Sinne beisammen haben – sei es nun Frau oder Wolf. Wenigstens hat sie mir das erzählt. ›An Bob ist alles groß bis auf sein Herz und seinen Schwanz‹, lauteten, glaube ich, ihre Worte. Ja, ich denke, ich habe sie richtig zitiert. Wenn das Herz schrumpft, schrumpft auch der Schwanz. Das klingt doch logisch, oder?« Anna redete wirres

Zeug, allerdings in einem so vernünftigen Ton, dass man tatsächlich glauben konnte, dass es einen Sinn ergab.

»Ich habe ihr geantwortet, das geschehe ihr ganz recht«, zischte Bob. »›Schick mir Hilfe, du fetter Wichser‹, hat sie geantwortet. Und daraufhin habe ich sie den Wölfen zum Fraß vorgeworfen. Buchstäblich«, fügte er lachend hinzu.

Anna wünschte, sie hätte das Thema gewechselt, bevor er beim »fetten Wichser« angekommen war. Die Beleidigung schien ihm im Halse stecken geblieben zu sein, denn dieser blähte sich wie bei einem quakenden Frosch. Im nächsten Moment würde ihm klar werden, dass er sich Anna gegenüber verplappert hatte. Und dann würde er sich wieder schämen.

»Nicht buchstäblich«, entgegnete Anna höhnisch, »sondern nur bildlich gesprochen. *Buchstäblich* haben Sie einfach das Telefonat beendet. *Buchstäblich* haben Sie die Hände in den Schoß gelegt. *Buchstäblich* haben Sie gezeigt, was für eine rückgratlose Elendsgestalt Sie sind.«

Ihr improvisiertes Versteck rutschte ihr von den Schultern bis hinunter auf den Schoß. Diesmal unternahm sie keine Anstalten, das zu verhindern oder die Decke wieder hochzuziehen.

»Sie vergewaltigen keine Frauen. Das macht dem kleinen Bobby viel zu viel Angst, richtig? Sie vergewaltigen nur *bewusstlose Frauen*. Das ist schließlich etwas ganz anderes, Bobsie. Etwas ganz anderes.«

Anna fiel es erstaunlich leicht, sich über Menechinn zu ereifern. Die Beleidigungen kamen ihr, ohne nachzudenken, über die Lippen, und sie hoffte, dass die Worte ihn umso mehr treffen würden, weil sie wahr waren.

Bobs Gesicht bebte fast unmerklich, so wie sie es jedes Mal beobachtet hatte, wenn eine Frau es wagte, ihn aus seiner glückseligen Illusion von sich selbst herauszureißen. Der Tsunami im Miniaturformat ließ ihn für einen Sekundenbruchteil jung wirken – sehr jung, so wie ein Krabbelkind, wenn es zum ersten Mal von seiner Mutter geschlagen oder vom Vater mit der Zigarette verbrannt wird. Allerdings war der Sekundenbruchteil, in dem Anna Mitleid empfand, noch kürzer.

Nicht mit ihm, dachte sie. *Mit dem kleinen Jungen.*

»Seit wir miteinander zu tun haben, wollte ich Ihnen schon sagen, was für ein aufgeblasener Fatzke Sie mit Ihrem toupierten Haar und ihrem schmierigen Grinsen sind«, sagte sie zu Bob. »Sie müssen die Frauen unter Drogen setzen, damit sie Ihnen nicht ins Gesicht lachen. Und ein Heuchler sind Sie obendrein. Ach, herrje! Es wäre beängstigend, wenn es nicht so offensichtlich wäre. *Experte.* Dass ich nicht lache! Sie sind eine Nutte, Menechinn, eine dreckige Nutte. Sie gehen mit jedem ins Bett, der Ihnen einen Dollar gibt. Diesmal ist es das Ministerium für Heimatschutz. Und das nächste Mal jemand, der fünfundzwanzig Cent drauflegt. Und Sie sind nicht einmal eine gute, weil Sie weder beruflich noch persönlich einen hochkriegen, Sie Schlappschwanz. Sie vergewaltigen, wie Sie töten: wie ein Feigling. Sie vergewaltigen Frauen, die nicht bei Besinnung sind. Und wenn Sie töten, sind Sie nicht persönlich vor Ort. Sie töten nicht *buchstäblich,* Bobby-Boy. *Buchstäblich* tun Sie einfach nichts. Aber wenn Sie mich töten wollen, Sie vollgefressener, fetter Wichser, werden Sie selbst Hand anlegen müssen. Sonst sterbe ich nämlich nicht.«

Sonst sterbe ich nämlich nicht.

Das war ihr bester Seitenhieb gewesen. Gemeiner konnte man niemanden beschimpfen, ohne ein Lexikon zu Rate zu ziehen. Mit einem hoffentlich höhnischen und herablassenden Lächeln sammelte sie die letzten Reste ihrer Kraft in ihren Handgelenken und wartete.

Durch den Vorhang aus Tannennadeln versuchte sie, anhand seiner Körperhaltung ihre Zukunftschancen einzuschätzen. Sie sah, wie seine Augen größer wurden, als sein Gesicht sich entspannte. Seine feisten Wangen erschlafften, als schmölze man die Figur eines Wahnsinnigen aus Madame Tussauds Wachsfigurenkabinett.

Ihr wurde klar, dass sie zum ersten Mal seine Augen sah. Ihre

Abscheu und sein hinter vom Grinsen aufgeworfenen Fettwülsten verborgener Blick hatten sie bisher daran gehindert. Er hatte eine dunkle Iris, deren Farbe sich jedoch nur schwer bestimmen ließ: blau, braun, haselnuss oder eine Mischung aus allem. Obwohl er nur einen Meter fünfzig entfernt von ihr stand, hätte Anna seine Augenfarbe nicht genauer beschreiben können. Sie fühlte sich an eine alte Mokassinschlange erinnert, eine dicke, nicht sehr hübsche Schlangenart, die in den schlammigen Tümpeln des Mississippi prächtig gedieh. Seine Augen waren stumpf wie die einer Mokassinschlange. Bei der Schlange handelte es sich, das wusste Anna, um die Folge von Kurzsichtigkeit und einem trägen Verstand. Bei Menechinn konnte sie es nicht deuten. Jedenfalls verhieß es nichts Gutes für ihr körperliches Wohlbefinden.

Die Zeit hatte ihre kleinliche, fein säuberlich eingeteilte Natur abgestreift und verlief nicht mehr linear. Während Anna Menechinns Gesicht betrachtete, verging erst ein Moment, dann eine Stunde, dann ein Herzschlag. Sie wartete auf den tückischen Ausdruck von vorhin, als er in einem Tobsuchtsanfall die Plane der Nationalen Parkaufsicht zu Tode getrampelt hatte. Oder darauf, dass es reglos und rot wie rohes Rindfleisch wurde, wie gerade oben auf der Klippe, ehe er auf sie zugekommen war, um sie zu schlagen. Sie wartete auf das triumphierende Glitzern in seinen Augen in dem Moment, als er ihr mit dem Schraubenschlüssel das Fußgelenk zerschmettert hatte.

Während des Wartens alterte sie um viele Jahre, obwohl es kaum fünfzehn Sekunden dauerte.

Bob Menechinns Gesicht sackte in sich zusammen, und Tränen traten ihm in die Augen. Sie gefroren, bevor sie die Hälfte seines Gesichts hinuntergeflossen waren. Sein Mund öffnete sich weit. Die Zähne in seiner Mundhöhle waren unnatürlich weiß – wie vom Zahnarzt gebleicht oder wie ein Gebiss. Er senkte den Kopf und schützte das Gesicht mit den Unterarmen wie ein Kind, das sich seiner Tränen schämt, aber zu erschüttert ist, um sie zu unterdrücken. Vielleicht war er durch Annas Beschimpfungen wieder zum Kind geworden. Vielleicht hatte er einen psychotischen Schub und verwechselte sie mit seinem verstorbenen Welpen, Spot oder Toughie, oder wie er auch immer geheißen haben mochte.

Ein großzügigerer Mensch hätte Mitleid mit ihm gehabt. Doch was Anna betraf, war die Hölle, die er jetzt durchlitt, noch viel zu gut für ihn.

Und dann griff er plötzlich an. Den Kopf gesenkt und mit laufender Nase und tränenden Augen brach er durch die klägliche Schutzwand aus Tannenzweigen und stürzte sich auf Anna. Obwohl sie ihn beobachtet und damit gerechnet hatte, traf es sie dennoch völlig überraschend. Er wurde wegen der Zweige des Baumes nicht einmal langsamer und warf sich, begleitet von einer Schneelawine, auf sie wie ein Footballspieler in der Highschoolliga, der in seiner Jugend noch nicht weiß, wie verletzlich der menschliche Körper ist.

Anna kippte um wie ein Stein. Bobs Gewicht drückte ihr die Knie vor die Brust, sodass ihre Hände zwischen Schenkeln und Brüsten gefangen waren. Die Luft wurde ihr aus der Lunge gepresst, und sie konnte nicht mehr atmen. Bobs Hände tasteten nach ihrem Kopf und wühlten sich unter die Kleidungsschichten an ihrem Hals, um sie zu erwürgen. Heißes Blut, Speichel oder Rotz tropften auf ihr Gesicht. Ein Stöhnen und Grunzen, hervorgestoßen mit nach Schwefel stinkendem Atem, brannte in ihren Nasenlöchern. Anna schrie auf wie ein gefangenes Tier. Dann biss sie zu. Sie schloss ihre Zähne um seine Nase und ließ nicht mehr locker. Unter lautem Gebrüll schlug Bob um sich. Seine Fäuste prügelten auf ihren Kopf ein, sodass sie ohne Kapuze wohl das Bewusstsein verloren hätte.

Obwohl ihr salzige Flüssigkeit in den Mund und die Kehle rann, gab sie seine Nase nicht frei, bis Bob sich gewaltsam losriss. Als er zurücktaumelte, konnte sie Knie und Hände wieder bewegen.

Sie hatte noch immer die Leuchtfackeln in den Händen.

Anne schlug sie gegeneinander, bis sie rotes Feuer zischen hörte, und stieß sie dann Bob in den Bauch. Seine Daunenjacke ging in Flammen auf, und er schrie wie ein Verrückter, als sie seinen Körper erreichten. Anna stieß weiter zu, bis Bob sich beiseitewälzte und sich den Bauch hielt. Im nächsten Moment sprang er auf und rannte los. In seiner Panik wegen des Feuers an seinem Bauch prallte er einige Meter weiter gegen einen Baumstamm und stürzte. Seine Schreie verwandelten sich in ein Kreischen. Dann wurde es still. Nach einer Weile war nur noch das Zischen der Leuchtfackeln zu hören. Sie waren seetauglich, sodass sie unter Wasser weiterbrannten, also auch in Blut und Fleisch.

Von dem Geruch wurde Anna übel. Lange blieb sie zusammengerollt wie ein Käfer liegen. Sie hatte den Geschmack von Bob Menechinn noch im Mund und im Kopf. Kaum konnte sie sich daran erinnern, warum sie da lag, wo sie war und wen sie gerade getötet hatte.

Vermutlich getötet.

Ihre Augen schlossen sich, und sie begann zu fallen. Doch plötzlich hörte sie im Brausen dieses Falls ein Knurren. Bob, eine menschliche Fackel, hatte sich wieder aufgerappelt. Nun taumelte er mit ausgestreckten Armen auf sie zu. Flammen schossen aus seinen Händen.

Ruckartig fuhr Anna hoch, sodass ihr ein Schmerz durch die Schulter schoss. Bob lag noch dort, wo er gestürzt war. Sie war eingeschlafen. Wenn das noch einmal geschah, würde sie erfrieren. Es war mehr die Gewohnheit, ums Überleben zu kämpfen, als Willenskraft, die sie zwang, die Beine anzuwinkeln und sich am Baumstamm hochzuziehen.

Menechinn war tot. Es würde kein letztes Aufbäumen aus dem Maul des Todes, keine dramatische Schlussszene geben.

»Gott sei Dank«, murmelte Anna.

Er lag auf der Seite, die Hände in den geschmolzenen, geschwärzten Überresten seines Mantels, wo er versucht hatte, das Feuer in seinem Leib zu löschen. Sein gesamter Parka hatte sich in eine teerartige Mischung aus Körperflüssigkeiten, Gänsedaunen und geschmolzenem Plastik verwandelt.

Eine Weile blieb Anna stehen und betrachtete das Wrack, das einmal, zumindest dem Namen nach, ein Mensch gewesen war. Der Anblick des Schadens, den sie angerichtet hatte, stieß sie weder ab, noch bereitete er ihr Freude. Es war schmerzhaft und zeitaufwändig gewesen, zu der Stelle hinüberzuhinken, wo er zusammengebrochen war. Nun fehlte ihr die Kraft weiterzugehen. Sie spuckte einige Male aus, nicht aus Abscheu, sondern weil sie seinen Geschmack loswerden wollte. Wenn man einen Menschen erst einmal umgebracht hatte, erübrigten sich kleinliche Gesten der Abneigung.

Gern hätte sie ihm den Mantel abgenommen, um sich zu wärmen, doch es wäre zu anstrengend gewesen, ihm das Kleidungsstück vom Körper zu zerren. Vermutlich war der Großteil sowieso mit seiner Haut verschmolzen. Der Parka war die Kalorien nicht wert, die es kosten würde, ihn sich anzueignen.

Als Jugendliche hatte Anna einmal eine Geschichte gelesen, die ihr nun wieder einfiel. Um in einem Schneesturm nicht zu erfrieren, hatte ein Mann sein Pferd getötet, es aufgeschlitzt und war hineingekrochen.

»Igitt«, sagte Anna und beschloss, die Leiche nicht zu berühren.

Sein Funkgerät war geschmolzen, das Lederetui verbrannt. Die Knöpfe hatten sich in eine Plastikmasse verwandelt, die noch zu heiß zum Anfassen war. Mühsam humpelte Anna zurück zum Schneemobil. Inzwischen empfand sie keine Schmerzen mehr und konnte nicht mehr denken. Alles war gleichgültig geworden.

Sie wickelte sich in die Armeedecke und die blaue Plastikplane, lehnte sich an das Schneemobil und ließ sich vom Winter umfangen.

36

Ich habe dir doch gesagt, dass du nicht in deinen Schlafsack atmen sollst.«

Robins Stimme wehte durch Annas Benommenheit, und sie lächelte. Auch wenn sich ihr Gesicht vermutlich nicht bewegt hatte, freute sie sich in Gedanken über die Gesellschaft der jungen Frau. Es war schön, nicht mehr allein zu sein.

Etwas Warmes, Weiches kroch unter die Kleiderschichten um Annas Hals, und sie fragte sich, ob der Tod – anders als in der Literatur und im Märchen beschrieben – vielleicht doch keine kalte, knochige Hand hatte. Möglicherweise war diese Hand ja zärtlich und offen und hieß mit einer gütigen und lindernden Berührung Heilige und Sünder gleichermaßen willkommen. Sie erlöste die Leidenden von ihren Schmerzen, die Süchtigen von ihrer Gier und die Trauernden von ihrer Niedergeschlagenheit.

»Sie ist nicht tot.«

Als die Wärme sich wieder zurückzog, wusste Anna, dass sie die Prüfung nicht bestanden hatte. Keine Totenglocke würde für sie läuten. Der Tod wollte sie nicht.

Allerdings erfolgte stattdessen eine andere Wohltat. Die Wärme, die kurz ihren Hals gestreift hatte, breitete sich nun auf ihrem Gesicht aus.

»Anna, du bist nicht tot«, sagte Robins Stimme. »Und da du nicht tot bist, musst du aufwachen, sonst stirbst du. Los, wach auf.«

Anna schlug die Augen auf. Robins Hände berührten ihre Wangen, ihr Gesicht war nur wenige Zentimeter entfernt, so nah, dass Anna es bloß verschwommen sah.

»Du bist auch nicht tot?«, fragte Anna.

»Nur verkatert«, erwiderte Robin. Annas halb eingefrorener Verstand brauchte eine Weile, um einen Zusammenhang zwischen zwei Gedanken herzustellen.

»Ketamin.«

»Richtig. Adam ist ausgetickt. Er hatte Angst, mir könnte dasselbe zustoßen wie seiner Frau. Also hat er Gavin verständigt. Der ist gekommen und hat mich zum Feldtmann-Turm gebracht.«

»Sie sieht leichter aus, als sie ist«, ergänzte eine Stimme.

Als Robins Gesicht Platz machte, hatte Anna freien Blick auf den Sprecher, einen hochgewachsenen, schlanken Mann, der aussah wie ein Byronscher Held. Er hatte die tief liegenden, grünen Augen eines Dichters. Das markante Boxerkinn bildete einen starken Kontrast dazu.

»Der Wolfshund«, stieß Anna hervor.

»Ich bin der Wolfshund«, entgegnete Gavin mit einem freundlichen Lächeln, sodass seine Zähne blitzten. »Robin, ich und Adam.«

»Adam ist tot«, erklärte Anna.

Die Worte hätten ihr nähergehen sollen, als sie es taten. An Robins und Gavins erschrockenen Gesichtern erkannte sie, dass sie ihnen gerade eine entsetzliche Mitteilung gemacht hatte. Für Anna schienen seitdem Hunderte von Jahren verstrichen zu sein. Man weinte nicht über historische Ereignisse. Niemand brach zusammen, wenn er in der dritten Klasse Washingtons Tod, Napoleons Scheitern in Waterloo oder das große Feuer in Atlanta durchnahm.

»Bob Menechinn ist auch tot«, fuhr Anna fort, um festzustellen, ob diese Nachricht andere Gefühle auslöste. »Ich habe ihn getötet.«

Diesmal reagierten Robin und Gavin nicht mit Entsetzen. Ihre Gesichter erstarrten nur kurz. Dann legte Robin ihre wunderbar warmen Hände auf Annas Gesicht.

»Du Arme«, sagte sie.

»Hast du Adam auch umgebracht?«, fragte Gavin.

Anna versuchte, sich an das Ereignis von vor tausend Jahren zu erinnern.

»Ich glaube nicht«, antwortete sie schließlich.

»Ich habe Katherine auf dem Gewissen«, meinte Gavin.

»Hast du nicht!«, rief Robin.

»Aber du hast es geglaubt.«

Als Robin nach Gavins Hand griff, nahm er sie.

Sein Handschuh umschloss ihre schlanken Finger und die Handfläche.

»Zieh deine Handschuhe an«, ermahnte Anna sie.

»Ich versuche noch einmal, Ridley zu erreichen«, verkündete Robin und stand auf. »Die Zentrale probiert es schon seit einer halben Stunde«, erklärte sie Anna. »Gavin und ich waren mit den Skiern unterwegs. Wir haben uns gemeldet, sobald wir davon erfuhren.«

»Ich habe euch auffliegen lassen«, erwiderte Anna.

Sie war zu benommen, um zusammenzuzählen, gegen wie viele Gesetze und Parkvorschriften die beiden verstoßen hatten.

Jedenfalls waren es genug, um sie ins Gefängnis oder ins Armenhaus zu bringen, falls der Richter das volle Strafmaß und die entsprechenden Bußgelder über sie verhängte.

»Du warst in Schwierigkeiten«, meinte Robin nur.

»Handschuhe«, beharrte Anna, um nicht in Tränen auszubrechen, und beobachtete, wie die Forschungsassistentin gehorsam ihre Handschuhe anzog, bevor sie zum Funkgerät griff.

Gavin ging neben Anna in die Hocke, indem er seine hochgewachsene Gestalt anmutig zusammenklappte.

»Bist du verletzt?«, erkundigte er sich.

»Schulter ausgekugelt, Knöchel gebrochen oder schwer verstaucht«, erwiderte Anna.

In diesen knappen Worten klang es gar nicht so schlimm, wie es sich anfühlte. Sie beschloss, ihre hinkende, weinende und wimmernde Vergangenheit für sich zu behalten. Warum auch nicht? Es gab keine lebenden Zeugen mehr.

Gavin begann, sie sachkundig zu untersuchen, und fing mit dem Puls und der Körpertemperatur an.

»Sanitäter?«, fragte Anna.

Er schüttelte den Kopf.

»Der Älteste von sieben Geschwistern«, antwortete er.

»Glaubst du, du überstehst eine Fahrt auf dem Schneemobil?«, unterbrach Robin.

»Der Tank ist leer«, sagte Anna.

Robin wandte sich wieder dem Funkgerät zu.

»Wärmepackungen. Richte ihm aus, wir brauchen Wärmepackungen«, meinte Gavin.

Seine Winterkleidung war wie die von Robin abgetragen und ziemlich ausgefallen. Statt einer Kapuze trug er die gleiche Pudelmütze wie sie. Vermutlich waren die beiden die einzigen Menschen auf der Welt – mit Ausnahme der Lappen –, die mit Rentieren auf den Ohrenklappen und einem Bommel auf dem Kopf nicht albern aussahen.

»Wer ist Präsident der Vereinigten Staaten?«, wollte Gavin wissen, um festzustellen, ob Annas Gefühl für Zeit und Raum beeinträchtigt war.

»Der blaue Rucksack«, stieß Anna plötzlich hervor.

Der alte Leinenrucksack, den sie zerfetzt am Fundort von Katherines Leiche entdeckt hatten, wollte ihr einfach nicht aus dem Kopf.

Wie Anna hatten Bob und Katherine eine nagelneue Winterausrüstung besessen. Es passte einfach nicht zu Katherine, einen abgewetzten Leinenrucksack mit sich herumzuschleppen. Ganz im Gegensatz zu Robins Freund.

»Das war deiner. Du hattest einen Duftköder, richtig? Um die Wölfe dorthin zu locken, wo du sie haben wolltest.«

»Er gehörte mir«, gab Gavin zu. »Als ich ihn bei Katherine ließ, habe ich vergessen, dass sich die Behälter mit dem Lockstoff noch darin befanden. Ich wollte nur, dass sie etwas zu Essen und Wasser hatte, während sie auf Hilfe wartete.«

»Helft mir«, sagte Anna. »An der Fensterscheibe.«

»Skiwachs«, erläuterte Gavin. »Es wird beim Abkühlen durchsichtig.«

Anna schwieg.

Wenn es seinen Vorstellungen von Lebensrettung entsprach, wie von Zauberhand eine Nachricht auf einer Fensterscheibe zu hinterlassen und dann in der Nacht zu verschwinden, war er es nicht wert, dass man ihm Vorwürfe machte.

Gavin erriet die Gedanken, die Anna nicht hatte in Worte fassen wollen.

»Katherine hat gesagt, sie habe Bob angerufen, der eine Rettungsmannschaft zusammentrommeln würde. Sie hat versprochen, unser Geheimnis zu wahren, und wollte Bob als Idioten hinstellen und ihn blamieren. Ich dachte, ihr wäret schon alle aufgebrochen. Der Zeitpunkt erschien mir günstig für einen kleinen Streich«, erklärte er.

Anna schloss die Augen, um sein bedrücktes Gesicht nicht anschauen zu müssen. Sie hatte genug Elend gesehen, dass es für die nächsten Tage reichen würde, wenn sie sparsam damit umging und nicht alles bei einem einzigen Nervenzusammenbruch vergeudete.

Gavins Geständnis sprach die Wölfe von jeglicher Schuld frei. Katherine war mit Lockstoff bedeckt gewesen, hatte geblutet, war gerannt und hatte hilflos um sich geschlagen wie ein Beutetier. Kein Raubtier, das etwas auf sich hielt, hätte da widerstehen können. Nicht, wenn es bei der nächsten Jahreshauptversammlung der Fleischfresser nicht ausgebuht werden wollte. Der Poet in Gavin quälte sich nun wegen Katherines Tod mit Schuldgefühlen.

Wenn Anna die Kraft dazu gehabt hätte, hätte sie ihm versichert, dass es ein Unfall gewesen war. Wahrscheinlich hatte Katherine die Behälter bei einem Sturz zerbrochen oder einen davon geöffnet, ohne zu wissen, was er enthielt. Stattdessen saß sie nur mit geschlossenen Augen da und lauschte dem Knistern des Funkgeräts, während Robin Knöpfe drückte und hineinsprach. Endlich meldete sich Ridley Murray.

Anna richtete sich auf. »Frag ihn, warum zum Teufel er nicht an den Funk gegangen ist!«, hätte sie am liebsten gebrüllt. Doch stattdessen flüsterte sie nur: »Weshalb ist er nicht gekommen?«

Ihre Stimme klang wie die des kleinen Mädchens, für das sich laut Bob Menechinn kein Mensch interessierte und das auch niemand retten würde. Das kleine Mädchen war Anna peinlich, und sie hoffte, dass niemand ihr Flüstern bemerkt hatte.

»Frag Ridley, wo er die ganze Zeit gesteckt hat«, sagte Gavin.

Gavin hatte Annas Kleinmädchenbitte gehört. Doch bei ihm störte es sie nicht so sehr. Er empfand genauso wie Robin: So als seien die beiden nicht ganz von dieser Welt und in Seifenblasen aufgewachsen. Vielleicht stammten sie aus einer anderen Dimension, wo das Gute stets siegte, die Sahne stets an die Oberfläche stieg und man nicht auf Schritt und Tritt der Armut begegnete.

Unverdorben, dachte Anna und überlegte, wie verdorben sie selbst wohl war.

»Ridley und Jonah verlassen gerade den Feldtmann Pfad. Ich laufe zurück nach Windigo und hole genug Benzin, um dich nach Hause zu bringen«, meinte Robin zu Anna.

»Ich laufe«, protestierte Gavin.

»Ich bin schneller«, beharrte Robin.

»Das stimmt«, wandte sich Gavin an Anna. »Sie ist schnell wie der Wind.« Offenbar war er stolz auf sie, was Anna einen feinen Zug an ihm fand.

»Es ist zu weit«, wandte Anna ein, die daran dachte, welche Strecken Robin heute schon zurückgelegt hatte.

Robin lächelte. Fünfzehn Kilometer in wenig anspruchsvollem Gelände waren ihr vermutlich schon seit ihrem neunten Lebensjahr nicht mehr zu weit.

»Ich bin gleich zurück«, sagte sie und lief so anmutig los wie ein Vogel, der sich in die Lüfte erhebt.

»Schätzungsweise in einer guten Stunde. Bergab und ohne Rucksack wird das kein Problem sein. Der Rückweg mit dem Benzinkanister dauert vermutlich ein bisschen länger. Allerdings muss sie höchstens vier Liter mitbringen. Das sind vier Kilo. Für Robin ein Kinderspiel«, meinte Gavin beruhigend.

Die Decke und die Plane, in die Anna sich gewickelt hatte, um sich zu wärmen, fühlten sich allmählich an wie ein Leichentuch, und zwar wie eines, das immer enger wurde. Sie hatten ihren Zweck erfüllt. Anna war lebendig gefunden worden. Nun wollte sie raus. »Wickel mich aus«, sagte Anna.

Gavin wirkte ein wenig erschrocken. Anna wusste, dass er an die Geschichten von Leuten dachte, die nackt und erfroren aufgefunden worden waren. Eine seltene, aber nicht auszuschließende Reaktion auf Unterkühlung war nämlich, dass die Betroffenen zu schwitzen begannen. Im letzten Stadium zogen sie sich manchmal sogar aus und legten sich nackt in den Schnee.

»Mir geht es gut«, fügte sie deshalb hinzu. »Ich habe nicht vor, nackt herumzulaufen, sondern brauche nur Bewegung. Sonst werde ich verrückt. Das heißt, noch verrückter. Kannst du eine ausgekugelte Schulter wieder einrenken?«

»Ich habe es noch nie versucht«, gab Gavin zu.

»Ich auch nicht, obwohl ich es in meiner Sanitätsausbildung gelernt habe. Es sah eigentlich ganz einfach aus. Den Arm gerade halten und dann ziehen, bis er wieder einrastet. Eins – zwei – drei.«

»Punkt zwei hört sich ziemlich schmerzhaft an«, wandte Gavin ein.

»Dann betäuben wir die Schulter zuerst mit Eis«, erwiderte Anna. »Ach, ganz vergessen, das ist ja schon erledigt.«

Gavin lachte.

Sie aus ihren Hüllen zu befreien war schwieriger als gedacht. Da Anna sich in der Absicht, so viele Schichten wie möglich zwischen sich und den Elementen zu wissen, in einen regelrechten Kokon gehüllt hatte, hatte sie gar nicht daran gedacht, wie sie wieder herauskommen sollte.

»Hilf mir beim Aufstehen«, sagte sie, nachdem der letzte Zipfel der Plane entfernt war. »Ich muss aufstehen. Hilf mir. Dann renken wir die Schulter ein.«

Gavin legte ihr einen Arm um den Rücken und reichte ihr den anderen, damit sie sich daraufstützen und selbst bestimmen konnte, wie viel Gewicht sie auf Schulter und Knöchel verlagern wollte. Dann begann er, sie neben dem Schneemobil hochzuziehen. »Anna, vielleicht solltest du …«

»Nein«, fiel Anna ihm ins Wort. »Mein Arm ist unbeweglich und gefühllos. Ich muss ihn einrenken. Ich kann mich am Sitz festhalten. Dann hast du etwas, um dich dagegenzustützen.«

»Anna, dazu müsstest du den Mantel ausziehen«, wandte Gavin vernünftig ein.

»Nein. Warum denn?« Anna konnte nicht mehr klar denken.

Allerdings machte die Verwirrung sie nicht vorsichtig, sondern verzweifelt und wütend.

»Weil ich sonst nicht sehe, was ich tue. Wo die Schulterkugel sitzt. In welche Richtung ich den Arm bewegen muss, damit sie wieder im Gelenk einrastet«, erklärte Gavin.

»Dann ziehe ich das verdammte Ding aus«, zischte Anna.

»Dabei würdest du zu viel Körperwärme verlieren. Außerdem würde es teuflisch wehtun, wenn wir den Mantel nicht aufschneiden. Es dauert doch nicht mehr lange. Robin ist gleich zurück.«

Hysterie.

Doch eigentlich wollte Anna nachgeben und sich fallen lassen. Während sie langsam durch die Nase atmete, kam sie zur Vernunft und fragte sich, warum der Mensch nur dazu neigte, so leicht die Fassung zu verlieren. Welches evolutionäre Genie hatte bloß geglaubt, mit dieser Eigenschaft das Überleben der Art zu sichern?

Vielleicht handelte es sich dabei um die Kehrseite des bewussten Denkens. Dackel litten an Rückenschmerzen, weil sie eine zu lange Wirbelsäule hatten. Menschen wurden wegen ihres großen Gehirns verrückt.

»Dann warte ich«, meinte Anna nach einer Weile.

Gavin wirkte erleichtert.

»Wir wollen dafür sorgen, dass du nicht frierst«, sagte er freundlich.

Er half Anna auf den Sitz des Schneemobils, breitete ihr die Armeedecke über die Beine, setzte sich hinter sie und legte die langen Arme um sie. »Lehn dich zurück«, wies er sie an. »Stell dir einfach vor, ich wäre dein Sofa.«

Menechinn hatte sich schwer geirrt. Das Mädchen wurde doch gerettet.

37

Gavin blieb im Blockhaus. So spartanisch es auch ausgestattet sein mochte, verfügte es doch über Annehmlichkeiten, die sich nicht mit seinem Lagerplatz in dem aufgegebenen Feuerturm vergleichen ließen.

Er hatte die gut dreißig Kilometer zwischen Grand Portage und der Insel mit dem Kajak zurückgelegt und dreizehn Tage lang im Feldtmann-Turm gewohnt. Seine einzigen Wärmequellen waren zwei Campingkocher gewesen. Lebensmittel und andere Ausrüstungsgegenstände hatte er bereits im Sommer dort versteckt. Die beiden Forschungsassistenten heckten ihren Plan aus, nachdem sie erfahren hatten, dass das Ministerium für Heimatschutz die Studie bewerten wollte.

Den Duftköder hatten sie einem Forscherteam gestohlen, das die Mauerschwalbe untersuchte, um damit die Bewegungen der Wolfsrudel zu steuern. Die Requisiten wie die schwarze Silhouette des Riesenwolfs und die Prothesen, um die Abdrücke des Elchs und des Wolfs im Schnee zu hinterlassen, hatte Gavin selbst gebastelt.

Robin hatte die fremde DNA beschafft: Eine Freundin und Kollegin aus Kanada hatte ihr einen Karton mit Wolfslosung geschickt, die Robin einfach zusammen mit den Proben von der Isle Royale eingetütet und Katherine übergeben hatte.

Es beeindruckte Anna, wie einfach der Plan war. Niemals wäre jemand auf die Lösung dieses hübschen kleinen Rätsels gestoßen, hätte Adam sich nicht den Verschwörern angeschlossen. Bei einer Wanderung in der Nähe des Feldtmann-Turms im vergangenen Sommer war er ihnen auf die Schliche gekommen und hatte den Einfall recht amüsant gefunden. Erst als er Ridley dazu gedrängt hatte, Bob Menechinn für die Bewertung der Studie anzufordern, hatte er eine aktive Rolle übernommen.

Ridley war völlig ahnungslos gewesen, eine Tatsache, die ihm, wie Anna ihm anmerkte, schrecklich peinlich war und ihn ärgerte. Er hatte erst Verdacht geschöpft, als er und Jonah zum Feldtmann-Turm gefahren und dort frische Spuren entdeckt hatten. Daraufhin hatten die beiden ihre Funkgeräte ausgeschaltet, um sich unbemerkt an die vermeintlichen Übeltäter anschleichen zu können.

Anna lag auf dem Sofa, das dem Herd am nächsten stand, genoss die Wärme und dass sie verhältnismäßig schmerzfrei war. Jonah hatte ihre Schulter geschickt wieder eingerenkt. Nach vierzig Jahren, die er nun schon Jäger in die Wildnis von Alaska flog, besaß er die Kenntnisse eines Feldsanitäters. Annas Knöchel wurde hochgelegt, aber sie weigerte sich, ihn mit Eis zu kühlen. Genug war manchmal einfach genug. Außerdem war sie ziemlich sicher, dass er nicht gebrochen war. Vermutlich war nur ein Stück vom Knochen abgesplittert, und sie hatte eine schwere Bänderdehnung davongetragen. Das Ergebnis war dasselbe: Es tat weh, und sie konnte nicht auftreten.

Robin, Gavin und Ridley hatten die Leichen geborgen und zu der von Katherine in die Schreinerwerkstatt gebracht. Da keine Leichensäcke vorhanden waren, hatten sie sich mit blauen Planen beholfen.

Wenn man den Wolf nicht mitzählte, hatten sie nun drei Tote zu beklagen. Die fünf überlebenden Mitglieder der Winterstudie saßen im warmen, dämmrigen Wohnzimmer. Die Sonne war längst untergegangen, und nur das Feuer im Ofen spendete ein wenig Helligkeit. Obwohl Jonah den Generator eingeschaltet hatte, hatte offenbar niemand Lust, klar zu sehen und Licht zu machen.

Alle derzeit die Isle Royale bevölkernden Menschen befanden sich in einem Raum. Niemand sprach ein Wort. Anna war froh über das Schweigen, die Wärme, die Gesellschaft und das

Leben, das durch ihre Adern strömte. Noch nie in ihrer beruflichen Laufbahn war sie dem Tod so nah gewesen. Und noch nie hatte sie einen so großen Überlebenswillen gehabt, denn sie hatte ein paar ausgezeichnete Gründe dafür: Paul, einen wundervollen Beruf, ihre Schwester, Paul.

Das hoffnungslose Chaos zwischenmenschlicher Beziehungen hätte sie traurig gemacht, wenn sie nicht so dankbar gewesen wäre. Menechinn hatte Cynthia und damit auch Adam vernichtet. Menechinn hatte Katherine und, daran zweifelte Anna keine Minute, auch ihre Mutter zerstört.

Robin und Gavin hatten mit ihrem heldenhaften Versuch, die Winterstudie zu retten, vielleicht ihr eigenes Leben und womöglich das ihrer Familien ruiniert.

Doch trotz dieser bedrückenden Gedanken ertappte sich Anna dabei, dass sie vor sich hin schmunzelte. Die Vorstellung, wie die beiden, Elchhufe unter den Stiefeln, durch den Schnee stapften und Geruchsspuren auslegten, um die Wölfe in die gewünschte Richtung zu locken, wie sie Attrappen ausschnitten und so platzierten, dass sie aus der Luft gesehen wurden, wie sie fremden Kot verteilten und auf diese Weise alle auf die falsche Fährte lockten, amüsierte sie sehr.

Sie freute sich darauf, Paul die ganze Geschichte zu erzählen. Bald, in spätestens einer Woche, würde sie, eng an ihn gekuschelt, an einem Kaminfeuer sitzen. Sie hatte das ganze Leben noch vor sich. Ein Leben, das sie niemals einem Schwachkopf mit bösartigen Neigungen und dem Willen, diese auch in die Tat umzusetzen, zum Fraß vorwerfen würde.

Bald würde Ridley wieder bei seiner Honey sein, etwas Warmes essen und Vorlesungen vorbereiten. Jonah würde in den Norden zurückkehren, Brennholz herbeischaffen und auf die nächsten Jäger warten. Das Leben würde weitergehen. Die Vorfälle auf der Isle Royale würden zur Legende werden, die man den Touristen zur Unterhaltung am Lagerfeuer erzählte.

Der Himmel würde wieder blau sein.

Nur nicht für Robin und Gavin.

Dieser Gedanke dämpfte ihr Glücksgefühl ein wenig. »Wie schlimm ist es?«, fragte Gavin, als hätte er ihre Gedanken gelesen.

»Schlimm«, erwiderte Ridley. »Ich habe der Nationalen Parkaufsicht so wenig wie möglich erzählt. Aber wenn das Wetter in den nächsten Tagen aufklart, wird es auf der Insel nur so von Polizisten wimmeln.«

»Kommen wir ins Gefängnis?«, wollte Robin wissen.

»Dass ihr Forschungsergebnisse manipuliert habt, würde euch höchstens einen Klaps auf die Hand einbringen«, antwortete Anna. »Allerdings haben eure Spielchen zum Tod von Katherine Huff geführt. Und das könnte eine Haftstrafe bedeuten.«

Das Feuer knisterte. Jonah räkelte sich in seinem Sessel wie ein Jugendlicher: fast liegend, mit dem Kinn auf der Brust. Anna und Jonah waren nicht naiv. Und Ridley hatte trotz seiner Jugend schon viel vom Leben gesehen. Robin und Gavin hingegen waren gar nicht auf den Gedanken gekommen, dass sie Gefängnis riskierten, ein Schwerverbrechen begingen und Menschenleben in Gefahr brachten. Was für ein Elend!

Anna beobachtete sie durch halb geschlossene Lider. Die beiden saßen dicht nebeneinander, aber ohne sich zu berühren, auf dem Sofa, das ihr gegenüberstand. Der Feuerschein tauchte ihre Gesichter in zarte Orange- und Gelbtöne und glättete die ersten Sorgenfalten, die sich nach den jüngsten Ereignissen dort eingegraben hatten. Sie sahen aus wie Kinder in einem Unwetter: verirrt und reizend.

Als Gavin den Kopf hob, verschwand dieser Eindruck, und er wurde zu einem Mann, der offenbar den Mut besaß, Verantwortung zu übernehmen.

»Ich werde gegenüber den verantwortlichen Stellen ein volles Geständnis ablegen. Robin hat mir nur geholfen. Aber der Plan ist von mir und wurde hauptsächlich von mir und Adam ausgeführt. An Katherines Tod trage nur ich die Schuld.«

Robin öffnete den Mund, zweifellos, um ebenfalls die alleinige Schuld auf sich zu nehmen.

»Geht spazieren«, sagte Jonah unvermittelt.

Einen Moment herrschte überraschtes Schweigen.

»Es ist dunkel«, protestierte Robin.

»Dann ab in euer Zimmer«, beharrte Jonah.

Als Anna lachte, warf er ihr einen ärgerlichen Blick zu.

»Entschuldige«, meinte sie, obwohl sie nicht wusste, weshalb.

»In unser Zimmer?«, wiederholte Gavin verdattert.

»Ja«, entgegnete Jonah. »Verschwindet einfach, damit wir reden können.«

»Die Erwachsenen wollen offenbar unter sich sein«, gab Gavin ruhig zurück.

Ridley sprang für Jonah in die Bresche.

»Wärt ihr bitte so gut, Gav? Du und Robin, ihr steckt zu tief in der Sache drin, um …«

»Weil wir Verbrecher sind«, ergänzte Robin.

»Genau«, erwiderte Ridley mit einem traurigen Lächeln. »Also könntet ihr bitte gehen?«

Gavin schwieg, folgte Robin jedoch, als diese das Wohnzimmer verließ.

Die Tür von Katherines ehemaligem Zimmer fiel hinter ihnen ins Schloss.

»Was ist, Jonah?«, fragte Ridley.

»Wir haben drei Tote. Die Nationale Parkaufsicht, das Ministerium für Heimatschutz und vermutlich auch der Staat Michigan werden uns ordentlich die Hölle heißmachen.«

»Adam hat Selbstmord begangen, und Katherine ist bei einem Unfall umgekommen«, wandte Anna ein. »Und Wiehießernochmal geht auf mein Konto. Vielleicht wird es gar nicht so schlimm, wenn sich die erste Aufregung gelegt hat.«

Es würde schlimm werden. Sie hatte das nur in der Hoffnung gesagt, dass sich ihr Wunsch bewahrheiten würde.

»Katherine ist nicht durch einen Unfall gestorben«, widersprach Jonah. »Gavin hätte ihr helfen können, den Fuß zu befreien. Er hätte sie nicht zurücklassen dürfen.«

»Er dachte, dass die Rettungsmannschaft schon unterwegs sei«, meinte Anna ruhig. »Der Rückweg zum Feldtmann-Turm war weiter als die Entfernung zwischen dem Haus und dem Zedernsumpf. Gavin sagte, als er ankam, hätte Katherine jede Minute mit unserer Ankunft gerechnet. Wie hätte er wissen sollen, dass wir gar nicht losgegangen waren und dass der gute alte Bob sich einfach umgedreht und weitergeschlafen hat?«

»Gavin hätte uns anfunken können«, beharrte Jonah.

»Katherine hatte doch angerufen. Warum also noch ein Funkspruch?«, fragte Anna. »Hättest du das getan?«

Jonah brummte etwas.

»Ich auch nicht«, stimmte Ridley zu. »Man rechnet eben nicht damit, dass jemand sich so verhalten könnte wie Bob. Deshalb gewinnen diese Leute ja so oft.«

»Bob hat nicht gewonnen«, meinte Anna.

»Richtig«, erwiderte Ridley. »Hat er nicht. Du hast getan, was du tun musstest. Hoffentlich bereitet es dir keine schlaflosen Nächte.«

»Ganz bestimmt nicht.«

»Gavin und Robin haben vielleicht deine Karriere in Gefahr gebracht«, wandte sich Jonah an Ridley.

»Das glaube ich nicht«, antwortete Ridley.

»Wir brauchen Erklärungen. Es sind zu viele E-Mails wegen der großen Spuren und der DNA im Umlauf. So etwas lässt sich nicht einfach unter den Teppich kehren«, beharrte Jonah. »Wenn das auffliegt, werden unsere kleinen Ränkeschmiede von allen Seiten unter Beschuss geraten.«

»Nicht, wenn sie tot sind.« Anna hatte eine plötzliche Eingebung.

Bevor Jonah zur Axt greifen konnte, um sich und Ridley vor ihrem Blutdurst zu schützen – er schien nämlich kurz davor zu sein –, fuhr Anna fort: »Es war Adams und Bobs Idee, und zwar um ... Was? Was wäre ein gutes Motiv für Bob?«

»Bob wollte die Studie selbst leiten«, sagte Ridley nachdenklich. »Damit er in Wissenschaftskreisen endlich ernst genommen wird.«

»Richtig«, ergänzte Jonah. »Und richtig viel Kohle verdient.«

Ridley lachte. Anna war froh, ihn lachen zu hören. Es war das erste Gelächter seit langer Zeit, in dem nicht die eine oder andere Gehässigkeit mitschwang.

»Außerdem wäre da noch die Anerkennung«, fügte Anna hinzu. »Du bist jemand. Bob war eine Null. Leute, die ihn gekannt haben, könnten uns das abkaufen.«

»Und wie hat er die Sachen auf die Insel geschmuggelt?«, fragte Jonah. »Die Pfotenabdrücke, den Duftköder und die Hundeattrappen? Das glaubt uns keiner.«

»Der Windigo«, rief Anna plötzlich.

»Hast du Fieber?«, erkundigte sich Jonah, aufrichtig besorgt.

»Nein. Kann sein. Aber das ist nicht der Punkt. Mir ist gerade eingefallen, dass ich öfter etwas gerochen habe. Angeblich soll der Windigo ja einen Gestank verströmen, der sein Erscheinen ankündigt. Mir ist immer wieder ein Geruch in die Nase gestiegen. Offenbar war das der Duftköder. Dieses Zeug stinkt unvorstellbar. Hunde und Wölfe stehen darauf. Ha!«, meinte sie, froh, eine weitere bohrende Frage beantwortet zu haben.

»Also, wann hat Bob seine Ausrüstung hier versteckt?«, wiederholte Jonah seinen Einwand von vorhin.

»Das hat Adam erledigt«, schlug Ridley vor. »Adam hat versucht, die Studie zu retten. Bob ist ihm auf die Schliche gekommen, wollte alles an sich reißen, und die beiden hatten Streit. Bob bringt Adam um und wird getötet, als er Anna angreift.«

»Und Robin und Gavin hüpfen einfach Hand in Hand davon, als ob nie etwas geschehen wäre?«, wollte Jonah wissen.

»Warum nicht?«, erwiderte Anna. »Oder möchtest du, dass sie hinter Gittern landen? Mann, ich hätte nicht gedacht, dass du so ein eiskalter Mistkerl bist. Warum zeigst du nicht gleich

Smokey Bär, die Woodsy Eule und Ranger Rick wegen Ökoterrorismus an?«

Wieder herrschte Schweigen. Aus Katherines ehemaligem Zimmer waren die leisen Stimmen von Gavin und Robin zu hören. Die Vorstellung, dass die beiden im Gefängnis landen oder auch nur in die Fänge einer gleichgültigen Justiz geraten könnten, löste bei Anna einen Schmerz in der Herzgegend aus. Der Gerechtigkeit war bereits durch die Gewalt und den Wahnsinn, die Bob und Adam auf die Insel eingeschleppt hatten, Genüge getan worden. Das Böse hatte sich selbst gerichtet. Was nun kommen würde, wenn sie es zuließen, war reine Politik. Und Politiker pflegten sich nicht für das Allgemeinwohl zu opfern – nicht wenn sie damit ihre Pöstchen riskierten.

Am liebsten hätte sie Ridley und Jonah bedrängt, ja, sie nötigenfalls sogar angebettelt und angefleht. Aber sie spürte, dass es besser war, sie in Ruhe zu lassen. Also wartete sie ab, bis Ridley endlich das Wort ergriff.

»Die Requisiten, die sie für ihren Streich benutzt haben, können wir verbrennen. Dazu reicht die Zeit. Außerdem müssen wir Ordnung auf dem Feldtmann-Turm schaffen. Bei diesem Wetter wird die Polizei sich nicht allzu gründlich umsehen. Die Insel ist zu kalt und zu abgelegen.«

Anna wurde von Zuneigung für diesen jungen Mann ergriffen. Am Anfang dieses Abenteuers war ihr seine feindselige Einstellung gegenüber den Strafverfolgungsbehörden auf die Nerven gefallen. Nun liebte sie ihn dafür.

»Wir spielen also Gott?«, fragte Jonah.

»Die Menschen spielen immer Gott«, erwiderte Anna. »Sonst gibt es ja niemanden, der diese Rolle übernehmen könnte.«

Das Werk einschließlich aller seiner Teile ist urheberrechtlich geschützt. Jede Verwendung außerhalb des Urhebergesetzes ist ohne Zustimmung des Verlages unzulässig und strafbar. Dies gilt insbesondere für Vervielfältigungen, Übersetzungen, Mikroverfilmungen und die Einspeicherung und Verarbeitung in elektronischen Systemen.

Weltbild Buchverlag
– Originalausgaben –
Deutsche Erstausgabe 2009
Copyright © 2008 by Nevada Barr
Published by Arrangement with Nevada Barr
Copyright © der deutschsprachigen Ausgabe 2009
Verlagsgruppe Weltbild GmbH
Steinerne Furt, 86167 Augsburg
Alle Rechte vorbehalten
Dieses Werk wurde vermittelt durch die Literarische Agentur
Thomas Schlück GmbH, 30827 Garbsen.

Projektleitung: Dr. Ulrike Strerath-Bolz
Übersetzung: Karin Dufner
Redaktion: Claudia Krader
Umschlag: *zeichenpool, München
Umschlagabbildung: Shutterstock (© Maxim Kulko);
Getty Images, München (© Jim and Jamie Dutcher);
Mauritius Images, Mittenwald (© Ronald Wittek)
Satz: avak Publikationsdesign, München
Gesetzt aus der Adobe Garamond 11/12,5 pt
Druck und Bindung: CPI Moravia Books s.r.o., Pohorelice

Gedruckt auf chlorfrei gebleichtem Papier

Printed in the EU

ISBN 978-3-86800-274-4

2012 2011 2010 2009
Die letzte Jahreszahl gibt die aktuelle Ausgabe an.